福井佳夫著

# 六朝文評価の研究

汲古書院

# まえがき

日本語はむつかしい。学生レポートの文章など、意味を理解するのに苦労しっぱなしである。散漫な構成、論理の不整合、主語と述語のねじれ、副詞の不呼応、敬体と常体の混用など、ひっかかる箇所がすくなくない。おもしろいことに、やっつけレポートは底があさいから、少々の悪文であってもまだ理解は可能だ。ところが意欲的なレポートだと、半可通の知識をふりまわし、表現にも変にこっているから、かえって難解でわかりにくい。

難解な日本語は、学生のレポートだけではない。知識人がかいた論説のなかにも、なにをいっているのかわかりにくい文章がすくなくない。学生レポートとは次元こそちがうが、やたらに難解な専門用語を多用したり、一文にあれこれつめこみすぎたり、また結論をいそいで論理がとんでしまったりして、意味がとりにくくなっているのである。

こうした事態は、私が専攻する旧中国の文章でもあったのではないか。難語を多用したり、論理が飛躍したりして、意味がとりにくくなった文章、あるいはそうした行文を一部にふくんだ文学作品が、旧中国の文言でもかかれていたはずだ。ふるい中国の文人だからといって、みながみな達意の名文家だったことはありえないからである。

しかし、現代の中国古典の研究者は、そうした悪文にであっても、はっきりと辛口の批評をしない。「この文章は下手だから、意味がわからない」と率直にいわず、せいぜい「難解だ」「テキストの乱れのせいか、よみにくい」という程度だ。読解力に自信のない学生ならいざしらず、何年も読書をつづけてきた研究者なら、すぐ悪文ぶりがわかるはずだが、あえて揚言しないのである。

こうした控えめな批評態度は、［悪文でない］通常の作品に対してもおなじであって、「［旧時の］著名な詩文集に採録されているから、名作だろう」「［旧時の］著名な評論家が批判しているから、評価はひくかったのだろう」ぐらいしか評価を口にしない。ふるい中国の作品なので、べつに遠慮する必要もないのだが、概して旧時の作品への褒貶（とくにマイナス評価）には、消極的な姿勢に終始しているといってよい。

なぜだろうか。ひとつには、研究者の心のなかに、「ふるい時代にかかれた作品には、いかなるものであれ、敬意をもって接すべきだ」という考えかたがあるからだろう。こうした考えかたは、古典文学をまなぶ者として、とうぜんありうべき心理であり、納得できるものである。

ただ、もうひとつの理由として、研究者の自制もあるのではないか。つまり、「Aの文はたくみだ、Bの文はつたない」などの発言は、主観的な印象にすぎず、客観的な判断ではない。客観的でないというのは、学問的でないということであり、研究者たる者はそうした発言はなすべきでない――とかんがえてしまうのだろう。こうした姿勢は慎重でこのましいといえなくないが、いっぽうで研究者自身の評価をぼんやりさせてしまうことになりかねない。

現代の古典文学研究で欠けているのは、この率直な評価ではあるまいか。そもそも文学研究において、評価をしない、あるいは評価をさけた研究というものは、厳密にいえばなりたたないはずである。それゆえ研究者は、「作品Aはこれこれの内容である」といっただけでは不じゅうぶんであり、それをふまえたうえでさらに一歩すすめ、なんらかの評価、たとえば「巧妙だ／拙劣だ、……の点ですぐれる／すぐれない、……の価値がある／ない」等をくだしてゆく必要があるだろう。

といっても、文学の良否を論じ優劣を断じるのは、それほど簡単ではない。個人的な感想や好き嫌いを、かたればよいわけではないからだ。もとめられるのは、やはり中正にして公平な評価だろう。他人も納得させられる根拠をしめし、だから「Aの文は巧妙だ／拙劣だ、Bの文は……の価値がある／……の価値がない」と断じる評価である。そのためには、主観にかたよらぬ、客観的な評価基準が必要になってこよう。

そうした客観的な評価基準のひとつとして、文章技術的な基準が有望ではあるまいか。というのは、私が専攻する六朝期の文章作品では、「四六駢儷の体でかけ」という技術的規範が存在するからである。すると、その規範にかなったものが巧妙で、かなわなかったものが拙劣だという評価が可能になってこよう。きちんとした評価をくだすには、前提としてきちんとした基準が必要になるのだが、六朝期はかかる規範が存するため、評価の基準も明確なのである。その意味で六朝の文章作品は、例外的に評価がやりやすい分野だといってよかろう。

では、文章技術的立場から評価をおこなうとすれば、具体的にどのような基準をつくればよいだろうか。すると、たとえば声律をととのえた文章が、そうでないものより高級である。おなじく、対偶、四六、典故、錬字を多用した文章が、そうでないものより洗練されている。さらに対偶では、「対立した内容をならべた」反対《はんつい》のほうが、「相似した字句をつらねた」正対《せいつい》よりもすぐれる。錬字は多用してよいが、口語ふう語彙はつかわぬほうがよい――などがあげられよう。

本書では、そうした基準をやや精細にルール化し、そのうえで当該作はどの点ですぐれ、どの点ですぐれないのかを調査してみた。そのさい、客観性をもたせるため、声律や対偶、四六などの充足ぶりや多寡を数字でしめしてみた（くわしくは「結語　六朝文の評価」参照）。かく修辞の多寡を数字でしめして、それを比較するという試みは、あまりなかったようにおもう。修辞を重視する六朝の文学では、こうした技術方面からの［数字による］評価は重みがあり、また主観のはいりにくいぶん、客観性も担保されやすいだろう。

もっとも、そうした技術方面からの数字だけで、文学作品の評価を決定できるわけではない。創作の時期やジャンルの別、さらには内容の違いなどを無視して、いきなり対偶率や四六率などを比較しても、適切な評価ができるとはかぎらない。そのため章によっては、作品の内実にわけいって、内容と文体（ジャンル・スタイル）の相関をあれこれ論じた議論もあるし、またテキストそれ自体へ疑問を呈した場合もある。文章技術方面からだけでは、適切な評価ができないとおもわれた場合は、補助的にそうした方面にも検討をすすめていった。これを要するに、本書では「作品Aはこれこれの内容である」というだけでおわらず、文章技術的な価値判断を基本にしつつ、他の要素も勘案しながら、文学作品としての価値を論じ、その評価をかんがえていったのである。

この書では、六朝の文学批評の文章と、その影響をうけた日本上代の同種の作をとりあげた。具体的にいえば、曹丕「典論論文」や陸機「文賦」、沈約「宋書謝霊運伝論」などからはじまり、附篇の太安万侶「古事記序」と無名氏「懐風藻序」まで、あわせて十二篇である。なぜこれらの作をとりあげたのかといえば、この種の文章は旧時（はやいものは同時代）から重要な作として注目をあび、いろいろな評言、つまり作品評価をくわえられてきているからだ。文章技術方面から評価をくだし、その評価の妥当性を測定するには、なるべく［技術方面とことなる］他方面からの評価とも、比較できたほうがよいとかんがえたのである。

その結果、文章技術的な評価と旧時の［他方面からの］評価とは、批評の基準や着眼点がことなるとはいえ、たがいに齟齬するよりも、むしろ相補的な関係になっているようにおもわれた。前者は客観的な基準に依拠し、後者は直感的な判断にかたむいているのだが、長短あいおぎなって、結果的に過不及のない納得できる評価にいたってゆくのが、私にはおもしろく感じられたのだった。

こうした、技術的立場からの評価を旧時のそれと比較しながら、一致点を確認したり、相違する理由をさぐったりすることは、これからの文学研究にも、役だつのではないかとかんがえる。なぜなら、本書では不じゅうぶんなままでおわったが、両方面の評価を吟味しながら、その着眼のしかたや褒貶の判断パターンを比較してゆけば、おのずから旧時の文学評価のメカニズム（いかなる観点から、いかなるやりかたで、いかに評価していたか）が浮きぼりになってくることだろう。そして旧時の評価メカニズムが浮きぼりになれば、評価がなされていない六朝期の作品に対しても、「作品Aは当時どう評価されていたのか」が、「主観や恣意に左右されず」合理的に推定できるようになるとおもわれるからである。これはこれで、文学研究をすすめてゆくうえで、役だつにちがいない。

ただ本書は、本格的な「古典文学の評価」をかんがえるための、ほんの一端にとりついた程度にすぎない。本書が重点をおいた文章技術方面からの評価のさきには、「右のような」旧時に評されていない作品への評価や、「技術だけでなく」内容の価値判断もふくめたトータルな文学的評価などの、さらなる課題がまちうけている。そのあたりになると、「作品Bは拙劣な行文なのに、なぜ読者の心をうつのか」「内容の良否や優劣はいかにして判定すべきか」「そもそも主観を排した客観的評価はありえるのか」といった、本質的な疑問や課題が生じてくることだろう。本書は、そうした文学の評価をかんがえる第一歩として、かかれたものである。

おわりに、各章の構成を解説しておこう。各章はこまかくわければ、【基礎データ】【過去の評価】【原文】【通釈】【考察】の五部分からなる。

まず、最初の二つを説明しよう。【基礎データ】は、その章でとりあげた作品について、評価の基礎になる修辞的データを数字であらわしたもの。数値化できる修辞（対偶、四六、声律）のみ、その使用頻度や充足率を計算してみた。ここの修辞点や声律率などの意味や数字の読みかた等については、本書の「結語　六朝文の評価」のところで説明しておいた。なおこれらの数値は、文章技術方面からみた評価であって、内容の良否とは関係しないので、ご注意いただきたい。つぎの【過去の評価】は、当該作への過去の評言（あるいは評価の参考になりそうな資料）を掲示してみた。網羅的にあげるのでなく、当代と後代から一則ずつ、文章技術的な方面からの評言をさがし、それを訳出しておいた（旧時に適切な評言をみつけられなかった場合は、現代の評言をあげた）。

つづく【原文】は、文章のありようを実感していただくために、あえて全文を提示することにした。ただし、漫然とした一行書きのままでなく、対偶をタテ書き二行でしめし、［対偶中の両末字の］平○仄●の区別も附して表示してみた。これによって、対偶や四六、そして声律の諧調ぐあいも、一目瞭然になることだろう。そして末尾に、採用したテキストをしるしておいた。テキストの選択にあたっては、字句の信頼性もさることながら、注釈の有無や良否なども判断材料とした。ちなみに、該テキストがよみにくかった場合は、他書によって字をあらためた箇所もある。また分段と句読点のほうは、私意によって適宜かえているので、ご注意いただきたい。

つぎの【通釈】も、私がいかに解したかを明示するために布置した。当初、私は当該作の文学的評価をめざして、文章を精細によみすすめていった。そして読解が完了するごとに、さまざまな気づきや、いちおう落着した訳文を「○○札記」（たとえば「曹丕典論論文札記」「陸機文賦札記」など）としてまとめ、勤務校の雑誌に掲載していった。これは当該作の行文を検討し、評価をおこなってゆくための、いわば基礎作業に相当するものといえよう。ただその内容は、造句の巧拙や創作心理の追求、注釈の当否、用例の考証など雑多なものであって、すべてを本書に掲載するのはためらわれる。そこで「札記」中から、訳文だけをぬきだして提示したのである（その後の見なおしによって、すこし修正した）。

この訳文は、読解の結論をしめしたものにすぎない。それゆえこれをよむと、なぜこんな訳になるのか、他の解釈はありえないのか、いかなる注釈や研究書等に依拠したのか等、いろんな疑問がわいてくることだろう。そうしたときは、もとの「札記」をお読みいただければありがたい。これを一読すれば、参照した注釈や研究書の類はもとより、読解のさいの文脈把握のしかたや、訳文落着にいたるまでの試行錯誤ぶりもよくわかって、その種の疑問も氷解するのではないかとおもう。一連の「札記」は、大学図書館等をとおして請求していただければ入手できるが、最近では、PC上で勤務校（中京大学）の学術情報リポジトリにアクセスすれば、すぐ閲覧やダウンロードができるはずである（ただし附篇の二篇については、「札記」をかいていない）。

最後の【考察】は、そうした「札記」をふまえたうえで、当該の作をあらためて詳細に吟味し、考察したものである。これが本書の中心であり、文章技術的な価値判断を基本にしつつ、その作の文学的な価値を論じ、その評価をかんがえてみた（必要だとおもわれた「札記」中の考証などは、適宜この考察中にくりこませた。そのため、やや煩瑣に感じられる箇所があるかもしれない）。せいぜい恣意的にならぬよう心がけたつもりだが、文学作品の評価というものは、百パーセント具体かつ実証的態度に徹しきるのは、やはりむつかしいと感じたものだった。なお後考を期するとともに、大方のご批正をたまわればさいわいである。

# 目　次

# 六朝文評価の研究

# 第一章　曹丕「典論論文」の文章

**【基礎データ】**

［総句数］106句　［対をなす句］42句　［単対］19聯　［隔句対］1聯　［対をなさぬ句］64句　［四字句］34句　［六字句］36句　［その他の句］36句　［声律］11聯

［修辞点］5（第12位）　［対偶率］40％（第12位）　［四六率］66％（第11位）　［声律率］55％（第11位）

＊右の「修辞点5」「第12位」「対偶率40％」等については、「結語　六朝文の評価」で説明したので、そちらを参照していただきたい。第二章以下もおなじ。

**【過去の評価】**

［卞蘭賛述太子賦］伏惟太子、研精典籍、留意篇章。……竊見所作典論及諸賦頌、逸句爛然。沈思泉涌、華藻雲浮。聴之忘味、奉読無倦。

太子さま（曹丕）のことをおもいますに、ふかく古典をきわめ、文学にも関心をお持ちです。……太子さまの「典論」や賦頌の作を拝読いたしますに、秀逸な語句がかがやいておられます。ふかい思弁は泉のようにわき、華麗な文辞が雲のようにあつまっています。これらの文を耳できいては恍然となり、拝誦してはあきることがありません。

［重訂文選集評引孫月峯評］持論得十五六、然尚渉浅。若行文則更浅。蓋文帝身分本如此。

「典論論文」の議論たるや、十のうち五六ぐらいはよいが、それでも内容に浅薄さがある。文章にいたっては、もっと浅薄だ。おもうに魏文本人がそうした人がらなのだろう。

【原文】

[一] 文人相軽、自古而然。傅毅之於班固、伯仲之間耳。而固小之、与弟超書曰、武仲以能属文為蘭台令史、下筆不能自休。夫人善於自見、而文非一体、鮮能備善。是以各以所長、相軽所短。里語曰、家有弊帚、享之千金。斯不自見之患也。

[二] 今之文人、魯国孔融文挙、広陵陳琳孔璋○、山陽王粲仲宣●、北海徐幹偉長●、陳留阮瑀元瑜○、汝南応瑒徳璉○、東平劉楨公幹●、斯七子者、於学無所遺○、於辞無所假●、咸以自騁驥騄於千里、仰斉足而並馳。以此相服、亦良難矣。蓋君子審己以度人、故能免於斯累。而作論文。

[三] 王粲長於辞賦●。徐幹時有斉気●、然粲之匹也。如粲之初征登楼、槐賦征思○、幹之玄猿漏巵、円扇橘賦●、雖張蔡不過也。然於他文、未能称是。琳瑀之章表書記、今之雋也。応瑒和而不壮●、劉楨壮而不密●。孔融体気高妙、有過人者。然不能持論。理不勝辞、以至乎雑以嘲戯。及其所善、楊班儔也。

[四] 常人貴遠賤近●、向声背実●。又患闇於自見、謂己為賢。

[五] 夫文本同而末異、蓋奏議宜雅●、書論宜理●、銘誄尚実●、詩賦欲麗○。此四科不同。故能之者偏也。唯通才能備其体。

[六] 文以気為主。気之清濁有体、不可力強而致。

譬諸音楽、曲度雖均、節奏同検、至於引気不斉、巧拙有素、雖在父兄、不能以移子弟。

［七］ 蓋文章経国之大業、不朽之盛事。年壽有時而尽、栄楽止乎其身。二者必至之常期、未若文章之無窮。

是以古之作者、寄身於翰墨、見意於篇籍。不假良史之辞、不託飛馳之勢、而声名自伝於後。

故西伯幽而演易、周旦顕而制礼、不以隠約而弗務、不以康楽而加思。夫然則古人賤尺璧而重寸陰、懼乎時之過已。

而人多不強力。貧賤則慴於飢寒、富貴則流於逸楽。遂営目前之務、而遺千載之功。日月逝於上、体貌衰於下、忽然与万物遷化。斯志士之大痛也。

［八］ 融等已逝、唯幹著論成一家言。

（郭紹虞『中国歴代文論選』より）

【通釈】

［第一段］ 文人相軽んず

文人がたがいに軽侮しあうのは、むかしからあったことだ。たとえば後漢の傅毅は、班固と文才が伯仲していた。それなのに班固は傅毅を過小評価し、弟の班超への書簡に「武仲（傅毅のあざな）は、文章の腕で蘭台令史にありついたが、「蘭台に職をえたうれしさのあまり」筆をはなすことができぬほど、かきまくっている」とかきおくったという。

そもそもひとは、自分の得意分野は自覚しているが、文学は一ジャンルだけではないので、どの分野でもつづれるわけではない。だから、おのおの自分の得意分野をもちだして、相手の苦手ジャンルを批判しやすい。ことわざに「我が家のものだったら、ボロほうきでも千金のお宝とおもいこむ」とあるが、これは自己をきちんと認識できぬ欠点をいうのだろう。

［第二段］君子の文学批評

当今の文人として、魯国の孔融あざなは文挙があげられよう。さらに広陵の陳琳あざなは孔璋、山陽の王粲あざなは仲宣、北海の徐幹あざなは偉長、陳留の阮瑀あざなは元瑜、汝南の応瑒あざなは徳璉、東平の劉楨あざなは公幹らもいる。この七子は、学問ではおさめぬものはないし、文学でも独創的でひけをとらぬ。彼らはみな、駿馬にまたがって千里をはしらせており、胸をはって他人に後れをとらぬぞと自負している。だからこの七子、みずから相手に頭をさげることなど、なかなかできるものではない。おもうに君子だけが、よく己《おのれ》をしって他人を評価できるのだ。だから他人に頭をさげられぬ弊から、まぬがれることができるのだろう。そこで［君子たる］私が、この文学批評をつづってみたしだいである。

［第三段］七子文学批評

王粲は辞賦を得意とする。徐幹の辞賦は斉の緩慢な調子をおびるが、それでも王粲に匹敵している。王粲の「初征賦」「登楼賦」「槐樹賦」「征思賦」や、徐幹の「玄猿賦」「漏卮賦」「円扇賦」「橘賦」などは、あの張衡や蔡邕でもかなわぬほどの出来だ。だが他ジャンルになると、それほどよいものはない。いっぽう、陳琳と阮瑀の章表や書記の作は、当今の卓越したものである。応瑒の作は温和だが、力づよさに欠け、劉楨の作は力づよいが、緻密さに欠けている。孔融の作はスタイルすぐれ、他人を凌駕するものがある。だが彼は、筋道だった議論をすることができない。そのため、論理が辞藻におよばず、嘲戯の雰囲気がまじるときもある。もっとも嘲戯まじりでも、よいものとなると、揚雄や班固の作に伍するほどだ。

### ［第四段］　文人の陋習

通常の文人は古風さを重視して新奇さを軽視し、名声を重視して真の実力に背をむけやすい。さらに自分の得意分野もわかっておらず、自分を俊秀だとおもいこむ欠点がある。

### ［第五段］　ジャンル論

さて文学の各ジャンルは、根元がおなじでも、末端ではことなっているものだ。おもうに、奏・議ジャンルは典雅であるべきで、書・論ジャンルは論理がとおっていてほしい。また銘・誄ジャンルは事実にもとづくことをよしとし、詩・賦ジャンルは華麗さを重視すべきだろう。この四方面の文章はおなじではない。だから、当該のジャンルをつづれる者はかたよってくる。ただ通才の文人だけが、各ジャンルをすべて自在にかけるのである。

### ［第六段］　文気論

文学は気を主体としている。この気の清濁には、各人なりのスタイルがあって、努力してつくりだせるものではない。これを音楽にたとえれば、曲の調子がひとしくリズムもおなじであっても、吹きかたがことなったり、巧拙に生来の差があったりしたなら、父兄でも演奏のコツを子弟につたえられないようなものだ。

### ［第七段］　文学不朽論

おもうに、文学は経国に匹敵する大事業であり、不朽の偉大な仕事である。ひとは寿命にかぎりがあって死んでゆき、その栄華とて一代かぎりのものにすぎぬ。寿命と栄華はかならずつきはてるという点で、文学の永遠さにおよばない。それゆえ過去の文人たちは、文辞の創作に専念して、書籍のなかで自己を表現した。良史の筆をかりず、貴人の権威にもたよらなかったが、彼らの名声は後代までつたわったのだ。こうして周の文王は幽閉されても『易』をつづったし、周公旦は貴顕の地位にあっても礼法を制定した。彼らは困窮したからといって著述をやめなかったし、安楽だからといって創作にはげんだわけでもないのである（つねに著述をわすれなかったのだ）。そういうわけで、古人は一尺の宝石も軽視して寸刻をおもんじ、［むなしく］時間がすぎるのをおそれたのだった。

ところが現今のひとは、努力しない者がおおい。貧賤のときは、飢寒をおそれるだけだし、富貴のときは、悦楽にながされるばかり。目の前の仕事にかまけて、千載の功をわすれさっている。そして日月が天上で運行するあいだに、身体は地上でおとろえてゆき、あっというまに万物とともに姿をけしてしまうのだ。こうした事態は、大志をもつ者にとって痛恨事なのである。

［第八段］一家の言

孔融たちはすでに死んでしまったが、そのなかで徐幹だけは論著をつづって、一家の言を完成させた。

【考察】

## 一　「典論論文」研究史

魏の文帝こと曹丕《そうひ》（一八七～二二六、在位二二〇～二二六）、あざなは子桓の手になる「典論論文」は、はじめての本格的な文学批評として、中国の文学史上ではあまねくしられている。なかでも、「文章は経国の大業にして、不朽の盛事なり」の名句ではじまる文学不朽論は、しらぬひとがないほどだといってよい。

「典論論文」がこれほど有名になった理由のひとつは、『文選』に採録されて、おおくの読者をもったことにあったろうが、近代でもまた、べつのきっかけがあった。それは、鈴木虎雄の著書『支那詩論史』や魯迅の講演「魏晋の気風および文章と薬および酒の関係」（『而已集』所収）が、曹丕の時代や「典論論文」の意義を「文学の自覚時代」云々と強調したことである。なかでも魯迅の、

　曹丕には『典論』という著書があります。……後世では一般の人は彼の見解には大へん反対しています。彼は詩賦には必ずしも教訓を含まないでもいいといって、詩賦に教訓を含めようとする当時の見解に反対したのであります、近代的な文学観からみるならば、曹丕の時代は「文学の自覚時代」であったといえます、あるいは近代でいう芸術のための芸術（Art for Art's sake）のような一派であったのです。

という発言は（岩波書店『魯迅選集』第七巻一六八頁）、影響力がおおきかった。これによって、「典論論文」はおおくの研究者から注目され、あらためて重要性を喚起されることになったのである。

　これ以後、「典論論文」は文学批評史における必読の作となり、たくさんの研究論文がかかれるようになった。『20世紀中国文学研究・魏晋南北朝文学研究』（北京出版社　二〇〇一）によると、「論文」は、とくに文学批評史上での位置づけや［文中の］文気説の意義などが問題にされ、研究者の注目をあつめてきたという（六三九～六四七頁）。さらに近時の「論文」関連の中国語論文をさがしてみると、一九九四～二〇一〇の十七年間で、つごう六十篇の論文がみつかった[1]。平均して一年に三本半。「文賦」研究や『文心雕龍』研究の盛行ぶりにくらべると、けっしておおくはないが、それでも中国人研究者にとっては、まだじゅうぶん研究意欲を刺激する文献だといえそうだ。こうした「論文」への注目は、将来的にもおとろえることなく、文学批評史上での重要資料として重視されてゆくことだろう。

　いっぽう日本では、状況がことなっている。この「典論論文」、鈴木や魯迅のころからその意義が喧伝されてきたためだろう、はやい時期から、研究への満腹感が生じてしまったようだ。つとに一九七〇年代に、もう「典論論文につ

いては、もはや言いつくされている感がしないでもないが」云々という発言[2]がなされている。そのためか、研究者が触手をのばすこともすくなく、近時の日本では関連論文はほとんどかかれていない。最近に刊行された、浩瀚な論文目録『中国文学研究文献要覧　古典文学　一九七八～二〇〇七』（日外アソシエーツ　二〇〇八）をひもといてみても、「論文」をテーマにした専論はわずか三篇にすぎない（二六四頁）。つまり最近の三十年間にかぎれば、じつに十年に一本のペースでしか出現していないのだ。もちろん些少の採録もれはあるにしても、大勢としては寥々たる状況だといってよかろう。

　私は、そうした「言いつくされている感」のある「典論論文」の文章を、あらためてよみかえしてみた。すると、その行文は［後代の六朝期にくらべると］修辞にこった表現がすくなく、平易につづられていることがわかった。この作は厳密にいえば、［美文が盛行した］六朝でなく後漢の末にかかれた文章作品なので、あまり修辞にこっていないのはとうぜんのことだろう。じっさい、本書でとりあげた十二篇の作品のうちでも、修辞点は最下位であって（詳細は「結語　六朝文の評価」を参照）、美文としては価値とぼしき作だと断じてよい。

　ただ、行文が平易であることと内容がわかりやすいこととは、おなじではない。私はこの作をよんで、内容面でいくつかの疑問が存していることに気づいた。それは、「典論論文」の中心主題はなにか。どういう意図でかかれたのか。なぜ前半と後半のあいだに齟齬がある［ようにみえる］のか。そもそも現存するテキストは完篇なのか――等々である。これらは、文学的価値や文学批評史上の意義などのテーマにくらべると、基本的な疑問だといってよかろう。だがそうであっても、灯台下《もと》くらしのことばもあるように、予想外に重要な問題がひそんでいるかもしれず、やはりゆるがせにすることなく、きちんと正視し検討してゆかねばならない。

　そこで、技術的な方面からの価値を論じる本書としては例外的だが、本章では右の基本的な疑問をとりあげることにしよう。そして、これらの疑問に関する従前の見かたや研究状況を紹介し、あわせて僅少の私見をのべてみたい。そのさいは、なるべく日本でしられていない、中国人研究者のユニークな主張や見かたを提示して、読者諸賢の参考に供したいとおもう。

## 二　困難な主題把握

まず右の疑問のうちから、「典論論文の中心主題はなにか」という問題をかんがえてみよう。「典論論文」の文章は、個々のちいさな単位では、いわんとする主題はきわめて明快である。たとえば、文人相軽の論や七子への文学批評、さらにジャンル論、文気論、文学不朽論など、個別的な話題や主題はすぐおもいつく。

だが問題なのは、その個々の話題のあいだで内容的飛躍がおおきく、相互の論理的なつながりが分明でないということだ。そのため、たとえば文気論と文学不朽論との出現順序をいれかえても、たぶん致命的な問題は生じないだろうとおもわれる（つまり構成がゆるいのだ）。さらに、どの話題が中心的なもので、どの話題が従属的なものなのか。一篇全体として、なにを主張しようとしているのか――も、よくわからない。比喩的にいえば、この「典論論文」は、富士山のような明快な山容をもっておらず、いわば八ヶ岳連峰のごとき、峰と峰との不規則な集合体なのだ。あちこちに高峰がつらなっていて、どれが主峰（中心主題）で、どれが従峰なのか判然としない山塊なのである。

ではこれまで、「典論論文」の中心主題はなにかについて、見解をのべた研究はなかったのかといえば、そうではない。いろんな研究者が各様の回答を提出している。ただ、この疑問は簡単そうにみえて、あんがいむつかしく、まだこれといった共通理解には達していないようだ。(3) 一例として、まさにこの疑問を標題にかかげた、墨白氏の「試析典論論文的論文宗旨」（「松遼学刊」二〇〇〇—一）という論文をみてみよう。墨論文によると、「論文」の中心主題はなにかという疑問に対し、これまでの回答はおおきく、

(1)文人相軽の弊の改善
(2)作家（建安文人）の評論
(3)総合的な文学理論

の三とおりにわけられるという。この三とおりの回答、私見によれば、(1)と(2)はきちんとした考えがあっての主張であり、賛否はべつとして、それなりに納得できるものといってよい。

だが(3)の場合は、そもそも「中心主題はなにか」という疑問を、放棄してしまったかのごときであり、はぐらかした回答のように感じられる。この「典論論文」は文学批評史の初期のものなので、その構成もおおざっぱで、多様な話題が無秩序にならんでいる（すくなくとも、そうみえる）。その多様さによりかかって、「総合的な文学理論」をのべたものといわれてしまえば、なにかわかったような気になりやすい。しかし、この「論文」の構成や内容が、真の意味での「総合」、つまり「個々の主張をあわせて、一つにまとめたもの」と称せるかといえば、けっしてそうはいえないようにおもう。各様の話題を叙してはいるが、それらはバラバラなままで、これという総合的な結論や主題は提示されていない、というべきだろう。

では、(1)と(2)の回答はどうだろうか。それぞれに該当する［とおもわれる］論文をさがし、その主張を紹介してみよう。まず「(1)文人相軽の弊の改善」が中心主題だとする論文の一例として、孫明君氏の手になる「曹丕典論論文甄微」（「清華大学学報」一九九八—一、のちに『三曹与中国詩史』〈清華大学出版社〉に収録）をとりあげてみよう。この論文で孫氏はまず、曹丕の文学観は、政教に役だつ有用なものをよしとする、伝統的なものだったとする。そしてこの「典

論論文」をつづることによって、鄴下の文人（建安七子）たちに、文人相軽の陋習を排し、文学によって曹魏の統一事業に協力して千載の功をのこすよう、訓戒をたれたのだと解するのである（孫論文では、これ以外の主張もおおいが、本章の話題と直接に関係しないので、それらは略する）。論文の内容をまとめた摘要の後半を訳しておこう。

……「典論論文」は「文学自覚の時代」の号砲などではない。儒家ふうの伝統観念を打破しないどころか、文学を国家統治の道具にしようとしているのだ。「論文」は鄴下の文人たちに、文人相軽の陋習をやめ、文学の力によって曹魏による天下統一事業に協力するよう、勧奨しているのである。

この孫論文の主旨は、「典論論文」は文学的な見地から文人相軽を批判したというより、政治的立場から「無用の足のひっぱりあいはやめよ」と訓戒したものだった。そしてそのさきには、魏の天下統一への協力要請の意図があった――というものである。その立論ぶりは明快であり、［私自身は賛成できないものの］それなりに説得力のある主張だといってよかろう。

つぎに、「(2)作家（建安文人）の評論」が中心主題だとする論文をみてみよう。さきの墨白氏の御論も、じつは［結論的には］この立場にたっているのだが、ここでは最近あらわれた、兪灝敏「典論論文文本及意義探原」（「温州大学学報」二〇〇八―六）をとりあげてみよう。この兪論文の主旨を、私なりにまとめてみると、

『典論』の文章を検討すると、原則として二字よりなる篇名をもっている。それらの文章では、途中に「……作奸讒」（「奸讒」篇をつくった、の意）、「……作内誡」（「内誡」篇をつくった、の意）などの字句があるが、これは当該篇の序文の結尾だろう。すると、「典論論文」中の「而作論文」もその類であり、たぶんここまでが「論文」篇の序文だと推定してよかろう。かく序文と本文とに二分すれば、「論文」は首尾一貫した論理を有するとみなすことができ、また完篇であるとかんがえられるのだ。

この「論文」の内容は、実質は「七子論」というべきものであり、当時軽視されていた七子を称揚するのが主目的だったろう。その一例として、文中の「四科」の八ジャンルは、七子が得意としたジャンルであったことがあげられる。また篇中の「文学は一ジャンルだけではないので、なんでもかけるという文人は、そうおおくはない」という主張も、おそらく得意ジャンルがかたよっていた七子を、擁護する意図があったのだろう。曹丕は七子の逝去をいたみ、彼らの価値を称揚しようとして、「文章」のなかへ一家言だけでなく文学作品もふくめ、それらを価値たかきものだと主張したのである。

というものである。つまり「典論論文」の中心主題は（執筆目的も）、建安七子を論じ、その人がらや文学を称揚することにあった。いっけんべつの話題を叙したようにみえる部分も、けっきょくはその主題に収斂されるのだ——というのが兪氏の結論である。

この兪論文も、独自の知見を展開したものだ。私はとくに前半の議論に魅了された。そこでの論証のしかたが、ほかの論文にありがちな「自分はこうかんがえる」という主観でなく、行文のありかたを精細に分析することによってなされているからだ。そうした結果として提起された、「典論論文は、序文と本文とに二分できる」という認定はじつにあざやかであり、その篤実な研究態度におおいに啓発された。

兪論文の後半も、ほぼ肯綮にあたった議論だとおもう。私も、その結論（「典論論文」の中心主題は、七子の称揚である）には賛成するものである（後述）。ただ問題なのは、その結論にいたるまでの筋道が、やや短絡気味であることだ。私見によれば、「論文」はテキストに疑念がある。だが兪氏の炯眼は、序文と本文とに二分する点にのみそそがれ、それ以外のことにはおよんでおられぬようだ。くわしくは後述するが、現存の「論文」の文章（とくに本文）は、強引に各所を削除されたものであり、かなり不完全なテキストだとせねばならない（だからこそ、「七子の称揚」という中心主題がみちびけるのだが)。そうしたことに配慮されておれば、兪論文の議論はもっと説得力がましていたろうに、とおしまれるのである。

## 三　政治的意図

このように「典論論文」の中心主題をめぐっては、いまなお諸説があって、決着がついていない。そこでこの節では、いったん「論文」篇からはなれ、『典論』全体をみわたしてみたいとおもう。周知のように「論文」は、『典論』というおおきな論著のなかの一篇である。『典論』全体の趣意や主題がわかれば、おのずから「論文」の中心主題についても、なんらかのヒントがあたえられるかもしれない。

曹丕『典論』は、『隋書』巻三十四経籍志三の「子・儒家」の類に、「典論五巻、魏文帝撰」として採録されている。経籍志の当該の項をひらいてみると、その前後に、桓譚『新論』、王符『潜夫論』、荀悦『申鑒』、徐幹『中論』などがならんでいる。それからみても、『典論』はあきらかに「子書儒家」に属する思想的著作であり、「典論論文」でいう一家言だったと推測してよかろう。さらに『文選』の五臣注では、「文帝典論二十篇」云々と注するので(くわしくは注3参照)、篇数は二十だったようだ。すると『典論』は、内容としては子書の儒家類に属し、分量としては五巻、篇数としては二十篇よりなる著作だったと推測してよかろう。

この『典論』、現存する篇としては、この「論文」と、そして自叙伝ふう内容をもった「自序」とが、よくしられている。この二篇は、完篇かどうかはべつとして、分量としてはけっこうおおい。これ以外に、残存する篇名をあげれば、奸讒、内誡、酒誨、論方術、論太宗、論孝武などが、厳可均の『全三国文』巻八にあつめられている。それらの内容は、奸邪の徒の害を警告したり（奸讒）、女性の政治容喙をいましめたり（内誡）、飲酒の節度さを強調したり（酒誨）、方士の欺瞞さを暴露したり（論方術）したものだ。概していえば、［儒教的立場から］あるべき政治指針や道徳をかたったもの、といってよかろう。その意味で、子書の儒家類という分類は、じゅうぶん納得できるものである。

この『典論』［中の個々の篇］はいつかかれ、いつ一書にまとめられたのか。五巻二十篇のボリュームをもった書物なので、常識的にはある一時期に、いっきにかかれたとはかんがえにくい。おそらく何年かかけて、あの篇この篇とかきついでゆき、それがある程度たまった時点で、『典論』として一書にまとめたのだろう（当初から『典論』としてまとめるつもりだったのか、何篇かかきついでいくうちにおもいついたのかは、わからない）。では、まとめた時期はいつか。これには諸説あって、まだ定説はないようだが、中国では張可礼『三曹年譜』（斉魯書社　一九八三）の推定が、おおくの支持をあつめているようだ。それは、『典論』［中の個々の篇］は一時期にかかれたのではない。基本的には、建安二十二年（二一七）冬の大疫流行からとおくない［以後の］時期に、一書として成立したのだろう。ただ曹丕はその後も、これに手をいれつづけたようだ――という見かたである。そして「典論論文」についても、『典論』がいちおうの成立をみた、まさにその時期（大疫流行後とおくない［以後の］時期）にかかれたのだろう、と張可礼氏は推定されている。

では曹丕は、どういう意図で『典論』をつづったのか。これまで曹丕の『典論』は、「論文」篇のみが重視され、一書自体の執筆意図が問題にされることは、ほとんどなかった。そうしたなか、最近、『典論』に関する画期的な業績があらわれた。それが、宋戦利『魏文帝曹丕伝論』（河南大学出版社　二〇〇九）という書である。宋氏は、同書の第三章第一節「典論創作的政治目的」で、『典論』の執筆意図について、大要つぎのような見かたを披露されている。すなわち、

曹丕が『典論』［の個々の篇］をつづったのは、弟の曹植との立太子競争が、激烈な時期であった。彼がこの『典論』をつづった真の意図は、立太子競争に役だたせようとすることにあった。曹丕は『典論』の創作と伝播とを

とおして、春秋の大義にのっとって「嫡男を後継ぎにたてるべきだ」ということを、婉曲に曹操や卞后らにうったえ、また曹操の臣下たちにも主張しようとしたのだ。さらに重要なことは、この『典論』によって、競争相手の曹植に立太子競争から身をひくよう、説得したことである。そして、弟の卓越した才能を文学創作の道で発揮させ、文辞のなかで自己を表現させようとしたのだった。

これを要するに、曹丕は『典論』執筆によって、自己の政治理念を宣揚し、曹操［やその周辺］にむかっておのが治世の才をみとめさせ、あわせて曹植に立太子を断念させようとしたのだろう。つまり『典論』は、太子の地位獲得のための、一種の宣伝工作の書だったのである。

という見解である（一八三～二〇〇頁を要約した）。この宋戦利氏の見かたは、一言でいえば、政治的側面からの動機を重視したものだろう。宋氏は、自説を証明するために、『典論』からおおくの事例をひく。たとえば、「嫡男を後継ぎにたてるべきだ」の主張のために、曹丕は「典論奸讒」篇において、嫡男でありながら非業の死をとげた人物の例を列挙している、と［宋氏は］いう。

昔伊戻費忌、以無寵而作讒。江充焚豊、以負罪而造蠱。高斯之詐也貪権、躬寵之罔也欲貴。皆近取乎骨肉之間、以成其凶逆。悲夫。

むかし［春秋の］伊戻と費忌とは、［太子から］寵をえられなかったので讒言をでっちあげた。また［前漢の］江充と焚豊（?）とは、［太子に］罪を負ってしまったため、巫蠱の変事をでっちあげた。［秦の］趙高と李斯とは、陰謀によって権力をむさぼり、［前漢末の］息夫躬と孫寵とは、他人に罪をかぶせて高位をねらった。彼らはみな、骨肉の間にいさかいをおこして、陰謀をくわだてたのだ。じつにかなしいことだ。

例示される伊戻は春秋の宋のひと、おなじく費忌は春秋の楚のひと、ともに讒言を王にふきこんで太子をおとしいれた。また江充は漢武帝にとりいって、その太子を死においやった。そして秦の趙高と李斯とは陰謀によって、太子の扶蘇を自殺させ、また息夫躬と孫寵も、方術によって前漢哀帝にとりいり、東平王らを死においやった。曹丕はこうした過去の事例を列挙して、かかる太子や皇族を死においやる仕うちこそが、一国をみだす元凶になったのだと［曹操やその周辺の人びとに］うったえている、と宋氏は主張されるのである。

また宋氏によれば、母の卞后は曹植を鍾愛していた。そこで曹丕は母を警戒し、つぎのような「内誡」の篇をつづって、

> 三代之亡、由乎婦人。故詩刺艶妻、書誡哲婦、斯已著在篇籍矣。近事之若此者衆、或在布衣細人、其失不足以敗政乱俗。至于二袁、過窃声名、一世豪士。而術以之失、紹以之滅、斯有国者所宜慎也。
>
> 夏殷周の三代が滅亡したのは、その原因は女性にあった。だから『詩経』は美女をそしり、古書も賢婦を警戒せよとかくなど、書物のなかでその旨を論じている。近時でも同種の事例はおおいが、ただ一般民衆でのケースは、まだ一国の政治や風俗をそこなうほどではない。いっぽう、二袁（袁術と袁紹）の場合となると、彼らは過度の名声をもっていたが、それでも一代の豪傑ではあった。ところが袁術は女性によって失敗し、袁紹もやはり美女のために滅亡したのだった。このように一国をあずかる者は、女性には気をつけねばならぬ。

と、主張したのだという。曹丕がこの文でいおうとしたのは、「女性は政治（具体的には立太子の問題）に容喙すべきではなく、またさせるべきでもない」ということだろう。曹植に肩をもつ母后に口出しされては、自分が不利になるから、あえてこうした文章をつづった、というわけだ（同書一八七～一九〇頁）。

『典論』の執筆意図が、かく政治的なものだったとすれば、その一篇たる「論文」も、やはりその方向でかんがえるべきだろう。じっさい宋氏は、同書で「論文」の執筆意図にも言及し、曹植をして立太子競争から棄権させ、文辞の

創作に専念させようとした作が、まさに「論文」と「与呉質書」だったとする。というのは、曹丕はこの二篇のなかで、徐幹の寡欲な隠者ぶりをつよく推奨しているからだ。

たとえば「典論論文」では、

融等已逝、唯幹著論成一家言。

孔融たちはすでに死んでしまったが、そのなかで徐幹だけは論をつづって、一家の言を完成させた。

といい、また「与呉質書」ではより積極的に、

偉長独懐文抱質、恬淡寡欲、有箕山之志。可謂彬彬君子者矣。著中論二十余篇、成一家之言。辞義典雅、足伝于後。此子為不朽矣。

徐幹だけは文と質とを兼備し、恬淡として寡欲な人がらで、隠遁の志をもっています。彬彬たる君子といえましょう。彼は『中論』二十余篇をつづり、一家の言を完成させました。その文章や内容たるや典雅そのもので、後世につたわることでしょう。この人物こそ、不朽の名声をたもつのです。

とかたっていた。このように曹丕は、寡欲で隠遁の志をもち、黙々と一家言たる『中論』をかきのこすような文人（徐幹）を理想視し、そうした人物こそが不朽の名声をたもつ、と主張する。宋氏はこうした主張こそ、婉曲に曹植を立太子競争から身をひかせ、［徐幹のように］得意とする文辞のほうへ、気持ちをむかわせようとする誘導作戦だった、と解するのである（同書一九一～二頁）。

以上、些少の私見をまじえつつ、ながながと宋戦利『魏文帝曹丕伝論』の議論を紹介してきた。宋氏の論によれば、曹丕「典論論文」の趣意や主題は、きわめて明確である。つまり、魯迅のいうような、「近代でいう芸術のための芸術」の立場から、文学の価値や不朽さを宣揚しようとしたものでなく、太子の地位獲得（あるいは保持）のための自己宣伝

の作だったことになろう。

それかあらぬか、曹丕は「典論論文」［のとくに第七段］で文学の偉大さを大仰に宣揚し、文学の功で竹帛に名をとどめることを勧奨している。曹丕は明言しないが、ひょっとすると、彼は「おとうと曹植よ、なんじは太子の地位をのがしたけれども、その卓越した文才によって、文学の道で不朽の名をのこせ。それは、兄たる私がのこす政治的功業とおなじぐらい、不朽の業績たりうるものだぞ」といいたかったのだろうか。(4)

この「典論論文」は前述したように二一七年冬の大疫のすぐあと、そして「与呉質書」は二一八年ころにかかれたろうと目される。すると執筆の時期は、曹丕が魏王国（このときはまだ後漢王朝）の太子の地位についた（二一七年十月）直後だったことになる。ただし、その時点でも父の曹操は生存しており（曹操の没年は二二〇年）、いつ太子の地位をうばわれるやもしれなかった。その意味でこの二篇は、［宋氏も指摘されるように］おのが太子の地位を保全し、また曹植を説得するための、念押しの作だったのかもしれない。

かくかんがえてくれば、「典論論文」中で七子をとくに顕彰していた（兪論文の主張もこれだった）のも、またべつの解釈が可能になってこよう。それは、曹操やその周辺にむけて、「こんな奇人変人ぞろいの連中（＝七子）でも、自分は公正な立場から適切に評価し、りっぱに使役することができる」と、おのが人材管理能力を誇示しようとしたのではないか、ということである。そうした寛容にして巧妙な人材管理は、曹操の唯才主義にも一致することを、怜悧な曹丕はみとおしていたにちがいない。

こうした政治的側面を重視した「典論論文」解釈は、日本の研究者のあいだでは、あまりなされていなかった。日本ではこれまで、曹丕は曹植「与楊徳祖書」が個人攻撃に終始するのをかんがみ、冷静な評論的態度でもって「論文」を叙したとか（後出の岡村論文）、疫病による七子のあいつぐ逝去につよい衝撃をうけた、それが、ひとの生命と文学とをみつめる視点となって、文学の原理までふみこんだ批評をなすことができた（注2の松本論文）――などの解釈がおこなわれてきている。これらはいずれも、曹丕の個人的な思いに重点をおきつつ、文学的見地から理解しようとしたものだろう。そうした、文学方面にかたよった理解にくらべると、この宋氏の政治性重視の見かたは、日本の研究の欠をおぎなう、興味ぶかい指摘だとせねばならない(5)。

## 四　論旨の矛盾

ここまで、「典論論文」の中心主題や執筆意図について、最近の議論を紹介しつつ検討してきた。「「論文」篇だけではわかりにくかったが」『典論』全体からみわたしてみると、「論文」篇の中心主題や執筆意図は、太子の地位獲得（あるいは保持）のための自己宣伝にあったとしてよかろう。この作は文学批評史上で著名だったので、これまで右のような政治的側面をかんがえることはなかった。いわば、特定の木（「論文」篇）が有名だったので、その木ばかりにみとれてしまい、森全体（『典論』）をみなかったのだ。しかし、このたび『典論』全体をしることによって、中国では文学と政治とは密接な関係にあることが、あらためて理解できたのである。

もっとも、中心主題がわかりにくかった原因は、右の「木をみて森をみない」姿勢だけではない。「典論論文」のテキスト分析が軽視されてきたことも、原因のひとつとしてあげねばならない。「論文」の内容が、文人相軽の論や建安七子への文学批評、ジャンル論などに分断されて、一篇全体としての趣旨がわかりにくくなっていることは、だれもが感じることである。そうしたとき、まずうたがわねばならぬのは、テキストに不備があるのではないかということだろう。つまり「論文」のテキストがみだれているので、全体の趣旨がわかりにくくなっているのではないか、ということだ。

しかし、「典論論文」のテキストへ疑惑の目がむけられることは、［後出の岡村論文をのぞけば］これまでほとんどなかった。「二　困難な主題把握」で兪灝敏氏の論文をあげつつ、「論文」が序文と本文に二分されることに言及したが、そもそも、こうした基本的なテキスト分析さえ、これ以前になされていなかったのである（兪論文公表は二〇〇八年）。もっとも過去の訳注類をみると、おおくが「而作論文」までを序文ふうに解しており、その意味で兪氏の見解は、とくに斬新なものではない。しかしそれでも、具体的な論拠をしめしてテキストを序文と本文とに二分し、そのうえで全体の構成や中心主題をかんがえようとしたのは、最近のこの兪論文を嚆矢とせねばならないだろう。

こうした基本的な事がらが、なぜ最近までなされていなかったのか。それはおそらく、はやい時期に［魯迅等によって］「典論論文」の意義や価値が喧伝されたため、「あの作のことは、もうわかった」というような気分になって、つい精細なテキスト分析が後回しにされてしまったからだろう。そのうえこの「論文」は、ジャンル論や文気論など個々のちいさな単位では論理明快で、なにをいいたいかすぐ了解できた。だから全体の中心主題やテキストへの疑惑などは、あまり考慮しようとしなかったのではないか。だからこそ、これほど著名な作でありながら、最近まで精細なテキスト分析がなされなかったという、奇妙な状況になっていたのだろう。

そうしたテキストへの無関心と関係があるのか、この「典論論文」の分段、つまりどこで内容的にきれるのかも、じつははっきりしていない。この八ヶ岳ふう文章は、いったい峰がいくつあるのか、峰と峰の切れ目がどこにあるのかも、ひとによってちがってみえるようなのだ。

別稿「曹丕典論論文札記」（『中京大学文学部紀要』第四五―一号　二〇一〇）では、郭紹虞『中国歴代文論選』（以下、『郭選』）を底本とし、分段もそれによった。そこで、まず『郭選』の分段を紹介してみると、

| | |
|---|---|
| 序文 | ①［文人相軽］17句＝文人相軽……斯不自見之患也。 |
| | ②［公正な批評］17句＝今之文人……而作論文。 |
| 本文 | ③［七子文学批評］21句＝王粲長於辞賦……楊班儔也。 |
| | ④［文人の陋習］4句＝常人貴遠賤近……謂己為賢。 |
| | ⑤［ジャンル論］8句＝夫文本同而末異……唯通才能備其体。 |
| | ⑥［文気論］10句＝文以気為主……不能以移子弟。 |
| | ⑦［文学不朽論］27句＝蓋文章経国之大業……斯志士之大痛也。 |
| | ⑧［一家言］2句＝融等已逝、唯幹著論成一家言。 |

という八段になっている（①は第一段のこと、以下おなじ）。この八段というのは、他のテキストとくらべると、かなりこまかい段の分けかただといってよい。

　ほかの訳注での分段をみてみよう。段数がおおいほうからあげれば、七段にわけるのが、『昭明文選訳注』（吉林文史出版社）所収の「典論論文」テキストである。これは『郭選』の④と⑤を結合している。六段にわけるのが、北大中国文学史教研室『魏晋南北朝文学史参考資料』、中国古典文学叢書『文選』、魏宏燦『曹丕集校注』、傅亜庶『三曹詩文全集訳注』のテキストである。これは『郭選』の④⑤、⑦⑧をそれぞれ結合している。五段にわけるのが、小尾郊一『文選六』、夏伝才・唐紹忠『曹丕集校注』、竹田晃『文選（文章篇）下』である。このうち前二者は『郭選』の④⑤⑥、⑦⑧をそれぞれ結合し、後者は③④、⑤⑥、⑦⑧を結合している。つぎに四段にわけるのが、興膳宏・川合康三『鑑賞中国の古典　文選』、高歩瀛『魏晋文挙要』である。前者は②③、④⑤⑥、⑦⑧をそれぞれ結合するが、後者はすこしかわっていて、①②、③④⑤をそれぞれ結合し、⑥と⑦途中まで（懼乎時之過已）を一段、その直後から⑧までをまた一段としている。

このように分段のしかたはさまざまだが、概していえば、⑦と⑧を結合させるかどうか、④と⑤と⑥をいかにくみあわせるか――これらの処理のちがいによって、段数がかわってきているといってよい。このうち、前者の⑦⑧の結合分離はたいした問題ではないが、気になるのは後者における④の処理法である。各テキストは、これを独立させたり、前や後の段にくっつけたりして、あつかいに苦労している。これによって④つまり第四段が、内容的にややうきあがったものであることが推定できよう。

以上、「典論論文」の分段が不確定であることを指摘してきた。こうした分段の不確定ぶりは、「論文」が内容的にどこできれるのか、研究者によって異論があることをしめしている。こうしたことも、「論文」中心主題の不明確さや、さらには［その奥にひそむ］現存テキストが完篇なのかという疑念と、どこかで関係しているのだろう。

しかし、こうしたテキストへの疑念は、あまり研究者によってふかめられなかったようだ。魯迅以降の研究者は、この「典論論文」の文章に対し、枕詞のように疑念のことばを呈してはいる。だが、それでもふかく追求することなく、なんとなくそのままのかたちで読解され、現在までいたっているからだ。さきに紹介した兪灝敏氏の論文においても、①②が序文だと明言されただけで、「論文」のテキストについては、「首尾一貫した論理を有していて、これで問題はない」と主張されているのである。

さらに、もうひとり例をあげれば、中国の若手研究者たる蕭力氏は、「『文』的双層内涵―論曹丕在典論論文中文学批評角度的游移―」（「雲夢学刊」二〇〇二―五）において、「典論論文」の前半（①〜⑥）と後半（⑦⑧）とで文学観が相違し、双方のあいだで「游移」（ぐらつき）が存在していると指摘されている。だがそれでも、氏の鋭鋒はテキストの信憑性をうたがう方向にむかわず、自己の解釈によってそのぐらつきを説明しようとされるのだ。私からみると、蕭氏はなにか無理に自分を納得させているように感じられ、なぜテキスト不備の可能性をうたがわないのかと、ふしぎにおもうほどである。

　そういうわけで、私はテキスト不備の可能性をうたがいつつ、「典論論文」の文章を何度もよみかえしてみた。すると、やはりテキストの完全さに疑念をもつにいたったのである。その発端は、［上述した］一篇の中心主題が不明なこと、および各段の論理的つながりが希薄なことの二点だった。さらに、右の不確定な分段ぶりや蕭力論文の指摘から浮上してきた、

　第一＝④が前後の文脈からうきあがっている。

　第二＝⑧がプツンと切断されたようにおわっている。[6]

　第三＝前半（①～⑥）と後半（⑦⑧）とのあいだで齟齬がある。

などの齟齬も、ふしぎなことのようにおもわれた。こうした齟齬の存在は、「典論論文」テキストの不完全さを、暗示するもののように感じられる。

　この、あらたにうかびあがった三つの齟齬のうち、もっとも問題にされるべきは、第三の前半（①～⑥）と後半（⑦⑧）との齟齬だろう。この前半と後半とが齟齬していることについては、じつはもう半世紀もまえ、日本の岡村繁「曹丕の典論論文について」（「支那学研究」第二四・二五号　一九六〇）が、つとに指摘している。岡村氏は、⑦の冒頭「蓋文章経国之大業」の「文章」の語に注目され、そこでの「文章」は奏議や詩賦のたぐいでなく、一家言をさす。しかもその一家言なるものは、「自分の思想を盛るに足るだけの、ある程度のボリュームを持った一部のまとまった書物」である――と指摘された。そして、前半①～⑥が「四科」（奏・議、書・論、銘・誄、詩・賦）なる文学ジャンルへの論述だっ

たのに対し、後半⑦「蓋文章経国之大業」以後では、思想的書物への論述であって、両者の間に明白な断層があることに、疑問をもたれたのだった。そのほか氏は、前半では先天的な才気を重視し、それは「力強して致さざる」ものだといっていたのに、後半では、「強力《つと》めて」著述すべしと強調している矛盾なども指摘され、けっきょく、すでに文選に載せられた「論文」以外に「論文」の佚文がいくつか発見されていることや、最後の「融等已逝、唯幹著論、成一家言」がはなはだ中途半端な結びになっていることなどから推して、文選に載せられた「論文」は、決してその全文でないことがわかる。するとあるいは「蓋文章……」の前に、もっと前の節とすなおに文意が接続する橋渡しの文があったのではないかとも疑われる。

とのべ、テキストへの疑念をもらされるにいたったのだった。

そこであらためて、前半（①～⑥）と後半（⑦⑧）とで矛盾したり、齟齬したりする点を列挙してみよう。岡村氏ら従前の研究者のご指摘をふまえつつ、私なりにまとめてみると、

(1)論じる対象……前半では、奏議や書論など文学ジャンルをとりあげるが、後半では思想的著述を「文章」「一家言」と称して論じている。

(2)徐幹への評価……前半では、辞賦以外の作はおとるとするが、後半では、一家言（中論）を完成したと称賛している。

(3)努力への考えかた……前半では、天賦の「気」が重要であり、努力してもむだだとするが、後半では、時間をおしんで努力せよと主張している。

(4)得意不得意への認識……前半では、文人個々の得意不得意はどうしようもないとするが、後半では、千載の功をわすれず一家言をめざせ、と主張している。

(5)批評の姿勢……前半では、評論家ふう立場で芸術的観点から批評しているが、後半では、為政者ふう立場から儒教的な訓戒をたれている。

などがあげられよう。(1)~(4)は内容的に齟齬する点、(5)は作者(曹丕)の立ち位置のちがいである。このように前半と後半とで内容や立場に齟齬があるとすれば、やはり岡村氏が指摘されたように、両者のあいだに、なんらかの橋渡しふう文章があったのだが、それが脱落してしまったのではないか(さらに第一や第二の齟齬も考慮すると、ほかの箇所でも、おなじような脱落があったのではないか)と、うたがってよいようにおもわれる。

では、どのような文章が「典論論文」から脱落したのか。じゅうらい「論文」の脱文だとされてきたのは、厳可均『全三国文』巻八にあげられた、つぎのような四条である。

(1)[北堂書鈔巻一〇〇]魏文帝典論云、或問、「屈原相如之賦孰愈」。曰、「優游案衍、屈原之尚也。窮侈極妙、相如之長也。然原據託譬喩、其意周旋、綽有余度矣。長卿子雲、意未能及已」。

(2)[太平御覧巻五九五]典論曰、余観賈誼「過秦論」、発周秦之得失、通古今之制義、洽以三代之風、潤以聖人之化、斯可謂作者矣。

(3)[北堂書鈔巻六二]魏文典論云、李尤字伯宗、年少有文章、賈逵薦尤、有相如楊雄之風。拝蘭台令史、与劉珍等共撰「漢記」。

(4)[芸文類聚巻一〇〇]典論曰、議郎馬融、以永興中、帝猟広成、融従。是時北州遭水潦蝗虫、融撰「上林頌」以諷。

この四条のうち、(2)は「典論曰」、(3)は「魏文典論云」、また(4)は「典論曰」としてひかれている。この引きかたでは、真に「典論論文」からの引用かどうか、はっきりしない。厳可均は、これらは内容的に文学に関連しているので、

「論文」の脱文だと推測したのだろうが、しかし『典論』の他篇からの引用である可能性もないではない。

それに対し、屈原と司馬相如を比較した(1)は「魏文帝典論云」という引用ではあるものの、その文は『北堂書鈔』の「芸文部六」の「論文二十」、つまり文学論を叙した項に採録されたものである。さらに、その「論文二十」の項をじっさいに披見してみると、その前後に摯虞「文章流別論」や陸機「文賦」、曹丕「与呉質書」、曹植「与楊徳祖書」などの文学論の名作がひかれている。それからみると、この(1)「魏文帝典論云」だけ、『典論』他篇からの引用とはかんがえにくく、「論文」篇からひいてきたものとみなすべきだろう。

さらに、もうひとつ、建安七子ら文人の伝記をあつめた『魏志』巻二十一に、

散騎常侍陳留蘇林、光禄大夫京兆韋誕、楽安太守譙国夏侯恵、陳郡太守任城孫該、郎中令河東杜摯等亦著文賦、頗伝於世。

散騎常侍の陳留の蘇林、光禄大夫の京兆の韋誕、楽安太守の譙国の夏侯恵、陳郡太守の任城の孫該、郎中令の河東の杜摯らも、また文章や賦をつづって世間によくつたわっている。

という一節があり、そこの注引『魏略』に、

林字孝友……文帝作典論所称蘇林者是也。

［蘇］林はあざなは孝友という。……文帝が『典論』をつづったさい、そこで称賛されていた蘇林なる人物が、このひとである。

という記事がある。この『魏略』の記事によって、『典論』中で建安期の文人、蘇林に言及した一節があったことがわかる。だが現存する『典論』には、この蘇林の名はでてこず、佚したものと推定される。では、その佚した文は、『典論』の何篇に存していたのかというと、蘇林が「文章や賦をつづって世間によくつたわっている」人物である以上、

やはり「論文」が第一に想定されねばならない。つまり「典論論文」には蘇林を称賛した一節があったのだが、それがなんらかの事情で脱落してしまったと推定できるのだ。[7]

　このようにみてくると、「典論論文」のテキストに脱文があったことは、まずまちがいないとしてよかろう。そしてその脱文の一部に、屈原・相如の比較や、蘇林への称賛が叙せられていたのである。ただそれらが、「論文」の①〜⑧のどのあたりにあったかは、よくわからない。[8] いっぽう、岡村氏が推測された、⑥⑦をすなおに前半に接続させる橋渡しの文は、現時点ではそれらしいものは残存していない。おそらく佚したとおもわれ、残念でならない。

## 五　採録時の添削

　では、「典論論文」のテキストに、いつ、いかにして脱落がおこったのだろうか。常識的には、『文選』成立後に脱落したとはかんがえにくい。すると『文選』成立以前のどこかの時点で、なんらかの事情によって、字句の脱落がおきたのだと想像される。では、その時点とはいつで、どのような事情だったのか。これに関しては、明確な資料はのこっていない。ただ私は、「論文」を『文選』に採録しようとした、まさにその時点で、編者の蕭統が（正確には「蕭統の意をうけた『文選』の実質的編者が」というべきだろう。だがややこしいので、以下では「蕭統が」としておく）、「論文」の一部を意図的に削除したのではないか、と推測している。

　編者が、かってに収録作品の字句を削除するなど、現代の我われからみると、たいへん不遜な行為のようにおもわれる。いくらふるい時代とはいえ、そんなことがありえたのだろうか。だがこの疑問には、「どうやらあったようだ」とこたえねばならない。じっさいに、そうした事例があるからだ。この種の、後人による作品の一部削除の有名なものとして、『水滸伝』の末尾をごっそりきりおとした、金聖歎の改作（この場合は削除というより、改作と称すべきだろう）の例が、よくしられている。だが、そうした俗文学の分野にかぎらず、『文選』のごとき正統的な詩文選集においても、どうやら採録作品の添削は、ひんぱんにおこなわれていたようなのである。

近代の作家にして、博覧強記の学者だった銭鍾書氏（一九一〇～九八）は、近代以前の選集編纂に対して、

古人選本精審者、亦毎削改篇什。（『管錐編』一〇六七頁）。

古人のすぐれた選集では、採録作品の字句改変を常としている。

とかたっている。つまり近代以前では選集を編纂するとき、編者がかってに採録作品の一部をけずったり、改変したりしていたというのだ。そして旧時の選集編纂時において、「篇什を削改」した過去の事例を、たくさん提示されている。氏はなかでも、李攀龍『詩删』、陳子龍『皇明詩選』、沈徳潜『別裁集』等、劉大櫆『歴朝詩約選』、王闓運『湘綺楼詞選』などにおいて、削改がとくにはなはだしかったとのべられる。銭氏があげる具体例をひとつしめそう。清の沈徳潜は『唐詩別裁集』を編纂したとき、司空図「帰王官次年作」詩を採録した（巻一六）。そのさい詩中の「覧鏡空憐待鶴疎」の句を、かってに「缺粒空憐待鶴疎」にあらためたのだという（じっさいに確認したが、銭氏が指摘されたとおりだった）。

そして、さらに興味ぶかいことに、銭鍾書氏はそうした悪例を創始したのは、『文選』を編纂した「文選楼諸学士」たちだったと、指摘されているのである。その証拠として、銭氏が提示される『文選』の添削事例は三。すなわち、任昉「奏弾劉整」、曹植「与呉季重書」、「古詩十九首」第十五の三篇において、そうした悪例がおこなわれたという。ここでは、そのうちの文章作品の例、前二者のケースを紹介してみよう。

まずは、単純な任昉「奏弾劉整」（『文選』巻四〇）の例。この作は、劉整なる人物を糾弾した弾劾の文章である。そ

の文中に「整即主」という句があるが、その句のしたに、李善は、

昭明刪此文大略、故詳引之、令与弾相応也。

編者の昭明太子は、この部分の大略を削除している。だから自分の注のなかに、その削除された文を引用して、奏弾の［『文選』本文中の他の］行文と対応させるようにする。

という注釈をほどこしている。この注からすると、どうも昭明太子こと蕭統は、彼が編纂した『文選』にこの作を採録したとき、篇中の「整即主」句の直前の部分（七百余字）を削除してしまったらしい。だから李善は、その削除された七百余字を自分の注（李善注）のなかに引用して、「奏弾劉整」の前後の行文と辻褄があうようにした、ということのようだ。つまり蕭統は、任昉の名篇「奏弾劉整」を採録するにさいし、かってにそのうちの七百余字を削除し、その［削除して］改変した文章を、自己の『文選』のなかへ採録したのである（現在の『文選』テキストのおおくは、李善が注のなかに引用した七百余字を、本文中にくみいれて復元している）。

もうひとつの曹植「与呉季重書」（『文選』巻四二）では、すこし複雑な「削改」がおこなわれている。この作品は、曹植が呉質（あざなは季重）におくった書簡文である。この書簡文のなかに、

……和氏無貴矣。【夫君子而不知音楽、古之達論、謂之通而蔽。】墨翟不好伎、何為過朝歌而迴車乎。足下好伎、値墨翟迴車之県。想足下助我張目也。又聞、足下在彼、自有佳政。

……和氏の玉でも珍重されません。【君子でありながら音楽をしらねば、古代の見識ある議論からすれば、「通じてはいるが頑迷だ」といわれましょう。】墨翟は音楽をこのまなかったのですが、それにしてもどうして朝歌の地にいたるや、馬車をかえしたりしたのでしょうか。貴殿は音楽がすきで、墨翟が足をふみいれなかった、その朝歌をおさめています。きっと貴殿なら私とともに、墨翟をにらみつけてくれることと存じます。私はま

た、貴殿が朝歌の地にあって、よい政治をおこなっているとの噂を耳にしています。

という一節がある。ここの傍線を附した「墨翟不好伎、何為過朝歌而迴車乎」二句は、墨子の故事（『淮南子』説山訓など）をふまえる。墨子は音楽をきらっていた。だから、「朝に歌う」という名をもった朝歌の村にいたったとき、あえて馬車をひきかえさせ、その村に足をふみいれなかったという話柄である。

李善は、その故事をふまえたこの箇所に、

『植集』此書別題云、「夫為君子而不知音楽、古之達論、謂之通而蔽。墨翟自不好伎、何謂過朝歌而迴車乎。足下好伎、而正値墨氏迴車之県、想足下助我張目也」。今本以「墨翟之好伎」置「和氏無貴矣」之下。蓋昭明移之、与季重之書相映耳。

『曹植集』では、この書簡はべつの標題になっていて、「夫為君子而不知音楽、古之達論、謂之通而蔽。墨翟自不好伎、何謂過朝歌而迴車乎。足下好伎、而正値墨氏迴車之県、想足下助我張目也」となっている。ところが今本［の「与呉季重書」］では、「墨翟之好伎」句を「和氏無貴矣」句のすぐあとに布置させている。おもうに昭明太子が、「夫君子而知音楽、古之達論、謂之通而蔽」三句を［右の］別標題の書簡文からもってきて、季重（呉質）の返書と対応させたのにちがいない。

と注している。つまり李善によると、今本（いま李善がみている『曹植集』中の「与呉季重書」のテキストのことだろう）では、右の【　】でくくった三句がなく、「墨翟之好伎」句（現存の『文選』テキストは「墨翟不好伎」とする）は、うえの「和氏無貴矣」句のすぐあとにつづいている。おもうに『文選』編纂のさい、蕭統が曹植のべつの書簡文からこの三句をもってきて、呉質の返書と対応させたのだろう——ということらしいのである。(9)

この李善の注釈はどういうことか。私なりに推測すれば、おそらくつぎのような解釈なのだろう。すなわち、この

曹植「与呉季重書」をうけとった呉質は、さっそく曹植に返書「答東阿王書」（『文選』巻四二）をかいた。その返書に、

墨子迴車、而質四年。雖無徳与民、式歌且舞。儒墨不同、固以久矣。

墨子は馬車をかえし［て朝歌の地に足をふみいれなかっ］たのですが、この私（呉質）はこの地［にはいり、この地］をおさめて四年になります。民をめぐむ徳などもちあわさぬ私ではありますが、民とともに歌唱し演舞しています。儒家と墨家とが意見がことなるのは、ずっとむかしからのことなのです。

という一節があり、やはり墨子の故事を引用していた。つまり曹植がつかった故事を、呉質も返書でうまく再利用し、音楽ぎらいの墨子（墨家は華美なものをきらうので、音楽もこのまない）と音楽ずきの自分（＝儒者たる呉質。儒家は音楽を重視する）とを、たくみに対応させているのである。そうすると、はじめにおくった曹植「与呉季重書」のなかに、「夫君子而不知音楽、古之達論、謂之通而蔽」（君子でありながら音楽をしらねば、古代の見識ある議論からすれば、「通じてはいるが頑迷だ」といわれましょう、の意）の三句があったならば、

呉質　↓　音楽がすき　↓　頑迷でない　↓　りっぱな［儒家ふう］君子だ

のニュアンスが浮きぼりになる。さらに、曹植書簡における［呉質への］好意的なお世辞と、呉質返書における遠慮のない自負（私はりっぱな君子だ）とが、より明瞭に対比されることになろう。

これを要するに、李善の注釈を私なりに敷衍すれば、蕭統（昭明太子）は曹丕書簡とその返書である呉質書簡との対応を、もっと明瞭なものにさせたいとおもった。そこで、べつの曹植書簡（佚。だれあての書簡かは不明）から、「夫君子而不知音楽、古之達論、謂之通而蔽」三句をとってきて、曹植「与呉季重書」のなかに挿入し、曹植と呉質の両書簡をうまく対応させた――という事情だったのではないか。もしこの私の推測があたっておれば、蕭統は曹植のことなる二書簡を編集して、一篇の書簡文にしたてあげたことになる(10)。これは、たんなる字句削除だった任昉「奏弾劉整」

よりも、いっそう本質的な改変行為だといってよかろう。

ここまで、銭鍾書氏ご指摘の三例のなかから、二例を紹介してきた。[11] これによって『文選』編纂時に、採録［予定の］作品の字句添削がおこなわれていたことが、ほぼ確認できたといってよい。[12] もっとも、この二例は、現代の銭氏が、というよりも、初唐の李善が気づいて、おのが注のなかで指摘したケースにすぎない。すると、この二例以外にも、李善が気づかなかった添削事例が、まだあったとかんがえるべきだろう。

そうである。私は、この曹丕「典論論文」も、これと同種の、蕭統による添削をこうむっているのではないか、と推測しているのである。その証拠が、さきにのべた「中心主題が不明」「各段の論理的つながりが希薄」や、「④が前後の文脈からうきあがっている。⑧がプツンと切断されたようにおわっている。前半（①〜⑥）と後半（⑦⑧）とのあいだで齟齬がある」などの、内容やテキスト上の疑念や齟齬にほかならない。つまり、「論文」中に辻褄のあわぬ点があることこそ、蕭統の［あまり上手とはいえない］添削行為の証拠であり、またその後遺症ではないかと推測するのである。

## 六　友情物語への改編

さて、話題が「典論論文」のほうにもどりかけたが、そこでの添削の話にすすむまえに、蕭統がなぜ右のごとき添削をおこなったのか、かんがえておかねばならない。いったいどんな意図があって、蕭統は採録作品の字句を添削したのだろうか。この疑問をとくためには、ふたたび銭鍾書氏の意見に耳をかたむける必要があろう。

銭鍾書氏は、現代のひとらしく、これらの添削行為に対し、「此の習いを訴病とすべきは誠に是《ぜ》なり」と批判されている。だが、そのいっぽうで、「[先人は]遇《たま》たま白璧の微瑕《びか》有れば、輒《すなわ》ち点竄《てんざん》を為して、完善に臻《いた》らしむ」という清の丁紹儀のことばをひいて、旧時の編者たちの添削行為に理解をしめすがごときでもある。じっさい、銭氏同書にひく過去の事例をみると、選集編者による作品への添削は、作者に失礼だとか、不遜な行為であるとか、とはおもわれていなかったようだ。むしろ旧時の文人たちは、そうした行為を、[過去の作品への]尊敬や好意のあらわれだと、おもっていたようにさえ推察される。

　これを要するに、近代以前においては、選集の編者が収録[予定の]作品に添削をくわえることは、当該作品を「完善に臻らしむ」親切な行為だと、かんがえられていたようなのだ。そうだとすると、右の蕭統の二例の添削行為も、おそらく不遜な心算などではなく、むしろ好意的な意図によってなしたと解すべきだろう。では、どんな好意的な意図だったのだろうか。

　まずは、任昉「奏弾劉整」のほうからかんがえよう。蕭統の意図をしるには、どんな文章を削除したかをしらねばならない。蕭統によって削除された[と目される]七百余字の一部をぬきだしてしめすと、

范今年二月九日夜、失車蘭子夾杖龍牽等。范及息逡道、「是采音所偸」。整聞声、仍打逡。范喚問、「何意打我児」。整母子、爾時便同出中庭、隔箔与范相罵。婢采音及奴教子楚玉法志等四人、于時在整母子左右。整語采音、「其道汝偸車校具。汝何不進裏罵之」。既進争口、挙手誤査范臂。車蘭夾杖龍牽、実非采音所偸。

范氏は今年二月九日夜に、車蘭子と夾杖と龍牽をなくしましたが、彼女とその息子の劉逡は「これは、きっと采音がぬすんだんだろう」といいたてました。その声をききつけると、劉整は劉逡をうちすえましたので、范氏が大声で「いったいどうして私の息子をなぐるのだい」とさけびました。すると、劉整の母と息子が一緒に中庭にでてきて、すだれごしに范氏とののしりあいをはじめたのです。婢の私（采音）と奴の教子・楚玉・法志

ら四人は、このとき劉整母子のそばにおりました。主人の劉整は私に「あいつらは、おまえが馬車の道具をぬすんだといってるぞ。どうしてなかにはいって、いいかえさないのか」といいました。そこで、范氏の家のなかへはいっていいかえしましたが、手をあげたところ、ついまちがえて范氏のひじをたたいてしまいました。でも、車蘭子と夾杖と龍牽は、ほんとうに私はぬすんでおりません。

のような文章である。

一見してわかるように、ここの行文は、口語まじりのきわめて俗っぽいスタイル（とくに傍線を附した部分）である。任昉はなぜかここだけ、こうした俗っぽいスタイルを採用しているのだ。四六や対偶を多用した美文全盛の当時では、こうした行文はさぞかし下品にうつったにちがいない。(13) そこで蕭統は、品のわるい口語まじりの七百余字を削除し、「奏弾劉整」を「完善に臻らし」めようとしたのだろう。

いっぽう、曹植「与呉季重書」のほうは、さきにものべたように、呉質の返書「答東阿王書」と内容的に対応させようとしたのだろう。この場合は、そうした添削をほどこしたほうが、内容的に「完善に臻らしむ」ことになる、と蕭統がかんがえたからにほかなるまい。

以上、『文選』中の二例について、蕭統による添削行為の意図をかんがえてきた。やはり銭鍾書氏が指摘されたとおり、どちらの作も、編者たる蕭統が作品への尊敬や好意をもちつつ、「完善に臻らし」めんとして字句を添削したと推測されるのである。(14)

では、曹丕「典論論文」の話題にもどろう。この場合はどうだったのか。「論文」の『文選』採録にあたって、屈原・司馬相如の比較や蘇林への言及などが削除されたとすれば、それは蕭統の側に、いかなる好意があって、いかに「完善に臻らし」めんとしたからだろうか。

この疑問、私見をさきにのべておけば、蕭統はおそらく、「典論論文」は、君臣（曹丕と建安七子）が文学創作を絆《きずな》として、身分をこえて相和《あいわ》した友情の所産であってほしいし、またそうあるべきだとおもったのだろう。そうであってこそ、「論文」の価値がいっそうたかまると信じたにちがいない。そのため蕭統は、友情物語と関係のない箇所を、不要なものとして削除してしまったのではないか――とおもわれるのである。

かつて拙稿「曹丕の与呉質書について――六朝文学との関連――」（『中国中世文学研究』第二〇号　一九九一）で指摘したことだが、『文選』の編者たる蕭統は、おなじく好文の太子という相似もあってか、曹丕をいたく尊敬し、またその文学もこのんでいた。なかでも蕭統は、曹丕と建安七子たちが、外見上は君臣の関係にあるものの、文学創作を紐帯にして、擬似的友情関係を仮構していたことを、うるわしいこととみなしていたようだ。そして曹丕が年長の建安七子をひきいたように、自分も劉孝綽や張率らによびかけ、友情的雰囲気のなかで、詩文の腕をきそいあいたいとおもったことだろう。

そうした蕭統からみれば、まずは曹丕の「与呉質書」が、もっとも理想的な作品だとうつったに相違ない。というのは、この「与呉質書」こそ、蕭統ごのみの、君臣が擬似的友情関係のもとで、文学に切磋琢磨しあっているようすが、ヴィヴィッドに叙された作であるからだ（もちろん「与呉質書」も『文選』に採録されている）。そのためだろう、蕭統は「与呉質書」の内容や情趣を模して、同種の雰囲気をもった「与晋安王綱令」や「答湘東王求文集及詩苑英華書」「宴闌思旧詩」などの詩文をつづった。そしてそこでも、君臣唱和のたのしみを叙し、また建安文学へのあこがれを表明しているのである。

すると『文選』編纂時、蕭統がこの「典論論文」にたちむかったときも、「与呉質書」と同種の友情物語ふう内容であってほしいとねがったのではないか。そのためには、よけいな箇所は削除せねばならない。たとえば、七子以外について叙した部分（屈原・相如の比較や蘇林を論じた批評など）は、七子に関係ないので、けずったほうがよかろう。逆にけずってならぬのは、七子に関した議論と、曹丕が得意とし、かつ自分（蕭統）もこのんでいる、文学批評を叙した部分だ。だからジャンル論や文気論、さらに文学不朽論などは、ぜひのこしておきたい。いっぽう、冒頭に文人相軽が強調されているのは、［文人相軽とは逆の、うるわしい］曹丕と七子との友情を浮きぼりにできるので、かえって都合がよい。また七子への哀悼も、君臣をこえた友情を強調するのに好都合なので、どうしてもけずるわけにはいかない――かくあれこれかんがえて、字句をけずった結果が、現存する「論文」になったのではないかと、私は推測するのである。

こうした推測があたっているとすれば、「典論論文」が七子論を中心にし、しかも七子に同情をよせた作になっていることが、よく納得されてこよう。本章の「二　困難な主題把握」でもふれたが、兪灝敏氏は、この「論文」について、当時軽視されていた七子を顕彰するのが主目的であり中心主題だった、と主張されていた。そして曹丕が「四科」の八ジャンルをとりあげたのも、七子がそれらを得意としていたからだった。また、「文学は一ジャンルだけではないので、なんでもかけるという文人は、そうおおくない」という発言も、得意ジャンルがかたよっていた七子擁護の意図があったからだ、とのべられていた。こうした兪氏の見かたは、あたらずといえども、とおからずだったといってよい。現状の「論文」テキストをよむかぎり、分量的にかなりの字句を七子顕彰にさいて、曹丕との友情を強調しているのはまちがいないからだ。そのかわり、［おそらくは］強引なテキストの一部削除のせいで、「論文」は全体の論理的つながりがうすくなり、また中心主題がわかりにくくなってしまったのである。

以上、蕭統による「典論論文」添削（「添」のほうは、たぶんないとおもうが）の可能性について、私見をのべてきた。本章のおわりのほうは推測がおおくなってしまい、学術論文が有すべき堅実な実証性に、自分でもいささかの不安を感じている。だがそれでも、不安をおしていえば、もし右のごとき添削が、『文選』中の四篇（任昉「奏弾劉整」、曹植「与呉季重書」、「古詩十九首」第十五、そして曹丕「典論論文」）におこなわれていたとすれば、これら以外の作品に対しても、同種の可能性がかんがえられねばならないだろう。

現在のところ、『文選』採録作品は、編者による添削はありえないとの前提で、各様の研究がすすめられている。だが、こうした添削行為がほかにもあったとすれば、『文選』採録作品の個別研究（主題はなにか、執筆意図はなにかなど）をおこなう場合は、現テキストに依拠するだけでは不じゅうぶんであり、編者による添削の有無も考慮しなければならなくなってこよう。

近時の『文選』研究では、編纂の実態について、真の編者は蕭統か劉孝綽かというような議論は、さかんになされてきた。しかし、個々の作品をどの書物（先行の総集、個人の別集、『漢書』『後漢書』等）からとってきたのか、そのさい［右のような］編者による添削行為があったのかなど、より具体的な編集編纂の状況については、まだほとんど議論されてきていない。(15) これからの『文選』研究においては、これらの諸問題も、慎重に吟味されてゆく必要があるだろう。

注

（1）ＣＮＫＩ「中国学術雑誌（中国文学）」（現在は「中国期刊全文数据庫」と改称）において、標題に「典論論文」をふくむ論文を検索してみた。検索した時期は、本章［のもとの論文］執筆時の二〇一〇年の秋。

（2）松本幸男「曹丕と呉質―曹丕の評論活動の契機―」（「立命館文学」第三五八・三五九合併号　一九七五）より引用。同論文はのちに『魏晋詩壇の研究』に所収。

（3）「典論論文」の中心主題はなにかという疑問へ、もっともはやく回答した人物は、初唐の呂向（文選五臣注の注者のひとり）だろう。彼は『文選』中の「典論論文」の篇名のところに、

文帝典論二十篇、兼論古者経典文事。有此篇、論文章之体也。

文帝『典論』は二十篇あり、いにしえの経典や文学をひろく論じている。その『典論』中にこの「論文」篇もふくまれており、そこでは文章のジャンルを論じている。

と注している。これによると、どうやら呂向は、ジャンル論を「論文」の中心だとかんがえていたようだ。ただ現在では、この説を支持する研究者はあまりおおくはない。

（4）汪春泓「在為芸術而芸術的背後―関于典論論文的重新解読―」（「文史知識」一九九九―二）も、宋氏同書とニュアンスはちがうものの、やはり曹丕「典論論文」は、曹植に文学に専念することによって、名をのこせとかたっている、と主張している。

（5）最近の注目すべき『典論』関連の業績として、渡辺義浩「曹丕の典論と政治規範」（『古典中国における文学と儒教』所収。論文初出は二〇〇九年）がある。本章［のもとの論文］執筆時はこれに気づかず、よんでいなかったが、『典論』の［「論文」篇だけでなく］全体像や政治的側面にも言及されており、本章の議論とかさなるものがある。あわせて参照されたい。

（6）孫明君氏は上掲の論文「曹丕典論論文甄微」で、このプツンときれたような⑧「融等已逝、唯幹著論成一家言」に疑念を表明し、⑧は後日の増補だろうとのべている。だが、その根拠はしめしていない。

（7）かく「典論論文」に、七子と同時代の文人、蘇林への称賛があったとすれば、兪灝敏「典論論文文本及意義探原」が主張していた、曹丕はとくに七子に目をかけていて、典論論文は七子称賛の文だったとする議論は（「二　困難な主題把握」を参照）、かなり土台があやうくなってくるだろう。こうして［本文でものべたように］、蕭統による「典論論文」の文章添削の可能性が生じてくるわけだ。

（8）厳可均は『全三国文』巻八に「典論論文」の佚文をあつめたうえで、「此の三条（(2)(3)(4)の佚文）は、疑うらくは当に前半に在るべし。『文選』に刪落《さんらく》せし者は尚お多《な》からん」とのべ、なおおおくの佚文があったはずだと予想している。いっぽうで厳可均は、(1)「或問、屈原相如之賦孰愈」云々の脱文を、「論文」の文末（⑧のあと）に接続させている。もちろんそれが不可だとは断言できないが、私はこの位置におくのは、文脈上つながりがわるいようにおもう。

（9）もっとも後代の『文選』研究者（『考異』の胡克家や『旁証』の梁章鉅など）は、李善の推測（蕭統が「与呉季重書」のなかに、もともとなかった三句を添加した）にしたがっていない。彼らは蕭統ではなく、後代の某氏が、李善注にひかれた三句を、「与呉季重書」のなかに挿入したのだと解している。おそらく後代の注家のあいだでは、権威化した『文選』［やその編者の蕭統］には、疑念をさしはさみにくい雰囲気があったのだろう。

（10）顧農氏の「李善与文選学」（『文選与文心』所収）も、蕭統は曹植のことなる二書簡を編集して、一篇の書簡文にしたと主張している。

（11）『文選』編纂時に字句を添削した、もうひとつの事例「古詩十九首」第十五においては、編者たる蕭統が、楽府古辞「西門行」をいかに改変して、現今の字句にしていったかが、朱彝尊『曝書亭集』巻五十二「書玉台新詠後」に依拠しながら、［銭鍾書氏によって］詳細に説明されている（『管錐編』一〇六七頁）。

（12）李善は、「昭明は此の文の大略を删《けず》る」「蓋《けだ》し昭明は之を移す」などと注し、『文選』編纂時に蕭統が任昉や曹植の文を添削したとする。本章もそうした立場にたつが、その添削者は蕭統そのひとでない可能性もありえる。つまり、もっと以前の某氏が添削し、蕭統はその添削済みテキストを『文選』に採録したという考えかただ。李善もそうした可能性には、気づいていたかもしれない。だがそれでも、『文選』注者としての立場上、李善は「編者の昭明太子が」云々と注さざるをえなかったろう。それゆえ李善が、真に蕭統が添削したと信じていたかどうかは、わからないとせねばならない。以上、富永一登氏ご示教。

（13）任昉「奏弾劉整」中の七百余字の文章の特異性については、佐竹保子「文選巻四十奏弾劉整中間部分七百余字の由来とその文学性について」（『文化』四五―三・四号　一九八二）に委細がつくされている。

（14）『文選』編纂時における［蕭統らの］添削行為は、おそらく六朝文人たちのあいだに弥漫していた、秘密裏に自分の詩文を他人に修正してもらう風潮を背景にしていよう。たとえば、蕭統と同時代の任昉に関して、

［王倹］乃出自作文、令［任］昉点正。昉因定数字。倹拊几歎曰、「後世誰知子定吾文」。

王倹は自分がかいた文をとりだして、任昉に添削させた。任昉はそこで数字を修正した。倹は机をたたいて嘆じていった。「後世の人びとは、そなたがわしの文を添削したと、だれが気づこうか」と。

という話柄がのこっている（『南史』任昉伝）。任昉は［恩人であり上司でもある］王倹の文を、添削しているのである。この

ように六朝では、他人の作を潤色したり、字句を修正したりすることが、さかんにおこなわれていたようだ。洪邁『容斎続筆』巻十三「曹子建論文」、孫徳謙『六朝麗指』第六十七節なども参照。

(15) 最近刊行された胡大雷『文選編纂研究』(広西師範大学出版社　二〇〇九) は、初歩的ながら『文選』編纂をめぐる各様のやりかたが吟味されていて、参考になろう。とくに、同書の第二章第二節「剪裁史書、文選的録文方式之一」では、本章でとりあげた任昉「奏弾劉整」と曹植「与呉季重書」の添削についても言及している。

# 第二章　陸機「文賦」の文章



**【基礎データ】**

［総句数］288句　［対をなす句］190句　［単対］89聯　［隔句対］3聯　［対をなさぬ句］98句　［四字句］44句　［六字句］214句　［その他の句］30句　［声律］54聯

［修辞点］25（第4位）　［対偶率］66％（3位）　［四六率］90％（2位）　［声律率］59％（9位）

**【過去の評価】**

［文心雕龍序志］陸賦巧而碎乱。

「文賦」は巧緻だが、くだくだしい。

［方廷珪昭明文選大成］按茲賦前後共十二段。若不将序文細分其段落、読者不免望洋而嘆、疑前後多複畳矣。

「文賦」を検討してみると、前後で十二の段からできている。もし序文にしたがって、各段をこまかに分別していかないと、読者はどこをよんでいるのか、わからなくなってしまうだろう。この賦は、前後で内容的に重複がおおいからである。

**【原文】**

［序］余毎観才士之所作、竊有以得其用心。夫放言遣辞、良多変矣。妍蚩好悪、可得而言。毎自属文、尤見其情。

恒患　意不称物●、　蓋非知之難、能之難也。故作文賦、　以述先士之盛藻●、　佗日殆可謂曲尽其妙。
　　文不逮意●。　　　　　　　　　　　　　　　　　　　因論作文之利害●所由。
至於操斧伐柯、雖取則不遠、若夫随手之変、良難以辞逮。蓋所能言者、具於此云。

［一］　佇中区以玄覧、頤情志於典墳○。　悲落葉於勁秋○、　心懍懍以懐霜○、
　　　遵四時以歎逝、瞻万物而思紛○。　喜柔條於芳春○。　志眇眇而臨雲○。
　　詠世徳之駿烈●、　遊文章之林府●、　慨投篇而援筆、聊宣之乎斯文。
　　誦先人之清芬○。　嘉麗藻之彬彬○。

［二］　其始也、皆　収視反聴○、　精鶩八極●、　其致也、　情曈曨而弥鮮○、　傾羣言之瀝液●、　浮天淵以安流○、
　　　　　　　　　耽思傍訊●、　心遊万仞●。　　　　　　物昭晰而互進●、　漱六芸之芳潤●、　濯下泉而潜浸●。
於是　沈辞怫悦、若遊魚銜鈎而出重淵之深○、　収百世之闕文○、　謝朝華於已披○、　観古今於須臾○、
　　　浮藻聯翩、若翰鳥纓繳而墜曾雲之峻●。　採千載之遺韻●、　啓夕秀於未振●、　撫四海於一瞬●。

［三］　然後　選義按部●、　抱景者咸叩●、　或因枝以振葉●、　或本隠以之顕●、　或虎変而獣擾●、　或妥帖而易施○、
　　　　　　考辞就班○。　懐響者畢弾○。　或沿波而討源○。　或求易而得難○。　或龍見而鳥瀾○。　或岨峿而不安●。
　　罄澄心以凝思●、　籠天地於形内●、　始躑躅於燥吻●、　理扶質以立幹●、
　　眇衆慮而為言○、　挫万物於筆端○。　終流離於濡翰○、　文垂條而結繁○。
信情貌之不差、故毎変而在顔。　思渉楽其必笑●、　或操觚以率爾●、
　　　　　　　　　　　　　　　方言哀而已歎●。　或含毫而邈然○。

［四］伊茲事之可楽、固聖賢之所欽。課虚無以責有、叩寂寞而求音。函緜邈於尺素、吐滂沛乎寸心。言恢之而弥広、思按之而逾深。播芳蕤之馥馥、発青條之森森。粲風飛而猋豎、鬱雲起乎翰林。

［五］体有万殊、物無一量、紛紜揮霍、形難為状。辞程才以効伎、意司契而為匠、在有無而僶俛、当浅深而不讓。雖離方而遯員、期窮形而尽相。

故夫夸目者尚奢、愜心者貴当、言窮者無隘、論達者唯曠。詩縁情而綺靡、賦体物而瀏亮。碑披文以相質、誄纏綿而悽愴。銘博約而温潤、箴頓挫而清壮。頌優游以彬蔚、論精微而朗暢。奏平徹以閑雅、説煒曄而譎誑。雖区分之在茲、亦禁邪而制放。要辞達而理挙、故無取乎冗長。

［六］其為物也多姿、其為体也屢遷。其会意也尚巧、其遣言也貴妍。曁音声之迭代、若五色之相宣。雖逝止之無常、固崎錡之難便。苟達変而識次、猶開流以納泉。如失機而後会、恒操末以続顛。謬玄黄之袟敘、故淟涊而不鮮。

［七］或仰偪於先條、或俯侵於後章。或辞害而理比、或言順而義妨。離之則双美、合之則両傷。考殿最於錙銖、定去留於毫芒。苟銓衡之所裁、固応縄其必当。

［八］或文繁理富、而意不指適。極無両致、尽不可益。立片言而居要、乃一篇之警策。雖衆辞之有條、必待茲而効績。亮功多而累寡、故取足而不易。

［九］　或 藻思綺合●、清麗千眠。
　炳若縟繡●、悽若繁絃。必所擬之不殊、乃闇合乎曩篇。
雖杼軸於予懐、怵佗人之我先。苟傷廉而愆義、亦雖愛而必捐。

［十］　或苕発穎豎、離衆絶致。形不可逐●、響難為係。塊孤立而特峙、非常音之所緯。心牢落而無偶、意徘徊而不能揥。
石韞玉而山輝○、彼榛楛之勿翦、亦蒙栄於集翠。綴下里於白雪、吾亦済夫所偉。
水懐珠而川媚●。

［十一］　或託言於短韻、対窮迹而孤興。俯寂寞而無友●、譬偏絃之独張、含清唱而靡応。
仰寥廓而莫承。

［十二］　或寄辞於瘁音、徒靡言而弗華。混妍蚩而成体●、象下管之偏疾、故雖応而不和。
累良質而為瑕。

［十三］　或遺理以存異、徒尋虚以逐微。言寡情而鮮愛●、猶絃幺而徽急、故雖和而不悲。
辞浮漂而不帰。

［十四］　或奔放以諧合、務嘈囋而妖冶。徒悦目而偶俗●、寤防露与桑間、又雖悲而不雅。
固声高而曲下●。

［十五］　或清虚以婉約、毎除煩而去濫。闕大羹之遺味●、雖一唱而三歎、固既雅而不艶。
同朱絃之清氾●。

[十六] 若夫豊約之裁、俯仰之形、因宜適変、曲有微情。或言拙而喩巧、或理朴而辞軽、或襲故而弥新、或沿濁而更清。或覧之而必察、或妍之而後精。譬猶舞者赴節以投袂、歌者応絃而遣声。是蓋輪扁所不得言、故亦非華説之所能精。

[十七] 普辞條与文律、良余膺之所服。練世情之常尤、識前修之所淑。雖濬発於巧心、或受欰於拙目。彼瓊敷与玉藻、若中原之有菽。同橐籥之罔窮、与天地乎並育。雖紛藹於此世、嗟不盈於予掬。患挈缾之屢空、病昌言之難属。故踸踔於短垣、放庸音以足曲。恆遺恨以終篇、豈懐盈而自足。懼蒙塵於叩缶、顧取笑乎鳴玉。

[十八] 若夫応感之会、通塞之紀、来不可遏、去不可止、蔵若景滅、行猶響起。方天機之駿利、夫何紛而不理。思風発於胸臆、言泉流於唇歯。紛葳蕤以馺遝、唯毫素之所擬。文徽徽以溢目、音泠泠而盈耳。

[十九] 及其六情底滞、志往神留、兀若枯木、豁若涸流。攬営魂以探賾、頓精爽於自求、理翳翳而愈伏、思乙乙其若抽。是以或竭情而多悔、或率意而寡尤。雖茲物之在我、非余力之所勠。故時撫空懐而自惋、吾未識夫開塞之所由。

［二十］

伊茲文之為用、固衆理之所因。
恢万里而無閡、通億載而為津。
俯貽則於来葉、仰観象乎古人。
済文武於将墜、宣風声於不泯。
塗無遠而不弥、理無微而弗綸。
配霑潤於雲雨、象変化乎鬼神。
被金石而徳広、流管絃而日新。

（張少康『文賦集釈』より）

## 【通釈】

### ［序文］創作の秘訣

私は才ある文人の作をよむごとに、彼らの創作上の心配りについて、自分なりに了解することがあった。ことばを布置して文辞をつづるには、さまざまなやりかたがあるが、文辞の美醜や良否については、説明することが可能だ。自分で文辞をつづるたびに、とりわけそうした方面に気がついたものだった。私がいつも困難を感じるのは、心情が対象にうまく一致せず、ことばが心情を的確に表現できないこと。おもうに、創作では理論がむつかしいのではなく、実践に困難があるのだろう。そこで私は「文賦」をつづって、古人の文藻がいかにかかれたかを叙し、また文の良否がいかに発生するかについて論じてみた。他日［後世の者は］、拙賦は創作の妙訣をのべつくしていると、いってくれることだろう。斧を手にして［斧の柄《え》にする］樹枝をきりとるとき、そのモデル［たる斧の柄］は遠方にあるわけではない。だが、そのさいの臨機応変の力の入れかたは、ことばではなかなか説明しにくいものだ。それでも、ことばで説明できるかぎりのことは、この賦中でいいつくしたつもりである。

### ［第一段］発想の錬磨

屋内にこもって書物をじっくりよみ、感性や思念を古典のなかでとぎすます。また［屋外で］四季の移ろいに応じて時の変化をいたみ、万物の盛衰をみてさまざまに想いをはせる。きびしい秋の時節には落葉をかなしみ、かぐわしい春の時節には柔枝をたのしむ。心をひきしめては、霜の潔白さをおもい、志をたかくもっては、雲の気高さにたちむかう。そして、徳望たかき古人の功業を［たたえた詩文を］詠じ、先人の高潔な人格を［たたえた詩文を］口ずさむ。また文学の宝庫をさまよい、文質彬彬たる文藻をめでたのしむ。かくして［詩嚢がふくらんでくるや］、ひとは書物をなげすてて手に筆をとり、胸中の想いを文辞にのせようとするのだ。

［第二段］ 構想ねり

構想をねる当初は、外界から目をそらし耳もとざして、ひたすら考えをふかめ想念をめぐらさねばならぬ。精神は世界の果てまでかけめぐり、心は万仞《ばんじん》のかなたを彷徨する。やがて霊感がおとずれる。情意は薄明よりしだいに明確となり、物象の姿形もはっきりみえてくる。群書のしたたる霊液をのみつくし、六芸の豊潤な恵みを口にするがよい。さらに天河の流れのなかで構思をたゆたわせ、地下の泉水のなかで発想を洗練させるのだ。すると、やがて深みに沈殿していたことばが、じわじわとうかびあがってくるだろう。あたかも魚が釣針をくわえて、深淵の底からでてくるかのように。また高みにただよう美辞が、ひらひらとまいおりてくるだろう。ちょうど飛鳥が繳《いぐるみ》にかかって、雲上の高みからおちてくるかのように。そのさいは、百代もかかれておらぬ字句をえらび、千年も気づかれなかった表現をくふうせねばならぬ。朝の花は過去のものなのですてさり、夕べの芽こそ将来を期してたいせつにしよう。そして古今を須臾の間に観望し、天下を一瞬のうちにとらえるのだ。

［第三段］ 表現のくふう

それから、かくべき内容を選択して構成のありかたを思料し、字句を考究して布置のしかたをかんがえてゆく。対象が形のあるものなら、つねに自分でさわって［形を確認して］から、適切な表現をかんがえ、対象が音を発するものなら、かならず自分ではじいて［音を確認して］から、ふさわしい表現をくふうしよう。また［構成では］、枝（本旨）から葉（末節）にすすんだり、波（末節）から水源（本旨）にたどりついたりする。またはじめ主題をかくしておいて、しだいに明瞭にしてゆくこともあり、平易なところからはじめて、徐々に難解な部分へすすんでゆくこともある。虎（本旨）があざやかに変身するや、獣（末節）が従順にしたがうこともあるが、逆に龍（本旨）があらわれて、鳥（末節）がさわいでおさまらぬこともある。また論旨がととのって、スムーズにかけるときもあるし、議論がつっかえて、ぎくしゃくするときもあろう。

そして心を専一にして想いをこらし、多様な思慮を吟味して字句をつづるとよい。天地を詩文のなかにおさめ、万物を筆端でとらえるのだ。はじめは喉《のど》がかわき口ごもっていても、おわりには墨汁ゆたかな筆先でサッとかけるはず。論理が根元をささえて幹をうちたて、文藻が枝をたらして繁茂さをもたらすのだ。感情と顔つき（表現）とは一致せぬことはないので、感情がかわるごとに、その変化は顔つき（表現）に反映してくる。だから気分がよければ行文もわらうだろうし、心中かなしめば詩文もなげくだろう。また紙を手にもつや、一気に完成できるときもあるし、筆をもっても、茫然としたままかけぬときもあろう。

**［第四段］　創作のたのしみ**

文学創作のたのしみは、聖賢たちが重視してきたことだ。創作とは、虚無にとりついて有をひきだし、静寂にとりついて音をひきだすようなもので、遠大な想いを尺翰にこめ、深遠な思念を寸心からはきださねばならぬ。言辞はつづればつづるほど、広がりをもち、思考はきたえればきたえるほど、深化してゆくものである。かくして［できあがった作は］、かぐわしい花が馥郁《ふくいく》たる香りをまきちらし、青々とした枝条が緑をひろげたかのようだ。あるいは、さわやかな風のようにふきよせ、ときに疾風のごとくまいあがり、また鬱たる雲がひろがって、筆の林からわきでてくるとでもいえようか。

### ［第五段］ 文体論

文体は多種多様であり、［えがかれる］対象もまた一様ではない。これらはよく紛糾したり、すばやく変化したりするので、両者の交錯ぐあいは形容しがたい。文辞は、おのが才能に応じて技巧をつくし、内容は、筋をとおすことがたいせつだ。字句を布置するかしないかでは、よく思いをめぐらし、内容の深浅では、へたな妥協をしてはならない。叙法のルールからはずれてもよいが、対象の実相はみきわめておくべきだ。かくすれば、派手な表現をこのむ者は、豪奢さを重視するようになるし、説得力ある行文をめざす者は、確実さをおもんじるはずだ。また貧窮をかたる者は、せせこましいことしかいわないし、通脱さを論じる者は、放埒《ほうらつ》な傾向におちいりやすいだろう。

詩は感情にそいつつ華麗に表現すべきであり、賦は事物を模写しつつ明瞭につづらねばならない。碑は文飾をくわえて質実さをおぎない、誄は思い綿々として悲愴でなければならぬ。銘は多彩な内容を簡約にちぢめて温和さをたもち、箴は婉曲に訓戒しながらも清壮にかくべきだろう。頌は従容としながらも華麗でなければならず、論は精細でありながら明朗なのがのぞましい。奏は平易に徹しつつも閑雅な趣をもち、説は明瞭でありつつも幻惑するようでなければならぬ。かく各文体の叙法に相違はあるが、ともに邪道や放埒にながれてはならない。要するに暢達な表現と精確な論理が重要であり、冗漫な書きかたはご法度だと心得ておくべきである。

### ［第六段］ 音調の諧和

事物は多様な姿を呈しており、［それをえがく］文体もしばしば変化する。ただ全体の構成をかんがえるには、巧級さがたいせつだし、字句を布置するには、美麗さを重視せねばならぬ。さらに、その字句の音調が変化するさまは、五色の糸のぬいとりのようであるべきだ。音調の変化ぶりは一定でないので、具合がわるい箇所もでてこよう。変化の法則をして配置のコツがわかったら、水流に泉水をみちびくようにうまくゆくが、変化の機を逸して間あいがずれたら、末尾と先頭をつなげるような、ぶざまな具合になりかねない。それは色彩の配合をまちがったようなもので、音調がにごってよい響きがしないだろう。

［第七段］矛盾の除去

論旨が前段の発言に抵触したり、後段の内容を侵犯したりすることがある。また表現に混乱があっても論理はとおっていたり、字句はよくても内容が矛盾していたりすることもある。これらは、具合のわるい箇所をけずるとすべてうまくゆくが、けずらなかったらぜんぶだめになる。字句の配置は細部までよく検討し、その取捨は細部まで考慮せねばならない。かく慎重な考量をおこなってゆけば、ルールにかなって適切な措辞になるはずだ。

［第八段］警策の効用

行文も充実し内容も妥当でありながら、主題に合致していない。論じつくしてべつの結論はありえず、かきたすこともなくなった――そうしたとき、ちょっとした語を関鍵の場所に布置すれば、それが一篇の［主題をいかす］警策の語となる。おおくの字句がならんでいても、この警策の語によって全体がひきたってくるのだ。すると効能多大にして無駄がなく、作者も満足して改良する必要もなくなるだろう。

［第九段］独創性の重視

あざやかな発想があやぎぬのようにおりなし、清麗な表現がひかりかがやく。行文の輝きは絢爛たる錦繍のごとくで、その悽愴な響きは琴糸がかなでる楽音のよう。それでも構想が斬新でなければ、どうしても先人の作と暗合してしまいやすい。されば、おのが胸中から想起されたものであっても、他人がさきんじているのではないかと、気にかけておくべきだろう。かりにも［他人の作に似てしまって］廉潔さをきずつけ、道義をやぶる可能性があるならば、おしいとはおもっても、その作はすてねばならない。

［第十段］凡句の救済

葦や稲が穂をすっくとのばしたように、ある句がほかの句と隔絶した妙趣を有することがある。その秀句たるや、おいかけられぬ影、つかまえられぬ響きのごとくで、ひとりポツンとそびえたって、とても他の凡句とはくみあわせられぬ。この秀句だけでは心さみしいが、［対《つい》にする］句もみつからず、気をもむだけで、破棄することもできない。

いっぽう、石ころ（凡句）に玉（秀句）がまじっておれば、山全体がかがやきだすし、水中（凡句）に真珠（秀句）がひそんでいると、川全体がきれいになるものだ。榛楛《しんく》のごとき雑木（凡句）でも伐採すべきでないのは、翠鳥（秀句）がつどえば、雑木林でも美観を呈するからなのである。低俗な「下里」の曲を、高尚な「白雪」の曲につづけて奏したとしても、私だったら「下里」なりの美点をひきだしてみせるのだが。

［第十一段］短文の弊

短篇で内容をまとめると、材料不足で対偶もつくれない。後段をみても索莫として関係した話柄がなく、前段をみても寥々として対応すべき事象もない。それは一絃だけの琴のようであり、すんだ音を発しても、応じてくれる響きがないのである。

［第十二段］不調和の弊

蕪辞で文をつづってしまうと、浮華なだけで真の輝きがなくなってしまう。美醜の句を混淆して文体を構成すると、よい句がおおくても瑕《きず》がついてしまうのだ。それは、舞台下の管楽が急速すぎると、ほかの楽器がこれに応じようとしても、うまく諧和しないのにそっくりだ。

［第十三段］虚飾の弊

道理を無視して奇異な説をたてると、いたずらに虚飾をもとめて枝葉にとらわれてしまう。ことばに情感がなくて思いもこもらず、また表現はうわついて真実味がない。それはちょうど、短絃をいそがしくかきならしたようであり、諧和はしても感動はないのだ。

**[第十四段]　淫靡の弊**

放縦でしたしみやすいと、騒々《そうぞう》しく佚蕩ふうな文になりやすい。みた目はよいが俗情に迎合しており、評判はよいが品格はひくいのだ。それは［古代の品性劣悪な］「防露」や「桑間」の音楽と、同類であるのがわかろう。感動的ではあっても、典雅な趣はないのである。

**[第十五段]　質朴の弊**

淡泊で簡浄な文をこころがけると、冗漫さや乱雑さをふせぐことができよう。ただ、それは［古代の祭祀につかう］大羹《たいこう》の薄味さえなく、朱絃の簡素な響きとそっくりだ。一人がうたうと三人が和する古風さを有するだけで、典雅ではあっても、華麗さはありえないのである。

**[第十六段]　創作術の説明困難さ**

繁簡の調整や構成のたてかたは、時宜《じぎ》にしたがい臨機に対応すべきだが、なかなか複雑で、いわくいいがたい。ことばは拙劣でも比喩がうまかったり、論理は素朴だが字句は軽妙だったりするし、また古式を踏襲しながらも斬新な趣をただよわせていたり、粗野でありながらも清新だったりする。さらに一読してすぐ趣旨がわかる作もあれば、内容を吟味してはじめて気づくときもある。それらは、舞上手が節《ふし》にあわせて袂《たもと》をふり、歌い上手が琴音に応じて声を発する［口では説明しがたい］妙技と、よく似ている。そのコツたるや、あの輪扁《りんぺん》でもいいえぬことであり、口が達者なだけでは説明できぬものなのだ。

［第十七段］創作の困難さ

作文や修辞の法則を知悉することは、私がずっとこころがけてきたことである。世人のやりがちなミスをよく研究し、先人の美点をみきわめてきた。だが、かく深慮をつくした作であっても、浅薄な連中から嘲笑されることもある。美玉や［王冠の］玉飾りのごとき名文は、野原の菽《まめ》のようにたくさん存している。それらにまなべば、名文は［無尽蔵に風をおくる］ふいごとどうよう無限につくられようし、天地とともに存在することだろう。かく世間に名文があふれているのに、それをわが手ですくいとれぬのが無念だ。とぼしい着想は途中できえさり、よい表現もつづかない。だから短篇でも完成できず、つまらぬ字句でまにあわせるだけ。いつも不満たらたらで筆をおき、心中に満足を感じたこともない。［つまらぬ音しかだせぬ］缶《ほとぎ》をたたいては、塵がまいあがるのをおそれ、玉磬《きょくけい》のきれいな響きをだすひとから、嘲笑されるだけなのである。

［第十八段］霊感の湧出

霊感のおとずれや、そのメカニズムについていえば、その湧出はとめられないし、枯渇もまたふせぎがたいものだ。影がきえるかのように枯渇し、響きがおこるかのように湧出する。［霊感がわいて］天賦の才が活動しはじめるや、なんと混沌とし無秩序であることか。ひらめきは胸臆から風のようにわきおこり、ことばは口中から泉のごとくながれでる。それは盛大にして多彩なもので、ひとは筆のうごきにまかせるだけ。かくして完成した文章は、かがやかしく目にあふれんばかりで、［よみあげたときの］音調も、さえざえと耳にひびきわたる。

［第十九段］霊感の枯渇

ところが感情のはたらきが停滞し、意欲はあっても精神が活動しなくなると、枯木のように動きがとまり、涸流のように空虚でひからびる。おのが詩魂をはげまして精神の深奥をさぐり、心をおちつけて霊感をもとめるが、道理はうすぐらく奥へ奥へと沈潜してゆくばかり、よき思念もいきづまり内からくみあげることもできぬ。こういうわけなので、ひとは［霊感がわかぬときは］思いをつくして文をかいても、後悔がおおくのこるし、逆に［霊感がわいたときは］気ままに叙しても、欠陥がなかったりする。霊感は自己の心中から発するが、おのが力でコントロールできるわけではない。だから、ときにうつろな胸をなでては、我ながら情けなくなってしまう。私は、霊感がわいたりわかなかったりする原因が、よくわからないのだ。

［第二十段］文学の効用

そもそも文学の役わりたるや、おおくの道理がこれで表現できる点にある。それは万里のはてでも通用するし、億年のさきでも津梁となりえる。後人にむけて規範をのこせるし、古人からは手本をまなびとれる。また文学の力によって、文王武王の道が地におちるのをすくえるし、よき風俗も佚亡の淵からすくって宣揚できる。さらに、どんな遠地のものでも包摂できるし、どんな微細なものでも表現できるのだ。ものをうるおす点で、雲や雨にも比せられるし、自在に変化できる点で、鬼神にもなぞらえられよう。かくして文学は、金石にきざまれて、その徳望が世にひろがり、管弦の響きにのって、日々あたらしい生命をえてゆくのである。

【考察】

## 一　「文賦」の評価

陸機、あざなは士衡（二六一～三〇三）の手になる「文賦」は、文学創作のプロセスを賦の形式で記述した作品として、あまねくしられている。その内容のせいか、この賦は文学論ふう著述だとみなされ、文学理論史を考究するさい、重要な資料として利用されることがおおかった。なかでも、同篇ではじめて言及された、詩の縁情説や音調諧和の論などは、文学理論史上でも著名なトピックとなって、唐宋以後の詩論家や文学批評家はもとより、近現代の研究者たちにおいても注目され、さまざまに議論されてきたのである。

だが、いうまでもないことだが、陸機「文賦」は文学理論史上の重要資料であるまえに、一篇の賦作品でもある。しかもその行文たるや、当時の水準からぬきんでた華麗な美文であり、文学的な価値も正当に評価されねばならない。にもかかわらず、これまでの「文賦」研究では、一篇の文学作品として検討する姿勢がじゅうぶんではなかった。これまでかかれてきた「文賦」関連の論文は、日中とも、おおむね文学理論史上での意義や価値を論じたものであり、「文賦」の行文や修辞の特徴をとりあげて、たんねんに分析した論文には、［注釈や翻訳はべつとして］あまりお目にかかれないのである。

一例をあげよう。「文賦」の研究史を論じた最近の論文に、李天道「近十年来陸機〈文賦〉研究綜述」（「西南民族大学学報」二〇〇五―一二）がある。この論文は、六つの章からなるが、その各章の標題をあげてみると、

一、関于縁情説　二、関于感物説　三、関于心遊説　四、関于意説　五、関于風格説　六、関于綺靡説

である（傍点は福井）。すぐわかるように、これら六章の標題は、どれも「文賦」中の文学理論に関するターム（傍点）に由来するものであり、「文賦」の修辞の巧拙や文学的価値を論じた章は、たてられていない。これは、李天道氏の章立てが偏向しているのではない。じっさいの研究動向がこのとおりだったのであり、それを忠実に反映しているのだろう。(1)こうした研究史の章立てひとつとっても、過去の「文賦」への関心は、文学理論史上での価値や位置づけのほうにあり、「文賦」の行文や修辞には、あまり注意がはらわれなかったことが推測されるのである。

従前のこうした研究動向は、じつにもったいないとおもう。この「文賦」は、別稿「陸機文賦札記」（「中京大学文学部紀要」第四四—二号　二〇一〇）でもみたように、一篇の賦作品としてみても、燦然とした輝きを発する名篇であるからだ。六朝美文を代表するこの名篇を、すぐれた文学作品として遇することなく、ただ理論史の資料とみなすだけという手はないではないか。そこで本章では、「文賦」の文学理論史上での意義はさておき、六朝期にかかれた一篇の賦作品として、文章の特徴を論じ、あわせて文学的な評価をかんがえてゆきたいとおもう。

「文賦」の行文を考察するまえに、当時の評価をふりかえっておこう。六朝のころ、「文賦」はいかにみなされ、いかに評されていたのだろうか。すると、ごくおおざっぱにいえば、六朝でも一篇の賦作品というよりは、文学理論を叙した作とみなされていたようだ。たとえば、つぎのような例。

○〔詩品序〕陸機文賦、通而無貶。

陸機「文賦」は、ゆきとどいた作ではあるが、作品批評がない。

○〔文心雕龍序志〕陸賦巧而砕乱。

陸機「文賦」は巧緻だが、くだくだしい。

○〔文心雕龍総術〕昔陸氏文賦、号為曲尽。然汎論繊悉、而実体未該。

むかし陸機氏は、自分の「文賦」を「創作の妙訣をのべつくしている」と称していた。しかし「文賦」はひろく細部まで論じてはいるものの、創作法の実体はかたりつくしていない。

まずはじめの「詩品序」は、「文賦」が文学理論としては周到な内容をもっているものの、具体的な作品批評がないと批判したものだろう。つぎの『文心雕龍』序志の評言はいっけん行文を評したようだが、この部分の前後をみると、曹丕「典論」論文や摯虞『文章流別志論』への〔文学論としての〕批評がならんでいる。つまりこの評言は、文学理論の内容が「巧緻だが、くだくだしい」ということであり、一篇の賦作品としての批評ではない。つづく同書総術も、この部分のあとに「それにくらべて私の『文心雕龍』は云々」とつづいており、あきらかに文学理論の立場からの評価である。この三とおりの評言をみると、鍾嶸や劉勰らにとって、「文賦」は文学理論の先駆的業績であり、尊敬の対象でありながらも、また好敵手だともうつっていたようだ。そうした［いわば同業者の］立場であれば、一篇の文学作品としてよりは、文学理論の作とみなしがちだったのだろう。[2]

右は、どちらかといえば総論ふうな発言である。いっぽう個別の論点について、「文賦」中の文学論に言及したり、その字句を引用したりしたものもすくなくない。それらの著名な事例として、沈約「宋書謝霊運伝論」と陸厥「与沈約書」があげられよう。

○［宋書謝霊運伝論］夫五色相宣、八音協暢、由乎玄黄律呂、各適物宜。
　五色がおのおの輝きを発し、八音がきちんと調和するのは、色彩や音律が適切に配合されているからである。

○［陸厥与沈約書］魏文属論、深以清濁為言、劉楨奏書、大明体勢之致。岨峿妥帖之談、操末続顛之説、興玄黄於律呂、比五色之相宣。苟此秘未覩、茲論為何所指邪。
　魏文帝は「典論」論文で、清濁の議論を展開し、劉楨も書を奏して、体勢の趣を論じました。さらに［「文賦」で］「岨峿妥帖」の談や「操末続顛」の説が提起されて、色彩を音律にたとえ、五色がたがいに輝きを発することになぞらえました。それなのに「この音調を諧和させる秘訣には、だれも気づかなかった」とは、いったいどういうことなのでしょうか。

はじめの発言は、沈約が声律論を主張した文として、とみに著名となっている。引用文中の傍点部は、「文賦」第六段の字句を利用したものだろう。つぎの陸厥の例は、沈約の「声律を発見したのは自分である」という主張に対し、過去の文人たちも気づいていたのだ、と反論した書簡文である。ここでは、過去に声律に気づいていた例として、「文賦」中の「或妥帖而易施、或岨峿而不安」（第三段）と「曁音声之迭代、若五色之相宣……如失機而後会、恒操末以続顛。謬玄黄之袟敘、故淟涊而不鮮」（第六段）とが引用されている。

この二例は、声律発見に関する資料だが、「文賦」の後代への影響は、これだけにかぎられるわけではない。沈約はこのほか「警策」の語も、「文賦」第八段からまなんだようだ。彼の「報劉杳書」において、

［沈約報劉杳書］別巻諸篇、並為名製。又山寺既為警策、諸賢従時復高奇。解頤愈疾、義兼乎此。

［あなたがご恵贈くださった］別巻の諸篇は、いずれも名篇ぞろいです。わが山房では、こうした警策の篇にめぐまれたうえ、ときどき諸賢がやってきては、高論を弁じてくれます。おかげで私は大声でわらいつづけ、病気もなおりました。貴兄の名篇や諸賢の高論には、こうした効能もあるのです。

と警策の語をつかっている。陸機は警策の語を、「文章全体をひきたたせる重要な句」の意でつかっていたが、沈約はすこし敷衍して、「すぐれた作品」の意でつかっているようだ。この種のややずれた使用法も、ひとつの継承のしかただろう。後代、とくに明清の詩話などで、しばしば「文賦」に起源をもつ修辞ターム、縁情、綺靡、朝華、夕秀、窮形尽相、応感、辞達理挙などの語を使用しているが、ここでの「警策」使用は、その最初期のものといえよう。

右のような「文賦」語彙を利用したケースをあげてゆけば、きりがない。六朝では『文心雕龍』を筆頭にして、その種の利用例は枚挙にいとまがないからだ。それゆえここでは、じゅうらいあまり指摘されていない、梁の蕭兄弟（昭明太子と簡文帝）の事例をあげるだけにとどめよう。この好文の兄弟は、ともに「文賦」を熟読していたようで、彼らの書簡文のなかにも、しばしば「文賦」中の語彙が登場している。

○［蕭綱与湘東王書］但以当世之作、歴方古之才人、遠則揚馬曹王近則潘陸顔謝、而観其遣辞用心、了不相似。

若以今文為是、則古文為非。若昔賢可称、則今体宜棄。……故玉徽金銑、反為拙目所嗤。巴人下里、更合郢中之聴。陽春高而不和、妙声絶而不尋。竟不精討錙銖、覈量文質、有異巧心、終愧妍手

当世の詩風を過去の詩人たち、たとえばふるくは揚雄、司馬相如、曹植、王粲ら、ちかくは潘岳、陸機、顔延之、謝霊運らの詩文とくらべ、その表現のしかたや配慮のしかたを観察したところ、まったく似かよっておらぬ。もし当世の詩をよしとするなら、過去の詩は否定すべきだし、過去の文人をたたえるのなら、当世の詩風は拒否すべきだろう。……それゆえ、玉徽や金銑のごとき良篇が、かえって［京師の］節穴どもから嘲笑され、巴人や下里のごとき俗歌が、京師の人びとにもてはやされるようになった。「陽春」のごとき篇は高雅すぎて唱和されず、妙なる歌声は絶妙すぎて見向きもされない。そして、細部の美を検討せず、外観と内容の調和も無視するので、できた作は［傑作をかこうとする］意気ごみにそむき、名手に恥じるような篇ばかりというしまつ。

○［蕭統与何胤書］但経途千里、眇焉莫因。何嘗不夢姑胥而鬱陶、想具区而杼軸。心往形留、於茲有年載矣。

千里もはなれていますので、お会いできる機会もありません。［貴兄のお住まいの］姑胥山を夢みては心が鬱々とならぬことなく、また具区の沢を想起しては気がふさがぬことはありませんでした。［お会いしたいと］心ははやっても、身体は移動できぬまま、今日まで何年もたってしまいました。

両篇とも傍点を附した箇所は、「文賦」に依拠したものである。はじめの蕭綱書簡は、「文賦」序文の「余毎観才士之所作、窃有以得其用心。夫放言遣辞、良多変矣」、第十七段の「雖濬発於巧心、或受欰於拙目」、第七段の「考殿最於錙銖、定去留於毫芒」から、それぞれ語彙をもってきている。あとの蕭統書簡は、「文賦」第九段の「雖杼軸於予懐、怵佗人之我先」と、第十九段の「及其六情底滞、志往神留」から、やはり語句をもってきて利用している。ちなみに、

ここの「杼軸」の語は、兪紹初『昭明太子集校注』の「上の〈鬱陶〉と文を連《つら》ぬれば、〈鬱陶〉の情、交《こも》ごも心に織《お》れるを謂うなり」（二一四頁）という解釈にしたがうと、〔「文賦」中での意とちがって〕「気がふさぐ」の意でつかっているようだ。

さて六朝期における、「文賦」の評価のされかたを概観してきた。このうち「詩品序」や『文心雕龍』の例は、文学理論の作として褒貶をくだしたものである。いっぽう、沈約「謝霊運伝論」から蕭綱書簡までの場合は、「文賦」の議論や語彙を利用しただけであり、直接その評価に言及したものではない。だが沈約や蕭綱らの作は、いずれも文学論に属するものであることを想起しよう。つまり彼らは、「文賦」中の議論や語彙を、重要な文学理論ふう発言だとみとめたからこそ、おのが文中に言及し利用したわけであり、やはり「文賦」理論への好意的な評価だと解してよかろう。それに対し、蕭統書簡の場合はそうした評価の延長上にあって、〔文学論でない〕通常の書簡文にも、「文賦」の影響がひろがってきた例だと解すべきだろう。これを要するに「文賦」は、はじめ文学理論を叙した先駆的業績だとみとめられ、理論関係の語彙がしばしば引用されていた（「詩品序」～蕭綱書簡）。やがてそれ以外の〔文学論でない〕詩文にも使用されてゆき、徐々に通常の文学世界に浸透していった（蕭統書簡）——という評価変遷の跡が推測されるのである。

では六朝において、「文賦」を一篇の賦、あるいは文学作品とみなした批評はないのだろうか。これはないではないが、しらべた範囲ではきわめてすくなかった（注2参照）。ただ、それにかわるものとして、〔「文賦」一篇にかぎった批評でなく〕陸機の才能のゆたかさや詩文の絢爛さをたたえた批評がある。こっちのほうは、枚挙にいとまがないぐらいだ。いくつかをあげれば、

○〔北堂書鈔巻五七引葛洪抱朴子〕機文猶玄圃之積玉、無非夜光焉。……其弘麗妍贍、英鋭漂逸、亦一代之絶乎。

陸機の詩文は仙居につまれた宝玉のようで、夜でも光をはなたぬものはない。……その弘麗にして豊麗、かつ鋭敏にして飄逸なることは、一代の傑作というべきか。

○〔世説新語文学〕孫興公云、潘文爛若披錦、無処不善。陸文若排沙簡金、往往見宝。

孫綽はいった。潘岳の詩文は、錦をまとったようにはなやかで、不出来の箇所はない。陸機の詩文は砂をよけて金をとりだすようで、しばしば宝石がみつかる。

○〔同右注引文章志〕〔司空張華〕謂曰、人之作文、患於不才。至子為文、乃患太多也。

〔司空の張華は〕陸機にいった。ひとが詩文をつくるとき、才能不足をなやむものだ。だが、きみが詩文をつくるときは、才能のありすぎが悩みの種だね。

○〔詩品上品〕其源出於陳思。才高辞贍、挙体華美。……其咀嚼英華、厭飫膏沢、文章之淵泉也。張公歎其大才信矣。

陸機の詩は、曹植に源流がある。才腕は卓越し文辞はゆたかで、そのスタイルは華美をつくしている。……過去の名篇をよく咀嚼し、恵みを吸収しており、さながら詩文の淵泉というべきだ。あの張華が陸機の才能に驚嘆したのも、むべなるかな。

○〔宋書謝霊運伝論〕降及元康、潘陸特秀。律異班賈、体変曹王、縟旨星稠、繁文綺合。

元康年間にはいると、潘岳と陸機が突出している。この両人の文風たるや、格律は班固や賈誼とことなり、スタイルも曹植や王粲とちがっているが、すぐれし内容が星のようにならび、かざった行文はあやぎぬのごとく絢爛だった。

などがある。こうしたあふれんばかりの褒辞をみれば、陸機の文学が敬重されていたことが推察される。これらの褒辞は、「文賦」に対してもむけられていたのではないか。

陸機の詩文には、「文賦」にかぎらず、世評のたかい傑作がおおい。『文選』をひもとくと、ほかにも「歎逝賦」「楽府十七首」「挽歌詩」「擬古詩」「謝平原内史表」「豪士賦序」「漢高祖功臣頌」「弁亡論」「五等論」「演連珠」「弔魏武帝文」など、その分野やジャンルを代表するような傑作が、歴々とならんでいる。『文選』採録数でみれば、陸機は謝霊運や曹植とならんで、ビッグスリーの一角をしめているのだ。そうだとすれば、「文賦」を一篇の文学作品とみなした評言がすくないのは、内容が文学理論に属していて、やや特殊だったということ以外に、陸機の傑作がおおすぎたため、読者の注目や評価のことばが、［特定の作でなく］その才能や詩文全体にむけられやすかったという事情も想定してよいだろう。

## 二　満腔の自信

では、陸機自身はおのが「文賦」をいかにみなし、いかに評価していたのだろうか。それははっきりしている。陸機はこの賦に対し、文学理論の作としても、一篇の賦作品としても、ともに満腔の自信を有し、後世にのこる傑作だとおもっていた、と断じてよかろう。どうしてそれがわかるかといえば、陸機自身が「文賦」中で、しばしばその旨をかたっているからだ。たとえば、

○［序文］余毎観才士之所作、竊有以得其用心。

私は才ある文人の作をよむごとに、彼らの創作上の心配りについて、自分なりに了解することがあった。

○［第十段］綴下里於白雪、吾亦済夫所偉。

低俗な「下里」の曲を、高尚な「白雪」の曲につづけて奏したとしても、私だったら「下里」なりの美点をひきだしてみせるのだが。

などがそれである。

まず前者は、自分のこれまでの努力と、その結果としての［文学理論家としての］自負とを、さりげなく叙したものだろう。陸機が「文賦」をかく以前、そうとうの理論研究をかさねてきたことを暗示している。また後者は、一篇中に秀句（白雪）があれば凡句（下里）でもすくうので、凡句もすててはならぬとかたった箇所である。そこで陸機は、わざわざ「吾」字をだして、「他人ではできないだろうが、私だったら凡句（下里）の美点をひきだすことができる」といいたげである。これも、自分の創作能力に自信がなければ、でてこない発言だろう。ここでは、［文学理論家としての見識よりも］ひとりの賦家としての自信を示唆しているようだ。

さらに注目したいのは、序文中の

故作文賦、┌以述先士之盛藻、　佗日殆可謂曲尽其妙。
　　　　　└因論作文之利害所由。

そこで私は「文賦」をつづって、古人の文藻がいかにかかれたかを叙し、[3] また文の良否がいかに発生するかについて論じてみた。他日［後世の者は］、拙賦は創作の妙訣をのべつくしていると、いってくれることだろう。

という文章である。ここで陸機は、自分の「文賦」が後世でもたかい評価をうけるだろう、と予想している。なかでも「他日［後世の者は］、拙賦は創作の妙訣をのべつくしていると、いってくれることだろう」のことばには、自分の賦に対する満腔の自信がうかがえる。

じつは、この部分は解釈がむつかしく、右の訳は、現代の徐復観氏の「古人が書物をあらわすや、よく知音の士を後世にもとめたものだ。そうだとすればこの句も、じつは〈後世において、わが文賦はきっと創作の妙訣をのべつくしていると、［後人によって］たたえてもらえることだろう〉という意味なのだろう」の見解（張少康『文賦集釈』一二頁）にしたがったものだ。もしこの訳でただしいのなら、陸機は、司馬遷が『史記』を完成させたときの述懐、「之を名山に蔵し、副は京師に在《あ》らしめて、後世の聖人君子を俟《ま》つ」の事例を意識していたかもしれない。そうだとすれば、この賦には、よけいにつよい自負がこめられていると解してよかろう。

もちろん、これとは逆に、自分の無能さをなげいた箇所もないではない。たとえば、

○［序文］恒患意不称物、
　　　　　　文不逮意。
蓋非知之難、能之難也。

私がいつも困難を感じるのは、心情が対象にうまく一致せず、ことばが心情を的確に表現できないこと。おもうに、創作では理論がむつかしいのではなく、実践に困難があるのだろう。

○［第十七段］雖紛藹於此世、
　　　　　　　嗟不盈於予掬。
患挈缾之屢空、
病昌言之難属。
故踸踔於短垣、放庸音以足曲。
恆遺恨以終篇、
豈懐盈而自足。
懼蒙塵於叩缶、
顧取笑乎鳴玉。

かく世間に名文があふれているのに、それをわが手ですくいとれぬのが無念だ。とぼしい着想は途中できえさり、よい表現もつづかない。だから短篇でも完成できず、つまらぬ字句でまにあわせるだけ。いつも不満たらたらで筆をおき、心中に満足を感じたこともない。［つまらぬ音しかだせぬ］缶をたたいては、塵がまいあがるのをおそれ、玉磐のきれいな響きをだすひとから、嘲笑されるだけなのである。

○［第十九段］┌雖茲物之在我、故時撫空懐而自惋、吾未識夫開塞之所由。
└非余力之所勠。

霊感は自己の心中から発するが、おのが力でコントロールできるわけではない。だから、ときにうつろな胸をなでては、我ながら情けなくなってしまう。私は、霊感がわいたりわかなかったりする原因が、よくわからないのだ。

などがそれである。ここでの陸機は、自信のなさや無能さを率直にかたっている。しかしながら、ここでの内容は、陸機だけがむつかしいのでなく、誠実な書き手であれば、だれにとっても（現代の我われにとっても）困難を感じる事がらだろう。それを陸機は、自分はできない、自分にはわからない、とのべているわけだ。このあたり、やや逆説的な言いかたになるが、なんら弁解や遁辞を弄することなく、できないものはできないと率直に表白できること自体、むしろ自信のあらわれではないだろうか。

そうした「表面＝自嘲、実質＝自信」に類した事例として、創作法の説明困難さをかたった第十六段があげられよう。その段のなかに、

○譬猶┌舞者赴節以投袂、是蓋輪扁所不得言、故亦非華説之所能精。
└歌者応絃而遣声。

［一篇の繁簡の調整や構成のたてかたは］舞上手が節《ふし》にあわせて袂《たもと》をふり、歌い上手が琴音に応じて声を発する［口では説明しがたい］妙技と、よく似ている。そのコツたるや、あの輪扁でもいいえぬことであり、口が達者なだけでは説明できぬものなのだ。

という一節がある。この十六段は、序文の「臨機応変の力の入れかたは、ことばではじつに説明しにくい」（若夫随手之

変、良難以辞逮）の発言を敷衍したもので（張氏同書二一三頁）、なにげなくよむと、創作法を説明できぬ自分の無能さを、なげいているかのようにみえる。しかし、この文をよくみると、伝説上の車輪作りの名人、輪扁《りんぺん》をひきあいにだして、「あの輪扁でもいいえぬこと」だというのである。これはむしろ、自嘲の皮をかぶった自負だとすべきだろう。それゆえ右の序文、十七段、十九段の三例も、いっけん自信のなさを表白しているようにみえるが、その底にはやはり秘めた自負が存していると推測してよさそうだ。

かく「文賦」には、陸機のつよい自信がただよっている。しかし、それはあたりまえのことであって、そもそも自分の才能に自信がなかったら、「文賦」のごとき創作論をつづったはずがないのである。そのあたりの作者の心理を、近時、斎藤美奈子氏が『文章読本さん江』（筑摩書房　二〇〇二）において明快に指摘された。すなわち斎藤氏は、日本近現代の谷崎潤一郎や丸谷才一等の文章読本をとりあげ、文章指南の書の執筆が、「その道の達人だけに許された特別な事業」であり、作者にとって「文章読本を書く行為は、人生の総仕上げ、出世の証し、スゴロクの『あがり』にも似た名誉ある行為」だった。そのためか、どの文章読本も自信にみち、なべて「ご機嫌」な雰囲気をただよわせている――と喝破されたのである（四～一九頁）。

文章読本にはひとつの共通した雰囲気がある。どれもこれも「ご機嫌だ」ということである。終始一貫ニコニコ笑みふりまきっぱなしの本もあれば、徹頭徹尾ブリブリ怒りまくっている本もある。が、それもこれもふくめて、「いよっ、ご機嫌だね、大将！」と思わず肩を叩きたくなるような雰囲気が、文章読本にはただよっているのだ。（九頁）

そのとおりだ。谷崎らはみな、おずおずでも、いやいやでもなく、自信たっぷりでご機嫌に文章読本をつづっている。そうした心理は、時空をこえて共通したものだとおもわれ、中国の三世紀にいきた陸機にも、あてはまるのではないか。右であげた序文（余毎観才士之所作、窃有以得其用心）や第十段（綴下里於白雪、吾亦済夫所偉）での自信満々の発言はいうまでもないが、ほかにも第十六段で自分を名人の輪扁になぞらえたり、序文で［おそらくは司馬遷の顰《ひそ》みにならって］後世にたかい評価をうけるにちがいないと、啖呵《たんか》をきったりしたのも、やはり同種のご機嫌な気分のためだったとかんがえられる。

　このことの傍証になりそうなのが、この種の自信や［その延長上にある］機嫌よさは、陸機だけにかぎられないということだ。つまり、六朝の他の文学論をつづった六朝文人たちのあいだにも、おおむね同種の気分があり、また雰囲気がただよっているのである。

　たとえば、文学批評の嚆矢というべき「典論」論文をかいた曹丕は、同篇で同時代の文人を批評しながら、

　　文人相軽、自古而然。……斯七子者、於学無所遺、於辞無所假、咸以自騁驥騄於千里、仰斉足而並馳。以此相服、亦良難矣。蓋君子審己以度人。故能免於斯累。而作論文。

　　文人がたがいに軽侮しあうのは、むかしからあったことだ。……この七子（孔融、陳琳、王粲、徐幹、阮瑀、応瑒、劉楨）は、学問ではおさめぬものはないし、文学でも独創性でひけをとらぬ。彼らはみな、駿馬にまたがって千里をはしらせており、胸をはって他人に後れをとらぬぞと自負している。だからこの七子、みずから相手に頭をさげることなど、なかなかできるものではない。おもうに君子だけが、よく己をしって他人を評価できるのだ。だから他人に頭をさげられぬ弊から、まぬがれることができるのだろう。そこで［君子たる］私が、この文学批評をつづってみたしだいである。

とかたっている。末尾の、他人に頭をさげられぬ弊からまぬがれ、公平に批評ができる君子というのは、おそらく自分（曹丕）をさすのだろう。はるか年長の孔融や阮瑀をおさえて、「君子たる自分こそが公平に評価できる、いや自分

にしかできぬ」といいたげな発言は、「当時、魏国の太子だった」曹丕のつよい昂揚感をしめしている。曹丕の自信にみちた「ご機嫌」な表情が、おもいうかぶではないか。

　こうした昂揚感や自負は、時代をくだった梁の鍾嶸「詩品序」でもうかがえる。引用はひかえるが、鍾嶸は同篇で、同時期の都人士がおこなっている文学批評を「きちんとした批評基準をもたぬ、かしましい議論にすぎない」と批判して、まことに意気軒昂だった。この場合は、斎藤氏がいう「ブリブリ怒りまくっている」ケースに該当しよう。しかしそのブリブリ怒りの裏には、やはり「自分の詩品だけは、そんなお粗末なものとはわけがちがうぞ」という、「ご機嫌」な自信がこめられているといってよい。

　ここではもうひとりだけ、『文心雕龍』をつづった劉勰から例をあげよう。第四章でもとりあげるが、劉勰は、『文心雕龍』本体の執筆完成後につづったとおぼしき序志篇において、

> 夫銓序一文為易、弥綸群言為難。雖復軽采毛髪、深極骨髄、或有曲意密源、似近而遠。……擘肌分理、唯務折衷。按轡文雅之場、環絡藻絵之府、亦幾乎備矣。但言不尽意、聖人所難、識在缾管、何能矩矱。茫茫往代、既洗予聞、眇眇来世、倘塵彼観也。

　一篇の作を批評するのはたやすいが、多数の作をすべて論じるのは困難だ。たわいない作はかるくふれ、重要な作はふかく論じるようにしたが、複雑な意味やかくれた本質は、わかりそうで、よくわからない。……［私は］精密な分析につとめ、適正な判断をくだすよう心がけた。こうして文雅の苑をめぐり、美文の府をあるきまわって、批評すべき問題はほぼかたりつくしたとおもう。ただ「言は意をつくさず」というように、完全に意をつくすのは聖人でも困難なことだ。まして見識とぼしき私のこと、どうして本書が［文学批評の］規範となれようか。ただ［本書をつづる過程で渉猟してよんだ］往古の聖賢の書が、私の見聞をあらいきよめてくれ

たので、はるかな未来の世、後人のご高覧に供されることがあるやもしれぬ。」とかたっている。「一篇の作を」以下で文学批評のむつかしさをかたり、また「[私は]精密な分析につとめ」以下では、能事をつくしたという満足感を表明している。これらのことばは、「文賦」中の発言に似ているのに注意しよう。じっさい、文学批評（「文賦」の場合は創作プロセスの記述）のむつかしさや、能事をつくした満足感の表白はもとより、『易経』繋辞上伝の典拠利用（言不尽意）まで、そっくり「文賦」の叙しかたをなぞったかのようだ。

ところで、そうした類似のなかでも、私はとくに、末尾の「はるかな未来の世、後人のご高覧に供されることがあるやもしれぬ」（眇眇来世、倘塵彼観也）という発言に注目したい。ここでの劉勰の「はるかな未来」の具眼者をまつ云々のことばは、「文賦」序文の「他日[後世の者は]、拙賦は創作の妙訣をのべつくしていると、いってくれることだろう」（佗日殆可謂曲尽其妙）とよく似ているではないか。そういえば劉勰を世にだした恩人の沈約も、「如上の議論は、けっして誤りではない。もしまちがいだというのなら、未来の識者の判定をまつことにしよう」といって、おのが著述へのつよい自負をかたっていた（第三章参照）。ここらあたりに私は、六朝の文学論作者に共通する「ご機嫌な」昂揚感を感じるのである。

ちなみに、陸機が、いつ、どういう事情で「文賦」をつづったかは、現在でもよくわかっていない。まず「文賦」の創作時期については、大別すれば、入洛前の二十代にかかれたとする見かたと、入洛後の四十代（陸機は四十三歳で逝去したので、晩年になる）にかかれたとする見かたとの、ふたつの説がおこなわれている。(4) 前者は、杜甫の「陸機二十作文賦」の詩句（酔歌行）にもとづくもので、姜亮夫氏や張文勛氏らが主張されているものだ。後者は注2でもあげた「与平原書」其八の記述を論拠とするもので（詳細は注4の佐藤論文等を参照）、逯欽立、陸侃如、周勛初、陳世驤の諸氏がこの説を持しておられる。

いっぽう創作事情のほうは、ふるく『文選』李善注に「臧栄緒晋書」をひいて、「……〔陸〕機は情理を妙解し、心に文体を識《し》る。故に文賦を作る」とあるが、これだけではさっぱりわからない。ただ、右にあげたような陸機の自信ある発言からみて、この「文賦」は、ちょっとした気まぐれなどでなく、十全な経験や準備をふまえたうえで創作されたとしてよかろう。じっさいこの「文賦」中には、そうとうの創作体験をふまえないとつづれぬような、いかにもベテランらしい発言がすくなくないのである。

くわえて、これまであまり問題にされてこなかったようだが、創作の意図や読者の想定、つまり「なんのために文賦をかいたのか」「だれを読者に想定していたのか」なども、考慮されるべきだろう。すると、二十歳そこそこの若造（陸機）が、年長者をさしおいて詩文の創作論をつづり、周辺の者にその心得を伝授するというようなことは、ちょっとかんがえにくい。そうしたことからしても、「文賦」の創作時期として、極端にわかいころは想定しにくく、やはり壮年以後におしさげるべきだろう。

この「なんのために？」「だれを読者に？」の問題をかんがえるとき、最近、興味ぶかい論文が発表された。それは、許結氏による「歴代論文賦的創生与発展」（『文史哲』二〇〇五—三）という論考である。この御論によると、文学を論じた後代の同種の賦（たとえば唐代の白居易「賦賦」など）はおおく科挙、ひいては立身との関係でつくられているという。これはなかなかおもしろい指摘だとおもう。じっさい、唐の白居易にかぎらず、中国の文人はしばしば、文学の創作をおおきくは経世の問題、ちいさくは自己の立身（＝科挙合格）と関連させてうけとめ、それに資すべく精励している。そのためだろう、「いかに詩文をつづるか」という文学上の問題においても、そのさきでは、しばしば「いかに立身をとげるか」の現実的な課題がみえかくれしているのである。

こうした見かたは、六朝の文学論にも適用できるのではないか。都合のよい事例として、さきにも例示した劉勰『文心雕龍』のケースをみてみよう。「文賦」の影響をうけた、この壮大な文学理論の書物をかきあげたあと、劉勰はどのような行動をおこしたのか。彼はつぎのような行動をおこしたのだった。

既成、未為時流所称。勰自重其文、欲取定於沈約。約時貴盛、無由自達。乃負其書、候約出、干之於車前、状若貨鬻者。約便命取読、大重之。謂為深得文理、常陳諸几案。（『梁書』巻五〇劉勰伝）

劉勰は『文心雕龍』を完成させたが、まだ当時の人びとから称賛されなかった。彼はこの書に自信をもっていたので、［文壇の大御所だった］沈約から評価をえたいとおもった。だが沈約は当時、高貴な地位についていて、劉勰にはよんでもらう手づるがなかった。そこで彼はみずから『雕龍』の書を背おって、沈約がやってくるのをまちうけ、その馬車の前で面会をもとめた。その格好は物売りのようだった。沈約はすぐにその書をうけとらせて一読し、おおいに珍重した。そして、この書をふかく文学の道理に通じたものとし、つねに自分の机上においたのだった。

劉勰はなぜ、物売りのごとき格好をしてまで、沈約の馬車をまちうけ、その披見を乞うたのか。もちろん、おのが書の価値をみとめてもらって、「当時の人びとから称賛され」たかったからだろう。しかし、この場合の称賛とは、文学上での称賛だけを意味するわけではない。そのさきにはおそらく、この書によって仕官のチャンスをうかがおうとする企図も、存していたことだろう。だから劉勰はほかでもない、とぶ鳥もおとす高位の沈約に、披見を乞うたのである。『梁書』劉勰伝は、このエピソードと仕官との相関を、明確にはかたっていない。だが実際上は、この沈約への売りこみが成功したのち、仕官の道は急にひらけていった。そして梁の天監中にいたって、劉勰は東宮の通事舎人の地位につくことができ、好文の皇太子、蕭統の側にはべる栄誉をえたのだった。

この『文心雕龍』の創作意図について、劉勰は序志篇で、大要つぎのようにいう。いわく、文学の効能たるや、経書の補佐というべきものである。五礼や六典はこの文学によって運営され、ただしき君臣関係や軍国案件も、文学によって効果があがるのだ。だが現在は軽薄な文風にながれて、文学の正道からはなれてしまっている。我われは、経書の『書経』や『論語』にかかれた文学の教訓を、よく体得しておかねばならぬ。そこで私は筆をとり墨をふくませて、ただしき文学のありかたを論じてみた——と。かく高尚なことをいうだけで、劉勰は俗っぽい仕官の希望などについては、ひとこともふれていない。しかし、そうではあるが、この書をかきあげたあと、彼がじっさいにおこした行動は、右のごとき高官（沈約）への売りこみ工作だったのであり、そしてその結果、理想的な立身をはたすことができたのである。

この劉勰『文心雕龍』の事例や許結氏の御論を参考にすれば、陸機の「文賦」も、芸術至上主義ふう立場からかかれたのでなく、世俗的な立身との関わりでつづられたのではないかという推測は、じゅうぶん可能だろう。もっとも陸機についていえば、劉勰とちがって物売りの真似をすることもなく、［呉からの］上洛後すぐ張華の知遇をえて、比較的スムーズに立身の道をきりひらくことができた。すると、もし「文賦」が［壮年以後に］立身との関わりでかかれたとすれば、それは陸機自身ではなく、むしろその周辺の者のためであった可能性がたかい。そうだとすれば、もっともかんがえやすいのは、呉出身の後輩の立身を後押しするために、「文賦」をつづったという事情だろう。

右のような想定をふまえたうえで、以下、陸機の「文賦」執筆をめぐって、放恣な想像をめぐらせてみよう。上洛後の陸機は、弟の陸雲と書簡文を交換して、創作に関する諸事をあれこれ議論していたことがわかっている。すると、その陸兄弟の周辺には、おおぜいの呉出身の有為な若者が、［敗亡国からの移民であるため］仕官をはたすべもなく、むなしくとぐろをまいていたことだろう。陸兄弟が詩文の腕前で立身したことをしる彼らは、そうした書簡のやりとりをしって、リーダー格の陸機に「士衡どのの創作の秘訣を、ぜひ我らにもおしえてくだされ」とたのむこともあったのではないか。かくして陸機は、後輩たちの懇望におされるようにして、「では、お役にたつかどうかわからぬが、ひとつなにかかいて進ぜようか」などといいながら、詩文指南書の想をねりはじめた……。

「文賦」の創作事情をこのように想像するとき、陸機はしぶしぶ筆をとるどころか、曹丕や劉勰がそうだったように、上機嫌かつ意欲にみちて筆をとったにちがいない。なにしろ陸機にとっても、「その道の達人だけに許された特別な事業」であり、「人生の総仕上げ、出世の証し、スゴロクの『あがり』にも似た名誉ある行為」だったにちがいないからだ。しかもその創作が、後輩たちの立身に役だつかもしれぬとあっては、なおさら力がはいろうというものである。じっさい、そうした状況を想定することによって、「文賦」の文章や内容をかんがえるうえで、いろいろと得心させられることがすくなくない。

たとえば、なぜ作品批評でなく、創作法を主としたのか。なぜ不便な賦ジャンルを採用したのか。なぜ華麗なほど修辞をこらしたのか。なぜ潔癖すぎるような主張をしたのか（たとえば第二・九段で、模擬的創作を禁止するなど）――などの疑問も、「呉出身の後輩の目を意識したから」の一言で、ほぼ説明がつくようにおもう。つまり、後輩の立身の一助にするわけだから、創作と直接に関係せぬ作品批評などでなく、じっさいに役だつ創作法を主内容にする必要があったのだろう（もっとも、陸機の観念ずきの性格もあって、「文賦」中の創作法は抽象的すぎて、じっさいには役だたなかったろう）。また後輩の目を意識すればこそ、ふつう想定される論や書簡文のジャンルでなく、押韻や句形などの拘束がおおい賦ジャンルをあえてもちい、必要以上の華麗な比喩や対偶を駆使して、あっといわせようとしたのではないか。さらに出世の証し、スゴロクの『あがり』にも似た名誉ある行為だったので、先輩としてちょっと気どったこともいいたくなった。そのため、模擬的創作の禁止などという極端なこともいったのだろう。

これを要するに、私は、「文賦」は若年のころの執筆であることはありえず、いつとはわからぬものの、おそらく壮年（あるいは晩年）のころにかかれたのではないか、と想像している。そして、呉出身の後輩たちの、立身の一助にしようとして、一種の指南書としてかかれたのだろう、と推測しているのである。

## 三　豊麗な語彙

さて、「文賦」評価への考察でずいぶん手まどったが、この章からは、いよいよ「文賦」を一篇の賦作品とみなし、その文章の特徴をかんがえてゆきたいとおもう。まずは「文賦」の語彙からみていこう。

「文賦」中の語彙の特徴として、三つほどあげられそうだ。第一の特徴は、前漢以前にはみられなかった新語が、多用されていることである。この新語については、吉川幸次郎氏の御論「六朝文学史研究への提議一則」（全集第二五巻）が参考になる。その論の大要を紹介しておこう。すなわち、六朝をふくむ中世の時期では、四六句を多用した四六駢儷文が流行したが、その構成要素となるものは、二字による聯語である。その聯語にはしばしば、前漢以前には用例をみいだせぬことばがみえ、おそらく六朝期に発生した新語だろう。そしてもうひとつ、それに準じるものとして、新意を充入した語がある。たとえば「斯文」の語は、『論語』において文明一般の意で使用されていたが、六朝では、文学の意に限定して使用されている。これは、おなじことばであっても、もとの典拠とは意味がずれた使用法であり、いわば新意が充入されたものといえよう。六朝には新語とともに、こうした新意が充入された語も、また多用されている――と。

右に指摘した「文賦」中の新語は、この吉川論文でいう「二字による聯語」に該当するものである。この新語は氏も指摘されるように、六朝文学に共通してみられるものだ。その意味では、「文賦」に特有のものではない。問題は、その使用による文学的効果はどうか、ということだろう。私見によれば、「文賦」はこの新語の活用によって、斬新にして豊麗な印象をいちじるしく増強させているようにおもう。わかりやすい例として、第一段中の「悲落葉」以下の叙述をあげてみよう。

悲落葉於勁秋、喜柔條於芳春。心懍懍以懐霜、志眇眇而臨雲。詠世徳之駿烈、誦先人之清芬。遊文章之林府、嘉麗藻之彬彬。慨投篇而援筆、聊宣之乎斯文。

きびしい秋の時節には落葉をかなしみ、かぐわしい春の時節には柔枝をたのしむ。心をひきしめては、霜の潔白さをおもい、志をたかくもっては、雲の気高さにたちむかう。そして、徳望たかき古人の功業を「たたえた詩文を」詠じ、先人の高潔な人格を「たたえた詩文を」口ずさむ。また文学の宝庫をさまよい、文質彬彬たる文藻をめでたのしむ。かくして「詩嚢がふくらんでくるや」、ひとは書物をなげすてて手に筆をとり、胸中の想いを文辞にのせようとするのだ。

ここには、現代の我われに、とくにむつかしく感じられる語句はない。だが当時の人びとには、この部分は斬新かつ独自の行文だと感じられたことだろう。というのは、ここの「落葉」「勁秋」「柔條」「芳春」「懐霜」「臨雲」「林府」「麗藻」「投篇」などは、どれも六朝にはいってから創案された新語であり、しかも陸機ごのみの語彙だったとおもわれるからだ。たとえば「勁秋」や「芳春」などは、現代の我われからみれば、「春」「秋」に形容詞をくわえただけの、なんの変哲もない語のようにうつる。だが、これらの用例を検してみると、「文賦」以前にはみつからないのである。

さらにいささかの調査をしてみると、この両語は陸機の「幽人賦」に、

勁秋不能凋其葉
芳春不能発其華

きびしい秋の時節でも葉をしぼますことはできず、かぐわしい春の時節でも花をさかせることはできない。

とあり、「文賦」とどうよう対偶中にそろって使用されている。さらに陸機「長安有狭邪行」にも、

烈心厲勁秋
麗服鮮芳春

烈士の精神はきびしい秋より強固であり、美麗な服装はかぐわしい春より鮮烈である。

という同種の用例がみえている。これによって、この両語は新語であるとともに、陸機ごのみの語であり、またその[対偶中の]対比的利用も、独自のものだったろうと推測できるのである。

その他、右の引用文中の語彙でいえば、「懐霜」の語も、陸機の「祖徳賦」に、

形鮮烈於懐霜
沢温恵乎挾纊

外面は霜をいだくより、もっと高潔であり、内面は綿でくるむより、もっと温和であった。

と使用され、また「臨雲」の語も、陸機の「演連珠」に、

臣聞利眼臨雲、不能垂照、
朗璞蒙垢、不能吐輝。

私は「日月も雲がさえぎれば、地上をてらすことはできず、明玉も汚れがつくと、輝きをはなつことはできない」ときいている。

とつかわれている。するとこれらも、陸機ごのみの語だったとかんがえてよかろう。

ところで、そうした語彙が多用された結果、陸機の詩文は、[他とくらべて]豊麗な印象をおびるようになった。「秋」

を「勁秋」に、「春」を「芳春」に潤色しただけで、その語はいっきに豊麗さをまし、文学的な雰囲気をただよわせてくるからだ。秋は勁秋になることによって、ただの秋ではなく、秋霜烈日のきびしさをふくんだ陰翳を有してくるし、春も芳春となることによって、花さき鳥なく駘蕩たる春のイメージをただよわす。それは、「葉」を「落葉」とし、「條」を「柔條」とかえた場合でも、おなじである。わずか一字の追加であっても、それによって豊潤にして華麗な印象がただよってくるのだ。

こうした新語のくふうと、それによって生じる陸機文学独自の個性とは、精細に用例を検討し吟味しないと、気づきにくいかもしれない。それでも、現代の我われが「文賦」をざっと一読しただけでも、漠然と感じられる斬新かつ豊麗な印象は、こうした用語のくふうに起因していることを、まずは指摘しておきたい。

先述したように、この種の新語のくふうは、陸機の詩文のみにかぎられるのではない。だが、陸機の場合は、とくに「勁秋」「芳春」のような季節感に関した語や、［後述する］文学・修辞関係の用語に、その創意が発揮されているように感じられる。ただ、それが真に陸機の詩文に固有のものなのか、それとも六朝語彙の全体的傾向の一端にすぎないのか、現時点ではなお判断がつかない。後考を期したい。

さて、「文賦」語彙の第二の特徴として、やはり吉川氏が指摘された、新意を充入した語の多用があげられよう。これらは、語自体は過去も使用されていたが、その内包する意味あいは、従前とことなってしまっていることばだった。ここでは、第五段中のジャンル創作法を説明した箇所をあげてみよう。

詩縁情而綺靡、　碑披文以相質、　銘博約而温潤、
賦体物而瀏亮。　誄纏綿而悽愴。　箴頓挫而清壮。

詩は感情にそいつつ華麗に表現すべきであり、賦は事物を模写しつつ明瞭につづらねばならない。碑は文飾を

くわえて質実さをおぎない、誄は思い綿々として悲愴でなければならぬ。銘は多彩な内容を簡約にちぢめて温和さをたもち、箴は婉曲に訓戒しながらも清壮にかくべきだろう。

右のうち、詩ジャンルについて叙した第一句「詩縁情而綺靡」中の、「縁情」の語に注目しよう。この語は周知のように、政教にかかわった儒教的な「言志」の語と正反対の意をもち、「感情の自然な発露を重視する」のニュアンスで理解されている。

この「縁情」の語、陸機が創案したものでなく、魏晋のころの常用の語であった。たとえば、魏の曹羲「申蔣済叔嫂服議」に「縁情制礼」（情に縁《よ》りて礼を制す）とあり、東晋の徐邈「荅曹述初難」に「礼縁情耳」（礼は情に縁るのみ）と使用されている。二例とも、表面的には「人情にしたがう」や「感情によりそう」の意なのだが、ともに「礼」と関連することからすると、ほんらいは儒家ふうのカタい陰翳（「儒家の教えにかなった」感情によりそう、のニュアンス）を有していたようだ。

ところが「文賦」では、そうしたカタい陰翳をぬぐいさって、「「儒家ふうでない、自然に発露した」感情によりそう」という新意を充入して使用している。陸機は、かく新意が充入された「縁情」の語でもって、じゅうらい常識だった「詩は志を言う」の考えかたに修正をくわえようとしたわけだ。この陸機のくふうによって、「縁情」の語は、いわばあらたな生命をふきこまれたのである（くわしくは、拙稿「六朝の文学用語に関する一考察―縁情を中心に―」〈「中国中世文学研究」第五八号　二〇一四〉を参照）。

おなじようなことが、賦ジャンルの創作法を叙した「賦体物而瀏亮」中の、「体物」の語についてもいえよう。この語も、もとは『礼記』中庸に、

鬼神之為徳、其盛矣乎。視之而弗見、聴之而弗聞、体物而不可遺。

鬼神の徳たるや、なんとすばらしいことか。目をこらしてもみえず、耳をすませてもきこえないが、万物を生成して欠けることはない。

とみえていて、鄭玄は「体、猶生也」と注している。すると「体物」の語は、ほんらい「万物を生成する」の意だったとしてよい。ところが、陸機はその語の含意を大幅に変更させて、「事物を描写する」の意で使用しているのである(5)（現代の『漢語大詞典』には、「体」に「体現、模状」の意があるとする。その意が、ここでの「体」の意にちかかろう）。

もうひとつ例をしめせば、銘ジャンルについてのべた「銘博約而温潤」の「博約」の語である。この語は、一見すると『論語』雍也の、

子曰、君子博学於文、約之以礼、亦可以弗畔矣夫。

孔先生はいわれた。君子ははばひろく学問し、その学問を礼で統括せねばならぬ。それでこそ、道にそむくことがなくなるだろう。

をふまえ、「博文約礼」の省略形、つまり「ひろく学問し、それを礼で統括する」の意かとおもわれそうだ。だがこれも、李善注が〔『論語』を典拠としてあげず〕釈義で「博約は、事博《ひろ》く文は約《つづま》やかなり」と解するように、『論語』の使用例とは関係なく、独自の新意（多彩な内容を簡約につづる、の意）が充入された語なのだ。その他、新意が充入された同種のことばは、さきの「警策」（もとは「馬をはしらせるムチ」の意）の語をはじめ、「放言」「闕文」などすくなくない。だが、それらは「札記」でもふれたので、挙例はここらあたりでとどめよう。

以上、ここまであげた新語と、新意を充入された語、現代の我われは、すぐれた諸注釈があるので、なんとか意味がつかめなくはない。だが当時の読者は、〔前者は〕用例がおもいつかなかったろうし、また〔後者は〕おもいついたとしても、旧来とちがった意味でつかわれているので、真意にたどりつくのが困難だったことだろう。

さらに、こうした斬新な語の使用は、陸機が「文賦」を叙するのに、できあいの語をつかうのでなく、意欲的にことばをくふうしたことをしめしている。このあたり、呉の後輩に「文賦」を講釈しながら、「どうだ、わかるか。旧套の語でもこんな使いかたができるし、こんな造語のしかたもあるんだぞ。よくおぼえておけよ」と、とくとくと教示している陸機の「ご機嫌」ぶりを想像するのは放恣すぎるだろうか。

さて、「文賦」語彙の第三の特徴として、双声、畳韻の語を多用するということもあげておこう。例として、右にあげた第五段の文章を、もうすこしおおめに引用しよう。

詩縁情而綺靡、　碑披文以相質、　銘博約而温潤、　頌優游以彬蔚、　奏平徹以閑雅、
賦体物而瀏亮。　誄纏綿而悽愴。　箴頓挫而清壮。　論精微而朗暢。　説煒曄而譎誑。

右の文章で——線を附した語は双声であり、‖線を附した語は畳韻である。とくに、第一聯の「綺靡《きび》↔瀏亮《りゅうりょう》」と第三聯の「温潤↔清壮」は畳韻と双声を、また第五聯の「閑雅↔譎誑《きっきょう》」は双声どうしを、それぞれ対応させているのに留意しよう。

さらに、対偶中で音声を対応させた同種の例として、第十九段の

兀若枯木、　攬営魂以探頤、　理翳翳而愈伏、
豁若涸流。　頓精爽於自求、　思乙乙其若抽。

枯木のように動きがとまり、涸流のように空虚そのものになる。おのが詩魂をはげまして精神の深奥をさぐり、心をおちつけて霊感をもとめるが、構想はうすぐらく奥へ奥へと沈潜してゆくばかり、よき思念もわいてこず、内部からくみあげることもできない。

がある。これをみると、事物を形容する語である「兀《こつ》↔豁《かつ》」（入声どうしが相対）や「翳翳《えいえい》↔乙乙《いついつ》」（重字どうしが相対）が、

対置されている。かく対応のしかたはさまざまだが、「文賦」にはしばしばこの種の、音調諧和を意図したとおぼしき字句の布置がみられるのである。

唐代の空海『文鏡秘府論』東巻「二十九種対」では、右のごとき音声の対応を対偶技法のひとつと認定し、賦体対、双声対、畳韻対などとよんでいる。また同書天巻「七種韻」では、押韻技法の一環として、畳韻の語による押韻を「畳韻」と称し、「此れを美なりと為す」と評している。すると、双声を対にした「閑雅↕譎誑」なども、意図的に「美なり」となることをねらったものであり、そうでないのは、その意図を完遂できなかったものなのだろうか。

賦ジャンルでは、前漢の司馬相如のころから、擬声語や擬態語などを多用する習慣があった。漢賦の作者たちが、そうした音声のくふうに心血をそそいできたことは、周知のことである。では「文賦」中での双声畳韻の多用は、そうした漢代賦家たちの延長上のものにすぎぬのか。それともなにか、陸機独自の修辞的意図があってのものなのか。この「文賦」中の音声的くふうに、どんな文学的達成がなされ、どんな歴史的意義があるのか――など疑問はつきない。だが残念ながら、音韻学の素養にとぼしい私には、これらへの回答をしめすことができない。博雅の士のお教えをたまわれれば、さいわいにおもう。

## 四　「対偶＋比喩」表現

つづいて「文賦」の文章の特徴として、対偶と比喩をみていこう。私見によれば「文賦」では、この対偶と比喩の二つこそがもっとも注目すべきであり、陸機の卓越した資質がよく発揮された修辞技巧だとおもわれる。

まず対偶からみてゆこう。対偶は六朝文学の中核をなす技巧だが、陸機がその発展に多大な貢献をなしたことは、

しばしば指摘されてきたことだ。一例として清の孫梅『四六叢話』から、その貢献ぶりをみてみよう。同書巻四「賦三」に、

> 両漢以来、斯道為盛。承学之士、専精于此。……左［思］陸［機］以下、漸趨整錬、斉梁而降、益事妍華。古賦一変而為駢賦。江［淹］鮑［照］虎歩於前、金声玉潤、徐［陵］庾［信］鴻騫於後、繍錯綺交。
>
> 両漢以後、賦がさかんになり、文学の士たちは、このジャンルに精進するようになった。……左思や陸機以後の文人たちは、しだいに賦文を整斉させるようになり、斉梁よりあとでは、ますます華麗な文辞をつづるようになった。かくして古賦は一変して、駢賦（対偶多用の賦）となったのである。江淹や鮑照らはその先陣をきって、金や玉のような行文をつづり、徐陵や庾信らは殿軍となって、あでやかな才筆をふるった。

とある。ここで孫梅は、「左思や陸機以後の文人たちは、しだいに賦文を整斉させるよう」になったという。ここの「賦文を整斉させる」とは、対偶を多用することをさしていよう。すこしあとに、「かくして古賦は一変して駢賦となった」とあるからだ。つまり陸機は賦文の整斉、つまり賦中に対偶を多用させることに一役かった文人だと、孫梅はみなしているのである。

かく対偶を多用させた賦の一篇として、陸機の「文賦」があげられてよかろう。全二百八十八句よりなる「文賦」（序文もふくむ）は百九十句が対偶を構成している。対偶率は66％。この数字を同種の文章、たとえば「宋書謝霊運伝論」43％、「文心雕龍序志」49％、「詩品（上）序」42％、「文選序」62％、「玉台新詠序」96％などとくらべれば、「文賦」は時代がはやいにもかかわらず、そうとうたかい率であることが実感できよう。

なぜかく対偶率がたかいのか。才能にめぐまれていたからといえばそれまでだが、じっさいの対偶を検分しながら、その理由をかんがえてゆこう。すると「文賦」には、通常の左右対称型の対偶以外に、流水対ふうの対偶がおおいこ

とが指摘できそうだ。たとえば、

○［第四段］
伊茲事之可楽、
固聖賢之所欽。

文学創作のたのしみは、聖賢たちが重視してきたことだ。

○［第六段］
曁音声之迭代、
若五色之相宣。

その字句の音調が変化するさまは、五色の糸のぬいとりのようであるべきだ。

○［第十七段］
恆遺恨以終篇、
豈懐盈而自足。

いつも不満たらたらで筆をおき、心中に満足を感じたこともない。

がそれである。はじめの例は、「AはBである」という主述構造を、「A↔B」の対偶にしたてている。またつぎの例は、「…A…に曁《およ》んでは、…B…の若し」の構文を、対偶にしたものだ。さらに最後の例はわかりにくいかもしれないが、「AなのでBになってしまう」の構造の二文を、対偶に表現したものである。これらの例はいずれも、通常の対偶とことなって、意味が流水ふうに展開しているのに留意しよう。そうした、ふつうなら散句でかくような行文を、陸機は強引に対偶にととのえているのである。

同種の事例として、「…A…と雖も、…B…」の構文を、対偶にしたてた行文も散見する。たとえば第十七段の、

○
雖濬発於巧心、
或受欰於拙目。

かく深慮をつくした作であっても、浅薄な連中から嘲笑されることもある。

○┌雖紛藹於此世、
　└嗟不盈於予掬。

かく世間に名文があふれているのに、それをわが手ですくいとれぬのが無念だ。

などがそれである。この二例は、対偶とも非対偶ともみなせるが、私は両句の字句が対応しているとみて、対偶にかぞえた。もっとも、同種の文章であっても、

○［第六段］雖逝止之無常、固崎錡之難便。

音調の変化ぶりは一定でないので、具合がわるい箇所もでてこよう。

○［第八段］雖衆辞之有條、必待茲而効績。

おおくの字句がならんでいても、この警策の語によって全体がひきたってくるのだ。

○［第九段］雖杼軸於予懐、怵佗人之我先。

おのが胸中から想起されたものであっても、他人がさきんじているのではないかと、気にかけておくべきだろう。

などは、対偶としなかった。これらはおなじ「…A…と雖も、…B…」の構文ではあっても、字句の対応のズレが、ややおおきいように感じられたからだ。もっともそうした弁別は、私のたよりない感覚にしたがったものにすぎず、陸機自身は、これらの三例も対偶だとおもっていたかもしれない。対偶と非対偶との弁別は、ひとのバランス感覚や認識によって微妙に基準がことなり、あんがいむつかしいのである。

かく弁別に微妙なところがないではないが、いずれにしても「文賦」の行文が、対偶を志向したものであることは、

まちがいない。そうした志向は、陸機のつよい修辞意欲をしめすものだろう。清の孫梅が「左思や陸機以後の文人たちは、しだいに賦文を整斉させるよう」になったと指摘したのは、こうしたつよい意欲を感じとったからに相違ない。

では、対偶の内容はどうか。ごくおおざっぱにいえば「文賦」中の対句は、

○〔第二段〕　精騖八極、
　　　　　　心遊万仞。

精神は世界の果てまでかけめぐり、心は万仞《はんじん》のかなたを彷徨する。

○〔第十七段〕　患挈缾之屢空、
　　　　　　　病昌言之難属。

とぼしい着想は途中できえさり、よい表現もつづかない。

のような同内容を並置した正対《せいつい》が七割をしめている。これに対し、

○〔第一段〕　悲落葉於勁秋、
　　　　　　喜柔條於芳春。

きびしい秋の時節には落葉をかなしみ、かぐわしい春の時節には柔枝をたのしむ。

○〔第三段〕　始躑躅於燥吻、
　　　　　　終流離於濡翰、

はじめは喉がかわき口ごもっていても、おわりには墨汁ゆたかな筆先でサッとかけるはず。

のような相反する内容を対置した反対《はんつい》は、ほぼ三割というところか。この七対三という割合は、六朝美文のすべての対偶を調査したわけではないが、おそらく特段にかわったものでなく、ごく通常の傾向だといってよかろう。

ただ、対偶（正対）中での同字忌避は、

○［第三段］
抱景者咸叩、
懐響者畢弾。

対象が形のあるものなら、つねに自分でさわって［形を確認して］から、適切な表現をかんがえ、対象が音を発するものなら、かならず自分ではじいて［音を確認して］から、ふさわしい表現をくふうしよう。

○［第八段］
極無両致、
尽不可益。

論じつくしてべつの結論はありえず、くわえるべきこともありえない。

のように徹底している。ここでの「抱↕懐」「叩↕弾」「極↕尽」「無↕不」などは、うっかりすると同字をつかってしまいそうだが、陸機はきちんと別字を布置している。「文賦」の対偶中では、助字（於、其、以、而など）以外はおおむね同字忌避がまもられており、西晋の文人としては、鋭敏な感覚をもっていたというべきだろう。

以上、対偶を概観してきたが、では比喩はどうだろうか。「文賦」に比喩が頻出することは一目瞭然だが、そのことを指摘したものとして、現代の楊牧氏のご発言をあげてみよう。楊牧氏は、まず第十一～十五段の文章をとりあげて、音楽（偏絃、下管、徽急、声高、一唱）の比喩がおおく、また色彩（妖冶）や食物（大羹）の比喩も存することを指摘される。そしてそのうえで、

この段（第十一～十五段）で使用された比喩イメージと、「文賦」全体で提示された比喩イメージとをあわせみると、陸機は音楽、色彩、食物以外にも、つぎのようなイメージを提起している。流泉、遊魚、翰鳥（第二段中の比喩——福井注。下同）、花朶、樹木、走獣（第三段）、風雲（第四段）、伎匠（第五段）、馬術（第八段）、苕草、玉石、水珠、翠

鳥（第十段）、舞踊、歌唱（第十六段）、瓊玉、菽藿、槖籥、挈缾、垣墻（第十七段）など。これらのイメージによって、「文賦」中の文采を華麗にし、典雅かつ艶麗にする目的を達成しているのだ。

とのべられている（張少康同書二〇七頁所引）。

この楊牧氏のご指摘にあるように、「文賦」中にはじつに比喩表現がおおい。ただ右の指摘は網羅したものではなく、これ以外にも、第一段に霜と雲、第二段に花、第四段に花と枝、第六段に色彩と泉水、第七段にあやぎぬ、錦繡、音楽、第十段に影、響き、雑木、第十八段に影、響き、風、泉、第十九段に枯木と涸流、第二十段に雲雨と鬼神などの比喩が、それぞれ使用されている。

これら「文賦」中の比喩には、どんな特徴があるのだろうか。右で楊牧氏は、「文采を華麗にし、典雅かつ艶麗にする目的を達成している」といわれていた。それはそのとおりなのだが、やや一般的な解説にすぎるようだ。比喩技法の一般的効果をいうのでなく、陸機「文賦」だけにみられる比喩の特徴を、私なりに説明してみたいとおもう。すると「文賦」中の比喩には、二つの特徴があげられそうだ。

第一は、比喩の主目的が理解の促進ではなく、表現効果のほうにあるということである。修辞学の教科書によれば、比喩とは、Aを叙そうとしたとき、類似したaをかりて表現する技巧をいい、主要には、

⑴理解を促進するため

⑵表現をより効果的にするため

に、もちいられるという。ところが、この「文賦」では⑴よりも、よりおおく⑵のため、つまり表現をより効果的にするために使用されているのだ。

そして第二の特徴は、比喩は単独で使用されることはすくなく、おおく対偶と併用されているということである。

たとえば、右にあげた「暨音声之迭代↕若五色之相宣」(第六段)がそれだ。「文賦」の中の比喩は、対偶を併用されることによって、すばらしい美的効果をうみだすことになったといってよかろう。

では「対偶＋比喩」表現は、どんな美的効果をうみだしたのか。まず「文賦」第二段から、いくつか例をあげてみよう。この第二段は、詩文の構想を脳裏でねりあげてゆく段階を叙したものだが、そうした内容は、具体的には描写できない。いきおい比喩を利用することになろう。なかごろの部分から例示すると、

傾羣言之瀝液、
漱六芸之芳潤、

群書のしたたる霊液をのみつくし、六芸の豊潤な恵みを口にするがよい。

という聯がある。この二句は、古典を熟読して詩嚢をこやすことをいう。古典を「羣言の瀝液」「六芸の芳潤」という飲料の比喩で表現し、またそれを熟読することを「傾ける」「漱《くちす》ぐ」という、やはり比喩ふうの動詞でつづっている。

この二句、これだけしかみなかったなら、フーンとおもうぐらいで、とくになんの感想もわかないかもしれない。だが、ほかの読書表現とくらべてみたとき、あらためてその秀逸ぶりに気づくことだろう。そこで読書を叙した場面を、六朝期のほかの作からさがしてみれば、

○［束皙読書賦］垂帷帳以隠几、抑揚嘈囋、或疾或徐、
被紈素而読書。優游蘊藉、亦巻亦舒。

［耽道先生は］カーテンをたらして机にむかい、白絹の衣を身にまとって書をお読みになる。抑揚をつけ調子もかえ、はやく誦したりおそく誦したり、また悠々自適として、書巻をまいたりひろげたりしている。

○［庾信高鳳好書不知流麦賛］高鳳好学、専心不迴。
流連経笥、
対翫書台。

［後漢の］高鳳は学問好きで、脇目もふらず読書にはげんだ。書箱のそばからはなれず、文机にむかっていた。という例がみつかった。まず束晳の賦は、耽道先生が悠々と読書をたのしむ場面を叙しているが、読誦する音声や書巻の披見ぶりの描写が、多少めずらしいかなという程度にすぎない。また庾信の文はいっそう平凡で、高鳳が読書にはげんで、机からはなれなかったことをいうだけだ。二例とも対偶で表現したのが、くふうといえばいえようが、いずれにしても読書の行為を外側から叙した、平凡な描写にすぎない。

それに対し、陸機二句は、よむ行為を飲食行為になぞらえた比喩が、そもそも卓抜したアイデアであるし、さらにその比喩が、古典の熟読によって詩嚢をこやすという読書の本質を的確に表現している。たんなる読書場面の描写ではなく、よむ（詩嚢をこやす）行為の本質をついた比喩なのだ。しかもそうした表現が、左右対称の対偶でくりかえされることによって、より意味が強調されているのである。

この「比喩＋対偶」による読書表現に対しては、唐土の人びとだけでなく、我われの先祖たちも、その卓抜さに気づいていた。すなわち『太平記』の作者（室町時代の小島法師？）はその巻十二に、ここの対偶下句「漱六芸之芳潤」を「文は漢魏の芳潤に口すすぎ」云々として、たくみにとりこんでいるのである。

この「文賦」第二段、すぐれた「比喩＋対偶」表現がつづいている。つぎの聯もみてゆこう。それは、

浮天淵以安流、
濯下泉而潜浸。

天河の流れのなかで構思をたゆたわせ、地下の泉水のなかで発想を洗練させるのだ。

というものである。この二句は構想をねることをいう。そうした抽象的な事がらを、かく泉流の比喩でつづっている。この場合は、水の流れで発想をきたえる比擬もさることながら、「天淵↕下泉」という巨大な落差をもった比喩もじつに効果的だ。こうした表現も、比喩と対偶とを併用することによって、すばらしい美的効果をうみだした一例だろう。

そうした「比喩＋対偶」表現のなかで、もっとも成功したのが、つぎの

沈辞怫悦、若遊魚銜鉤而出重淵之深、
浮藻聯翩、若翰鳥纓繳而墜曾雲之峻。

深みに沈殿していたことばが、じわじわとうかびあがってくるだろう。あたかも魚が釣針をくわえて、深淵の底からでてくるかのように。また高みにただよう美辞が、ひらひらとまいおりてくるだろう。ちょうど飛鳥が繳にかかって、雲上の高みからおちてくるかのように。

という隔句対だろう。この部分は、構想をねった結果として、脳裏に語句や表現が点滅しはじめた情況を叙したものだ。ここではことばや表現が、ときにじわじわと、ときにおもいがけず、作者の脳裏にうかびあがってくるようすが、魚の釣りあげと鳥の落下という二つの比喩によって、具体的かつヴィヴィッドに表現されている。この動物（魚と鳥）による比喩は、比擬される内容と喩えとのコンビネーションが巧緻をきわめるが、それが対偶中で対比的に表現されていることにも注目しよう。なかでも、上下の運動性（魚の上昇、鳥の下降）や、音調の対応（怫悦《ふつえつ》・聯翩《れんぺん》は、ともに畳韻の語）は、コントラストを強調するのに効果的であり、技巧の粋《すい》をつくした修辞表現だというべきだろう。

この四句も、後代の文人に注目された。まず、六朝唐代の文学論を編纂した空海の『文鏡秘府論』では、十一字句（下二句）をつかった例として引用している（東巻「筆札七種言句例」など）。たしかに、四字句や六字句がおおい「文賦」中にあって、不意に出現するこの十一字の長句は、前後の文と截然たる違いがあって、よくめだっているといってよ

い。ただこうした長句は、六朝美文中でもときに出現するものであり、それ自体は特段に珍奇だというわけではない。おそらく目先をかえようとして布置されるのだろうが、いくつもの同種の事例があるなか、同書がとくにこの隔句対に着目したのは、やはりその対比的効果をたかく評価したからだろう。さらに後代、明の孫月峯は「形容して絶妙なり」と評し、近人の唐大圓も「此の四語、形容して致《おもむき》を尽くせり。妙手偶《たま》たま之を得たりと謂うべし」というなど、諸家が口をそろえて称賛している。

さらにこの四句、藤原公任《きんとう》の編になる『和漢朗詠集』（十一世紀初めの成立）にも、とられている。とられた部立は巻下、雑多な事物を配列したなかの「文詞（附遺文）」という項である。つまり文辞とでも訳すべき項に、収録されているのだ。当時の日本人は、この四句のなにに注目して、採録したのだろうか。おそらく、比喩が巧緻であること、対偶が卓抜であること、さらに十一字句が珍奇であることなどに、感心したからだろう。陸機が「たぶん」意図的につづった、この十一字句をふくむ隔句対は、はるか東方、扶桑国の文人にも注目され、その価値をみとめられたのだった。

さて、やや平凡な一聯をとばして、そのつぎの聯をみてみよう。すると、

謝朝華於已披、
啓夕秀於未振、

朝の花は過去のものなのですてさり、夕べの芽こそ将来を期してたいせつにしよう。

という二句がつづいている。まずこの二句は、ほんらい「謝已披之朝華、啓未振之夕秀」（已に披《ひら》きし朝華を謝《す》て、未だ振《ふ》らぬ夕秀を啓《けい》す）とあるべき構文を、倒置して表現しているのに注意しよう。さらに、ここでの「比喩＋対偶」表現に注目すると、植物（華↕秀）の比喩を対応させているのに気づく。陸機はその植物に、時間をあらわす「朝」「夕」の字を冠して、「朝華」「夕秀」という新語をあみだしている。この両語、李善注に「〈華〉と〈秀〉とは、以て文を喩え

しなり。〈已披〉は已に用いしを言うなり」とあるので、おそらく、

朝華↓朝方にさいてしまった花↓過去の詩文↓陳腐な表現
夕秀↓夕方にさくはずの花↓将来の詩文↓新奇な表現

と連想すべきなのだろう。つまり、陳腐さと新奇さとの対応が、「朝華↕夕秀」という華麗な「比喩＋対偶」表現でつづられているのだ。これこそ、比喩の技巧が「⑴理解を促進するため」よりも、「⑵表現をより効果的にするため」に使用されていることが、よく実感される例だとしてよい。

以上、第二段からすぐれた「比喩＋対偶」表現を提示してみた。もっとも、第二段だけにすぐれた表現があるわけではない。ほかの段からも、同種の「比喩＋対偶」表現をしめしてみよう。つぎにしめすのは第十七段の一節、名文の無窮さを叙した部分である。

彼瓊敷与玉藻、若中原之有菽。┌同槖籥之罔窮、
　　　　　　　　　　　　　　└与天地乎並育。

美玉や［王冠の］玉飾りのごとき名文は、野原の菽《まめ》のようにたくさん存している。それらにまなべば、名文は［無尽蔵に風をおくる］ふいごとどうよう無限につくられようし、天地とともに存在することだろう。

まず冒頭二句では、「瓊敷」「玉藻」が名文の隠喩となっており（善曰く、瓊敷・玉藻は以て文を喩えしなり。銑曰く、瓊敷・玉藻は文章妙句を謂う）、「若中原之有菽」のほうは、「たくさんある」の意を寓した直喩である（銑曰く、其の無限たるや中原に菽有るが若し）。このうち「瓊敷」「玉藻」は、「瓊」「玉」の字づらからしても、美化の意図をおびた比喩だろう。また「若中原之有菽」のほうは、広大な中原に菽が群生しているわけだから、量のおおさをいう比喩と解してよかろう（『詩経』小苑の典拠あり）。

だがここまでは、いわば通常の比喩表現であって、それほどどうということはない。注目すべきは、つづく「同槖籥之罔窮↕与天地乎並育」という「比喩＋対偶」表現である。この二句は、そもそも主語がわかりにくいのだが、おそらく名文が主語なのだろう。ふいごと天地に比擬しながら、名文は「［無尽蔵に風をおくりだす」ふいごのごとく無限につくられ、また天地のように永久に存在する」というのだろう（詳細は「札記」を参照）。

ここで李善注を参照すると、この二句は、『老子』第五章の「天地之間、其猶槖籥乎」（天地の間は、あたかもふいごのよう［に無窮］ではないか、の意）をふまえるという。すると前句の「槖籥」は、表面上はふいごの意だが、同時に「天地」の隠喩でもあることになる。つまり、この「同槖籥之罔窮↕与天地乎並育」二句は、いっけん巨細なもの（ふいご↕天地）を対置した反対《はんつい》のようにみえるが、『老子』の典拠を介在させることによって、「天地↕天地」の正対《せいつい》とみなすことも可能になってくるのである。そうすると、この二句は、名文は「天地とおなじく無限につくられ、また永遠に存在するものなのだ」という、壮大な規模で名文を賛美した表現とも解せよう。このようにこの二句では、対偶構造のなかで、巧緻な典拠をふまえた規模雄大な比喩が展開されており、まことに練達の手腕だというべきだろう。

以上、「文賦」中の「比喩＋対偶」表現を代表させて、第二段と第十七段からいくつかの例をあげてみた。これらが典型だが、比喩と対偶とを併用することによって、「文賦」の行文が絢爛にして華麗なものになっていることが、わかったようにおもう。(6) 陸機はおそらく、こうした表現を多用して、「文賦」全体の印象をきらびやかなものにしようとしたのだろう。

## 五　うるわしい自然

ところで、「文賦」の比喩表現のなかでは、これまで音楽の比喩がとくに注目されてきた。近人のなかでは、饒宗頤「陸機文賦理論与音楽之関係」（「中国文学報」第一四冊　一九六一）における指摘がはやいようだが、以後の研究者もしばしば同種の言及をしており、「文賦」研究ではもはや常識だといってよさそうだ。例をあげれば、

○［第十一段］或託言於短韻、対窮迹而孤興。俯寂寞而無友、仰寥廓而莫承。譬偏絃之独張、含清唱而靡応。

短篇で内容をまとめると、材料不足で対偶もつくれない。後段をみても索莫として対にできる話柄がなく、前段をみても寥々として対にできる事象もない。それは一絃だけの琴のようであり、すんだ音を発しても、応じてくれる響きがないのである。

○［第十二段］或寄辞於瘁音、徒靡言而弗華。混妍蚩而成体、累良質而為瑕。象下管之偏疾、故雖応而不和。

蕪辞で文をつづってしまうと、浮華なだけで真の輝きがなくなってしまう。美醜の句を混淆して文体を構成すると、よい句がおおくても瑕がついてしまうのだ。それは、舞台下の管楽が急速すぎると、ほかの楽器がこれに応しようとしても、うまく諧和しないのにそっくりだ。

などが、それである。前者では短篇ゆえの物たりなさが、後者では調和なき行文の弊が、それぞれ音楽の比喩をつかって説明されている。

右は一部にすぎず、同種の比喩は第十三〜十五段でも使用されている（前節でも指摘）。さらにそれ以外の段でも、第九段の「その悽愴な響きは琴糸がかなでる楽音のよう」（悽若繁絃）、第十段の「低俗な下里の曲を、高尚な白雪の曲につづけて奏したとしても」（綴下里於白雪）、第十六段の「歌い上手が琴音に応じて声を発する」（歌者応絃而遣声）などとあって、直喩や隠喩をとわず、音楽の比喩は「文賦」にすくなくない。

ただ、こうした音楽の比喩への注目は、だいたいにおいて、声律論の発生とからませたものであった（音楽比喩の多用→音調に敏感→声律に気づいていた）。つまり文学理論史上からの注目であり、文章技巧として注目したものではなかったのだ。私見によれば、文章技巧としてみたときは、音楽の比喩よりも、自然の比喩のほうが重視されるべきだろう。というのは、この作では文学を［山川草木だけでなく、禽獣や天地もふくむ広義の］自然に比擬させたがる傾向がつよく、それが「文賦」の重要な特徴だとおもわれるからだ。

そもそも陸機は文学創作において、四季の移ろい、つまり自然をとくに重視していた。たとえば「文賦」冒頭で、「屋内にこもって書物をじっくりよみ、感性や思念を古典のなかでとぎすます。また［屋外で］四季の移ろいに応じて時の変化をいたみ、万物の盛衰をみてさまざまに想いをはせる」（佇中区以玄覧、頤情志於典墳。遵四時以歎逝、瞻万物而思紛）というように、古典の熟読と四季の移ろいとが、文学を創作する動機になるとかんがえていた。

さらに第三段では、

籠天地於形内、
挫万物於筆端。

天地を詩文のなかにおさめ、万物を筆端でとらえるのだ。

ともかたっている。この二句に、五臣はつぎのように注する。「〈形〉は文章の形なり。〈挫〉は挫折するなり。天地は大なりと雖も、文章の形内に籠《こ》めるべく、万物は衆《おお》しと雖も、折挫して其の形を取り、以て筆端に書すべきを謂う」。すると、この発言はおそらく、第二段の「古今を須臾の間に観望し、天下を一瞬のうちにとらえる」（観古今於須臾、撫四海於一瞬）とどうよう、「文学の効能たるや、天地だろうと万物だろうと、なんでも包含しうるのだ」という、陸機の文学観を暗示するものだろう。こうした発言は、陸機文学と自然とのつよい関連をものがたるものとしてよい。

　では、「文賦」中の自然の比喩には、具体的にどんな種類があり、どんな特徴があるのだろうか。まず前者の種類からみると、流泉、遊魚、翰鳥、花朶、樹木、走獣、風雲、苕草、玉石、水珠、翠鳥、菽藿があり、また霜、雲、風、枯木、涸流、雲雨などがあげられる。これらはすべて、広義の自然に属する事物だといってよく、あらためてその多さに気づくことだろう。

　つづいて、後者の特徴はどうかといえば、厳しさよりもうるわしさが前面にでていることが指摘できる。たとえば、さきにみた第十七段には、「名文は［無尽蔵に風をおくる］ふいごとどうよう無限につくられようし、天地とともに存在する」（同橐籥之罔窮、与天地乎並育）とあった。ここの後半は「名文は悠久の天地とならんで、永遠性をもっている」の意であり、つまり自然（天地）は、永遠にほろびることのない、うるわしい存在だと認識されているのだ。

　だが、こうしたうるわしい自然イメージは、陸機の文学においては、けっしてふつうではない。というのは、陸機文学における自然については、従前から、厳しさが前面におしだされていることが、指摘されているからだ。たとえば、高橋和巳氏は卓論「陸機の伝記とその文学」において、

　自然もまた、彼の詩には、厳しい対比と、何かおののくような不安な相貌のもとに描きだされる。……

　　虎は深き谷の底に嘯き
　　雞は高き樹の巓に鳴く

哀風は中夜に流れ
孤獣は我が前を更《ふ》（赴洛道中作）

気にそまぬ旅ゆえに、途次のきびしさを一層強調したのだろうが、少くともこれは、「池塘春草を生ず」式の自然とは異質なものである。——また自然を厳しいものとして描く彼の感性自体が、厳しい自然により敏感に反応した。陸機には、「感時賦」と題する作品があるが、それは「悲しい夫冬の気を為す、亦た何んぞ潛凜《さんりん》として以て蕭索《しょうさく》たる」とひたすらに冬の厳しさを歌う。楽府作品においても、「従軍行」など辺疆を歌うものを秀れたものとしている理由もそこにある。……

太子舍人であった一時期、自然叙景も晋の治世をことほぐために和らげられねばならなかった一二の詩篇をのぞいて、彼はつねに、峻厳・洪川・層雲・高樹などを、巨視的に厳しいかたちで前面におしだしている。（『高橋和巳作品集9』一四九〜一五二頁）

とのべられている。この高橋氏のご指摘のように、陸機の文学においては、温和でうるわしい自然は、ほとんど登場することがなかった。陸機における自然は、おののくような不安な相貌のもとで、酷烈できびしい存在としてえがかれるのが、ふつうだったのである。

ところが、こうした酷烈な自然イメージは、「文賦」ではほとんど登場しない。唯一の例外として、第十九段に霊感が枯渇したときの比喩として、

兀若枯木、
豁若涸流。

枯木のように動きがとまり、涸流のように空虚でひからびる。

という表現がみえるぐらいで（これとて酷烈とかきびしいとか、称するほどのものではない）、それ以外はすべて、温和でうるわしい自然である。たとえば第二十段の、

配霑潤於雲雨、
象変化乎鬼神。

［文学は］ものをうるおす点で、雲や雨にも比せられるし、自在に変化できる点で、鬼神にもなぞらえられよう。

の聯では、文学のすばらしい効能が、万物をうるおす雲雨（自然の一種）になぞらえられている。ここの雲雨は、厳しさなどとは無縁で、温和で恵みをあたえる存在なのだ。おなじく第十段は、冗漫な句のあつかいについてのべたものだが、そのなかに、

石韞玉而山輝、
水懐珠而川媚。

石ころ（凡句）に玉（秀句）がまじっておれば、山全体がかがやきだすし、水中（凡句）に真珠（秀句）がひそんでいると、川全体がきれいになるもの。

という聯がある。この聯は、「冗句がおおくても、そのなかに秀句がありさえすれば、一篇全体はかがやかしくなる」の意味だ。ここでの山川は、おののくような不安どころか、秀句の隠喩として、「山が輝く」や「川が媚《うつく》しい」などと好意的に叙されている。

そうした自然イメージのなかで、とくに私が注目したいのは、霜の比喩である。この霜という自然現象は、「秋霜烈日」という四字熟語が暗示するように、ふつう酷烈なもの、峻厳なものと意識されやすい。じっさい、陸機自身も「文

賦」以外の作では、

○┌曾雲無温液
　└厳霜有凝威（園葵詩）

曾雲はおだやかな雨をふらしてくれず、厳霜もきびしい威力をもたらすだけ。

○臣聞┌春風朝煦、蕭艾蒙其温、
　　　└秋霜宵墜、芝蕙被其涼。（演連珠）

私は「春風が朝にあたたかくふけば、雑草も温もりにあずかり、秋霜が夜におりれば、香草もその冷たさをこうむってしまう」ときいています。

のごとく、霜の厳しさに着目しがちだった。

ところが「文賦」中での霜は、これらとは様相がことなっている。たとえば第一段では、

┌心懍懍以懐霜、
└志眇眇而臨雲。

心をひきしめては、霜の潔白さをおもい、志をたかくもっては、雲の気高さにたちむかう。

と叙する（第三節でもあげた）。ここでの霜は、李善が「高絜を言うなり」と注するように、「雲とならんで」高潔なものの喩えとされているのである。

こうした例をみてみると、「文賦」中のうるわしい自然イメージは、陸機文学のなかでは例外的なものだとせねばなるまい。すると、「文賦」中の温和な自然イメージは、けっして偶然そうなったのでなく、意図的にそう叙したのだろう。では、陸機はなぜ「文賦」でだけ、「自然＝うるわしいもの」としたのか。その回答は叙述の都合上、本章の末尾

へまわさざるをえないが、おそらく「文賦」の創作意図とも関連しているはずであり、記憶されておいてよい。

さて、ここまで「文賦」中の「比喩＋対偶」表現、なかでも自然の比喩をつかった表現に注目し、主としてその長所をかたってきた。もっとも、長所だけしか言及しないのは、やや公平さを欠くかもしれない。私見によれば、こうした対偶や比喩の利用もよしあしであって、それらをつかったため、かえって、難解になってしまった場合もないではない。以下では、そうした、むしろ失敗というべきケースもあげてみよう。

或因枝以振葉、
或沿波而討源。
或本隠以之顕、
或求易而得難。
或虎変而獣擾、
或龍見而鳥瀾。
或妥帖而易施、
或岨峿而不安。

［構成では］、枝（本旨）から葉（末節）にすすんだり、波（末節）から水源（本旨）にたどりついたりする。またはじめ主題をかくしておいて、しだいに明瞭にしてゆくこともあり、平易なところからはじめて、徐々に難解な部分へすすんでゆくこともある。虎（本旨）があざやかに変身するや、獣（末節）が従順にしたがうこともあるが、逆に龍（本旨）があらわれて、鳥（末節）がさわいでおさまらぬこともある。また論旨がととのって、スムーズにかけるときもあるし、議論がつっかえて、ぎくしゃくするときもあろう。

これは第三段の一節。一篇の構成法をのべた箇所である。例によって比喩をつかって叙しているが、その比喩がなにを意味するのか、わかりにくい。はじめ二句「或因枝以振葉、或沿波而討源」は、なんとか「枝（本旨）→葉（事例）」「波（事例）→水源（本旨）」だろうと推測できる。つまり、本旨から事例にすすんだり、事例から本旨にたどりついたりする構成法をいうのだろう。

ところが、一聯とんだ「或虎変而獣擾、或龍見而鳥瀾」の聯では、虎と龍の比喩がよくわからない。この二句に対し、李善は『周易』革卦の「大人は虎のごとく変ず。其の文《あや》は炳《あき》らかなり」をひいたあと、「文の来るや、龍の煙雲の上に見《あらわ》るるが若く、鳥の波瀾の中に在《あ》るが如きを言う」という、よくわからぬ注釈をほどこしている。この李善注、龍が煙雲上にあらわれるとか、鳥が波瀾中にいるとか、字句そのままの状況を叙するだけで、それがどういう喩えで、どういう意味なのか、まったく説明していない。これでは、比喩をときあかしたことにはならない。そのため現代の銭鍾書氏は、「［李善注は］義を砕いて難より逃げ、全く理に順いて旨に達せざるなり」と、きびしく批判している（『管錐編』一一八八頁）。

だが、この銭氏の批判は、すこし酷にすぎるのではないか。たしかに、ここの李善注は明快ではないが、しかしこの二句、陸機の比喩それ自体に飛躍がありすぎて、李善ならずとも、解釈をほどこしにくいというべきだろう。歴代の諸注を網羅的に調査した張少康氏でさえ、「此の二句、各家詮釈するや、意見紛紜たり」と、いささか困惑気味の発言をもらされているほどだ。つまりこの部分は、陸機の旺盛な表現意欲が飛翔しすぎて、読者の理解能力をこえてしまったというべきだろう[7]。それゆえ、この部分に関しては、非難されるべきは注家でなく、かかる難解な比喩をつかった、作者（陸機）のほうだとせねばなるまい。

右は、難解な比喩によって、意味がわかりにくくなったケースだが、こんどは、対偶多用で解釈しにくくなった例をあげてみよう。つぎにしめすのは、第七段の一節。内容的に矛盾が生じた場合の対処法をのべたものである。

或仰偪於先條、　或辞害而理比、　離之則双美、
或俯侵於後章。　或言順而義妨。　合之則両傷。

論旨が前段の発言に抵触したり、後段の内容を侵犯したりすることがある。また表現に混乱があっても論理はとおっていたり、字句はよくても内容が矛盾していたりすることもある。これらは、具合のわるい箇所をけずるとすべてうまくゆくが、けずらなかったらぜんぶだめになる。

この段も、諸注釈がバラバラな方向をむいていて、意味が確定しにくい。それゆえ解釈も困難なのだが、「矛盾した表現は除去すべきだ」の意だと解して、右のように訳しておいた。では、そうした解釈の困難さは、なにに起因するのかといえば、やはり李善注や五臣注のいたらなさでなく、「文賦」の行文のほうだろう。というのは、この段の行文をみると、俯↕仰、先↕後、辞↕言、理↕義、離↕合、美↕傷などの対比的な語句を多用しながら、整然とした対偶構造によって議論をすすめている。その意味では、みごとな美文である。ところがその美文ぶりが徹底し、対偶だけで論が展開されているので、内容が上滑りした印象があって、因果関係や細部の意味がよくわからなくなってしまったのだ。

私見によれば、こうした具体的な文章テクニックを叙した部分では、対偶だけで詳細なことまで表現するのは、無理があったとおもう。行文の理解しやすさをかんがえれば、聯と聯のあいだに説明的な散句をはさんだり、句端の字句（『文鏡秘府論』北巻を参照）を布置したりして、よむ者に配慮すべきだったろう。だが陸機は、「おそらく」対偶的行文に固執したために、その種の語句をおしんでしまった。対偶という修辞にこだわったあまり、文意の明瞭さを犠牲にしてしまったのである。それが結果的に、この文章を難解にしてしまったのだろう(8)。

陸機「文賦」に対しては、しばしば抽象的だとか観念的だとかの評言がくわえられ、具体性にとぼしいという批判が呈されている。いっぽんに、個々の詩文をとりあげて優劣をくだす作品批評ならともかく、作者の創作心理や文学創造の奥義をかたろうとすれば、抽象的な叙述にならざるをえない。その意味で、ある程度のわかりにくさは、やむをえないだろう。ところが「文賦」ではそれにくわえ、右のように、修辞過多の叙しかたが、わるい方向に作用することもあった。それが、「文賦」の行文を必要以上に晦渋なものにし、けっきょく抽象的だとか観念的だとかの悪評を、まねいてしまったのだとおもわれる。

# 六　儒道の使いわけ

さて、この節では「文賦」の典故をみてゆこう。典故、つまり古典に由来する用語や故事を引用して、内容の奥行きをふかめる技巧は、六朝文人たちがとくにこのむものであった。陸機もご多分にもれず、「文賦」中におおくの典故をもちいている。この典故によって、当該古典の陰翳が濃淡さまざまに揺曳されてくるので、「文賦」を精確に読解するためには、読者の側も典故をよく調査しておかねばならない。

では「文賦」では、どんな書物から典故をつかっているのか。ひとつの典故に複数の用例があったりするので、典拠、つまり典故の出処をこれと確定させるのは、じつはなかなかむつかしい。こうしたとき便利なのが、『文選』李善注における引証である。これなら、研究者の主観に左右されぬ客観的な資料であるし、また権威があるので、だれも異論をとなえることがない。そこで全面的に李善注に依拠することとし、そこに引用された典拠およびその数量を調査してみた。すると、「文賦」中の典拠の内訳はつぎのようであった（内容にかかわる典拠のみをかぞえた。『説文解字』や『漢書音義』などによる「A、B也」や、それに準じる訓詁的注釈は、内容的な関わりが希薄なので、ここではのぞいた）。

○儒家関連：58条（38％）

詩経12、論語11、書経8、礼記8、左氏伝8、易経7、荀子2など。

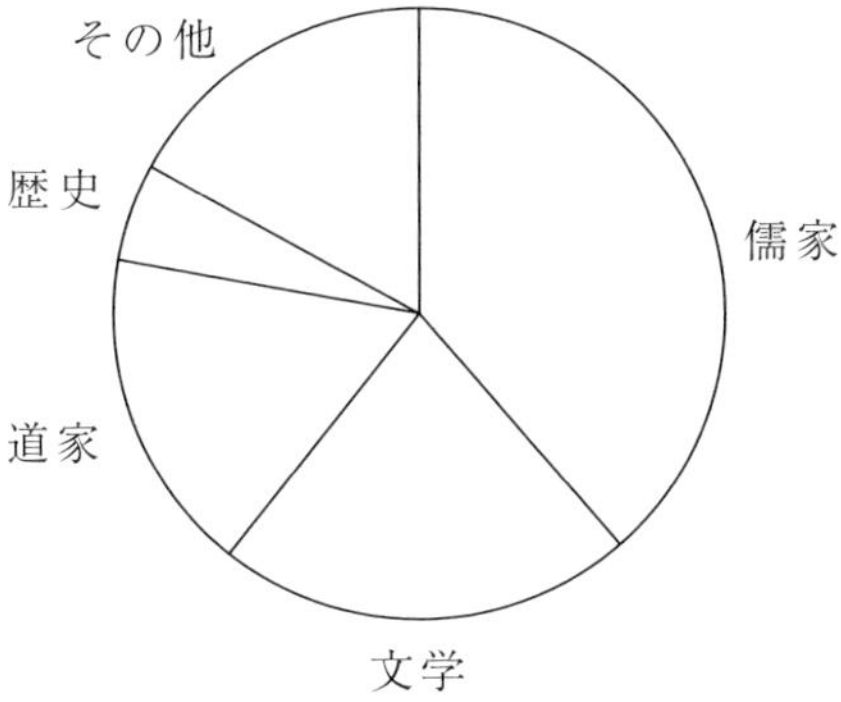

○文学関連：33条（22％）
楚辞8、班固幽通賦2、班固答賓戯2など。
○道家関連：25条（17％）
荘子11、淮南子9、老子3など。
○歴史関連：9条（5％）
国語4、漢書3など。
○その他：26条（17％）
論衡6、法言3、韓詩外伝2など。

この内訳で気づくことは、典故使用が予想外にすくないということだ。李善が引用した典故の量は、全部で百五十一条。この数字、「文賦」の全二百八十八句に対して52％であり、つまりほぼ二句に一条の割合でしか、典故が使用されていないことになる。満篇是れ典故という六朝美文のなかでは、この数字は、むしろすくないとすべきだろう。そのためだろう、この「文賦」では、李善が［典拠をひかず］釈義ふうな解説（「言うこころは……」など）をほどこしたケースがおおい。

そうした事実に気づいたのが、近代の駱鴻凱氏である。氏は、近代文選学の金字塔というべき『文選学』において、むかし李善は『文選』に注したが、そのさい、おおむね典拠を引用しただけで、文中の意味を説明することはすくなかった。ところが「文賦」に関してだけは、李善による説明がとくにくわしい。これによって、後学の手引きとなったし、また文学の至宝をよく明確にできたのだった。その意図はたいへんすばらしかった。とかたっている（華正書局　四六一頁）。ここで駱氏が指摘された釈義のおおさは、「文賦」の典故利用のすくなさ、つまり陸機が古典の権威に依拠することなく、自分でくふうした新語や新意の語を多用していることを、側面から証明するものでもあろう。新語や新意の語では、李善得意の引証による注釈はあまり効果的ではない。そのため李善は、やむなく釈義で注釈をおこなったのである。駱氏の「その意図はたいへんすばらしかった」という発言は、そうした李善の臨機応変の注釈態度をたたえたものだろう。(9)

さて、右のグラフをざっとみわたすと、典拠としては『詩経』『論語』などの儒家がもっともおおく、『楚辞』を中心とした文学関連の書籍がそれにつぐ。そして道家の書やその他の雑書がつづいている。こうした典拠の傾向は、六朝とくに西晋の賦ジャンルの作として、じゅうぶん予想されたものであり、とくに意外な感がするものではない。思想史的にみれば、まず儒家関係の書が教養のバックボーンとして君臨し、最多をしめるのはとうぜんだろう。それにつづき、『楚辞』や漢賦関連の作からの典拠がおおいのも、六朝の賦ジャンルである以上あたりまえのことである。そして三番目に道家関連の書がきているのも、当時における玄学の流行をかんがえれば、これも了解できることであり、とくに異様な感じをうけるものではない。

数量的には以上のとおりだが、近時の「文賦」研究では、［量的には三番目の］道家思想との関連が突出して重視され、その方面からの論及がおおくなっている。その代表的論客が、本章が依拠している張少康氏である。この張氏の見解は、現代の「文賦」研究ではそうとう有力であり、その賛同者もすくなくない。そこでその張氏の主張を、『文賦集釈』前言と「談談関于文賦的研究」（『古典文芸美学論稿』所収。初出は一九八〇年）の二論から、要約しつつ紹介してみよう。

張氏はこの二論において、まず「文賦」の関鍵箇所、つまり「玄覧」「天機」「橐籥之匇罔窮」「輪扁所不得言」などに、李善が計十一条の道家関連の典故をひくことを指摘する。そしてそのうえで、「より重視すべきことは、陸機の創作上の基本観点が、これら老荘の書物に由来していることだ」と主張されるのである。ここで張氏があげる老荘由来の基本観点は三つ、すなわち「言意関係」と「虚静」と「天機」である。

　第一の「言意関係」とは、「ことばは心情を的確に表現できるか」という、ことば（言）と心情（意）の関係のことだ。両者の関係について張氏は、基本的に儒家は「言は意を尽くす」、道家は「言は意を尽くさず」の立場だと断じたうえで、「文賦」中の、

○［序文］恒患 意不称物、
　　　　　　　文不逮意。……若夫随手之変、良難以辞逮。

　私がいつも困難を感じるのは、心情が対象にうまく一致せず、ことばが心情を的確に表現できないこと。……そのさいの臨機応変の力の入れかたは、ことばではなかなかじつに説明しにくいものだ。

○［第十六段］若夫 豊約之裁、
　　　　　　　　　俯仰之形、因宜適変、曲有微情。……譬猶 舞者赴節以投袂、
　　　　　　　　　　　　　　　　　　　　　　　　　　　　歌者応絃而遣声。是蓋輪扁所不得言、故亦非華説之所能精。

　繁簡の調整や構成のたてかたは、時宜にしたがい臨機に対応すべきだが、なかなか複雑で、いわくいいがたい。……それらは、舞上手が節《ふし》にあわせて袂《たもと》をふり、歌い上手が琴音に応じて声を発する［口では説明しがたい］妙技と、よく似ている。そのコツたるや、あの輪扁《りんぺん》でもいいえぬことであり、口が達者なだけでは説明できぬものなのだ。

などに注目する。そして、これらは道家ふうの「言は意を尽くさず」の立場にたったものだと断じ、『荘子』外物の「得意忘言」（意味を了解できれば、ことばで説明する気がうせてしまう、の意）や、「意在言外」（ふかい含意は言辞にあらわれず、

みずから体得するしかない、の意）に通じる発想だと主張されるのである。

第二の「虚静」（無念無想で心をしずかにたもつ、の意）については、「札記」でふれたので詳細は略す。要するに、「文賦」第一段の「佇中区以玄覧」の「玄覧」（『老子』に由来する）の語や、第二段中の、

其始也、皆┌收視反聴、
　　　　　└耽思傍訊、

構想をねる当初は、まず外界から目をそらし耳もとざして、ひたすら考えをふかめ想念をめぐらさねばならぬ。

の字句に注目して、これは『荘子』がかたる「虚静」の境地とおなじだ、という主旨である。

第三の「天機」（天賦の才、の意）については、張氏は「文賦」第十八段の、霊感についてのべた一節に注目する。すなわち、

方天機之駿利、夫何紛而不理。┌思風発於胸臆、紛威蕤以馺遝、唯毫素之所擬。
　　　　　　　　　　　　　　└言泉流於唇歯。

［霊感がわいて］天賦の才が活動しはじめるや、なんと混沌とし無秩序であることか。ひらめきは胸臆から風のようにわきおこり、ことばは口中から泉のごとくながれでる。それは盛大にして多彩なもので、ひとは筆のうごきにまかせるだけ。

に登場する「天機」の語をとりあげ、これは『荘子』の秋水や大宗師の趣旨をふまえると指摘される。そして、この前後の「創作の成否は、あくまで天稟によって決定づけられるもので、ひとが努力してなんとかなるものではない」という論旨は、老荘の「芸術は自然にしたがうもので、人為的な活動とは関連しない」の考えかたと一致していると、主張されるのである。

以上、「文賦」と道家思想との関連を主張する、張少康氏のご意見を紹介してきた。この張氏の見かたは、以後の「文賦」研究につよい影響力をもった。氏の意見に賛同して、「文賦」と道家思想との関連を主張するわかい研究者は、現在でもすくなくない。もっとも、最近あらわれた黄娟「論文賦創作思想之淵源——兼与張少康先生商榷」（『中国文学研究』二〇〇四—一）のように、「文賦」と道家思想とのあいだには「絶えて血脈聯係無し」と断じる論考もないではない。だが、そうした論考が出現するや、すぐそれに反対する論文、たとえば楊暁昕「陸機文賦道家思想発微」（『天中学刊』二〇〇七—一）、蕭硯凌「浅論道家思想対于陸機文賦的影響」（『江西金融職工大学学報』二〇〇八—S一）がでてくるというしまつであり、「文賦は道家思想の影響下にあり」という張少康説は、なお有力だといってよかろう(10)。

かく有力な道家思想関連説であるが、私見によれば、この張氏の説はけっして万全なものではない。氏の説と齟齬するような資料が、いくつか残存しているからだ。まず陸機には、

○［晋書陸機伝］伏膺儒術、非礼不動。

儒術の教えを心にまもり、礼にかなわぬことは、おこなおうとしなかった。

○［太平御覧巻五九九引抱朴子］陸君深疾文士放蕩流遁、遂往不為虚誕之言、非不能也。

陸機は［当時の軽薄な］文士たちの放蕩無頼な行いをひどくきらった。そこで［玄学かぶれの］虚誕な物言いはいっさいしなかったが、それはできなかったということではなかったのである。

という逸話がのこっている。実生活での陸機は、道家思想に共感をしめすどころか、「儒術の教えを心にまもり」「［玄学かぶれの］虚誕な物言いはいっさいしなかった」のだ。道家ふうの玄学が流行した当時としては、例外的といっていいほど保守的な思想の持ち主だったといってよい。

さらに、『太平御覧』巻六〇二にひく『抱朴子』佚文には、

陸平原作子書未成。吾門生有在陸君軍中嘗在左右。説「陸君臨亡曰、窮通時也、遭遇命也。古人貴立言以為不朽、吾所作子書未成。以此為恨耳」。

陸機は一家言の書をかこうとしたが、完成できなかった。私（葛洪）の門生に、陸機麾下の軍につかえ、つねに側に侍していた男がいたが、その男はいった。「陸機どのは刑死にのぞむや、〈窮通は時勢に左右されるし、遭遇も運にまかせるだけだ。古人は一家言をたてて、それを永遠にのこすことを重視した。だが、私が執筆しようとした一家言の書は、まだ完成できておらぬ。それだけが無念だ〉とおっしゃいました」。

というエピソードものこっている。つまり陸機は文学でもなく、ましてや玄学でもなく、一家言の書の執筆を、生涯の目標としていたのだ。これら三つの話柄は、あきらかに陸機が、伝統的な儒学の教えに忠実だったことをしめしている。そうした彼が、この「文賦」を執筆するときだけ、とつぜん思想的に転向して、道家思想に傾倒したというのは、かなり奇異な議論だとせねばならない。

くわえて、「文賦」のなかにも、明確な儒家的文学観をしめした一節がある。それは、第二十段の「文学の力によって、文王武王の道が地におちるのをすくえるし、よき風俗も亡佚の淵からすくって宣揚できる」（済文武於将墜、宣風声於不泯）という発言である。ここで陸機は、『論語』子張や『書経』畢命、『詩経』大雅桑柔などの典拠をふまえつつ、文学の政治的効能を重視する考えをかたっている（くわしくは「札記」参照）。こうした主張は、文武の道をもちだし、風俗をすくうことを強調する点で、明確に儒家的文学観にくみしたものだといってよい。

このように張氏の説と齟齬するような資料も存するが、そうかといって、では逆に「文賦は儒家思想の影響下にあり」と断ぜられるかといえば、これまたそうではない。それはそれで、疑問点がおおいのだ。張少康氏が指摘されるごとく、「文賦」中に言不尽意、虚静、天機などの道家的言説が引用されているのは事実だし、また第五段での詩縁情説も、けっして儒家的な発想ではありえない。陸機が真に儒家ふうの文人だったならば、まちがいなく伝統的な詩言志説を主張したことだろう。

以上のごとく、陸機「文賦」は、思想的に儒道いずれの影響下にあるとも断じがたい。どちらにしても、矛盾がでてくるのである。だが張氏のすぐれたところは、そうした矛盾もみとおしたうえで、「文賦では〈創作論は道家、効用論は儒家〉とつかいわけている」という説を提示されていることだ。この説は氏の『文賦集釈』の各所でのべられているが、ここでは三五～三六頁から引用すると、

> この段（第一段——福井注）において、我われは、陸機の文学観は儒家と道家とが結合しているという特徴を、みいだすことができよう。陸機は、創作の構想の場面においては、おもに道家思想のすぐれた特質を吸収しているが、文学の社会的効用の面では、おもに儒家の観点を採用している。道家の角度から創作を論じ、儒家の角度から効用を論じる——こうしたやりかたは、後代のおおくの文学批評家に影響をあたえた。劉勰などはあきらかに、その影響をうけたひとりなのだ。

とかたっている。つまり「文賦」では儒と道とを結合し、そのうえで「道家の角度から創作を論じ、儒家の角度から効用を論じる」というふうに、適宜つかいわけている——と主張されるのである。

ではなぜ陸機は、そうした儒道使いわけをおこなったのだろうか。この疑問については、張氏は明確には回答されていないが、同書の前言四頁で儒と道とについて、

> ［陸機のころまで］儒家はずっと、文学と政治、文学と現実、文学の社会効用などのテーマを重視してきたが、創作の構想や創作過程等に対しては、なんの論及もしていない。しかし道家とくに『荘子』においては、技芸の神化の問題を論じたさい、創作と密接に関係する重要問題に、しばしば論及してきた。

と説明している。これからすると、儒家は効用論に重点をおき、道家は創作論をおもんじるというふうに、それぞれ得意なところがちがっていた。だから陸機は、その得意なところを適宜つみとってきて、両者をつかいわけている——とかんがえておられるようだ。

このようにみてくると、張少康氏の「文賦」論の重点は、道家の思想的影響の主張ではなく、じつはこの儒道使いわけのほうにあった（ただし「文賦」の関鍵部分たる創作論は、道家に依拠するとする）としてよい。この使いわけ説は、やや折衷ふうなきらいがないではないが、視野がひろくバランスのとれた議論であり、やはり現在でももっとも有力な説だといえよう。

## 七　断章取義ふう典故

では私も、この張少康氏の儒道使いわけ説に賛同するのかといえば、かならずしもそうではない。半分は賛同できるが、もう半分は賛同できない。というのは、この儒道使いわけ説は、「文賦」の混淆した「ようにみえる」典拠や思想傾向を説明するには好都合だが、そのさきの「では、なぜ陸機は儒道をつかいわけたのか」の疑問には、じゅうぶん回答できていないようにおもわれるからだ。「陸機以前では、儒家は効用論に重点をおき、道家は創作論をおもんじていたから」などという議論は、とってつけた後講釈にすぎぬようにおもえるし、またそもそも論点がずれているように感じられる。

私は、そうしたくるしい議論ではなく、べつの方面から説明すべきだとおもう。それは、陸機の心中に、儒道使いわけを可能にさせるような、もうひとつべつの志向が存していた。だからこそ、儒道の典故を並存させた「文賦」のごとき作が、かかれたのではないか——ということだ。では、そのべつの志向とはなにか。それは、美麗な表現を追求する意欲、すなわち唯美主義への志向がそれだろう。陸機の心中に、かかる唯美主義への志向があればこそ、水と油のような儒道の二者を、「文賦」中に並存させることもできたのだろうと、私はかんがえるのである。

この、唯美主義と儒道使いわけの相関を説明しようとすれば、やや遠まわりになるが、「文賦」中に散見する、断章取義ふう典故利用から説明せねばならない。この断章取義なるもの、ふつうは古典の一部分をきりとってきて、自分の都合のよい解釈で使用することをいう。「三　豊麗な語彙」でもふれた、新意が充入された語も、これにかさなる。つまり、ことば自体は従前も使用されていた旧套の語彙（＝典故）だが、その内包する意味あいは、原典とことなってしまっているという使いかたである。

こうした断章取義、あるいは新意が充入された語が、「文賦」にはしばしばみえていた。「縁情」「体物」「博約」などは「三　豊麗な語彙」でも例示したが、それ以外のわかりやすい例として、「文賦」第二段にでてくる「闕文」の語をあげてみよう。

収百世之闕文、
採千載之遺韻、

百代もかかれておらぬ字句をえらび、千年も気づかれなかった表現をくふうせねばならぬ。

ここの「闕文」に対し、李善注は『論語』衛霊公の「吾猶及史之闕文也」（私は、史官が疑問の字をあえて空格にしておくのを、みたことがある、の意）をひく。するとここの「闕文」も、「疑問の字を、あえて空格にしておく」の意になるかというと、それはそうではない。対応する「遺韻」との関係も考慮すれば、ここの「闕文」は、「「百代もかかれておらぬ」独創的な字句」の意だとせねばならず、『論語』との関係はもはや追跡できない（李善はここに『論語』をひくべきではなかった）。つまり語自体は『論語』由来の典故だが、その内包する意味あいは、典拠とことなってしまっているのである。

もうひとつ例をしめそう。第九段のなかに、

　雖杼軸於予懐、怵佗人之我先。

　［詩文が］おのが胸中から想起されたものであっても、他人がさきんじているのではないかと、気にかけておくべきだろう。

という二句がみえていた。ここの「杼軸」は、織機の糸巻きの意なのだが、陸機はそれを「詩文の想をねる」の意で使用している。現代では小型の漢和辞典にも、この語釈をのせているが、それは、この「文賦」の用例によって、そうした意味が発生したのである。では、陸機はどうして、そうした意での使用をおもいついたのか。

この「杼軸」の語は、もともと『詩経』小雅大東の、

　小東大東、杼柚其空。

　東の小国や大国では、杼も柚もからっぽになってしまった。

に由来している。伝統的な注釈（毛伝）では、この大東の詩は「乱を刺《そし》るなり。東国は役《えき》に困しみ、財を傷《やぶ》る。譚大夫は是《こ》の詩を作りて、以て病むるを告ぐるなり」という背景があるという。これにしたがえば、この「小東大東、杼柚其空」二句は、「東方の国は賦役につかれ、［織物を献じつくして］織機の杼軸までカラになった」の意となろう。この「杼柚（軸）」は、詩句の内容にしたがうと、織機の糸巻きの意から転じて、「国が疲弊した」や「カラになった」のニュアンスをおびたかもしれない。

だが「文賦」では、そうした原典の陰翳は、スパッときりはなされた。陸機は「杼軸（柚）」の語を、大東の詩の趣

意とは関係なく、「織機の糸巻き → 織物をつくる → 詩文をつくる」と転じさせ、けっきょく「詩文の想をねる」の意で使用したのだ。つまり、「文賦」中の「杼軸」は、原典の趣意と関係のない、断章取義ふう典故（あるいは、新意を充入された語）なのである。

六朝ではこの種の典故使用はすくなくないが、そうしたなかでも、この「杼軸」の語はとくに卓抜な用法であり、ここに陸機の天才をみいだすこともできよう。陸機の意図を忖度すれば、おそらく通常の語（たとえば「雖構思於予懐」）では平凡なので、もっと斬新な表現にしようとして、『詩経』中から「杼軸（柚）」二字をきりとってきたのだろう。そのさいは、この第九段の直前に、「綺合」や「縟繡」などの織物関連の語を使用していたので、その連想で、ということもあったかもしれない。

このようにみてくれれば、さきにあげた「玄覧」や「天機」の語も、これとおなじ典故使用法だった可能性があろう。たとえば「玄覧」の語をとりあげると、この語は第一段に、

佇中区以玄覧、頤情志於典墳。
遵四時以歎逝、瞻万物而思紛。

屋内にこもって書物をじっくりよみ、感性や思念を古典のなかでとぎすます。また［屋外で］四季の移ろいに応じて時の変化をいたみ、万物の盛衰をみてさまざまに想いをはせる。

として使用されていた。ここの「玄覧」の語に対し、『老子』との関連を指摘したのが、李善注だった。李善は『老子』第十の、

滌除玄覧、能無疵乎。

心をあらいきよめれば、過ちがなくなるだろう。

という用例、さらにその河上公注「心は玄冥の処《ところ》に居れば、万物を覧知す。故に之を玄覧と謂う」をひいて、神秘的な道家ふう陰翳を暗示した。これによって後代、この部分を道家思想との関連で解釈しようとする見かたが、ひろまってきたのである。すると、李善注にしたがったならば、右の「佇中区以玄覧」句は道家ふう玄妙さをおびさせて、「天地の間にたたずんで、玄冥の場所から万物を洞察する」と解すべきことになろう。その意味では、この句を「虚静」と関係づけようとした張少康氏の説は、李善注以来の流れをひいた、いわば正統的な解釈だといってよいかもしれない。

しかし、ほんとうにそう解すべきだろうか。じつは、これも「闕文」や「杼柚」の語とおなじで、『老子』との関連はとぼしく、ただ「じっくりみる」ぐらいの意にすぎないのではあるまいか。じっさい五臣注は、この「玄覧」に「文章を遠覧す」（文章をじっくりみる、の意）と注するだけで、道家思想との関連は指摘していない。これをうけて、現代の銭鍾書氏も、李善注でなく五臣注のほうを是《ぜ》とし、道家思想と関連づけてかんがえてはならぬと、つよくいましめられているのである（『札記』一一〇～一一一頁も参照）。

くわえて、李善が典拠としてしめす『老子』の用例では、「玄覧」は心や精神などの意であり、名詞としての用法である。ところが「文賦」中の「玄覧」は、「歎逝」（時の変化をいたむ、の意）の語と対応せねばならないので、品詞としては動詞のほうがふさわしい。そうした点でも、五臣注の「遠覧」（じっくりみる、の意）という動詞ふう解釈が、ここでの文脈にふさわしいといえよう。じっさい、そうした動詞ふう使いかたとして、

［張衡東京賦］　睿哲玄覧、都茲洛宮。

［光武帝は］賢明にもじっくりご覧になり、この洛陽の地に都をおかれたのだ。

という先行事例があり、ここでも、ただ「じっくりみる」の意にすぎないのである。

そうだとすれば、「文賦」のこの部分では、とおく『老子』までさかのぼらず、この種の「じっくりみる」の用例を意識していたと、解したほうがよさそうだ。すると、「玄覧」の語を『老子』にむすびつけて、過剰な［道家ふう］神秘的解釈をおこなうのは、むしろ排除されるべきだろう。陸機の意図を忖度すれば、「対偶中で対応する〈歎逝〉の語が、『論語』子罕の〈子在川上曰、逝者如斯夫、不舎昼夜〉を連想させるので、それと対応させるには、『老子』出自の語のほうがふさわしいだろう」ぐらいのかるい気もちではなかったか。

このように、「文賦」中の「玄覧」「杼軸」などは、たしかに典拠にもとづく語ではある。しかしだからといって、すぐそれを［『老子』を介して］道家思想や［『詩経』を介して］儒家思想からの影響云々の議論にむすびつけるのは、すこし危険ではないかとおもうのだ。もとより陸機は、これらの語の典拠をしらないではあるまい。しかししったうえで、あえて典拠の文脈から［思想的な色あいもふくめて］きりはなし、断章取義ふうに使用したということも、ありえるのではないかと、私はかんがえるのである。

では、陸機はなんのために、そうした断章取義ふう使いかたをしたのか。ここでようやく、唯美主義の話題にもどることができるのだが、それはおそらく、陸機が美麗な表現を志向したからではないかとおもう。平凡な「遠覧」のかわりに「玄覧」の語をつかい、陳腐な「構思」のかわりに「杼軸」の語をつかったなら、該句を美麗な表現にできると、陸機はおもった。だから、こうした断章取義をおこなったのではないか。つまり「表現を美麗なものにする」、それがこうした語をつかった真の目的だったろうと、私は推測するのである[11]。

そうした目でこの「文賦」をよみかえしてみると、陸機は他の箇所でもしばしば、唯美主義的な志向をかたっているのに気づく。たとえば、

○［第五段］詩縁情而綺靡、
賦体物而瀏亮。

詩は感情にそいつつ華麗に表現すべきであり、賦は事物を模写しつつ明瞭につづらねばならない。

○［第六段］其会意也尚巧、
其遣言也貴妍。

全体の構成をかんがえるには、巧級さがたいせつだし、字句を布置するには、美麗さを重視せねばならぬ。

○［第九段］藻思綺合、
清麗千眠。
炳若縟繍、
悽若繁絃。

あざやかな発想があやぎぬのようにおりなし、清麗な表現がひかりかがやくときもあろう。そのかがやかしい行文は絢爛たる錦繍のごとくで、その悽愴な響きは琴糸がかなでる楽音のようだ。

などがそれだ。傍点を附した箇所に注目しよう。「綺靡」「尚巧」「貴妍」「藻思」等。陸機はこれらの語をつかって、文飾をほどこして美麗に表現しようとする志向を、はっきりかたっているのである[12]。

この「文賦」では、読書と自然による創作や音声の諧和、さらに冗句の削除や警策の重視など、いろんな主張が多岐にわたって展開されている。そのため、個々の主張の重要度や相互の関連ぐあいがわかりにくくなっているのだが、私は、こうした幾多の主張のうちでも、陸機は、詩文を美麗につづること、つまり唯美主義をもっとも重視していたにちがいないとおもう。そうした唯美主義への志向にくらべれば、典故の出処が儒家であるとか道家であるとかなどは、どうでもよかったのだろう。

典故や語彙の出処を調査してゆけば、「文賦」は、道家ふう典拠をつかうかとおもえば、儒家ふう文学観を主張するなど、いかにも儒道を結合させ、自在につかいわけているようにみえる。しかし、陸機の立場にたっていえば、「おそらく」道家思想に共感したから「玄覧」の語をつかったのではないし、また儒家思想を称揚しようとして「杼軸」の語を使用したのでもなかった。ただ、それらのことばをつかえば、自分の思いが的確につたえられ、そして「なにより大事なことに」文章が美麗に表現できるから、使用したにすぎなかったのである。

つまり、陸機にとって「玄覧」や「杼軸」などの語は、おのが思想的立場を暗示するものではなく、表現、なかでも美麗な表現にするためのツールでしかなかった。だからこそ、水と油のような儒道の二者を、「文賦」中に並存させることもできたのだろう。(13)その意味では私は、「文賦」中に使用された典故や語彙を、すぐに陸機の思想的立場に関連づけてかんがえることには、慎重であるべきだとおもうのである。

## 八 意図的な楽観主義

さて、ここまで陸機「文賦」について、文学理論史上での意義はさておき、もっぱら一篇の賦作品とみなして、その評価や文章の特徴をかんがえてきた。以上の議論をふりかえってみると、おおむねつぎのようになろう。［第一節］「文賦」は六朝において、文学批評の名篇との評判がすでに定着しており、［第二節］陸機自身も、この賦に満腔の自信をもっていた。［第三節］語彙の特徴としては、新語や新意の語を多用して、斬新にして豊麗な雰囲気を有していることがあげられる。［第四節］一篇中の白眉は「対偶＋比喩」表現であり、絢爛にして華麗な字句にみちている。［第五節］なかでも、そこでの自然描写は温和でやすらぎにみちており、酷烈な自然イメージが支配的な陸機文学のなかで、異彩をはなっている。［第六節］典故からみた思想傾向では、儒家と道家のどちらともきめがたく、どうやら「創作論は道家、効用論は儒家」とつかいわけているようだ。［第七節］ただし、断章取義ふう典故使用が散見することもあわせかんがえると、陸機文学の基底には、思想的羈絆から脱した唯美主義的な志向も、また横たわっていたものと推測される――と。この最後の節では、これらの議論をふまえながら、「文賦」の創作意図を再度かんがえてみよう。

陸機は周知のように、祖父に陸遜、父に陸抗をもつ、呉の名家の出身だった。そうした出身にくわえて、彼は己《おのれ》のすぐれた資質も自覚し、つよい政治的自負をもっていたようだ。たとえば故国の呉がほろぼされ、旧敵の都の洛陽にのぼったあとのことであるが、

時中国多難。顧栄戴若思等咸勧機還呉。機負其才望、而志匡世難。故不従。（『晋書』巻五四陸機伝）

当時、晋の都では険悪な事件が多発していた。顧栄や戴若思らはみな陸機に、呉へかえるようすすめた。だが、陸機は自分の才能や声望に自信をもち、世の混乱をただそうと念じていたので、その忠告にしたがわなかった。

という話がのこっている。この話柄は、陸機が晋の都にあっても、なお自身を「世の混乱をただ」しうる人間だと、自負していたことをしめそう。高橋和巳氏は、こうした気負いを英雄主義と称し、陸機は終生これに固執し、「最後にはみずからを英雄視する一種悲惨な幻想のもとに自滅した」と指摘されている（『作品集9』一三八頁）。

そうした彼の自負は、上洛後もおとろえることがなかった。いや逆に、亡国と上洛によって、むしろ肥大化したといってよさそうだ。陸機は上洛後、晋朝の有力者のもとへ、立身のつてをもとめて歴訪した。そのころのことだと推測されるが、やはり本伝に、

范陽盧志於衆中問機曰、「陸遜陸抗於君近遠」。機曰、「如君於盧毓盧珽」。志黙然。既起、雲謂機曰、「殊邦遐遠、容不相悉。何至於此」。機曰、「我父祖名播四海、寧不知邪」。

范陽の盧志は衆人のなかで陸機にたずねた。「陸遜、陸抗とは、貴殿とはどんな関係かな?」。陸機はこたえた。

「貴殿の、盧毓と盧珽との関係とおなじだよ」。盧志はムッとおしだまってしまった。座からたちあがるや、陸雲は兄の陸機にいった。「この晋地は呉からとおいですので、盧志はきっとしらなかったのでしょう。どうしてあんなふうにいったのですか」。陸機はいった。「わが父祖の名は天下にしられている。あいつがどうしてしらぬはずがあろう」。

という話柄が収録されている。陸機ら呉人は、旧敵国からの移民ということで、洛陽の人びとから白眼視されていたが、この話柄は、陸機がそうした白眼に、敢然とたちむかっていったことをしめしている。いかにも陸機らしい自負、あるいは負けん気のつよさをしめすエピソードだといえよう。

こうした毅然とした態度は、当時ではふつうのことではない。陸機が晋の有力者のもとを日参していた太康末や元康（二九一～二九九）のころは、あの諷刺文学の傑作、魯褒「銭神論」がつづられた時期でもあったことを想起しよう。じっさい、寒門出身者が仕官をもとめようとすれば、当時は、「銭神論」で揶揄されたがごとく、ひたすら有力者にはいつくばって、哀れみを乞うしかなかったのだ。(14) ここではその「銭神論」ではなく、葛洪『抱朴子』交際篇から引用すると、

星言宵征、守其門庭、翕然諂笑、卑辞悦色、提壺執贄、時行索媚。勤若積久、猶見嫌拒、乃行因託長者以構合之。其見受也、則踊悦過於幽繫之遇赦。

まだ夜も明けぬうちから権力者の門前に待ち伏せ、へらへらと諂い笑い、空世辞とえびす顔をふりまき、酒を提げ手土産を携え、いつも出向いては御機嫌を伺う。こうして長い苦労の末、それでも嫌われ断わられると、今度はあちらこちら先輩の伝手をたどって取り持ってもらう。やっと受け入れられると、狂喜乱舞、そのさまは恩赦に遇った囚人以上である。（訳文は、平凡社『中国古典文学大系』の本田済氏のものによった）

という状況がふつうだったのである。晋の出身者であっても、かく仕官に汲々としていた当時、陸機のごとき旧敵国出身者が、どれほど立身にくるしんだかは、おしてしるべきだろう。そうしたなかでの、陸機の右のようなエピソードである。陸機の毅然とした態度が、いかに例外的なものだったかが、了解できることだろう。

陸機の自負のつよさは、文学創作の方面でもおなじであった。これも、右の話と同時期のことだと推測されるが、つぎのようなできごとが記録されている。

士衡在坐、安仁来。陸便起去、潘曰、「清風至、塵飛揚」。陸応声答曰、「衆鳥集、鳳皇翔」。

陸機が座にすわっていると、そこへ潘岳がやってきた。すぐ陸機が［かえろうと］たちあがると、潘岳は「〈清風がふきよせるや、塵埃がまいあがる〉かな」と声をかけた。すると陸機は、「〈凡鳥がつどえば、鳳凰はかけあがる〉のさ」と応じた。

潘岳との応酬である。険悪な会話であるが、「揚」と「翔」とで押韻させ、いちおう笑話ふうの体裁となっている。この話、出典が『裴子語林』という小説であり、いかにもつくりばなしめいていて、あまり信をおけないのはいうまでもない。だがそれでも、北方文人（晋）を代表する潘岳と、南方文人（呉）を代表する陸機とを役者にしたてて、南北相互のライバル意識を寓したものと解すれば、なかなか含蓄がふかいとせねばならない。この話でいう「坐」とは、おそらく晋の有力者（楊駿や賈謐など）の邸宅だったろう。そこはいわば、潘岳ら北方文人たちが盤踞しているところである。そうした、いわば旧敵の巣窟にとびこみながらも、陸機は堂々と「凡鳥がつどえば、鳳凰はかけあがるのさ」とうそぶいて、潘岳に、いや潘岳を代表とする北方文人たちに、一矢をむくいているのである。

こうしたエピソードはたしかに、陸機の自負や負けん気をものがたるものではある。だが同時に、いかにも無理し、背伸びをしているような感じも、しないではない。満座の白眼や敵視のなかで、北方文人たちを凡鳥よばわりする姿は、逆に陸機の孤立ぶりをきわだたせ、ある種の痛ましささえ感じさせよう。

高橋和巳氏はかつて、陸機文学の特徴として、自然がおののくような不安な相貌でえがかれること、友への絶対的信頼や甘えがないこと、さらに天道と人道の不一致が表明されることなど、要するに暗鬱なイメージが濃厚であることを指摘された（『作品集9』一四九～一六五頁）。おもうに、陸機文学のそうした暗鬱さは、右のごとき現実でのたえざる緊張感が、陸機の神経をおびやかしつづけたことと、おそらく無関係ではないだろう。表面上の強烈な自負や負けん気とはうらはらに、陸機の心中は、緊張や不安感でいっぱいだったにちがいない。

ところが、そうした暗鬱な陸機文学のなか、「文賦」だけは、まったく雰囲気がことなっていた。「二　満腔の自信」でもみたように、「文賦」中での陸機は満腔の自信をもち、まことにご機嫌そのものだった。そこでは、自然さえも、おだやかな相貌を呈していたのである（「五　うるわしい自然」）。そうした陸機の自信にあふれた発言を、繰りかえしをいとわずあげてみよう。たとえば「二　満腔の自信」でふれた、

○［序文］そこで私は「文賦」をつづって、古人の文藻がいかにつづられたかを叙し、また文の良否がいかに発生するかについて論じてみた。他日［後世の者は］、拙賦は創作の妙訣をのべつくしていると、いってくれることだろう。

○［第十段］低俗な「下里」の曲を、高尚な「白雪」の曲につづけて奏したとしても、私だったら「下里」なりの美点をひきだしてみせるのだが。

の二例がそうだった。これらの底には、陸機の自負の気もちが存している。だがそうだとしても、ここでの陸機の自負は、おだやかで静穏なものであって、周囲の白眼にたちむかうような、過剰な気負いは感じられない。

さらに、「文賦」中にただよう、おだやかさの例として、第四段をみてみると、

伊茲事之可楽、固聖賢之所欽。
課虚無以責有、叩寂寞而求音。
函緜邈於尺素、吐滂沛乎寸心。
言恢之而弥広、思按之而逾深。
播芳蕤之馥馥、発青條之森森。
粲風飛而猋竪、鬱雲起乎翰林。

文学創作のたのしみは、聖賢たちが重視してきたことだ。創作とは、虚無にとりついて有をひきだし、静寂にとりついて音をひきだすようなもので、遠大な想いを尺翰にこめ、深遠な思念を寸心からはきださねばならぬ。言辞はつづればつづるほど、広がりをもち、思考はきたえればきたえるほど、深化してゆくものである。かくして［できあがった作は］、かぐわしい花が馥郁《ふくいく》たる香りをまきちらし、青々とした枝条が緑をひろげたかのようだ。あるいは、さわやかな風のようにふきよせ、ときに疾風のごとくまいあがり、また鬱たる雲がひろがって、筆の林からわきでてくるとでもいえようか。

という一節がある。この段は、文学創作のたのしみをのべたものだった。構想をねり（第二段）、表現を錬磨した（第三段）あと、創作のプロセスをふりかえって、完成時における満足感を、やや大仰にかたったものだろう。

まず冒頭の聯の「文学創作のたのしみは、聖賢たちが重視してきたことだ」は、かなりおもいきった発言である。かたぐるしい政治への美刺や、言志の意欲を口にせず、創作のたのしさ（可楽）を前面におしだしたこと自体、この文章の雰囲気をおだやかなものにしている。さらに末尾二聯をみると、「かぐわしい花が馥郁たる香りをまきちらし、青々とした枝条が緑をひろげてゆく」云々とあって、完成した作品のすばらしさが、草木や風雲の比喩をつかいながら、うるわしく描写されている。ここの行文には、陸機のほかの作にみられるような、暗鬱な自然や、おののくような不安は、影さえとどめていない。ただ、すぐれし文学に対する率直な賛美の情や、すなおな憧憬の気分があふれているだけなのだ。

ここにえがかれたような、文学への率直な賛美や憧憬が、より明瞭なかたちで叙された部分がある。それが「文賦」

の末尾にくる第二十段である。ここは以前もすこしひいたが、あらためてすべてを引用すると、

伊茲文之為用、固衆理之所因。恢万里而無閡、通億載而為津。俯貽則於来葉、仰観象乎古人。済文武於将墜、宣風声於不泯。塗無遠而不弥、理無微而弗綸。配霑潤於雲雨、象変化乎鬼神。被金石而徳広、流管絃而日新。

そもそも文学の役わりたるや、おおくの道理が、これによって表現できる点にある。それは万里のはてでも通用するし、億年のさきでも津梁となりえる。後人にむけて規範をのこせるし、古人からは手本をまなびとれる。また文学の力によって、文王武王の道が地におちるのをすくえるし、よき風俗も亡佚の淵からすくって宣揚できる。さらに、どんな遠地のものでも包摂できるし、どんな微細なものでも表現できるのだ。ものをうるおす点で、雲や雨にも比せられるし、自在に変化できる点で、鬼神にもなぞらえられよう。かくして文学は、金石にきざまれて、その徳望が世にひろがり、管弦の響きにのって、日々あたらしい生命をえてゆくのである。

というものだ。文学は文武の道を回復し、風俗も宣揚できる。そして金石にきざまれ管弦にのって、永遠の命をたもつのだ、と陸機はいう。つまりこの二十段では、伝統的な儒教ふう文学観にのっとって、文学の偉大なはたらきや、その生命の永遠さが強調されているのである。それは文学への憧憬をのべたものであると同時に、楽観的な信頼感を表白したものでもあろう。

こうした文学への楽観的な信頼感は、悲観的な物言いがおおい陸機文学のなかでは、めずらしいものとせねばならない。そのためか、この二十段の記述はじゅうらい、儒家的文学観が披露されたものにすぎず、陸機の本心ではないだろうとか、伝統的な賦的構成に妥協したものだろうとか評されて、あまり重視されてきていない(15)。そうした見かた

はたしかにもっともで、概しておもぐるしい他の陸機文学にくらべると、この二十段をはじめとする「文賦」の諸段は、なにかここだけ異様にあかるいような印象が否定できない。比喩的にいえば、いつも陰鬱な表情をうかべている陸機が、「文賦」のときだけ、無理してほほえんでいるかのような、居心地のわるさを感じさせるのである。

では、なぜ陸機はこの「文賦」においてだけ、かく例外的な楽観ふう発言をおこなったのか。この疑問をかんがえるとき、「二　満腔の自信」で推測した「文賦」の創作事情が、ふたたび想起される必要があろう。そこで私は、この「文賦」は、故国呉の後輩に懇請され、彼らの立身の一助にしようとして、一種の文章指南書としてつづられたのではないか、と推測しておいた。もしその推測がただしいとすれば、こうした例外的な楽観さは、後輩をはげまそうとして、意図的になされた擬装だったのではないかと想像される。

こうかんがえれば、「文賦」で陸機が主張したかったことも、ほぼ見当がついてきそうだ。そろそろ結論をだしてもよかろう。そこで結論代わりに、私なりに陸機の意図を忖度しつつ、右の末尾二十段の記述をおぎなってみれば、つぎのようになろう。

……かく文学というものは、万里のはてでも通用するし、億年のさきでも津梁となりえるのだ。だから亡国の我らであっても、このすばらしい文学をりっぱにつづりさえすれば、成功することができよう。ヘラヘラとあいそ笑いをし、空世辞とえびす顔をふりまく必要もないのだ。されば、旧敵の都で立身にくるしんでいる呉の若者よ、この文学の偉大さを信じて、この道に邁進しようではないか。そうすれば、この敵地であっても、人びとの尊敬をかちとれようし、また仕官もおもうがままであるぞ。

こうした思いは、呉の後輩だけでなく、おそらく自分への励ましでもあったろう。だからこそ「文賦」は、陸機のほかの作とちがって、前向きで楽観的な雰囲気をおびるにいたったのではあるまいか。「札記」で私は、「文賦」を道家ふう神秘主義で解することに反対したが（一一頁）、そのおおきな理由は、こうしたところにあった。つまり意図的なものであるにせよ、「文賦」中には文学への楽観的な信頼感が、通奏低音としてなりひびいており、いたずらに神秘的な議論は、その清朗な響きにふさわしくないとかんがえたのである。

　これを要するに、「文賦」は陸機文学では例外的な作である。後輩や自身をはげまそうとして、意識的にうるわしい自然や楽観的な信頼感を叙して、肯定的な文学讃歌をうたいあげようとした――それが陸機のひそかな意図だったろうと、私はかんがえるのである。

注

（1）「文賦」研究史を叙した最近の論文として、本文であげたもの以外に、つぎのようなものがある。その内容はおおむね、本文であげた李氏の論と大同小異である。『20世紀中国古代文学研究史・文論巻』三一八〜三二六頁（東方出版中心　二〇〇六）、李天道「20世紀文賦研究述評」（「文学評論」二〇〇五—五）、張豊君・徐愛国「文賦研究二十年的回顧与反思」（「山東電大学報」二〇〇一—四）。

（2）「文賦」を一篇の文学とみなした評価として、『文心雕龍』詮賦篇の、

　士衡子安、底績於流制。

　陸機（文賦をさす）と成公綏（どの賦をさすか未詳）とは、文学のジャンル方面の賦で業績をのこした。

がみつかった。ここは魏晋の代表的な賦を列挙している箇所だが、どうやら「文賦」がとりあげられているようだ。このことは当時、「文賦」が陸賦の代表作とみなされていたことを暗示しよう。さらに［陸機の弟の］陸雲の手になる兄の機への書簡文「与平原書」其八に、

　文賦甚有辞。綺語頗多、文適多体、便欲不清。不審兄呼爾不。

　兄さんの「文賦」は、ひじょうに表現ゆたかな作です。ですが、綺麗な語がおおすぎ、文体も多彩ですので、清でなく

なりそうです。兄さんはそうお思いになりませんか。

という文辞がみえる。ここの文は、「文適多体、便欲不清」の解釈がむつかしく、正確な意味がとりにくいものの、「文賦」を一篇の文学とみなして、好意的な評価をくだしたものにはちがいない。その点では、「文賦」評価史のうえで重要なものになるはずだ。ところが、この文については、冒頭の「文賦」は文章詩賦の意の普通名詞であり、「文賦」をさすのではない、という解釈もあって、現在でも研究者の意見が一致していない。くわえて、実の弟からの好意的な批評ということもあって、客観性という点でも、いささか問題があるといわざるをえない。

（3）「以述先士之盛藻、因論作文之利害所由」（古人の文藻がいかにつづられたかを叙し、また文の良否がいかに発生するかについて論じてみた、の意）の二句は、じゅうらい解釈をあやまっていることがおおい。この二句を解するにあたっては、もともと、

以述先士之盛藻所由、
因論作文之利害所由、

という行文だったのだが（以て先士の盛藻の由《よ》る所を述べ、因りて作文の利害の由る所を論ず）、上句末尾の「所由」（傍点）を略してしまった、とかんがえねばならない。美文中の対偶では、字句の重複をさけようとして、しばしばこの種の省略がおこなわれる（詳細は「札記」を参照）。こうした「所由」の省略を想定しなかったならば、この二句は、「古人の文藻について批評し、また文の良否がいかに発生するかについて論じてみた」の意となってしまう。すると、序文では古人の文藻について批評したといっているのに、賦本文では具体的な作品批評がなされていないではないか——などの疑念が生じてくることになろう。一例として、興膳宏氏の御論「文学理論史上から見た文賦」（『中国の文学理論』所収。論文初出は一九八八）をみると、

……近くは鄭振鐸が「文賦」は「文を作ることの利害を論ずる」だけで、作者がこの賦の趣意として序に並記しているいま一方の「先士の盛藻を述べる」目的、すなわち先人の文学について論ずることの賦における缺落を指摘するのは（「中国文藝批評的発端」一九三一年、『鄭振鐸古典文学論文集』上所収、一九八四年、上海古籍出版社）、評価の是非はひとまず

別として、この賦の性格の一面をいい当てていよう。

とあって、やはり序文のこの部分に目をつけて、賦本文との齟齬に言及されている。しかしながら、この序文では、先人の文藻について批評をおこなう、などといっているわけではない。陸機はただ、「古人の文藻がいかにつづられたかを叙し、また文の良否がいかに発生するかについて論じてみた」、つまり文学の創作法について論じてみた、といっているだけなのである。

（4）「文賦」の創作時期については、近時、じゅうらいの二十代説と四十代説とを折衷するようなかたちで、「二十代にいちおうの草稿がかかれ、晩年までそれに修改の手をくわえつづけた」とする説も提起されている。佐藤利行「文賦の成立過程について」（『安田女子大学大学院開設記念論文集』一九九五）、鍾新果「文賦写作年代新断」（『中国韻文学刊』二〇〇九―二）などである。この折衷説は、いっけん妥当かのようにみえる。しかし、「出版による公表」という明確なメルクマールがなかった当時、未定稿と決定稿とをどこでどう線引きするかは、実際上はなかなか困難なことだろう。くわえて、修改ということをいいだすと、作者が死なないかぎり、当時の作品はすべてワークインプログレスの途上にあった、ということになりかねない。

（5）この部分、李善は「賦は以て事を陳《の》ぶ。故に〈物を体す〉と曰う」と注するだけで、『礼記』中庸の用例をしめしていない。それは適切な処理だったとおもう。おそらく李善は、ここには『礼記』の用例は該当しないと気づいたのだろう。しかし、ではなにを提示すべきかは、おもいうかばなかった。そこでしかたなく、当時ふつうにいわれていた「賦は事物を鋪陳する」の解釈を逆用して、「体物」を「事を陳ぶ（事物を描写する）」の意だと解した――ということだったのだろう。もし陸機以前に、「事物を描写する」の意で「体物」を使用した用例があったならば、李善がここにひかぬはずがないので、おそらくこれも、陸機が「体物」の語に新意を充入したのだとおもわれる。

（6）本文では、比喩が対偶と併用された例だけをしめして、比喩の単独使用によって、表現が効果的になった例を提示していないので、この場をかりておぎなっておきたい。

「文賦」中の比喩、なかでも「⑴理解を促進する」より、「⑵表現をより効果的にする」ほうにかたむいた比喩としては、よくしられた「警策」の語が、好個の例としてあげられよう。この「警策」の語は、第八段の「立片言而居要、乃一篇之警策」（ちょっとしたことばを関鍵の場所に布置すれば、それが一篇の「主題をいかす」警策の語となる、の意）のなかにでてくる。

この語は、もとは「馬のムチ」の意にすぎなかった。ところが李善注によると、これは「文を以て馬に喩」えたもので、馬はムチをふるわれると、はっと覚醒して疾駆する。だから陸機は「警策」（馬のムチ）を、「文中に布置されると主題をひきたたせる重要な語」の意で使用したのだという。こうした巧妙な比喩によって、なんでもない平凡な「警策」の語が、修辞学史上でも屈指の重要タームに変身してしまったのである。これは、たんなる理解の促進などをこえる、すばらしい表現効果をもった比喩だといえよう。

この「警策」と同内容の語として、陸雲の「出語」（「与平原書」其四）や、劉勰の「秀句」（『文心雕龍』隠秀）があり、さらに後代には精警や警句、格言、妙語などのことばもつくられた。だがいずれも、ひらめきのない凡庸な用語にすぎず、比喩発想によって創案された陸機の卓抜なネーミングには、とうていおよばない。一事が万事であって、比喩を活用した陸機の修辞用語には、[本文でも例示した]「朝華」「夕秀」など秀逸なものがすくなくない。陸機がもし現代にいきていたら、キャッチコピーの鬼才としても名をはせたにちがいない。

（7）「文賦」中の同種の難解な比喩として、第十段の「彼榛楛之勿翦、亦蒙栄於集翠」二句もあげてよかろう。後句の「集翠」の語は、じゅうらい、鬱蒼とした緑陰の意と、あつまってきた翠鳥の意との、二様の解釈が存在していて、現在でもどちらとも判断しがたい。陸機が「翠」という、植物（鬱蒼とした緑葉）とも動物（翠鳥）とも解しうる、あいまいな比喩をつかったから、こうしたわかりにくさを惹起してしまったのである（くわしくは「札記」を参照）。こうした解釈の不確定さも、陸機の叙しかたのほうに、責任があるとせねばならない。

（8）「文賦」の対偶過多の叙しかたを弁護したならば、この第七段の文章は、説明的散句や例示ふう字句を排除したからこそ、対偶多用の美文になれたといえなくもない。そうした見かたからすると、陸機は意図的に、意味の暢達よりも文章の装飾性をえらんだわけであり、それはそれで、美文家として筋をとおしたやりかただったといえよう。

（9）もっとも駱鴻凱氏は、この引用のあと、つぎのようなことばをつづけている。「ただ文賦の趣旨や字句の解釈に関しては、李善の解説は十全なものとはいえない。李善の解釈を修正し完璧なものにするには、なお後人をまたねばならないだろう」。つまり駱氏は遠慮がちではあるが、李善の釈義を「十全なものとはいえない」といっているのである。じっさい、私も「文賦」

を読解して気づいたのだが、李善の釈義は疑念を感じさせるものがすくなくない。そのためか後代の注家によって、しばしばその不適さを指摘されている。

(10) 楊暁昕論文は、張少康氏の説を発展させて、「言意関係」「虚静」「天機」の三つ以外に、「物化」「有無」もくわえて、つごう五方面から道家思想との相関を主張されている。また蕭硯凌論文は、冒頭部分で「文賦」と道家思想の相関に関する最近の議論を、かいつまんで要約されていて（黄娟論文にも言及する）、参考になる。

(11) 典拠の意味をふまえず、表現を美麗にすることだけを目的にした典故利用は、いわば「仏つくって魂いれず」というべきものだろう。しかしこの種の文飾だけが目的の典故利用は、六朝期の美文では、「文賦」にかぎらず普遍的におこなわれている。拙著『六朝美文学序説』（汲古書院　一九九八）二三六～八頁を参照。

(12) 第十一段から第十五段までは、類似した行文をもちいて、詩文の欠陥を叙したものである。その各段の末句をとりあげると、「清唱を含むも応ずる靡《な》し」「応ずと雖も和せず」「和すると雖も悲ならず」「悲なりと雖も雅ならず」「既に雅なるも艶ならず」と連関形式になっている。つまりAだけれども、Bの欠陥がある。Bだけれども、Cの欠陥がある……のように、尻取りふうに展開してゆくわけだ（類似した叙法は、『礼記』楽記などにもみえるが、私は、直接的には曹丕「典論」論文の「応瑒和而不壮、劉楨壮而不密」を、意識したのではないかとおもう）。この部分、「応→和→悲→雅→艶」とつづいてゆくのだが、「艶」だけは最後にきているので、「艶なれども○ならず」と否定されることがない。これも、「艶」なる表現、つまり文飾をほどこして華麗にしたてあげた文章への、たかい評価を暗示していよう。

(13) 木津祐子「美としての楽へ―文賦における音―」（「中国文学報」第五〇冊　一九九五）は、「文賦」における音楽をとりあげ、じゅうらいは徳のあらわれとしての楽だったが、「文賦」では美の表現主体としての楽にかわっていると指摘された。もっとも私見によれば、そうした「徳から美へ」の変容は、じつは陸機「文賦」だけのことではなく、おおきく六朝修辞主義文学の全体をおおう趨勢でもあった。政治性や道徳を重視した漢代文学から、「文は美たるべし」をモットーとした六朝文学へと、文学の潮流がおおきく変化してゆくとき、音楽だけが超然として、「徳のあらわれとしての楽」でありつづけるのは、もとより困難なことだったに相違ない（『六朝美文学序説』第七章「美文の創作精神」も参照）。さらにいえば、そうした美への志向は音楽だけでなく、本章でもふれた断章取義ふう典故や唯美主義とも連動するものだろう。すると「文賦」中の典故や語彙の使用法は、思想の暗示から美的表現へ重点をうつしかえてゆく、過渡的なものだったといってよいかもしれない。

（14）拙著『六朝の遊戯文学』第七章「魯褒銭神論論」（汲古書院　二〇〇七）を参照。

（15）興膳宏『中国詩文選10　潘岳　陸機』（筑摩書房　一九七三）二五〇～二五一頁、張少康『文賦集釈』二六五～二六九頁などを参照。

# 第三章　沈約「宋書謝霊運伝論」の文章

【基礎データ】
［総句数］135句　［対をなす句］58句　［単対］25聯　［隔句対］2聯　［対をなさぬ句］77句　［四字句］84句　［六字句］19句　［その他の句］32句　［声律］22聯
［修辞点］17（第8位）　［対偶率］43％（第10位）　［四六率］76％（第7位）　［声律率］81％（第5位）

【過去の評価】

［陸厥与沈約書］大旨欲「宮商相変、低昂舛節、若前有浮声、則後須切響、一簡之内、音韻尽殊、両句之中、軽重悉異」。辞既美矣、理又善焉。


「宋書謝霊運伝論」の要旨は、「詩文中において、宮羽の音調を変化させ、高低の響きを節《ふし》づけようとすれば、まえに浮声（平声）があると、あとに切響（上去入声）をおく、というふうにせねばならない。つまり、一句のなかで音の響きをすべて異にし、両句のなかで音の軽重をべつにする必要があるのだ」ということなのでしょう。ここの尚書どの（沈約）の行文はうつくしく、理論もまたすぐれております。

［重訂文選集評引孫月峯評］評論歴来作者、頗得大概。乃其意所独賞、則似在音調耳。遺詞未甚錬浄、然亦微有華采。

［伝論中の文学史的記述は］歴代の文人を評論して、おおむね大要をつくしている。だが沈約が心中に自信をもっていたのは、声律の論だったにちがいない。この「伝論」中の措辞はそれほど洗練されていないが、きれいな文采も

すこしはみえている。

【原文】

[一] 史臣曰、民稟天地之霊、含五常之徳、剛柔迭用、喜慍分情。夫志動於中、則歌詠外発。六義所因、四始攸繋、升降謳謡、紛披風什。雖虞夏以前、遺文不覩、稟気懐霊、理或無異。然則歌詠所興、宜自生民始也。

[二] 周室既衰、風流弥著。屈平宋玉導清源於前、賈誼相如振芳塵於後、英辞潤金石、高義薄雲天。自茲以降、情志愈広。王褒劉向、楊班崔蔡之徒、異軌同奔、遞相師祖。然清辞麗曲、時発乎篇、而蕪音累気、固亦多矣。若夫平子艶発、文以情変、絶唱高蹤、久無嗣響。至于建安、曹氏基命、三祖陳王、咸蓄盛藻。甫乃以情緯文、以文被質。

[三] 自漢至魏、四百余年、辞人才子、文体三変。相如工為形似之言、二班長於情理之説、子建仲宣以気質為体。並標能擅美、独映当時。是以一世之士、各相慕習。源其飆流所始、莫不同祖風騒。徒以賞好異情、故意製相詭。

[四] 降及元康、潘陸特秀。律異班賈、体変曹王、縟旨星稠、繁文綺合、綴平台之逸響、采南皮之高韻、遺風余烈、事極江右。在晋中興、玄風独扇。

為学窮於柱下、博物止乎七篇、馳騁文辞、義殫乎此。自建武暨于義熙、歴載将百。雖比響聯辞、波属雲委、莫不寄言上徳、託意玄珠、遒麗之辞、無聞焉爾。仲文始革孫許之風、叔源大変太元之気。爰逮宋氏、顔謝騰声。霊運之興会標挙、延年之体裁明密、並方軌前秀、垂範後昆。

[五]　若夫敷衽論心、商搉前藻、工拙之数、如有可言。夫五色相宣、八音協暢、由乎玄黄律呂、各適物宜。欲使宮羽相変、低昂舛節、若前有浮声、則後須切響。一簡之内、音韻尽殊、両句之中、軽重悉異。妙達此旨、始可言文。

[六]　至於先士茂製、諷高歴賞、子建函京之作、仲宣灞岸之篇、子荊零雨之章、正長朔風之句、並直挙胸情、非傍詩史。正以音律調韻、取高前式。自霊均以来、多歴年代、雖文体稍精、而此秘未覩。至於高言妙句、音韻天成、皆暗与理合、匪由思至。張蔡曹王、潘陸顔謝、曾無先覚、去之弥遠。世之知音者、有以得之。此言非謬。如曰不然、請待来哲。

（『胡刻本文選』より）

【通釈】

[第一段]　詩歌の発生

史臣がいう。ひとは天地の霊気をさずかり、五常の徳を身につけている。剛の性と柔の性とがたがいにあらわれ、また喜びや怒りの感情が個々に生じる。いったいある思いが心中に発生すると、それが詩歌となって外にあらわれるものだ。それが『詩』の六義が発生したもとであり、また四始が出現した所以でもあった。かくして『詩』の詩歌が高低さまざまにうたわれ、詩の篇什がたくさん出現したのだった。舜や禹よりまえの時代では、詩歌はのこっていないが、ひとが天地の霊気をさずかっているからには、道理として［のちの世と］ちがっているはずはない。そうだとすれば詩歌の発生は、人類の発生とおなじころだったとしてよかろう。

［第二段］漢魏の文学

周室がおとろえるや、［時世を諷刺した］文学の流れがさかんになった。さらに屈原と宋玉がきよらかな文学の源をみちびきだし、賈誼や司馬相如はおくれて芳香をはなった。彼らの美辞は金石にきざまれ、高邁な精神は天にもとどくほどだった。これ以後、文学の情趣は幅をひろげ、王褒や劉向、揚雄、班固、崔駰、蔡邕らは、作風はちがってもともに活躍し、つぎつぎと前代の伝統を継承していった。しかし清雅な文辞や華麗な響きが、篇中にみちているかとおもうと、蕪雑な音調やおもぐるしい文気をもった作も、またすくなくなかった。ただ張衡が美麗な字句をつづるや、行文は情緒によって変化し、その卓抜な文学は、ひさしく継承者がでなかったのである。やがて建安となり、曹氏が魏をおこすや、三祖（武帝、文帝、明帝）と陳思王（曹植）らは、ともにすばらしい文藻をつづった。こうして文学は情趣で文辞をおりなし、修辞で内容をかざるようになったのである。

［第三段］文体三変

漢から魏までの四百余年、おおくの文人才子があらわれ、文学のスタイルは三変した。まず司馬相如は事物の描写を得意とし、また班彪と班固は、叙情と説理とが兼備した論説に長じていた。さらに曹植と王粲は、おのが個性をそのまま文学に反映させた。彼らはみな名声をほしいままにし、当時とびぬけてかがやいていた。それゆえ天下の人びとは、その作風をしたったのだ。彼らの作風の源流をたずねてみると、『詩』や「離騒」を祖とせぬものはない。ただ各自で好みがちがっていたため、作品に違いが生じてきているのである。

### ［第四段］晋宋の文学

くだって西晋の元康年間（二九一〜二九九）にはいると、潘岳と陸機が突出している。この両人の文風たるや、格律は班固や賈誼とことなり、スタイルも曹植や王粲とちがっているが、すぐれし内容が星のようにならび、かざった行文はあやぎぬのごとく絢爛だった。平台で活躍した司馬相如のごとき響きをたて、南皮につどった曹丕らのような調べをかなで、かくして前代からの文学の伝統は、西晋においてかがやきわたったのだった。

やがて東晋が［南方で］中興すると、もっぱら老荘の学が流行してきた。学問をしても『老子』だけ、知識をひろめても『荘子』のみで、いきおい詩文をつづっても、内容は老荘の範囲をでなかった。建武（三一七〜三一八）から義熙（四〇五〜四一八）までの百年、おおくの詩文がうちよせる波やわきでる雲のようにつくられたが、どれも『老子』の上徳にかこつけたり、『荘子』の玄珠に託したりしたものばかりで、力づよくうつくしい文辞は影をひそめた。ただ殷仲文が孫綽・許詢の玄学の風をあらため、謝混が太元（三七六〜三九六）の老荘ふう文学を変化させただけだった。かくして宋代となるや、顔延之と謝霊運が名声を博した。霊運の興趣は群をぬき、延之の作風は緻密をきわめ、ともに古人にならび、後人に範をたれるものだった。

### ［第五段］声律論

さて、ここまで文学の精神を論じ、前人の詩文を考察してきたのだが、詩文が巧とか拙とか評される基準についても、なにか発言できそうだ。いったい、五色がおのおの輝きを発し、八音がきちんと調和するのは、色彩や音律が適切に配合されているからである。すると詩文中において、宮羽の音調を変化させ、高低の響きを節《ふし》づけようとすれば、まえに浮声（平声）があると、あとに切響（上去入声）をおく、というふうにせねばならない。つまり、一句のなかで音の響きをすべて異にし、両句のなかで音の軽重をべつにする必要があるのだ。このやりかたに精通してこそ、文学をかたる資格があるといってよい。

［第六段］声律の発見

前人の名だかい詩で、諷詠されて好評をえ、歴代に賞賛されてきた作、たとえば曹丕の「函京」、王粲の「霸岸」、孫楚の「零雨」、王瓚の「朔風」などは、いずれも心中の思いを率直に吐露したもので、典故にたよったものではない。それでも、まさに［先述の］音の調子をととのえたことによって、過去の作詩の法式よりも、高みに到達しえているのだ。屈原以来、ながい年月がすぎさり、文学のスタイルも精密になってきたが、この音調を諧和させる秘訣には、だれも気づかなかった。もっとも、過去のすぐれた作品においても、［天与の才で］音調が諧和していることがあるのだが、それらはすべて偶然の産物であって、意図的に諧和させたものではない。あの張衡や蔡邕、曹植、王粲ですら［音調諧和の秘訣に］気づかなかったし、潘岳や陸機、顔延之、謝霊運らにいたっては、まったく感得できなかった。ただ当世の音調にくわしい者（自分＝沈約）だけが、その秘訣をさとったのである。如上の議論は、けっして誤りではない。もしまちがいだというのなら、未来の識者の判定をまつことにしよう。

【考察】

## 一　文学ジャンルとしての史論

沈約《しんやく》（四四一～五一三）、あざなは休文は、六朝の斉梁に活躍した有力な政治家であり、また文人としても名声を博した。文人としての沈約は、博学で詩文をよくしたことでしられるが、文学理論なかでも四声八病説の主唱者として、とくに著名になっている。すなわち、沈約は斉の永明年間（四八三～四九三）、皇族の竟陵王蕭子良につかえて文人グループ「竟陵八友」のひとりとして活躍したが、同時に王融や謝朓、周顒らとともに音律の研究にも従事した。その研究の成果としてあみだされたのが、四声論とよばれる斬新な声律理論であった。沈約らは、この理論を詩文とくに当時盛行していた五言詩の創作に適用させて、八つの禁忌（八病）をさけるよう主張したのである。かかる理論のもとで提唱された詩のスタイルは、当時の年号にちなんで永明体と称されるようになり、平仄にのっとった唐代近体詩の先駆けとなったのだった。

沈約は、その声律理論を『四声譜』という著書にまとめ、つねづね「入神の作」と自負していたという。ところが残念なことに、その自信作『四声譜』は佚してしまって、現在ではみることができない。そのかわり沈約にはもう一篇、おのが声律理論をかたった作が現存している。それが、本章でとりあげる「宋書謝霊運伝論」である。このなかの「欲使宮羽相変、低昂舛節」云々の一節は、沈約らの声律理論を説明した資料として、つとに文学理論の分野で喧伝されてきた。そのためか旧時はもとより、近現代の文学研究においても、「宋書謝霊運伝論」は文学理論、とくに声律論の重要な資料として珍重されているのである。

だが、この沈約「宋書謝霊運伝論」は、声律論を叙しただけの無味乾燥な学術的著作ではない。詩文集『文選』に採録されることから推察されるように、一篇の文章としてみても、充実した内実を有した堂々たる文学作品なのである。その文学的な充実ぶりについては、別稿「沈約宋書謝霊運伝論札記」（『中京国文学』第三〇号　二〇一一）のなかで分析しておいた。本章はこの「札記」をふまえ、さらに従前の研究史もひもときながら、「伝論」の文章の技術的な巧拙や価値を論じ、あわせて文学的な評価をかんがえてゆこう。

この沈約「宋書謝霊運伝論」は、『文選』では巻五十に「史論」ジャンルの一篇として採録されている。『文選』編者の蕭統は、文学的に価値ある［とおもった］史書の評論部分をぬきだして、史論として収録したのだが、そのうちの一篇がこの「宋書謝霊運伝論」（『宋書』謝霊運伝の評論部分）なのである。ただ史論、つまり歴史［上の事件や人物］に関する評論といっても、六朝では類似したジャンルがいくつか存在していて、誤解されやすい状況にある。そこで、前四史（史記、漢書、後漢書、三国志）について、史論ふう文章のジャンルと実態とを整理しておこう。

私見によれば、［史書中の］史論ふう文章は、おおきく三つにわけられそうだ。第一は、紀伝の末尾に布置される評論ふう散文（無韻の文）である。これは司馬遷『史記』にはじまるもので、『史記』の場合は「太史公曰く」で、文章が開始されている。さらに班固『漢書』では「賛に曰く」、范曄『後漢書』では「論に曰く」、陳寿『三国志』では「評に曰く」などとはじまる（後代の史書では「史臣曰く」がおおい）。それゆえ後代では、「［漢書の］賛」「［後漢書の］論」「［三国志の］評」などと称されるが、これら評論ふう散文の総称としては、ふつう「論賛」の語がつかわれる。内容的には、当該人物［や事象］への批評ふう記述がおおく、史官の考えかたや評価などがよく表白されている。

第二は、第一の文とおなじく紀伝の末尾に布置されるが、内容的には、該篇の趣意を要約しただけの短文である（おおく述賛とよばれる）。そのかわり行文のほうは、おおむね装飾された四言韻文のスタイルをとる。そのためこの文は、［例外もないではないが］内容的にはかるいものの、表現的には洗練された美的な文章がおおい。

この第二の文で注意してほしいのは、布置される位置である。この文は当初、紀伝の末尾ではなく、一書の末巻にまとめて布置されていた。たとえば『史記』では、末巻の「太史公自序」に「○○はこれこれの人物だった。そこで○○伝を作った」のごとき文が、まとめて列挙されている（『史記』のみ例外的に四言韻文でなく、通常の散文でかかれている)。また『漢書』でも、やはり末巻の「叙伝下」に「△△はこれこれの人物だった。そこで△△伝を述べた」のような文が、一括されて掲載されている(「漢書△△述」「漢書述△△」などと称される)。ところが、くだって范曄の『後漢書』になると、そうした末巻一括のやりかたをかえて、各紀伝の末尾に分載させているのだ。さらに范曄は、冒頭に「賛曰」二字を冠したので、その文は「[後漢書の]賛」とよぶしかなくなってしまった。おかげで、『漢書』の賛は篇末の評論ふう散文なのに、『後漢書』の賛は篇末の趣意要約ふう四言韻文であって、おなじ「賛」の文章であっても、内容や文体がことなるという、ややこしいことになってしまったのである。(1)

| | | 第一の文 | 第二の文 |
|---|---|---|---|
| 主要な名称 | | 論賛 | 述賛 |
| 内容 | | 当該篇への評論 | 当該篇の趣意要約 |
| 形式 | | 句形不定の無韻の文 | 四言韻文(史記は不規則) |
| 引用のしかたと布置場所 | 史記 | 太史公曰……(篇末に分載) | ……作○○伝(末巻に一括) |
| | 漢書 | 賛曰……(篇末に分載) | ……述△△伝(末巻に一括) |
| | 後漢書 | 論曰……(篇末に分載) | 賛曰……(篇末に分載) |
| | 三国志 | 評曰……(篇末に分載) | なし |

そして第三は、儒林伝や逸民伝のごとき、複数の人物をあつかった雑伝の冒頭に布置される序論ふうの文である。これらの文では、個々の儒者や逸民の伝記を叙するのにさきだって、全体の総括ふう議論（儒林伝では儒者論、逸民伝では逸民論など）が展開されている。またその行文は［自由な古文でかかれることもないではないが］、概して対偶や四六を多用した美的な文章（無韻）でつづられている。そのためかこの第三の文は、内容表現とも充実した、堂々たる論説文になっているケースもすくなくない。

以上、前四史の史論について、文章の名称と実態とを整理してみた。右の三種、すなわち「第一の論賛の文」、「第二の述賛の文」、「第三の序論ふう文」が、史論関連の文の主要なものであり、これ以降の史論の文もこれに準じてかんがえればよかろう。これら三種の文は、旧時から独立した文学作品だとみなされ、史書本体からきりはなされて、単独で文学選集に採録されることもすくなくなかった。

この種の史論の文を採録した文学選集として、まずは『文選』があげられよう。その『文選』の表看板たる「文選序」において、編者の蕭統は、

若其賛論之綜緝辞采、序述之錯比文華、事出於沈思、義帰乎翰藻。故与夫篇什、雑而集之。

ところが史書のなかの讃と論は辞藻をあつめ、序と述は文飾をまじえたものだ。それらの文章たるや、内容はふかい思索から出発し、表現は華麗な美文に帰着している。されば、［詩賦などの］文学作品とならべて、これらの文章も採録してよかろう。

とかたっている。この引用よりまえの部分で、蕭統は、経書や子書、史書の文、さらに遊説家や策士たちの弁論などは、いずれも文学作品とはいえない。だから『文選』には採録しない——とのべていた。そう宣言したうえで、蕭統は例外的に［史書中の］賛、論、序、述の四ジャンルをとりあげて、右のようにかたっているのだ。ここでいう「賛」

「論」は右の第一、つまり各紀伝の末尾におかれる評論ふう散文のことをいうのだろう。そして「序」は右の第三、つまり雑伝の冒頭におかれる序論ふう文章をさし、また「述」は右の第二の、『漢書』叙伝下の「漢書述」のことだろう。つまり蕭統によれば、右の四種の史論は、すべて「内容はふかい思索から出発し、表現は華麗な美文に帰着」した、堂々たる文学作品なのである。

では蕭統は、そうした史論関連の文のうち、具体的にはどのような作を『文選』に採録したのか。『文選』への採録状況を確認しておくと、つぎのようになる。なお、㈠は右の第一（論賛）に属するの意であり、その下は当該作がもとあった出所をしめす。他もそれに準じる。

史論

（第四十九巻）

班固「公孫弘伝賛」

㈠『漢書』公孫弘伝末尾

干宝「晋紀論晋武帝革命」

㈠『晋紀』武帝紀末尾？（『晋紀』は佚）

干宝「晋紀総論」

㈠『晋紀』愍帝紀末尾？（『晋紀』は佚）

范曄「後漢書皇后紀論」

㈢『後漢書』皇后紀冒頭

（第五十巻）

范曄「後漢書二十八将伝論」
㈠『後漢書』朱景王杜馬劉傅堅馬列伝末尾
范曄「宦者伝論」
㈢『後漢書』宦者伝冒頭
范曄「逸民伝論」
㈢『後漢書』逸民伝冒頭
沈約「宋書謝霊運伝論」
㈠『宋書』謝霊運伝末尾
沈約「恩倖伝論」
㈢『宋書』恩倖伝冒頭

史述賛

班固「述高紀」
㈡『漢書』叙伝
班固「述成紀」
㈡『漢書』叙伝
班固「述韓英彭盧呉伝」
㈡『漢書』叙伝
范曄「後漢書光武紀賛」

(二)『後漢書』光武紀末尾

このように『文選』では、巻四十九と五十に、計十三篇の史論関連の文を採録している。こまかくみれば、蕭統は、(一)「第一の論賛の文」と(三)「第三の序論ふう文」とを、「史論」ジャンルとして一括し、また(二)「第二の述賛の文（趣意要約の韻文）」は、「史述賛」ジャンルと呼称しているようだ。この『文選』中の両ジャンルを現代的な視点から弁別すれば、「史論」は内容重視の本格的な議論文であり、「史述賛」は表現重視の美的韻文だといってよかろう。

こうした史論ふう文章の文学的発展については、唐の劉知幾『史通』が的確な指摘をのこしてくれている。すなわち、知幾はその序例篇で、

爰洎范曄、始革其流、遺棄史才、矜衒文彩。後来所作、他皆若斯。於是遷固之道忽諸、微婉之風替矣。若乃后妃列女文苑儒林、凡此之流、范氏莫不列序。

范曄の『後漢書』にいたるや、[司馬遷や班固の]よき伝統を変更してしまった。彼は史家としての才腕をすて、表現の装飾を誇示するようになった。その後の史書も、『後漢書』の例にならうようになった。かくして司馬遷や班固の修史の道はすたれてしまい、精微婉曲の風もなくなってしまった。范曄は后妃・列女・文苑・儒林の各伝に、[そうした装飾性を誇示した]序論の文をかきくわえたのである。

という。この発言は、直接的には(三)「第三の序論ふうの文」にむけられたものだが、おそらく史論ジャンル全般の動向に対しても通用するだろう。知幾によると、范曄はおのが史論の文について「表現の装飾を誇示する」、つまり美的につづり、しかもそれを自慢していたらしい（後引の「獄中与諸甥姪書」中の発言をさすのだろう）。知幾はそうした范曄の姿勢を、司馬遷や班固の伝統をかえ、「史家としての才腕をすて」たものだと非難しているのである。

ところが、文学性を重視する蕭統のほうは、そうした范曄の史論をたかく評価したようだ。右でみたように、『文選』

中の史論関連の十三篇のうち、五篇もの作が范曄の作なのである。(2) おそらく、知幾が非難した「表現の装飾を誇示する」姿勢が、文人肌の蕭統には逆に魅力的なものにうつったのだろう。こうしたところ、史学の立場と文学の立場との評価の相違をものがたっていて、なかなか興味ぶかいものといえよう。

## 二 「謝霊運伝論」の評価

本章がとりあげる「謝霊運伝論」は、右の三分類のなかでは当該篇への評論ふう記述、㈠「第一の論賛の文」に属している。そうだとすれば、通常なら謝霊運そのひとに対する評論、たとえば「霊運の人がらは……、その詩風は……」などが叙されるべきだろう。ところがこの「謝霊運伝論」には、そうした議論はほとんどない。ただ上古から謝霊運のころまでの文学史と、[沈約らがあみだした] 声律論とが叙されるだけなのである。いま「札記」によりながら、「宋書謝霊運伝論」百三十五句の内容を概観してみると、

第一段　17句　詩歌の発生（史臣曰……宜自生民始也）
第二段　26句　漢魏の文学（周室既衰……以文被質）
第三段　15句　文体三変（自漢至魏……故意製相詭）
第四段　32句　晋宋の文学（降及元康……垂範後昆）
第五段　18句　声律論（若夫敷衽論心……始可言文）
第六段　27句　声律の発見（至於先士茂製……請待来哲）

になろう。第一～四段が文学史であり、それをふまえて第五・六段で声律論を叙している。ほんらい中心たるべき謝

霊運そのひとに対する記述は、第四段のおわりに同時期の顔延之とともに、

爰逮宋氏、顔謝騰声。┌霊運之興会摽挙、並┌方軌前秀、
　　　　　　　　　　└延年之体裁明密、　└垂範後昆。

かくして宋代となるや、顔延之と謝霊運が名声を博した。霊運の興趣は群をぬき、延之の作風は緻密をきわめ、ともに古人にならび、後人に範をたれるものだった。

と叙せられるにすぎない。

こうした内容、つまり「謝霊運伝論」なのに霊運そのひとへの批評が僅少で、ただ文学史と声律論が叙せられるだけというのは、論賛の文としては異例なものである。そのためか、この異例な内容に対しては、おおくの指摘がなされてきた。たとえば、やはり劉知幾の『史通』の意見を紹介すると、

沈侯謝霊運伝論、全説文体、備言音律。此正可為翰林之補亡、流別之総説耳。如次諸史伝、実為乖越。陸士衡有云「離之則双美、合之則両傷」、信矣哉。（雑説下）

沈約「宋書謝霊運伝論」は、もっぱら文学スタイル［の変遷］についてのべ、また声律のことを詳述している。これは、李充「翰林論」の補遺というべきであり、また摯虞「文章流別志論」の総論にあたろう。こんな文を史伝に附したなら、ほんらいのスタイルから逸脱してしまう。陸機は「きりはなすとうまくおさまるが、くっつけるとだめになる」（「文賦」の一節）といったが、この「謝霊運伝論」は［本伝からきりはなすとよいが、本伝にくっつけると接合しないので］そのことばにぴったりだ。

というものであり、さらにくだって清の王鳴盛『十七史商榷』巻五十九も、

不専論霊運、直以己意歴評古来作者。落到宋代、又以顔謝併挙、不分賓主偏正。此論雖懸霊運伝後、実非但為霊

運発者、又史論之変体也。

「宋書謝霊運伝論」は、霊運を論じているのでなく、自分のものさしで歴代の文人を批評しているだけである。［霊運がいきた］宋代になっても、顔延之と謝霊運を並挙するなど、主客を弁別していない。さればこの「伝論」の文は、謝霊運伝の末尾に附されているが、じっさいは霊運だけを対象としているのではない。これは史論の変体なのだろう。

とかたっている。つまり両者とも、「伝論」の文章は「ほんらいのスタイルから逸脱し」、「史論の変体」というべきものだ、と指摘しているのである。

そうしたなかでも、旧時とくに注目され、問題にされてきたのが、「伝論」中で声律論が展開されていることであった。たとえば明の孫月峯は、

評論歴来作者、頗得大概。乃其意所独賞、則似在音調耳。遣詞未甚錬浄、然亦微有華采。

［伝論中の文学史的記述は］歴代の文人を評論して、おおむね大要をつくしている。だが沈約が心中に自信をもっていたのは、声律の論だったにちがいない。この「伝論」中の措辞はそれほど洗練されていないが、きれいな文采もすこしはみえている。

とのべ、また清の邵子湘も、

論詩学源流、最詳細可依拠。其言声律処、是休文独得之秘。以斉梁声病、開唐人近体之先者。

作詩法の変遷を論じたあたりは、じつに詳細で信頼できる。また声律を叙したくだりは、沈約の独創的なところだろう。ここでの斉梁の声病（四声八病の説）の議論によって、唐人の近体詩の先駆けとなったのだった。

とかたっている（ともに『重訂文選集評』所引）。いずれも前半の文学史よりも、声律論のほうを沈約の独創だとみなして

いる。このように旧時においては、「伝論」はおおく声律論のほうが注目されていたようだ。

もっとも、こうした「宋書謝霊運伝論」の異例な内容については、沈約のほうにも事情があったようである。すなわち初唐の李善が『文選』の注釈において、

沈休文修宋書百巻、見霊運是文士、遂于伝下作此書、説文之利害、辞之是非。

沈約は『宋書』百巻を編纂したが、そのさい謝霊運が文学の士であるのをみて、その伝の末にこの文章をつづった。そして文学の長短や文辞の良否をかたったのである。

とかたり、さらにずっととんで、清の何焯『義門読書記』巻四十九が、

有宋文章、霊運為冠、故系之耳。

宋代の文学では、謝霊運が最高の位置にあった。だからその伝にこの文を布置したのである。

と推測するように、沈約は謝霊運を宋代文人の代表者とみなしていたようだ。だからその伝の末尾に、この「文学の長短や文辞の良否をかたった」伝論の文を附したのだろう。それにくわえ、ほんらいなら「伝論」のごとき内容は、文苑伝や文学伝の末尾か冒頭におくべきだった。だがなにかの事情で、沈約は『宋書』にその種の伝をたてなかった。そのため臨機の措置として、当時の代表的文人だった霊運伝の末尾に布置した――という事情も推測されよう。

そうだとすれば、この「伝論」のごとき内容が、もし文苑伝の末尾か冒頭におかれていたならば、劉知幾や王鳴盛からクレームをつけられることもなかったろう。それかあらぬか、両者の批評をよくよむと、「伝論」の内容が不可だとは、いっていないのに気づく。たとえば劉知幾は、陸機「文賦」の一節をひいて、布置した場所がよくないというだけで、内容的には「李充翰林論の補遺というべきであり、また摯虞文章流別志論の総論にあたろう」とかたっており、むしろ好意的にみているのである。

以上をまとめると、「宋書謝霊運伝論」はわるい内容ではない。それどころか、文中の声律論はたいへん重要な文章だ。だが、残念ながら、それを布置した場所があまり適切ではなかった――というのが、旧時のおおかたの見かただったとしてよかろう。

## 三　意図的な名実不一致

かくのごとく、「伝論」は内容上の価値はみとめられながらも、その布置された場所が問題にされてきたのだった。それは、一言でいえば名実の不一致、すなわち「宋書謝霊運伝論」という「名」と、文学史や声律論という「実」とが、一致していないということにつきよう。じっさい、「宋書謝霊運伝」である以上は、本伝で謝霊運そのひとの伝を叙し、その末尾（つまり「謝霊運伝論」）で人物評論をおこなうのが、通常の叙しかただったにちがいない。そうした見かたからすれば、「伝論」で本人の評論をせず、文学史と声律論を叙するだけというのは、たしかに奇妙なことだろう。

だが『宋書』全体でみてみると、こうした名実の不一致は、この「謝霊運伝」だけにかぎられないのである。『宋書』の伝論をたんねんに読解された川合安氏によると、霊運伝以外の伝論においても、しばしば被伝者への人物評論でない、べつの内容が叙されているという。たとえば、巻四十四は謝晦らの伝だが、そこの伝論は、実質は「劉宋王朝における法制の推移についての論評」であり、おなじく巻四十五は王鎮悪らの伝だが、そこの伝論は、「王鎮悪の評論という形式を取りつつ、その大部分は、劉裕の革命における北伐戦争についての論」だという。さらに巻五十四は孔季恭らへの伝だが、そこの伝論は、じっさいは「『宋書』にない食貨志の『食』（農業生産）に関する論」であり、また巻五十六は謝瞻らへの伝だが、そこの伝論は「『貨』（貨幣、流通経済）に関する論」に相当するという。さらに巻五十五

は臧燾らへの伝だが、そこの伝論は、実質は「儒林伝論ともいうべき内容」だと指摘されているのである。(3)

ここでは、右のご指摘のなかから、実質は儒林伝論だとされる巻五十五末尾の伝論を紹介してみよう。

選賢於野、則治身業弘。六経奥遠、方軌之正路。漢世登士、閭党為先、崇本務学、不尚浮詭、
求士於朝、則飾智風起。百家浅末、捷至之偏道。
然後可以俯拾青組、於是人厲従師之志、芸重当時、所居一旦成市、黌舎暫啓、著録或至万人。
　　　　顧蔑籯金。　　家競専門之術、
是故仕以学成、自魏氏膺命、主愛雕虫、家棄章句、又選賢進士、不本郷閭、銓衡之寄、任帰台閣。
　　身由義立。　　　　　　　　　　　　人重異術。
以一人之耳目、賢否臆断、万不値一。由是仕憑借誉、崇詭遇之巧速、
究山川之険情、　　　　　　　　　　　　学非為己、鄙税駕之遅難。
士自此委笥植経、各従所務、早往晏退、以取世資。庠序黌校之士、自黄初至于晋末、百余年中、儒教尽矣。
　　　　　　　　　　　　　　　　　　　　　　　伝経聚徒之業、
高祖受命、議創国学、宮車早晏、道未及行。迄于元嘉、甫獲克就、雅風盛烈、未及曩時、
而済済焉、頗有前王之遺典。天子鸞旗警蹕、清道而臨学館、後生所不嘗聞、亦一代之盛也。
　　　　　　　　　　　　　儲后冕旒黼黻、北面而礼先師、黄髪未之前覩、
臧燾徐広、傅隆裴松之、何承天雷次宗、並服膺聖哲、不為雅俗推移、立名於世宜矣。潁川庾蔚之、
　　　　　　　　　　　　　　　　　　　　　　　　　　　　　　　　　　　　　雁門周野王、

汝南周王子、河内向琰、會稽賀道養、皆託志経書、蔚之略解礼記、并注賀循喪服行於世云。見称於後学。

民間から賢者を選挙すれば、真に人格を陶冶する学業が広まり、朝廷の中で人士を求めれば、才智を飾る風潮がおこる。儒学の経典である六経の内容は奥深く、車が並んで通れるような正正堂堂たる本道であり、それ以外の百家は浅く些末で、近道をするための脇道といったところである。漢代、人士を登用するには、郷里社会における評判を優先したので、儒学をたっとびよく勉強して、うわべだけのみせかけをたっとばず、また、そうしていれば、たやすく高位高官に到達できるので、大量の黄金よりも経書の習得を重視した。そこで人々は学業への志を励まされ、家々はそれぞれの専門の学術を競いあい、学芸は世に重んぜられ、学者の住まいにはまたたくまに大勢の人が集まり、学校が開設されると、すぐに学籍登載者が一万人にもなるほどであった。このため、仕官や出世は学問によって達成された。

魏王朝成立以来、皇帝は詩文の技巧を愛し、家々は章句の学（経典注釈学）を棄て、儒学以外の学問を重んずるようになった。また、賢者の登用も、郷里社会の評判によらず、官吏選考の任務は、もっぱら尚書（吏部）がになうことになった。これは、一人の耳目で以て、山川のけわしさを知り尽くそうとするようなもので、賢者か否かは個人的見解で判断され、万に一もあたらなくなった。このため、仕官は借り物の評判により、学業は自分をみがくためのものではなく、正道によらず世間に迎合することを出世の早道としてたっとび、休みながらゆっくりいくことをいやしむようになり、人士はこのなかに経書をしまいこんで、それぞれ自分の目標（出世）にしたがって努力し、朝はやく出勤し、おそく退庁し、世間的評価を獲得する。学校で学ぶ人士も、経学を伝え学生を集めるいとなみも、魏の文帝の黄初年間から西晋末に至る、百年ほどの間に、儒教は滅んでしまった。

劉裕が受命するや、国学（国子学）創建が論議されたが、劉裕がまもなく死んで、さたやみとなった。元嘉年間になって、国学創建はやっと実現し、ただしい風潮のいきおいはむかしほどではないにしても、威儀のさかんなことにおいては、よほど旧来の制度にかなっていた。天子は車上に鸞旗をたて行列を整え、先払いして学館にのぞみ、皇太子は衣冠を正し、北面して先師（孔子）に礼拝した。これは、若い者は聞いたこともなく、年寄もみたことがなく、当時における盛大なできごとであった。

臧燾・徐広・傅隆・裴松之・何承天・雷次宗は、みな儒学を十分に身につけ、世俗の動向に左右されなかったので、有名になったのも当然であろう。潁川の庾蔚之・雁門の周野王・汝南の周王子・河内の向琰・会稽の賀道養は、みな経書の学に専念し、後学にたたえられる。庾蔚之は、『礼記』を略解し、また賀循の『喪服要記』の注を作って、世に行われたという。

右が伝論の全文である。この巻五十五は臧燾らの伝であるが、この伝論で臧燾らに言及したのは、末尾のごく少許の部分にすぎない。それ以外は、すべて歴代の儒者のありかたを概観したものであり、まさに儒林伝論というべき内容となっている。これは、「謝霊運伝論」が実質上は［文学史と声律論を叙した］文学伝論だったのと、相似した内容だといってよかろう。

李善は「謝霊運伝論」において、沈約が文学史や声律論をつづったことについて、「沈約は『宋書』百巻を編纂したが、そのさい謝霊運が文学の士であるのをみて、その伝の末にこの文章をつづった。そして文学の長短や文辞の良否をかたったのである」と注していた。これとどうよう、沈約はこの巻の中心人物だった臧燾が、天子の外戚となりながらも、清貧な生活をたもった篤学な儒者だったのをみて、その伝の末にこうした儒林伝論を叙したのだろう。

くわえてその行文も、対偶や四六を駆使した美的文章であるのに注意しよう。この部分でいえば、全文は七十九句よりなり、そのうち対偶を構成する句が三十四句（対偶率は43％）、四六は六十一句（四六率は77％）をしめている。そして、いちいちはしめさないが、典拠ある用語も適宜おりこんで使用しているのだ。そうした美文でつづった、堂々たる論説ふう評論であるという点でも、「謝霊運伝論」と共通しているのである。

このように、沈約は『宋書』を叙するさい、「A（事がら）に関する評論は、Aに関連がふかいａ（人物）の伝の末尾（伝論）で、美的に叙することにしよう」という方針をもっていたようだ。そうした方針にしたがって、沈約は文学史や声律論の議論を、詩文と関連がふかい謝霊運の伝の末尾でつづり、また儒林史や儒者論ふうの内容を、代表的な儒者たる臧燾の伝の末尾で叙したのだろう。かくみれば、標題（名）と内容（実）が齟齬するようにみえたのは、沈約のそうした意図を解さぬためだったのであり、「謝霊運伝論」はけっして名実不一致ではなかったといわねばなるまい。

## 四　文学史的記述の価値

さきの孫月峯や邵子湘も指摘していたように、これまで「宋書謝霊運伝論」は、後半の声律論（第五・六段）のほうに重心があるとかんがえられてきた。ところが近時では、前半の文学史（第一～四段）の記述に対しても、注目があつまっているようだ。その「伝論」中の文学史に最初に注目したのは、李燕「近五十年来沈約文学思想研究評述」（『北京科技大学学報』二〇〇二―四）によると、中国人研究者でなく、日本人がかいた二篇の論文だったという。(4) そして李燕氏は、その日本人の二篇の論文、すなわち林田慎之助「宋書謝霊運伝論と文学史の自覚」（『中国中世文学評論史』所収）と、興膳宏「宋書謝霊運伝論をめぐって」（『中国の文学理論』所収）の所論を、簡潔に紹介されている。

もっとも、この論文二篇については、いまさら李燕氏に概要を紹介されずとも、我われはその内容を日本語で精確によみとることができる。すなわち、まず林田論文のほうは、沈約「宋書謝霊運伝論」前半の文学史的記述を、時代の変化と文学との関係を的確に考察したものとし、あとにつづく劉勰・鍾嶸・蕭子顕らに「文学史にたいする自覚を促し」たと、たかく評価するのである。そしてさらに具体的に、沈約は東晋の玄学臭のある作風を非とし、「西晋太康期即ち潘岳・陸機等の文学の辞采と音調」を称賛したが、この見かたは、今日の文学史的感覚からみても正鵠を射ている――とも、主張されたのだった。また、すこしおくれて公表された興膳論文は、林田論文の論述に些少の修正をくわえつつ（後述）、沈約の「文体三変」論の意義を論じ、また声律の詩作への適用状況についても、詳細に検討をくわえられている。

この林田氏のご指摘以来、日中の「謝霊運伝論」関連の論文は、「伝論」中の文学史的記述を「［後続の文人たちに］文学史にたいする自覚を促し」たとする評価を、そのまま踏襲してきているようだ。沈約研究史において、かく日本人の論文が注目され、踏襲されているのは、我われ日本人研究者のレベルのたかさを証するもので、いささか鼻がたかい気分である。

しかしながら私見によれば、この林田氏のご指摘は、沈約および「謝霊運伝論」中の文学史的記述に、いささか好意的すぎるように感じられる。というのは、沈約の文学史的記述が画期的なもので、後続の文人たちに「文学史にたいする自覚を促し」たという見かたは、すこし修正を要するのではないかとかんがえるからである。

どうしてか。第一に、文学史的記述は、「宋書謝霊運伝論」以前からかかれているからだ。正史に限定していえば、すぐに『漢書』芸文志［の詩賦略］の記述が想起されようし、また正史以外では、西晋の摯虞『文章流別志論』や東晋の葛洪『抱朴子』、李充『翰林論』なども、すでにかかれていた（前二者は林田論文もご指摘）。これにくわえて、西晋の傅亮『続文章志』、荀勖『雑撰文章家集叙』、東晋の謝混『文章流別本』、宋の劉義慶『集林』、孔寧『続文章流別』、斉の丘霊鞠『江左文章録序』など、いまはほろんだ［文学史ふう記述をもった可能性のある］作もふくめると、その数はいっそうおおくなろう(5)。

なかでも、現存せぬ文学史的記述として注目すべきなのは、『宋書』にさきだつ范曄『後漢書』文苑伝の序論である。というのは、いまは序論や論賛ふう文章がない『後漢書』文苑伝だが、もとはどうやら存在していたようなのだ。すなわち、范曄の「獄中与諸甥姪書」によると、

吾雑伝論、皆有精意深旨、既有裁味、故約其詞句。至於循吏以下及六夷諸序論、筆勢縦放、実天下之奇作。其中合者、往往不減過秦篇。嘗共比方班氏所作、非但不愧之而已。……賛自是吾文之傑思、殆無一字空設、奇変不窮、同合異体、乃自不知所以称之。此書行、故応有賞音者。

私の『後漢書』雑伝中の史論は、どれも深慮をつくしており、するどい切れ味がある。それは、私が字句をきりつめたからだ。循吏伝より以下、六夷伝までの序論は、筆勢が自由自在で、まことに天下の奇作である。そのなかの会心の作にいたっては、おさおさ賈誼「過秦篇」にもおとるまい。私はかつて、これを班固『漢書』とくらべてみたが、まったく恥じるようなところはなかった。……賛の文は、わが『後漢書』中の傑作で、一字たりともむだな字句はない。その行文は変幻自在にして融通無礙、自分でもどうほめていいかわからぬぐらいだ。この私の『後漢書』が世にひろまれば、きっと称賛する者が続出してくるに相違ない。

とある。ここでいう「循吏以下及六夷諸序論」というのは、現存する『後漢書』の循吏伝（列伝第六十六）、酷吏伝論（同六十七）、宦者伝（同六十八）、儒林伝論（同六十九）、文苑伝（同七十）、独行伝論（同七十一）、方術伝（同七十二）、逸民伝（同七十三）、列女伝（同七十四）、そして六夷伝（東夷・南蛮西南夷・西羌・西域・南匈奴・烏桓鮮卑　列伝第七十五〜八十）な

どをさす。すると、これらの伝にはすべて、范曄が「筆勢が自由自在で、まことに天下の奇作である」と自負するような、充実した史論が附されていたのだろう。じっさい、『後漢書』のこれらの篇をひもといてみると、文苑伝以外は、すべて伝の前後に論賛や序論の文があって、総論ふう、歴史縦断ふう記述が叙されている（うち、「宦者伝」「逸民伝」冒頭の序論は『文選』に採録されている）。とすれば、文苑伝だけそれがないのは、佚したものとかんがえるべきだろう。

さらに、唐の劉知幾が、「范曄は后妃・列女・文苑・儒林の各伝に、［そうした装飾性を誇示した］序論の文をかきくわえた」とかたっていたことも想起しよう（さきに引用した『史通』序例篇）。つまり知幾のころは、『後漢書』文苑伝の序論が存していて、まだよむことができたのである。この、いまは佚した『後漢書』文苑伝の序論で、「謝霊運伝論」ふうの文学史的記述がつらねられていた可能性は、けっしてなくはないであろう。(6)

かくみてくれば、沈約の「謝霊運伝論」執筆以前に、『後漢書』文苑伝など同種の文学史ふう記述が、［対象とする時代はことなるものの］すでに何篇かかかれていて、沈約が「伝論」をつづるさいは、それらを参照することができたのではないかと推測される。すると「伝論」は、当時あまたあった文学史的記述のひとつ（ただし有力なひとつではあったろう）にすぎず、それだけがとくに、後代の文人に文学史への自覚をうながしたとは、いいにくいとせねばなるまい。

くわえて沈約は、文学史につよい関心があって、「伝論」中の記述をつづったわけではない。右にあげた『宋書』巻五十五臧燾伝の伝論が、実質は歴代の儒者を概観した儒林伝論であったことなども想起しよう。つまり沈約は、修史の一環として歴史的概観をおこなっているのであって、「謝霊運伝論」中の記述だけが特別だというわけではないのである。それゆえ、もし沈約が『宋書』編修の任にあたらなかったら、自主的に同種の文学史的記述をつづっていたかは、かなり疑問だとせねばならない。その意味で沈約が、とくに文学史に自覚的であったとは、［すくなくともこの「謝霊運伝論」だけでは」断定できないだろう。

第二に、興膳論文がすでに指摘されていることだが、林田氏が特筆される、画期的な文学史観なるもの（西晋の潘岳や陸機をたかく評価し、東晋の玄学臭のつよい文学を非とする）は、すでに沈約以前に首唱者がいて、沈約の独創ではないということだ。すなわち興膳氏は、私撰の編年史たる宋の檀道鸞『続晋陽秋』の佚文を検討し、それがやはり文学史的記述をふくんでいて、また内容的にも［玄言詩へのひくい評価という点で］「謝霊運伝論」の先駆けであったことを論証されている。すると、林田氏のいわれる画期的な文学史観の開始は、沈約「伝論」でなく、宋の檀道鸞『続晋陽秋』にあったといわねばならないだろう。

もっとも後代への影響という点では、沈約が当時に有していた文壇上の権威をかんがえると、「伝論」中の記述が［先行した檀道鸞『続晋陽秋』をさておいて］後代におおきな影響をもったということは、おおいにありえるだろう。その点では、「伝論」の文学史的記述の意義を強調される林田氏のご見解も、的を射たものとしてうべなわれねばならない。ただ、それはあくまで結果論であって、玄学臭のつよい東晋の文学を非とする文学史観は、やはり［現存の資料によるかぎりでは］檀道鸞が提唱したものとすべきだろう。つまり沈約は、主唱者であるかもしれないが、首唱者ではないのである。

以上、林田氏の「伝論中の文学史的記述は画期的なもので、後続の文人たちに、文学史にたいする自覚を促した」という見かたに対して、二点ほど反論しうる材料をあげてみた。林田氏の御論は、沈約「伝論」があたえた、後代の文学史家（劉勰・鍾嶸・蕭子顕ら）への影響の指摘に急であるが、その沈約の「伝論」自体が、こうした前代の文学史的著述の影響をうけているのである。その意味で「伝論」中の文学史的記述の画期性に対しては、なお慎重に吟味される必要がありそうだ。すると従前の見かたどおり、「伝論」では文学史的記述より声律論の議論のほうが価値があり、これこそ沈約［だけでなく、王融、謝朓、周顒ら］の功績だったとかんがえるべきだろう。

## 五　陸賦・范書との関係

では、文学史的記述以外の方面では、沈約「謝霊運伝論」は前代のどんな作品からどんな影響をうけているのだろうか。この節では、おもに発想や表現の方面から、沈約が「伝論」をつづるさい、影響をこうむったとおぼしきものをさぐっていこう。

すると、沈約が影響をうけた作品として、まず、范曄の「獄中与諸甥姪書」と『後漢書』史論をあげるべきだろう。「伝論」と范曄の相関を示唆しているのが、沈約とほぼ同時代のひと、陸厥の「与沈約書」という書簡文である。その冒頭で陸厥は、つぎのようにのべている。

范詹事自序、「性別宮商、識清濁、特能適軽重、済艱難。古今文人、多不全了斯処、縦有会此者、不必従根本中来」。沈尚書亦云、「自霊均以来、此秘未覩。或暗与理合、匪由思至。張蔡曹王、曾無先覚、潘陸顔謝、去之弥遠」。大旨欲「宮商相変、低昂舛節、若前有浮声、則後須切響、一簡之内、音韻尽殊、両句之中、軽重悉異」。辞既美矣、理又善焉。（『南斉書』巻五十二文学伝）

范詹事（范曄）はかつて「獄中与諸甥姪書」で、

私はうまれつき宮商の音をききわけ、清音と濁音とを弁別できた。とくに字句の軽重をととのえ、不適な調子をさけることができた。古今の文人たちはおおく、これらのことが了解できておらぬ。たとえ了解できている者がいたとしても、それは根本からわかっているわけではない。

とのべられました。沈尚書どの（沈約）もまた「宋書謝霊運伝論」で、屈原以来、音調諧和の秘訣には、だれも気づかなかった。音調が自然に諧和していることがあるが、それらは意図的に諧和させたものではない。あの張衡や蔡邕、曹植、王粲ですら［音調諧和の秘訣に］気づかなかったし、潘岳や陸機、顔延之、謝霊運らにいたっては、まったく感得できなかった。

と主張しておられます。尚書どのの音律論の趣旨は、

詩文中において、宮商の音調を変化させ、高低の響きを節《ふし》づけようとすれば、まえに浮声（平声）があると、あとに切響（上去入声）をおく、というふうにせねばならない。つまり、一句のなかで音の響きをすべて異にし、両句のなかで音の軽重をべつにする必要があるのだ。

ということなのでしょう。ここの尚書どのの行文はうつくしく、理論もまたすぐれております。

この書簡文の要旨は、自分が四声八病説を首唱したという沈約に対し、古人だって音律のルールを認識していたのだと、反論したものである。その冒頭部分が右だが、ここで陸厥は、はじめに范曄の「獄中与諸甥姪書」を引用し、つづけて沈約の「謝霊運伝論」をひいている。これは、陸厥からみると、沈約の「屈原以来」云々の主張は、范曄の「私はうまれつき」云々をふまえるとおもわれたから、かく引用したのだろう。

そういえば、内容的にみると、范曄の「宮商の音をききわけ……不適な調子をさけることができた」（別宮商、識清濁、特能適軽重、済艱難）の発言は、沈約の「詩文中において……軽重をべつにする必要があるのだ」（宮商相変……軽重悉異）の先蹤ではないかとおもわれる。おなじく范曄の「古今の文人たちは……根本からわかっているわけではない」（古今文人……不必従根本中来）という見かたは、沈約の「屈原以来……まったく感得できなかった」（自霊均以来……去之弥遠）と対応しあっているかのようだ。つまり、陸厥からみると、沈約声律論の先駆けとして、范曄書簡をわすれてはなら

ぬとおもった。そこで「伝論」をひくまえに范曄書簡を引用して、そのことを暗示した——ということではないだろうか。

さらにいえば范曄「獄中与諸甥姪書」には、右のような声律論の先蹤ふう議論にくわえて、史論ジャンル論とでも称すべき箇所もみえていた。すなわち、第四節に引用した「吾雑伝論」云々の部分である。そこで范曄は、自分の『後漢書』論賛の文章を、

どれも深慮をつくしており、するどい切れ味がある。……筆勢が自由自在で、まことに天下の奇作である。そのなかの会心の作にいたっては、おさおさ賈誼過秦篇にもおとるまい。

などと自賛していた。こうした史論やジャンル論への言及は、さきにみた蕭統「文選序」の

史書のなかの賛と論は辞藻をあつめ、序と述は文飾をまじえたものだ。それらの文章たるや、内容はふかい思索から出発し、表現は華麗な美文に帰着している。されば、［詩賦などの］文学作品とならべて、これらの文章も採録してよかろう。

という発言とも通底するもので、おそらく范曄書簡は沈約「伝論」を介して、蕭統にも影響をあたえたのだろう。では具体的には、どのような影響をあたえたのか。それは一言でいえば、史論ジャンルの文学としての価値を沈約や蕭統におしえた（正確にいえば、自分の史論を「どれも深慮をつくしており」云々と自慢しただけだが。声律論についての影響関係は、よくわからない）、ということにつきる。かく史論の意義や価値をふきこまれたからこそ、沈約は『宋書』に秀逸な史論をつづり、蕭統は『文選』に史論ジャンルの作を編入したのではないか。こうかんがえれば、(1)宋の范曄が史論ジャンルを重視し、『後漢書』でその考えを実践にうつした。(2)それを斉の沈約が継承し、『宋書』中に「謝霊運伝論」等の秀逸な史論をつづった。(3)ついで梁の蕭統も、［范曄や沈約につづいて］史論ジャンルの文学的価値をよく

認識し、『文選』中に范曄や沈約の史論を採録した――というふうに、史論重視の考えが進展していったと推測してよかろう。

さて、もうひとつ、沈約が影響をうけた作として、陸機「文賦」をあげねばならない。沈約「謝霊運伝論」が「文賦」からまなんだ表現として、従前から指摘されているのが、

夫┌五色相宣、由乎玄黄律呂、各適物宜。
　└八音協暢、

五色がおのおの輝きを発し、八音がきちんと調和するのは、色彩や音律が適切に配合されているからである。

という第五段の一節である。ここの「五色相宣」云々は、あきらかに陸機「文賦」の、

┌暨音声之迭代、
└若五色之相宣。

その字句の音調が変化するさまは、五色の糸のぬいとりのようであるべきだ。

をふまえている。沈約が声律論をかたろうとしたとき、「文賦」の句をかりたのは、声律論提唱の先達として、陸機に敬意を表しようとしたからだろう。

さらに従前は指摘されてないようだが、「伝論」第四段のつぎの一節、

┌律異班賈、┌縟旨星稠、
└体変曹王、└繁文綺合、

この両人（潘岳と陸機）の文風たるや、格律は班固や賈誼とことなり、スタイルも曹植や王粲とちがっているが、すぐれし内容が星のようにならび、かざった行文はあやぎぬのごとく絢爛だった。

も、「文賦」からまなんだものだとおもわれる。この部分で李善注は、「縟旨」に対して『論衡』の用例、「星稠」に対して『論衡』超奇の用例、さらに「綺合」に対して『漢書』王褒伝の用例を、それぞれしめしている。だが、それらは相同の字句をもった用例ではなく、おそらく不適な典拠指摘だろう。私はこの部分、沈約はそんなふるい用例など意識しておらず、もっと直近の陸機「文賦」第九段の二聯、

藻思綺合、清麗千眠。　炳若縟繡、悽若繁絃。

あざやかな発想があやぎぬのようにおりなし、清麗な表現がひかりかがやく。行文の輝きは絢爛たる錦繡のごとくで、その悽愴な響きは琴糸がかなでる楽音のよう。

を脳裏にうかべていたにちがいないとおもう（傍点を附した字が共通している）。

それというのも、「伝論」の右の一節が、「潘岳と」陸機の文風を叙した内容だからというだけでなく、文中の「縟旨」「星稠」「繁文」「綺合」などの語が、いずれも六朝らしい艶麗な雰囲気をたたえたものであるからだ。なかでも、「星稠」の語は「星のごとく稠《おお》し」と訓じて、内容の充実したようすをいい、また「綺合」の語は「綺《あやぎぬ》のごとく合う」と訓じて、文采の絢爛たるさまをさすのだろうが、これらの語は、いかにも六朝ふうな華麗さをおびている。その意味でこれらの語が、『論衡』や『漢書』などの「地味な」漢代文献を意識していたとは、かんがえにくいのである。さらに「縟旨」云々の聯は、対偶表現としてもきわめて秀逸なものであり、表現のうえでも卓抜した文学論の先達、「文賦」を継承しようとしたのではあるまいか。その意味で、私はここでも沈約の、「文賦」へのつよい敬慕の情を感じるのである（ただし「伝論」の用語は、こうした「文賦」由来のものをのぞけば、概して地味なものがおおい。後述）。

そのほか、単語レベルではあるが、「伝論」中のつぎのような二語、

○［第二段］至于建安、曹氏基命、三祖陳王、咸蓄盛藻。
やがて建安となり、曹氏が魏をおこすや、三祖（武帝、文帝、明帝）と陳思王（曹植）らは、ともにすばらしい文藻をつづった。
○［第六段］至於先士茂製、諷高歴賞、
前人の名だかい詩で、諷詠されては好評をえ、歴代に賞賛されてきた作、

も、「文賦」からの影響をしめしている。ここの「盛藻」「先士」に対しては、李善、五臣とも注をほどこさない。だがここはおそらく、陸機「文賦」の「故作文賦、以述先士之盛藻、因論作文之利害所由」（そこで私は「文賦」をつづって、古人の文藻がいかにかかれたかを叙し、また文の良否がいかに発生するかについて論じてみた、の意）をふまえるのだろう。注意したいのは、この「盛藻」「先士」の二語は、「文賦」以前に用例がみつからず、陸機が創案した新語ではないかと推定されることだ（「綺合」の語もおなじ）。そうだとすれば、いわば陸機語と称すべき特殊な語を、沈約はあえて使用したわけであり、これも陸機「文賦」へのひそやかなオマージュだったのだろう。

以上を要するに、沈約「宋書謝霊運伝論」は、発想の点では、范曄の「獄中与諸甥姪書」と『後漢書』史論から、史論ジャンルの文学的価値をまなび、また表現的には、陸機「文賦」の行文をつよく意識していた。さらに陸機に対しては、自分（沈約）にはおよばなかったものの、それでもおのが声律論発明にヒントをあたえてくれた先達として、字句を利用するというかたちで相応の敬意をはらっていた——といってよいだろう(7)。

## 六　硬質の美

さて、ここまで沈約「宋書謝霊運伝論」の研究史をひもときながら、「伝論」の内容や文学史的位置づけについてかんがえてきた。では、そうした「謝霊運伝論」の文章は一篇の文章作品としてみたとき、いかに評価されるべきだろうか。以下では「伝論」の行文に注目しながら、修辞の巧拙や文学的価値を考察してゆこう。

まず「謝霊運伝論」の外観からみると、例によって四六句がおおいが（四六率は76％）、これは当時の美文の風潮なので、それほど特記すべきことではない。また一篇の対偶率（全句のなかで対偶を構成する句の割合）は、全百三十五句中の五十八句で43％である。これも、「文賦」66％、『文心雕龍』序志篇49％、「雕虫論」47％、「詩品（上）序」42％、「文選序」62％などにくらべれば、それほどたかい数字とはいえない。六朝美文では平均的なレベルというべきか（声律の諧和も平均レベルである。「結語　六朝文の評価」参照）。さらに後述する用語の地味さも考慮すれば、修辞面に関していえば、それほど突出しているとはいえない。それゆえ、修辞レベルからみれば、さきにひいた明の孫月峯の「措辞はそれほど洗練されていないが、きれいな文采もすこしはみえている」（遣詞未甚錬浄、然亦微有華采）の評言が妥当なところだろう。

もっともこうした評価は、比較の対象を「文賦」や「文選序」などの六朝の名篇にとったものだ。評価の基準がハイレベルすぎるかもしれない。そこで評価の基準を執筆当時のレベルにさだめて、もっと近距離での評価をかんがえてみよう。すると執筆当時、この「伝論」の文は文（文飾）と質（内容）を兼備した、なかなかの好篇だとおもわれていた、といってよさそうだ。それは、さきにひいた陸厥「与沈約書」の、辞既美矣、理又善焉。

尚書どのの行文はうつくしく、理論もまたすぐれております。

によってうかがわれる。これは沈約の同時代人の発言であり、また内容も熟知したうえでの評言なので、当時の率直な反応だったとかんがえてよい。ここの「行文はうつくしく」（原文「辞既美矣」）は文飾のうるわしさを、「理論もまたすぐれ」（原文「理又善焉」）は内容の充実を、それぞれ評したものだろうが、「謝霊運伝論」の文章の特徴を率直にかたったものといえよう。

もっとも、この陸厥の評、第五節の引用からわかるように、じつは「伝論」の文のなかでも、とくに「欲使宮商相変」云々の八句（第五段）にむけられているのに注意しよう。つまり陸厥からみれば、沈約「謝霊運伝論」は行文（文飾）も理論（内容）も、ともに充実しているのだが、なかでも「欲使宮商相変」八句がとくにすぐれているとうつったようだ。この「欲使宮商相変」八句を提示しておけば、

欲使 ┌宮羽相変、┌若前有浮声、┌一簡之内、音韻尽殊、
　　 └低昂舛節、└則後須切響。└両句之中、軽重悉異。

詩文中において、宮羽の音調を変化させ、高低の響きを節《ふし》づけようとすれば、まえに浮声（平声）があると、あとに切響（上去入声）をおく、というふうにせねばならない。つまり、一句のなかで音の響きをすべて異にし、両句のなかで音の軽重をべつにする必要があるのだ。

というもので、沈約の声律論を叙したものとして、とくに著名になっている箇所だ。その意味でこの一節は、内容的にも文章的にも、当時からおもんじられていたと推測してよかろう。

私の「伝論」の文への見かたも、この陸厥の発言にほぼおなじい。つまりこの八句こそ「伝論」の白眉であり、沈

約もこの部分に、内容的な重心だけでなく、表現的にもおのが最善の伎倆をそそぎこんだのだろう。では、この「欲使宮商相変」八句は、どのようにすぐれているのだろうか。以下、この八句にしぼって、私見をのべてゆこう。

まず用語からみてみると、この八句中の語は、どれも美的だとはいいにくい。たとえば「宮羽」「低昂」「浮声」「切響」「音韻」「軽重」などは、美的というよりは学術用語ふうで、むしろ無粋《ぶすい》な語だというべきだろう。いっぱんに、創作の理論的なことを叙するさいは、風雲や月露を叙するのとはちがって、どうしても理屈っぽい行文になりやすい。そのためか「文賦」や『文心雕龍』などでは、しばしば自然や音楽の比喩をまじえて、無味乾燥な行文にならぬようくふうしている（第四章第五節を参照）。ところが沈約はそうした比喩をまじえず、学術ふうの語をぶっつけに使用しているのだ。そのためこの八句は、全体的にかたぐるしい印象をおびてしまっている。「浮声」「切響」の二語にいたっては、それ以前の用例にもとぼしく、当時の人びとには（現代の我われにも）、そうとう難解にうつったに相違ない（また、内容的にも「まえに浮声があれば、あとに切響をおけ」というもので、美的とはいえない）。

だがそれでも沈約は、比喩や錬字によって表現をかざろうとしなかった。その意味では「文賦」などにくらべると、内容重視の地味なことば遣いに徹しているといってよい。これは、文風や資質の差ということもあるかもしれないが、むしろ文学の器の違い、つまり賦という華麗さを重視するジャンルと、史論という質実な内容を要求するジャンルとの差が、こうした差異をもたらせたのだろう。

くわえてこの八句は、その構文が理解しにくい。とくに前四句の承転関係が、複雑になっている。前四句を訓読すれば、「宮羽をして相変じ、低昂をして節を舛《たが》えしめんと欲すれば、若し前に浮声有らば、則ち後に切響を須《もち》うべし」となろう。はじめ「欲使……舛節」二句は、「もし……ならば」の意の条件節とかんがえられ、それをあとの「若前」二句が主節としてうけている。ここでややこしいのは、条件節をうける主節二句が、さらに「若前……、則後……」

（もし前が……なら、後は……となる）という、「条件節＋主節」の構造になっていることだ。つまり前四句は、「条件節＋主節」を二層くみこんだ、入れ子構造になっているのである。いっぽう、つづく「一簡」云々の後四句は比較的わかりやすく、直前の「若前」二句を説明したものである。その意味で、順接ふうにつづいていると解してもよいし、あるいは「若前」以下の主節にふくめてかんがえることも可能だろう。

このようにこの八句、なかでも前四句の構造は、そうとう複雑になっている。もちろん右のごとき英文法ふう構造分析は、現代の我われがすることであって、当時の文人たちは入れ子構造など考えもしなかったろう。ただそうであったとしても、彼らなりに「この文はすこし意味がとりにくいな」ぐらいは感じたのではあるまいか。

ではこの八句、なぜかくのごとき複雑な構造にしてしまったのか。それはおそらく、沈約が対偶をつよく志向したからだろう。じっさいこの八句の文章では、強引なまでに対偶への意欲がつよい。たとえば前四句は、対偶さえ念頭におかなければ、

欲使宮羽相変、前浮声而後切響。

宮羽をして相変《あいへん》じしめんと欲すれば、浮声を前《まえ》にし切響を後《あと》にすべし。

のように、散体で簡潔につづることもできたろう。「宮羽」句は「低昂」句とほぼ同内容なので、片方を略することができるし、「若前」二句も対偶を意図しなければ、右のような一句にちぢめてもよいからだ。つまり簡潔な表現をのぞんだなら、沈約はただ［右のごとき］二句によって、「音の調子を変化させようとすれば、浮声と切響を適宜に交替させよ」の意をつたえることができたのである。だが、沈約はそうした表現をのぞまなかった。たとえ右のように複雑な構造になろうとも、対偶でつづることをのぞんだのだ。

じっさい、そうした志向によって、この八句は整然とした対偶構造の行文となった。「宮羽↕低昂」「浮声↕切響」

「一簡↕両句」「音韻↕軽重」などの名詞はもちろん、「相変↕舛節」「前有↕後須」「尽殊↕悉異」などの動詞や副詞ふうのことばも、それぞれきれいに対応している。それらの対比的な語句が、正対（「宮羽」の聯）や隔句対（「一簡」の聯）の対偶構造を造型しつつ、詩文の音調はかくあるべきだとかたっているのだ。とりわけ、

若前有浮声、
則後須切響。

の二句は、「「若し……、則ち……」という」通常なら散句でつづるような内容なのだが、それをあえて流水対にしたてている。こうした強引なまでの対偶志向が、学術的でかたい用語の列挙という無粋さをカバーし、結果的にこの八句に、硬質の美というべき特質をおびさせているといってよかろう。

しかし、こうした対偶、当時たかく評価されたかといえば、かなり疑問だろう。当時もてはやされたのは、こうした硬質の美でなく、もっと華麗でつやっぽい対偶だったからだ。たとえば陸機「文賦」の、

沈辞怫悦、若遊魚銜鈎而出重淵之深、
浮藻聯翩、若翰鳥纓繳而墜曾雲之峻。

深みに沈殿していたことばが、じわじわとうかびあがってくるだろう。あたかも魚が釣針をくわえて、深淵の底からでてくるかのように。また高みにただよう美辞が、ひらひらとまいおりてくるだろう。ちょうど飛鳥が繳にかかって、雲上の高みからおちてくるかのように。

のごとき巧緻な比喩をまじえた対偶や、謝霊運「過始寧墅詩」の、

［謝霊運過始寧墅詩］

白雲抱幽石、
緑篠媚清漣。

白雲は幽石を抱きかかえ、緑篠は清流に媚《こ》びている。

のごとき清艶な対偶がそれだ。こうした、きらびやかな美的対偶にくらべると、「欲使宮商相変」云々の対偶は、学術っぽさや硬さをふくんだ、いわば知的な美しさを蔵したものといえようか。

さきに紹介した陸厥の「行文はうつくしく」云々の評言は、そうした知的な硬質の美が、彼の心をとらえたことをしめしている。おそらく陸厥は当初、声律論への関心から「伝論」に注目したのだろう。だがやがて、「伝論」の文が有する硬質の美に気づき、「行文はうつくしく、理論もまたすぐれております」と、その文（硬質の美）と質（卓越した声律論）を兼備した行文をたたえたのだった。その意味で陸厥は、「過去の文人は声律に気づいていたのか」の議論については、沈約ときびしく対立したが、「伝論」の文章的価値については、むしろよき理解者だったのかもしれない。

以上、「宋書謝霊運伝論」、なかでも「欲使宮商相変」八句の秀逸ぶりについて、私見をのべてみた。声律という文学理論史上の重大な発見が、魅力のない凡庸な散句でなく、硬質の美をまとった知的な美文で叙されていることが、わかったようにおもう。(8) これを要するに、「謝霊運伝論」の行文は、「文賦」等が有する華麗さにはおよばない。しかし沈約のつよい対偶志向によって、地味な学術ふう用語や、複雑な入れ子構造という弱点をおぎない、結果的に当時ではめずらしい、知的で硬質な美をただよわせるにいたった――と評してよいだろう。

## 七　清弁の行文

もっとも、右の説明だけで、沈約の苦心をじゅうぶんつたえられたか、いささか不安である。「謝霊運伝論」の行文の充実ぶりをときあかすには、その長所を喋々するよりも、むしろ拙劣な文章と比較するのが捷径かもしれない。そこで前節のおぎないとして、しばしば「伝論」と対比される陸厥「与沈約書」（拙劣な美文である。後述）をとりあげ、両文の長短を比較してみることにしよう。

さきにものべたように、この陸厥書簡は「謝霊運伝論」に対し、［その文章はほめていたが、声律論としては］反対意見を表明していた。では、その文章は「伝論」とくらべて、どう評価されるのだろうか。ここでは、陸厥書簡のつぎのような一節を検討してみよう。

斯曹陸又称竭情多悔、不可力彊者也。今許以有病有悔為言、則必自知無悔無病之地。引其不了不合為闇、何独誣其一合一了之明乎。

曹丕や陸機たちは、また「思いをつくして文をかいても、後悔がおおくのこる」（文賦）とか、「努力してもうまくいかない」（典論論文）などといっております。いまかりに［陸機らが自分の文章に］欠点があり後悔していたとすれば、それは、［彼らが］欠点もなく後悔せぬ［声律の］法則に気づいていたことになります。また［陸機らを］声律に無知で法則にあっておらぬと暗愚あつかいすれば、それは、声律を整合させ気づいていた［彼らの］明察ぶりを、ないがしろにするだけでしょうか［もっとひどい侮辱なのです］。

ここは、沈約の「自分こそが声律の秘奥に気づいたのだ」という主張に対し、曹丕「典論論文」や陸機「文賦」の一節を引用しながら、いや彼らも声律の法則に気づいていたのだと反論したものだ。この陸厥書簡の一節に対し、清末民初の孫徳謙は『六朝麗指』第四十二節で、

六朝文以華麗勝。而清弁之作、亦間之有。（中略）如上所述、猶非全篇。若陸韓卿与沈約書、弁論音律、則通体皆然矣。中有……。全不飾以材藻、専取弁給見長。

六朝文は華麗さを長所としている。しかし清弁さで一貫した作品も、まま存在している。（張融「与従叔永書」と

蕭綱「与湘東王論文書」の一部をひくが、引用略)。これらの例は、まだ全篇が清弁さにつらぬかれたものではない。だが陸厥「与沈約書」の文章は、音律を論じたものだが、全篇がそうした清弁さにつらぬかれている。そのなかに、……という部分がある。この部分など、いっさい文藻でかざろうとせず、もっぱら達者な議論ぶりによって、すぐれた作品になりえている。

とかたっている。「陸厥書簡は文藻でかざらず、清弁さをつらぬいた文だ」というのが、孫徳謙の評である。ここで孫徳謙がいう「清弁」とは、挙例された例文(張融「与従叔永書」と蕭綱「与湘東王論文書」の一部)から判断すると、どうやら対偶や四六などの文飾を使用せず、もっぱら論理的整合性に重きをおいたスタイルをさすようだ。[9] そうした清弁なる作として、張融や蕭綱の書簡文とならんで、右の陸厥書簡の「今許以」四句を例示しているのである(……に「今許以」四句がはいる)。

たしかに孫徳謙がいうように、この陸厥書簡の一節は、文藻でかざった華麗な文章とはいいにくい。とくに特徴的なのは、この一節が「甲であるならば、乙に気づいていたはず」「甲だとすれば、乙ということになる」のように、初歩的ではあるが、論理的に議論をすすめているということだ。一言でいえば、理屈っぽい行文になっているのである。こうした行文は、通常の美文ではあまり使用されず、六朝の論難文におおくみられるものだ。孫徳謙は、そうした論理的な行文を清弁と称し、「いっさい文藻でかざろうとせず、もっぱら達者な議論ぶりによって、すぐれた作品になりえている」と好意的に評したのである。

かく孫徳謙は称賛するのだが、しかし陸厥は真に「清弁」なる行文をめざしたのだろうか。孫徳謙は陸厥書簡の「今許以」四句だけをしめすが、いま、その一節をふくんだ原文をおおめにひいてみると、

斯曹陸又称竭情多悔、不可力彊者也。今許以有病有悔為言、則必自知無悔無病之地。引其不了不合為闇、何独誣其一合一了之明乎。

意者亦質文時異、古今好殊。将急在情物、而緩於章句。情物文之所急、美悪猶且相半、章句急之所緩、故合少而謬多。義兼於斯、必非不知明矣。

長門上林、殆非一家之賦、洛神池雁、便成二体之作。孟堅精整、詠史無虧於東主、平子恢富、羽猟不累於憑虚。王粲初征、他文未能称是、楊修敏捷、暑賦弥日不献。

率意寡尤、則事足乎一日、翳翳愈伏、而理睽於七歩。一人之思、遅速天懸、一家之文、工拙壌隔。……

のごとき行文である。この引用文を一瞥しただけでも、この書簡文が対偶や四六を志向していることがわかる。さらに注目したいのは、孫徳謙が「清弁」と評した「今許以」四句も、右にしめしたごとく、じつは対偶だったということだ（すくなくとも陸厥は、対偶のつもりでつづったろう）。じっさい、よくみると、「許以↔引其」「有病有悔為言↔不了不合為闇」「無悔無病之地↔一合一了之明」などと、たがいに字句が対応している。こうした行文をみるかぎり、陸厥は［孫徳謙のいう］「清弁」などではなく、美文スタイルを志向していたといわざるをえないだろう。

にもかかわらず孫徳謙は、どうしてこの部分を「いっさい文藻でかざろうとせず」云々と評したのだろうか。それは、この部分が通常の美文ふう書きかたから、そうとうズレたものであったからだろう。じっさい、ここの行文は対偶とみなすには、「則必自知」と「何独誣其」の対応が不明確だし、また前後に「今」や「乎」などの字が布置されていて、対偶構造をみわけにくくしている。さらに対偶であっても、八字句や十字句どうしが対応したり、「病」「悔」「了」「合」などの同字反復がおおかったりするなど、通常の四六駢儷のスタイルとはかなりことなっているのである。

ところが孫徳謙には、そうした美文としては異例な行文が、かえって魅力的にうつったようだ。というのは、彼の『六朝麗指』をよむとすぐわかるが、孫徳謙はもともと駢散兼行、つまり美文は駢体だけでなく、散体もまじえるべきだという考えかた（また「駢散合一」とも称している）をもっていた。そして同書の各所で、六朝期の美文こそ駢散兼行の理想を体現した文章なのだ、と主張しているからである。そのため彼はしばしば、くずれた対偶や非駢体ふう字句（孫徳謙は「今許以」四句を非駢体だとみなしていたのだろう。注9も参照）をふくむ美文をとりあげては、「これこそ駢散兼行の理想的行文なり」と断じて、高評価をくわえているのである（注2にひく訳書の「六朝麗指解題」を参照）。

右にひいた陸厥「与沈約書」は、その種のくずれた対偶や非駢体ふう字句を、［「今許以」四句だけでなく］多量にふくんでいる。右の引用中からそうした例をあげると、つぎのようなものが該当しよう。

(1)
質文時異、
古今好殊。

質素さと華麗さとは時代によってちがうし、過去と当今ではことなってきやすい。

(2)
将急在情物、
而緩於章句。

詩文で重視すべきなのは叙情や叙景であり、ルーズでもゆるされるのが章句である。

(3)
情物文之所急、美悪猶且相半、
章句急之所緩、故合少而謬多。

叙情や叙景は創作で重視すべきものだが、それでも成功するのは半分ほどだ。章句の書きかたはルーズでもよいので、規則にあったものはすくなく違反しているのがおおい。

(4)
王粲初征、他文未能称是、
楊修敏捷、暑賦彌日不献。

王粲の「初征賦」はよい出来だが、他の作は称賛されなかった。楊修は敏捷な人がらだったので、「大暑賦」をつくって日がたっても献上しなかった。

これらはいずれも対偶ふうだが、しかし字句がきちんと対応しておらず（傍点を附した箇所）、美文としては蕪雑な聯だといわねばならない。たとえば、(1)の「時に異なる↕好しく殊なる」や(2)の「将に急ならんとす↕而して緩くす」などは、対偶としての対応がズレている。だが、これぐらいの不対応は、まだしも軽微な瑕疵として、すませられるかもしれない（じっさい、この程度のズレは、六朝美文ではめずらしくない）。だが、(3)の隔句対にいたっては、上方の二句がきれいに対応しているのに、下方の二句「美悪は猶《な》お且《か》つ相半《あいなか》ばなり↕故に合少なく謬多し」では、文法構造がことなっている。これはかなりひどいズレかただ。さらに(4)の隔句対では、「初征［賦］」と「［大］暑賦」の固有名詞さえ、きちんと対応させられていない。そのため(3)や(4)などは、そもそも対偶といえるかどうかもあやしく、いわば対偶もどきでしかすぎなくなっているのである。(10)

このように陸厥書簡の対偶は、あまり出来がよいものではない。いや、遠慮ない言いかたをすれば、陸厥書簡の文章全体が、美文の出来そこないというべき、くずれた行文なのだ。ところが駢散兼行をよしとする孫徳謙からみれば、そのくずれや出来そこないぶりが、かえって「清弁」なる行文にうつったのだろう。だから孫は、「文藻でかざろうとせず、もっぱら達者な議論ぶりによって、すぐれた作品になりえ」ていると、好意的に評したのだとおもわれる。

さて、いささか陸厥書簡の分析に、深入りしすぎたようだ。私は、陸厥「与沈約書」の蕪雑な対偶を非難し、孫徳謙の「清弁」好みをとっちめたかったわけではない。ただ沈約「宋書謝霊運伝論」の美文としての充実ぶりを、説明したかっただけなのだ。破綻のない対偶構造によって、複雑な文学理論を十全に説明してゆくことは、けっして容易なことではない。ちょっとでも油断してしまうと、陸厥書簡の例のように、つい平衡をくずした対偶になりやすい。その点、沈約「伝論」［のとくに「欲使宮商相変」八句］は、そうしたミスをおかすことなく、過不及のない美文で声律理論を展開している。そのほむべき充実ぶりを、［同時期の］陸厥書簡の蕪雑な対偶を介することによって、浮きぼりにしたかったのである。陸厥も、その行文のめでたさ［とおのが文才の拙劣ぶり］を知悉していたから、沈約への反論書簡であるにもかかわらず、「ここの尚書どのの行文はうつくしく、理論もまたすぐれております」とエールをおくったのではあるまいか。

これを要するに、沈約は「宋書謝霊運伝論」において、史論も文学ジャンルなのだから、きちんとつづらねばならぬという［范曄に由来する］考えかたを、しっかりと継承し、実践にうつしたといってよかろう。なかでも伝論中の声律論の部分は、内容の充実はもちろんのこと、その文章も、硬質の美というべき［当時では例外的な］達成をしめしている。そうした沈約の執筆態度に、我われは六朝文人のつよい信念をよみとるべきだろう。その信念とはなにか。それは、「うつくしい真理は、うつくしく表現されねばならぬ」という考えかたである[11]。この「伝論」は、そうした美文家特有の信念によってつづられ、ささえられているといってよかろう。

注

（1）『漢書』の「述」については、拙稿「班固の漢書述について」（『六朝文体論』所収）を参照。

（2）清末民初の孫徳謙は、蕭統の見かたに賛成して、范曄の史論を文学的にたかく評価している。すなわち、彼の『六朝麗指』第七十三節に、

余最愛読其序論。嘗欲抄撮一編、以作規範。蓋蔚宗之文、叙事則簡浄、造句則研錬、而其行気、則曲折以達、疏蕩有致。未嘗不証故実、肆意議篇。体散逸足為駢文大家。

私（孫徳謙）は『後漢書』序論をとくに愛読しており、あるときなど書写して一編とし、模範文例にしようとしたほどだ。私がおもうに、范曄の序論の文は、事を叙するに簡潔であり、句をつくるに錬磨をわすれない。その文気たるや、屈折しながら本題に達する手法をとっており、おおまかななかにも雅趣がある。故事の援用による所論の証明は、どの序論でも自由自在だ。また文体の散逸なさまは、駢文の大家と称するにたるものだろう。

とある（『中国文章論　六朝麗指』汲古書院）。この孫徳謙の褒辞は、『後漢書』序論の卓越ぶりを証するものだろう。

（3）「沈約『宋書』の史論（一）」（「文経論叢人文学科篇」第十二号　一九九二）、「沈約『宋書』の史論（二）」（「文経論叢人文学科篇」第十三号　一九九三）、「沈約『宋書』の史論（三）」（「北海道大学文学部紀要」第四十三号　一九九四）、「沈約『宋書』の史論（四）」（「北海道大学文学部紀要」第四十四号　一九九五）などからの引用。本文中の『宋書』巻五十五の伝論の訳文も、川合氏の御論中のものによった。

（4）李燕「近五十年来沈約文学思想研究評述」は、近五十年の「沈約文学思想」、つまり沈約の文学観に関する研究史をふりかえったものである。李燕氏は沈約文学観の研究史を、文学史論（一、最先確立文学史論的観念）、声律論（二、声律理論的研究）、そして創作論（三、関于創作的理論）という三つの方面から概観している。そのさい、主要な資料として「宋書謝霊運伝論」をとりあげ、各研究者が「謝霊運伝論」をいかに着目し、いかに利用してきたかに留意されている。その意味で李燕氏の御論は、いわば「謝霊運伝論」研究史でもあるような印象もあって、本章をすすめるのに、ひじょうに参考になった。

（5）蕭元初「沈約文学史意識的考察」（「昭通師範高等専科学校学報」二〇〇八―六）は、「宋書謝霊運伝論」以前に文学史的記述をおこなった諸篇について、くわしい説明をおこなっている。

（6）范曄『後漢書』の史論を論じた近時の論文として、彭利輝「范曄後漢書序論贊的文学特色」（「湖南第一師範学報」二〇〇七―三）があり、ここでは史論の価値について、くわしい説明がほどこされている。

（7）ただし声律発見の功績だけは、范曄や陸機でなくみずからに帰していることに注意（第六段）。ここに沈約の矜持をみることができよう。

(8) さらに「謝霊運伝論」のこの部分は、四声を交互に布置して、それ自体が巧緻な声律配置をおこなっている。これも沈約の意図したくふうだろう。吉川幸次郎『読書の学』(全集第二十五巻 一〇二～一〇六頁)を参照。

(9) 孫徳謙が「清弁」の文としてあげる他の二例は、つぎのような行文である。「融不知階級、階級亦可不知。融政以求丞不得、所以求郡。求郡不得、亦可復求丞」(張融「与従叔永書」)、「若以今文為是、則昔賢為非。若昔賢可称、則今体宜棄。倶為盍各、則未之敢許」(蕭綱「与湘東王論文書」)。いずれも、対偶をつかわぬ散体の文でつづられており、同字の重複もすくなくない。これからみると、孫徳謙は陸厥「与沈約書」の「今許以有病有悔為言、則必自知無悔無病之地。引其不了不合為闇、何独誣其一合一了之明乎」の行文も、これと同種の非対偶の文だとおもいこんでいたのだろう。

(10) 陸厥「与沈約書」は、内容的には穏健で妥当なことをのべている。それだけに、字句の対応にもうすこし敏感だったら、文質彬彬たる名篇と称されたのにとおしまれる。じっさい、この陸厥書簡に対しては、「頗《や》や拙致なる有り。亦た渋体に近し」(『駢体文鈔』巻十九引譚献評)、「斉梁は毎に清弁の文有るも、多く庸冗なるを累《わずら》う。此れを録して其の凡なるを識るべし」(同李兆洛評)など、拙致、庸冗などの批判的評言がおおい。こうした文章をつづるようでは、陸厥という人物、詩文の音律や、その研究史にはくわしかったかもしれないが、六朝期の美文家としては腕がおとっていたとみなしてよかろう。

(11) 蕭統「文選序」の「事出於沈思、義帰乎翰藻」(内容はふかい思索から出発し、表現は華麗な美文に帰着している、の意)を私なりに敷衍したもの。

# 第四章　劉勰「文心雕龍序志」の文章

**【基礎データ】**

[総句数] 172句 [対をなす句] 84句 [単対] 31聯 [隔句対] 4聯 [対をなさぬ句] 88句 [四字句] 91句 [六字句] 38句 [その他の句] 43句 [声律] 20聯

[修辞点] 13（第9位） [対偶率] 49%（第8位） [四六率] 75%（第8位） [声律率] 57%（第10位）

**【過去の評価】**

[劉善経四声論] 此論理到優華、控方弘博、計其幽趣、無以間然。但恨連章結句、時多渋阻。所謂能言之者也、未必能行者也。

この『文心雕龍』声律篇の」議論たるや、理論は希有なまでにすぐれ、博引旁証をきわめている。その幽趣をたずねれば、間然とするところがない。ただ文章の運び具合が、しばしばぎくしゃくしているのが残念だ。さすればこの議論の作者（劉勰）は、いわゆる「理論をかたるのはうまいが、実践するのは苦手なひと」だったのだろう。

[王運熙・楊明魏晋南北朝文学批評史] 在中国文学批評史上、劉勰的文心雕龍佔有非常突出的地位。它総結了先秦以至南朝宋斉時代文学創作和文学批評的豊富経験、論述広泛、体系完整、見解深刻、成為一部空前的文学批評巨著。全書運用優美的駢文写成、本身也富有文学価値。

中国の文学批評史において、劉勰の『文心雕龍』は突出した地位をしめている。この書は、先秦から南朝の宋斉の時代にわたる、ゆたかな文学創作や文学批評の経験を総括したものだ。その論述は広範にわたり、体系もととのっている。また見解にもするどいものがあって、文学批評における空前の大著となっている。さらに、一書すべてが優美な美文によってつづられており、その文章自体もゆたかな文学的価値を有しているのである。

**【原文】**

[一] 夫文心者、言為文之用心也。昔
涓子琴心、
王孫巧心。
心哉美矣、故用之焉。

古来文章、以雕縟成体。豈取騶奭之群言雕龍也。

[二] 夫
宇宙綿邈、黎献紛雑。抜萃出類、智術而已。
歳月飄忽、性霊不居。騰声飛実、制作而已。
夫
肖貌天地、
稟性五才。
擬耳目於日月、
方声気乎風雷。
其超出万物、亦已霊矣。
形同草木之脆、
名踰金石之堅。
是以君子処世、樹徳建言。豈好弁哉、不得已也。

[三] 予生七齢、乃夢彩雲若錦、則攀而採之。歯在踰立、則嘗夜夢、執丹漆之礼器、随仲尼而南行。旦而寤、迺怡然而喜。大哉聖人之難見也、乃小子之垂夢歟。自生人以来、未有如夫子者也。敷讃聖旨、莫若注経。而馬鄭諸儒、弘之已精。就有深解、未足立家。唯文章之用、実経典枝條。
五礼資之以成、
六典因之致用。
君臣所以炳煥、
軍国所以昭明。
詳其本源、莫非経典。而去聖久遠、文体解散。辞人愛奇、言貴浮詭。飾羽尚画、文繍鞶帨。離本弥甚、将遂訛濫。
蓋
周書論辞、貴乎体要。
尼父陳訓、悪乎異端。
辞訓之異、宜体於要。於是搦筆和墨、乃始論文。

［四］　詳観近代之論文者多矣。至於
魏文述典●、
陳思序書○、
応瑒文論○、
陸機文賦●、
仲洽流別●、
宏範翰林○、
各照隅隙●、
鮮観衢路●。
或臧否当時之才○、
或銓品前修之文○、
或汎挙雅俗之旨●、
或撮題篇章之意●。
魏典密而不周○、
陳書弁而無当●、
応論華而疏略●、
陸賦巧而碎乱●、
流別精而少功○、
翰林浅而寡要●。又
君山公幹之徒○、
吉甫士龍之輩●、
汎議文意、往往間出。並未能
振葉以尋根○、
観瀾而索源○。
不述先哲之誥●、
無益後生之慮●。

［五］　蓋文心之作也、本乎道。
師乎聖●、
体乎経○、
酌乎緯●、
変乎騒○。
文之枢紐、亦云極矣。若乃論文叙筆、則囿別区分。
原始以表末●、
釈名以章義●、
選文以定篇○、
敷理以挙統●、
上篇以上、綱領明矣。至於割情析采、籠圏條貫。
摛神性●、
図風勢●、
苞会通○、
閲声字●、
崇替於時序●、
褒貶於才略●、
怊悵於知音○、
耿介於程器●。
長懐序志、以馭群篇。下篇以下、毛目顕矣。位理定名、彰乎大易之数、其為文用、四十九篇而已。

［六］　夫
銓序一文為易●、
弥綸群言為難○、
雖復
軽采毛髪●、
深極骨髄●、
或有曲意密源、似近而遠。辞所不載、亦不勝数矣。
及其品列成文、
有同乎旧談者、非雷同也、勢自不可異也●。
有異乎前論者、非苟異也、理自不可同也●。
同之与異、不屑古今、擘肌分理、唯務折衷。
按轡文雅之場●、
環絡藻絵之府●、
亦幾乎備矣。但言不尽意、聖人所難。識在缾管、何能矩矱。
茫茫往代、既沈予聞○、
眇眇来世、倘塵彼観●。

［七］賛曰、生也有涯、無涯惟智。逐物実難、憑性良易。傲岸泉石、咀嚼文義。文果載心、余心有寄。

（詹鍈『文心雕龍義證』より）

【通釈】

［第一段］書名の由来

書名の「文心」とは、文学を創作するさいの心配りをいう。むかし、涓子はおのが著に『琴心』と命名し、王孫は『巧心』と名づけた。この「心」たるや、なんとすばらしいことか。だから本書でも、この字をつかったのだ。また文学はふるくから、文飾をほどこしてかかれるものだった。［だから「文飾をほどこす」意の「雕龍」の語をつかったのであり、］どうして「騶奭《すうせき》は実用に適さぬ文をつづる」の故事だけ意識して、書名に「雕龍」の語をつかったはずがあろうか。

［第二段］著作の意義

天下は広大であり、賢人もあまた存在している。そうしたなか、世人のなかから傑出するには、知謀を駆使するしかない。歳月は忽としてすぎさり、ひとの命もこの世にながくとどまれない。そうしたなか、名声をあげ功績をのこすには、著述にはげむしかない。いったい、ひとは天地に姿をかたどり、五行より性をさずけられている。耳や目はあたかも日月に似て、声や息はちょうど風雷のようなもの。ひとが万物のうえにたつのは、それ自身がかく霊妙であるからだ。形体は草木のようにもろいが、名声は金石のかたさをうわまわる。だから世の君子たちはこの世に処するや、徳行をなし卓言をのこそうとするのだ。それはべつに弁論がすきなわけではない、それしか方法がないからなのである。

［第三段］執筆の動機

私は七歳のとき夢のなかで、錦のごとき彩雲があらわれ、よじのぼってそれを手にとった。また三十歳すぎのころ、ある夜の夢に、あかい漆ぬりの祭器をもって、孔子のあとをついて南方へいった。朝めざめたとき、私はうれしかった。すごいことではないか。聖人にはめったにお会いできぬものなのに、私ごとき者の夢にあらわれてくれたのだ。

この世に人類があらわれて以来、孔子のごとき偉大な者はいなかった。そのみ教《おし》えを宣揚するには、経書の注解をつくるのがいちばんだ。しかし大儒の馬融や鄭玄らが、すでに精細な注解をかいているので、たとえ私にふかい解釈があったとしても、一家をたてるというわけにはゆかぬ。ただ文学の効用たるや、経書の補佐になりうるものだ。五つの礼法は文学によって成立し、六つの職掌もこれによって用をなし、また君臣の関係は明瞭になり、軍事や経国の道もはっきりしてくる。そうした文学の効用のもとをただせば、［その本体たる］経書のおかげでないものはない。

だが聖人の時代からとおい現今は、文学のスタイルはおとろえてしまった。文人たちは奇抜さをこのみ、その文辞は軽薄そのもの。［美麗な］羽にさらに模様をほどこし、帯や手拭いによけいなぬいとりをするばかりで、［経書の補佐という］本質からはなれて、混乱の極にいたろうとしている。おもうに『尚書』では文辞を論じて、内実があって簡要なることを重視した。孔子は訓戒をのべて、異端の文をまなぶことを禁じられた。かく教えは各様にことなるが、そうした古言の大要は把握しておくべきだろう。そこで私は筆をとり、文学論の執筆を開始したのである。

［第四段］文学批評簡史

近代の文学批評の著作をみわたすと、なかなかおおい。魏文帝の「典論」論文、曹植の書簡、応瑒の文学論、陸機の「文賦」、摯虞の「文章流別志論」、李充の「翰林論」などがあるが、これらは文学の一部を論じただけで、全体をみわたしたものではない。当時の文人の才能を批評したり、先人の文学を論じたり、また雅俗の問題をとりあげたり、作品の趣意を解説したりしただけだ。魏文帝「典論」論文は緻密だが全体をみておらず、曹植の書簡は雄弁だが的はずれ。応瑒の文学論は華麗だが粗略すぎるし、陸機「文賦」は巧緻だがくだくだしい。摯虞「文章流別志論」は精細だがうまいとはいえず、李充「翰林論」は簡略だが要点をつくしていない。さらに桓譚や劉楨、また応貞や陸雲らも、ひろく文学を論じて、しばしばよい見解も提起している。だがいずれの論も、葉先から根元に、波頭から源流にと、根本をきわめつくしてはおらぬ。それでは先哲の教えを祖述することもできず、後学の創作に利することもないのである。

### ［第五段］ 全体の構成

私が『文心雕龍』をつづるにあたっては、天地の道理にもとづいた（原道）。そして聖人を師とし（徴聖）、経書を骨格とし（宗経）、緯書を参酌し（正緯）、楚辞を活用した（弁騒）。以上によって文学の本質は、つくされたとおもう。また韻文や散文（無韻の文）を論じるさいには、きちんとジャンルごとに区別した。そして各ジャンルの源流と沿革をあきらかにし、名称を解釈してその含意を明確にした。また各ジャンルの代表作をえらんで批評をくわえ、筋道をたどりながら理想的ありかたを論じた。こうして本書前半では、ジャンルの要点が明確にできたとおもう。

作品の内容や表現を分析するさいは（情采）、創作の道理を概説しようとかんがえた。そのため、想像力（神思）と作風（体性）についてのべ、力強さ（風骨）や調子（定勢）も考究し、また構成法（附会）や伝統（通変）との関連についてかたり、音律（声律）や用字法（練字）にも言及した。さらに時代による文学の盛衰に思いをいたし（時序）、文人の才能に褒貶の言をくだし（才略）、また評価のむつかしさに慨嘆し（知音）、文人の人間性にも率直な見解をのべてみた（程器）。そしておのが執筆趣意をじっくりふりかえって、全篇のまとめとしたのである。こうして本書後半で、創作の細目を明確にすることができたとおもう。かく各篇の排列を按配して篇名をさだめ、篇数は大易の数たる五十としたが、じっさいの文学論は［大衍に応じて］四十九篇にすぎない。

［第六段］執筆方針

一篇の作を批評するのはたやすいが、多数の作をすべて論じるのは困難だ。たわいない作はかるくふれ、重要な作はふかく論じるようにしたが、複雑な意味やかくれた本質は、わかりそうで、よくわからない。本書で論じきれなかったことは、かぞえきれないほどだ。過去の作品を論じたさい、以前の批評とおなじこともあるが、それは雷同したわけでなく、異をたてる必要がなかったからだ。また旧時の評価とことなることもあるが、それはでたらめに異をたてたわけでなく、おのずから評価がちがってきたからである。過去の評価とおなじになろうとなるまいと、古今の評判にとらわれることなく、精密な分析につとめ、適正な判断をくだすよう心がけた。こうして文雅の苑をめぐり、美文の府をあるきまわって、批評すべき問題はほぼかたりつくしたとおもう。ただ「言は意をつくさず」というように、完全に意をつくすのは聖人でも困難なことだ。まして見識とぼしき私のこと、どうして本書が［文学批評の］規範となれようか。ただ［本書をつづる過程で渉猟してよんだ］往古の聖賢の書が、私の見聞をあらいきよめてくれたので、はるかな未来の世、後人のご高覧に供されることがあるやもしれぬ。

［第七段］賛

賛にいう。生は有限なので、いくら人知をつくしても、きわめつくすことはできぬ。［かく人知で］この世の事物を追究するのは、まことに困難であるが、おのが性情に依拠して追究するのは、わりと簡単だ。そこで私は山水のなかに悠々と隠棲して、文学の本質をかみしめてみたのである。文章がひとの心を表現するとすれば、わが心も本書によって落ちつきをえられることだろう。

【考察】

# 一　駢散の兼行

劉勰《りゅうきょう》、あざなは彦和（生没年未詳。五世紀後半〜六世紀前半）の手になる『文心雕龍』は、体系的な文学批評の書として、あまねくしられている。難解な四六駢儷文でかかれていたためか、唐代中期以降はしばらく祖述者がいなかったが、明代に刊本がでてから、ようやくその意義や価値が再認識されるようになった。そして近代以後、文学批評研究の立場から、とみに注目されるようになってきた。現代では、取りくみがいのある研究対象とみなされたのだろう、毎年おおくの研究論文がつみかさねられている。

かく論文が多量に生産されるためか、中国では、一個人が全体の研究状況を把握するのが、困難になったのだろう。しばしば、『文心雕龍』研究の「述要」「述略」（ともに「研究状況を俯瞰する」の意）の類がかかれて、従前の研究を整理したり、概観したりしてくれている。私もそうした「述要」「述略」の類を、何種類かよんでみた。すると、ごくおおざっぱにいえば、近時の『雕龍』研究は、創作論や批評体系はどうかとか、劉勰の思想傾向はどうかとか、ややもすれば文芸理論や思想の方面に重点がかかっていて、『雕龍』の文章それ自体にはあまり関心がむいていないといってよさそうだ。たまに『雕龍』の文章を論じた論文があったとしても、それは全体をみまわしただけの概論的なものだったり、一部の難解な箇所の解説や注釈だったりするにすぎない。

そこで本章は、『文心雕龍』という書物について、文学批評史上の意義や独自性を考究するのでなく、批評を叙している文章自体に注目してみたい。『雕龍』の文章とくればじゅうらい、対偶を多用した美的な文章だとされ――、それでおわりだった。しかしそれだけでは、文章の考察としてじゅうぶんではない。ただ「美文である」というだけでおわらず、美文は美文でも、どのような特徴をもった美文なのか。他の同時期の美文とくらべて、修辞的に巧緻なのかそうでないのか。文学的価値はたかいのかひくいのか——というようなことを、評価や意義にまでふみこんでかんがえてゆかねばならない。

といっても、『文心雕龍』の文章全体を検討することは、その浩瀚さからいっても、私の能力からいっても、なかなか困難である。そこで一書を代表させて、執筆趣意をのべた最後の「序志」篇（『雕龍』の序文に相当する）をとりあげたいとおもう。この「序志」篇の文章については、別稿「劉勰文心雕龍序志札記」（「中京大学文学部紀要」第四九—一号　二〇一四）において、くわしく吟味しておいた。本章ではこの「札記」を下敷きにしつつ、「序志」篇を主要な材料としながら、『文心雕龍』の行文を検討してゆくことにしよう。

現代中国の文学批評研究の名著、王運熙・楊明『魏晋南北朝文学批評史』（上海古籍出版社　一九八九）は、『文心雕龍』にも多大なページをさいているが（三三二～四九二頁）、その冒頭で概説ふうに、

中国の文学批評史において、劉勰の『文心雕龍』は突出した地位をしめている。この書は、先秦から南朝の宋斉の時代にわたる、ゆたかな文学創作や文学批評の経験を総括したものだ。その論述は広範にわたり、体系もととのっている。また見解にもするどいものがあって、文学批評における空前の大著となっている。さらに、一書すべてが優美な美文によってつづられており、その文章自体もゆたかな文学的価値を有しているのである。

とのべている。この発言は、現在の定説ふう評価だといってよかろう。他の『雕龍』の解説書の類でも、おおむねこれと似たような評言がなされているからだ。

しかし内容に関する前半の記述はいざしらず、行文に対する後半の記述、「一書すべてが優美な美文によってつづら

れており、その文章自体もゆたかな文学的価値を有している」は、真に肯定されるべきものだろうか。『文心雕龍』一書が美文でつづられているのは、そのとおりである。しかし、それは『雕龍』だけではない。「文選序」や「宋書謝霊運伝論」などの六朝の他の文学論も、やはり美文でかかれている。「美文でつづられている」、だから「ゆたかな文学的価値を有している」——というのだったら、六朝の文学論はほとんど、この評言に該当するといってよかろう。その意味で、『雕龍』の文章を精確に評価しようとすれば、『雕龍』のみが有するすぐれた特徴を検証し、だから「ゆたかな文学的価値を有している」といわないと説得力がでてこないとせねばならない。

ここまで私は、「典論論文」や「文賦」「宋書謝霊運伝論」などの文章を読解し、その気づきを論文にかいてきた。そこでの経験をふまえていうと、「文心雕龍序志」の文章は、「ゆたかな文学的価値」を感じるより以前に、行文がきわめて難解で、内容理解が格段にむつかしかった。「美文だから読解がむつかしい」という一般的レベルをこえ、美文のなかでも格段に難解な文章だというべきだろう。「札記」ではとりあえずの解釈をしるしておいたが、それは先学の研究にのっかかったものにすぎず、いまでもじゅうぶん理解できたとはおもえない。そうした難解な文章を、従前の定説にのっかかって、漫然と「ゆたかな文学的価値を有している」と断じてよいのか、私は躊躇を感じざるをえないのである。

以下、こうした私なりの読解経験を土台としながら、まず行文の美文ぶりを確認し（第一節）、つぎに「序志」の文章のみがもつ独自の特徴（くどさや難解さ）をわりだしてゆく（第二・三・四節）。そして、なぜそうした独自の特徴が生じたかを検討したうえで（第五・六・七節）、最後に「序志」の文章が、どんなタイプの文章で、どんなふうに評価されるべきか、文学史的な意義にまでふみこんでかんがえてみたいとおもう（第八節）。

はじめに、王・楊の両氏も指摘される、『文心雕龍』が「優美な美文によってつづられて」いるようすを確認しておこう。つぎにしめすのは「序志」第二段の文章である。

夫宇宙綿邈、黎献紛雑。抜萃出類、智術而已。
　歳月飄忽、性霊不居。騰声飛実、制作而已。
夫肖貌天地、擬耳目於日月、其超出万物、亦已霊矣。
　稟性五才、方声気乎風雷。
形同草木之脆、是以君子処世、樹徳建言。豈好弁哉、不得已也。
名踰金石之堅。

天下は広大であり、賢人もあまた存在している。そうしたなか、世人のなかから傑出するには、知謀を駆使するしかない。歳月は忽としてすぎさり、ひとの命もこの世にながくとどまれない。そうしたなか、名声をあげ功績をのこすには、著述にはげむしかない。いったい、ひとは天地に姿をかたどり、五行より性をさずけられている。耳や目はあたかも日月に似て、声や息はちょうど風雷のようなもの。ひとが万物のうえにたつのは、それ自身がかく霊妙であるからだ。形体は草木のようにもろいが、名声は金石のかたさをうわまわる。だから世の君子たちはこの世に処するや、徳行をなし卓言をのこそうとするのだ。それはべつに弁論がすきなわけではない、それしか方法がないからなのである。

　この部分は、著述の意義を強調したものだ。ここでは「［最善の立徳、次善の立功について、三番目の立言つまり］著述によって名をのこすべし」という、［『左氏伝』襄公二十四年の典拠に由来する］儒家的価値観が主張されている。ここの行文は、二十句中の十四句が対偶を構成している。しかもそのほとんどが四六の句であり（「其超出万物」のみ五字句）、典型的な美的行文だ。やや特徴的なものとして、「宇宙」云々が、空間と時間を対応させた長偶対であること、「肖貌」云々と「擬耳目」云々は天人合一の思想をふまえていること、「形同」云々は反対《はんつい》であること——などが指摘できようが、まずはバランスのとれた美的文章だといってよかろう。

ただし「序志」は、このような対偶おおき行文ばかりではない。ときに、散体の句を連続させるときもある。たとえば第三段の一節をあげてみよう。

予生七齢、乃夢彩雲若錦、則攀而採之。歯在踰立、則嘗夜夢、執丹漆之礼器、随仲尼而南行。旦而寤、迺怡然而喜。大哉聖人之難見也、乃小子之垂夢歟。自生人以来、未有如夫子者也。敷讃聖旨、莫若注経。而馬鄭諸儒、弘之已精。就有深解、未足立家。唯文章之用、実経典枝條。五礼資之以成、六典因之致用、君臣所以炳煥、軍国所以昭明。詳其本源、莫非経典。

私は七歳のとき夢のなかで、錦のごとき彩雲があらわれ、よじのぼってそれを手にとった。また三十歳すぎのころ、ある夜の夢に、あかい漆ぬりの祭器をもって、孔子のあとをついて南方へいった。朝めざめたとき、私はうれしかった。すごいことではないか。聖人にはめったにお会いできぬものなのに、私ごとき者の夢にあらわれてくれたのだ。この世に人類があらわれて以来、孔子のごとき偉大な者はいなかった。そのみ教えを宣揚するには、経書の注解をつくるのがいちばんだ。しかし大儒の馬融や鄭玄らが、すでに精細な注解をかいているので、たとえ私にふかい解釈があったとしても、一家をたてるというわけにはゆかぬ。ただ文学の効用たるや、経書の補佐になりうるものだ。五つの礼法は文学によって成立し、六つの職掌もこれによって用をなし、また君臣の関係は明瞭になり、軍事や経国の道もはっきりしてくる。そうした文学の効用のもとをただせば、[その本体たる]経書のおかげでないものはない。

この部分は、『文心雕龍』執筆の動機を叙したものだ。ここでは全二十七句のうち、対偶を構成するのは四句だけで、それ以外の二十三句は非対偶、つまり散体の句である。このように「序志」には散体がおおい箇所もあり、いわば駢散を兼行させたスタイルになっているのである。

では、右のごとき散体おおき行文は、劉勰の美文能力が不足していたため、対偶にできなかったのだろうか。私見によれば、そうではなく、あえて対偶にしなかったのだとおもう。たとえば、右のはじめの部分など、

○┌予生七齢、乃夢彩雲若錦、則攀而採之。
　└歯在踰立、則嘗夜夢、執丹漆之礼器、随仲尼而南行。

○大哉┌聖人之難見也、
　乃　└小子之垂夢歟。

のように、内容も字句もほぼ対応しあっている。字句をすこしととのえれば、対偶にすることもできたはずだ。対偶志向のつよい美文家、たとえば陸機だったなら、この部分はきっと対偶にととのえたことだろう。だが、劉勰はそうしなかった。それはおそらく、こうした叙事的な内容では、対偶でなく散体で叙したほうがよいと判断したからだろう。ここに劉勰の文章観、すなわち「対偶でつづるのが理想的だが、しかし必要な場合は散体をまじえてもよい」という柔軟な考えかたがうかがえるようにおもう(1)。

さて、ことなるスタイルの兼行といえば、ことなる句形を兼行させた箇所もある。すなわち、第五段の前半をみてみると、

蓋文心之作也、本乎道。┌師乎聖、┌酌乎緯、文之枢紐、亦云極矣。
　　　　　　　　　　　└体乎経、└変乎騒。

若乃論文叙筆、則囿別区分。┌原始以表末、┌選文以定篇、上篇以上、綱領明矣。
　　　　　　　　　　　　　└釈名以章義、└敷理以挙統、

私が『文心雕龍』をつづるにあたっては、天地の道理にもとづいた（原道）。そして聖人を師とし（徴聖）、経書を骨格とし（宗経）、緯書を参酌し（正緯）、楚辞を活用した（弁騒）。以上によって文学の本質は、つくされたとおもう。また韻文や散文（無韻の文）を論じるさいには、きちんとジャンルごとに区別した。そして各ジャンルの源流と沿革をあきらかにし、名称を解釈してその含意を明確にした。また各ジャンルの代表作をえらんで批評をくわえ、筋道をたどりながら理想的ありかたを論じた。こうして本書前半では、ジャンルの要点が明確にできたとおもう。

という文章がある。ここの句形に着目すると、四六句以外に三字句や五字句も使用している。美文では五字句はめずらしくないが、三字句の使用はめずらしい。これは四六句の連続に変化をつけたものと目され、これも一種の兼行だといってよかろう。

以上を要するに、「文心雕龍序志」の文章は四六駢儷の美文であるのはまちがいないが、それほど対偶にこだわることなく、また句形も変化をもたせたものだといってよい。じっさい、「序志」の対偶は百七十二句中の八十四句をしめる程度であり、対偶率は49％にすぎない。これは、「文賦」66％、「文選序」62％、「雕虫論」47％、「詩品（上）序」42％、「宋書謝霊運伝論」43％などとくらべても、それほど突出した率ではない。つまり「序志」の行文は、「「玉台新詠序」の行文のような」典型的な四六駢儷文ではなく、駢散を兼行し多様な句形をまじえた、いわば柔軟性を有した美文だといってよかろう。

## 二　行文のくどさ

ただ、右の駢散兼行のスタイルは、六朝美文では通常の叙法であって、べつに『文心雕龍』だけの特徴ではない。では、『雕龍』の文章のみがもつ独自の特徴は、どのあたりにあるのだろうか。そしてそれは、「ゆたかな文学的価値」という評価にあたいするものだろうか。

「文心雕龍序志」の文章を読解して、私がもっともつよく感じたのは、右にのべた「美文のなかでも格段に難解な文章だ」という思いだったのだが、もうひとつ、「全体的に記述が几帳面すぎて、すこしくどいなあ」という印象もうけたのだった。つまり難解さとくどさ、このふたつが「序志」の文章の特徴ではないかとおもう。この節ではまず、くどさのことについてのべよう。

この文章の「くどさ」に関しては、すでに興膳宏氏が犀利なご指摘をされている。それは、「『雕龍』の文章では、仏典の影響をうけて、ときに分析的記述法がなされている」というものだ（興膳宏「文心雕龍と出三蔵記集―その秘められた交渉をめぐって―」〈『中国の文学理論』筑摩書房〉）。私には、その「分析的記述法」なるものが、『雕龍』の文にくどさをもたらしたようにおもわれる。

はじめに、興膳氏が指摘される分析的記述法を紹介しよう。それは、（Ⅰ）まず項目を提示し、（Ⅱ）ついで項目ごとにその内容を解説してゆく――という記述のしかたである。興膳氏のしめす諸例のうちからひとつをあげれば、つぎのようなものだ。

| （Ⅰ） | | （Ⅱ） | | （Ⅲ） | | （Ⅳ） |
|---|---|---|---|---|---|---|
| (1)言対為易 | ― | (5)言対者双比空辞者也 | ― | （略） | ― | （略） |
| (2)事対為難 | ― | (6)事対者并挙人験者也 | ― | （略） | ― | （略） |
| (3)反対為優 | ― | (7)反対者理殊趣合者也 | ― | （略） | ― | （略） |
| (4)正対為劣 | ― | (8)正対者事異義同者也 | ― | （略） | ― | （略） |

言対をつくるのはやさしいが、事対はむずかしい。反対《はんつい》はすぐれるが、正対《せいつい》はおとる。言対とは、抽象的なことばを並挙したもの、事対とは、古人の事迹を並挙したものである。反対とは、道理は相反するが趣旨は一致するような対偶、正対とは、事がらはちがっているが意味はおなじという対偶である。……

これは対偶を論じた麗辞篇の一節だが、まず（Ⅰ）で対偶の名称と評価をしめしている（(1)から(4)まで）。これは項目の提示に該当しよう。ついで（Ⅱ）で項目ごとに各対偶の内容を説明している（(5)から(8)まで）。ここでは略したが、この記述はさらにつづき、（Ⅲ）でその例句を提示し、さらに（Ⅳ）で評価の所以を解説している。こうした記述のしかたは、じつに整然としており、また分析的でもあるといってよい。通常の美文では、ここまで整然かつ分析的には叙さないだろう。興膳氏によれば、こうした叙しかたは仏典におおくみられるものであるという。そして、

> 仏典に深い造詣を持っていた劉勰のロゴスには、仏典の文体に特有のリズムが巧まずして体得されていて、それが駢文の形式の中にうまく融合しきっているように、私には思えるのである。こうした分析の論理の執拗なまでの使用が、少なくとも当時の『文選』風の美文の基準に合致するような文章において、普遍的でないことは事実とせねばなるまい。

とも指摘されている（同書一三三頁）。

じつは、こうした仏典ふうの分析的記述法が、「序志」にもみえているのである。すなわち「序志」第四段は、過去の文学論をふりかえりつつ、その良否を評論したものだが、その行文は、

詳観近代之論文者多矣。至於
(1)魏文述典、(2)陳思序書、
(3)応瑒文論、(4)陸機文賦、
(5)仲洽流別、(6)宏範翰林、
各照隅隙、鮮観衢路。
或臧否当時之才、或銓品前修之文、
或汎挙雅俗之旨、或撮題篇章之意。
(7)魏典密而不周、(8)陳書弁而無当、
(9)応論華而疏略、(10)陸賦巧而砕乱、
(11)流別精而少功、(12)翰林浅而寡要。

近代の文学批評の著作をみわたすと、なかなかおおい。魏文帝の「典論」論文、曹植の書簡、応瑒の文学論、陸機の「文賦」、摯虞の「文章流別志論」、李充の「翰林論」などがあるが、これらは文学の一部を論じただけで、全体をみわたしたものではない。当時の文人の才能を批評したり、先人の文学を論じたり、また雅俗の問題をとりあげたり、作品の趣意を解説したりしただけだ。魏文帝「典論」論文は緻密だが全体をみておらず、曹植の書簡は雄弁だが的はずれ。応瑒の文学論は華麗だが粗略すぎるし、陸機「文賦」は巧緻だがくだくだしい。摯虞「文章流別志論」は精細だがうまいとはいえず、李充「翰林論」は簡略だが要点をつくしていない。

というものだ。ここの文章は、冒頭（「詳観近代之論文者多矣。至於」）や中間（「各照隅隙」以下の六句）にべつの文言がはさまるので、一見すると、興膳氏のいう分析的記述法に、ぴたりと吻合するものではない。しかし、それらの語句をのぞいてみれば、

| （Ⅰ） | | （Ⅱ） |
|---|---|---|
| (1)魏文述典 | ― | (7)魏典密而不周 |
| (2)陳思序書 | ― | (8)陳書弁而無当 |

(3)應瑒文論　—　(9)応論華而疏略
(4)陸機文賦　—　(10)陸賦巧而砕乱
(5)仲洽流別　—　(11)流別精而少巧
(6)宏範翰林　—　(12)翰林浅而寡要

という構図がすかしみえてくる。すなわち（Ⅰ）で、魏文帝「典論」や曹植書簡など六つの文学論の名称をあげている（(1)から(6)まで）。これが項目の提示に該当しよう。つづいて（Ⅱ）で、項目ごとに各文学論の内容を批評している（(7)から(12)まで）。(7)の「魏［文帝の典］論は密なれども周からず」、(8)の「陳［思王曹植の］書は弁なれども当たる無し」などがそれだ。このように「序志」の文章でも、（Ⅰ）で項目を提示し、（Ⅱ）でその内容を解説してゆくという分析的記述法がそなわっているのである。

だが、こうした記述法は、興膳氏も指摘されるように、当時はやっていた『文選』ふう美文としては、あまりこのまれない叙しかたであった。というのは、こうした分析的な記述をしてゆけば、おのずから字句の重複がおおくなるし、内容的にも執拗でくだくだしい印象をあたえやすいからだ。じっさい、

（Ⅰ）［近代の文学批評には］Aがあり、Bがあり、Cがあり、Dがある。（Ⅱ）Aは緻密だが全体をみておらず、Bは……、Cは……、Dは……である。

のごとき叙しかたは、表現からみても内容からみても、スマートな文章とはいいがたい。それゆえ、もし当時の通常の美文家だったら、とくに（Ⅰ）の行文をくどいと感じ、破線でかこった部分をかりとって、

詳観近代之論文者多矣。各照隅隙、鮮観衢路。或臧否当時之才、或銓品前修之文、或汎挙雅俗之旨、或撮題篇章之意。

魏典密而不周、　応論華而疏略、　流別精而少功、
陳書弁而無当、　陸賦巧而砕乱、　翰林浅而寡要。

とつづったことだろう。こうした行文のほうが、『文選』ふうの美文の規準に合致するからだ。

以上のごとき分析的記述法が、『文心雕龍』の行文をくどいものにしたとかんがえられる。ただ、くどさの原因はこれだけではない。「序志」にはこれ以外にも、くどさを感じさせる行文がいくつかある。たとえば、やたらにながい対偶、つまり長偶対がそれである。

例をあげれば、三句どうしが対したものとして、第六段の

有同乎旧談者、非雷同也、勢自不可異也。
有異乎前論者、非苟異也、理自不可同也。

以前の批評とおなじこともあるが、それは雷同したわけでなく、異をたてる必要がなかったからだ。また旧時の評価とことなることもあるが、それはでたらめに異をたてたわけでなく、おのずから評価がちがってきたからである。

があり、さらに四句どうしが対した長偶対として、第二段の

宇宙綿邈、黎献紛雑。抜萃出類、智術而已。
歳月飄忽、性霊不居。騰声飛実、制作而已。

天下は広大であり、賢人もあまた存在している。そうしたなか、世人のなかから傑出するには、知謀を駆使するしかない。歳月は忽としてすぎさり、ひとの命もこの世にながくとどまれない。そうしたなか、名声をあげ功績をのこすには、著述にはげむしかない。

があった（前出）。これらは、周到かつ念入りに叙そうとした結果なのかもしれぬが、やはり文章としてくどく、冗漫な印象をあたえる。これらも語句をけずって、たとえば前者は、

同旧而非雷同、勢不可異。
異前而非苟異、理不可同。

旧に同じきも雷同するに非ず、勢として異なるべからざればなり。前に異なるも苟《いやしく》も異とせしに非ず、理として同じくすべからざればなり。

とすれば、文意はそれほどかわらないうえ、ひきしまった印象もでてくるのではあるまいか。また後者も、

宇宙綿邈、尽智術以抜萃。
歳月飄忽、能制作而騰声。

宇宙は綿邈なれども、智術を尽くして以て萃《すい》より抜くべし。歳月は飄忽すれども、能く制作して声を騰《あ》ぐべし。

と、みじかくできそうだ。

さらにもうひとつ、右の諸例では、対偶中に同字が頻出していることにも留意しよう。こうした同字の重複も、読者にくどい印象をあたえやすい。その典型が右の「有同乎旧談者」六句だろう。ここでは「乎」「也」などの助字を除外しても、「有」「同」「異」「者」「非」「自不可」（傍点）などが重複して使用されている。このように「序志」の文章には、同字の重複がおおいのである。

この種の重複がしばしば出現するのは、美文は美文でも、論難用の文章においてであった。たとえば、代表的な論難文である范縝「神滅論」の一節からひけば、

○生形之非死形、区已革矣。
　死形之非生形、

生きた形は死んだ形ではなく、死んだ形は生きた形ではない。（その）区別は、すでに明確である。

○若枯即是栄、則応栄時凋零、
　　栄即是枯、　　枯時結実也。

もしも枯木が花咲く木であり、花咲く木が枯木であるなら、花が咲いているときに衰朽し、枯れているときに結実するはずである。

などがあげられよう。この一節でも、傍点を附した「生」「形」「死」「枯」「栄」「時」などが、くりかえし対偶内で使用されている。

通常の美文では、こうした同字の重出をさけるため、類義語にいいかえるのがふつうである。ところが論難文ではそうしたくふうをせず、同字を使用しつづけることがおおい。ひとつには、同字の使用によって論旨の強調や確認がやりやすいし、ふたつには、不用意に別字にいいかえたりすると、文意が誤解されやすいからだろう。つまり論難文では、美的な行文よりも着実な論理の展開を重視するため、あえて同字を使用しつづけるのである。

そうした同字の使用は、「魂は実在するか」「仏の教えはすぐれるか」のごとき抽象的なテーマを、精細かつ分析的に記述するには好都合だったろう。しかし美文としてみたときは、ややもすればくどい印象をあたえやすく、当時のいっぱんの読者には、あまり歓迎されなかったものなのだ（六朝の論難文が、同字重複をさけないことについては、拙著『六朝文体論』〈汲古書院　二〇一四〉の第十五章を参照。右の引用文も同書による）。

ところが劉勰には、この種の論難文「滅惑論」が現存している。現存する劉勰の論難文はこの一篇だけだが、どうやら彼は生前、こうした文章をたくさんつづっていたようだ。それゆえ私は、劉勰が同字重複をさけぬこの種の文章になじんでいて、それが「序志」での同字頻出につながっていったのではないか、とかんがえるのである。

以上を要するに、『文心雕龍』の文章にときに出現するくどい行文は、仏典や論難の文になじんだ彼の教養に起因するといってよかろう。劉勰の前半生における仏寺での真摯な研鑽ぶりが、後年、文学批評を論じる場面でも、つい顔をのぞかせてしまったのである。

## 三　渋阻なる多し

つぎに、いよいよ「文心雕龍序志」を読解して私がもっともつよく感じた、行文の難解さについてのべることにしよう。この難解さは、私だけが感じるのでなく、かつての研究者のあいだでは常識だったに相違ない。ただ現在においては、日中とも平易な口語訳が複数そろって、てっとりばやく大意がつかめるので、その難解さが、実感しにくくなっているかもしれない。

だが、『文心雕龍』の文章の難解さに困惑する声は、近現代だけでなく、ふるい時代でもあがっていた。私が気づいた範囲で、もっともはやく困惑の声をあげたのは、隋の文人だった劉善経という人物である。いまは『文鏡秘府論』天巻にひかれて残存する『四声論』（沈約らが提唱した四声説について、論じた書物だったようだ）の佚文において、劉善経は『雕龍』声律篇の一節を引用したあと、つぎのようにのべている。

此論理到優華、控方弘博、計其幽趣、無以間然。但恨連章結句、時多渋阻。所謂能言之者也、未必能行者也。

この［『文心雕龍』声律篇の］議論たるや、理論は希有なまでにすぐれ、博引旁証をきわめている。その幽趣をたずねれば、間然とするところがない。ただ文章の運び具合が、しばしばぎくしゃくしているのが残念だ。さすればこの議論の作者（劉勰）は、いわゆる「理論をかたるのはうまいが、実践するのは苦手なひと」だったのだろう。

引用文中の「優華」とは、優曇跋羅華《うどんばらげ》の略。三千年にいちど花をさかせるという想像上の植物であり、希有なことの喩えに使用される。すると第一句の「此の論たるや理は優華に到る」というのは、『文心雕龍』声律篇の理論は希有なほどすぐれている、という意味になろう。たいへんな称賛ぶりである。

ところがこの『四声論』、そうした理論面への称賛に対し、文章のほうは「連章結句に、時に渋阻《じゅうそ》なる多し」、つまり「文章の運び具合が、しばしばぎくしゃくして」いて意味がとりにくいと評しているのだ。そして結論として、『史記』孫子呉起列伝の「能行之者未必能言、能言之者未必能行」（実践できる者は説明できるとはかぎらず、説明できる者は実践できるとはかぎらない、の意）を引用し、文人としての劉勰を理屈はうまいが実践がともなわぬ者だと評しているのである。ここで話題にしているのは声律篇なので、「実践するのは苦手」というのは、「声律にかなった詩文がかけない」の意にかたむくのかもしれない。だがいずれにしても、ここの「文章の運び具合が、しばしばぎくしゃくしている」という評言のほうは、［おそらく声律篇にかぎらず『雕龍』全体の］意味のとりにくさ、つまり文章の難解さをかたっているのだろう。

では、具体的に『文心雕龍』のどんな行文が、「ぎくしゃくして」意味がとりにくいとみなされたのか。『四声論』に引用されていた声律篇の一節をしめしてみよう。それはたとえば、

凡　声有飛沈、
　　響有双畳。
　　双声隔字而毎舛、
　　畳韻離句而必睽。
　　沈則響発而断、
　　飛則声颺不還、
並　轆轤交往、
　　逆鱗相比。
迕其際会、則往蹇来連。……

音声には、あがる音とさがる音があり、響声には双声と畳韻がある。［双声や畳韻は字が連続するものなので］双声が字をへだてるとズレるし、畳韻が句をわかつとルール違反だ。さがる音ばかりだと響きがたちきれるし、あがる音ばかりだと音声がうわずってしまう。［あがる音とさがる音、双声と畳韻とが諧和しておれば］轆轤《ろくろ》のひもが整然と上下し、龍の逆鱗が緊密にならぶがごときになろう。だがもし諧和してなければ、音調がつっかえてしまいかねないのだ。……

という文章である。

この部分は、当時はまだポピュラーでなかった平仄（飛・沈）や双声・畳韻の現象について、記述したものである。整然とした対偶のなかで、専門用語の「飛」「沈」「双声」「畳韻」などを対応させながら音調を論じており、なかなか論理的な叙しかただといえよう。あたかも沈約「謝霊運伝論」［の「欲使宮商相変」八句］を想起させるような、硬質の美しさをたたえた行文である（第三章第六節を参照）。その意味でこの箇所は、たしかに「理論は希有なまでにすぐれ」ると評されてよい。

だがここの行文、けっこうむつかしく、私は意味をとるのに苦労した。たとえば、第三聯「さがる音ばかりだと響きがたちきれるし、あがる音ばかりだと音声がうわずってしまう」（「沈則響発而断、飛則声颺不還」二句）をつづったあと、「並」字をおいて「轆轤のひもが整然と上下し、龍の逆鱗が緊密にならぶ」（「轆轤交往、逆鱗相比」二句）がつづくのは、奇妙な論理の展開ではあるまいか。詩文の音調の話題だったのに、とつぜん「轆轤」や「逆鱗」の語がでてくるのだから、唐突な話題転換だとせねばならない。

もっとも、各様の注釈や翻訳がそろった現在では、この二句は、軽重や双声、畳韻が諧和した状況を、比喩的に叙したものだと推測がつく。すると「飛則声颺不還」句のつぎに、たとえば「両者諧和」などの句があって、「両者諧和すれば、並びて轆轤交《こも》ごも往き、逆鱗相比《あいなら》ぶごとし」とつづくとかんがえればよい。つまり右の訳文のように、「あがる音とさがる音、双声と畳韻とが諧和しておれば」に相当する句が略されたのだと解すれば、スムーズに理解できるのである。(2)

しかし、ここの文章をはじめてよんだ当時の人びとは、そうしたつなぎのことばの省略に、すぐ気づいただろうか。気がつかず面くらってしまったひとも、おおかったのではないか。それでも劉勰は、そうした読み手がでてくることなど想定しなかったのだろう、さっさと省略してしまった。その結果、後世の読み手や注釈者がくるしむようになってしまったのだ。一例をあげればこうしたところが、劉善経のいう「文章の運び具合が、しばしばぎくしゃくして」、意味がとりにくい行文ではないかと、私はかんがえるのである。

右の『四声論』の著者、劉善経は隋のひとである。隋といえば、『文心雕龍』がかかれてから、ほぼ百年後にあたる。当時の文学の緩慢な展開ぐあいからみて、百年後というのは、「それからちょっとあと」ぐらいの感覚だろう。ということは、『雕龍』がかかれて「それからちょっとあと」の時期に、劉勰の文章はもう「時に渋阻なる多し」と評されていたのである。これは、そうとうつよい批判だとせねばなるまい。

こうした行文の不評をふまえたうえで、『文心雕龍』が世にでた経緯、つまり劉勰が沈約に「貨鬻《かいく》する者の若く」閲読を乞うたという、有名な話柄をふりかえってみよう。その話は、

（原文は第二章を参照）

劉勰は『文心雕龍』を完成させたが、まだ当時の人びとから称賛されなかった。彼はこの書に自信をもっていたので、［文壇の大御所だった］沈約から評価をえたいとおもった。だが沈約は当時、高貴な地位についていて、劉勰にはよんでもらう手づるがなかった。そこで彼はみずから『雕龍』の書を背おって、沈約がやってくるのをま

ちうけ、その馬車の前で面会をもとめた。その格好は物売りのようだった。沈約はすぐにその書をうけとらせて一読し、おおいに珍重した。そして、この書をふかく文学の道理に通じたものとし、つねに自分の机上においたのだった。

というものだった（『梁書』巻五〇）。

ここで沈約は、劉勰からうけとった『文心雕龍』の書（五十篇にして十巻。劉勰はこれを背おって、沈約がのった馬車をまちうけたのだろう）を、「ふかく文学の道理に通じたもの」と評して珍重したことに注目しよう。つまり沈約は内容をしっかり理解したのであり、「文章の運び具合が、しばしばぎくしゃくしている」などと苦情はいわなかった。さすがは沈約、読解力も一流だったのだ。しかし同時に彼が称賛したのは、この書の「ふかく文学の道理に通じ」たところだったことにも注意しよう。沈約が感心したのは、隋の劉善経とおなじく『雕龍』の理論（とくにこの声律篇の議論が、沈約の意にかなったのだろうというのが、現在の通説である）だったのであり、文章自体のすばらしさではなかったのである。

以上のふたつの逸話から推測されるのは、『文心雕龍』の文章は、沈約レベルの文人ならきちんと理解できるが、百年後の劉善経クラスの人物には、「ぎくしゃくしている」行文だとうつった。そして沈約からみても、「行文がすばらしい」とたたえられるほどの名文ではなかった――ということだ。そうだとすれば、現代にいきる私ごとき三流の研究者が、これを難解な行文だと感じたのも、とうぜんのことだったとせねばならない。

『文心雕龍』のこうした難解さは、じゅうらい、おおくの読書人たちをなやませてきた。唐代中期以降、しばらく『雕龍』の祖述者がいなかったのも、ひとつはその文章の難解さが理由だったのだろう。それなのに後代、『雕龍』の文章が過分といっていいほどの高評価をうけてきたのは、おそらく沈約も賛嘆するような「ふかく文学の道理に通じ」た

卓抜な批評ぶりが、文章の難解さへの不満を封じてきたからだろう。(3)

かかる文章の難解さを解決するため、これまでおおくの注釈がかかれてきた。だが、それらによって解釈上の疑問がすっかり解消したかといえば、けっしてそうではない。現在でも『文心雕龍』の一節をとりあげ、その解釈を論じた論文がかかれるなど、その難解さは、おおくの研究者をくるしめつづけている。もし文章作品の価値が、内容の理解しやすさや行文の暢達さにあるとすれば、この『雕龍』はひくい評価しかうけられず、とうてい「ゆたかな文学的価値を有している」（王運熙・楊明）とは評されないといってよい。

## 四　行文の難解さ

話題が『文心雕龍』の文章全体にひろがってしまった。ここで「文心雕龍序志」にもどって、「序志」の文章は具体的に、どこがどう難解なのかをのべてゆこう。

じつは、この問題に関しては、私と同種の関心をもった研究者がいて、すでにそのことを論文にしてくれている。それが、張灯というかたの「文心雕龍序志疑義弁析」（「天津師大学報」一九九五―四）という御論である。この張灯氏の論文は、標題のごとく「序志」中の解釈に疑念のある箇所をとりあげ、その真義を追求したものだ。氏がこれを執筆したのは、それだけ「序志」の文章が難解だったからだろう。

この論文をみつけたとき、私は、自分とおなじ問題意識をもった研究者がいることをしって、百人力をえた思いであった。そこで参考までに、この張論文の概略を紹介しよう。まず、氏がとりあげた箇所をしめす。それは、

一、古来文章、以雕縟成体。豈取騶奭之群言雕龍也（第一段）

二、夫宇宙綿邈、黎献紛雑。抜萃出類、智術而已（第二段）
三、夫肖貌天地、稟性五才（第二段）
四、五礼資之以成、六典因之致用、君臣所以炳煥、軍国所以昭明……（第三段）
五、辞訓之異、宜体於要（第三段）
六、又君山公幹之徒、吉甫士龍之輩、汎議文意、往往間出。並未能振葉以尋根、観瀾而索源（第四段）
七、至於割情析采、籠圏條貫。摛神性、図風勢、苞会通、閲声字……（第五段）
八、下篇以下、毛目顕矣（第五段）
九、雖復軽采毛髪、深極骨髄、或有曲意密源、似近而遠。辞所不載、亦不勝数矣（第六段）
十、逐物実難、憑性良易。傲岸泉石、咀嚼文義（第七段）

の十箇所である。これが、張灯氏が解釈に疑念ありとされたところであり、それに対して氏なりの解説を提示されているのだ。

ただ、じっさいに氏の御論をよんでみると、私には疑念とおもわれぬ箇所があげられるいっぽう、張氏が指摘されぬところで、私が疑問に感じた箇所もあった。さらに、おなじ箇所に疑念を感じていても、その疑念のありかたが、ことなっている場合もあった。このように疑問の箇所や疑念のありかたに相違があるが、これは、張氏と私がおなじ人間でない以上、やむをえないといわねばならない。私にとって大事なのは、「序志」の文章を難解だと感じる者は、自分だけでなかったということが、確認できたことなのである。

以下では、この張灯氏のご指摘にも適宜ふれながら、私がとくに疑念を感じた箇所を三箇所ほどあげ、そこがいかに疑問であり、いかに難解であるのかをのべてゆこう。

第一は、第一段の

　古来文章、以雕縟成体。豈取騶奭之群言雕龍也。

　文学はふるくから、文飾をほどこしてかかれるものだった。［だから「文飾をほどこす」意の「雕龍」の語をつかったのであり、］どうして「騶奭《すうせき》は実用に適さぬ文をつづる」の故事だけ意識して、書名に「雕龍」の語をつかったはずがあろうか。

という箇所である。この三句については、張氏もあげられている（右の一）。疑念のありかたも私とおなじであり、要するにここの三句目「豈取騶奭之群言雕龍也」の解釈がむつかしい、ということだ。この三句は、書名後半の「雕龍」の語が、なにに由来するかを叙した部分である。その意味で『文心雕龍』の執筆動機もからんできて、ひじょうに重要な一節なのだが、三句目の解釈が困難なため、いまでも「雕龍」の語の由来がはっきりしないのである。

　私見によれば、三句目の解釈が困難なのは、ふまえた典拠を褒貶いずれの方向に解すべきか、きめがたいからだろう。すなわち三句目は、『史記』孟荀列伝の「［騶］奭也文具難施。……故斉人頌曰、……雕龍奭」（騶奭は、その文章はととのっているが、実用には適さなかった。……だから斉の人びとは、「……龍紋をほる［ごとき華麗な文章をつづる］騶奭」とたたえた、の意）の話柄を典拠にもつ。問題になるのは、典拠中の「雕龍」の語は、「龍の模様を彫刻するように、文章を巧緻にかざる」という褒辞（右の「頌曰」に注目する）にも、「過度に華麗で実用に適さない」という貶辞（右の「難施」に注目する）にも、ともに解することができる、ということだろう。

　この典故解釈の困難さが、「豈取……也」を反語と解するか、詠嘆と解するかの問題にかかわってくる。すなわち、原文の「雕龍」を「過度に華麗で実用に適さない」の貶辞ニュアンスでとると、研究者たちは［『文心雕龍』は名著にきまっているのだから］「豈取……也」を反語とみなし、「［雕龍の語は］騶奭の故事からとらなかった」という方向で解すべし、ということになるわけだ。いっぽう、「雕龍」を「龍の模様を彫刻するように、文章を巧緻にかざる」の褒辞ニュアンスで解すると、研究者たちは「豈取……也」を詠嘆とみなし、「〔雕龍の語は〕騶奭の故事からとった」という方向で解すべし、となるのだろう。これを要するに、この三句目の難解さをつきつめると、けっきょく「豈取……也」の行文を反語に解するか（＝〔雕龍の語は〕騶奭の故事からとらなかった）、詠嘆に解するか（＝〔雕龍の語は〕騶奭の故事からとった）という問題におちつく。この句、句法的には反語に解するのがふつうだろうが、意味的には「〔雕龍の語は〕騶奭の故事からとった」のほうがとおりやすいので、かく紛糾するのだろう。そうしたわりと単純な問題なのだが、これがあんがい解決がつかず、研究者のあいだで聚訟の府となってきたのである。

　この問題の詳細については、「札記」で説明したので、ここではくりかえさない。ただ結論だけをのべれば、張氏は前者、すなわち反語の意に解して、「〔雕龍の語は〕騶奭の故事からとらなかった」ほうを是《ぜ》としたのだった。いっぽう私のほうは〔李曰剛『文心雕龍斠詮』の解釈にならって〕、やや折衷的に限定のニュアンスをまじえた反語〈ただ……だけではない〉と解し、けっきょく右のように訳したのだった。

　張灯氏は、右の結論をだすために、おおくの研究者の解釈を組上にあげて、その当否を吟味されている。張氏によって吟味された諸解釈の提出者をあげれば、李慶甲、張長青、張会恩、周振甫、牟世金、趙仲邑、郭晋稀、王利器などの諸氏である。この箇所の解釈、こうした名だたる雕学研究者がよってたかって論じても、なおこれという結論がでてこなかったのである。だから、張灯氏はこうした論文をかいて解釈の整理をし、私もまたその難解さに言及しているというわけだ。

　じっさい、この部分はだれであろうと、快刀乱麻をたつように正邪をきめるわけにはゆくまい。「豈取……也」は、反語とも詠嘆とも解せるし、またどちらかをただしいと決する、決め手ふう資料も現存しないからだ。それゆえ、おおきくは劉勰の文学観から、ちいさくは篇中の前後の文脈から、たぶんこれこれの意だろうと推測するしかないだろう。それだけ解釈困難にして、難解な行文なのである。

第二は、第三段の

蓋┌周書論辞、貴乎体要、辞訓之異、宜体於要。
　└尼父陳訓、悪乎異端。

おもうに『尚書』では文辞を論じて、内実があって簡要なることを重視した。孔子は訓戒をのべて、異端の文をまなぶことを禁じられた。かく教えは各様にことなるが、そうした古言の大要は把握しておくべきだろう。

という箇所である。問題になるのは、この六句のうちの末二句だ。この末二句はひじょうに難解で、ここについては張灯氏も疑問とされている（右の五）。

この六句は、経書の［創作への］教訓と、それへの対応のしかたを説明したものである。はじめの隔句対は、経書の典拠をふまえたものだ。前二句は『尚書』畢命の「政貴有恒、辞尚体要」（政治では不変さが大事であり、文章では内実があって簡要なのがよい、の意）に、後二句は『論語』為政の「攻乎異端、斯害也已」（異端の学問をまなぶのは、害でしかないぞ、の意）に、それぞれ依拠したものであり、これらについてはとくに問題はない。問題なのは、おわり二句「辞訓之異、宜体於要」の解釈である。これがじつに難解であり、「辞訓」とはなにをさすのか。「異」とはなにがなにと、どうことなっているのか。「宜体於要」の「体要」は、すこしまえの「貴乎体要」と関係があるのか――などが、諸説紛々としていまだに決着していないのである。

右の拙訳ではいちおう、「辞訓」は直前の「辞」（「論辞」の「辞」）と「訓」（「陳訓」の「訓」）をさすと解しておいた。また「異」は、「畢命」中の簡要云々の記事と孔子の異端云々の発言とが、たがいにことなっているという意味に解しておいた（以上は、張灯氏の議論にしたがった）。いっぽう「宜体於要」の「体要」は、直前の「典拠たる」畢命の「体要」の用例を意識しつつも、「宜しく要を体すべし」（大要を把握しておかねばならぬ）とつかっているとみなしておいた。つまり、ともに畢命の用例に依拠するが、「貴乎体要」では「内実があって簡要なること」と名詞ふうに使用し、「宜体於要」では「大要を把握する」と動詞ふうにつかっていると解し、同語にことなる意をもたせた、技巧的かつ遊戯的な用法だとみなしたのである。

もちろん、右の拙訳がただしいかどうかはわからず、いちおうの試訳にすぎない（むしろ、こりすぎた珍訳というべきかもしれない）。このうち、とくに「異」字の解釈が至難であり、たとえば張氏は、「拙訳とはちがった」郭晋稀や周振甫の説を紹介し、その妥当性を慎重に吟味されている。さらに呉林伯『文心雕龍義疏』では、「ここの〈異〉は、経書中の議論（畢命中の簡要云々の記事）と聖人の教え（孔子の異端云々の発言）とは、ともに浮詭や訛濫の叙法とはことなっている、という意味だ」と主張されている。この呉氏の議論などは、そうとうの奇説に属する［と私はおもう］が、こうした珍説奇説のオンパレードというのが、実態なのである。つまりそれほど、ここの「異」字は難解なのだ。

第三は、第五段の

蓋文心之作也、本乎道。師乎聖、体乎経、酌乎緯、変乎騒。……

至於割情析采、籠圏條貫。摛神性、図風勢、苞会通、閲声字、崇替於時序、褒貶於才略、怊悵於知音、耿介於程器。

私が『文心雕龍』をつづるにあたっては、天地の道理にもとづいた（原道）。そして聖人を師とし（徴聖）、経書を骨格とし（宗経）、緯書を参酌し（正緯）、楚辞を活用した（弁騒）。……作品の内容や表現を分析するさいは（情采）、創作の道理を概説しようとかんがえた。そのため、想像力（神思）と作風（体性）についてのべ、力強さ（風骨）や調子（定勢）も考究し、また構成法（附会）や伝統（通変）との関連についてかたり、音律（声律）や用字法（練字）にも言及した。さらに時代による文学の盛衰に思いをいたし（時序）、文人の才能に褒貶の言をくだし（才略）、また評価のむつかしさに慨嘆し（知音）、文人の人間性にも率直な見解をのべてみた（程器）。

という箇所である。ここは、『雕龍』全体の構成について説明した部分だ。ここ全体が難解だというわけでなく、このなかの「変乎騒」句と「崇替於時序」句の解釈がむつかしい。この二句の解釈困難さについては、張氏も指摘されていない。いわば私のオリジナルな疑念指摘である。

まず「変乎騒」句について。このあたりは、劉勰が冒頭五篇、すなわち「原道」「徴聖」「宗経」「正緯」「弁騒」について、その執筆趣意を説明した部分である。留意すべきなのは、このあたりは劉勰そのひとが、執筆趣意をかたっている、つまり主語は劉勰であるということだ。だから劉勰は「聖人を師とし（徴聖）、経書を骨格とし（宗経）、緯書を参酌し（正緯）」た、などと叙している。するとこの「変乎騒」句も、「［私（劉勰）は］楚辞を変容させた（弁騒）」と訳してよいことになろう。とはいえ、「変容させた」では、よく意味がとおらない。そこで、対《つい》をなす「酌乎緯」（緯書を参酌し、の意）との関係から、「変」を「変通」（物事に応じて変化し、よく通じる。事を臨機応変に処する、の意）の意に解し、「楚辞を［融通無礙に変容させて］活用した」と訳したのである（もっとも、では「［融通無礙に変容させて］活用した」というのは、具体的にどういうことを意味するのかととわれれば、私もうまく説明できないのだが）(4)。

おなじく「崇替於時序」句も解釈がむつかしい。ここも前後をみわたすと、やはり作者たる劉勰が主語であり、各篇の執筆趣意をかたっている。ところがこの「崇替於時序」だけは、直訳すると「時の流れのなかで盛衰してゆく」の意となり、どうしても主語は劉勰でなく、〈文学一般〉ということにならざるをえない。すると、前後の文章と整合しなくなってしまう。じっさい、対をなす「褒貶於才略」句（文人の才能に褒貶の言をくだし、の意）は、あきらかに劉勰が主語なのだ。対偶である以上、「崇替」句もおなじであるべきだろう。そこでやむなく、たとえば周振甫『文心雕龍今訳』（中華書局）がするように、「従時序上看到文章的興廃盛衰」（私〈劉勰〉は時序篇では文学の興廃や盛衰ぶりを観察した、の意）と、ことばをおぎなって解釈せざるをえなくなるのだ。こういうふうに動詞「看到」をおぎなえば、主語を劉勰にすることができる。私も、そうした解釈のしかたを参考にして、「時代による文学の盛衰に思いをいたし（時序）」と訳しておいたのである。

それにしてもこの「崇替於時序」句は、だれがみても前後の句と整合がとれていない。それなのにじゅうらい、この句の異様さがとくに問題視されることなく、さりげなく［右の周振甫氏のように］「看到」の語をおぎなったりして、辻褄があうように解釈されてきている。私からみれば、じつにふしぎなことだ。『雕龍』の行文の不具合は揚言せぬようにしよう、という申しあわせでもあるのだろうか。

以上の考察で、「序志」中に難解な行文が存在していることが、わかったようにおもう。右は、私がとくに難解だと感じた箇所をあげたにすぎず、これ以外はわかりやすいということではない。私の個人的な感想をくりかえせば、「文心雕龍序志」の文章は、「文選序」や「宋書謝霊運伝論」「雕虫論」「詩品序」など同種の文学批評の文章とくらべても、特段に難解であり、解釈困難な箇所があちこちに散見する行文なのである。そうした文章の難解さは、おそらく［この「序志」の行文だけでなく］『文心雕龍』全体についてもいえることだろう。

## 五　律儀な叙しかた

では、『文心雕龍』の文章は、なぜそれほど難解になったのか。以下では、難解になった原因に焦点をしぼりながら、執筆に関する劉勰の方針や環境に注目してゆこう。

第一に、律儀に説明しようとする劉勰の執筆方針があげられよう。そうした律儀さによって、『文心雕龍』の行文が煩雑になり、難解になってしまったのではないか。劉勰は「序志」第六段で「擘肌分理、唯務折衷」（精密な分析につとめ、適正な判断をくだすよう心がけた）というように、極力、詩文を精密に分析し、判断しようとした。その意欲は、じつにすばらしい。だが、現代の我われにとってもおなじだが、文学批評や創作論をことばで精密かつ分析的に説明するのは、ひじょうに困難なことなのだ。まして四六や対偶を多用せねばならぬ美文では、もっと困難だったろう。じっさい、清の孫梅は『四六叢話』巻三十一で、「四六は敷陳に長ずるも、議論に短しとす」とのべている。『雕龍』で叙される文学批評や創作論は、まさに美文が「短し」とする「議論」なのである。劉勰はそうした困難さに、あえて正攻法、つまり「肌を擘《さ》き理《きめ》を分く」るがごとき律儀な叙しかたでたちむかったのだ。

そうした劉勰の律儀さにふれるまえに、比較のために、陸機「文賦」のくふうをのべておこう。ほんらいが困難な美文での「議論」。この困難さを克服しようとして、陸機は比喩を活用するという手法をとった。例として、詩文の構想をねる場面をあげてみよう。この構想をねる過程は、創作論では重要なトピックだといってよいが、しかし抽象的であり文章で説明しにくいものだ。ところが陸機の「文賦」では、これを魚の釣りあげと鳥の落下という卓抜な比喩をつかって、つぎのように叙しているのである。

浮天淵以安流、濯下泉而潜浸。於是沈辞怫悦、若遊魚銜鉤而出重淵之深、浮藻聯翩、若翰鳥纓繳而墜曾雲之峻。

［構想をねろうとすれば］天河の流れのなかで構思をたゆたわせ、地下の泉水のなかで発想を洗練させるのだ。すると、やがて深みに沈殿していたことばが、じわじわとうかびあがってくるだろう。あたかも魚が釣針をくわえて、深淵の底からでてくるかのように。また高みにただよう美辞が、ひらひらとまいおりてくるだろう。ちょうど飛鳥が繳にかかって、雲上の高みからおちてくるかのように。

この場面は、詩人が構想をねろうとするや、脳裏にさまざまな思念が点滅しはじめた状況を叙したものだろう。ひらめきや発想が、詩人の胸臆にじわじわと、あるいは瞬時に生起してくるようすが、魚が深淵からつりあげられたり、鳥が空から落下してきたりする比喩（後四句）をつかって、たくみに表現されている。

では、劉勰はどうしたか。彼は［陸機とはちがって］精密かつ分析的に記述してゆくという、律儀な手法を採用したのだった。たとえば、右とおなじく構想をねろうとし、ひらめきや発想がおこった場面を、

夫神思方運、万塗競萌、規矩虚位、刻鏤無形。登山則情満於山、観海則意溢於海。我才之多少、将与風雲而並駆矣。

ひらめきが不意にわきおこり、多様な発想がきそってうかんでくる。［この時点ではまだ］こうすべきという基準も不明瞭だし、こうしようという彫琢方法もはっきりしない。だがそのとき山にのぼれば、多様な感情が山中でいっぱいになるし、海をみれば、いろんな思いが海辺にあふれてくるだろう。［その状況をたとえていえば］おのが才の多寡など関係なく、ただ創造力が風雲とともに大空にかけてゆくようなものだ。

と叙する（『雕龍』神思篇）。この部分は要するに、「ひとはひらめきがおこるや、山や海にでかけると発想がつぎつぎと

わきでてき（前六句）、あたかも創造力が天空にかけのぼるような昂揚感におそわれる（後二句）」ということをいっているのだろう。ここで劉勰は、説明（前六句）と比喩（後二句）とをおりまぜて叙しているのに注意しよう。なかでも注目したいのは、ひらめきや発想がおこった状況を叙した前六句の部分だ。ここは対偶によって、抽象的な事象を説明しようとしたせいか、きわめて難解な行文になっているのがわかろう。

この陸機と劉勰の両文は、いずれも詩文の構想をねり、ひらめきや発想がおこった場面を叙したものだ。いわば文学創作の秘奥をかたったものであり、文章分類でいえば、まさに美文の苦手とする「議論」の行文だといってよい。その苦手にあえていどんだのが、この「文賦」と『雕龍』の両文なのである。そうした両文をじっくりよみくらべると、ふたりの資質の違い、つまり奔放な詩人的気質（陸機）と地道《じみち》な職人的気質（劉勰）とが、それぞれ明確に刻印されているように感じられる。

まず陸機のほう。彼は［詩文の構想をねるとか発想がひらめく等の］創造の秘奥に属することなど、しょせんことばで説明するのは不可能だとおもったのだろう。だから、はなから説明的に記述するのをあきらめ、魚の上昇と鳥の下降という比喩によって、感覚的にそれを感受させようとした。そして、それはみごとに成功した。魚の上昇と鳥の下降の比喩は、ひらめきや発想が脳裏に明滅してくるようすをヴィヴィッドに、そして運動性ゆたかに表現しているし、それにかぶさった対偶の枠ぐみは、「上昇↕下降」という明瞭なコントラストをなしつつ、読み手に鮮明にせまってくる。おかげでこの文をよんだ者は、構想が生成してくるようすが、うるさい説明ぬきで直感的に了解できるのだ。じつにみごとな比喩表現であり、これによって議論ふう行文に代置することができたのである。

つぎに劉勰のほう。彼は、陸機とちがって、なんでも律儀に説明せざるにおれないたちだった。彼はまず「夫神思方運」六句で、構想がわきでてきたようすを入念に説明する。そしてその後の二句「我才之多少」に、「我才」が風雲とともに大空にかけてゆくという比喩を布置している。ただし、この八句では説明的記述（前六句）が主であり、比喩（後二句）は従にすぎない。だから右の「文賦」とはちがって、内容を［比喩で］直感的にパッと理解するのはむつかしい（とくに前四句は抽象的な内容で、精確な読解はなかなか困難だ）。

だから読み手は、いちいち論理をたどって読解してゆかねばならない。えーと、「神思」四句は抽象的でよくわからないが、たぶんひらめきがスパークしはじめた状態をいうのだろうな。つぎの「登山」二句は、「［ひらめいたとき］山や海にいったならば」という例示だろうから、「情が満ちる」と「意が溢れる」はインスピレーションの湧出を意味するのだろう。すると「我才」二句はなんの比喩かというと……などと、いちいち筋道をおいつつ理解してゆかねばならない。いきおい、読み手はこうした読解プロセスを煩瑣だと感じやすいし、また論理の筋がたどっていけないとき（私の経験では、これがしばしばおこる）、難解な行文だと感じてしまうことだろう。

これを要するに、『文心雕龍』の行文は彼の律儀な説明によって、よきにつけあしきにつけ、精密かつ分析的な記述になりやすかった。それが、ときに煩瑣さや難解さをまねいたのだ。おそらく劉勰は、陸機のごとく比喩で直感的に理解させるような叙法を、このまなかったのだろう（あるいは、陸機ほどの闊達な詩人的才能をもたなかったと、いっていいかもしれない）。だから比喩をつかったとしても、劉勰はつねに本筋のほうに軸足をおいていて、比喩がひとりあるきするのをゆるさない。そのため彼の比喩は、「文賦」のごとき天馬空《てんばくう》をゆくような、奔放さや爽快さをもちえなかった（劉勰に、飛躍や幻想にとんだ詩賦の作が現存しないのも、こうした資質とかかわっていよう）。劉勰が重視するのは、職人ふうに「肌を擘き理を分か」ってゆくこと、すなわち事象をいちいち分析し、論理をおって地道に説明してゆくことであった。そうした律儀なやりかたが彼の創作のモットーであり、信念だったのだ。そうした書きかたを読み手が煩瑣と感じ、難解だとおもったとしても、彼はそれ以外に叙するすべをしらなかったのである。

## 六　典故の混乱

『文心雕龍』の文章が難解になった原因の第二として、典故や用語が雑多だったり、使いかたがあいまいだったりすることがあげられよう。劉勰が思想的に儒と仏を［さらに道も］共存させていることは、すでにおおくの研究者によって指摘されている。おそらくそれと関係があるのだろうが、『雕龍』における典故や用語は、じつに広範囲（経・史・子・集・仏）の書物から取材されている。ただ、あまりに劉勰が該博すぎたためだろうか、それらの使いかたが多彩のレベルをこえて、やや混乱ぎみになったケースもないではないようだ。「序志」末尾の賛（韻文）などは、まさにそうした混乱によって、難解になってしまったケースではないかとおもわれる。

賛曰、生也有涯、無涯惟智。
逐物実難、憑性良易。
傲岸泉石、咀嚼文義。

賛にいう。生は有限なので、いくら人知をつくしても、きわめつくすことはできぬ。［かく人知で］この世の事物を追究するのは、まことに困難であるが、おのが性情に依拠して追究するのは、わりと簡単だ。そこで私は山水のなかに悠々と隠棲して、文学の本質をかみしめてみたのである。

この賛の文（末二句は略）は、後述するような事情で、真義の把握がむつかしいのだが、いちおう右の訳文のごとく、人知に限界があることをのべつつ、山水のなかで文学の本質をかみしめた（評論した）、とかたったものと解しておこう。

この六句に対しては、右とちがった訳しかたがないではない。とくに前四句をめぐっては、さまざまな解釈がなされている。かくことなった解釈が発生する原因は、ここの典故解釈のむつかしさにありそうだ。すなわち初二句は、『荘子』養生主の「吾生也有涯、而知也無涯。以有涯随無涯殆已」（わが生は限りがあるが、しることには限りがない。有限の生によって、無限のこの世の事物をしろうとしても、つかれてしまうだけだ、の意）をふまえている。その趣旨は、「人間は有限な存在なので、無限に存在するこの世の事物は、しょせんしりつくせない」というもので、人間のさかしらな「知」を批判した、いかにも道家ふうな議論である。かく典拠の意味自体は明確で、誤解の余地はない。だが、劉勰がこの『荘子』の典拠をいかにもちい、どの句までふまえていると解するかで、各研究者の見かたがことなっている。そのためこの賛の解釈が、分岐してしまっているのである。

まず右とことなった解釈の一例として、呉林伯『文心雕龍義疏』中のものを提示してみよう。同書の六六三～六六四頁の注解をもとにしつつ、呉氏の解説にそって賛の訳文をつくってみると、ほぼつぎのようになろう。

　賛にいう。生は有限だが、しるべきことは無限。だからひとは、努力して知をもとめるべきである。仕官をもとめるのは困難だが、きままに文学を批評するのは容易なこと。そこで私は山水に隠遁して、文学の本質をかみしめてみたのである。

呉林伯氏は、初二句に対し『荘子』養生主をひねって使用しているとし、「人生は有限だが、［追究すべき］知識は無限なので、ひとはしることに努力すべきだ」の意だとする。つまり、ほんらいの「ひとの努力などしょせん無駄」の意をひっくりかえして、「［無駄であっても］努力すべき」の意に解するのである。つづく「逐物」二句に対しても、呉氏は「仕官をもとめるのは困難だが、文学を批評するのは容易だ」という独自の解釈を提起している。つまり「逐物＝仕官をもとめる」「憑性＝文学を批評する」とみなすのである。これにしたがうと、賛の趣旨は「困難な仕官はあきらめ、容易な文学批評のほうに専念しよう」ということになろう。

さらに、もうひとつべつの解釈を紹介しよう。台湾の李曰剛『文心雕龍斠詮』二三三二頁は、「逐物実難、憑性良易」二句を「[短促な寿命でもって]無限の知識を追究するのは困難だ。だが天賦の才情に依拠して、自分の霊感をつづるのは簡単である」の意に解している。つまり李氏は、『荘子』の典拠を「生也有涯、無涯惟智」二句だけでなく、「逐物実難」句までおしひろげて解釈しているようだ。そして「逐物」二句を、「この世で知識を追究するのは困難だが、文学の創作は簡単だ」の意に解するのである。

こうした呉・李の両氏の理解のしかた、私には妥当な解釈とはおもわれず、ともに珍奇な説としてしりぞけてよかろうとおもう。ただ、ここで問題とすべきは、劉勰のここの行文は、こうした珍奇な解釈をゆるすほど、典故の使いかたがあいまいだということである。

これは典故の使いかたの問題だが、もうひとつ気になるのは、この賛中に『荘子』養生主の典故を使用したことの意図である。というのは、[養生主の典故による]人知批判の発言は、「序志」本文の「抜萃出類、智術而已」（世人のなかから傑出するには、知謀を駆使するしかない、の意）などの所論と、主張が一致していないのだ。本文で「知謀を駆使して立身しよう」と儒家的な主張をしながら、この賛で「しょせん努力しても無駄」と道家ふう発言をしては、読み手はいったい劉勰の本心はどこにあるのかと困惑してしまうだろう。

同種の問題が、右の末二句「傲岸泉石、咀嚼文義」（私は山水のなかに悠々と隠棲して、文学の本質をかみしめてみた、の意）にも発生している。すなわち、ここで劉勰は「傲岸」（「世俗をみくだす」から転じて、俗世からはなれて悠々とすごす、の意）や「泉石」（「泉水と岩石」から転じて、山水の意）などの語をもちいて、道家ふうの隠遁願望を暗示している。だがこうした道家ふう用語は、さきの養生主の典故の場合もおなじだったが、本文たる「序志」の内容と思想的に一致していない。「序志」第二段では「君子処世、樹徳建言」（世の君子たちはこの世に処するや、徳行をなし卓言をのこそうとするのだ、の意）とのべて、あきらかに儒家ふう人生観を主張していた。つまり右の末二句の道家ふう隠遁願望は、「序志」本文の主張と一致せず、読み手に奇妙な印象を感じさせてしまうのである。

かくみてくると、この賛中に道家ふうの典故や用語を使用したこと自体、［本文との関係からみて］ふさわしくなかったとせねばなるまい。そもそも劉勰はわかいころ、生活苦のためやむなく仏門にはいったが、なぜか出家しようとはしなかった。やがて『文心雕龍』が沈約にみとめられるや、［たぶんよろこんで］仏門をでて立身の道へすすんでいった。つまり劉勰は、けっして「山水のなかに悠々と隠棲して、文学の本質をかみしめ」るようなタイプではなかったのだ。だいいち彼は第三段で、「この世に人類があらわれて以来、孔子のごとき偉大な者はいなかった」（自生人以来、未有如夫子者也）とかたっているように、現実参与を信念とする孔子の信奉者だった。そうした劉勰がなぜか賛のなかでは、『荘子』の典故をふりかざして道家っぽい「知」批判をしたり、「傲岸泉石」などと隠遁ふう発言をしたりしている（すくなくとも、そうみえる）のである。それらの発言は、後代の読み手からすれば（さらに現在の我われにとっても）混乱した典故利用であり、また理由不明の思想的齟齬としかみえず、解釈にとまどってしまわざるをえないのである。

その点、同時代の裴子野などは、その発言にきちんと筋がとおっていて、じつに理解しやすい。子野は第五章でものべるように、きっすいの儒者であった。じっさい、彼は文学論たる「雕虫論」をつづったさいでも、文学的な主張（儒教的な勧善懲悪ふう文学観）はもちろんのこと、その文章においても、儒者としての立場をきちんとまもっている。具体的にいえば、「雕虫論」中で使用した典故は、「詩大序」や『礼記』『春秋左氏伝』などの経書関連の古典にかぎられ、道家や仏典など他の書からの混入はほとんどなかったのである。

くわえて、硬骨の儒家文人の面目躍如というべきか、『楚辞』や漢賦に由来する華麗な用語も、ほとんどつかっていない。それは「雕虫論」中の、

而後之作者、思存枝葉、繁華蘊藻、用以自通。若夫悱惻芳芬、楚騒為之祖、靡漫容与、相如扣其音。

ところが後代の文学の士たちは、枝葉末節の文飾に心をうばわれてしまい、華麗な辞藻でかざりたてて、それを栄達の具にしようとしたのだった。たとえば憂愁にみちた作風は、「離騒」がその端緒となり、靡麗さにみちた諸作は、司馬相如がその響きをかきたてたのだ。

という、華麗な辞藻をきらう保守的な文学観と、きちんと整合したものであった。かく「雕虫論」中の裴子野は、儒家的文人としての筋をとおし、思想的に齟齬しあう典故や用語はつかっていないのだ（ただし『梁書』本伝は、「末年は深く釈氏を信じ、其の教戒を持す」とつたえる）。こうした裴子野にくらべれば、劉勰の典故の使いかたは、一篇中の本文（儒家的発言）と賛（道家的発言）とで矛盾をさらけだしてしまっている、というべきだろう。

だが、六朝では「雕虫論」のごとく、純粋に儒学的立場を保持するほうがめずらしかった。当時は、経史子集の学問にくわえ、仏教も流行するという、いわば第二の百花斉放というべき時代であった。その意味で、多様な学問や宗教を兼修することは、なんら矛盾した行為ではなかったのだ。そして、そもそも劉勰そのひとも、儒仏（すこしは道家も）を融合させた［現在からみれば］複雑な思想の持ちぬしだったのである。

したがって、右にあげた思想的な齟齬［とみえる事がら］も、劉勰からすれば、けっして矛盾したものではなかったのだろう。劉勰にいわせれば、賛中の道家ふう発言は、べつに道家思想への共感を表白したものではなかった。『荘子』の典故はただ文の飾りとしてつかっただけだし、隠遁願望もちょっと斜《しゃ》にかまえたポーズをとってみた程度にすぎない。それしきのことは、同時期の他の文人もやっていることだし、あまり本気にしてもらってもこまるなあ――ぐらいのことだったのだろう。だが、後代の［劉勰ほど融通無礙ではない］読み手たちは、これを真実の心情吐露とってしまったので、なんとか辻褄をあわせようと苦労するようになったのである。

# 七　推敲不足

難解になった原因の第三として、文章の推敲不足もあげてよかろう。意外なことだが、「序志」をよんでいると、うっかりミスとしかおもわれぬ奇妙な［それゆえ難解な］措辞が、いくつか目につく。私は、こうした措辞は、劉勰の推敲不足が原因ではないかとかんがえる。

本章の第四節であげた事例を、もういちどふりかえってみよう。この「文心雕龍序志」には、たくさんの難解な箇所があった。張灯氏は十箇所を指摘され、私自身も三箇所あげておいた。いま張灯氏のものはおき、第四節でとりあげた難解な箇所をふりかえると、

○古来文章、以雕縟成体。豈取騶奭之群言雕龍也。（第一段）

＊「豈取騶奭之群言雕龍也」を反語ととるか詠嘆ととるかで、研究者の意見がわかれている。

○蓋　周書論辞、貴乎体要、辞訓之異、宜体於要。（第三段）
　　尼父陳訓、悪乎異端。

＊末二句中の「辞訓」「異」「体於要」の解釈が、研究者のあいだで諸説紛々であり、いまだに決着していない。

○蓋文心之作也、本乎道。　師乎聖、　酌乎緯、　……
　　　　　　　　　　　　　体乎経、　変乎騒。

至於割情析采、籠圏條貫。　摛神性、　苞会通、　崇替於時序、　怊悵於知音、
　　　　　　　　　　　　　図風勢、　閲声字、　褒貶於才略、　耿介於程器。（第五段）

＊「変乎騒」の解釈が、現在でも不明である。また「崇替於時序」が前後の句と整合しておらず、奇妙な措辞となっている。

というものだった。

いま、あらためてこの箇所をみなおし、難解さが生じてきた原因をかんがえてみると、どうも作者たる劉勰の叙しかたのほうに、問題があるのではないかとおもわれるのである。

第一例の「豈取騶奭之群言雕龍也」が難解になったのは、理由がはっきりしている。劉勰が、反語とも詠嘆ともとれる「豈取……也」という叙しかたをしたから、後代の読み手をなやませることになったのである。どちらとも解せるようなあいまいな書きかたをせず、はっきり「不取騶奭之群言雕龍也」（騶奭の群言の雕龍を取らざるなり）とか、「取騶奭之群言雕龍、成書名也」（騶奭の群言の雕龍を取りて、書名を成せり）とかつづっておけば、解釈に疑問が生じることもなかったのだ。その意味で、この部分の難解さというのは、劉勰のあいまいな叙しかたのほうに、原因があったといってよいのではないか。

つぎの第二例は、「辞訓之異、宜体於要」二句の解釈が困難だった。これも劉勰の書きかたのほうに問題があるというべきだろう。じっさい、ここの「辞訓」や「異」がなにをあらわすかは、だれにとってもむつかしい。おなじく「体於要」も、なにがどう「要を体する」のか、さっぱりわからない。おおくの注釈者や読み手によって、珍説奇説のオンパレードとなってしまっているのは、彼らの解釈に問題があるのでなく、劉勰の意図不明の措辞に原因があるというべきだろう。

おなじく第三例も、劉勰の書きかたに問題があるようだ。たとえば「変乎騒」は「用乎騒」とつづり、「崇替於時序」は「遙思於時序」とでもかいておけば、問題は生じなかったはずである。とくに後者のほうは、劉勰のうっかりミスだと断じてよかろう。

このように「序志」中の難解な箇所は、いずれも作者の劉勰が深甚な意味を寓しているから、理解が困難になったのでは［たぶん］ない。ただ、［我われもときにしでかすように］読み手への配慮がたらず、ついわかりやすい行文にするのをおこたってしまった、ということなのだろう。つまり文章の推敲不足によって、解釈を困難にしてしまったのだとおもわれるのである。(5)

我われは、古典テキストの理解困難な箇所にでくわすと、作者がなにかふかい意味や意図を寓しているから（そして、それに読み手が気づかないから）、かく難解になったのだとかんがえがちだ。しかし、それはおそらく過大な評価だろう。現代においても、どんなに卓越した作家や思想家であっても、思いこみや推敲の不足によって、つい理解困難な文章をかいてしまうことは、じゅうぶんありえることだ。それとおなじことではあるまいか。後代の注釈者や研究者がよってたかって解釈しても、なお聚訟の府であるということは、やはりその責任は、書き手のほうにあるとすべきだろう（第六章第四節も参照。ただし、古典が難解になるおおきな原因として、テキストのみだれということがありえる。だが、これは別次元の問題なので、ここではテキストのことはかんがえないでおく）。

私は基本的に、「〇〇ほどのすぐれた文人が、うっかりミスをおかすはずがない」と、古人を無謬性の高みにまつりあげることには反対である。どんなに卓越した天才といえども、推敲不足によるうっかりミスはしでかすもの、とかんがえても、べつに失礼でも不遜でも、そして非学問的でもないとおもう。弘法にも筆の誤り、千慮の一失、上手の手から水が漏るなど、達人にもうっかりミスがあることを、古人みずからかたっているではないか。

では「文心雕龍序志」の文章に、推敲不足による解釈困難な箇所がおおいのは、どうしてだろうか。劉勰はそれほど、粗忽な人間だったのだろうか。

私見によれば、劉勰が粗忽な人間だったからではなく、彼の周辺に、その文章を添削し、推敲してくれるひとがいなかったのが、主要な原因だったのではないかとおもう。周知のように、劉勰はわかいころから仏門にすみこんだ。そのため彼のそばには、師の僧佑のごとき高僧はたくさんいたにちがいない。しかし執筆中の『文心雕龍』の草稿を点検し、「ここは典故の使いかたがおかしい」とか、「ここは意味をとりにくい」などと忠告し、添削してくれる文人仲間は、ほとんどいなかったのではないか。

こうした周辺のひとの忠告や添削というのは、当時の文人にとっては、じつにおおきかったようだ。これについて、清末民初の孫徳謙『六朝麗指』六十七節はつぎのようにかたっている。

『梁書』の王筠伝に、

沈約が「郊居賦」をつくったときのこと、沈約は時間をかけて想をねったが、まだ完成にはいたらなかった。そこで沈約は王筠がくるのをまちうけて、その草稿をよんでもらった。王筠がその草稿の「雌霓《げい》連蜷《けん》」のところまでよみすすんだとき、沈約は手をたたいてよろこんでいった。「私はいつも、ひとが平声の〈霓《げい》〉によむんじゃないかと心配していたんだよ」と。つづいて「墜石磓《つい》星」と「冰懸埳《かん》而帯坻《てい》」のところまでよみすすむと、王筠は手拍子をうちながら［声律ただしき行文を］称賛したのだった。沈約はいった。「声律のわかる者はめずらしく、真に賞味できる者はほとんどいない。私が君をまっていたのは、まさしくこの数句を正確に朗読してもらうためだったんだよ」と。

という話がのっている。また『論語』の憲問篇をよんだところ、

命令書を執筆するのに、まず裨諶が草稿をつくり、世叔がこれを検討し、行人の子羽がこれを修飾し、東里の子産がこれを潤色した。

という文章にぶつかった。

こうした事例によって、文学創作においては［出来のよしあしについて］他人と討論し、そのうえで添削し、潤色をほどこさねばならぬことがわかる。沈約は、わずか賦中の数句のために王筠をまちうけ、やってくるや草稿をみてもらったのだ。彼の文章が永明の冠と称されたのも、とうぜんだろう。

さらに『南史』任昉伝には、

王倹は自分のかいた文章をとりだして、任昉に添削させた。任昉はそこでいくつかの字句を訂正した。倹は机をたたいて嘆じていった。「後世、そなたがわしの文を添削したと誰が気づこうか」と。

という話も記録されている。

そもそも、ひとが詩文をつくるのに、ミスがないことなどありえない。だから曹植は、他人に自作を批判してもらうのをこのんでいたし、丁廙も曹植に自分の文章の潤色をたのんだりしていた。そうしたことは古今、美談としてつたえられている（曹植「与楊徳祖書」）。また任昉も、［恩人の］王倹の［文の］ために何字かを添削している。これによって六朝人のあいだには、まだそうした風潮がのこっていたことがわかる。ただ添削したのはどの文だったかということは、いまでもわかっていない。

このように六朝の人びとは、自分のかいた、あるいはかきつつある詩文を周囲の人びとによんでもらって、添削を乞うことをいとわなかったようだ。それほど細心に推敲をくりかえしていたのである。なぜなら、彼らは「ひとが詩文をつくるのに、ミスがないことなどありえない」ことをしっていたからだ。顔之推も『顔氏家訓』文章篇で「文章作法の勉強には、先ず親友に一覧を乞い、その批評添削をもらって世間に出してもよかろうと判ってから発表すべきである。決して独り善がりのものを発表して、はたの人に笑われるようなことがあってはならない」（平凡社『世説新語顔氏家訓』〈中国古典文学大系〉四九五頁）といっている。それゆえ、曹植のごとき天才肌の文人でさえ、「他人に自作を批判してもらうのをこのんでいた」のである。つまり当時、ミスのない詩文をつくるには、他人による添削がほとんど必須だったのだろう。

ひるがえって、劉勰の『文心雕龍』執筆をかんがえたとき、彼が他人に添削をねがったようすは、いっさいうかがえない。じゅうらいしられている『雕龍』の執筆事情を紹介すれば、劉勰はわかいころ、建康の僧佑のもと（おそらく定林寺などの仏寺だろう）に身をよせ、仏典をよんだり、その目録をつくったりしていた。そして［「序志」にあるように］三十歳すぎのあるとき、孔子にしたがって南行する夢をみた。それを機縁にして、彼は『雕龍』執筆をおもいたったのだった。

そうだとすれば、すくなくとも『文心雕龍』執筆のころまで、劉勰は仏門に居住していたことになる。すると、たとえば沈約がわかいころ、斉の竟陵王子良の文学サロンで、なみいる俊英とともに詩文の腕をみがいたというようなことは、いっさいなかったろうと推察される。劉勰が［物売りのように面会をもとめて］沈約の知遇をえたり、昭明太子のもとでつかえたりするのは、この『雕龍』完成後のことに属する。すると『雕龍』を完成させるときまで、劉勰の周辺には、いわゆる文学仲間の類はほとんどいなかったのではあるまいか。

ということは、執筆中の『文心雕龍』の草稿をよんでもらって、忠告し、添削してもらえるようなひとは、たぶんいなかったのだろう。つまり劉勰はたったひとりで、一篇の詩文とは比較にならぬ宏壮な『雕龍』一書を構想し、執筆し、完成させたのである。これでは、いかに卓越した才能といえども、細部のうっかりミスはまぬがれなかったろう（もし劉勰のそばに沈約のごとき人物がいて、あれこれ忠告し、添削していたならば、『雕龍』はそうとうよみやすくなっていただろう）。私は、こうした事情が『雕龍』のなかに、［推敲不足に起因する］難解な表現がおおくなった原因だったのではないかと推測するのである。

以上、「文心雕龍序志」の文章が難解になった原因として、律儀な説明に徹したこと、典故や用語が雑多で使いかたもあいまいだったこと、推敲の不足があったこと――の三点を指摘してきた。これによって「序志」の文章は、かならずしも「一書すべてが優美な美文によってつづられており、その文章自体もゆたかな文学的価値を有している」（王運熙・楊明）とは、いいがたいことがあきらかになったようにおもう。

## 八　おおいなる実験

では、けっきょくのところ劉勰とは、どんなタイプの文人だったのか。そして『文心雕龍』、なかでも「序志」はどんな文章で、どんなふうに評価されるべきだろうか。本章でとりあげたのは、『雕龍』五十篇のうちの「序志」一篇だけにすぎない。それでもこの最後の節では、あえて一斑をみて全豹を卜《ぼく》する愚をおかし、大方の参考に供したいとおもう。

まず劉勰とは、どんなタイプの文人だったのか。彼は「ふかく文学の道理に通じた」（深得文理）ことでみとめられた人物であり（『梁書』五〇）、劉善経がいうように、「理論をかたるのはうまいが、実践するのは苦手なひと」（能言之者也、未必能行者）だったろう。我われの周辺にも、この種の、理論をかたらせれば抜群だが、じっさいにやらせてみるとそれほどでもない、というひとはすくなくない。劉勰もそうした、実践よりも理論に長じたタイプの文人だったのだろう。

彼の本伝（『梁書』巻五〇）をみると、物売りのように沈約に面会を乞うたという話のほかは、文事に関連した事がら

として、

○ひろく［仏典の］経論に通じた。そこでそれらを内容別に区分し、目録をつくって概要をしるした。（博通経論、因区別部類、録而序之）

○昭明太子は学問ずきだったので、いつも劉勰をまねいて傍においていた。（昭明太子好文学、深愛接之）

○文章執筆では、仏教理論にくわしかったので、京師の寺塔や名僧の碑誌の類は、いつも劉勰に依頼してかいてもらっていた。（為文長於仏理、京師寺塔及名僧碑誌、必請勰製文）

などが記載されるにすぎない。こうした本伝の記載は、劉勰が当時、仏教知識や学問によって著名だったことをしめしている。

だが残念なことに、これらは文壇で評価されるものではなかった。当時は、貴顕がひらく文会に参加して、即興的に五言詩をつくったり、「月露の形」「風雲の状」の美文をつづったりするほうが、もっと重視されていたのだ。立身後の劉勰は、文事をこのむ昭明太子につかえたのだから、五言詩や賦作が残存していてもよさそうなものだが、彼の作としてのこるのは、［本伝にあるように］碑誌や論難のごとき地味なものだけで、詩賦の類は一篇もつたわっていない。おそらく彼は、その生いたちから推測して、如才ない振るまいや貴族的な洗練にとぼしかったのだろう。俊秀がそろったはなやかな文会の場で、機知あふれた詩作や言動によって喝采を博すようなことからは、もっともとおい存在だったに相違ない。くわえて最期は出家し、釈家として死んだこともあって、その死後は詩人というよりも、「文学論もかいた釈家のひと」ぐらいのイメージで記憶されたのだろう。

つぎに「序志」の行文は、どんな種類の文章だったのか。「序志」の文章は、華麗さや優美さよりも、論理の整合性をおもんじたものである。その意味で、月露や風雲を叙した典型的な美文ではなく、議論を主とした論難にちかい行文だったといってよい。そのため、同字重複もすくなくないし、対偶率も49％にすぎず、駢散を兼行させた柔軟な行文になっている。くわえて、劉勰が仏門にながくいたためだろう、仏典の影響がつよく、分析的記述法がしみついていて、ときに執拗すぎてくどい印象をあたえやすい。

典故や用語の方面では、劉勰が博大な教養をもっていたため、その取材範囲はきわめて広範にわたっている。だが諸学兼修タイプの知識人だったためか、典故を思想の表白としてでなく、文章の飾りとして使用することもあった。そのため、読み手に雑多であいまいな印象をあたえやすく、ときに難解さを生じさせることもあった。そうした難解さの原因として、雑多な典故利用にくわえて、律儀に説明しようとする執筆方針や、仲間がいないための推敲不足などもあげられてよかろう。

では、そうした「序志」、さらには『文心雕龍』の文章は、いかに評価されるべきか。これについては、私は基本的に隋の劉善経『四声論』の批評に賛成する。もういちどその評言をかかげれば、

理論は希有なまでにすぐれ、博引旁証をきわめている。その幽趣をたずねれば、間然とするところがない。ただ文章の運び具合が、しばしばぎくしゃくしているのが残念だ。

というものだった。これは声律篇の文章に対する批評だったのだが、「序志」、いや『雕龍』全体の文章に対しても、通用するものだとおもう。つまり『雕龍』の文章は、「理論は希有なまでにすぐれ、博引旁証をきわめている」。しかし欠点として、「文章の運び具合が、しばしばぎくしゃくして」いて、意味がとりにくい面はいなめない――という評価が妥当なところだろう。

この評価に、私なりの注釈をくわえておこう。美文のスタイルは、そもそも孫梅が「敷陳に長ずるも、議論に短し」（前出）というごとく、文学批評などの議論は展開しにくい文章だった。その意味で、劉勰はいわばハンディキャップ

をもちつつ、『文心雕龍』をつづったようなものだ。そうした劉勰の辛苦ぶりをみてみよう。

ふたたび神思篇から例示すれば、彼は創作にかかわる文学的想像力について、

思理為妙、神与物遊。
神居胸臆、而志気統其関鍵。
物沿耳目、而辞令管其枢機。
枢機方通、則物無隠貌。
関鍵将塞、則神有遯心。
是以陶鈞文思、貴在虚静。

想像力は霊妙なもので、精神と外物との相互干渉から生じる。精神は胸臆のなかに存しており、意力が精神の根幹を支配する。外物は耳目によって認識されるが、ことばが外物の核心を把握する。外物の核心が認識されれば、外物はすべて表現されるし、精神の根幹がふさがれてしまえば、精神は雲散霧消してしまう。そういうわけなので想像力を涵養するには、虚静をたもつことが重要なのである。

とつづっている。この一節は、先学によれば、精神が外物といかに干渉し、いかに作用しあって、文学的想像力が湧出してくるかを叙したものらしい。ここで話題になっているテーマ「想像力の発生メカニズム」は、雲をつかむような茫漠とした話題であり、現代の研究者であっても、そうそう明快に説明できるものではない。そうした難解なテーマを、五世紀にいきた劉勰が美文で論じているのである。

劉勰は、右の初二句で重要な断案を提示している。とくに二句目「神与物遊」（精神と外物との相互干渉から生じる）が重要で、いわばこの部分のキーセンテンスだろう。これをうけて劉勰は以下で、「神」（精神）と「物」（外物）とを対比させながら叙してゆく。美文では二つの事がらを対置、つまり対《つい》にならべながら叙してゆかねばならないからだ。だから、まず「神居」二句で、精神の存在とそれを支配する意力について、そして「物沿」二句で、外物の認識とそれを統御することばについて、それぞれが内容的にも文法的にも対になるように説明してゆく。そしてそれからやはり対偶をつかって……というふうに、つねに二者を対比的に論じてゆくのである。

この場合、かりに「精神のほうが重要だから、外物は略してこれだけを説明したい」とおもったとしても、それは［不可能ではないものの］いささか具合がわるい。当時に流行していた文章では、二つのものを対比し、並行させて叙してゆくのが、基本的な文の行《や》りかたであるからだ。その基本ルールをやぶると、内容的にも文法的にも対せぬ行文、つまり散体ふう行文になってしまって、［当時正格とされていた］美文ではなくなってくるのである。

このように、美文でかくということは、論述の大枠（四六駢儷の体）をがっしりはめられ、その枠のなかで思考をふかめ、議論を展開してゆくということなのだ。それはいわば、きまった道を、きまった速度で、きまったふうにあるけと命じられたようなもので、自分の考えで進路や歩きかたをかえることはゆるされない。劉勰はそうしたきまった枠のなかで、霊妙な精神世界の営みを分析し、説明しようとしているのである。

いっぽう、そうした文章を理解してゆくほうも、これはこれでまたたいへんだ。劉勰の脳裏にめぐらされた、対偶ふう思考回路を正確にたどっていくことは、なかなか一筋縄ではゆかないからである。つねに二者（たとえば「神↕物」「志気↕辞令」など）を対比しつつ論じるので、論理がストレートに展開してゆかず、まどろっこしい思いをすることも、しばしばである。またときには、関連ない［とおもわれる］二者が対比されていて、「いったいどういうことか」と首をひねることもすくなくない（私には「志気↕辞令」の対比がそうだった）。

さらに美文の内容を正確に理解するには、二者の対応関係（趣旨がおなじなのか真逆なのか、内容的に並列するのか展開するのか）をきちんと把握せねばならないのだが、その把握が、そもそも簡単ではない。おなじ趣旨かとおもえば真逆の意味だったり、同趣旨の繰りかえしかとおもえば、内容が流水のごとく展開していたりして、とまどうことがまたおおいのである。

以上、神思篇を例にして、劉勰の辛苦ぶり［と、その成果たる美的文章と］をみてきた。たしかに美文による議論には、「文章の運び具合が、しばしばぎくしゃくして」いて、意味がとりにくい特徴がみとめられた。美文による議論は、論理の運びがストレートでないうえ、論述の大枠ががっしりはめられているし、よむ側も、二者の対応関係の把握がむつかしくて、文脈を的確にたどってゆくのが困難になりやすい。行間に秘めた錯綜した論理をたどりつつ、美文の内容を正確に読解してゆこうとすれば、細心の注意が必要になってこよう。かくして『文心雕龍』の文章をよむ者は、読書のたのしみどころか、息がつまるような緊張をしいられてしまうのである。(6)

しかし、これをつづる劉勰のほうは、べつに苦にしていなかったにちがいない。美文は議論には不自由であるとか、そのため自分は辛苦しているとか、おもいもしなかっただろう。彼は［読み手の困惑など気にもかけず］、自在に才腕をふるって対偶をつづり、おのが知見を律儀に、そして精密に論述してゆく。さらに句形を四六にととのえ、典故でかざりたてる（これも美文の読解を困難にする）こともわすれない。劉勰はあたかも、「美文では議論文をかきにくいなんて、だれがいってるんだ。こうやってきちんとかけるじゃないか」と主張してやまないごときである。かく装飾と論理とをきちんと両立させ、孜孜として対偶をならべてゆく営為こそが、劉勰がよってたつ六朝美文の理念にかない、また彼がめざした理想的な創作のありかただったのだろう。

中国の文学史からみたとき、こうした劉勰の創作は意義あるものだったといわねばならない。彼の創作は、地味な論難ふう行文に装飾性をもちこむという、おおいなる実験であったのだ。その実験によって完成された『文心雕龍』は、「犀利な論理と美的な装飾とは両立できる」という可能性をきりひらいたもの、と評されてよい。美文は月露や風雲だけでなく、文学論［という抽象的な話題］もつづれるということを、劉勰みずから実践し、証明したのである。こうした劉勰の果敢な実験がおこなわれなかったら、文学批評の歴史はずいぶんさみしいものになっていたろうし、また美文スタイルの可能性も、ひどくせまいものになっていたにちがいない。

その意味で、後代の我われは、六朝の時期に、劉勰という議論的美文の遣い手をえたことを、おおいによろこんでよい。ただそのさいは、漫然と「一書すべてが優美な美文によってつづられており、その文章自体もゆたかな文学的価値を有している」と褒辞をささげるだけで、おわりとしてはならない。劉勰の［美文で議論をつづるという］努力を多としつつも、しかしその実験が真に成功をおさめたかどうかについては、冷静な目で成否をみきわめてゆく必要があるであろう。

## 注

（1）『文心雕龍』における駢散兼行の叙法については、于景祥「文心雕龍以駢体論文是非弁」（『駢文論稿』中華書局　二〇一二）がくわしい。ただ、私は于景祥氏とはちがって、駢散兼行のスタイルをたかくは評価しない。駢散兼行をよしとするのは後人の見かたであって、六朝の美文家たちは［駢体でおしとおせぬときの］やむをえぬ臨機の叙法だとみなしていただろう。本書「結語　六朝文の評価」を参照。

（2）本文の「轆轤交往、逆鱗相比」二句の訳文は、周振甫『文心雕龍今訳』（中華書局）のつぎのような中国語訳を参考にした。「両者配合起来就会像井上轆轤那様上下円転、像鱗片那様緊密排列着。要是配合不合適、念起来就繞口」（三〇三頁）。ここで傍点を附した箇所は、周振甫氏が意味をとおすためにおぎなったものであり、原文にはないものだ。逆にいえば、かくおぎなわないと、この部分は意味がとおらないのである。

（3）『文心雕龍』が後世にあたえた各様の反響や影響については、楊明照『増訂文心雕龍校注』（中華書局）下巻の「附録　品評第二」が古今の関連記事を細大もらさず収集されていて、たいへん便利である。

（4）門脇広文『文心雕龍の研究』（創文社　二〇〇五）二八二頁は、「変乎騒」を「文章を作成するに際しては、『楚辞』によって多種多様の文章を作成しなければならない」の意だとされる。

（5）本章では検討を略したが、張灯氏があげた難解な箇所のいくつかも、やはり同種の推敲不足が関係するだろうと、私はかんがえている。

（6）『文心雕龍』の文章を日本語に翻訳することも、また困難をきわめる。たとえば、引用箇所のキーセンテンスらしき「神与物遊」句を例にとると、劉勰がこの四字にこめた真意は、しょせんよくわからない。それでもわからないなりに、「神」はひとの精神、「物」は外の事物、そして「遊」は干渉するの意だろうと推測し、「精神と外物との相互干渉から生じる」と訳しておいた。だが、よくわからぬ字句はこれだけではない。つづく「而志気統其関鍵」句の「志気」とはなにか。その志気が「其の関鍵を統べる」とあるが、「其の」とはなにをさし、「関鍵を統べる」とはどうすることなのか等々、難解な語や字句がつぎつぎと出現する。辞書的な意味はわかるとしても、文脈に即して真意を了解してゆくのは、けっして簡単なことではない。くわえて、こうした想像力に関した文章を翻訳するからには、劉勰当時やそれ以前における「想像力の発生理論」の概要を、［さらに可能ならば、現代の大脳生理学や認知科学がおしえる、ひとの想像力の発生メカニズムも］あらまししっておくべきだろう。ところが、そうした知識が皆無のまま訳するのだから、正確な翻訳などできるはずがない。かくして、よくわからぬまま、ただ［妥当だとおもわれる］日本語にうつしかえていったのが、本文中の私の訳なのである。それゆえ、この訳文にはまったく自信がない。たとえば、「四句目の〈志気統其関鍵〉は、〈意力が想像力の根幹を支配する〉と訳しているが、これはどういうことか。わかりやすく説明してほしい」ととわれたら、訳した本人でありながら、おそらくこたえられないだろう。

# 第五章　裴子野「雕虫論」の文章

【基礎データ】

［総句数］64句　［対をなす句］30句　［単対］11聯　［隔句対］2聯　［対をなさぬ句］34句　［四字句］39句　［六字句］12句　［その他の句］13句　［声律］11聯

［修辞点］20（第6位）　［対偶率］47％（第9位）　［四六率］80％（第6位）　［声律率］85％（第4位）

【過去の評価】

［梁書裴子野伝］子野為文典而速。不尚麗靡之詞、其制作多法古、与今文体異。当時或有詆訶者、及其末皆翕然重之。或問其為文速者。子野荅云、「人皆成於手、我独成於心。雖有見否之異、其於刊改一也。」

子野が詩文をつづるや、その作は古典ふうであり、またスピードがはやかった。華麗な語彙を重視せず、その措辞は古法にしたがっていたので、当時はやりの美文とはことなっていた。当時は、彼の文をそしる者もいたが、おわりには、みな敬意をはらうようになった。あるひとが、「なぜそんなにはやく文章をかけるのか」とたずねると、子野はつぎのようにこたえた。「ひとは手で文章をつづるが、私は心でかいているからだよ。目でみるとみないとの違いはあっても、修正しながらかく点ではおなじなんだ」。

［銭鍾書管錐編一二一七］梁書本伝「子野為文典而速。不尚麗靡之詞、其制作多法古、与今文体異」、未識所謂。子野存文無多、而均儷事偶詞、与沈約任昉之「今文体」了不異撰。

『梁書』本伝で「子野が詩文をつづるや、その作は古典ふうであり、またスピードがはやかった。華麗な語彙を重視せず、その措辞は古法にしたがっていたので、当時はやりの美文とはことなっていた」というが、私（銭鍾書）は、なぜこういうのか理解できない。子野の現存する詩文はおおくないが、しかし「雕虫論」は篇中に故事をならべ対偶にそろえており、沈約や任昉らの「当時はやりの美文」とまったく違いがないからだ。

**【原文】**

[一]　古者四始六義、総而為詩。既行四方之風、且彰君子之志、勧善懲悪、王化本焉。而後之作者、思存枝葉、繁華蘊藻、用以自通。若夫悱惻芳芬、楚騒為之祖、靡漫容与、相如扣其音。由是随声逐響之儔、棄指帰而無執。賦詩歌頌、百帙五車。蔡邕等之俳優、楊雄悔為童子、聖人不作、雅鄭誰分。

[二]　其五言為家、則蘇李自出。曹劉偉其風力、潘陸固其枝柯。爰及江左、称彼顔謝、箴繡鞶帨、無取廟堂。宋初迄於元嘉、多為経史。大明之代、実好斯文。高才逸韻、頗謝前哲、波流同尚、滋有篤焉。

[三]　自是閭閻少年、貴游総角、罔不擯落六芸、吟詠情性。学者以博依為急務、謂章句為専魯。淫文破典、斐爾為功。無被於管絃、非止乎礼義。深心主卉木、遠致極風雲、其興浮、其志弱、巧而不要、隠而不深。討其宗途、亦有宋之遺風也。

若┌季子聆音、則非興国、荀卿有言、乱代之徴、文章匿綵、而斯豈近之乎。
　└鯉也趨室、必有不敦、

（『通典』より）

【通釈】

［第一段］古代の文学史

古代では『詩経』中の四始や六義を、すべて詩と称した。この詩によって、各地の風俗を反映させ、君子の志をあきらかにしたのだった。また勧善懲悪の実《じつ》をあげることもできたので、天子の民衆教化もこの詩に依拠したのである。ところが後代の文学の士たちは、枝葉末節の文飾に心をうばわれてしまい、華麗な辞藻で詩文をかざりたて、それを栄達の具にしようとしたのだった。たとえば憂愁にみちた作風は、「離騒」がその端緒となり、靡麗さにみちた調子は、司馬相如がその響きをかきたてた。こうして、あしき風潮に追随する連中は、文学のただしき指針をすてかえりみず、けっきょくつまらぬ詩文が、車馬に満載されるほどつくられた。蔡邕はそうした輩を俳優とおなじだといい、揚雄も童子の遊びにすぎぬと［おのが賦作を］くやんだ。聖人でもあらわれぬかぎり、だれが文学の正邪を弁別できようか。

［第二段］宋までの五言詩史

五言詩で一家をなしたのは、前漢の蘇武と李陵である。魏の曹植と劉楨は五言詩の力づよさをたかめたが、晋の潘岳と陸機は枝葉末節の文飾を助長させた。やがて都が南の江南にうつると、顔延之と謝霊運がたたえられたが、両人の詩は、帯や手拭いによけいな刺繍をほどこしたようなもので、廟堂で役だつようなものではない。宋初（四二〇）から元嘉（四二四～四五三）のころまでは、経学や歴史がまなばれたが、大明（四五七～四六四）の世になると、文学が愛好されるようになった。才腕や秀作という点では、前人におよばないものの、詩人たちはたがいに流行をおっかけて、五言詩が盛行したのだった。

### ［第三段］最近の文学動向

それから以後、巷間の若者や貴族の子弟たちは、こぞって経書を放擲して、感情を吐露した［浮華な］詩をつくるようになった。そうした詩をまなぶ者は、修辞のくふうを優先し、経義解釈の学を軽視した。そのため浮華な五言詩が経書を圧倒し、詩をつくるのが盛事だとされたのだった。しかし彼らの詩は、［古代の詩のように］管絃で奏されることなく、また礼儀にかなったものでもない。心中ふかく草木の類をこのみ、とおく風雲の趣をしたうだけであり、興趣は軽薄で、志気はよわよわしい。彼らの詩は巧緻だが要点をはずしており、含蓄があっても根はあさかった。［現代の斉末の時点から］こうした詩の流れをたどってみると、どうも宋の遺風であるようだ。もし呉の季札が耳にしたなら、国を興隆させるものでないと評するだろうし、孔鯉が堂前をとおっても、［孔子は］これをまなべと推奨しないだろう。荀子が「乱世の兆しの一つが、詩文がよこしまで、やたら文飾がすぎていることだ」といっていたが、当今はやっている浮薄な五言詩は、この荀子のことばにちかいものといえようか。

## 【考察】

### 一　「雕虫論」研究史

裴子野《はいしや》、あざなは幾原（四六九～五三〇）は、斉梁に活躍した文人政治家である。文人としての彼は、当時の大方の風潮とちがって、詩や賦などをあまり得意とせず、修史の方面で活躍した。じっさい、現在の文学史の類では、彼は文学者というより、歴史家として論じられることがおおい。なかでも、この方面の業績として特筆されてきたのが、『宋略』という史書である。

この『宋略』は、沈約（四四一～五一三）の『宋書』を刪定し［補充もおこなっ］た作である。ところがその刪定したほうが、初唐の劉知幾（六六一～七二一）によって、

世之言宋史者、以裴略為上、沈書次之。

世間で宋の［時代を叙した］史書に言及したときは、裴子野『宋略』を最上の作とし、沈約『宋書』はその次だと評した。

と、たかく評されているのだ（『史通』古今正史巻一二）。つまり初唐のころは、原作の『宋書』よりも、刪定した『宋略』のほうが評判がよかったのである。そうとう巧妙に刪定したのだろう。ただ残念なことに、この裴子野『宋略』は、その後に散逸してしまった。そのため現在では、南朝宋の歴史をしろうとすれば、沈約『宋書』のほうに依拠せざるをえなくなっている。

もっとも、その裴子野『宋略』、完全に逸したのではない。その一部分が、他書に引用されて、わずかながら残存している。本章がとりあげる「雕虫論」は、その運よく残存する『宋略』の一節なのである。このことがわかったのは、それほどふるいむかしのことではない。ほかならぬわが国の研究者、林田慎之助氏が一九六八年に公表されたご論考「裴子野雕虫論考證―その復古文学論の構造と制作年代―」（『中国中世文学評論史』所収。論文初出は一九六八）において、はじめてそのことを論証されたのだった。すなわち、林田氏はこの画期的な御論のなかで、

(1)唐代の杜佑（七三五～八一二）の『通典』選挙に採録されている裴子野の文章は、『宋略』の記事の一節だとみな

すべきである。

(2)『通典』中のその子野の文は、宋代になって李昉（九二五～九九六）らが詩文総集『文苑英華』を編纂したさい、同書のなかに編入された。

(3)同書への編入のさい、李昉らは杜佑がかいた「まえがき」の文（「宗明帝聡博好文史」云々の十六句）をあやまって子野の作とみなし、両者をあわせて「雕虫論并序」と題してしまった。

(4)さらに近代の研究者は、「雕虫論」の制作年代に関しても、梁の大通年間（五二七～五二九）にかかれたものだと勘ちがいしてしまった。(1)

(5)その結果、「雕虫論」中の文学批判は、じっさいは宋斉文学を対象としたものなのに、梁代文学を批判したものだと誤認されてしまった。

等々の指摘をなされたのだった。

これらのご指摘に対しては、その後、曹道衡「関于裴子野詩文的幾个問題」（『中古文学史論文集』〈中華書局　一九八六〉に所収）があらわれて、林田氏がみおとしていた資料（唐の許嵩『建康実録』に、『宋略』佚文が幾条かひかれている）を補充するなど、多少の修正がおこなわれた。しかしそれらはいずれも、論の大勢に影響せぬ些細なものにすぎず、林田氏のご指摘は、おおむね学界にうけいれられている（ただし、右の(3)の見解については疑問が提起されており、裴子野が「まえがき」をつづった可能性もないではない。ただ本書では、とりあえず考察の対象から除外しておく。詳細は別稿「裴子野雕虫論札記」〈『中京大学文学部紀要』第四六―二号　二〇一二〉を参照）。現在でも、林田氏の御論は「雕虫論」研究史において、「日中をとおしても」依拠するにたるものとして、聳立《しょうりつ》しているといってよかろう。(2)

林田氏の御論があまりにも卓抜していたためか、その後の日本では、氏につづけて「雕虫論」を正面だって論じた論文は、まだ出現してきていない。また中国でも、裴子野「雕虫論」関連の論文はかかれているが、基本的に林田論文の主旨に賛同したうえで、そのたらざるところをおぎなった程度の論文ばかりである。林田氏の御論は、それだけおおきな影響を、後代の研究者にあたえているのだ。かくいう私も、この林田氏のご指摘におおくを負う者であり、いまさら「雕虫論」の由来や批評史上での位置づけについて、異論をさしはさむ必要性は感じられない。

ただ本書の関心は、そうした批評史上での位置づけではなく、この裴子野「雕虫論」の行文は、一篇の文章作品としていかに評価されるべきか、という点にある。本章は、そうした視点から「雕虫論」の行文の特徴を吟味し、修辞の巧拙や文学的価値をかんがえてみたいとおもう。

## 二　『宋略』の執筆

さきにものべたように、裴子野の「雕虫論」が『宋略』中の一節たることは、林田氏のみならず、中国の研究者も支持し、賛同するところであり、現在では定説だといってよい。そうだとすれば、「雕虫論」の文章を吟味するまえに、まず「雕虫論」をふくむ『宋略』の成立と、その従前の評価について、ざっとみわたしておく必要があろう。

裴子野『宋略』は、さきにものべたように、沈約の『宋書』を刪定した作である。したがって、その成立をかんがえるには、沈約『宋書』百巻の成りたちについても、いちおう概略をしっておかねばならない。『宋書』自序や『史通』の記述によると、沈約は斉の永明五年の春に、斉の武帝から『宋書』を撰せよという勅をこうむった。そして、翌六年（四八八）の二月にはもうこれを修しおえ、「上宋書表」を附したうえで朝廷に奏上したという（ただし、この時点では紀伝のみ。志は完成がおくれた）。この沈約による『宋書』［紀伝部分］の撰述、わずか一年ほどで完成するという早業であった。なぜ大部な史書を、こんな怱々のうちに完成できたのか。それは、彼よりまえに、何承天、山謙之、蘇宝生、そして徐爰らによって宋史がかかれており、沈約はそれらを下敷きにし、補修をくわえる程度でよかったからであった。

そうしてできた沈約『宋書』を、裴子野はさらに編年体ふうに刪定して（『史通』六家篇）、彼の『宋略』二十巻を撰したのである。ただこの子野の刪定をめぐっては、先祖以来のいろんな因縁や宿怨もからんでいた。というのは、『南史』巻三十三裴子野伝の記事によると、子野の曾祖父、裴松之（三七一～四五一）は宋の元嘉中に詔をうけ、何承天の『宋史』（『宋書』ともいう）を続修しようとしたが、完成できないうちに寿命がつきてしまった。そのため曾孫である子野は、その先祖の仕事をついで完成させたいと念じていた。ところが斉の永明六年、右のような事情で沈約の『宋書』が奏上されたのである（子野が二十歳のとき。沈約はこのとき四十八歳）。しかも、同書のなかで沈約は、「裴松之以後は、［その子孫に］よい評判をきかない」（原文「松之已後無聞焉」）という、子野たちに屈辱的な記述をおこなっていた。おそらくこれに発奮したのだろう、後年、子野は沈約の書を刪定し、また補充して『宋略』を撰した。そしてその『宋略』によって、「叙事や評論に、すぐれた箇所がおおい」（原文「其敍事評論多善」）という評価をえることができたのだった。

さらに『南史』同伝によると、子野は『宋略』のなかで、

戮淮南太守沈璞、以其不従義師故也。

劉駿（のちの宋の孝武帝）が淮南太守の沈璞（沈約の父）を誅したのは、沈璞が義師にしたがわなかったためである。

とつづっていたという。おそらく「よい評判をきかない」への意趣返しだろう。この『宋略』の記述におそれいった

沈約は、子野にかつての非礼をわびて、ともに当該箇所をけずりあうことを請うた。そして子野『宋略』に対し、「私などとうていおよばぬ」と歎じたのだった。(3) これによって子野は、曾祖父以来の無念に、二重の意味で決着をつけることができ、また同書のおかげで、おのが立身もきりひらくことができたのだった。その意味で『宋略』撰述は、子野にとって画期的な出来事だったといってよかろう。

では、子野が『宋略』を撰し、沈約をおそれいらせたのは、いつごろだろうか。これについては、「曹道衡氏が前出の御論で指摘されたことだが」子野自身が、

余斉末無事、聊撰此書。近史易行、頗見伝写。比更尋読、煩穢猶多、微重刊削、尚未為詳定。（『建康実録』巻十四にひく『宋略』総論）

私は斉朝の末ごろ、多忙な仕事がなかったので、この『宋略』を撰した。近代を叙した史書は人気があったので、多少は伝写されてひろまった。最近またよみかえしてみたところ、蕪雑なところがおおかったので、さらに字句をけずってみたが、まだ修正は十全とはいえない。

と明確にかたっている。これからすると、『宋略』は斉末にかかれた、と断じてよかろう。ここでいう「斉末」が、文字どおり斉朝の末年をさすとすれば、中興二年すなわち五〇二年に『宋略』を撰したことになる（裴子野は三十四歳）。同年に子野の父、裴昭明が死去しているので（『南斉書』巻五三裴昭明伝）、「余斉末無事」の「無事」とは、その服喪の期間を暗示するのかもしれない。これ以前から、子野はすこしずつ撰述をすすめていただろうが、父の死をきっかけとして、服喪の間に一気に『宋略』を完成させたのだろう。(4)「多少は伝写されてひろまった」とあるので、完成後、『宋略』は世間で伝写され、ひろくよまれたらしい。そして梁代になってから、子野はさらに『宋略』の文章をけずって、いっそう簡略な行文にしたようである（曹道衡氏によると、右の佚文は、入梁後につづった『宋略』の跋語だという。したがっ

て「最近……さらに字句をけずってみた」のは、梁成立以後だったことになろう)。

子野は、梁にはいってから「さらに字句をけずってみた」というが、はじめ『宋略』を撰したさいも、簡約な行文を目標にしていたようだ。じっさい、子野は『宋略』総論において、創作のモットーを説明して、
子野生乎泰始之季、長於永明之年。家有旧書、聞見又接。是以不用浮浅、因宋之新史、為宋略二十巻。翦截繁文、刪撮事要。即其簡寡、志以為名。夫黜悪章善、臧否与奪、則以先達格言、不有私也。

私は泰始(四六五~四七一)の末にうまれ、永明(四八三~四九三)年間に成長した。わが裴家には古書があり、みききしたり、手にとったりすることができた。そこで私は浮薄な内容をけずるようになり、沈約『宋書』に依拠して、「浮薄な内容をけずった」『宋略』二十巻を撰した。そのさい煩雑な字句を削除して事がらの要点だけを摘録したのである。その簡潔さにちなんで、『宋略』と名づけた。本書では勧善懲悪の方針にしたがい、批評は先達の金言をもちいるようにし、すきかってな意見をのべるのは遠慮した。

とかたっている(『文苑英華』巻七五四)。はじめのほうで「わが裴家には古書があり」といっているが、ここの古書とは、曾祖父に裴松之(『三国志』に注した)がおり、祖父に裴駰(『史記』に注した)がでた家なので、おそらく史書の類をさしていよう。なかごろの「浮薄な内容をけずる」(原文は「不用浮浅」)は、あやまった史実やよけいな文献引用をけずることをさし、また「煩雑な字句を削除して事がらの要点だけを摘録した」(原文「翦截繁文、刪撮事要」)は、文章を簡潔にしたことをいうとかんがえられる。

いっぽう、末尾の「勧善懲悪の方針にしたがい」(原文「黜悪章善」)云々は、修史にのぞむモットーをのべたものだろう。ここの発言は、「雕虫論」中の「勧善懲悪、王化本焉」(「『詩経』の詩は」勧善懲悪の実をあげることもできたので、天子の民衆教化もこの詩に依拠したのである、の意)という記述と共鳴するかのようだ。いまはわずかしか残存せぬ『宋略』だ

が、その撰述姿勢はおそらく古風な儒教的伝統にたったものだったのだろう。

こうした子野の方針は、結果的にいえば成功したといってよい。とくにその簡潔さ狙いは、うまくいったようだ。このとき沈約『宋書』は、完成がおくれる「志」三十巻をのぞいても七十巻もあったのに、子野の『宋略』は二十巻なのだから、そうとう分量を節減したことになる。その努力ぶりは、後代の劉知幾によって、

○裴幾原刪略宋史定為二十篇。芟繁撮要、実有其力。（『史通』雑説中篇巻一七）

裴子野は沈約『宋書』を短縮して『宋略』二十篇を撰した。煩雑な箇所をけずり、要点を摘録したが、じつに才腕ぶりだった。

○裴幾原刪略宋史、時称簡要。（『史通』人物篇巻八）

裴子野は沈約『宋書』を短縮して『宋略』を撰したが、当時から「簡潔で要をえている」とたたえられた。

などと称賛されている。常識的にかんがえて、七十巻を二十巻にちぢめるには、文章のくふうだけでは不可能だろうから、おそらく『宋書』が多量に採録していた詔勅や上奏文、あるいは文章作品の類をけずって、分量をへらしたのだろう。そうした文章の簡潔さと文献引用をけずったスマートさが、当代の人びとにはよみやすい近代史として、好感をもってうけとめられたのだとおもわれる。

## 三　美文への志向

「雕虫論」をふくむ『宋略』の成立とその評価は以上のとおりだが、では「雕虫論」の文章も、右のごとく「煩雑な箇所をけずり」「簡潔で要をえている」ものだろうか。ここでようやく本題にはいり、「雕虫論」の行文を吟味してゆ

こう(5)。

現代の視点からみると、この「雕虫論」の文章は、「煩雑な字句をけず」って無装飾となった行文ではなく、対偶おき装飾的美文だと称さねばならない。じっさい、対偶率（全体のなかで対偶を構成する句の割合）をみてみると、「雕虫論」は全六十四句中の三十句が対偶を構成し、47％ということになる。この数字は、けっしてひくいパーセンテージではない。文学批評史のうえでしばしば「雕虫論」と対比される、蕭綱「与湘東王書」の63％（百二十一句中の七十六句が対偶）にはおよばぬものの、他の文学論、たとえば「宋書謝霊運伝論」43％、「文心雕龍序志」49％、「詩品（上）序」42％などの六朝文学批評の名篇とくらべても、「雕虫論」の対偶率は特段におとっているわけではない。

じっさい、「雕虫論」の行文をみてみると、たとえば第三段は、

自是閭閻少年、罔不擯落六芸、学者以博依為急務、淫文破典、斐爾為功。無被於管絃、
貴游総角、吟詠情性。謂章句為専魯。非止乎礼義。
深心主卉木、其興浮、巧而不要、討其宗途、亦有宋之遺風也。若季子聆音、則非興国、
遠致極風雲、其志弱、隠而不深。鯉也趨室、必有不敦、

それから以後、巷間の若者や貴族の子弟たちは、こぞって経書を放擲して、感情を吐露した［浮華な］詩をつくるようになった。そうした詩をまなぶ者は、修辞のくふうを優先し、経義解釈の学を軽視した。そのため浮華な五言詩が経書を圧倒し、詩をつくるのが盛事だとされたのだった。しかし彼らの詩は、［古代の詩のように］管絃で奏されることなく、また礼儀にかなったものでもない。心中ふかく草木の類をこのみ、とおく風雲の趣をしたうだけであり、興趣は軽薄で、志気はよわよわしい。彼らの詩は巧緻だが要点をはずしており、含蓄があっても根はあさかった。［現代の斉末の時点から］こうした詩の流れをたどってみると、どうも宋の遺風であ

るようだ。もし呉の季札が耳にしたなら、国を興隆させるものでないと評するだろうし、孔鯉が堂前をとおっても、［孔子は］これをまなべと推奨しないだろう。

のような文章であり、二十二句中の十八句が対偶を構成している。その対偶は、「以博依」の聯が反対《はんつい》であるのをのぞいて、すべて類似した内容をくりかえした正対《せいつい》である。正対は原則として片方けずれるのだから、古文ふう観点からみれば、よぶんな字句がおおい文章にみえるだろう。その意味で、この「雕虫論」は「煩雑な字句をけず」った文章とはいえない。

さらに、こまかく「雕虫論」中の対偶をみてみよう。すると、第一段中の

既行四方之風、
且彰君子之志、

この詩によって、各地の風俗を反映させ、君子の志をあきらかにしたのだった。

が典型だが、「雕虫論」中の対偶は、助字の「之」以外は同字重複をさけていて、また「既↕且」「行↕彰」「四方↕君子」「風↕志」など、よくバランスがとれている。また第一段末尾の、

聖人不作、
雅鄭誰分。

聖人でもあらわれぬかぎり、だれが文学の正邪を弁別できようか。

は意味が流動している流水対である。内容を展開させながらも、やはりきれいに左右対称の句形を保持していることに注意しよう。

そうしたなか、裴子野の文章意識をうかがうのに都合がよい例が、右にあげた第三段末尾の、

季子聆音、則非興国、
鯉也趨室、必有不敦、

の隔句対である。ここの上方の「季子」と「鯉也」とは、対応がすこしずれている。「季子」は二字で人名なのに、「鯉也」は「鯉」だけが人名で、「也」は間投詞ふうの字であるからだ（訓読すれば「季子は音を聆《き》けば……、鯉や室を趨《はし》れば……」となろう）。「季子」に対応させるには、「鯉也」でなく「伯魚」（孔鯉のあざな）とでもすべきだったろう。その意味で、この対偶はけっして巧緻なものではない。

ただ、ここに「也」を布置したのは、この句を四字句「鯉也趨室」にして、「季子聆音」句と対応させようとしたからだろう。つまり子野は、なくもがなの「也」をくわえて四字句にし、四字句どうしの対偶にととのえようとしているのだ。こうしたところに、四六駢儷にととのえようとする、子野の意欲をみることができよう。そのことは現代の銭鍾書氏も気づき、

子野存文無多、而均儷事偶詞、与沈約任昉之「今文体」了不異撰。

子野の現存する詩文はおおくないが、しかし「雕虫論」は篇中に故事をならべ対偶にそろえており、沈約や任昉らの「当時はやりの美文」[6]とまったく違いがない。

と指摘されている（『管錐編』一四四〇頁）。つまり銭氏によれば、「雕虫論」は沈約や任昉らの美文とかわりがなく、けっして「煩雑な字句をけず」った無装飾の行文ではないのである。

では、簡潔さをうたわれた『宋略』中の一篇でありながら、「雕虫論」はなぜ「簡潔でない」美文を志向しているのか。これは、べつにふしぎなことではなく、「雕虫論」が史実を叙した叙事的部分でなく、史論ふう記述だったからにすぎない。いっぱんに六朝の史書においては、史的事実を叙した部分はかざらぬ散体でつづるが、史論ふうの記述で

は、装飾された美文でつづるのがふつうなのだ（第三章でとりあげた「謝霊運伝論」も、『宋書』中の史論だった）。したがって『宋略』の叙事的部分は、「煩雑な字句をけずって要点を摘録した」簡潔な文章だったとしても、「雕虫論」のごとき史論ふう記述では、対偶を志向した美的行文になってしまったのだろう。(7)

## 四　地味な語彙

ところが、当時の人びとは［「雕虫論」をふくむ］裴子野の文章に、すこしちがった印象をもっていたようだ。というのは、『梁書』裴子野伝中に、

子野為文典而速。不尚麗靡之詞、其制作多法古、与今文体異、当時或有詆訶者、及其末皆翕然重之。

子野が詩文をつづるや、その作は古典ふうであり、またスピードがはやかった。華麗な語彙を重視せず、その措辞は古法にしたがっていたので、当時はやりの美文とはことなっていた。当時は、彼の文をそしる者もいたが、おわりには、みな敬意をはらうようになった。

とあるからである。これからみると、当時の人びとは裴子野の文について、右の銭鍾書氏とは反対に、「はやりの美文とはことなって」いると感じていたようなのだ。

この『梁書』の記事は、なかなかおもしろい。いったい裴子野の文章は、当時はやりの美文とちがっているのかいないのか。ちがっているとすれば、なにがどうちがっているのか。以下、私見によりつつ、裴子野の文章、とくに「雕虫論」が有する独自な性格について、おもうところをのべてゆこう。

結論をさきにいえば、「雕虫論」の文章は、沈約や任昉らの当時はやりの美文とは、かなりちがうというべきだろう。

「雕虫論の文は美文か非美文か」ととわれれば、むろん美文のなかに属するといってよい。しかし、それは銭氏がいうごとく、「故事をならべ対偶にそろえ」た点に注目したならば、の話である。もし典故や対偶でなく、語彙に注目したなら、「雕虫論」の文は沈約や任昉らの美文と、かなり風合いがことなっているといわねばならない。

では、「雕虫論」中の語彙は、当時はやりの美文のそれと、どのように風合いがちがっているのか。第一に気づくことは、「雕虫論」の語彙は儒教の経書に依拠したものがおおいことだ。そのことが、「雕虫論」の風合いや印象を、通常の美文よりも古風なものにしている。典型的な例として、第一段中のつぎのような行文があげられよう。

古者四始六義、総而為詩。既行四方之風、<br>且彰君子之志、勧善懲悪、王化本焉。

古代では『詩経』中の四始や六義を、すべて詩と称した。この詩によって、各地の風俗を反映させ、君子の志をあきらかにしたのだった。また勧善懲悪の実をあげることもできたので、天子の民衆教化もこの詩に依拠したのである。

この部分では、経書からの語彙がはなはだおおい。傍点を附した語は、すべて「詩大序」や『礼記』『春秋左氏伝』など、経書関連の古典に由来している（出典の詳細は第五節を参照）。ここの内容は、「文学は政教に役だつべきだ」という儒教理念をかたったもので、当時としては保守的な文学観なのだが、その語彙自体も古風さで徹底しているのである。

第二に気づくことは、子野は『楚辞』や漢賦に由来する語彙をこのまず、ほとんどつかっていないということだ。じっさい、「雕虫論」中で『楚辞』や漢賦に由来する語は、せいぜい「芳芬」「容与」「遺風」ぐらいで、これ以外はまったく使用していない。これは、子野のつぎのような考えにもとづくのだろう。すなわち、右の引用部分につづけて子

野は、

ところが後代の文学の士たちは、枝葉末節の文飾に心をうばわれてしまい、華麗な辞藻で詩文をかざりたて、それを栄達の具にしようとしたのだった。たとえば憂愁にみちた作風は、「離騒」がその端緒となり、靡麗さにみちた調子は、司馬相如がその響きをかきたてた。こうして、あしき風潮に追随する連中は、文学のただしき指針をすててかえりみず、けっきょくつまらぬ詩文が、車馬に満載されるほどつくられた。蔡邕はそうした輩を俳優とおなじだといい、揚雄も童子の遊びにすぎぬと［おのが賦作を］くやんだ。聖人でもあらわれぬかぎり、だれが文学の正邪を弁別できようか。

という。ここで、『楚辞』や漢賦などは、「枝葉末節の文飾に心をうばわれてしまい、華麗な辞藻でかざりたて」た文学なのだと、きめつけている。そして辞賦のたぐいは、揚雄から「童子の遊びにすぎぬ」と軽蔑されたし、その作者らも、蔡邕から「俳優とおなじだ」とみなされたと、これまたつよく批判しているのである。

ところで、かく批判される『楚辞』や漢賦の諸作は、文学言語としてみた場合、華麗な表現の基盤をなす鬱然たる美的語彙集であり、また典故の集積だといってよい。じっさい六朝期の詩文では、おおくここから語彙や典故をとりだしてきて、美文ふうの華麗な文藻をねりあげている。富永一登『文選李善注の研究』によると、『文選』所収作品中、李善によって典拠として使用された作者と作品とを、おおい順にしめせば、

［作者］張衡、揚雄、司馬相如、班固、曹植、宋玉

［作品］西京賦、上林賦、古詩十九首、西都賦、東京賦、子虚賦、南都賦、高唐賦

となるという（四九七頁）。作者でみれば、第五位の曹植以外、そして作品でみれば、第三位の古詩十九首以外は、すべて『楚辞』と漢賦の流れに属する作者であり作品であるのに注意しよう。これは『文選』所収作品にかぎった調査だ

が、おそらく六朝の詩文全体をみても、ほぼこれと似た傾向をしめすことだろう。

このように『楚辞』と漢賦とは、文学言語の継承からみると、六朝美文の華麗な表現の基盤をなすものだといってよい。その重要な諸作を子野はきらって、右のように批判しているのだ。そうだとすれば、子野の詩文では、それらの語彙はすくなくならざるをえなかった。本伝が「華麗な語彙を重視せず」(不尚麗靡之詞)というのは、こうしたことをさすのだろう。「雕虫論」の行文が、同時期の他の文章にくらべて、どことなく地味な印象をあたえたのは、この語彙の使用傾向に原因があったとおもわれるのである。

その延長上の志向だとおもわれるが、裴子野は五言詩の分野でも、華麗な表現をほこった詩風をきらっていた。すなわち子野は、おなじく「雕虫論」の第二段で、

其五言為家、則蘇李自出。曹劉偉其風力、爰及江左、称彼顔謝、箴繡鞶帨、無取廟堂。
潘陸固其枝柯、

五言詩で一家をなしたのは、前漢の蘇武と李陵である。魏の曹植と劉楨は五言詩の力づよさをたかめたが、晋の潘岳と陸機は枝葉末節の文飾を助長させた。やがて都が南の江南にうつると、顔延之と謝霊運がたたえられたが、両人の詩は、帯や手拭いによけいな刺繡をほどこしたようなもので、廟堂で役だつようなものではない。

とのべている。曹植や劉楨の五言詩だけは、その力づよい「風力」をたたえるが、それ以後の潘岳や陸機、また顔延之と謝霊運などの詩に対しては、いずれも貶辞をくだしている。子野によれば、前二者は「枝葉末節の文飾を助長させた」ものにすぎない、また後二者は「帯や手拭いによけいな刺繡をほどこした」もので、「廟堂で役だつものではない」——というのが、批判の理由である。子野にとっては、五言詩であっても「力づよさ」をもち、「廟堂で役だつ」べきであり、修飾過多なものは不可だったのだろう。(8)

そのためか、第三に、「雕虫論」には、他の文人の作にはよく出現する新語の類（前漢以前に用例がみいだされない語彙。華麗なものがおおい）も、あまり使用されていない。もちろん皆無ではないが、その出現頻度は他の六朝文人にくらべると、そうとう程度ひくいといってよい。これを要するに、子野からみれば、詩文に使用してよい語は、経書等を中心とした由緒ただしい語彙だけであって、『楚辞』や漢賦由来の語や六朝の新語のごとく、華麗だったり新奇だったりするものは、このましいものではなかったのである。

以上、「雕虫論」の語彙について、古風であり地味であることを指摘してきた。ただ、語彙の風合いというものは、なかなか微妙なものなので、右の説明だけでは、「雕虫論」語彙の独自さが実感しにくいかもしれない。そこで、『宋略』の元になった沈約『宋書』の文章をしめして、両者の語彙の違いを比較してみたいとおもう。

『宋書』の代表として、同種の文学論である「謝霊運伝論」をとりあげよう。そして、右の「雕虫論」の引用とおなじく、潘陸の文学を批評した部分をひいてみると、つぎのようである。

降及元康、潘陸特秀。律異班賈、縟旨星稠、
体変曹王、繁文綺合、

くだって西晋の元康年間にはいると、潘岳と陸機が突出している。この両人の文風たるや、格律は班固や賈誼とことなり、スタイルも曹植や王粲とちがっているが、すぐれし内容が星のようにならび、かざった行文はあやぎぬのごとく絢爛だった。

この沈約「謝霊運伝論」中の語彙で注目したいのは、末尾の聯の「縟旨」（すぐれた内容、の意。おそらく六朝の新語）、「星稠」（美麗にならぶ、の意。おそらく六朝の新語）、「繁文」（ゆたかな文藻、の意。『礼記』に用例あり）、「綺合」（絢爛としている、の意。おそらく六朝の新語）の四語である。この四語、いずれも内容もさることながら、語自体（とくに修飾ふうの

上字たる縟・星・繁・綺）が華麗な雰囲気をおびているのに気づく。これらの語は、沈約が陸機「文賦」の「藻思綺合、清麗千眠。炳若縟繡、悽若繁絃」四句からまなび、くふうしてきたものだと推測されるが、いかにも六朝ふうの優美な語であり、表現だといってよい（第三章第五節も参照）。沈約ら同時代の美文家たちの詩文には、しばしばこの種の華麗な語彙がちりばめられているのである。

　こうした比較によって、「雕虫論」語彙の地味さが、了解してもらえただろうか。さきの「雕虫論」の「其五言為家」以下の文の語彙は、右の沈約「伝論」中の用語にくらべると、まちがいなく地味で、飾り気がないものといってよい。具体的にいえば「風力」「枝柯」「箴繡」「鞶帨」「廟堂」など。これら「雕虫論」中の語は、右の「縟旨」や「星稠」の語にくらべると平凡で風趣がないし、華麗さにも欠けている。いきおい、それらをつらねた文章も、地味になってきやすいわけだ。経書語彙を多用し、廟堂で役だつことを重視し、『楚辞』や漢賦の語彙や新語をきらったならば、こうした地味な語彙や文章にならざるをえないのである。

　ひとの身体になぞらえれば、子野の文学は、その骨格（対偶）はバランスがとれ、筋肉（経書語彙）も隆々としていて、みるからにたくましい体躯を有している。しかしいっぽうで、その身体は、ふくよかで柔軟な肉体を形成する脂肪分（華麗な語彙）は、ほとんどうけつけないという、［当時では］特異な体質だった。そのため、全体に筋肉ばかりがめだって、ひとにいかつい印象をあたえてしまい、ややもすれば世間から敬遠されがちだった――といってよいだろう。

## 五　生呑活剝の典故

「雕虫論」の行文が「当時はやりの美文」とことなる点として、もうひとつ、生呑活剝《せいどんかっぱく》ふう典故利用、つまり古典中の典故をそのままひくことがあげられよう。裴子野は古典（経書がおおい）から典故をとりだすさい、あまり字句を改変しようとしていない。典型的な例として、やはり右にあげた第一段中の、

古者四始六義、総而為詩。既行四方之風、且彰君子之志、勧善懲悪、王化本焉。

があげられる。

ここの傍点を附した語に注意しよう。まず「四始六義」中の「四始」「六義」は、ともに「詩大序」中にあらわれる基本タームであり、それをそのままつかっている。また「既行四方之風」の「四方之風」も、やはり「詩大序」に「言天下之事、形四方之風、謂之雅」とあるのを、そのまま使用している。「雕虫論」のこの句、じつは字の異同があり、「既形四方之風」につくるテキストもある。もしそれを是《ぜ》とすれば、この句は典拠たる「詩大序」の字句に、いっそうちかづくことになろう。さらに次句の「君子之志」は、『礼記』祭統に「凡三道者、所以假於外、而以増君子之志也」とあり、さらに「勧善懲悪」は、『左氏伝』成公十四年に「春秋之称微而顕、……懲悪而勧善」とあり、また「王化本焉」も、「詩大序」中に「周南召南、正始之道、王化之基」とみえているのである。

いまあげた「雕虫論」中の用語は、典拠の字句をほとんど改変することなく、そのままの形で使用しているのに注意してほしい。こうした改変なしの典故利用は、あたりまえのこととおもわれるかもしれない。だが、じつはそうではなく、儒教が指導的理念だった両漢の時期特有の典故利用なのだ。経書の字句を尊重するあまり、極力そのままのかたち、つまり改変することなく、あたかも引用するかのように、おのが文章中に利用するのである。

ところが六朝期にあっては、そうした使用法は忌避されがちだった。たとえば、民国の孫徳謙は『六朝麗指』第三十一節において、「六朝期の文人たちは、前人の成語を自分の文中にひく場合は、かならずそのうちの一・二字を改変

して使用しており、同文のまま踏襲することをこのまない」（六朝文士、引前人成語、必易一二字、不欲有同鈔襲）とのべて、つぎのような例をしめしている。

○［沈約為梁武帝与謝朏勅］　不降其身、
不屈其志。

その身を世俗にくださず、その隠逸への志をまげない。

＊この二句、『論語』微子の「不降其志、不辱其身」をもちいているが、「志」と「身」とをそれぞれいれかえている。また『論語』の「辱」字も、「屈」字におきかえている。

○［梁簡文帝与劉孝儀令］　酒闌耳熱、
言志賦詩。

酒宴はたけなわとなり耳もあつくなって、そこで志をのべて詩をつくった。

＊この二句、魏文帝「与呉質書」の「酒酣耳熱、仰而賦詩」をもちいているが、「酣」を「闌」字にかえ、「仰而」は「言志」にかえている。

○［梁武帝請徴補謝朏何胤表］　窮則独善、
達以兼済。

困窮すれば自己をただしく処し、栄達すればひろく天下の民をすくう。

＊この二句、『孟子』尽心上の「窮則独善其身、達則兼善天下」をもちいているが、『孟子』の「其身」と「天下」を削除している。また、『孟子』二句目の「則」と「善」は、それぞれ「以」と「済」におきかえている。

いずれの例も、典拠の字句そのままでなく、改変をくわえて使用しているのがわかろう。では、六朝期の文人たちは、なぜそうした典拠字句の改変をしたのか。それについて、孫徳謙は「成語を利用するさいに翦裁をくわえることによって、文章をいいかげんな気持ちでつくっていないという意気ごみをしめすものだろう」（蓋引成語、而加以翦裁、以見文之不苟作）と説明している。つまり、典拠の字句を改変させることは、六朝美文家たちの矜持、つまり「文章をいいかげんな気持ちでつくっていないという意気ごみ」を反映したものだった、というのである。

　ところが裴子野においては、こうした美文家ふう矜持が希薄だったようだ。もちろん子野とて、字句をいっさい改変しないではない。しかし概してその種の技巧には、不熱心だったといってよい。そうした不熱心な例として、もうひとつ、やはりさきに例示した「雕虫論」第三段の、

自是閭閻少年、罔不擯落六芸、学者以博依為急務、
　　貴游総角、　　吟詠情性。　　謂章句為専魯。

をみてみよう。ここでの語、たとえば「閭閻」「少年」「擯落」「六芸」「博依」「急務」「貴游」「総角」「吟詠」「情性」「章句」などは、すべて古典中に用例がみつかる（「専魯」のみ用例なし）。ただいずれの語も、改変されておらず、典拠そのままのかたちで使用されている。「吟詠情性」にいたっては、まるごと「詩大序」の字句そのままなのである。『梁書』裴子野伝で「その作は古典ふうであり」（其制作多法古）といっていたのは、こうした典故利用をもさすのかもしれない。

　さらに、「雕虫論」以外の裴子野の文章もみてみよう。たとえば、子野の代表作というべき「喩虜檄文」の冒頭をとりあげてみると、

天生蒸民、樹之以君、所以対越三才、司牧黔首、蠲其苛慝、肇自遂古、経世字民、咸由此作。
　　　　　　　　　　　　　　　　　　　　　　除其患難。以迄皇王、

朕撥乱反正、君臨億兆。休牛放馬、載戢干戈、思与一世之民、……
躋之仁壽之域。

天が民草を生じるや、彼らに君主をたててやった。それは、天地人を祭祀し、民草をおさめさせ、［民の］残虐さをのぞき、苦難をとりのぞくためであった。往古から近時の天子にいたるまで、世をおさめ民をやしなってきたのも、すべてその実践だったのである。いま朕も、混乱をおさめ正道にもどし、億兆の民に君臨しているが、［過去の君主とおなじように］牛や馬をのんびりいこわせ、武器を使用せぬようにして、民とともに、おだやかで長生きできる世にしたいとねがっている。……

という行文である。ここの部分も、たくさんの典故を使用している。裴子野が参考にしたとおもわれる典拠や用例をしめすと、

○天生蒸民、樹之以君、所以対越三才、司牧黔首――［劉琨勧進表］臣聞天生蒸人、樹之以君、所以対越天地、司牧黎元。○苛慝――［左伝昭公十三年］苛慝不作、盗賊伏隠、私欲不違、民無怨心。○患難――［墨子貴義］若有患難、則使百人処於前、数百於後。○肇自――［班固西都賦］肇自高而終平、世増飾以崇麗、歴十二之延祚、故窮泰而極侈。○遂古――［班固典引］伊考自遂古、乃降戾爰茲。○皇王――［詩経文王有声］四方攸同、皇王維辟。○経世――［後漢書西羌伝論］計日用之権宜、忘経世之遠略。［崔瑗南陽文学頌］昔聖人制礼楽也。将以統天理物。経国序民。○字民――［逸周書本典］字民之道、礼楽所生。○撥乱反正――［公羊伝哀公十四年］撥乱世、反諸正、莫近諸春秋。［漢書礼楽志］漢興、撥乱反正、日不暇給。○君臨億兆――［傅幹王命叙］而後君臨兆民。為神明所保祐。○億兆――［書経泰誓中］受有億兆夷人、離心離徳。○載戢干戈――［詩経時邁］載戢干戈、載櫜弓矢。○休牛帰馬――［書経武成］乃偃武修文、帰馬於華山之陽、放牛於桃林之野、示天下弗服。○思与一

世之民、躋之仁壽之域――［漢書王吉伝］歐一世之民、躋之仁壽之域。

などがあげられよう。これらの典拠と比較してみると、裴子野は典拠中の字句をあまり改変することなく、そのままの形態で利用していることがわかる。とくに「天生烝民、樹之以君」「経世字民」「撥乱反正」「君臨億兆」「載戢干戈」「思与一世之民、躋之仁壽之域」あたりは、典拠の字句に酷似しており、右の改変なしの典故利用に相当しよう。これらは字句を改変する意欲が希薄で、当時の六朝文人たちにくらべるとシンプルな利用法だといってよい。

以上、裴子野の文章の特徴として、古風で地味な語彙（第四節）と無改変の典故利用（第五節）についてのべてきた。こうした特徴は、六朝期では称賛されるものではなかった。いや、修辞至上主義だった六朝文学においては、むしろ錬磨にとぼしいものとして、批判されやすい特徴だったろう。たとえば、梁代後半の文壇を主導した皇太子の蕭綱（五〇三～五五一）は、その「与湘東王書」のなかで子野の文風に対し、

時有効謝康楽裴鴻臚文者、亦頗有惑焉。何者謝客吐言天抜、出於自然、時有不拘、是其糟粕。裴氏乃是良史之才、了無篇什之美。是為学謝則不届其精華、但得其冗長、師裴則蔑絶其所長、惟得其所短。謝故巧不可階、裴亦質不宜慕。

さらに、謝霊運や裴子野の文学を模倣する者がいるが、これもそうとう思いちがいをしている。というのも、霊運は、ことばを発すれば天賦の才は卓抜し、しかもごく自然に口をついてでてくる。ときに奔放すぎるのは、その向こう傷にすぎない。いっぽう、子野のほうは良史の才であって、文学の美しさは皆無である。だから霊運を模倣すると、その精華にはとどかず、ただ冗長さを身につけるだけ。また子野を範にすると、その長所（良史の才）をまなべず、その短所（美の欠如）を身につけるだけ。つまり霊運の詩文は巧緻すぎて、とてもちかづけるはずがないし、また子野の詩文も地味すぎて、手本にするのにふさわしくないのである。

と評している。これは特定の作にむけたものでなく、裴子野の詩文への総合的な評価だろうが、子野の詩文の魅力なさをきびしく批判している。子野の資質は「良史の才」であって、詩文としての美しさは皆無。だから、詩文の手本にすべきでない――という見かたは、その地味な語彙や無改変の典故利用を想起すれば、子野の詩文評としては、なかなか肯綮にあたっているといってよかろう。(9)

これを要するに、裴子野においては、表現を華麗にしようとする錬磨の意欲が、［他の文人より］希薄だったといってよかろう。いや、そうきめつけるのは、すこし一方的すぎるかもしれない。子野は子野なりに、表現を錬磨していたはずであり、むしろ錬磨の方向が蕭綱［ら当時の文人たち］とちがっていた、というべきだろう。それゆえ、かりに子野がもうすこし寿命をえて、蕭綱と文学論をかわす機会があったなら、彼は三十四歳年下の皇太子（蕭綱）にむかって、臆することなくこう主張したにちがいない（現実には、子野は蕭綱の立太子以前に死んだ）。詩文というものは、美しさなどではなく、［自分の「喩虜檄文」のごとく］廟堂で役だつことのほうを、重視すべきです。ですから、文辞をつづるさいには、『楚辞』や漢賦などの浮華なことばは、使用しないほうがよろしい。経書や古書の語彙をなるべくそのまま利用し、対偶にくみたててゆけば、それでよいのです。そうしてこそ、勧善懲悪の実《じつ》をあげることができるのです、と。

## 六　「喩虜檄文」の文章

このように裴子野「雕虫論」の文章は、当時の水準からいえば、古風にして地味（語彙）であり、またシンプル（典故使用法）な印象をあたえるものであった。こうしたところが、子野に対する「華麗な語彙を重視せず、その措辞は古法にしたがっていたので、当時はやりの美文とはことなっていた」という評価をまねいたのだろう。だが、つづけて「彼の文をそしる者もいたが、おわりには、みな敬意をはらうようになった」とあるように、子野の保守的な思想はべつにするとしても、この種の古風な文章をこのむ者は当時すくなくなく、子野は文壇でもひとかどの位置をしめていたようだ。(10)

たとえば、右にあげた「喩虜檄文」を例にあげると、この檄文は、古書中の字句をそのまま利用した字句がおおく、［修辞主義ふう文学観からみれば］錬磨された典故利用ではなかった。にもかかわらず、この作は当時、武帝らのあいだでたかく評価されて、裴子野の出世作になっているのである。すなわち『梁書』裴子野伝に、

普通七年、王師北伐。勅子野為喩魏文、受詔立成。高祖以其事体大、召尚書僕射徐勉、太子詹事周捨、鴻臚卿劉之遴、中書侍郎朱异、集壽光殿以観之、時並歎服。高祖目子野而言曰、「其形雖弱、其文甚壯」。

普通七年、［梁の］王師が北伐を開始せんとするや、子野に勅令して北魏をさとす檄文を起草させた。裴子野は命をうけるや即座に完成させた。武帝は事がらが重大なので、尚書僕射の徐勉、太子詹事の周捨、鴻臚卿の劉之遴、中書侍郎の朱异らを壽光殿にあつめて、子野の檄文を検討したが、みなその文章に感嘆したのだった。武帝は子野を評して、「身体つきは貧相だが、檄文はすごく壮烈であるぞ」といった。

とある。清の厳可均によると、この普通七年（五二六）の北伐のためにつづられた檄文が、この「喩虜檄文」だったという。(11)いったい、錬磨されざる「喩虜檄文」のごとき作が、なぜかくのごとく好評を博したのだろうか。私見によれば、そのおもな理由は二つ。一に実用文としての有用さ、二に執筆の迅速ぶり、である。

まず、一の実用文としての有用さについてのべよう。右の引用にもあったように、子野の檄文は、武帝によって「すごく壮烈であるぞ」（其文甚壯）と評されている。この壮烈という特徴は、実用文たる檄文では、とくに重要な性格であ

り、それがこの文の評価をたかめたのだろう。ではその壮烈さは、いかなる表現として結実しているのか。さきに引用した「喩虜檄文」のつづきをしめせば、つぎのようである。


昔者晋失其序、天篤降喪、而四夷交侵、宋之初載、実有武功。秦晋之墟、頻梟借偽。末葉陵遅、遂亡淮済。

小雅尽缺。

曠日長久、莫能克復。朕爰初創業、思閑寧静、保大定功、未遑遠略、而狡虜遊魂、不式王命。

朕謂其君是悪、矜此塗炭、用寝兵革。今戎醜数亡、自相呑噬。重以亢旱弥年、穀価騰踊。

其民何罪、
丁壮死於軍旅、虐政惨刑、曾無懲改。四方同集、譬猶翻東海以注螢爝、其身糜爛、豈仮多力。

婦女疲於転輸、九服斉契、倒崑崙以圧螻蟻。

爾二周故老、蒙恥俛首、有自来矣。濯身明目、今也其時。昔由余入秦、礼以卿佐、苟有其才、
六輔大姓、日磾降漢、華貂七葉。豈無大位。


かつて晋朝が政道をあやまるや、天が破滅をくだし、北方の夷狄が乱入して、礼楽がほろんでしまった。その後、宋初に武功をふるい、［先秦の］秦晋の地で蛮族どもを掃蕩した。だがやがて勢いがおとろえて、淮済まで失陥してしまい、それ以後ずいぶん時間がたったが、なお奪回できておらぬ。朕（武帝）が梁朝をたてるや、平和な世をねがい、天下をやすんじ功業をたてようとした。だが、北伐を実行する余裕がなかったため、北方の夷狄どもは、まだわが命にしたがっておらぬ。朕は「夷狄の悪主こそが元凶であり、民草には罪がない。民の苦しみをあわれみ、戦乱をおさめたい」とおもっているのだ。

いま夷狄どもは殲滅しあい、たがいに争闘している。さらに連年日照りがつづき、穀価は騰貴し、壮丁は軍

旅にたおれ、婦女は運搬に疲弊している。こうした苛政は、改善されたことがない。かくして四方より［北伐の］軍勢がつどい、天下は同盟をむすんだのである。その勢いたるや、東海をかたむけて螢火をけし、崑崙山をさかさにして螻蟻をつぶすようなもの。夷狄どもを殲滅させるのに、どれほどの力も必要とはせぬ。

周の故地（北方）にいる古老や六輔の貴族たちよ、ながいこと恥をこうむり、よく辛酸にたえてきたな。だが身をきよめ目をあけよ、いまこそ積怨をはらすときだ。むかし由余が秦に帰順するや、高位で歓迎され、金日磾が漢にくだるや、七代にわたって栄誉につつまれた。［投降した北方の者でも］才さえすぐれておれば、高官にめぐまれぬはずはないぞ。

ひじょうに力づよく、威勢のよい行文である。そもそも檄文は、敵の罪悪を指弾し、自分の信義を強調して、衆人に宣布する文書であり、典型的な実用文だといってよい。そうした檄文の書きかたについて、梁の劉勰は『文心雕龍』檄移篇で、つぎのように説明している。「檄文の大要は、自軍の正義さをかたり、敵軍の残虐さをのべることにある。……国家の信用を基本とするが、じっさいは軍事的かけひきをまじえよ。そして詭弁で議論を飛躍させ、はでな措辞で言説をかざりたてるのだ。……事がらが明瞭で道理がとおり、威勢がよくて断定的であることが、檄文では重要なのである。婉曲な風趣や巧緻な技巧などは、檄文では無用なのだ」（凡檄之大体、或述此休明、或叙彼苛虐。……雖本国信、実参兵詐。譎詭以馳旨、煒曄以騰説。……必事昭而理弁、気盛而辞断、此其要也。若曲趣密巧、無所取才矣）。つまり檄文は、戦時用のふれぶみなので、軍事的かけひき（兵詐）、詭弁（譎詭）、威勢よさ（気盛）などを念頭において、つづるべきだという。そして逆に、［六朝ふうの］婉曲な風趣や巧緻な技巧（曲趣密巧）のたぐいは、不必要なものだと主張しているのである。

こうした劉勰の説明にしたがえば、この裴子野「喩虜檄文」は、じゅうぶん檄文としての性格をそなえている。たとえば、右の「朕が梁朝をたてるや……とおもっている」あたりは、劉勰のいう「自軍の正義さをかた」った部分であり、「いま夷狄どもは……改善されたことがない」は、「敵軍の残虐さをのべ」た箇所に相当しよう。とくに、

○朕謂┌其君是悪、矜此塗炭、用寝兵革。
　　　└其民何罪、

朕は「夷狄の悪主こそが元凶であり、民草には罪がない。民の苦しみをあわれみ、戦乱をおさめたい」とおもっている。

○┌丁壮死於軍旅、虐政惨刑、曾無懲改。
　└婦女疲於転輸、

壮丁は軍旅にたおれ、婦女は運搬に疲弊している。こうした苛政は、改善されたことがない。

あたりは、梁朝の仁慈ぶり（前者）と夷狄の残虐さ（後者）を対比的にえがいており、じつに巧妙な行文だといってよい。さらに、

┌四方同集、譬猶┌翻東海以注螢爝、
└九服斉契、　　└倒崑崙以圧螻蟻。

かくして四方より［北伐の］軍勢がつどい、天下は同盟をむすんだ。その勢いたるや、東海をかたむけて螢火をけし、崑崙山をさかさにして螻蟻をつぶすようなもの。

の部分では、対偶にくわえて比喩を利用して、自軍の強大さを強調している。なかでも「東海↕螢爝」「崑崙↕螻蟻」という大と小を対置させた表現は、コントラストがよくきいて、比喩としても巧緻なものといえよう。

そして、檄文の最後の部分において、裴子野は、北方の漢人たちによびかける。すなわち、

爾二周故老、蒙恥俛首、有自来矣。濯身明目、今也其時。
六輔大姓、

周の故地（北方）にいる古老や六輔の貴族たちよ、ながいこと恥をこうむり、よく辛酸にたえてきたな。だが身をきよめ目をあけよ、いまが積怨をはらすときだ。

とのべ、相手に同情するふりをしながら、我われに味方し、夷狄に抵抗せよと煽動している。さらにその煽動ぶりたるや、秦の由余や漢の金日磾の故事を利用し、

昔由余入秦、礼以卿佐、苟有其才、
日磾降漢、華貂七葉。豈無大位。

むかし由余が秦に帰順するや、高位で歓迎され、金日磾が漢にくだるや、七代にわたって栄誉につつまれた。［投降した北方の者でも］才さえすぐれておれば、高官にめぐまれぬはずはないぞ。

というもの。つまり、わが軍に投降すればわるいようにしないぞと、［正義一辺倒でなく］実益もほのめかすのだ。こうした、高位を餌にして寝がえりをよびかけるところなどは、まさに劉勰のいう「軍事的かけひき」をもちいたところだといってよかろう。

このようにこの「喩虜檄文」は、全体的に「事がらが明瞭で道理がとおり、威勢がよくて断定的」な行文そのものだといってよい。華麗な語彙や難解な典故などの「婉曲な風趣や巧緻な技巧など」は、まったく使用せず、ひじょうに簡明にして力づよい。こうした力づよい檄文は、平穏な日々になれた当時の文人たちには、つづりにくいものだったにちがいない。じっさい梁代、武帝の寛仁な治世下にすごした文人貴族たちは、

梁朝の御代には士大夫（身分ある家柄の人々）たちは何れも、儒者が好んで着る褒衣（すその大きな着物）に広い帯

をしめ大きな冠に高足駄をうがち、外出には必ず車か輿に乗り家では必ず何人もの侍者をはべらす。勿論城内では馬に乗る者が一人もないという有様だった。……

侯景の乱が起こるや、この連中は筋骨薄弱を極めて歩行にも堪えられず、体力気力共に軟弱で寒暑にも堪えられぬ者が多く、争乱のあわただしさの中で、腰をぬかしたまま死んだのは、どれもこれも、こうした連中だったのである。建康の令（知事）王復は、もとより生まれついて物やわらかい上品なお人柄だったが、一度も馬に乗ったことがないという御仁だ。だから馬がいななき勇んで跳ねると、必ずおじ気が出て震えがくるという始末。とどのつまりこの御仁の語に曰く、「あれが馬とは飛んでもない！　あれこそ正真正銘の虎だよ！　誰が馬だなぞと呼んだのだ？」と。梁代の風俗は実に、このような愚かしき体たらくだったのである。（平凡社『世説新語　顔氏家訓』〈中国古典文学大系〉五二〇頁）

という状況だった。安逸な日々になれ、戦争はおろか、一度も馬にのったこともない者が、ほとんどだったのである。そうしたなか、「いざ、戦場へ」というときにかかれた裴子野「喩虜檄文」は、たとえ地味な語彙をつかい、従前の表現を生呑活剝したものであったとしても、梁武帝らには昨今ではめずらしい、「壮烈」にして有用な作だとうつったにちがいない。つまり［当時はやりの美文の］優美、華麗、繊細などとは正反対の特徴が、武帝らの心をとらえ、上記のようなたかい評価をひきよせたのだろう。

つぎに、二の執筆の迅速さについてのべよう。これについては、右の子野伝中の「裴子野は命をうけるや即座に完成させた」（原文「受詔立成」）という部分に注目したい。この場合にかぎらず、どうやら裴子野は、文章の執筆がきわめてはやかったようだ。じっさい、第四節でひいた『梁書』本伝のつづきに、

［子野為文典而速］……或問其為文速者。子野答云、「人皆成於手、我独成於心。雖有見否之異、其於刊改一也」。

「子野が詩文をつづるや、その作は古典ふうであり、またスピードがはやかった」……あるひとが、「なぜそんなにはやく文章をかけるのか」とたずねると、子野はつぎのようにこたえた。「ひとは手で文章をつづるが、私は心でかいているからだよ。目でみるとみないとの違いはあっても、修正しながらかく点ではおなじなんだ」。

というエピソードがのこっている。ここで裴子野は、おのが速筆ぶりについて、「心でかいているからだよ」という。修正しながらかくのはおなじでも、それを心のなかでするのだからはやい、ということだろう。じっさいに筆をとったときは、すでに胸中に成竹ありというわけだ。

だが私見によれば、これはすこしキザな言いかたであって、子野の筆がはやかったのは、右のごとき典故の改変なき用法と関係があるのではないか。つまり子野が文章をつづるとき、「華麗な語彙を重視せず、その措辞は古法にしたがっていた」。つまり子野は、「他の文人のように」自分で字句を錬磨することなく、古書中からできあいの字句をさがし、それを接合させて自分の文を構築していた。くわえて一篇の構成のほうは、子野ぐらいの者であれば、「たとえば陳琳の檄文のごとき」過去の名篇の骨組みが、脳裏にきざみこまれていたことだろう。すると、その脳裏にある構成法にしたがって、できあいの字句をならべていけば、それなりに破綻のない作品をしあげることができたに相違ない。以上のような字句のつづりかたや構成法を、子野は「心でかいている」と称したのだと私は推測している。たしかに、こうした創作法だったら、どの種の文章であっても、短時日で完成させることができたことだろう。(12)

かくして、当時ではめずらしい壮烈な行文を、「命をうけるや即座に完成させた」裴子野の才能は、武帝や重臣たちにつよい印象をあたえたにちがいない。それらの作が、経書や古書の語彙を多用した古風な措辞であったとしても、華麗さが支配的だった当時の文風のなかでは、かえって新鮮なものとうけとめられたのだろう。かくして「みなその文章に感嘆した」という結果をひきよせ、「当時は、彼の文をそしる者もいたが、おわりには、みな敬意をはらうようになった」のだとおもわれる。そして、これと同種の好印象が、裴子野の他の文章、たとえば「雕虫論」にもむけられていたのだろう。

## 七　文学復古派での位置

以上、裴子野「雕虫論」の文章について、［補助的に「喩虜檄文」もとりあげながら］いろいろな方面から検討してきた。ここまでの検討結果をまとめると、［第三節］「雕虫論」の文章は対偶や四六は美文ふうに整斉されている。［第四節］しかし語彙が古風かつ地味であり、［第五節］典故も生呑活剝したシンプルなものだったので、当時はやりの美文とはことなっているとみなされた。［第六節］それでも、執筆の迅速さもふくめて実用文として有用であり、文壇でもひとかどの位置をしめていた――となろう。

こうした裴子野の文章は、いわば実用性を有した美文だといってよい。それは装飾的な美文とはことなるが、しかしおおきくは、やはり美文の範疇にはいるものである。装飾的な美文では、風雲月露の詩賦をかくときはよいとしても、実務をおびた章表や奏啓のジャンルはつづりにくい。そうした実務ふうジャンルをつづるとき、「雕虫論」のごとき文章の出番になるのだろう。これを要するに、当時では風雲月露の美文を中核とし、その周辺にこの実用的美文や『文心雕龍』のごとき議論的美文がひかえていて、あいおぎないながら、おおきく六朝美文をかたちづくっていたと理解してよい。裴子野は、そのうちの実用的美文のほうを、得意にした文人だったのである。

本章の主要な議論は以上でおわるが、おわりに、文章の発展史の視点から、裴子野「雕虫論」の位置づけをかんがえておこう。すると、この「雕虫論」の作は、［これまで文学批評史の立場からも指摘されているように］文学復古派

の系譜に位置づけられてよいようにおもう。(13)

この「雕虫論」に似た立ち位置にあるものに、さきんじては西晋の摯虞「文章流別志論」があり、おくれては北周の蘇綽「大誥」があり、また隋の李諤「上隋高帝革文華書」がある。彼らに通底する文学的主張は、復古、すなわち儒教的信念を支柱にしつつ、ふるきよき過去へ回帰すべく、文章を改革しようというものだった。もっとも、こうした文章の改革は、彼らの復古的主張からみれば、ほんの一部のものにすぎない。彼らの復古の呼びかけたるや、「文章だけにかぎらず」思想や社会のありかた、さらには政治や経済の体制など、ひろい範囲におよぶものであったのだ。そうした現実参加への姿勢のためか、彼らは経世にも積極的に関与していった。そして当時の識者から、清廉かつ硬骨の士として、その政治手腕もたかく評価されているのである。

たとえば、裴子野そのひとは、死後に蕭綱から「良史の才であって、文学の美しさは皆無である」（与湘東王書）と評されたものの、それでも生前は梁武帝に信頼され、ずっとふかく親近されつづけた。そして当時の民衆からも、

出為諸曁令、在県不行鞭罰。民有争者、示之以理、百姓称悦、合境無訟。（『梁書』裴子野伝）

裴子野は地方にでて諸曁令となったが、任地では鞭うち刑を実施しなかった。訴訟しあう者がいれば、道理にしたがってさばいたので、民衆は子野をたたえ、その地では訴訟ごとがなくなった。

としたわれていたのである。

また西晋の摯虞（二五〇～三〇〇）も、どうように晋の武帝にとりたてられて高位にのぼり、

性愛士人、有表薦者、恒為其辞。（『晋書』摯虞伝）

摯虞は士人をかわいがって、推挙すべき人物がみつかったときは、いつも推薦状をかいていた。

という人物であった。そしてその最期は、永嘉の乱のさなか、

及洛京荒乱、盗窃縦横、人饑相食。虞素清貧、遂以餒卒。

都が荒廃して、強盗がさかんに出没し、また飢饉となって人びとはくいあった。そうしたなか摯虞は清貧をつらぬいて、餓死したのだった。

という節義ある死をむかえたのだった。

さらに、北周の蘇綽（四九八～五四六）も、

綽性倹素、不治産業、家無余財。以海内未平、常以天下為己任。博求賢俊、共弘治道、凡所薦達、皆至大官。太祖亦推心委任、而無間言。（『周書』蘇綽伝）

蘇綽は倹約なたちで、生業をおさめなかったので、家に余財とてなかった。不安定な世情だったので、天下安定をおのが任務とこころえていた。ひろく賢人をさがして、ともに政道にはげみ、彼が推挙した人物は、みな大官に出世していった。太祖も信頼して政治をゆだね、異議をさしはさまなかった。

という清廉な人物だったし、隋の李諤（生没年未詳）も、

諤性公方、明達世務、為時論所推。……以年老、出拝通州刺史、甚有恵政、民夷悦服。（『隋書』李諤伝）

李諤は公正なたちで、世事に通達していたので、世間から推挙された。……年をとるや、地方にでて通州刺史となったが、善政をほどこしたので、その地の民衆はよろこんだのだった。

という生涯をおくっている。

このように裴子野をはじめ、復古派の人びとは、文学的には頑固で保守的な存在だったに相違ないが、それでも人間的には誠実で、剛毅そのものであった。彼らは儒教の経世済民の理念を堅持し、現実の社会において、それを着実に実践していった。それかあらぬか、彼らは、政治論にせよ文学論にせよ、時代錯誤ふう側面をもちながらも、それ

でもときの有力者から信頼され、それなりの影響力をもつことができたのである。六朝文学の歴史からみれば、彼らによる文学復古の主張は、滔々たる美文化の大流のなかで、あたかも間欠泉のように噴出しては、過熱した時流に冷気をおくりこむ役わりをはたしたといえよう。

さて、如上の復古派の系譜のなかで、この裴子野「雕虫論」の文章をみなおしてみよう。するとこの作は、文学批評の面だけでなく、文章の発展史のうえでも、後代の蘇綽や李諤の先蹤をなすものだといってよさそうだ。

まず北周の蘇綽における文章改革の実践は、具体的には彼の「大誥」として結実している。その「大誥」の文章の特徴は、なんといっても『書経』の「大誥」を模した古怪な行文であろう。

惟中興十有一年仲夏、庶邦百辟、咸会于王庭。柱国泰洎群公列将、罔不来朝。時迺大稽百憲、敷于庶邦、用綏我王度。皇帝若曰、昔堯命羲和、允釐百工。舜命九官、庶績咸熙。武丁命説、克号高宗。時惟休哉、朕其欽若。格爾有位。胥曁我太祖之庭、朕将丕命女以厥官。……（『周書』蘇綽伝）

中興して十一年めの仲夏、諸国の百官が、みな周帝の王廷にあつまった。柱国の宇文泰および群公列将らは、来朝しないものはなかった。そこでのっとるべき憲法をつくって、諸国の王にしたがわせ、周帝の法律をやすんじることにした。

そこで皇帝がいわれた。むかし、堯帝は羲和に命じて、百官をおさめさせた。舜帝は九官に命じて、治績はおおいにあがった。武丁は傅説に命じて、高宗と名のった。どれもすばらしいことであり、朕もそうした故事にみならいたい。きたれ、諸卿らよ。あいともにわが太祖の王庭へつどえ。朕は汝らに、官位をさずけようとおもう。……

この「大誥」の古怪さは、もちろんモデルたる『書経』大誥の文章に起因している。蘇綽は、復古を徹底したがために、こうした時代錯誤な行文にまでいたったのである。ここで注意したいのは、この蘇綽「大誥」の行文が、裴子野「雕虫論」とおなじく、経書の字句をそのまま模しているということだ。つまりこの作は、「雕虫論」にみえた古書の生呑活剝の叙法を、より徹底させたものなのである。

さらに隋の李諤も「上隋高帝革文華書」において、美文を批判し、質実な行文にもどるべしと主張した。ところが、その李諤の文章自体、

臣聞古先哲王之化民也、必変其視聴、防其嗜欲、塞其邪放之心、示以淳和之路。五教六行、為訓人之本、詩書礼易、為道義之門。

故能家復孝慈、人知礼譲。正俗調風、莫大於此。其有上書献賦、制誄鐫銘、皆以褒徳序賢、明勲證理。苟非懲勧、義不徒然。

降及後代、風教漸落。魏之三祖、更尚文詞、忽君人之大道、好雕虫之小芸。下之従上、有同影響、競騁文華、遂成風俗。

江左斉梁、其弊弥甚、貴賤賢愚、唯務吟詠。遂復遺理存異、尋虚逐微、競一韻之奇、争一字之巧。連篇累牘、不出月露之形、積案盈箱、唯是風雲之状。

世俗以此相高、朝廷據茲擢士。禄利之路既開、愛尚之情愈篤。

のような行文で、対偶おおき美文そのものなのだ。このように「上隋高帝革文華書」は、美文を批判しておりながら（じっさいは美文自体でなく、美文による官人登用を批判した）、しかしその行文自体が美文であるという、奇妙な性格の文章なのである。それは、「雕虫論」の文章でもおなじだった。つまり両篇とも、浮華な詩文や枝葉末節な文飾を批判し

ながらも、それでも大局的にみると、その行文は対偶を志向した美文でしかないなど、いわば言行が一致していないのである。かく文学的主張とじっさいの文章とに齟齬がある［ようにみえる］点で、この李諤の上書は、「雕虫論」の後継ふう立場にあるといってよかろう（第十章第四節も参照）。

くわえて、李諤はこの「上隋高帝革文華書」を執筆するさい、おそらく「雕虫論」を意識したのだろう。その模倣の跡が、あちこちにみえている（詳細は「札記」を参照）。「札記」では、「卉木」「風雲」の語だけをとりあげたが、じつは李諤上書が「雕虫論」を模したとおぼしき箇所は、それだけではない。たとえば、「王之化民」（←王化本焉）、「懲勧」（←勧善懲悪）、「雕虫之小芸」（←雕虫之芸）、「閭里童昏」（←閭閻年少）、「貴遊総丱」（←貴游総角）なども、「雕虫論」中の語（括弧のなかの字句）をふまえたものだろう。

また、より基本的な文学観の点でも、両者は相似している。たとえば「雕虫論」第一段では、

古代では『詩経』中の四始や六義を、すべて詩と称した。この詩によって、各地の風俗を反映させ、君子の志をあきらかにしたのだった。また勧善懲悪の実をあげることもできたので、天子の民衆教化もこの詩に依拠したのである。

と、王化思想にもとづいた勧善懲悪の文学を主張していた。すると李諤上書の冒頭でもまた、

［古代では］意見書をたてまつったり賦を献じたり、また誄をつくったり銘文をほったりしましたが、それら［の文学の活動］も、すべて君子の徳望をたたえ、賢人に官位をさずけ、また勲功を明確にし、道理を証明するためでした。このように勧善懲悪のためでなければ、そんなことはしなかったのです。

と文学による勧善懲悪を強調している。もっとも、こうした主張は、いわば儒教ふう文学観の公式見解というべきで、それほど両者の影響関係を云々すべきではないかもしれない。しかし似ているといえば、かなり似た主張ではあろう。

さらに、右の文で李諤は「世間はこうした能力をたかく評価し、朝廷もこの詩文の能力で士を抜擢しました」との べ、文学創作を仕官の道への一環として、とらえていることにも注意しよう。そして、つづけて「これによって、詩文によって祿をえる路がひらかれ、文学愛好熱はますますたかまっていったのです」と、文辞によって役人を採用することの危うさを指摘している。こうした、文学を立身の手段とみる文学観も、「雕虫論」がそもそも『通典』巻十六「選挙四」、つまり人材登用を論じた篇に編入されていったことを想起すれば（子野も「後代の文学の士たちは……それ〈美文〉を栄達の具にしようとした」と批判していた）、やはり相似した関心のありかただといってよかろう。

これを要するに、梁の裴子野は、

摯虞　↓　裴子野　↓　蘇綽　↓　李諤

とつづく文学復古派の系譜のひとつだとみなしてよい。彼らは共通して、現実参加の姿勢をもち、硬骨の士ふう処世を実践している。そうしたなか、「雕虫論」の文章は、古風な勧善懲悪ふう文学観をモットーとしつつ、『楚辞』や漢賦中の語彙をつかわぬ」地味な語彙や無改変の典故利用などを特徴としていた。そうした文章は、古典の行文を生呑活剝するという点で、古怪な蘇綽「大誥」の先駆となっていたし、また美文を批判しながら、それ自身も美文だという齟齬をかかえる点で、李諤「上隋高帝革文華書」の先蹤ともなっていたのである。

注

（1）ただし、一九四〇年代の朱東潤『中国文学文学史大綱』は、つとに『宋略』は斉代にかかれた旨を指摘していたという（未見。羅宗強『魏晋南北朝文学思想史』三一三頁による）。

（2）曹道衡氏の御論以後の裴子野研究では、顧農「裴子野論」（『揚州師範学報』一九九六—一）が、林田氏や曹道衡氏の御論の後をつぐ本格的な研究だといえよう。この顧農論文は、「雕虫論」を中心としながら、裴子野の保守的文学観の意義を、善悪の両面にわたって詳細に論じている。

（3）曹道衡・劉躍進『南北朝文学編年史』（人民文学出版社　二〇〇〇）二七四頁は、現存する『宋書』総論や『梁書』裴子野伝から、子野が沈約『宋書』に不満をもった理由を推測している。それは、一に内容が浮薄、二に文章が冗漫、三に批評が主観的すぎる――の三点である（さらに現存する『宋略』伝論の文から、「裴子野『宋略』は個人の才能を重視しているが、沈約『宋書』のほうは、むしろ門第を重視していたろう」とものべている）。私見によれば、この三番目の「批評が主観的すぎる」には、沈約の「裴松之以後は、［その子孫に］よい評判をきかない」という発言も、ふくまれていたろう。

（4）裴子野の父、裴昭明の没年（五〇二年）については、『南斉書』や『梁書』のあいだで混乱があり、もうすこしはやまる可能性がある（曹道衡・沈玉成『中古文学史料叢考』四四五頁　中華書局　二〇〇三）。すると『宋略』の完成は、服喪の初年でなく、二年目ぐらいだったのかもしれない。

（5）編年体の『宋略』のなかに、なぜ「雕虫論」のような議論ふう文章が編入されていたのか。これについて、曹道衡・沈玉成『中古文学史料叢考』五二四頁は、

『史通』六家篇は、『宋略』を左伝家に属させている。これによって、『宋略』が編年体の史書だったことがわかる。ただ、そのなかに議論がおおかったようで、「選挙」「楽志叙」などの文章が『全梁文』にみえている。どうやら編年体のなかに、紀伝体の「志」ふう文章が混入していたようだ。

と推測している。

（6）『管錐編』中の「当時はやりの美文」（原文は「今文体」）ということばは、『梁書』裴子野伝の記事をふまえていることに注意（両者とも**【過去の評価】**に掲載）。

（7）ここで想起したいのは、『史通』叙事巻六の、

幾原務飾虚詞、君懋志存実録。

裴子野『宋略』は、虚飾の語で字句をかざっているが、王劭『斉志』のほうは、実録ふう行文を心がけている。

という評言である。［概して地味な］北朝の王劭『斉志』と比較してとはいえ、『宋略』の文章を「虚飾の語で字句をかざっている」というのは、おそらく［簡潔であるべきなのに］美文ふう行文になっていると批判しているのだろう。すると、さきの「煩雑な箇所をけずり、要点を摘録したが、じつに才腕ぶりだった」（雑説中）の発言と矛盾しているように感じられる。知幾の真意はいまひとつわからないが、「雑説中」篇は史実を叙した文章にむけたものであり、「叙事」篇は史論ふう文章にむけた発言だと解すれば、それなりに説明がつかなくはない。

（8）裴子野の五言詩も、「雕虫論」とおなじく地味な作がおおい。曹道衡「関于裴子野詩文的幾个問題」（前引）によると、裴子野の五言詩も、梁中葉以後の大多数の詩人とことなっていて、あきらかに「清剛古朴」であって、漢魏楽府の詩風に接近しているという。

（9）蕭綱と裴子野のふたりを、梁代の新旧文学流派の旗がしらとして、対立的にみなす考えかたは、現代ではほぼ定着している。そうした状況のなか、賈奮然「論斉梁古今文体之争」（「首都師範大学学報」二〇〇一―四）は、新旧文学流派の対立は、ただ蕭綱と裴子野の両人のあいだだけでなく、斉梁両代をとおしてみられるものであることを強調されている。

（10）『梁書』本伝につぎのような記事があり、裴子野を中心として、古書を研究する集いもひらかれていたようだ。

子野与沛国劉顯、南陽劉之遴、陳郡殷芸、陳留阮孝緒、呉郡顧協、京兆韋稜、皆博極羣書、深相賞好、顯尤推重之。時呉平侯蕭勱、范陽張纘、毎討論墳籍、咸折中於子野焉。

子野や沛国の劉顯、南陽の劉之遴、陳郡の殷芸、陳留の阮孝緒、呉郡の顧協、京兆の韋稜らは、みな群書を博覧していて、たがいに仲がよかった。そのなかでは劉顯が、とくに子野を尊重していた。そのころ呉平侯蕭勱、范陽の張纘らは、古書を研究しあっていたが、いつも子野の意見で正邪をきめていた。

この記事からすると、保守的文人のグループのなかでも、裴子野はとくに中心的な存在として、おもんじられていたようである。なお最近、精力的に裴子野研究を発表されている黄澄華氏は、「裴子野文人集団〈尚質〉的創作状況分析」（「広西社会科学」二〇一一―四）、「也論裴子野文人集団古朴典雅的詩歌創作風格」（「広東技術師範学院学報」二〇一一―二）の二論文で、右の裴子野を中心とした保守的文人たちの文風を検討されている。

（11）裴子野「喻虜檄文」に対する厳可均の案語は、つぎのとおり。「案梁書裴子野伝、〈普通七年、王師北伐、勅子野為喩魏文。受詔立成〉」（『全梁文』巻五十三）。子野の檄文の内容からかんがえて、この厳可均の推測（普通七年の北伐時の作とする）は妥当なものだろう。

（12）裴子野にかぎらず、いっぱんに六朝文人たちは、我われが想像するよりも手ばやく、詩文をつづることができたようだ。そのことについては、拙著『六朝美文学序説』の第七章「型による創作」や、第九章「典型志向の創作」などを参照していただきたい。

（13）黄澄華「論裴子野的文学観」（「広東農工商職業技術学院学報」二〇〇六―八）は、裴子野「雕虫論」の文学観を、「言志」と「縁情」の対立の一反映であるとする（「雕虫論」はもちろん前者に属する）。いっぽう、邰三親「裴子野文学観成因分析」（「運城学院学報」二〇〇六―六）は、子野が保守的文学観を有するにいたった原因を追求している。その結果、梁武帝が儒学を復興し、尚古的文化を追求した。裴子野が地道な儒者の家系の出であった。家伝の史学的素養が鋭敏な洞察力をみがいた。裴子野が中書通事舎人の地位についた。中流士族の出だったので、文壇主流派の風尚を批判的にみることができた――などの事情を指摘している。

# 第六章　鍾嶸「詩品序」の文章

**【基礎データ】**

［総句数］226句　［対をなす句］96句　［単対］37聯　［隔句対］5聯　［対をなさぬ句］130句　［四字句］115句　［六字句］31句　［その他の句］80句　［声律］29聯

［修辞点］8（第11位）　［対偶率］42％（第11位）　［四六率］65％（第12位）　［声律率］69％（第8位）

**【過去の評価】**

［南史文学列伝］嶸嘗求誉於沈約、約拒之。及約卒、嶸品古今詩為評、言其優劣。云「観休文衆製、五言最優。斉永明中、相王愛文、王元長等皆宗附約。于時謝朓未遒、江淹才尽、范雲名級又微、故称独歩。故当辞密於范、意浅於江」。蓋追宿憾、以此報約也。

鍾嶸はかつて、沈約に推薦してほしいと依頼したが、沈約は拒否した。沈約が死ぬや、嶸は古今の詩をくらべて評価をくわえ、その優劣を論じた。そこで「沈約の諸篇をみると、五言詩がもっともよい。斉の永明中、竟陵王は文学をこのんだが、［そこにあつまった］王融らはみな沈約を尊敬した。当時において、謝朓の詩はまだ力づよさがなく、江淹は詩才がつきはて、范雲も名声がおとっていた。だから、沈約は突出していると称されたのだ。約の文辞は范雲より緻密だが、内容的には江淹よりもあさいというべきだろう」と評した。おもうに、この批評は昔の恨みをわすれず、沈約にしっぺがえしをしたものだろう。

［胡応麟詩藪内編巻二］蕭統之選、鑒別昭融。劉勰之評、議論精鑿。鍾氏体裁雖具、不出二書範囲。至品或上中倒置、詞則雅俚錯陳、非蕭劉比也。

蕭統『文選』の選録ぶりは慧眼につらぬかれ、劉勰『文心雕龍』の批評ぶりは精細をきわめている。鍾嶸『詩品』はスタイルはととのっているが、『文選』『文心雕龍』よりも上というわけにはいかぬ。その品評ぶりは上品と中品とが逆になっているし、ことば遣いも雅俗がごっちゃになっている。とても蕭統や劉勰とは比較にならない。

**【原文】**

［一］気之動物、物之感人。故揺蕩性情、形諸舞詠。欲以照燭三才、暉麗万有。霊祇待之以致饗、幽微藉之以昭告。動天地、感鬼神、莫近於詩。

［二］昔南風之辞、卿雲之頌、厥義夐矣。夏歌曰鬱陶乎予心、楚謡云名余曰正則。雖詩体未全、然略是五言之濫觴也。

逮漢李陵、始著五言之目矣。古詩眇邈、人世難詳。推其文体、固是炎漢之製、非衰周之倡也。自王楊枚馬之徒、詞賦競爽、而吟詠靡聞。

［三］従李都尉、迄班婕妤、将百年間、有婦人焉、一人而已。詩人之風、頓已缺喪。東京二百載中、惟有班固詠史、質木無文致。

降及建安、曹公父子、篤好斯文。平原兄弟、鬱為文棟、劉楨王粲、為其羽翼。次有攀龍托鳳、自致於属車者、蓋将百計。彬彬之盛、大備於時矣。

爾後陵遅衰微、迄於有晋。太康中、三張二陸●、両潘一左●、勃爾復興、踵武前王。風流未沫、亦文章之中興也。

[四]　永嘉時、貴黄老●、尚虚談○。於時篇什、理過其辞、淡乎寡味。爰及江表、微波尚伝。孫綽許詢○、桓庾諸公○、詩皆平典、似道徳論。建安風力尽矣。先是郭景純用雋上之才、変創其体●、劉越石仗清剛之気、賛成厥美●。然彼衆我寡、未能動俗。逮義熙中、謝益壽斐然継作。元嘉初、有謝霊運。才高詞盛、富艶難踪。固已含跨劉郭●、凌轢潘左●。

[五]　故知陳思為建安之傑、公幹仲宣為輔●、陸機為太康之英、安仁景陽為輔●。謝客為元嘉之雄、顔延年為輔。斯皆五言之冠冕●、文詞之命世●也。

[六]　夫四言文約意広、取効風騒、便可多得。毎苦文煩而意少、故世罕習焉。五言居文詞之要、是衆作之有滋味者也。故云会於流俗。豈不以指事造形○、窮情写物●、最為詳切者邪。

[七]　故詩有六義焉。一曰興、二曰比、三曰賦。文已尽而意有余、興也。因物喩志、比也。直書其事、寓言写物、賦也。弘斯三義、酌而用之、幹之以風力●、潤之以丹彩●、使詠之者無極●、聞之者動心○、是詩之至也。若専用比興、則患在意深、意深則詞躓●、若但用賦体、則患在意浮、意浮則文散●。嬉成流移、文無止泊、有蕪漫之累矣。

［八］若夫春風春鳥●、秋月秋蟬○、夏雲暑雨●、冬月祁寒○、斯四候之感諸詩者也。嘉会寄詩以親○、離群託詩以怨●。至於楚臣去境●、漢妾辞宮○、或骨横朔野●、或魂逐飛蓬○、或負戈外戍、殺気雄辺、塞客衣単○、孀閨涙尽●、又士有解珮出朝、一去忘返●、女有揚蛾入寵、再盼傾国●、凡斯種種、感蕩心霊○、非陳詩何以展其義●、非長歌何以釈其情○。故曰詩可以群○、可以怨●。使窮賤易安○、幽居靡悶●、莫尚於詩矣。

［九］故詞人作者、罔不愛好。今之士俗、斯風熾矣。纔能勝衣○、甫就小学●、必甘心而馳騖焉。於是庸音雑体、各各為容。至使膏腴子弟、恥文不逮、終朝点綴●、分夜呻吟。独観謂為警策●、衆覩終淪平鈍●。

［十］次有軽蕩之徒。笑曹劉為古拙、謂鮑照羲皇上人○、謝朓今古独歩●。而師鮑照、終不及日中市朝満、学謝朓、劣得黄鳥度青枝。徒自棄於高聴●、無渉於文流矣。

［十一］嶸観王公縉紳之士、毎博論之余、何嘗不以詩為口実。随其嗜慾、商搉不同。淄澠並泛●、朱紫相奪●、喧議競起●、準的無依。近彭城劉士章、俊賞之士、疾其淆乱、欲為当世詩品。口陳標榜、其文未遂。嶸感而作焉。

［十二］昔九品論人、校以賓実、誠多未値。至若詩之為技、較爾可知。以類推之、殆均博弈。

七略裁士。

方今皇帝、資生知之上才、文麗日月、昔在貴遊、已為称首。況八紘既奄、風靡雲蒸。抱玉者聯肩、
体沈鬱之幽思、学究天人。握珠者踵武。

固以瞰漢魏而不顧、呑晋宋於胸中。諒非農歌轅議、敢致流別。嶸之今録、庶周旋於閭里、均之於談笑耳。


（曹旭『詩品集注（増訂本）』より）

## 【通釈】

### ［第一段］詩の発生と効用

気は万物をゆりうごかし、万物はひとの心を感動させる。かくしてひとはおのが感情を刺激され、舞踊や歌詠によって思いを表現するようになった。歌詠された詩歌は、天地人をてらし、万象をかがやかすし、これによって天地の神々をまつり、幽冥の世界に意思も伝達できるのだ。天地をゆりうごかし、鬼神を感動させるには、この詩歌以上のものはない。

### ［第二段］後漢までの五言詩

むかし帝舜のとき、「南風」の歌辞や「卿雲」の頌歌があったそうだが、それはあまりにもむかしのことだ。つづく夏の歌謡に「暗然たるわが心」等とあり、また『楚辞』にも「余を正則と名づけた」などとある。これらは詩のスタイルとしては不十分だが、五言詩の濫觴だとしてよかろう。前漢の李陵になって、はじめて五言詩のジャンルが登場した（「与蘇武詩」の詩）。「古詩」ははるか以前の作で、作者も時代もはっきりしない。そのスタイルから推測すれば、前漢の盛時の作であり、先秦の詩歌ではあるまい。王褒、揚雄、枚乗、司馬相如らのころから、辞賦は盛行したもの

の、詩歌のほうはさっぱりだった。李陵から班婕妤（「怨歌行」の作者）までの百年には、女性の班婕妤がいるわけだから、けっきょく李陵ひとりが出現したにすぎぬ。『詩経』の詩人の伝統は、にわかにとだえてしまったのだ。後漢の二百年間では班固の「詠史詩」のみ存するが、これは質朴で文飾のない作にすぎない。

［第三段］魏晋の五言詩

建安（一九六〜二二〇）になると、曹操父子がたいへん五言詩をこのんだ。曹丕曹植の兄弟は勢いさかんで文壇の領袖となり、劉楨と王粲はその両翼としてひかえた。ついで、この龍や鳳というべき天才の後をおっかけて、副車にのりこんだ小詩人は、百人ほどもいたろうか。かくして文質そなわった建安の文学活動は、おおいに展開したのだった。その後、五言詩はしだいに衰微し、晋までおよんだ。ところが西晋の太康年間（二八〇〜二八九）になるや、三張（張載、張協、張亢）と二陸（陸機、陸雲）、さらには両潘（潘岳、潘尼）と一左（左思）らがとつぜん台頭し、建安詩人（三曹と劉楨、王粲）の盛業を継承したのである。こうしてこの時期、風雅の伝統はつきることなく、文学が中興したのだった。

［第四段］晋宋の五言詩

永嘉（三〇七〜三一三）になると、黄老を重視し清談をたっとんだ。そのため、当時の詩歌は玄学臭が表現の美をおおって、淡泊でうす味になってしまった。都が南方にうつって［東晋になって］も、その余波はつづいた。孫綽や許詢、桓温、庾亮らの詩はどれも平板で、老子の論に似ていた。建安詩の力づよさは、ここに跡をたってしまったのである。こうなるまえ、郭璞は卓越した才腕をふるって、詩のスタイルを変革し、また劉琨は清新剛直な才気でもって、詩の美しさをだすよう努力した。だが多勢に無勢で、世俗の［玄学臭のある］詩風をかえることはできなかったのだ。ところが、東晋末の義熙（四〇四〜四一八）年間になるや、謝混がはなばなしく両人の詩風を継承した。さらに宋の元嘉（四二四〜四五三）初には、謝霊運が出現した。この霊運、才能はすぐれ詞藻うるわしく、その艶麗な詩風は、だれも追随できなかった。彼は劉琨や郭璞の作をのりこえ、潘岳や左思の詩も凌駕していたのである。

［第五段］五言詩史の総括

以上から、つぎのことがしられる。曹植は建安詩人の傑物であり、劉楨と王粲がその補佐。陸機は太康詩人の俊英であり、潘岳と張協がその補佐。そして謝霊運は元嘉詩人の雄才であり、顔延之がその補佐である――と。彼らはみな、五言詩の第一人者であり、文学で名声を博した人びとだった。

［第六段］五言詩の特徴

さて四言詩は、一句四字で簡約だが多様な内容が表現できる。国風や「離騒」の叙法を手本にすれば、［句法が単純なので］たくさんつづれるだろう。だが四言の句をいくらならべても、［句法が単純なので］複雑な内容を表現できないのが悩みのタネだ。だから四言詩をかく者は、世にまれになってしまった。五言詩のほうは、文学の枢要な位置をしめていて、諸ジャンルのなかでも味わいぶかいものだ。だから「世俗ではやる」と評されるのだろう。それは、叙事や描写、あるいは叙情や叙景をしようとするさい、五言詩がもっとも精密につづれるからではあるまいか。

［第七段］詩の六義

詩には六義がある。一に興、二に比、三に賦である。詩をよみおわっても、余韻がのこる叙法が興である。事物に託して主題をのべる叙法が比である。ことがらを直書し、ことばで事物をえがく叙法が賦である。この興、比、賦の叙法を敷衍しながら、適切に斟酌してゆく。さらに力強さを根幹にすえつつ、文采によって潤いをあたえる。そして詠じる者には無窮の妙味を感じさせ、耳にする者には感動の気もちを生じさせる――こうすれば、すばらしい詩になることだろう。ところが比と興だけ採用すれば、内容がわかりにくくなりかねない。そうなると表現もいきづまってしまう。また賦だけを採用すれば、内容が大袈裟になりかねない。そうなると表現も散漫になってしまう。さらにあそび気分でこの三者をつまみぐいすれば、表現におちつきがなくなり、雑駁な欠陥が生じてきかねないだろう。

[第八段] 詩作の動機

春の風、春の鳥、秋の月、秋の蟬、さらに夏の雲、炎暑の雨、冬の月、酷寒など、これらの四季の風物は、ひとに詩心をおこさせるものだ。たのしい宴席の場では、想いを詩によせて仲間と親しみをふかめ、ひとりぼっちのときは、詩に寂しさを託して無念をかこつ。また楚の臣下が祖国をおわれ、漢の宮女が宮殿をさるとき。また白骨が北方の原野をおおい、霊魂が飛蓬をおってさまようとき。また戈をせおって外敵にそなえ、殺伐たる空気が辺地にみなぎるとき。辺塞の旅人が単衣《ひとえ》で寒さにふるえ、孤閨の寡婦が涙もかれはてたとき。さらに士人が官をすてて宮廷をさり、再仕する意欲をなくしたとき。美女が蛾眉の美しさによって寵され、再顧しては国をもかたむけるとき――こうしたとき、ひとは心をゆさぶられることだろう。そのとき詩をつくらないで、どうやっておのが衷心をかたれよう。歌を詠じないで、どうやって無念をなぐさめられよう。だから『論語』に、「詩は他人としたしむのに役だち、鬱屈をはらすのに有用だ」というのだ。つまり、貧窮にくるしむひとを安心させ、隠棲者の苦悶をとりのぞくには、詩以上のものはないのである。

[第九段] 五言詩の流行

かくして、世の文人たちで、詩をこのまぬものはおらぬ。いま貴賤さまざまで、五言詩をつくる風潮がさかんだ。やっと一人前に着物がきれ、小学にかよいはじめた子どもさえ、これに熱中してきそいあっている。こうしてつまらぬ篇や蕪雑な詩でも、おのおの文飾して格好をつけるようになった。おかげで貴族の子弟たちは、詩が下手なのを恥じて、早朝から詩句をいじり、夜中も詩作にふけるしまつだ。彼らの詩は、自分では秀作とおもいこんでいるが、他人がみれば駄作にすぎないのだが。

［第十段］軽薄な連中

さらに、［亡き沈約の一派である］軽薄な連中もいる。彼らは曹植や劉楨の詩を旧式で下手だと嘲笑し、また「鮑照は伏羲のころの君子のようだし、謝朓は古今に卓絶している」などと的はずれなことをいっている。ところがその連中たるや、鮑照を師としながら、けっきょく彼の「日中市朝満つ」の句（鮑照の楽府の一句）にはおよびもつかず、謝朓にまなびながら、わずかに［虞炎が謝朓の詩を模してつくった］「黄鳥青枝を度る」程度の詩句をつくるだけ。これでは知識人からみすてられ、文人たちと無縁の存在になってしまいかねない。

［第十一段］執筆の契機

私が貴顕の人びとをみてみると、活発な議論のあとは、詩が話題にならぬことはないほどである。だが、それらの議論たるや、各人のお好みまかせで、評価のしかたもさまざまだ。あれもこれもごたまぜで、正も邪もでたらめ。にぎやかな論駁がきそいあい、まともな評価基準などありっこないというしまつである。ちかごろ、彭城出身の劉士章（劉絵）という、なかなかの批評眼をもつ男がいた。この士章、そうした混乱ぶりをきらって、当代の詩を品評した書をつくろうとした。彼は口頭では詩評をかたっていたが、一書としては完成しなかった。私はそれに感ずるところがあって、この『詩品』をつくったのである。

［第十二段］自著の謙遜

むかし、班固は『漢書』で、古今の人物を九等にわけて論じ、劉向劉歆の父子は『七略』で、古今の作者を七分野にわかって評論した。両者の評定を［後代の視点から］評判と実績とで吟味してみると、あたっていないほうがおおい。それに対し、詩の技術ともなると、その優劣はわりと弁別しやすい。これと似たものといえば、［勝ち負けのはっきりした］博奕だろうか。

いま今上陛下（梁武帝）は、天与の才能にめぐまれ、深甚な思索をかさねておられる。そのご文業は日月に比すべき輝きをもち、ご学問は自然と人事の両分野をきわめられている。わかかりしころでも、文学サロンの筆頭にたっておられたが、陛下が天下を領有する現今は、俊秀が風や雲のように参集している。かくして宝石のごとき文采をもった人びとが肩をならべ、珠玉のごとき才腕が踵を接するにいたった。これは漢魏の時期をみわたしても問題にもならぬし、晋宋の時代も胸中にのみこまんばかりの盛況だ。されば農民の俗謡、車引きの談義のごとき私の詩評が、詩の流れや評価を明確にできるはずもあるまい。ここにまとめた内容など、せいぜい村里で話題になり、お笑い種にでもなれば上等というほどのものにすぎないのである。

**【考察】**

## 一　破格な調子

鍾嶸《しょうこう》、あざなは仲偉（四六九～五一八）の『詩品』は、漢魏から梁まで百二十二人の詩人とその詩（五言詩）を評した、文学批評の書である。この書は、対象を五言詩に特化していること、歴代の詩人を上中下の三品等に評定していること、さらにその評価の内容や手法が独自なものであること――などの特徴によって、六朝のみならず、旧時の批評史上においても、屈指の問題作だと評されてきた。後代に出現した詩話との相関も、いろいろ論議の種となってきたことは、周知のことだろう。

本章は、その『詩品』の表看板というべき序の文章をとりあげ、その修辞の巧拙や文学的価値などを考察しようとするものである。ただし『詩品』の序文といっても一篇だけでなく、上品序、中品序、下品序の三つの篇がある。本章ではこの三篇のうちから、総論ふう内容を有し、また著名でもある上品序のみをとりあげるので、ご注意いただきたい（以下、上品序を「詩品序」と称する）。

この「詩品序」は、『詩品』執筆の経緯を叙しただけでなく、一篇の文学論とも称すべき、ゆたかな内実をそなえている。序文中の主要な発言をあげれば、詩発生のプロセスを説明するのに「気」の概念を導入した。四言詩よりも五言詩を重視した。「詩大序」由来の「興」を独自に解釈した。玄言詩を貶価的に評した——等々が指摘できよう。これらの発言は、賛成するにせよ反対するにせよ、時流にながされぬ姿勢、他に例をみぬ独自の視点、そして発言時期のはやさなどの点で、批評史上で注目されてよいものである。これ以外にも、「中品序」や「下品序」に属するので、ここではとりあげないが、典故多用や声律に反対する議論も、鍾嶸独特の見識にもとづくものであって、それなりに納得させられることもおおい。

そうした「詩品序」の文章をよんでみると、発言の当否はべつとして、全体的に威勢のよい口吻がめだつ。後述するが「詩品序」の文章には、杜撰な措辞に起因するとおぼしき、矛盾や難解さがたくさん存在している。だがそれでも大局的にみれば、鍾嶸がいわんとすることは、はっきり読者につたわってくる。婉曲な表現やもってまわった口調があまりなく、断定的な言いかたがおおいので、主張もおのずから明瞭になってくるのだろう(1)。

そうした文章の威勢のよさは、どうやら文末における「矣」字多用と関係がありそうだ。この「矣」字は、周知のように断定の語気をあらわすが、「詩品序」ではそれがしばしば出現している。すなわち、「詩品序」二百二十六句中で八回、つまり二十八句に一回の割合で使用されているのである。

［第二段］厥義夐矣。（あまりにもむかしのことだ）

［第二段］始著五言之目矣。（はじめて五言詩のジャンルが登場した）
［第三段］大備於時矣。（おおいに展開したのだった）
［第四段］建安風力尽矣。（建安詩の力づよさは、ここに跡をたってしまったのである）
［第七段］有蕪漫之累矣。（雑駁な欠陥が生じてきかねないだろう）
［第八段］莫尚於詩矣。（詩以上のものはないのである）
［第九段］斯風熾矣。（五言詩をつくる風潮がさかんだ）
［第十段］無渉於文流矣。（文人たちと無縁の存在になってしまいかねない）

この文末の「矣」使用率は、六朝の他の文学評論にくらべると、ひじょうにたかい。たとえば、蕭統「文選序」は百八十九句中で四回、つまり四十七句に一回の使用にすぎない。また曹丕「典論論文」は百六句中にわずか一回、陸機「文賦」も二百八十八句中に一回、沈約「宋書謝霊運伝論」も百三十五句中に一回だけなのである。さらに、蕭綱「与湘東王書」百二十一句と裴子野「雕虫論」六十四句にいたっては、全篇で皆無なのだ（ただし「文心雕龍序志」にはおおい）。鍾嶸「詩品序」は、こうした他の文学批評にはまれな「矣」字多用によって、よむ者に歯切れよさを感じさせ、ひいては「詩品序」全体の主張を威勢よいものにしているのである。

だが、そうした威勢のよい行文も、旧時の文人たちには、あまり注目されなかったようだ。じっさい、この「詩品序」の文章に対して、古来これといった評価はくだされていない。たとえば、近時の『詩品』研究のすぐれた成果、張伯偉『鍾嶸詩品研究』（南京大学出版社　一九九九）をひもとくと、その外篇「鍾嶸詩品集評」に、旧時の『詩品』批評が網羅的にあつめられている。そのなかの「詩品序集評」をみてみると、おおくは序文中の特定部分の記述内容に対し、賛否の意見を開陳したものであって、「詩品序」の文章への批評らしきものは、ほとんどみあたらないのである。(2)

では、近現代の研究者はどうかといえば、こちらのほうも、音なしの構えをきめこんでいる。最近の『詩品』研究史を展望したものとして、曹旭『詩品研究』所収（上海古籍出版社　一九九八）の「十、民国以来研究挙要」「十一、建国以来研究概述」や、程国賦「鍾嶸詩品研究70年」（「許昌師専学報」二〇〇〇―六）、王運熙等「21世紀詩品研究展望（筆談）」（「許昌師専学報」二〇〇一―三）、黄念然「20世紀鍾嶸詩品研究述評」（「中州学刊」二〇〇三―六）、張利「鍾嶸詩品研究綜述」（「文学界」（理論版）二〇一〇―六）などがある。これらをよむと了解できるが、近時の『詩品』研究のおおくは、校勘や典拠、書名、体例、思想、文学観などをテーマとするものであって、文章自体を研究した論考はほとんどみつからない。一例として、黄念然氏の「述評」の章立てを紹介すれば、「関于詩人品第問題」「関于滋味説」「関于鍾嶸的批評観」「関于詩品的比較研究」であり、関心が批評の内容にかたよっていることがわかる。これを要するに、「詩品序」の文章に対しては、無関心ゆえの軽視、あるいは無視というのが、最近の状況だといってよかろう。

そうしたなか、最近の研究者の見解として、『合璧　詩品　書品』（研文出版　二〇一一　中国古典選『文学論集』〈朝日新聞　一九七二〉を補訂したもの。以下、『興品』）中の興膳宏氏のことばが注目される。氏はめずらしく『詩品』の文章に批評の目をむけ、

次に、『詩品』の文章表現について触れておく。『文選』に収められる同時代人の文章と同様に、『詩品』もまた基本的に四字句を中心とする文体で書かれている。しかし、しばしば比較の対象となる『文心雕龍』が、首尾一貫した整然たる駢文の形をとっているのにくらべれば、かなり破格な調子がまじっている。オーソドックスな文体にはおさまりきれないパトスを文学に定着させようとすれば、勢いこのような表現にならざるを得なかったのかもしれない。また批評用語にしても、過去の使用例だけからは正確な意を帰納しがたいものや、鍾嶸の造語としか考えようのないものなど、通常の辞書的語彙の範囲では、処理に困る場合が多い。（二七頁）

とかたっておられる。この評では、批判というほどではないが、文体の破格な調子と用語の解しにくさとを、［やや遠慮しながら］指摘しているのに注意したい。右の評言は、『詩品』の文章全体にむけられたものではあるが、「詩品序」への批評としてもあてはまりそうだ。

右のうち、［後半の］用語の解しにくさについては、『詩品』だけでなく、他の批評ふう文章でも似たような傾向があるといわねばならない。六朝の文人や批評家は独自の感覚にもとづいて、斬新な批評用語を開拓している。そのため、どうしても意味を解しにくくなりやすいのだろう。

いっぽう、［前半の］文体に「破格な調子がまじっている」のご指摘は、私にはひじょうにおもしろく感じられる。この指摘こそ、序文への私の実感と一致し、またその本質をいいあてたものだとおもうからだ。破格な調子がまじるということは、「詩品序」の文が、当時の理想とされた美文の叙法から、逸脱していることを示唆していよう。いったい「詩品序」のどのような行文が、どのように美文の「格」を「破」っているのだろうか。興膳氏は序文中ではただ一箇所、第八段「若夫春風春鳥、秋月秋蟬、夏雲暑雨、冬月祁寒」の破格ぶりを指摘されるだけだが（六四頁。また、これをふまえた私の別稿「札記」〈「中京大学文学部紀要」第四七―二号　二〇一三〉も参照）、まだまだあるようだ。そこで以下では、私が気づいた「詩品序」中の破格な行文を、遠慮なく指摘してゆこう。そしてその破格ぶりから想定される鍾嶸の文章能力について、私なりの見かたをのべてみたいとおもう。

## 二　希薄な対偶意欲

「詩品序」の破格さとして、私がまず指摘したいのは、作者の鍾嶸に対偶意欲がとぼしいということだ。周知のよう

に六朝美文では、対偶にととのえようとする志向がつよい。鍾嶸と同時代の劉勰は、対偶は造物主の意思なのだとのべ、

造化賦形、支体必双、神理為用、事不孤立。夫心生文辞、運裁百慮、高下相須、自然成対。（『文心雕龍』麗辞篇）

造物主がひとに肉体をあたえたとき、手足を二本ずつにしたように、天の理が発動したさいには、事物はひとつだけということはありえない。とすれば、ひとが文辞をつづろうとして、心中に念慮をこらしたならば、上下あいまって、おのずから一対になるものなのだ。

と主張している。冷静な物言いがおおい劉勰が、「造化」や「神理」をもちだして揚言しているのに注意しよう。それほど当時では、対偶への整斉は必須だったのである。そうした状況は、賦頌などの華麗さを重視するジャンルだけでなく、文学批評を叙した文章でもおなじだった。じっさい、「詩品序」以外の沈約「宋書謝霊運伝論」、蕭統「文選序」、裴子野「雕虫論」などの文章も、すべて整然とした対偶多用の行文でつづられている。

そうしたなかにあって鍾嶸の「詩品序」は、なぜか対偶への意欲がとぼしい。その乏しさは、「詩品序」のいろんなところに見え隠れしているが、たとえばつぎの四句（第十段）は、対偶に整斉しようすれば簡単にできるのに、していない例である。

師鮑照、終不及日中市朝満、
学謝朓、劣得黄鳥度青枝。

鮑照を師としながら、けっきょく彼の「日中市朝満つ」の句にはおよびもつかず、謝朓にまなびながら、わずかに「黄鳥青枝を度る」程度の詩句をつくるだけ。

この四句は、「終不及」と「劣得」の字数さえそろえれば（たとえば「終不及」の「終」をけずるだけでも）、容易に対偶

にできたろう。通常の六朝文人だったら、すぐそれに気づいて対偶にととのえたはずだ。ところが鍾嶸は気づかなかったのか、気づいても必要性を感じなかったのか、対偶にしなかった。

もしこの四句の作者が唐代の韓愈だったら、「あえて対偶にするのをさけた」という、好意的な見かたも可能だろう。しかし鍾嶸は、美文が盛行した六朝梁代のひとである。そうした時代の人物がこんな字句をつづったというのは、やはり対偶意欲がとぼしいといわれてもしかたがあるまい。

同種の事例をいくつかあげれば、第十二段の

　固以瞰漢魏而不顧、
　　呑晋宋於胸中。
［梁代文学の盛行ぶりたるや］漢魏の時期をみわたしても問題にもならぬし、晋宋の時代も胸中にのみこまんばかりの盛況だ。

はいかにも対偶ふうだが、しかし「不顧」と「胸中」が対応していない。これなども、すこし字をかえて、

　固以┌瞰漢魏而不顧、
　　　└呑晋宋而無論。
［梁代文学の盛行ぶりたるや］漢魏をみわたしても問題にもならぬし、晋宋をのみこんで無視してもよいほどだ。

とすれば、きれいに対偶になったのである。おなじく第二段の

　詞賦競爽、
而吟詠靡聞。

辞賦は盛行したものの、詩歌のほうはさっぱりだった。

の二句も、「而」字をはずせば、

詞賦競爽、
吟詠靡聞。

という対偶になったろう。だが鍾嶸は、そうした配慮をしなかった。

さらにつぎの例は、一歩すすんで、むしろ対偶にすべきだったのに、それをおこたった「ようにみえる」例である。

わかりやすく行頭をそろえて提示すれば、

陳思為建安之傑、公幹仲宣為輔、
陸機為太康之英、安仁景陽為輔。
謝客為元嘉之雄、顔延年為輔、

曹植は建安詩人の傑物であり、劉楨と王粲がその補佐。陸機は太康詩人の俊英であり、潘岳と張協がその補佐。
そして謝霊運は元嘉詩人の雄才であり、顔延之がその補佐である。

という六句がそれである（第五段）。ここの「陳思」云々と「陸機」云々は隔句対を構成しているが、「謝客」云々は孤立し、対応する句がないまま、ほうっておかれている。

もしこの「謝客」云々の二句を劉勰がみたら、「事がらが孤立して、対応する句がなければ、夔が一本足でよろつくようなものだ」（若夫事或孤立、莫与相偶、是夔之一足、踸踔而行也）といって、批判したことだろう（麗辞篇）。したがってここは、「謝客」云々に対応する二句をおぎなって対偶にするなど、文章をくふうすべきだったろう。あるいは高木正一『鍾嶸詩品』六二頁（東海大学出版会　一九七八　以下、『高品』）がいうように、「文章の体裁からいえば、謝霊運についても前二者と同じく、今一人鮑照字は明遠あたりを加えて、〈延年・明遠は輔為り〉と述べられて然るべきところ」だったろう（そうすれば鼎足対ということになる）。

しかし鍾嶸は、そのいずれもしなかった。美文全盛期にいきた文人としては、そうとう対偶意欲が希薄だったといわねばならない。「詩品序」の対偶率は42％（二百二十六句中の九十六句）とだいぶひくいが、こうした部分も対偶にしていたら、もっとパーセンテージはあがっていたことだろう。

ところで、この六句でさらに注目したいのは、同字の重複（傍点）がやけにおおいことだ。具体的に指摘すれば、「為」「之」「為輔」などである。「為」にいたっては、つごう六回もつかわれている。これらの重複のうち、「之」のごとき助字はやむをえないが、「為」「輔」のごとき実字の重複は、美文としてはさけたいところだ。とくに末尾の三「輔」字は、上方の三句では「傑↔英↔雄」と字をかえているのに、なぜ別字にしなかったのだろうか。「次」「補」「佐」など、いくらでも代替字はあったろうに。あれこれかんがえてくると、けっきょく字句の洗練意欲が希薄だったというほかないようにおもう。

右に類した、対偶中の同字重複の例は枚挙にいとまがないが、たとえば第八段の

┌嘉会寄詩以親、
└離群託詩以怨。

たのしい宴席の場では、想いを詩によせて仲間と親しみをふかめ、ひとりぼっちのときは、詩に寂しさを託して無念をかこつ。

は、「詩」字が重複している（「以」は助字なので、重複しても可）。これなど、同段の「非陳詩何以展其義↔非長歌何以釈其情」が「詩」に「歌」を対置させて、同字をさけているだけに、どうしてここもそうしないのか、理解にくるしむ

ところである。

さらに第七段の

若専用比興、則患在意深、意深則辞躓、
若但用賦体、則患在意浮、意浮則文散。

比と興だけ採用すれば、内容がわかりにくくなりかねない。そうなると表現もいきづまってしまう。また賦だけを採用すれば、内容が大袈裟になりかねない。そうなると表現も散漫になってしまう。

は、とくに同字重複がおおいものだ。長偶対をなす六句のなかで、「則」と「意」は四回出現し、また「若」「用」「患」「在」「意」「深」「浮」は、いずれも二回使用されている。通常の美文ではありえないほど、同字重複がおおいといってよい。そうした過度の重複のためだろう、この対偶は内容的に冗長で、しまりがなくなっている。もしこの六句を逐語的に訳してみれば、

もし比と興だけを採用したとする。すると、内容がわかりにくくなるのがなやましくなろう。内容がわかりにくくなれば、表現がいきづまってしまいかねない。もし賦だけを採用したとする。すると、内容が大袈裟になりかねないのがなやましくなろう。内容が大袈裟になれば、表現も散漫になってしまいかねない。

となろう。このたどたどしい訳文によって、「若専用」六句のわずらわしさが、すこしは実感できようか。このように同字の重複は、内容のわずらわしさにもつながってくるのである。(3)

では、どうつづればよかったのか。私見によれば、この六句がわずらわしいのは、おそらく下方の両二句（「則患在意深、意深則辞躓」と「則患在意浮、意浮則文散」）の煩雑さに原因があろう。すると、この二句をもっと簡潔にすれば、内容のわずらわしさが減少し、同字重複もさけられるはずだ。そこで意味をかえない程度に、下方の両二句を一句に短縮

し、

若専用比興、則患意深而詞躓、
若但用賦体、則患意浮而文散。

としてみよう。この改変でこの対偶、だいぶひきしまってきたし、同字の重複もすこしは減少できた。

だがこの短縮した隔句対、各句冒頭の「若」「則」もまだけずられそうだし、またできれば類義字をつかって、残存する同字の重複もなくしてしまいたい。すると、

専用比興、患意深而詞躓、
但採賦体、病理浮而文散。

とかきなおすことができそうだ（専ら比興を用うれば、意深くして詞躓《つまづ》くを患い、但だ賦体を採《と》れば、理浮きて文散づるを病《や》む）。こうすれば内容・表現ともひきしまった、四六の隔句対に変貌させることができよう（ただし、声律の調和は考慮していない）。

以上、不遜を承知で、「詩品序」の字句をいじってみた。浅学の私がかく字句をいじれるほど、「若専用比興」六句は稚拙な行文（だと私はおもう）なのである。しかし鍾嶸はそうした自分の六句を、べつに稚拙だとはおもわなかったのだろう。だからこそ、かかる同字多用の文章が、現在までつたわっているわけだ。私は、こうした行文を平気でつづった鍾嶸は、美文の作者として高レベルのひとではなかったろうと、推測するのである。

さて、すこし話題がそれてしまった。対偶の話題にかえると、まだ指摘してなかったこととして、バランスのわるい対偶がみえることがあげられよう。たとえば第三段の、

平原兄弟、鬱為文棟、
劉楨王粲、為其羽翼。

曹丕曹植の兄弟は勢いさかんで文壇の領袖となり、劉楨と王粲はその両翼としてひかえた。

の例がそれである。ここの「鬱為」（鬱として文棟と為る）と「為其」（其の羽翼と為る）とは、うまく対応していない。さらに第四段にみえる、

孫綽許詢、
桓庾諸公、

の対偶でも、やはり「許詢」と「諸公」とはバランスがわるい。下句は「桓温庾亮」とすればよかった。この二例、ちょっとしたことではあるが、やはり対偶意欲の乏しさの一環だとしてよかろう。

## 三　ぞんざいな典故利用

対偶につづいて、この章では、ぞんざいな典故利用法についてのべよう。まずは典故利用のさいの［たぶん］うっかりミスによって、文章を難解にしてしまった例である。

豈不以指事造形、
　　　窮情写物、最為詳切者邪。

故詩有六義焉。一曰興、二曰比、三曰賦。

……それは、叙事や描写、あるいは叙情や叙景をしようとするさい、五言詩がもっとも精密につづれるからで

はあるまいか。

　詩には六義の叙法がある。一に興、二に比、三に賦である。

右の文は私の分段によると、「最為詳切者邪」までが第六段「五言詩の特徴」であり、「故詩有六義焉」以下は、第七段「詩の六義」に属す。第六段は、［四言詩に対する］五言詩の優秀ぶりを叙しているが、第七段では、話題が詩の六義の話に変化している。つまり両者のあいだで、内容がはっきり断絶しているのだ。その意味で、上下の因果関係をしめす「故」字は、どうかんがえても布置されるべきではない。しかしなぜか、七段冒頭に「故」字がおかれているのだ。いったい、なにがどう「故《ゆえ》に」なのだろうか。

　このふしぎな「故」字については、「故に」でなく、文章をあらためるさいの言いだしの語だろうという見かたもある（平凡社『文学芸術論集』〈中国古典文学大系〉中の岡村繁氏の訳注二二七頁、以下、『岡品』）。しかし、その見かたは好意的すぎるようにおもう。この部分、私には、典拠の表現にならったのだろうとする、『高品』六八頁の指摘のほうがおもしろく感じられる（「札記」も参照）。すなわち、この部分は、「詩大序」の「故詩有六義焉。一曰風、二曰賦、三曰比、四曰興、五曰雅、六曰頌」の文を下敷きにしているのだが、そこの冒頭に「故」字（傍点）がつかわれていた。鍾嶸は、ここの文章を自文に利用したさい、その表現にならったというより、「故」字をけずりわすれてしまったのではないか。つまり私は、典故を利用したさいの、うっかりミスだったろうと推測するのである。(4)

　さらに鍾嶸は「詩品序」中で、同種のミスをもう一回おかしている。それは第三段の

　太康中、三張二陸、勃爾復興、踵武前王。
　　　　両潘一左、

太康年間になるや、三張（張載、張協、張亢）と二陸（陸機、陸雲）、さらには両潘（潘岳、潘尼）と一左（左思）ら

がとつぜん台頭し、建安詩人（三曹と劉楨、王粲）の盛業を継承したのである。

の部分である。ここの末句「踵武前王」（建安詩人〈三曹と劉楨、王粲〉の盛業を継承したのである、の意）に注意しよう。この句は、『楚辞』離騒の

忽奔走以先後兮、及前王之踵武。

奔走して後になり先になりながら、先王の業績をおっかけようとした。

に依拠したもので（王逸注「踵、継也。武、跡也」）、典拠の「及前王之踵武」の字をけずったり、語順をいれかえたりして、「踵武前王」（武《あと》を前王に踵《つ》ぐ）という四字句にしたてなおしたものである。ここの「前王」は、［曹旭『集注』にひく］古直『鍾記室詩品箋』が「太康文学の、建安の盛を継《つ》ぐるを謂うなり」と注するように、すこしまえの「曹公父子……劉楨王粲、為其羽翼」の部分をうけて、建安の三曹や劉楨、王粲らをさしているのだろう。

私見によれば、ここでの典拠利用法は軽率だった。典拠中の「前王」の語、これは自文ではべつの語に改変すべきだったのに、それをおこたってしまった［とおもわれる］からだ。だから「前王」の語で、建安の三曹や劉楨、王粲らを意味することになってしまった。三曹はよいにしても、劉楨や王粲まで「前王」と称するのは、あきらかに辻褄があわない。『高品』はこれについて、

建安詩人を『前王』と呼ぶのは少し大げさな表現ともいえるが、鍾嶸が建安文学を過去の最高のものと高く評価していること、また建安詩人の中心に王者たる曹公父子がいることから考えれば、かくいったからといってあながち不思議ではない。

とのべているが（五〇頁）、これはいささか好意的すぎよう。「前王」の語に劉楨や王粲らもふくめるのは、やはり無理だとせねばなるまい。鍾嶸はここの「前王」の語を、たとえば「前英」とか「前哲」などに改変しておけばよかった

のだ。そんな簡単な字句改変を、鍾嶸はおこたってしまった。そのため、こうした問題が生じてきたのである。

このように、この「詩品序」の文章には、典故利用の不具合が二か所みえるが、その二例には共通点がある。それは、典故を利用するさい、おのが「詩品序」の文脈に接合させるよう、典拠の字句を改変すべきだったのに、それをおこたってしまったということだ。右の前者では、「詩大序」の「故詩有六義焉」の「故」字をけずるのをわすれ、後者では、「離騒」の「及前王之踵武」の「前王」を、「前英」等に改変するのをおこたってしまった。いずれも典故を利用するさいの、うっかりミスだといってよかろう。

こうした例からみると、どうも鍾嶸には、典故利用が無造作すぎ、配慮に欠ける傾向があったようだ。それはおそらく、鍾嶸の典故利用の不熱心さに遠因があったろう。すなわち、鍾嶸は「中品序」において、

爾来作者、寖以成俗。遂句無虚語、語無虚字。拘攣補衲、蠹文已甚。但自然英旨、罕値其人。詞既失高、則宜加事義。雖謝天才、且表学問、亦一理乎。

[任昉や王融たち]以後の詩人たちにおいては、典故の利用が世間の流行となり、やがて一句のなかに典故なきはなく、一語のなかに典拠なきはなしとなった。そして典故の利用にこだわり、五言詩に多大な害をおよぼしたのだった。典故をもちいぬ自然な詩趣となると、ほとんどの詩人はもちあわせておらぬ。かくのごとく高妙な詩趣をうしなったとなれば、典故をつかうのもしかたなかろう。天賦の才はないにしても、学識をてらうのも、また詩作の一法だろうから。

とのべていた。この発言は、斉梁における典故多用の風潮をからかったものである。このように鍾嶸は、典故の利用について好意的でなく、あまり熱心ではなかった。その不熱心さの報いが、右の二か所のごときミスとして、はねかえってきたのだろう。

じっさい、他の箇所でも、鍾嶸の典故利用においては、ぞんざいな使いかたが目につく。具体的にいえば、積極的に［典故の］字句を洗練させようとする意欲がとぼしいことだ。たとえば、第一段の「動天地」云々や第七段の「使詠之者無極」云々が、ほぼ無改変の「詩大序」の引用であることは、すでに「札記」でも指摘しておいた。ここでは、さらにわかりやすい例として、旧来の四字熟語を改変することなく、そのまま使用したケースもしめしておこう。

すなわち第三段の「攀龍托鳳」句は、『漢書』叙伝下の「攀龍附鳳、並乗天衢」（龍にしたがい鳳にくっついて、ともに天の道をかけあがった、の意）に、またおなじく第三段の「陵遅衰微」句は、『史記』平準書の「各兢兢所以為治、而稍陵遅衰微」（それぞれ細心におこなって治績をあげたが、それもしだいにおとろえた、の意）に、さらに第四段の「彼衆我寡」句も、『春秋左氏伝』僖公二十二年の「彼衆我寡。及其未既済也、請撃之」（敵軍はおおく自軍はすくない。敵がまだ川をわたりきらぬうちに、攻撃させてほしい、の意）に、それぞれ依拠している。いずれも典拠の四字句を、ほぼ原形のまま使用したものであり、いささかものぐさな典故利用といえなくもない。

では鍾嶸は、典拠の字句をまったく改変しないのかといえば、そんなことはない。ほかの箇所では、字句を改変している。ただそうした場合でも、ぞんざいなやりかたが目につく。たとえば「詩品序」第十二段の、

> 況八紘既奄、風靡雲蒸。［抱玉者聯肩、
> 握珠者踵武。
>
> 陛下が天下を領有する現今は、俊秀が風や雲のように参集している。かくして宝石のごとき文采をもった人びとが肩をならべ、珠玉のごとき才腕が踵を接するにいたった。

という四句を例に、鍾嶸の典故利用法を吟味してみよう。

傍点を附した「況八紘既奄」「抱玉者聯肩」「握珠者踵武」の三句は、曹植「与楊徳祖書」の典拠にもとづいている。

すなわち「与楊徳祖書」の

当此之時、人人自謂握霊蛇之珠、家家自謂抱荊山之玉。吾王於是設天網以該之、頓八紘以掩之、今悉集茲国矣。

そのとき文人たちは、おのおの随侯の珠玉を手にもち、各家に和氏の璧をもっているとおもっていました。そこで私の父（曹操）は天網をつくって、九州のすみずみまでひろげおおいましたので、彼らはいまはこの魏にせいぞろいいたしました。

という部分を利用したものだ。鍾嶸は自分の文では、曹植の「握霊蛇之珠」を「握珠」に短縮してもちい、「抱荊山之玉」を「抱玉」にちぢめて使用し、また曹植の「八紘以掩之」から「八紘既奄」という句をしたてている。その意味では、典拠そのままでなく、字句を改変した使用法だといってよい。

では、こうした字句改変もふくめ、この部分の典故技法は巧妙なのかというと、そうはいえないようにおもう。というのは、第一に、この四句はすべて曹植書簡にもとづいていて、典拠先に変化がないからだ。もし陸機や沈約クラスの文人だったら、依拠する典拠先を適宜に変更して、出典が単調にならぬよう配慮しただろう。だが鍾嶸はそうした配慮をおこたって、いわば不精をきめこんでいるのである。

第二に、第四句の「踵武」の語も問題をふくむ。この語、さきにみたように第三段でもつかわれており、ここは同語の再出なのである。使用場所がはなれているので、同字重複というほどの欠陥ではないが、問題なのは、両者で意味がちがっているということだ。すなわち第三段では「武を踵《あとつ》ぐ」、つまり「事業を継承する」の意でつかっていた。それなのに、この第十二段では「大勢があつまる」（「武を踵ぐようにして、大勢がむらがりあつまる」の意のつもりなのだろう）の意で使用していて、意味がちがっているのである。[5]

同一作品のなかで、おなじ語をべつの意味でつかうことは、誤解をまねきやすく、このましいことではない。だから、この段では「踵武」の語をつかわず、たとえば「雲集」や「雑踏」などの類似語を使用すればよかったろう。しかし鍾嶸はそうした配慮をしなかった。気がつかなかったのだろうか。それとも気づいてはいたが、べつにかまわないとおもったのだろうか。どちらにせよ、あまりほめられたことではない。

## 四　杜撰な措辞

つぎに措辞のまずさと、それに起因する文章の難解さを指摘せねばならない。まずは第六段の、つぎのような文章をみてみよう。

夫四言文約意広、取効風騒、便可多得。毎苦文煩而意少、故世罕習焉。

さて四言詩は、一句四字で簡約だが多様な内容が表現できる。国風や「離騒」の叙法を手本にすれば、「句法が単純なので」たくさんつづれるだろう。だが四言の句をいくらならべても、「句法が単純なので」複雑な内容を表現できないのが悩みのタネだ。だから四言詩をかく者は、世にまれになってしまった。

右の五句は、四言詩の特質を説明した部分である。いちおう右のように訳しておいたが、この訳文をつくるには、そうとう苦労した。というのは、第一句中の「文約意広」と第四句中の「文煩而意少」とが、たがいに正反対のことを叙していて（すくなくとも、そうみえる）、スムーズに意味がとれないからである。すなわち、前者の「文約意広」では、「文約」は表現が簡約であること、「意広」は内容が幅ひろいことを意味しよう。ところが後者の「文煩而意少」では、逆に「文煩」は表現が冗漫なこと、「意少」は内容が貧弱なことを意味している。するとこの文は、たとえていえば、「Aは滋養がとれ健康によい。だがAをたべても滋養がとれず健康にならぬのが悩みのタネだ」といっているようなものだ。すなおな読解では理解できず、なんらかの辻褄あわせをせねばならない。右の訳文は［適訳かどうかはわからないが］、私なりにそうした辻褄あわせをおこなった結果なのである。

この部分、私だけが難解だと感じているのではなく、以前から研究者のあいだでも、問題になっていたようだ。たとえば、最近の韓品玉「詩品序四言詩論矛盾説解異」（『山東師範大学学報』二〇一一—三）は、まさにこの疑念をとりあげたご論考である。韓氏によると、

おそくとも清代末年までには、人びとは、鍾嶸「詩品序」のこの部分、前後の文が矛盾していることに気づいていた。常識的にみれば、四言詩において、「文約意広」と「文繁《ママ》而意少」とが同時に両立することは、不可能だとせねばならない。そのため20世紀になってから百年このかた、研究者たちは前後してさまざまな解釈法を模索してきたのである。

ということらしい。そして、じゅうらい提唱された「さまざまな解釈法」の例として、韓氏は、前の「文約意広」と後の「文煩而意少」とでは、ことなる時代の四言詩をいったのだという説や、テキストがみだれているという説、さらにはおなじ「文」字でも、前後で意味がことなっているという説などを、それぞれくわしく紹介し、またそれらの妥当性を慎重に吟味されている。

このように、ここの「夫四言文約意広」五句は、だれにとっても読解が困難であり、［テキストのみだれなど］特別な事情を想定しなければ、解釈できぬ文章だといってよい。そのためだろう、韓氏はあえてこの五句をとりあげ、相互の矛盾を解決する独自の読解法を提出し、疑念をとこうと努力されているわけだ。しかし残念ながら、私は韓氏の議論には賛同できない。氏独自の読解法に賛同しないのでなく、その基本的な考えかたに賛同できないからだ。というのは、私は、この五句の難解さは、後代の読解法やテキストに原因があるのでなく、鍾嶸の作文力のほうに責任が

あるのではないか、とかんがえるからである。

私見によれば、この五句が舌足らずな表現であり、矛盾をふくんだ文章であることは、否定しようがないとおもう。この五句の真意がどうであるにせよ、鍾嶸はもっと字句をおぎなったりして、読者が文意を理解しやすいよう、表現をととのえるべきだった。ところが、鍾嶸はおのが行文の分かりにくさに気づかず、意味不明の文のまま世に公表してしまったのだろう。つまりここの五句は、鍾嶸の措辞がつたなかったので、読解が困難になったのであり、難解になった原因は、ひとえにその杜撰な作文術にある。したがって、この五句は要するに、四言詩が五言詩より表現がしづらいぐらいの意で、おおざっぱに理解しておけばそれでよい。どうせこまかな真意など、わかりようのない悪文なのだから、揣摩臆測をかさねてもしかたがない——とかんがえるのである(6)。

この見かた、ずいぶん乱暴だとおもわれるかもしれない。あるいは古人への冒瀆であり、謙虚さがたりないといわれるかもしれない。しかし、右にみた稚拙な対偶や「故」「前王」の事例を想起すれば、この見かたにも、それなりに妥当性があるのではないかとおもう。

ただ、いそいでつけくわえておけば、こうした杜撰な措辞は、なにも鍾嶸「詩品序」にだけ存しているのでない。我われ研究者がいくら細心に読解していっても、どうしても解釈が困難な文章は、六朝には［いやそれ以外の時代でも］すくなくない。そうした文章にであったとき、おおくの場合、研究者の読解力不足やテキストの混乱などに、原因が帰せられやすい。しかしときには、そうした難解さの原因として、作者の杜撰な作文術が想定されてもよいのではないか。我われはつい、「古人にかぎって、そんなミスはありえない」などとかんがえがちだ。しかし、いたずらに古人を無謬性の高みにたてまつり、他に原因をおしつける必要はないとおもうのである(7)。

さらに、杜撰というわけではないが、奇妙な措辞だとおもわれる事例を、ふたつほどあげてみよう。一例目は、第一段冒頭のつぎのような文章である。

気之動物、故揺蕩性情、形諸舞詠。
物之感人。

気は万物をゆりうごかし、万物はひとの心を感動させる。かくしてひとはおのが感情を刺激され、舞踊や歌詠によって思いを表現するようになった。

この四句、意味がとれないではない。しかし冒頭の「気之」二句（流水対をなす）とつぎの「故揺蕩性情」句とは、やや接続しにくいように感じないだろうか。この二句、たとえば太田辰夫『古典中国語文法』（改訂第一版　汲古書院）をひもといてみれば、同書で「之字連語」と称するものに該当している。同書の§64によると、「之字連語」とは、主述構造の中間に、「之」字をはさみこんだ「主＋之＋述」の構文をさすという。たとえば第一句であれば、「気（主）＋之＋動物（述）」というわけだ。そしてこの之字連語は、

丘之禱久矣。

のように主語としてもちいられたり、

歳寒然後知松柏之後彫也。

のように賓語となったりするが、それ以外には、だいたいにおいて、

鳥之将死、其鳴也哀。
荀子之不欲、雖賞之不窃。

のように、従句や副詞的修飾語としてもちいられるという。ということは、逆にいえば、「主＋之＋述」の構文は、それだけでは完結した一文として、独立できないということなのである。

ところが、右四句は訳文をみればわかるように、「気之動物」二句と、「故揺蕩性情」二句とで、内容的にきれている。すなわち「気之動物、物之感人」で意味的に完結し、それを「故《ゆえ》に」でうけて、つぎの「揺蕩性情」二句につづいているのだ（すくなくとも、そう解するひとがおおい）。すると、「気之動物」二句は、主節に従属する従句でなく、独立した句だと解さざるをえない。このように「気之動物」二句は、ほんらい独立できない之字連語であるにもかかわらず、独立句として解釈せざるをえないから、右のような読みにくさが生じてきたのだろう。その意味でこの二句は、誤句法とはいわないまでも、いっぷうかわった句法だといってよかろう（「札記」も参照）。

奇妙な措辞の二例目は、第八段の

斯四候之感諸詩者也。

……これらの四季の風物は、ひとに詩心をおこさせるものだ。

という部分である。ここは、時節の変化はひとに詩心をおこさせる、とのべているが、右の「諸」字は、なにをさすのだろうか。『興品』『高品』とも、この句を「斯《こ》れ四候の諸《これ》を詩に感ぜしむる者なり」と訓じるが、こう訓読されても、「諸」字の意味は明白ではない。私見では、ここの「諸」字は削除するか、もしくは「於」におきかえるべきではないかとおもう。

以上、杜撰とは断ぜられぬが、奇妙な措辞の例として、之字連語と「諸」字の二例をあげてみた。二例とも、曹旭『詩品集注（増訂本）』の校異ではなにも指摘しないので、テキストに問題があるわけではなさそうだ。するとこれらの分かりにくさも、「文約意広」云々とおなじく、杜撰な作文術に原因がある可能性もなくはないだろう。

# 五　個性的な表現

この章では、右以外の個性的な表現を指摘してみよう。杜撰とか奇妙とかいうほどではないが、「おや?」とおもわせるような字句のことである。

第一に、句造りの例からしめすと、たとえば第一段の、

霊祇待之以致饗、
幽微藉之以昭告。

これ（詩歌）によって天地の神々をまつり、幽冥の世界に意思も伝達できるのだ。

は、このままでもわるくはない。しかし細心な美文家だったら、「之」（詩の力、の意）をけずって、

霊祇待以致饗、
幽微藉以昭告。

という六字句の対偶にしたことだろう（霊祇には待ちて以て饗を致し、幽微には藉《か》りて以て昭らかに告ぐ）。六朝期の美文では、四六の句形にするのがふつうであるからだ。

おなじことが第七段の、

幹之以風力、　使　詠之者無極、　是詩之至也。
潤之以丹彩、　　　聞之者動心、

力強さを根幹にすえつつ、文采によって潤いをあたえる。そして詠じる者には無窮の妙味を感じさせ、耳にす

る者には感動の気もちを生じさせる――こうすれば、すばらしい詩になることだろう。

でもいえよう。ここでは五字句中の「之」字をけずって、

幹以風力、　使　詠者無極、　是詩之至也。
潤以丹彩、　　　聞者動心、

のように、四字句の対偶にしたいところである。このあたり、四六への意欲がよわいといえようか。

ただ後者の「詠之」云々の対偶は、「詩大序」の「主文而譎諫、言之者無罪、聞之者足以戒。……詩之至也」（音楽にのせて婉曲にいさめるので、いさめる者も罪をとわれず、いさめられた者も自戒できよう。……〔国風、小雅、大雅、頌は〕詩のいたりである、の意）に依拠したものなので、典拠に敬意を表すべく、「之」をけずらなかったと解することもできる。したがってこの対偶に関しては、「詩大序」への敬意のあらわれとも、四六意欲の希薄さとも、両様に解することができよう。

ところが、おなじ句造りのしかたでも、つぎのような例は、すこし問題が深刻だといってよい。すなわち第九段に、

独観謂為警策、
衆観終淪平鈍。

彼らの詩は、自分では秀作とおもいこんでいるが、他人がみれば駄作にすぎない。

という部分がある。この対をなす両句は、六字句でありながら句中に助字がない。美文の六字句では、どこかに助字をいれるのが通例なので、これはあきらかに個性的、いや個性的すぎる句造りだろう。上句「独観謂為警策」は、「為」字がやや助字めいているので、まだすこし救いがあるが、下句「衆観終淪平鈍」では、一句六字がすべて実字になっている。こうした句だと、私など句中に息抜きの字がなくて、いささか息苦しさを感じてしまう。根拠のない推測に

すぎぬが、ここの「淪」字は、もとは「於」字だったのだが、伝写をくりかえすうちに「淪」になってしまったのではないだろうか。

「おや?」とおもわせる個性的表現の第二は、ユーモアを感じさせる字句である。たとえば第三段にある、

三張二陸、
両潘一左、

の対偶に注目しよう。このうち上句「三張二陸」は、「札記」でものべたように、『晋書』巻五十五の

時人謂載協亢陸機雲曰二陸三張。……洎乎二陸入洛。三張減価。

当時の人びとは、張載、張協、張亢の兄弟と、陸機、陸雲の兄弟のことを「二陸三張」とよんだ。……この陸兄弟が洛陽にやってくるや、張兄弟の評判はさがってしまった。

という話柄をふまえている。この典拠たる『晋書』それ自体は、鍾嶸よりあとの初唐に編纂されたものだが、おそらく西晋のころから、こうした数字をつかった言いかたが生じていたのだろう。鍾嶸は、この典拠の「二陸三張」の順を逆にして「三張二陸」とし（『易経』説卦の「参天両地」を模したものか）、そして下句に「両潘一左」の四字句を対置させて対偶としたのである。

ここの対偶は、「三」字に対応させて「両」字をつかい、「二」字に対応させて「一」字をつかって、うまく数字を対応させているのに注意しよう。「両潘」は潘岳と潘尼をさすので、「両」をつかってもおかしくないが、「一左」の「一」は、なくてもよいぐらいのものである。しかし鍾嶸は、あえてここに「一」字をおいて対偶にととのえているわけだ。これは高度な技巧というより、機知的な発想にもとづく措辞であり、ユーモアを意図したものだとおもわれる（『輿品』も機知的表現とみなしている）。

どうように、ユーモアを感じさせる表現として、第二段の、

従李都尉、将百年間、有婦人焉、一人而已。詩人之風、頓已缺喪。
迄班婕妤、

李陵から班婕妤までの百年には、女性の班婕妤がいるわけだから、けっきょく李陵ひとりが出現したにすぎぬ。『詩経』の詩人の伝統は、にわかにとだえてしまったのだ。

があげられよう。ここの「有婦人焉、一人而已」二句は、『論語』泰伯の

武王曰、「予有乱臣十人」。孔子曰、「……有婦人焉。九人而已」。

武王は「私には有能な臣下が十人いる」といった。すると孔子は、「［十人のなかに］女性がひとりふくまれている。男性は九人だけだ」といった。

をふまえて、すこし字句をいれかえたものである。この部分、べつに『論語』の典故をつかわねば、表現できないというわけではない。それなのにあえてつかったのは、おそらく鍾嶸がシャレた表現にしようと欲したからだろう。『岡品』はこれを、「おどけて借用した表現」と称しているが（二二七頁）、たしかにそうした印象がないではない。このあたり、「おどけ」とみなすかどうかは、ひとによって判断がわかれようが、私には、わざとらしい『論語』典故の利用に、鍾嶸のあそび心が感じられるのである[8]。

「おや？」とおもわせる個性的な表現の第三として、意表をつく人名の使いかたがあげられよう。すなわち第三段中に、

降及建安、曹公父子、篤好斯文。平原兄弟、鬱為文棟、
劉楨王粲、為其羽翼。

> 建安になると、曹操父子がたいへん五言詩をこのんだ。曹丕曹植の兄弟は勢いさかんで文壇の領袖となり、劉楨と王粲はその両翼としてひかえた。

とある。ここの「平原兄弟」の語は、前後からかんがえて、曹丕曹植の兄弟をさすとせねばならない（曹植は建安十六年に、平原侯に封じられている）。だが文学史で平原といえば、ふつうは陸機（平原内史に任ぜられたので、陸平原ともよばれる）をさす。鍾嶸の当時でも「平原兄弟」とくれば、陸機陸雲の兄弟を想起したはずだ。その意味で、この語で陸兄弟でなく曹兄弟をさすというのはめずらしく、おそらく前例はなかろう。鍾嶸はどこから、こうした言いかたをおもいついたのだろうか。(9)

ここまで、「詩品序」の文章について、美文の叙法から逸脱した［とおもわれる］点を、ながながと指摘してきた。それは、対偶意欲がとぼしいこと（第二節）、典故利用がぞんざいであること（第三節）、措辞に杜撰なところがあること（第四節）、個性的な表現がみえること（第五節）等々であった。こうした行文上の特徴を、『興品』は「破格な調子がまじっている」と評したのだろう。もっとも慎重にいえば、当該の文章が破格かどうかは、基準をどこにおくかにもよるので、いちがいには断言できないかもしれない。それでも如上の考察によって、「詩品序」の文がときに美文叙法からはずれ、またうっかりミスも存するものであることは、客観的な事実として、了解してもらえるのではないだろうか。

## 六　散在する不具合

では、つぎの問題として、なぜ「詩品序」にこうした破格な行文がおおくなったのかを、かんがえねばならない。

これについて、『興品』は「オーソドックスな文体（美文のこと――福井注）にはおさまりきれないパトスを文学に定着させようとすれば、勢いこのような表現にならざるを得なかったのかもしれない」とのべている。しかしこの言いかたは、すこし遠慮がすぎるようだ。鍾嶸の心中に、美文におさまりきらぬパトスが充満していたので、美文叙法から逸脱してしまったのではなく、むしろ彼の美文能力や注意力の不足によって、こうなってしまったというべきだろう。

いうまでもないことだが、鍾嶸がいきた六朝の斉梁は、美文すなわち四六駢儷のスタイルが流行し、それが理想的な文章だとされていた。「詩品序」の行文が、その理想的なスタイルからはずれているということは、常識的にかんがえれば、作者の能力に問題があったということだろう。つまり鍾嶸の美文能力が、おとっていたということだ。では、鍾嶸のどこがどうダメだったので、拙劣な文章になったのだろうか。「ダメだからダメであり、拙劣だから拙劣なのだ」といえばそれまでだが、私はもうすこしふみこんで、どこがどうダメだったのかを、以下でかんがえてゆきたいとおもう。

私見によれば、「詩品序」の拙劣さは、基本的に、美的文章への配慮が末端までゆきとどかなかった、つまり粗雑だったという点に起因しよう。対偶にできるところで対偶にしなかったり、典故利用で翦裁しそこなったりしたことなどは、粗雑な神経がもたらした、粗雑な文辞だったとしてよい。

では「詩品序」中の粗雑さは、「他の文人の作でもおこりえる」偶発的なものなのか、それとも、もっと本質的なものなのかといえば、私は後者のほうだとおもう。なぜなら、「詩品序」の文章をよく観察してみると、右であげた以外にも、ミスとはいえないが、こまかいところで不統一な字句が散見するからだ。私は、この些細な、しかしすくなくない不統一が、いままでみてきたような粗雑な文辞に、つながったのではないかとかんがえる。つまり「詩品序」中の粗雑な文辞は、たんなる偶発的なミスではなく、各所にこまかな不統一な字句（おそらく鍾嶸自身も気づいていない）

が散在し、その集積のうえに出来《しゅったい》してきたものだろう。その意味で「詩品序」の粗雑さは本質的なものであり、発生すべくして発生したとかんがえるのである。

では、「詩品序」に散在する不統一な字句とは、具体的にはどんなものか。一例をあげると、繫辞の「是」の有無がそれだろう。六朝のころの美文なら、「甲は乙である」というときは、甲と乙のあいだに「為」字をつかうか（甲為乙）、なにも布置しないか（甲乙）がふつうだろう。じっさい「詩品序」のなかにも、「陳思は建安の傑為《た》り」（陳思為建安之傑）、「物に因りて志《こころざし》を喩《たと》ふるは、比なり」（因物喩志、比也）などの例がみえている。

ところが「詩品序」には、これ以外に「甲是乙」という言いかたも存しているのだ。すなわち第六段に、

　五言居文詞之要、是衆作之有滋味者也。

　五言詩のほうは、文学の枢要な位置をしめていて、諸ジャンルのなかでも味わいぶかいものだ。

という文章がある。ここの第二句目「是衆作之有滋味者也」の主語は、もちろん「五言」であり、この二句は簡単にいえば、「五言詩は味わいぶかいものだ」の意味だろう。鍾嶸はここに繫辞の「是」を布置して、やや口語ふうな行文にしたてているのである（ここだけでなくほかの箇所でも、「略是五言之濫觴也」「固是炎漢之製」〈ともに第二段〉などと、繫辞の「是」をつかっている）。

これを要するに、「詩品序」では「甲は乙である」というとき、「甲為乙」と「甲乙」と「甲是乙」という三形式が、ランダムに併用されているのである。これは些細なことではあるが、私には配慮のゆきとどかなさや不統一さの象徴であるように感じられる。

もうひとつ、鍾嶸の配慮がゆきとどかなかった例をあげよう。それは第八段の、

至於┌楚臣去境、或骨横朔野、或負戈外戍、殺気雄辺、塞客衣単、又┌士有解珮出朝、一去忘反、
　　└漢妾辞宮、或魂逐飛蓬、　　　　　　　　　　　　孀閨涙尽、　└女有揚蛾入寵、再盼傾国、

凡斯種種、感蕩心霊。┌非陳詩何以展其義、故曰詩┌可以群、使┌窮賤易安、莫尚於詩矣。
　　　　　　　　　　└非長歌何以釈其情。　　　└可以怨。　└幽居靡悶、

楚の臣下が祖国をおわれ、漢の宮女が宮殿をさるとき。また白骨が北方の原野をおおい、霊魂が飛蓬をおってさまようとき。また戈をせおって外敵にそなえ、殺伐たる空気が辺地にみなぎるとき。辺塞の旅人が単衣《ひとえ》で寒さにふるえ、孤閨の寡婦が涙もかれはてたとき。さらに士人が官をすてて宮廷をさり、再仕する意欲をなくしたとき。美女が蛾眉の美しさによって寵され、再顧しては国をもかたむけるとき――こうしたとき、ひとは心をゆさぶられることだろう。そのとき詩をつくらないで、どうやっておのが衷心をかたれよう。歌を詠じないで、どうやって無念をなぐさめられよう。だから『論語』に、「詩は他人としたしむのに役だち、鬱屈をはらすのに有用だ」というのだ。つまり、貧窮にくるしむひとを安心させ、隠棲者の苦悶をとりのぞくには、詩以上のものはないのである。

という部分である。ここには、仔細にみれば、さまざまな不統一が存している。

まず、みやすいことからいえば、「或」字の使いかたに注目しよう。ここの前半「至於……、凡斯種種、感蕩心霊」は、「……に至りては、凡《およ》そ斯《こ》の種種、心霊を感蕩《かんとう》せしむ」と訓じるべきで、「至於」は「再盼傾国」句までにかかっている。そして「楚臣去境」から「再盼傾国」までは、ひとが詩をつくるきっかけを列挙したものである。ところがこの部分、同種の事例をあげたものでありながら、「或骨横朔野」「或負戈外戍」などと、「或」を頭におく句もあれば、「塞客衣単」「孀閨涙尽」のように「或」をおかぬ句もある。さらに、なぜか「士有解珮出朝」句の上には「或」でな

く「又」を布置している。つまり不統一なのである。なにか気まぐれで、「或」や「又」を布置したりしなかったりしているような、そんな印象をうけてしまうのだ。

さらに、こんどは字句の重複使用に注目しよう。たとえば、右の後半に、

非陳詩何以展其義、
非長歌何以釈其情。

という対偶がある。ここでは「非」字を両句の頭に冠しているが、細心な美文家だったなら、重複をきらって二度目の「非」を略して、

非　陳詩何以展其義、
　　長歌何以釈其情。

とつづったことだろう。六朝美文では、しばしばこうした省略がおこなわれている。

もっとも、略さないなら略さないで、それはべつにかまわない。そうした方針でつらぬけばよい。じっさい、

或骨横朔野、
或魂逐飛蓬、

でも「或」を略していない。ところが、すぐ下にくる、

使　窮賤易安、
　　幽居靡悶、

の対偶では、下句の頭にくる「使」が略されている。「非」や「或」のほうは略さなかったのに、ここでは「使」が略されているのである。

一事が万事であって、「詩品序」の行文では、この種の統一感に欠けた字句表現がすくなくない。もちろんこの種の不統一は、鍾嶸以外の文にもみられるのだが、「詩品序」にとくにおおいように感じられる。一篇中の表現を整合させる配慮が、全体にゆきわたっていないので、結果的にいろんなところで、こまかな不統一がでてくるのだろう。

以上は「詩品序」の字句上の不統一だったが、おなじようなことが内容についても指摘できそうだ。いちばんわかりやすい例は、さきにみた第六段「夫四言文約意広、取効風騒、便可多得。毎苦文煩而意少、故世罕習焉」における、「文約意広」と「苦文煩而意少」との内容的矛盾だろう。正反対の発言が、すぐ近距離でなされていて、はなはだ真意が解しにくくなっていた。

そうした内容上の不統一として、これ以外にも、たとえば第七段の、

故詩有六義焉。一曰興、二曰比、三曰賦。文已尽而意有余、興也。因物喩志、比也。直書其事、寓言写物、賦也。

詩には六義がある。一に興、二に比、三に賦である。詩をよみおわっても、余韻がのこる叙法が興である。事物に託して主題をのべる叙法が比である。ことがらを直書し、ことばで事物をえがく叙法が賦である。

があげられよう。ここは詩の六義のうちの興、比、賦を叙した部分だが、仔細によんでみると、比（事物に託して主題をのべる叙法）と賦（ことがらを直書し、ことばで事物をえがく叙法）とは、執筆する立場、つまりつづる側から叙している。ところが、興（詩のことばがつきても、余韻がのこる叙法）だけは、なぜか鑑賞する立場、つまりよむ側からの議論なのだ。つまり興と比・賦とでは、叙述の立場がことなっているのである。もし比・賦にあわせるなら、興については、「ことばがつきても、余韻がのこる」ようにするには、どのように叙するべきか、その叙しかたをつづるべきだったろう。こうした叙する立場の相違も、些細なことではあるが、内容上の不統一だといってよい。

さらに第十二段には、

昔┌九品論人、校以賓実、誠多未値。至若詩之為技、較爾可知。以類推之、殆均博弈。
　└七略裁士、

むかし、班固は『漢書』で、古今の人物を九等にわけて論じ、劉向劉歆の父子は『七略』で、古今の作者を七分野にわかって評論した。両者の評定を［後代の視点から］評判と実績とで吟味してみると、あたっていないほうがおおい。それに対し、詩の技術ともなると、その優劣はわりと弁別しやすい。これと似たものといえば、［勝ち負けのはっきりした］博奕だろうか。

という一節がある。ここでは、人間の評価は困難だが、詩の評定は勝ち負けが明白な博奕とおなじように簡単だ、と主張している。つまり詩を博奕と同列にみなしているのだが、こうした見かたは、第一段の

欲以┌照燭三才、┌霊祇待之以致饗、┌動天地、莫近於詩。
　　└暉麗万有。└幽微藉之以昭告。└感鬼神、

歌詠された詩歌は、天地人をてらし、万象をかがやかすし、これによって天地の神々をまつり、幽冥の世界に意思も伝達できるのだ。天地をゆりうごかし、鬼神を感動させるには、この詩歌以上のものはない。

という主張と、どうかみあうのだろうか。かたや詩の効能を、「天地をゆりうごかし、鬼神を感動させる」と大仰にたたえながら、かたや博奕と似ているから評定が簡単だ、というのでは、あまりにも詩の価値づけに差がありすぎるように感じるのである[10]。

ここまで、「詩品序」にみえるさまざまな不統一を指摘してきた。このように「詩品序」中には、措辞、内容とも、統一されざる不具合さが散見している（さらに注9に指摘するような不備もある）。これらは漫然とした読解では、些細なこととして看過されがちだ。しかしこうした不統一の延長上に、本章でみてきたような粗雑な文辞が生じてきたとす

れば、けっして軽視されてよいものではない。

## 七　粗削りの魅力

こうした散在する不統一や、そのうえに生じた粗雑な文辞をみてくると、やはり鍾嶸の美文能力に疑問を感じざるをえない。すると、鍾嶸に関する有名な逸話、すなわち、かつて鍾嶸は、文壇の大御所だった沈約に推挙を依頼したが、約は拒否した。その後、約が死ぬや、嶸は『詩品』中で約をそしった。世間ではこれを、嶸がむかしの恨みをわすれず、沈約にしっぺがえしをしたものと解した——という話柄が想起されてこよう（**【過去の評価】**を参照）。つまり沈約からみると、鍾嶸の文才は推挙にあたいしなかったのである。さらに、この『詩品』以外に、特筆すべき詩文が一篇も残存しないこと（詩は一篇もない）、経歴も地方王の幕僚がおおく、中央政界でめだった活躍がなかったことなども、あわせ想起されてこよう。どうも鍾嶸には、その才幹に疑問符がつくような話柄がおおいのである。

じっさい、批評史上の価値はべつとして、純粋にその文章だけをみてみれば、「詩品序」の劣勢ぶりははっきりしている（修辞点もひくく、下から二番目である。「結語　六朝文の評価」を参照）。私見によれば、六朝文学批評の文章のなかでは、徐陵「玉台新詠序」や陸機「文賦」などが突出して華麗だが、それらとくらべると「詩品序」の拙劣さは、気のどくなほどあきらかだ。たとえば、「詩品序」より二百年ほどまえにかかれた「文賦」第一段をみてみよう。

悲落葉於勁秋、
喜柔條於芳春。
心懍懍以懐霜、
志眇眇而臨雲。
……慨投篇而援筆、聊宣之乎斯文。

きびしい秋の時節には落葉をかなしみ、かぐわしい春の時節には柔枝をたのしむ。心をひきしめては、霜の潔白さをおもい、志をたかくもっては、雲の気高さにたちむかう。……かくして［詩嚢がふくらんでくるや］、ひとは書物をなげすてて手に筆をとり、胸中の想いを文辞にのせようとするのだ。

「落葉」と「柔條」による春秋の鮮烈なコントラスト、ひとの精神と自然の気高さとの霊妙な応感。そして奔出する霊感にみちびかれて、昂然と筆をとりあげる詩人。「文賦」のこの部分は、自然の美しさにインスパイアされて、詩作にむかう人間精神の躍動ぶりをえがいて、間然するところがない。

これにくらべると、同種の内容を叙した「詩品序」第八段の凡庸ぶりはどうであろうか。

若夫┌春風春鳥、┌夏雲暑雨、斯四候之感諸詩者也。
　　└秋月秋蟬、└冬月祁寒、

春の風、春の鳥、秋の月、秋の蟬、さらに夏の雲、炎暑の雨、冬の月、酷寒など、これらの四季の風物は、ひとに詩心をおこさせるものだ。

はじめ二聯に同字重複はおおいし、「夏雲暑雨」二句も『書経』君牙に依拠した芸のない文章にすぎぬ（『興品』も指摘していた）。そして、なによりこの五句には、ひとと自然とが交響しあうことへの、新鮮な感動や驚きがない。行文の優劣もさることながら、行間にはりつめた緊張感に、雲泥の差があるといわざるをえない。

だが、「文賦」との比較は、鍾嶸には気のどくかもしれない。なにしろ陸機「文賦」は、六朝のみならず文学史を通してみても、屈指の華麗さをほこる名篇であり、これとくらべれば、どんな文章だって顔色をなくすにきまっているからだ。その点、具合がいいことに、六朝にはこの「文賦」以外にも、これと同種の内容（ひとが自然に感興をうけて、詩作をおこなう）を叙した書簡の文章が、何篇か現存している。それらの文章とならら、もっと実《じつ》のある比較ができるだろう。

○梁簡文帝「答張纘示集書」

如春庭落景、転蕙承風、秋雨且晴、檐梧初下、浮雲生野、明月入楼、時命親賓、乍動厳駕。……是以沈吟短翰、補綴庸音。寓目写心、因事而作。

春の庭先に日がおち、そよ風に蕙がゆらぐ。秋の雨があがろうとし、軒の桐葉がおちはじめる。さらに浮雲が野原に生じ、明月が高楼にはいってくる——こうしたとき、私は客人たちに命じて、すぐ馬車の用意をさせます。……そこで短詩をひくく吟じ、下手な歌をつくります。風景をながめてはわが思いを叙し、いろんな出来事に応じて詩をつくるのです。

○蕭統「答湘東王求文集詩苑書」

或日因春陽、其物韶麗。樹花発、鶯鳴和。春泉生、暄風至。陶嘉月而嬉遊、藉芳草而眺矚。或朱炎受謝、白蔵紀時、玉露夕流、金風多扇。悟秋士之心、登高而遠託。或夏條可結、冬雲千里。倦於邑而属詞、覩紛霏而興詠。

日ざしが陽春となるや、生物はうつくしく成長します。樹花はひらき、鶯も鳴声をたてます。春泉はこんこんとわき、温風もふきよせます。明月をめでながら散策し、芳草をしいて美景をながめます。また夏がすぎて、秋の時候となりますと、きれいな露が夜にむすび、秋風が夕べにふきはじめます。すると秋の男子の心をしり、高所にのぼっては遠きに心を託すのです。また夏の樹枝がむすべるほどのびるや、憂いにもあきて詩をつくり、冬雲が千里にひろがるや、そのちりゆくさまをみて吟詠するのです。

○陳後主「与詹事江総書」

或翫新花、既聴春鳥、未嘗不促膝挙觴、
時観落葉。又聆秋雁。　　　連情発藻。

ときにさいたばかりの花をめで、落葉を見物します。また春の鳥のさえずりをきいたり、秋の雁の鳴声に耳をかたむけます。そしていつも膝をまじえて酒杯をくみかわし、思いをつづって文章にするのです。

同種の文章を三例あげてみた。どうだろうか。いずれの作も「詩品序」の「若夫春風春鳥」云々と似た内容だが、これらの書簡文のほうが、ずっと洗練されているのに気づかれるだろうか。これらの篇では、「文賦」ほどあざやかではないものの、それでも、ひとが自然の美しさにいざなわれて、詩をつくろうとおもいたつ様相が、洗練された筆致で叙されている。とくに「春庭落景、転蕙承風↕秋雨且晴、檐梧初下」や「促膝挙觴↕連情発藻」の対偶は、なかなか秀逸だ。くわえて彫琢された麗語も多用されているが、それらは主述や動賓の構造のなかに、対比もあざやかにくみこまれている。もちろん同字重複のごとき初歩的なミスは、どの篇もおかしていない。

それにくらべると、［まえにもみたが］「詩品序」の「春風春鳥↕秋月秋蟬」「夏雲暑雨↕冬月祁寒」の対偶は、なんと見劣りがすることか。「春風」「春鳥」「秋月」「秋蟬」、いずれも月令や類書からさがしてきたような陳腐な語ばかり。しかも、それらの名詞が漫然と並置されただけで、動きというものがまったくない。いわば絵はがきのごとき情景であり、才知のきらめきが感じられないのである。

以上、六朝の同種の作と比較しながら、鍾嶸「詩品序」の行文のつたなさを指摘してきた。「文賦」はもとより、同時代の他の文章とくらべても、「詩品序」はいろんな面で遜色があるということがわかったようにおもう。こうしたところからも、鍾嶸の美文能力はたかくなかったと断じてよかろう。

しかしながら、この「詩品序」の文章、そうした不都合さがあったとしても、過去、価値なき作だとして、無視されてきたわけではなかった。いやそれどころか、意味のとりにくい箇所はあったにしても、それでも六朝の文学批評の秀作として、じゅうぶん価値を認識され、熱心によまれてきたのである。それはもとより、つたない文章をおぎなってあまりある、すぐれた内容（率直にして独自な文学批評）があったからであるが、ここで強調しておきたいのは、「詩品序」のすぐれた内容は、その［美文としては］遜色がある文章と無関係に存立しているのではない、ということだ。つまり、率直にして独自な文学批評と［美文としては］遜色がある文章とは、深層において通底しているように感じられるのである。

たしかに、「詩品序」の文章は杜撰さや不統一がおおくて、美文としては粗雑なものであった。しかしそうであったとしても、鍾嶸がいわんとする主張は、じゅうぶんよみとれるものである。いやそれどころか、本章の冒頭でも指摘したように、鍾嶸は［他の文学批評にはとぼしい］つよい口調の「矣」字を多用して、「詩品序」の文章全体に歯切れよさを感じさせていた。華麗な美文ではないが、それなりに威勢のよい行文なのだ。かく、杜撰さや不統一を有しながらも、それでも果敢にいいたいことをいう姿勢に、他の文学批評にない粗削りの魅力をみいだすこともできよう。むしろ、そうした粗削りでおおざっぱな姿勢が、「詩品序」の魅力の源泉であり、また鍾嶸という文人の真骨頂だったのではあるまいか。

私見によれば、そうしたおおざっぱな神経だったからこそ、五言詩の歴史や詩風の傾向を、大づかみに把握できたのではないかとおもう。なにしろ、矛盾した発言を平然とおこなってみたり（第四節）、詩を天地をゆりうごかすといったかとおもえば、博奕と同列にみなしたりする（第六節）ぐらいだから、おおざっぱでないはずがない（また詩人の名前や官名も、しばしばまちがえていた。注9参照）。ただ逆にいえば、そうした些事にこだわらぬ性格だったので、慎重で注意ぶかい批評家だったら、容易にはなしがたい詩の優劣や良否判定も、いっきに、そして果断にできたのではないか。

そして優劣や良否を判定できたからこそ、歴代の詩人を品等にわけて論評するなどという、大胆でおもいきった［劉勰や沈約もできなかった］文学批評もなしえたのだろう。

それゆえ、もし我われが鍾嶸のもとにおしかけて、［本章のように］行文の粗雑さや内容の齟齬をチクチクあげつらったなら、鍾嶸はこういって反駁するかもしれない。いや、まいったね。おおせのとおりで、おそれいったよ。でもおれは、そんな字句の枝葉末節なんかには、こだわっておれなかったんだ。そんな末節にこだわるより、おれの主張をまじめにかんがえてくれよ。現今の五言詩はひどいじゃないか。だから、しょうしょう乱暴だったかもしれないけど、自分なりに詩の良否を弁別し、よいものはよい、わるいものはわるいと、きちんと明示してみたんだよ。そんなおおざっぱなやつがひとりぐらいいたって、いいじゃないかね——と。

注

（1）「詩品序」は、六朝の他の文学批評の文章にくらべると、対偶や典故、さらには比喩的表現もすくない。そうした修辞的な簡明さも、「詩品序」の主張がストレートにつたわりやすい原因だといってよかろう。

（2）張伯偉『鍾嶸詩品研究』に収集された旧時の［上中下をあわせた］「詩品序」評言として、唯一の文章表現への批評らしいものが、日本の近藤元粋による評である。それには、「六朝人之文、艱渋無味、如此可厭」とか「一偏序論、艱渋不成文章」などの悪評があり、なかなか興味ぶかい。

（3）この「若専用比興」六句に似た行文をさがせば、三教論争を叙した六朝の論難文の文章が、これにちかいといえようか。拙著『六朝文体論』第十五章「論難のジャンル」を参照。ただ鍾嶸についていては、范縝や劉勰とはちがって、論難の文を得意にしたなどということは、きいたことがない。ここ以外にもみえる「詩品序」の措辞のルーズさを勘案すれば、やはり修辞意欲の乏しさのほうに原因をもとめるべきだろう。

（4）『詩品』の「中品序」の冒頭に、

一品之中、略以世代為先後、不以優劣為詮次。又其人既往、其文克定。今所寓言、不録存者。

各品（上品・中品・下品）のなかでは、年代順に詩人を配列しており、詩の優劣とは関係ない。また作者が死んでから、評価がさだまってくるものなので、本書で言及するさいは、現存の詩人はのぞいてある。

という凡例ふう文章がある。こうした文章が、この「中品序」のはじめにくるのは、いかにも唐突で違和感がある。これもテキストの混乱でないとすれば、やはり同種のうっかりミスとかぞえるべきかもしれない。

（5）対応する「聯肩」からみても、ここの「踵武」は、「大勢があつまる」の意でつかっているのだろう。『興品』も「抱玉者聯肩、握珠者踵武」二句を、「珠玉のごとき文才を擁する人々が、肩を連ね踵を接してひしめきあう」と訳している（七〇頁）。だが、「踵武」の語は「事業を継承する」の意がふつうであり、「大勢があつまる」の意は例外的な用法なのだ。じっさい『漢語大詞典』には、「踵武」の意味として、「跟着別人的脚歩走。比喩継承前人的事業」しか掲載していないのである。

（6）清水凱夫「詩品序考」（『立命館文学』五一一号　一九八九）は、鍾嶸は『詩品』執筆にさいし、声病にこだわる沈約一派と典故を多用する任昉一派とを、抑制しようとする意図をもっていた、とされる。そしてつづいて、「詩品序」の文章について、

当世の詩壇を批判する以上、当然多数の対立者の存在―武帝をはじめ、沈約任昉を支持する高位高官―が意識されるから、軋轢をおこすような直截的な表現はなるべく避け、側面的あるいは暗示的な表現にとどめている場合が多い。極端な場合には、皮肉表現が逆の意味にとられかねない危惧さえある。それ故、単純にはその真意は見えず、ついその基本姿勢を見失いがちになってしまうのである。……この側面的で暗示的な、屈折に富んだ表現のため、従来、『詩品』の真意は、多くの誤解を生んでいる。

とのべられている。たしかに、清水氏がいわれるような事情はあったかもしれない。ただ、それだけの理由によって、「詩品序」中に難解な行文があることが、十全に説明できるとはおもえない。私の立場からいえば、「詩品序」の文章は基本的に、鍾嶸の粗雑な文辞によって、意味がとりにくかった。そのうえに、清水氏のいわれるような事情がかさなって、よけいに難解になった――ということではないかとおもう。

（7）　本書第四章第七節でも、「文心雕龍序志」の文章について、同種の指摘をおこなった。こうした粗忽さによる行文の難解さは、けっして鍾嶸だけのことではない。

（8）　ユーモアを感じさせる措辞をもう一例しめすと、第四段の「淡乎寡味」句における『老子』三十五章の利用も、皮肉っぽい使いかたのように解しえる。じっさい『岡品』は、ここの用法を「老荘的な詩を茶化したもの」とされている。この一節、茶化しているとも、そうでないともとれるが、そう感じられるのは、典拠をふまえるものの、褒貶のニュアンスが原典とことなっていることに起因しているのである（「札記」も参照）。

（9）　この種の、『詩品』中のふしぎな呼称については、曹旭『詩品研究』の「十四、詩品所存疑難問題研究」にくわしい考証がある。同書によると、［平原兄弟はべつとしても］鍾嶸はしばしば『詩品』中で、詩人の名前や官名をまちがえているのである。これも『詩品』の粗雑さの一環としてよかろうが、ただこれに関しては、鍾嶸が中央の政界や文壇にコネがとぼしく、そうした方面の情報にうとかった、ということも関係があろう。つまり、たしかに不注意であり粗雑ではあるのだが、いっぽうで地方王の幕僚暮らしがおおく、正確な文壇情報にうとかったという、気のどくな事情もあったのではないかとおもわれる。

（10）　鍾嶸は第一段で、「動天地、感鬼神、莫近於詩」（天地をゆりうごかし、鬼神を感動させるには、この詩歌以上のものはない、の意）とのべている。しかし、これは「詩大序」に依拠したたてまえふう発言にすぎず、鍾嶸の本心とはかんがえにくい。その意味では、五言詩に対する鍾嶸の価値づけは、この第十二段「以類推之、殆均博弈」（これと似たものといえば、「勝ち負けのはっきりした」博奕だろうか、の意）のほうに重点があったと解すべきだろう。なお当時、詩と博奕とは相関したものと理解されていた。そのことについては、拙稿「博奕と孔子と文学の関係について」（「中京国文学」第三三号　二〇一四）を参照。

# 第七章　蕭統「文選序」の文章

【基礎データ】

［総句数］189句　［対をなす句］118句　［単対］49聯　［隔句対］5聯　［対をなさぬ句］71句　［四字句］95句　［六字句］35句　［その他の句］59句　［声律］39聯

［修辞点］18（第7位）　［対偶率］62％（第6位）　［四六率］69％（第9位）　［声律率］72％（第6位）

【過去の評価】

［上野本文選残巻鼇頭］太子令劉孝綽作之云云。

昭明太子は劉孝綽に命じて、この「文選序」をかかせた。云云。

［徐中玉古文鑑賞大辞典］文選序本身即体現了対文辞声色之美的講求。其句式大多整斉、四字、六字句最多、但也富于変化、還時而挿入散行之句、因而絶不呆板。又講求対偶、注意声調的変化和諧、読来鏗鏘流利。……総之、「文選序」不但概括地説明了当時人的文学観念、是文学批評史研究的重要文献、而且本身便是可供悦目娯耳的優秀文学作品。

「文選序」はそれ自身、字句や音調への美的追求を体現した文章だ。文中の句形はほぼ整頓され、四字句と六字句がいちばんおおい。ただ変化にもとんでいて、ときどき四六以外の句形も挿入しているので、単調になる弊はまったくない。さらに対偶に留意し、声調の諧調ぶりにも注意をはらっているので、朗読しても滔々として口調がよい。……これを要するに、「文選序」は当時の人びとの文学観を総括し、文学批評史研究のうえで重要な文献となっているだけでなく、それ自体人びとに読書の喜びをあたえる、すぐれた文学作品でもあるのだ。

**【原文】**

[一] 式観元始、眇覿玄風、冬穴夏巣之時、茹毛飲血之世、世質民淳、斯文未作。逮乎伏羲氏之王天下也、始画八卦、造書契、以代結縄之政。由是文籍生焉。易曰観乎天文、以察時変、観乎人文、以化成天下。文之時義遠矣哉。若夫椎輪為大輅之始、大輅寧有椎輪之質、増氷為積水所成、積水曾微増氷之凜、何哉。蓋踵其事而増華、変其本而加厲。物既有之、文亦宜然。随時変改、難可詳悉。

[二] 嘗試論之曰、詩序云詩有六義焉。一曰風、二曰賦、三曰比、四曰興、五曰雅、六曰頌。至於今之作者、異乎古昔。古詩之体、今則全取賦名。荀宋表之於前、賈馬継之於末。自茲以降、源流寔繁。述邑居則有憑虚亡是之作、戒畋遊則有長楊羽猟之制。若其紀一事、詠一物、風雲草木之興、魚虫禽獣之流、推而広之、不可勝載矣。又楚人屈原、含忠履潔、君匪従流、臣進逆耳、深思遠慮、遂放湘南。耿介之意既傷、壹鬱之懐靡愬。臨淵有懐沙之志、吟沢有憔悴之容。騒人之文、自茲而作。

[三] 詩者蓋志之所之也。情動於中而形於言。関雎麟趾、正始之道著。桑間濮上、亡国之音表。故風雅之道、粲然可観。

自炎漢中葉、厥塗漸異。
退傅有在鄒之作●、四言五言、区以別矣。又
降将著河梁之篇。
少則三字●、各体互興、分鑣並駆。
多則九言、

［四］頌者所以
游揚徳業●、
褒讃成功。
吉甫有穆若之談。
季子有至矣之歎●。
舒布為詩、既言如彼●。次則
總成為頌、又亦若此●。
箴興於補闕●、
戒出於弼匡。
論則析理精微。
銘則序事清潤●。

美終則誄発●、又
図像則讃興。
詔誥教令之流。
表奏牋記之列●、
書誓符檄之品●、
弔祭悲哀之作●、
答客指事之制●、
三言八字之文、
篇辞引序●、
碑碣誌状●、
衆制鋒起●、
源流間出●。

譬
陶匏異器、並為入耳之娯。作者之致、蓋云備矣。
黼黻不同、倶為悦目之玩●。

［五］余監撫余閑、居多暇日、
歴観文囿●、未嘗不心遊目想、移晷忘倦。自姫漢以来、眇焉悠邈、
泛覧辞林。
時更七代●、
数逾千祀●。

詞人才子、則名溢於縹嚢。自非
飛文染翰、則巻盈乎緗帙●。
略其蕪穢●、蓋欲兼功、太半難矣。
集其清英。

［六］若夫
姫公之籍●、与
孔父之書。
日月倶懸。
鬼神争奥●、
孝敬之准式●、豈可
人倫之師友●。
重以芟夷。
加之翦截●。
老荘之作●、
管孟之流。
蓋以立意為宗。
不以能文為本●。

今之所撰、又以略諸。若
賢人之美辞。
忠臣之抗直●、
謀夫之話●、
弁士之端。
氷釈泉涌●、所謂
金相玉振●。
坐狙丘、
議稷下●、
仲連之却秦軍。
食其之下斉国●、

留侯之発八難●、蓋乃
曲逆之吐六奇。
事美一時、
語流千載●、
概見墳籍●、若斯之流、又亦繁博、雖伝之簡牘、而事異篇章。
旁出子史●。

今之所集、亦所不取。至於記事之史、繫年之書、所以褒貶是非、紀別異同。方之篇翰、亦已不同。

若其讃論之綜緝辞采、序述之錯比文華、事出於沈思、義帰乎翰藻。故与夫篇什、雑而集之。遠自周室、迄于聖代、都為三十巻、名曰文選云耳。

凡次文之体、各以彙聚。詩賦体既不一、又以類分。類分之中、各以時代相次。

（兪紹初『昭明太子集校注』より）

**【通釈】**

［第一段］文学の発生と発展

太古のころをみわたし、原始の風俗をふりかえってみると、冬は穴居し夏は巣にすみ、鳥獣の［肉だけでなく］羽毛をくらい血をすするなど、世相は質素で民草は淳朴であり、文学はまだ発生していなかった。伏羲氏が天下の王となるや、はじめて八卦をえがき文字をつくって、結縄による政治をあらためた。こうしたところから、書籍が発生してきたのである。『易』に「日月星辰をみて、四季の変化をよみとり、礼楽典籍をみて、天下をよき方向に感化してゆく」とあるが、時勢に適応した文学の効能たるや、じつに偉大なものではないか。

たとえば、［そまつな乗物の］椎輪《ついりん》は［玉でかざった華麗な乗物の］大輅《たいろ》の先祖であるが、後代の大輅には椎輪の質朴さは残存していない。厚氷は水からできているが、もとの水には厚氷の冷たさなぞはなかった。それはどうしてだろうか。それはおそらく、乗物をつくるうちに華麗さがまし、水の本質がかわって冷気がつよまるからだろう。事物がかく変化してゆくならば、文学もそうであるにちがいない。時勢に応じてかわってゆくので、変遷の迹をしりがたいのである。

［第二段］賦騒ジャンルの発展

そこで、文学の変遷を論じてみよう。「詩大序」に「詩に六義がある。第一に風、第二に賦、第三に比、第四に興、第五に雅、第六に頌である」とあるが、いまの文人たちは、［賦に対して］古代とはちがう見かたをしている。賦はふるくは『詩経』の叙法［のひとつ］だったが、現在においては、もっぱらジャンル名だと理解されている。［賦の作者として］荀況と宋玉がさきに出現し、賈誼と司馬相如がその後をひきついだ。これ以後、賦の流れはたいへん多様になった。都邑のありさまを叙しては、憑虚（張衡「西京賦」）や亡是（司馬相如「上林賦」）の作がかかれ、狩猟の弊をいさめては、揚雄の「長楊賦」や「羽猟賦」の篇がうまれた。紀事や詠物の賦では、風雲や草木を叙した妙趣があり、また魚虫や禽獣を叙した流れがつづいた。視野をひろげてゆくと、全部はのべつくせないほどだ。また楚の屈原は忠誠で潔癖な人がらだった。楚王は諫言に耳をかさなかったが、屈原は耳にいたい忠言を呈したため、深遠な思慮をもちながらも、湘江の南方へ放逐されてしまった。至忠の心はふかくきずつき、鬱々たる思いもうったえるすべがない。彼は江淵にちかづいて石を懐《ふところ》に身を投ぜんとし、沢辺で吟じては憔悴した姿でたたずんだ。騒人の文学は、こうしてうまれたのである。

［第三段］詩ジャンルの発展

詩は志の動きを叙したものだ。ひとの感情が心中でうごき、それをことばに表現するのである。「関雎」「麟趾」の詩には、王道の基礎をただす道すじがしるされ、「桑間」「濮上」の詩には、亡国の音楽が表現されている。かくして詩の風雅の道は、燦然とかがやいたのである。前漢のなかごろ（武帝のころ）から、この風雅の道に変化が生じた。引退した傅の韋孟は、「在鄒」（四言）をつくり、降将となった李陵は、「河梁」（五言）をつくった。かくして四言詩と五言詩とが、道を異にすることになった。さらに、字数のすくない三言詩、おおい九言詩など、各種の詩体が発生して、特色をきざみつつ並行してつくられた。

［第四段］ 他ジャンルの発展

頌はひとの徳業を称揚し、その功業をたたえるジャンルである。かつて周の尹吉甫は「穆《ぼく》たること清風の如し」と称された頌の作をつくり、また呉の季札は周の頌をきいて「至れるかな」の嘆声をあげた。おなじ趣旨であっても、しきのべて詩にすれば右のようなものになり、総合して頌につづればこうなるわけだ。つづいて、箴は王の欠点をおぎなうために発生し、戒はひとをただそうとして出現した。論は道理を精緻に分析し、銘は功績をかざって叙する。故人をたたえんとして誄がおこり、賢者の画像をえがこうとして「附属の」讃がうまれた。また詔・誥・教・令の流れや、表・奏・牋・記の諸作、書・誓・符・檄の作品、弔・祭・悲・哀の文学、答客や指事の作や三言・八字の文、さらに篇・辞・引・序や碑・碣・誌・状など、おおくのジャンルがいっせいに出現し、文学の流れがおこったのだった。これらの諸ジャンルは、たとえれば塤と笙はちがう楽器だが、ともに耳にここちよく、また黼《ほ》と黻《ふつ》とはことなった模様だが、ともに目をたのしませることができるようなものだ。作者がかたらんとする趣旨は、これらによって表現できるようになった。

［第五段］ 編纂の動機

私は監国撫軍のあいま、余暇がおおかったので、詩文の苑にわけいり、詞藻の林をめぐった。そして、心は文学の世界にあそび、目は詩文の内容をおもいうかべ、日がかたむいてもあきることがなかった。周や漢よりこのかた、はるかに時がへだたり、王朝は七代もかわり、歳月は千年もすぎた。その間に出現した詩人や才子は、その名前が書物にあふれ、彼らがつくった名篇や佳什は、書帙のなかに充満している。蕪雑な作をとりのぞき、秀逸な作をあつめねば、いくら努力しても、その大要に通じることはむつかしい。

[第六段] 作品の選録方針

いったい周公の古籍や孔子の書物たるや、日月とならんで完全で、鬼神と奥深さをあらそう存在であり、篤孝の儀表となり、人倫の手本となすべきものである。されば、どうしてこれらの書に取捨の手をくわえたり、一部をきりとったり[して『文選』に採録]できようか。『老子』『荘子』の作や『管子』『孟子』の書は、思想をのべることを旨としていて、文飾をほどこすことを主眼にしていない。それゆえ今回の選録からは、除外することとした。また、賢人の善言や忠臣の諫言、策士の言説、弁論家の口上、これらは氷がとけ泉がわくようにながれで、また黄金のごときすぐれ玉のごとくなりひびいた。たとえば、遊説の士が斉の狙丘に坐し、稷下で議論したこと、魯仲連が秦軍を退却させたこと、酈食其《れきいき》が斉国をくだしたこと、張良が八難をとなえて戦国諸侯の復活を阻止したこと、陳平が六度も奇計を案出して功をあげたこと——これらの話柄は当時もてはやされ、そのことばも千載のちにつたえられ、またその概略が書籍にしるされ、諸子や歴史の書にもみえている。だがこれらの言辞は煩雑で範囲がひろいし、書物に記述されるものの、その実体は文学とはことなっている。だから『文選』には採録しないことにした。また事実を記述した史書、年ごとに叙した年代記の類は、是非を褒貶し、事物の異同を弁別するものである。これらを文学とくらべると、やはり同類とはいえない。ところが史書のなかの讃と論は辞藻をあつめ、序と述は文飾をまじえたものだ。それらの文章たるや、内容はふかい思索から出発し、表現は華麗な美文に帰着している。されば、[詩賦などの]文学作品とならべて、これらの文章も採録してよかろう。

こうして、とおくは周代から梁の聖代にいたるまでの諸作を、すべて三十巻にまとめ『文選』と名づけた。作品をならべるやりかたとしては、同ジャンルのものを一カ所にあつめた。ただし詩と賦のジャンルはひととおりではないので、さらに同類の作ごとにわけた。そして同類の作のなかでは、時代がはやい順にならべた。

【考察】

## 一　「文選序」研究史

蕭統（五〇一〜五三一）、あざなは徳施は、梁の武帝の長子である。後代では、おくり名の昭明と、太子のまま薨去した事情をふまえて、昭明太子と称されることがおおい。この蕭統、文人としてもなかなかの人物だったが、いまでは『文選』の編者としてのほうが、むしろ有名かもしれない。

彼が編した『文選』は、現存する最古の詩文選集として、不朽の価値を有している。完成当初はそれほど評価されなかったが、唐代になってからは、古今の名篇を精選した簡便なアンソロジーとして重宝されはじめた。やがて『文選』が科挙の必読書となるや、詩文創作の模範として爆発的な人気をよび、たかい権威をまねきよせるにいたったのである。杜甫が息子にかたった「熟精せよ文選の理、覓《もと》むるを休《や》めよ彩衣の軽き」という詩句や、宋代に流行した「文選爛すれば、秀才半《なか》ばす」などのことばは、その広範な盛行ぶりをものがたっている。かくしてその盛名は、編者の名ともども、唐土のみならず朝鮮半島や日本までおよんだのだった。

そうした盛名のため、『文選』の表看板というべき「文選序」も、文学史のなかでは著名な作となっている。なかでも、序文中の「事は沈思より出で、義は翰藻に帰す」のことばは、『文選』の選録基準を明言したものとして、文学批評の世界ではつとに喧伝されてきた。そのためか、近現代の『文選』研究においては、「文選序」は文学批評の資料とみなされがちであり、一篇の文学作品としてよまれることはすくなかった。

だが私見によれば、この「文選序」は、一篇の文章作品としてみても、充実した内実を有している。その文辞の充実ぶりについては、別稿「蕭統文選序札記」（「中京大学文学部紀要」第四二―二号　二〇〇八）でいささか考察しておいたので、ご覧いただければありがたい。そうした私の経験からしても、かく文学的にすぐれた作を、文学批評の資料とみなすだけでは、もったいない。そこで本章では、あらためて「文選序」を文学作品とみなし、修辞の巧拙や文学的価値を浮きぼりにしてゆきたいとおもう。

くわえて、昨今この序文に対して、蕭統がじっさいに執筆したものでなく、側近だった劉孝綽による代作だったのではないか、という疑念も提起されている。そこで「文選序」の字句表現に注目しながら、序文の作者はだれかという問題に対しても、いささかの私見をのべてみたいとおもう。

はじめに、これまでの「文選序」評価をふりかえっておこう。旧時における「文選序」への評言として、もっとも有名なものは、宋の蘇軾のつぎのようなものだろう。

舟中読文選、恨其編次無法、去取失当。斉梁文章衰陋、而蕭統尤為卑弱。文選引斯可見矣。如李陵蘇武五言、皆偽而不能去。観淵明集、可喜者甚多、而独取数首。以知其余人忽遺者甚多矣。淵明閑情賦正所謂国風好色而不淫、正使不及周南、与屈宋所陳何異。而統乃譏之。此乃小児強作解事者。（『東坡志林』題文選）

舟中で『文選』をよんだ。編集ぶりがでたらめで、作品の取捨選択が当をえていないのが残念だ。斉梁のころは文学が衰微していたが、［『文選』編者の］蕭統がとくにひどい。彼の「文選序」をよむと、それがよくわかる。李陵と蘇武の五言詩などは偽作なのに、『文選』からはずしていないし、『陶淵明集』は佳作がたいへんおおいのだが、たった数篇を採録しただけ。これによって、他の文人の作でも、採録もれがおおいことが推測できる。陶淵明の「閑情賦」は、［『史記』屈原伝でいう］「国風の詩は好色めいたものがおおいが、度をこしていない」ということばに、よくあてはまる作だ。『詩経』の「周南」にはおよばぬものの、屈原や宋玉の文学とはなにもちがっておらぬ。それなのに、蕭統は［「陶淵明集序」のなかで］この作をそしっている。これはさしずめ、子どもが無理して文学を解釈しようとしたものだ。

これはつよい批判である。この批判で注目したいのは、蘇軾の「文選序」評価が、該篇への文学的な検討でなく、『文選』本体との関連によってくだされているということだ。蘇軾は、「文選序」をよむと、蕭統のダメぶりがよくわかるという。だが、蘇軾の批判たるや、じっさいは李陵や蘇武の五言詩を採録したこと、陶淵明の詩文採録がすくないことをいうだけであり、けっきょく『文選』編纂方針（作品の作品選録）への不満を、ぶちまけているだけなのだ。真の意味での「文選序」批評ではない。また後半の「閑情賦」に関した批判では、「子どもが無理して文学を解釈しようとしたもの」とのべ、蕭統への侮蔑の情をかくそうとしない。だが、これも「文選序」とは関係がなく、「陶淵明集序」中の議論への批判なのである。

こうした批評のしかたが典型だが、蕭統「文選序」に言及する場合は、『文選』の作品選録の適否や、彼の文学観への賛否にかかわったものがおおく、「文選序」それ自体の文学的完成度に言及するものは、はなはだすくない。蘇軾以外による「文選序」への批評を、手近にあった胡暁明『文選講読』（華東師範大学出版社　二〇〇六）一五三〜一五四頁からひろってみよう。

○宋時学者不解文銓、妄加参駁、謂統拙文陋識、去取違宜。……以此誚統、暴瑕掩瑜、不原作述之旨。統不云乎、「若以立意為宗、不以能文為本者。今之所撰、抑又略諸」。（田汝成「漢文選序」賀復徴『文章弁体彙選』巻二九一所収）

宋代の文学者たちは蕭統の選録方針を解さず、みだりに批判をくわえ、「蕭統は才識がおとったので、『文選』の選録がよろしきをえなかった」と主張した。……こうした事例によって蕭統を攻撃し、長所を無視し欠点をあばくだけで、序文の趣旨をかんがえなかった。だが、蕭統は「文選序」で、［「子類の書は」思想をのべることを宗としていて、文飾をほどこすことを主眼にはおいていない。それゆえ今回の選録からは、除外することとした」といっているではないか。

○『文選』者、辞章之圭臬、集部之准縄。而淆乱蕪穢、不可殫詰、則古人流別、作者意指、流覧諸集、孰是深窺而有得者乎。（章学誠『文史通義』詩教下）

『文選』は文学の規範であり、また集部の作の手本である。ところが、そのじつ［「文選序」の発言をみても］『文選』が混乱し蕪雑であることは、難詰しつくせないほどだ。すると、古人の流派や作者の趣意などは、おおくの選集をみわたしたとて、いったいどの序文が深意をかたっているのだろうか。

○専名為文、必沈思翰藻而後可也。（阮元「書梁昭明太子文選序後」）

ある作を文学とみとめたければ、［「文選序」にいう］沈思にして翰藻という基準に達しておれば、そう判断してよかろう。

○詞旨淵懿、於文章遽変之源流、実確有所見。至以藻采為文、故経子大文転不選録、自是六朝風習、当分別観之。（高歩瀛『南北朝文挙要』）

「文選序」は表現内容ともに奥ぶかく、文学が変化し流転してゆく実態にも、きちんと炯眼がゆきとどいている。文飾したものを文学だとしたので、［『文選』には］偉大な経書や子書の類を選録しなかった。これ以後、六朝ではそれが習いとなったので、そのあたりをよく弁別してゆかねばならない。

これらの批評をみると、「文選序」への評価と『文選』への評価とが、ごっちゃになっていることがわかろう。「文選序」を評しているのか、『文選』編纂方針を評しているのか、区別するのがむつかしい。「文選序」に言及する場合でも、批評の矛先は、「文選序」一篇の字句表現や文学的完成度ではなく、［序中に叙された］蕭統の編纂方針や文学観の当否のほうへむかっている。つまり「文選序」への批評は、ややもすれば蕭統の文学観や作品選録の当否への議論にうつってしまい、けっきょく蕭統自身や『文選』本体への批評にすりかわっていきがちだったのである。

こうした「文選序」への批評のしかたは、近代にはいってもおなじようなものだった。とくに、清の阮元からはじまる「事出於沈思、義帰乎翰藻」二句への注目は、「文選序」の文章を『文選』選録基準、ひいては文学批評の資料とみなす、近現代の研究動向の嚆矢になったといってよい。最近あらわれた、王立群氏の手になる『現代文選学史』（中国社会科学出版社　二〇〇三）と『文選成書研究』（商務印書館　二〇〇五）の二書は、近代以降の『文選』研究史を俯瞰した便利な書物であり、本章を草するにあたって、私もおおくをおしえられた。その「文選序」をあつかった項（前書一三九～一七一頁）をひもとくと、「文選序」が文学批評の資料とみなされ、一篇の文章作品として考究した研究は［注釈や翻訳はべつとして］ほとんどないことを、あらためてしったのであった。

こうした旧時の批評や近現代の研究動向は、『文選』という書物の権威向上という事情を反映していよう。唐代以降、『文選』の権威がたかまるにつれ、後続する選集への影響力がおおきくなった。いきおい、後世の人びとの関心は、「文選序」一篇の字句表現や文学的完成度よりも、［序中に叙された］蕭統の文学観や編纂方針への褒貶、さらには選集史上の意義などのほうへ、むかっていきやすかったのである。

## 二　対偶への配慮

だが、こうした評価のしかたは、もし蕭統がいきていたら、不本意だと感じたことだろう。彼の『文選』には、序ジャンルの名篇も採録しているが、「文選序」の文章を仔細によんでみると、その序の名篇からまなんだとおぼしき表現が、あちこちに散見している。つまり蕭統は、「文選序」をたんなる解題の文としてでなく、一篇の文学作品としてつづったようなのだ（くわしくは「札記」を参照）。そうだとすれば、我われも文学批評の資料としてだけでなく、一篇の文学作品として検討してゆかねばならない。では、そうした視点からみたとき、「文選序」はいかに評価されるべきだろうか。

まずは形式的な方面から、「文選序」を検討してゆこう。はじめに対偶をみてみよう。対偶率（一篇中で対偶をなす句の割合）をしらべてみると、「文選序」の句数は全部で百八十九句、うち対偶を構成する句は百十八句であり、62％の率となる。同時期の同種の作が「宋書謝霊運伝論」43％、「文心雕龍序志」49％、「雕虫論」47％、「詩品序」42％、「玉台新詠序」96％なので、「文選序」の率はけっこうたかいといってよい。美文による文学批評の雄、「文心雕龍」の序志篇よりもたかいのだ。もちろん対偶の多寡だけで、作品の価値がきまるわけではないが、美文が流行した六朝の作である以上、対偶の多寡は文学的評価をかんがえる有力な指標になるといってよい。

では「文選序」中の対偶を、詳細に検討してみよう。まず対偶の種類からみると、同内容をくりかえした正対《せいつい》のおおさが指摘できる。第六段から例をしめすと、

若夫┌姫公之籍、与┌日月倶懸、┌孝敬之准式、豈可┌重以芟夷、
　　└孔父之書、　└鬼神争奥、└人倫之師友。　　└加之翦截。

いったい周公の古籍や孔子の書物たるや、日月とならんで完全で、鬼神と奥深さをあらそう存在であり、篤孝の儀表となり、人倫の手本となすべきものである。されば、どうしてこれらの書に取捨の手をくわえたり、一部をきりとったり［して『文選』に採録］できようか。

が典型だろう。ここは、経書は偉大な書物なので、取捨の手をくわえたり、一部を採録したりはできないとのべた部

分である。

ここで対をなす句、たとえば「姫公之籍」と「孔父之書」とは、ともに儒教の経典をさしており、ほぼおなじ内容だといってよい。おなじく「日月倶懸」と「鬼神争奥」、「孝敬之准式」と「人倫之師友」、「重以芟夷」と「加之翦截」も、それぞれ相似した内容を有したものだ。かく内容が相似するからには、対偶の片方を略しても、致命的な破綻は生じないだろう。ためしに右の文の対偶下句をきりとってみると、

若夫姫公之籍、与日月倶懸、孝敬之准式。豈可重以芟夷。

周公の古籍たるや、日月とならび完全であり、篤孝の儀表となすべきものである。どうしてこれらの書に取捨の手をくわえられようか。

となるが、これでも文意はほぼ通じるだろう。

現代的な感覚では、こうした同内容の正対は、無用の重複であり、蛇足だとおもわれるかもしれない。だが、当時の文人たちの感覚では、そうではなかった。美文家たる蕭統の脳裏では、「姫公の籍」といっただけでは、いいたりぬ感じがしたにちがいない。だから、内容が重複しようとも、類似した「孔父の書」という句をつづけたのだ。おなじように「日月と倶に懸《か》かる」とつづったなら、同内容の「鬼神と奥を争う」と対応させなければ、おちつかなかったのだろう。このように、いちどいえばわかるのに、それでもあえて類似した内容をくりかえし、ゆるゆると読者を説得し、納得させてゆくのが、当時の美文の叙しかただったのである。

ただ、かく正対ばかり連続しては、その繰りかえしが鼻をつくし、論旨もストレートに進展してゆかない。いきおい、歯切れよい印象がうしなわれ、まだるっこい行文だと感じさせかねない。そうした弊を、蕭統も気づいていたのだろう。だから文中に適宜、散体の句を挿入して内容の重畳をさけ、論理をスムーズに進行させようとしている。つ

まり駢体（対偶）と散体（非対偶）とを、適宜まぜあわせるわけだ。そうした例として、さきの「若夫姫公之籍」句の直前の部分（第五段）を例示してみると、

余監撫余閑、居多暇日、歴観文囿、
　　　　　　　　　　　泛覧辞林、未嘗不心遊目想、移晷忘倦。
自姫漢以来、眇焉悠邈、時更七代、詞人才子、則名溢於縹嚢。自非略其蕪穢、蓋欲兼功、太半難矣。
　　　　　　　　　　　数逾千祀。飛文染翰、則巻盈乎緗帙。　　集其清英、

私は監国撫軍のあいま、余暇がおおかったので、詩文の苑にわけいり、
　　　　　　　　　　　　　　　　　　　　　　詞藻の林をめぐった。そして、心は文学の世界にあそび、目は詩文の内容をおもいうかべ、日がかたむいてもあきることがなかった。周や漢のころよりこのかた、はるかに時がへだたり、王朝は七代もかわり、その間に出現した詩人や才子は、その名前が書物にあふれ、
　　　　　　　　　　　　　　　　歳月は千年もすぎた。彼らがつくった名篇や佳什は、書帙のなかに充満している。
蕪雑な作をとりのぞき、いくら努力しても、その大要に通じることはむつかしい。
秀逸な作をあつめねば、

という行文である。ここでは、駢体と散体とが交互にあらわれ、適宜まぜあわさっている。かく駢と散とを兼行させているので、対偶おおき美文でも、わりと論旨がとりやすくなっているのである[1]。

ちなみに六朝美文の対偶率では、徐陵「玉台新詠序」が96％と突出してたかい。それは、「玉台序」が駢散を兼行せず、真に駢体ばかりでつづられていることをしめす（第九章を参照）。そのためか、「玉台序」の文章は論旨がはっきりせず、意味がとりにくくなっていた。ふつう「玉台新詠序」の難解さは、典故の多用に起因するとされているが、こ

の駢体専一の行文にも一因があるだろう。このように、美文として形式的完成度（対偶や典故の使用率）をたかめればたかめるほど、論旨がわかりにくくなってゆくのは、美文が有する本質的欠陥だといってよい。

さて、すこし話題がそれたが、「文選序」中の対偶の検討にかえろう。右でみたように序文中の対偶は正対がおおいが、その対応はよく考量されたものだ。たとえば、さきの「歴観文囿↕泛覧辞林」や「時更七代↕数逾千祀」は、ほぼ相同の内容を叙した対偶だが、それでも慎重に同字が重複するのをさけている。これは、当時の文章作法のひとつとして、「なるべく同字の重出をさけよう」という了解があり（『文心雕龍』練字篇に「三に重出を権《はか》るべし」とある）、蕭統はそのルールをまもっているのだろう。

ほかにも、対偶中の同字重出をさけた例をしめすと、

○〔第一段〕┌式観元始、
　　　　　　└眇覿玄風、

太古のころをみわたし、原始の風俗をふりかえってみると、

○〔第一段〕┌踵其事而増華、
　　　　　　└変其本而加厲。

乗物をつくるうちに華麗さがまし、水の本質がかわって冷気がつよまるからだろう。

○〔第三段〕┌退傅有在鄒之作、
　　　　　　└降将著河梁之篇。

引退した傅の韋孟は、「在鄒」（四言）をつくり、降将となった李陵は、「河梁」（五言）をつくった。

などがある。右の三聯、「而」や「之」など助字はしかたがないが、実字ではおなじ字の使用をさけている。とくに傍

点を附した箇所は類義の字であり、うっかりすると同字をつかいかねない箇所である。それをさけているのは、やはり意図したもので、蕭統のこまやかな配慮の結果だろう。

対偶中の同字忌避など、ちいさなことであり、問題にするほどのことではないと、おもわれるかもしれない。だが、こんなちいさなことが、才能の良否を暗示することもあるのだ。たとえば、同時代の鍾嶸「詩品序」の文をみてみると、

若夫 ┌春風春鳥、┌夏雲暑雨、
　　 └秋月秋蝉、└冬月祁寒、

春の風、春の鳥、秋の月、秋の蝉、さらに夏の雲、炎暑の雨、冬の月、酷寒など、これらの四季の風物は、……

という対偶がみつかった。この部分では、「春」「秋」「月」の字が重複している（興膳宏『合璧　詩品　書品』六四頁の指摘による）。はじめのほうの対偶、「春」「秋」は技巧（双擬対）としての重複であり、うっかりミスではないと弁護できるかもしれない。だが、この両字はそうだとしても、「月」字のほうは弁解できないだろう。

これだけなら、ちょっとしたミスにすぎず、揚言する必要はないかもしれない。だが、「詩品序」にはこれ以外にも、同種の粗雑な文辞がじつにおおい。その詳細は第六章でのべておいたが、典型的な例をひとつだけあげておけば、

師鮑照、終不及日中市朝満、学謝朓、劣得黄鳥度青枝。

鮑照を師としながら、けっきょく彼の「日中市朝満つ」の句にはおよびもつかず、謝朓にまなびながら、わずかに「黄鳥青枝を渡る」程度の詩句をつくるだけ。

という四句がわかりやすいだろう。この四句、鍾嶸がもうすこし修辞に敏感だったら、二句目の「終」字をけずって、

┌師鮑照、不及日中市朝満、
└学謝朓、劣得黄鳥度青枝。

の対偶にしていたにちがいない。たったそれだけで、この四句は対偶になるのだ。だが、鍾嶸はそうしなかった。気づかなかったのか。気づいたが、べつにいいやとおもったのか。いずれにせよ、この四句を対偶にしなかったのは、鍾嶸のとぼしい修辞意欲をしめすものだろう。こうした意欲の乏しさは、美文全盛の六朝期にいきた文人としては、かなりマイナスにはたらいたに相違ない。(2)

　この種の粗雑な文辞もかんがえあわせれば、右の「春」「秋」「月」の重複は、鍾嶸のさえないセンスを示唆するものだったとしてよかろう。このように、同字重出の有無という些細な事がらも、一事が万事というべきで、その文人の文章能力を暗示しているのである。

## 三　論理としての比喩

　さて、対偶ばかりに考察が集中したが、「文選序」のこれ以外の修辞もみてみよう。すると、比喩のたくみな利用が注目される。第四段のつぎの比喩表現をみてみよう。

譬┌陶匏異器、並為入耳之娯、作者之致、蓋云備矣。
　└黼黻不同、倶為悦目之玩。

　これらの諸ジャンルは、たとえれば塤と笙はちがう楽器だが、ともに耳にここちよく、また黼《ほ》と黻《ふつ》とはことなった模様だが、ともに目をたのしませることができるようなものだ。作者がかたらんとする趣旨は、これらによって表現できるようになった。

ここでは、文学の諸ジャンルを音楽と模様に比擬している。そして塤と笙という楽器、黼と黻という模様は、それぞれことなってはいるが、ともにひとの耳目をたのしませるものだ、という。

ここでの発言は、現代の我われには、それほど意外なものではないかもしれない。しかし文学史的にみると、きわめて注目すべき意見表明だとせねばならない。すなわち、ここの発言は、

> 要するに文学作品の目的は娯楽に在ることをいったと解してよい。この発言は頗る重大な発言であると考える。詩を始めとして種々の文学は、人を楽しませる目的を持っているもので、いってみれば文学は娯楽の用に供するものであるというのである。鑑戒的に考えがちな従来の文学観に比べると、重大な転換である。

という重要な意義をもっているからである（小尾郊一「昭明太子の文選序」『真実と虚構―六朝文学』所収。論文初出は一九六七）。そうした重要な箇所で、こうした音楽と模様の比喩がつかわれているのだ。

もっとも、音楽や模様の比喩をつかって文学論をかたるのは、じつは前例がないわけではない。たとえば、西晋の陸機「文賦」では、

> 暨音声之迭代、若五色之相宣。
>
> 字句の音調が変化するさまは、五色の糸のぬいとりのようであるべきだ。

と詩文の音声諧調を刺繡の模様にたとえていた。これをうけ、梁の沈約「宋書謝霊運伝論」でも、

> 五色相宣、八音協暢、由乎玄黄律呂、各適物宜。
>
> ［詩文において］五色がおのおの輝きを発し、八音がきちんと調和するのは、色彩や音律が適切に配合されているからである。

と叙して、色彩や音律の比喩で四声の諧調を説明している。つまり用語こそことなるものの、陸機沈約とも、文学論中で音楽や模様の比喩を使用しているのだ（陸機の例は直喩であり、沈約の例は隠喩にかたむく）。「文選序」の比喩利用は、そうした流れの一環だったとかんがえてよい。

ただ、「文選序」中の比喩は、陸機や沈約のそれとちがって、文学創作に関する理論的内容を平易にたとえたというだけではない。「文選序」の行文を慎重によんでゆくと、ここの比喩の部分は、「文学は諸ジャンルにわかれる↓楽器や模様も各種さまざまだが、どれも耳や目にここちよい↓諸ジャンルもこれとどうよう、ひとをよろこばす」という論理をとっていることがわかる。つまり、音楽と模様の比喩は、「文学の諸ジャンルは、ひとをよろこばす」という断案をくだすための、論拠として作用しているのだ。たんに平易な喩えや文章のあやとして使用されているのでなく、論理の一環として使用されているのである。

「文選序」にはもうひとつ、やはり同種の目的で利用された比喩表現がある。それは第一段の、

若夫┌椎輪為大輅之始、大輅寧有椎輪之質、
　　└増氷為積水所成、積水曾微増氷之凛、何哉。

いったい、［そまつな乗物の］椎輪《ついりん》は［玉でかざった華麗な乗物の］大輅《たいろ》の先祖であるが、後代の大輅には椎輪の質朴さは残存していない。厚氷は水からできているが、もとの水には厚氷の冷たさなぞはなかった。それはどうしてだろうか。

の部分である。ここの対偶では、乗物と水の比喩がつかわれている。「椎輪↓大輅」「水↓氷」の変化が、さきの例とどうよう論拠ふうにつかわれ、つづく「乗物や水におなじく、文学も進歩し変化してゆく」という断案（引用略）が、平易かつ説得的に叙される構造となっている。この箇所は、文学の進歩史観をかたったものとして注目されているが

（「札記」参照）、そうした重要な断案が、やはり比喩によってささえられ、論理づけられているのである。「文選序」ではないが、蕭統は「陶淵明序」においても、有名な比喩をつかっている。それは、

白璧微瑕、惟在閒情一賦。楊雄所謂勧百而諷一者、卒無諷諫。何足揺其筆端。惜哉、亡是可也。

白璧中のきずと称すべき作は、「閑情賦」の一賦である。これは揚雄のいう「誘惑が百で、諷諫は一だけ」というしろもので、諷諫の意などまったくない。どうしてわざわざ筆をとるほどのものだろうか。おしいことだ、こんな作などなければよかったのに。

という部分である。ここの比喩は、「白璧中のきず　↓　傑作群のなかの愚作」というふうに、隠喩ふうに使用されている。それでも内容的には、「傑作群のなかの愚作　↓　ないほうがよかった」とつづいており、論理的にも重要なはたらきをしているのに注意しよう。比喩は蕭統にとって、重要な断案をくだすときにつかう、とっておきの技法だったのかもしれない。

## 四　中庸の語彙

さて対偶と比喩につづいて、「文選序」中の語彙についてもみておこう。「文選序」の語彙の特徴として、新古のことばの共存と融合をあげてよさそうだ。すなわち、蕭統は経書など伝統的な典故もつかっているが、同時に、蕭統以前に用例をみいだしにくい新語や、また新意の語（用例はあるが、あらたな意味を充入して使用したもの。第二章第三節も参照）も、また使用している。これは、他の六朝美文でもよくみられる語彙傾向ではあるが、「文選序」ではとくに新古融合のレベルがたかいように感じられる。

まず前者の、経書など古典からの典故をもちいた語彙から指摘しよう。すると、たとえば第一段の

逮乎伏義氏之王天下也、始画八卦、造書契、以代結縄之政。由是文籍生焉。

という五句は、『易経』繫辞下伝にも似た文章があるが、直接にはおそらく「尚書序」の「古者伏羲氏之王天下也、始画八卦、造書契、以代結縄之政、由是文籍生焉」からとってきたのだろう。ほとんど典拠の字句をそのままつかって、文章をつづっている。

その他、第一段の「易曰観乎天文」六句は『易経』賁卦と豫卦から、第二段の「詩序云詩有六義焉」八句は「詩大序」から、それぞれ引用してきている。挙例するのは略するが、「文選序」にはこの種の経書からの引用や典故利用が散見している（「礼記」参照）。これらは、蕭統が「文選序」をつづるにあたって、過去の［とくに儒教ふう］文学論をよく研究し、まなんでいたことをしめしていよう。

そうした伝統的な語句を利用するいっぽう、新語や新意の語を使用することもまたおおい。たとえば、やはり第一段の、

式観元始、眇覿玄風、冬穴夏巣之時、茹毛飲血之世、世質民淳、斯文未作。

太古のころをみわたし、原始の風俗をふりかえってみると、冬は穴居し夏は巣にすみ、鳥獣の［肉だけでなく］羽毛をくらい血をすするなど、世相は質素で民草は淳朴であり、文学はまだ発生していなかった。

の語彙をみてみよう。まず「冬穴」「夏巣」の二語は、『礼記』礼運の「冬則居営窟、夏則居橧巣」（冬は穴ぐらにすみ、夏は巣のなかですごした、の意）にもとづく。その意味では、伝統的な典故といえよう。しかしその翦裁のしかたたるや、

句の上端と下端の字をくみあわすという、きわめて新奇なやりかたであり、ほとんど新語というべきものになっていた。その意味で、この二語こそ、伝統［的な典故］と新奇［な技巧］とが高レベルで融合した典型例だといってよい。さらに「式観」「元始」「眇覿」は、これ以前に用例がみあたらぬ新語であり、また「玄風」「斯文」の二語は、新意を充入されたことばであった（以上、「札記」を参照）。

これを要するに、「文選序」の語彙は、古典による典雅さと創造による新奇さとが、うまいぐあいにミックスされているといってよい。基本的には、経書からの典故や語彙を尊重するのだが、それでも経書べったりではなく、進取の気性にもとんでいるのだ。こうした語彙の性格は、「文選序」中で詩の六義や風雅の道を引用しながらも、それでも劉勰のように「五経の文はすばらしい」などとは主張しない、蕭統の穏健な文学観を反映したものかもしれない。蕭統は女楽や艶詩をきらうなど、当時としては保守的な志向をもっていたようだが、こと序文の語彙選択に関しては、伝統と進取とを共存させた、よい意味での中庸さを有していたといえよう。

つぎの部分は、そうした中庸さ志向がよくあらわれた文章だろう。それは、序文中でとくに有名な第六段の、

若其┌讃論之綜緝辞采、┌事出於沈思、故与夫篇什、雑而集之。
　　└序述之錯比文華、└義帰乎翰藻。

ところが史書のなかの讃論は華麗な文辞をあつめ、序述は装飾をまじえたものだ。それらの文章たるや、内容はふかい思索から出発し、表現は華麗な美文に帰着している。さすれば、［詩賦などの］文学作品とならべて、これらの文章も採録してよかろう。

という部分である。整然とした対偶構造のなかで、名だかい沈思翰藻の理論がかたられている。ここの「辞采」「文華」「沈思」「翰藻」などの語は、いずれも経書には用例がみあたらないものの、後漢以後とくに六朝以後の文献には、と

きに出現することばである。かく経書に用例がないが、しかし純粋な新語でもないという点で、いわば新古のさかいにある用語だといってよかろう（ただし「綜緝」「錯比」は用例がなく、完全に新語に属する）。

また「事出於沈思、義帰乎翰藻」二句の内容にも注意しよう。ここの「沈思」（ふかい思索、の意）と「翰藻」（華麗な美文）とは、対比的に使用されることがおおく、六朝のころでは対立こそすれ、両立させるのは困難な概念であった。だが蕭統は、この二者を融合させたものこそ価値ある文学であり、『文選』に採録してよい作だと主張するのである。つまりこの二句は、相反する二者（沈思、翰藻）の彬彬たる融合を重視するものであり、蕭統の中庸さ志向を、用語とともに、内容の方面からもかたったものといえよう。

以上、「文選序」の文章を形式的な面から考察してきた。ここまでの考察をまとめてみると、「文選序」の特徴として、

(1)対偶率がたかい。
(2)駢体と散体とを適宜に兼行させている。
(3)同字の重出をさけている。
(4)比喩を効果的に利用している。
(5)新古の語彙を共存し融合させている。
(6)典故の新奇な翦裁をおこなっている。

などがあげられよう。これらは、当時の美文としてみたとき、水準以下だとしてマイナス点をつけられるものは、ひとつもない。それゆえ形式的な面からみれば、「文選序」の文章は当時でも上乗のものだったと評してよかろう。なかでも、駢と散の兼行や新古の語彙の融合、さらに地の文と比喩との論理的整合ぶりなど、いろんな次元での中庸ぶり

は注目されるものであり、蕭統のたくみな文学手腕をうかがわせるものとしてよい(3)。

## 五　折衷志向

つづいて、「文選序」の内容も瞥見しておこう。「文選序」中の文学論の内実やその意義については、先学によって多様な議論がつみあげられている。それらの主要なトピックを私なりに整理すれば、進歩史観、文学の娯楽性重視、文学と非文学の弁別、「能文」重視の選録基準などがあげられよう。文選学の専家でもない私は、これらの論議にわってはいるような識見は、もちあわせていないし、また「文選序」の行文に注目する本章の趣旨にもあわない。それでも論旨の展開上、序文中の文学論に対し、ひとつだけ指摘しておきたいことがある。それは、序文中での種々の議論は、いずれも先行して主張した者がおり、蕭統の首唱になるものではない。蕭統の議論はむしろ、当時の有力な文学的主張をとりこみ、折衷したものではなかったか――ということである。

たとえば、「文選序」の特徴的な主張として、しばしば言及される進歩史観についてかんがえてみよう。これは乗物や水の比喩をつかって、「文学は時代がくだるにつれて華麗になった」と主張していた。ところが蕭統以前にも、それと似たような主張がかたられている。たとえば江淹は、「雑体詩序」で五言詩を例にしつつ、つぎのようにいっている。

夫楚謡漢風、既非一骨。魏製晋造、固亦二体。譬猶藍朱成彩、雑錯之変無窮、宮角為音、靡曼之態不極。故娥眉詎同貌、而倶動於魄。芳草寧共気、而皆悦於魂、不其然歟。……然五言之興、諒非敻古。但関西鄴下、既以罕同。河外江南、頗為異法。故玄黄経緯之弁、金碧沈浮之殊、僕以為亦各具美兼善而已。

楚の詩歌と漢代の作風はおなじでないし、魏の文学と晋の詩文も、またことなるものだ。それは、たとえれば、藍や朱などの色彩が多様な交錯の美をしめし、宮や角の音階が無限のハーモニーを奏するようなものだ。だから女性の美しさがちがっても、ひとしく心をときめかすし、草花の香りがちがっても、おなじように気分がよくなるのも、これとおなじ原理ではなかろうか。……

ところで五言詩の発生は、それほどふるくはないが、前漢と魏代では詩風がことなっているし、西晋と東晋以後でも、そうとう傾向がちがっている。これら各代の詩は作風や傾向の相違があり、また辞藻や音律の違いもあるが、私は、それぞれに美をそなえ、善を有しているとかんがえる。

ここで江淹は、各代の詩歌はいずれも、「それぞれに美をそなえ、善を有している」と主張している。これは明確な進歩史観ではないが、それでも聖人のましませし古代こそがすばらしいという、尚古の考えかたとはことなったものだ。くわえて、色彩や音楽［また女性美や草花の香り］を文学に比擬しつつ論をすすめてゆくのも、「文選序」と似た叙しかただろう。

さらには沈約。彼も斉につづった「宋書謝霊運伝論」において、古人は声律に気づかなかったが、この私がはじめて気づいた、とのべていた。つまり旧時の［声律に気づかぬ］文学よりも、声律を重視した最近（とくに自分）の文学こそ、価値があるのだと強調しているのである（第三章を参照）。この両者の主張は、ともに伝統的な尚古の考えかたに背をむけて、文学の進歩史観に接近したものであり、しかも蕭統にさきだっての主張なのである。すると当時、こうした進歩史観ふう考えかたは、めずらしくなかったのではないだろうか。

おなじく、娯楽性重視の主張についてもかんがえてみよう。これは、「文選序」では、音楽（楽器）と模様の比喩をつかいつつ、「文学はジャンルがちがっても、ともにひとをよろこばせるのだ」と主張されていた。しかし、これよりはやく後漢末、曹兄弟らは宴席の場で遊戯的に詩文を競作していたし（同題競采）、また晋代の金谷や蘭亭のあそびなども、当時では有名なイベントだった。斉梁における集団的競作にいたっては、さらに娯楽性のつよい催しであった。こうした事実をふまえれば、当時では蕭統の娯楽性重視の主張のほうが常識であり、「文学は政治的教化に役だつべき」という考えかたのほうこそ、むしろ時代おくれで教条的なものだったのではないだろうか（拙著『六朝の遊戯文学』第十四章を参照）。

もうひとつ例をあげれば、文学非文学の区別のしかたもそうである。これは、「文選序」では、「経書や諸子、弁論、史書の類は〈立意〉を目的とするから非文学であり、沈思翰藻を兼備した〈能文〉の作こそ、文学と称すべきものである」とかたっていた。しかし、かく「能文」を重視する考えかたは、すでに興膳宏氏が指摘されるように、蕭統以前にすでに定着していた。氏によると、『文選』に先行する『文章流別集』や『文苑』『翰林論』などは、輯佚資料から推測するかぎり、蕭統とおなじ立場から作品をえらんでいたという。すると、経書や諸子の類を非文学とし、「能文」の詩文を重視する「文選序」の方針も、とくに斬新なものではなく、「過去に蓄積されてきた総集編纂の規定方針を大筋として追認し」たものにすぎなかったといってよさそうだ（「六朝期における文学観の展開」『中国の文学理論』所収）。

では、なぜ「文選序」中の議論は、かく当時の有力な文学的主張をとりこみ、折衷したものになったのだろうか。それは、まず蕭統の「寛和容衆」（『梁書』昭明太子伝）という性格に関係しよう。ここでの「寛和」は寛大にしてなごやか、「容衆」は多様な考えかたをうけいれる、の意だろう。そうした「寛和にして衆を容《い》る」性格であれば、他人の文学的主張でも、とりいれやすかったろうと想像される（後述）。

これにくわえて、蕭統の皇太子という立場も、彼の「衆を容る」傾向を助長したのではないか。このことを指摘されたのが、曹道衡氏のご論考「関于蕭統和文選的幾個問題」（『漢魏六朝文学論文集』所収　広西師範大学出版社　一九九九）だった。曹道衡氏はこの御論のなかで、大要、

『文選』は前人の文学的成果を総合したもので、『文心雕龍』や『詩品』とは、まったく性格がちがっている。『文心雕龍』と『詩品』は個人的著作であり、比較的自由に自分の観点を叙することができる。ところが『文選』の場合は、多少とも官書の性質をおびている。『文選』は蕭統ひとりが署名するだけだが、じっさいはおおくの人びとによって完成されたからだ。そのうえ［編纂事業を］平穏にすすませようとすれば、各時代の文学の特色を体現せねばならないし、また多数の人びとに受容されるには、当時の統治集団の要求にも、きちんと対応せねばならなかった。蕭統は皇太子なので、彼が『文選』編纂を主宰するからには、自分の文学観を体現するだけではだめなのは、明白である。彼は統治者の代表として、あるべき文学の動向やモデルを、当時の文人たちにしめさねばならなかったのだ。

とのべられている。氏はまず、『文選』は蕭統ひとりの編でなく、編纂協力者がいたという前提にたつ。そして、蕭統の皇太子という立場にとくに着目し、『文選』編纂のさい、彼は「当時の統治集団の要求にも、きちんと対応せねばならなかった」ろう、と推測されるのである。

この曹氏の見かたは、『文選』編纂時の歴史的環境を説明したものとして、きわめて妥当なものだとおもう。たしかに蕭統が皇太子という立場にあった以上、『文選』が［その編纂動機がどこにあったにせよ、結果的に］官書ふう性質をおびてしまい、「あるべき文学の動向やモデルを、当時の文人たちにしめさねばならなかった」のは、じゅうぶんありうべきことだったろう。

この曹道衡氏の推測を後押しするものとして、私は、皇太子という立場の類似から、蕭統が平素から魏の［皇太子時代の］曹丕を、意識していたことを指摘しておきたい。蕭統がみずからを魏の曹丕に擬し、敬意をはらっていたことは、本書の第一章第六節でも指摘しておいたが(4)、別稿の「蕭統文選序札記」でも、「文選序」中の「事出於沈思、義帰乎翰藻」二句に関連して、曹丕のすがたが髣髴していることに言及しておいた。すなわち、この二句をつづったとき、蕭統は魏の卞蘭「賛述太子賦并上賦表」（曹丕の俊英ぶりをほめたたえた作）の

沈思泉涌、
華藻雲浮。

［曹丕の「典論」や賦頌では］ふかい思索は泉のようにわき、華麗な美文が雲のようにあつまっています。

という用例を介しつつ、とおく曹丕のすがたを想起していたのではないか、とおもわれるのである。(5)

このほか、「宴闌思旧詩」「与晋安王綱令」など、蕭統が自分を曹丕に擬していた事例には事欠かない。このように蕭統の脳裏には、曹丕のすがたを介して、つねに文学の指導者としての皇太子像がちらついていたとおもわれる。すると蕭統は、年わかい曹丕が王粲や劉楨らをひきいて建安文学を領導したように、自分も劉孝綽や陸倕、張率、到洽らとともに、文学を隆盛させてゆかねばならぬとおもったことだろう。

こうした蕭統が『文選』を編纂しようとしたとき、おのずから「自分の文学観を体現するだけではだめ」で、「あるべき文学の動向やモデルを、当時の文人たちにしめさねばなら」ぬとおもったことは想像にかたくない。くわえて、「［編纂事業を］平穏にすませようとすれば、各時代の文学の特色を体現せねばならないし、また多数の人びとに受容されるには、当時の統治集団の要求にも、きちんと対応せねばならなかった」という事情も、たしかに存していただろう。そうだとすれば蕭統は、編纂協力者たちの多様な文学観を満足させながらも、また当時の多数の人びとにうけいれられるよう、いわば内外にわたって、八方美人ふうな編纂方針をとらざるをえなかったにちがいない。そうした状況が、「文選序」中の議論を、当時の多様な文学的主張をはばひろくとりいれた、折衷的なものにしたのではないだろうか（第四節でふれた語彙等における中庸さも、これとパラレルした志向だろう）。

こうした折衷志向は、『文選』の編纂や作品選録にも影響をおよぼしたろう。すなわち、『文選』の編纂にあたっては、過去のさまざまな論著から影響をうけていることが、おおくの研究者によって指摘されている。王立群氏の著作によれば、『文選』に影響をあたえた論著として、劉勰『文心雕龍』、鍾嶸『詩品』、江淹「雑体詩三十首」、任昉『文章縁起』、摯虞『文章流別集』、李充「翰林論」、劉義慶『集林』、沈約「宋書謝霊運伝論」などがあげられ、蕭統がもっとも意識していたのはどの論著だったのか、いまだ諸説紛々という状況のようだ（『現代文選学史』『文選成書研究』ともに第七章を参照）。『文選』の編纂や作品選録に、こうした過去の論著からの影響が云々されるのは、やはり蕭統が皇太子という地位にある以上、「自分の文学観を体現するだけではだめ」であり、すすんで過去の論著にまなぼうとしたことも、ひとつの原因だったとしてよかろう。

ついでながら、蕭統の文学観を論じるさい、しばしば「文選序」と「陶淵明序」における齟齬が、問題にされてきた。それは、「文選序」で文学の娯楽性を主張しながら、「陶淵明序」では「閑情賦」批判をとおして（本章第一節に前出）、諷諫性を重視している。かたや娯楽性の主張、かたや諷諫の重視では、矛盾もいいところで、いったい蕭統の真の文学観はどっちなのか、という疑問である。

だがこうした疑問も、右の曹道衡氏のご指摘にしたがえば、うまく説明がつくようにおもう。すなわち「陶淵明序」は、『文心雕龍』などとおなじく「個人的著作であり、比較的自由に自分の観点を叙することができる」。だから蕭統はそこでは、文学は諷諫を重視すべしという自説を自由に主張することができた。それに対し、『文選』は「多少とも官書の性質をおびている」。だからその序文では、蕭統個人の諷諫重視の志向を抑制し、周囲の大勢にしたがいつつ、文学の娯楽性をかたったのだろう――というわけだ。(6) こうした蕭統の柔軟な態度は、かつて拙稿「六朝文人の多面的作風に関する一考察」（『六朝文体論』に改題して所収）で提起した、六朝文人たちの「作風の使いわけ」の一例に該当するのではないかとおもう。あわせてご参照いただければさいわいである。

## 六　序文代作説

『文選』は蕭統の編とされてきた。『梁書』巻八の昭明太子伝に、その撰として「文選三十巻」とある以上、まちがいないとせねばならない。しかし、では「蕭統は独力で『文選』を編纂したのか」といえば、おそらくそうではなかろう。過去の時代の常として、蕭統の周辺にはおおくの協力者（以前から、根拠とぼしき「十学士」「高斎十学士」などが、指摘されてきている）がいたはずだからだ。

だが、初唐の李善は「上文選注表」において、

爰逮有梁、宏材弥劭。昭明太子、業膺守器、誉貞問寝、居肅成而講芸、開博望以招賢。搴中葉之詞林、酌前修之筆海。周巡緜嶠、品盈尺之珍、楚望長瀾、搜径寸之宝。故選斯一集、名曰文選。後進英髦、咸資準的。

梁代になるや、俊秀が輩出してきた。昭明太子は皇太子の地位につき、孝養ぶりで名だかかったが、肅成殿で学問を講じ、博望苑に文人たちをまねいた。そして周秦以後の詩歌を採集し、前賢の文章をさがした。周穆王がめぐった北方の地の作から、一尺の珍宝のごとき詩をえらび、波濤うずまく南方の作から、一寸の珠玉の文をもとめたのである。こうして詩文集を編纂して『文選』と名づけた。後進の英才たちはみな、この『文選』を範としたのだった。

とのべている。李善はこの「上表」では、蕭統が『文選』を編纂したという立場をとっている。もっとも、蕭統がひとりで編したのでなく、協力者（たぶん複数）がいたことは、とうぜん李善もしっていたことだろう。右の「梁代にな

るや、俊秀が輩出してきた」「肅成殿で学問を講じ、博望苑に文人たちをまねいた」あたりに、それが暗示されている。それでも、そうした事情をしったうえで李善は、蕭統が「詩文集を編纂して『文選』と名づけた」とつづったわけだ。旧時の中国では、編纂事業のトップに貴人の名をもってくれば、編纂をすすめるにあたって、そして完成したあとも、いろいろ便宜をうけることがおおかった。だから、大部の書物の編纂には、しばしばこの「一将功成って万骨枯《か》る」やりかたをとったし、そして「一将」の名でその書物が流布してゆくことに、だれも異議をとなえなかったのである。

しかし、近代以降の研究者ともなると、そんなあいまいなことでは納得しない。『文選』編纂にあたって、蕭統に協力者がいたのか。いたとすればどういうメンバーだったのか。真に中心になった編纂者はだれで、蕭統自身の関与はどの程度だったのか――などと追究しはじめたのである。その結果、現在では、蕭統が実質的編者だったとする研究者は、それほどおおくはない。王立群氏によれば、現在、『文選』の実質的編者については、劉孝綽とするもの、蕭統とするもの、蕭統と劉孝綽の両者とするもの――の三派が鼎立している状態だという（『現代文選学史』一八一～二一一頁）。

わが日本では、つとに斯波六郎氏が元兢「古今詩人秀句序」（『文鏡秘府論』南巻所引）のなかの、

> 晩代銓文者多矣。至如梁昭明太子蕭統与劉孝綽等撰集文選、自謂畢乎天地、懸諸日月、然於取捨、非無舛謬。
>
> 近代において詩文集をつくった者はおおい。梁の昭明太子蕭統は劉孝綽らとともに『文選』を編纂し、みずから「この書は天地とおなじくつづき、日月とならぶものだ」とおもったという。だが、作品の取捨選択には、誤謬がないではない。

や、『中興書目』（『玉海』巻五四所引）の原注の、

> 与何遜劉孝綽等選集。

〔蕭統は〕何遜や劉孝綽らとともに、『文選』を編纂した。

の記事によりつつ、『文選』の編纂にさいし、劉孝綽らの協力があったろうことを指摘された（「解題　昭明太子」初出は一九四八年。『六朝文学への思索』所収）。そして近時にいたって、清水凱夫氏がこの説を強力に推進し、劉孝綽主導説を展開されたのは、研究者のあいだでは周知のことだろう。こうした経緯をへて、中国ではいざしらず、日本の学界では、劉孝綽らの編纂協力はとうぜんのこととし、むしろ蕭統自身の関与がどの程度であったかの議論のほうに、関心がうつっているようだ（たとえば、興膳宏「文選の成立と流伝」〈『中国文学理論の展開』所収。初出は二〇〇二年〉は、そうした立場にたっている）。

　こうした劉孝綽らの編纂関与が云々されるところ、「文選序」の文も、蕭統ではなく、劉孝綽の代作だったのではないか、という説が提起されるにいたった。清水凱夫氏も代作の可能性に言及されているが（『新文選学』二三六、三九八～九頁）、とりわけ劉孝綽代作説を強力に主張されたのが、中国の屈守元氏である。

　屈守元氏は、『文選』編纂に関しては、蕭統主導説の立場にたたれたが、「文選序」の作者については、ひとり劉孝綽代作説を主張された。氏のこの主張は、日本の旧抄本にかきこまれた旁注が根拠になっている。すなわち、上野本『文選』残巻の「文選序」の上欄に、何者かの手によって、

太子令劉孝綽作之云云。

昭明太子は劉孝綽に命じてこれ（文選序）をつくらせた。云云。

という書きこみがなされている。この書きこみ、字句をそのまま理解すれば、たしかに劉孝綽の序文代作をうらづけるものとせねばならない。それゆえ、屈氏はこの書きこみをとりあげて、

この旁注は、我われに重要な消息を提供してくれる。すなわち、蕭統の著名な文論の古典的著述たる「文選序」

も、また劉孝綽の代筆だったということである。劉孝綽の『文選』編纂上での地位は、まことに重要なものだったのだ。

もっとも、この書きこみの存在は、はやくからしられていた。斯波六郎氏も、つとに気づかれていたが、「或は『昭明太子集』の序文を劉孝綽につくらせたという『梁書』劉孝綽伝の記事と混線したものではないかと疑われる」と疑問を呈し、それほど重視されなかった（同右）。くわえて最近では、傅剛氏も『文選版本研究』二六七頁（北京大学出版社　二〇〇〇）において、書誌の立場からこの書きこみの信憑性に疑念を呈されている（注8にあげた『蕭統評伝』一九二頁も参照）。

このように、この書きこみは孤証であるだけに、どこまで信用してよいのか、不安がないではない。そのため、この資料だけによって、「文選序」の劉孝綽代作説を断言する研究者は、［管見のかぎりでは］屈氏以外にはまだいないようだ。ただ、そうだとしても、こうした資料があるのは事実である。「文選序」を考察してきた本章が、この劉孝綽代作説について、まったくふれぬというわけにはいかない。

この問題について私は、結論的にいえば、「文選序」の作者は、やはり蕭統でよいとかんがえている。そこで以下では、先学のご発言も紹介しながら、蕭統自作説に肩いれする理由をのべてゆこう。

第一に、「文選序」をよむと、だれしも気づくような矛盾点がある。それは、序文中の発言と『文選』本体とのあいだで、奇妙な不整合が存在していることである。こまかな違いはさておき、おおきな不整合をあげれば、三つある。一つめは、「文選序」の文学史的叙述の内容と、じっさいの『文選』採録作品とが齟齬することである。たとえば、第二段で荀況の賦にふれるが、『文選』本体は荀況の賦を採録していない。二つめは、ジャンルの齟齬である。第四段で戒や誥のジャンルに言及するが、本体ではそのジャンルを採録していないのだ。三つめに、ジャンルの呼称がちがっている。すなわち、第四段で「答客」「指事」などと称しながら、本体では「設論」というジャンル名をもちいているのである（「指事」は設論ではなく、「七」ジャンルをさすという説もある。そうだとしても、ジャンル名の不整合という点ではおなじい。「札記」参照）。

こうした不整合は、『文選』と「文選序」とをきりはなしてかんがえれば、とくに問題は生じない。しかし「文選序」が『文選』の序文としてかかれ、しかも同一人物の手になるとしたならば、右のような齟齬が発生することはありえず、一致してしかるべきだろう。とくに三つめの、序文で「答客」といいながら、本体で「設論」の名称をつかっているのは、どうにも説明のつかぬ齟齬だといわざるをえない。こうした両者間の不整合さゆえに、現代の研究者のあいだでは、『文選』は倉卒の間にあまれた杜撰な選集だったのではないか（王暁東「文選系倉促成書説」。『文選学新論』所収　中州古籍出版社　一九九七）とか、『文選』編纂者と「文選序」作者とは、ことなったジャンル意識を有していたのではないか（傅剛『昭明文選研究』一七七頁。中国社会科学出版社　二〇〇〇）とか、いろんな疑念が提起されるにいたっている。

こうした疑念が発生するのはとうぜんであり、私もまったく同感である。右のような齟齬から判断すると、「文選序」の作者は、『文選』本体との整合性を意識せず（あるいは、『文選』本体の構成をよくしらず）に序文をつづったと、かんがえざるをえないだろう。こうした奇妙な事態を、いかに理解すればよいのだろうか。

といっても、私に妙案があるわけではない。ここではとりあえず、近時提出された傅剛氏のご意見（『昭明文選研究』一八三頁）に依拠しつつ、つぎのように推測しておこう。すなわち、『文選』を編纂するにあたって（傅剛氏は基本的に、『文選』は蕭統と劉孝綽の協力によって編された、とする立場にたたれる）、蕭統は［多様な文風を折衷するという］編纂の基本方針を決定し、ときに指示もくだしていたが、こまごました編纂実務や細部の調整などは、ほとんど劉孝綽らにまかせていた。やがて劉孝綽らによる編纂が完了してから、蕭統が選集全体の序文、つまり「文選序」をかくことになった（ふつう序文は、本体完成後にかく）(7)。だが蕭統は、『文選』本体の細部まで知悉しているわけではないから、つい右のような齟齬が生じてしまった——と。

こうかんがえると、傅剛氏も指摘されるが、『文選』本体と序文とのあいだに齟齬が生じていることこそ、この序文が、劉孝綽の代作でなく、蕭統の自作であった証拠だといってよかろう(8)。劉孝綽が序文まで代作したのだったら、序文と本体とのあいだに齟齬が発生するはずがないからである。

蕭統自作説の論拠の第二として、「文選序」とほかの蕭統の文章とのあいだに、類似した行文がみえることがあげられる。いわば書きくせが共通しているわけで、これも蕭統自作説をうらづけるものだろう。例をあげれば、「文選序」第六段中に

事出於沈思、
義帰乎翰藻。

という有名な対偶があった。ここで「事……、義……」という句法がつかわれているが、それとおなじ句法が、蕭統の書簡文「答湘東王求文集及詩苑英華書」にも、

雖　事渉烏有、　而清新卓爾、殊為佳作。
　　義異擬倫、

［おまえの詩文は］主題は虚構をまじえ、内容は見当ちがいの比喩をつかっているが、それでも清新さはとびぬけており、じつに佳作だといえよう。

と使用されている。「雖」をのぞけば、対偶中で使用しているという点でも、おなじ措辞である。

さらに同書簡中の

吾少好斯文、迄茲無倦、譚経之暇、断務之余。陟龍楼而静拱、掩鶴関而高臥。与其飽食終日、寧遊思於文林。

私はわかいころから詩文がすきで、いまにいたるまであきることがなかった。講書のあいまや仕事の余暇には、龍楼で物思いにふけり、鶴関で隠棲したものだった。私は、終日飽食するよりは、文学の苑に心をあそばせたいとおもったものだ。

という部分や、また蕭統「答晋安王書」中の

責成有寄、居多暇日、殺核墳史、漁猟詞林。

私は太子の地位についたが、ひまな日々がおおかったので、古典をあじわい、詩文をあさったものだ。

という行文も注目されよう。これらはともに、蕭統が文学への好みをかたった部分だが、ここでの措辞は、「文選序」第三段の、

余監撫余閑、居多暇日、歴観文囿、泛覧辞林、未嘗不心遊目想、移晷忘倦。

という部分と、内容も文章もよく似ているのだ。こうした類似した行文、つまり書きくせを共有することは、これらの作が同一人物の手になったことを暗示していよう。

## 七　温雅な人がら

そして蕭統自作説の論拠の第三として、「文選序」にうかがわれる率直な発言ぶりや、寛容な姿勢があげられよう。

こうした傾向は、蕭統の人がらにふさわしいものである。これらは前二者とはちがって、主観的な要素がつよいので、客観的証拠としてはよわいかもしれない。だがこれらは、皇太子としてそだった蕭統だけが有する特質ではないかとおもわれ、私としてはとくに強調したい事がらなのである。

では、まず前者の率直な発言ぶりからみてみよう。これにふさわしい例としては、さきにもあげた「文選序」第五段中の、

（原文は第二節を参照）

私は監国撫軍のあいま、余暇がおおかったので、詩文の苑にわけいり、詞藻の林をめぐった。そして、心は文学の世界にあそび、目は詩文の内容をおもいうかべ、日がかたむいてもあきることがなかった。

という箇所があげられよう。ここで蕭統は、自分の文学好きを率直にかたっている。なんでもない記述のようだが、かくすきなものはすきだとはっきりいえるのは、彼の正直で誠実な人がらを反映するものだろう。

こうした自分の好みを率直にかたることは、蕭統のもちまえだったようだ。彼は「陶淵明集序」においても、

余素愛其文、不能釈手。尚想其徳、恨不同時。

私は彼の詩文をこのみ、手ばなすことができぬ。淵明の徳望ぶりを想起しては、生時をおなじくしないのを、残念におもうのだ。

と淵明に対する愛情を、手ばなしで吐露している。

すきな文人の集を編纂し、その集の序文までつづるのだから、そのなかで「彼の詩文をこのみ、手ばなすことができぬ」とかくのはとうぜんで、めずらしいことではない――とおもわれるかもしれない。だがそれは、けっしてふつうのことではない。かつて拙稿「序のジャンル―別集序を中心に―」（『六朝文体論』所収）でものべたが、当時の集序

（別集の序文）は形式的な美辞で終始しており、頌徳碑の文章と大差ないものであった。自分の率直な思いではなく、形式的な美辞麗句をつらねるのが、当時のふつうの書きかただったのである。

いっぽう、選集の序文のほうは、「文選序」以前のものは断片しかのこらないので、よくわからない。ただ、別集より公的なものなので、おそらく同種［かそれ以上］の形式的な内容だったろうとおもわれる。そうだとすれば、「文選序」中の「日がかたむいてもあきることがなかった」のごとき率直な発言ぶりは、当時としては例外的なことだったとせねばならない。

こうした率直な感情の吐露は、側近が死んだときもおなじだった。たとえば「与殷芸令」では、蕭統は明山賓の逝去をかなしみ、

北兗信至、明常侍遂至殞逝。聞之傷怛。此賢儒術該通、志用稽古、温厚淳和、倫雅弘篤。授経以来、迄今二紀。……追憶談緒、皆為悲端。往矣如何。

北兗州から書簡が到着し、常侍の明山賓どのが逝去されたそうです。これをしって、かなしくてなりません。この賢者たるや儒学に精通し、古道を探求され、温厚にしてなごやか、雅正にして篤実なかたでした。大学で学問を教授して、二十四年にもなられます。……明山賓どのとの談論を追想しては、悲しみがわきおこります。彼は逝かれたのです、どうしようもありません。

といたんでいる。こうした率直な哀悼の吐露は、臣下の死をいたむというよりも、親友の死をいたむかのようだ。蕭統の薨去前の三、四年は、この明山賓や到洽、陸倕、張緬、そしていま令をおくった殷芸など、おおくの側近が逝去している。そのたびに蕭統は、彼らの死をいたむ詩や書簡文をつづっており、いかに彼らを信頼していたかがよくわかる。こうした一面も、情あつき蕭統の性格をよくあらわしていよう。

親近していた人物が死んだら、かなしいとうったえるのはとうぜんかもしれない。だが蕭統は皇太子である。そうした高位にある者が、かく率直に「つらい、かなしい」とかいてしまえば、周辺に無用の穿鑿をおこしかねない。側近甲が死んだときは、そうでもなかったのに、側近乙の死のときだけ、こんなにかなしまれている。さては太子さまは……のような噂が、ひろがりかねないからだ。その意味で、蕭統の率直な感情表現は、プラスとマイナスの両面があったとおもわれ、個人的感情の吐露は慎重にすべきだったろう。

だが、蕭統はそんなことに頓着せず、まことに率直に側近の死をいたんだ。おそらく蕭統の心中には、いい意味でもわるい意味でも、世俗的なおもわくがなかったのだろう。だからこそ、婉曲だったり、媚びたり、へんに無関心をよそおったりせず、率直に「…の文学がすきだ」「…に死なれてかなしい」とつづれたのだとおもわれる。

では、つぎに寛容な姿勢についてのべよう。これは、第五節でのべた『文選』の編纂方針が、そのまま該当するといってよい。すなわち、蕭統は『文選』編纂にあたって、進歩史観や娯楽性重視など、先人の首唱になる主張をおおらかにうけいれ、また編纂協力者たちの多様な文学観も満足させつつ、編纂にあたったようだ。そのためには、自己の諷諫性重視の持論も抑制し、周囲の大勢にあえてしたがっていた（前述）。こうした自己をおさえた態度は、まさに寛容ということばがふさわしい。

『梁書』昭明太子伝は、蕭統の人がらについて、

毎所奏有謬誤及巧妄、皆即就弁析、示其可否、徐令改正、未嘗弾糾一人。平断法獄、多所全宥、天下皆称仁。性寛和容衆、喜慍不形於色。引納才学之士、賞愛無倦。

［蕭統は］奏上された事がらに過誤があると、いつもすぐみつけだした。そして是非を明示してから、おだやかに修正させ、ひとを糾弾したりしなかった。裁判では公平をたもち、無罪にすることがおおかったので、天下

の人びとはその仁者ぶりを称賛した。蕭統の性格は寛容で包容力にとんでおり、自分の喜怒を表情にださなかった。そしてすぐれた人物を配下にあつめ、たたえてあきることがなかった。

という。この文章、過褒ぎみの傾向があり、多少わりびいてかんがえねばならないだろう。だがそうだとしても、蕭統が臣下の過失を糾弾しない、おだやかな人がらであったのは、たしかなようだ。

同伝にはさらに、蕭統が池に舟をうかべてあそんでいたとき、あるひとが「ここで女楽を演奏させるといい」といった。すると彼は「何ぞ必ずしも糸と竹ならん　山水に清音有り」という左思の詩をひいて、やわらかくたしなめた——という逸話ものせている。蕭統は「自分の喜怒を表情にださなかった」とあるが、せいぜいこの程度が、表情にでた「喜怒」だったのだろう。その穏やかさがよくうかがえる。かくみてくると、蕭統の「寛和にして衆を容《い》る」性格は、『文選』編纂の場においてこそ、もっとも有効に発揮されたとかんがえてよさそうだ。

こうした寛容な姿勢は、六朝の文人たちのなかでは、なかなかみいだしにくいものであった。たとえば鍾嶸「詩品序」は、当時の文学評価を批判して、

嶸観王公搢紳之士、毎博論之余、何嘗不以詩為口実。随其嗜欲、商搉不同。淄澠並汎、朱紫相奪。諠譁競起、準的無依。

私が貴顕の人びとをみてみると、活発な議論のあとは、詩が話題にならぬことはないほどである。だが、それらの議論たるや、各人のお好みまかせで、評価のしかたもさまざまだ。あれもこれもごたまぜで、正も邪もでたらめ。にぎやかな論駁がきそいあい、まともな評価基準などありっこないというしまつである。

とかたっている。この鍾嶸の文には、頭から都人士を軽蔑したような口調がめだつ。するどい批判精神はうかがえるが、険《けん》のある行文というべきだろう。こうした文面には、蕭統の「おだやかに修正させ、ひとを糾弾したりしなかっ

た」のごとき寛容さは、とぼしいといわざるをえない。

また沈約「宋書謝霊運伝論」をとりあげてみよう。ここで沈約は、詩歌が上代で発生したことをいい、それ以後の発展ぶりを時代順に叙している。そして当代の文学までのべきたるや、やおら声律論のほうに話題をうつす。そしてそのただしさを主張して、

自霊均以来、多歴年代、雖文体稍精、而此秘未覩。至於高言妙句、音韻天成。皆暗与理合、匪由思至。張蔡曹王、曾無先覚、潘陸顔謝、去之弥遠。世之知音者、有以得之、此言非謬。如曰不然、請待来哲。

屈原以来、ながい年月がすぎさり、文学のスタイルも精密になってきたが、この音調を諧和させる秘訣には、だれも気づかなかった。もっとも、過去のすぐれた作品においても、「天与の才で」音調が諧和していることがあるのだが、それらはすべて偶然の産物であって、意図的に諧和させたものではない。あの張衡や蔡邕、曹植、王粲ですら「音調諧和の秘訣に」気づかなかったし、潘岳や陸機、顔延之、謝霊運らにいたっては、まったく感得できなかった。ただ当世の音調にくわしい者（自分＝沈約）だけが、その秘訣をさとったのである。如上の議論は、けっして誤りではない。もしまちがいだというのなら、未来の識者の判定をまつことにしよう。

といっている。ここにみえる「あの張衡や蔡邕、曹植、王粲ですら［音調諧和の秘訣に］気づかなかった」や、「如上の議論は、けっして誤りではない。もしまちがいだというのなら、未来の識者の判定をまつことにしよう」という発言は、つよい自己主張を感じさせる。沈約がおのが声律論に自負があったことはわかるが、それにしてもここの発言は、すこしあざとすぎはしないだろうか。蕭統の「私は彼の詩文をこのみ、手ばなすことができぬ。淵明の徳望ぶりを想起しては、生時をおなじくしないのを、残念におもうのだ」のごとき、率直にして謙虚な発言とくらべると、かなりちがった資質を感じさせる。

もちろん蕭統も、他人批判をしないわけではない。たとえば、「陶淵明序」では、有名な「閑情賦」批判もおこなっている。それは、

（原文は第三節を参照）

白璧中のきずと称すべき作は、「閑情賦」の一賦である。これは揚雄のいう「誘惑が百で、諷諫は一だけ」というしろもので、諷諫の意などまったくない。どうしてわざわざ筆をとるほどのものだろうか。おしいことだ、こんな作などなければよかったのに。

というものだった。ここで蕭統は、「こんな作などなければよかったのに」と、つよい批判をつづっている。しかしその底には、淵明へのあたたかい親愛の情がこもっており、侮蔑や尊大さなどとは無縁だといってよい。その意味でこの発言は、私淑すればこその痛言だったというべきだろう。

これを要するに、蕭統は、他人に牙をむかない、温雅な人がらだったといってよい。周囲の者にあてた書簡文や「陶淵明序」には、その人がらにふさわしい、おだやかで誠実な文言がつづられていた。そうした、攻撃性や悪意などと縁のない文面は、幼少期から皇太子として悠々とすごしてきた雲上の貴人にして、はじめてつづりえるものではないだろうか(9)。こうかんがれば、「文選序」を特徴づける率直な発言や寛容な姿勢も、そうした温雅な人がらを反映したものであり、蕭統の自作として矛盾しないどころか、まことにふさわしいものといえよう。

もっとも、こうした見かたに対しては、反論がでてくるかもしれない。というのは、当時は模擬詩が流行した時代であった。江淹などは模擬を得意とし、彼が阮籍や陶淵明に模した詩は、後代に真作とまちがわれたという。すると、この「文選序」も、右のごとき蕭統の書きくせや特徴を、劉孝綽がたくみに模してつづった代作だと、主張できなくはなかろう。

しかし、そうはいっても、他人の書きくせは真似できても、「文選序」にあるような率直な発言や寛容な姿勢は、なかなか模擬しがたいのではあるまいか。それは、高貴なひとだけがもつおおようさであり、また温雅な人がらがかもしだす、いわくいいがたい雰囲気のようなものであるからだ。もしそれをも模擬できたとすれば、劉孝綽は江淹をこえる、稀代の模擬名人だったとせねばなるまい。

以上、「文選序」が蕭統の自作だとかんがえる理由として、第一に序文と『文選』本体の不整合がうまく説明できる、第二に蕭統の他の文章とのあいだに、共通した書きくせがみえる、第三に序文中の率直な発言や寛容な姿勢が、温雅な人がらと合致する――の三点をあげてきた。こうした理由に、いくばくかの妥当性があるとすれば、上野本『文選』残巻の「太子令劉孝綽作之云云」の書きこみだけを根拠にして、劉孝綽代作説を主張することはむつかしいというべきだろう。それゆえ私は、将来に確実な新資料が出現してこないかぎり、このまま蕭統の自作とかんがえて大過ないだろうとかんがえるのである。

注

（1）後代の批評家は、駢と散をまぜあわせた叙しかたを、駢散兼行とか駢散合一とか称して、ひとつの技法とみなしている。『中国文章論　六朝麗指』（汲古書院　一九九〇）第三十四節を参照。ただし、そうした駢散の兼行が理想的な美文なのかといえば、それはおおいに疑問である。本書の「結語　六朝文の評価」を参照。

（2）「文選序」にも、「観乎天文、以察時変↕観乎人文、以化成天下」という、字数のあわぬ対偶ふう行文がある。だが、ここは『易経』からの引用であり、蕭統がつづった文ではない。おそらく蕭統は経書に敬意を表して、あえて字句に翦裁をほどこさなかったのだろう。

（3）ちなみに、対偶の多寡だけでみれば、「玉台新詠序」は「文選序」より対偶率がまさっている。だが「玉台序」は、対偶がおおすぎて文脈が停滞し、晦渋な行文におちいるという欠点もあわせもっている。六朝文章の価値や完成度を、対偶の多寡を基準にして判断するか、行文の暢達さも考慮するかによって、両篇への評価はわかれよう。

（4）また、拙稿「曹丕の与呉質書について―六朝文学との関連―」（『中国中世文学研究』第二〇号　一九九一）も参照。なお、この拙稿の発表後、佐伯雅宣「梁代の侍宴詩について」（『日本中国学会報』第五四集　二〇〇二）があらわれて、蕭統と曹丕の相関に関する資料をおぎなってくれている。あわせて参照されたい。

（5）卞蘭の「賛述太子賦并上賦表」という作は、劉孝綽の「昭明太子集序」のなかでも、

仮使王朗報箋、卞蘭献頌、猶不足以揄揚著述、称賛才章。況在庸臣、曾何彷彿。

かりに王朗に「与許文休書」をかかせ、卞蘭に「賛述太子賦并上賦表」を献じさせたとしても、太子さま（蕭統）の著述をほめたたえ、文学を称賛しきれないでしょう。まして愚臣ごときが、どうして真価を髣髴させることができましょうか。

と言及されており、蕭統周辺でしばしば話題になっていたようだ（卞蘭の賦と対になる王朗「与許文休書」でも、曹丕をめぐみぶかい人物として称賛している）。なお、卞蘭の賦と「文選序」との関係については、拙稿「六朝の文学用語に関する一考察―沈思翰藻をめぐって―」（『中京大学文学部紀要』第五一―一号　二〇一六）も参照。

（6）「文選序」と「陶淵明集序」のあいだにおける文学観の齟齬については、胡燿震「陶淵明集序的写作時間和蕭統評陶的独異衆説、自己矛盾」（『中国中古文学研究』所収。学苑出版社　二〇〇五）や曹旭『詩品研究』（上海古籍出版社　一九九八）一九八～九頁も、公的立場と私的立場との使いわけにその原因をもとめている。これからは「蕭統は公私の別によって、おのが文学的発言をつかいわけていた」という説明が、定説になるかもしれない。

（7）兪紹初「文選成書過程擬測」（『文選学新論』所収）は、「文選序」は『文選』完成まえにかかれたのではないか、と推測している。だが、清水氏も『新文選学』二三五頁で指摘されるように、この主張はなりたちにくい。序文はふつう本体完成後にかくものであり、特段の資料がないかぎりは、本体完成後とかんがえるべきだろう。

（8）曹道衡・傅剛両氏の共著『蕭統評伝』（南京大学出版社　二〇〇一）の一九二頁にも、ほぼ同趣旨の記述がある。

（9）　おなじ好文の皇太子ではあっても、蕭統の死後に太子になった蕭綱の場合は、その言動がいささか兄とはちがっていたようだ。たとえば「答張纘謝示集書」において、蕭綱は、

不為壮夫、楊雄実小言破道。非謂君子、曹植亦小弁破言。論之科刑、罪在不赦。

「りっぱな男は文学などつくらない」とは、揚雄のじつにつまらぬ発言である。また「辞賦を創作したとて君子とはいえない」とは、曹植のまたくだらぬ意見である。この二人の刑罰を論ずれば、その罪はゆるすわけにはゆかない。

とつづっている。これはもちろん、張纘にむけた冗談だろう。だが冗談にしても、たかだか文学上のことで、「二人の刑罰を論ずれば、その罪はゆるすわけにはゆかない」などとかくのは、おだやかではない。みずからの高位を笠にきた、尊大な発言だというべきだろう。つまり太子であれば、みな蕭統のような温雅さを有するというわけではないのである。すると、うまれてすぐ太子となり、太子としてそだてられた蕭統は、やはり特別の存在だったといってよいだろう。

# 第八章　蕭綱「与湘東王書」の文章

【基礎データ】

［総句数］121句　［対をなす句］76句　［単対］18聯　［隔句対］10聯　［対をなさぬ句］45句　［四字句］70句　［六字句］30句　［その他の句］21句　［声律］20聯

［修辞点］23（第5位）　［対偶率］63％（第5位）　［四六率］83％（第4位）　［声律率］71％（第7位）

【過去の評価】

［南史梁本紀下］太宗敏叡過人、神采秀発、多聞博達、富贍詞藻。然文艶用寡、華而不実。体窮淫麗、義罕疏通、哀思之音、遂移風俗。以此而貞万国、異乎周誦漢荘矣。

太宗（蕭綱）は［太子のころ］他人よりも聡明であり、俊敏さをよく発揮していた。また物知りであり、詞藻にもとんでいた。しかしその詩文は華麗でも実用性にとぼしく、はなやかでも中身にとぼしかった。スタイルは美麗を追求しているが、意味がわかりにくく、その悲哀な響きが世間にひろまってしまった。これで諸国の風気をただそうとしても、周太子の誦（のちの成王）や後漢太子の劉荘（のちの明帝）の篤実さとはことなったものだった。

［駢体文鈔引譚献評］当日文章流弊、言之深切。称心而出、不事依傍。

蕭綱「与湘東王書」は当時の詩文の病弊ぶりを、きびしく指摘している。これは心中の思いを率直にかたったもので、だれかの考えに依拠しているわけではない。

【原文】

［一］吾輩亦無所遊賞、止事披閲。性既好文、雖是庸音、不能閣筆。有慚伎癢●、
時復短詠●。更同故態●。

［二］比見京師文体、懦鈍殊常、競学浮疎。玄冬脩夜、思所不得、既殊比興●、
争為闡緩●。正背風騒。

若夫六典三礼、所施則有地●、未聞吟詠情性、反擬内則之篇。遅遅春日、翻学帰蔵。
吉凶嘉賓、用之則有所●。操筆写志、更模酒誥之作●、湛湛江水、遂同大伝●。

［三］吾既拙於為文、不敢軽有掎摭。但以当世之作、歴方古之才人、遠則揚馬曹王。
近則潘陸顔謝●、
而観其遺辞用心、了不相似。若以今文為是、則古文為非、若昔賢可称、則今体宜棄。倶為盍各、則未之敢許。

［四］又時有効謝康楽裴鴻臚文者、亦頗有惑焉。何者、謝客吐言天抜、出於自然、時有不拘、是其糟粕。
裴氏乃是良史之才、了無篇什之美。是為学謝則不届其精華、但得其冗長。謝故巧不可階。
師裴則蔑絶其所長、惟得其所短●。裴亦質不宜慕●。

故胸馳臆断之侶●、方六駮於仁獣●、入鮑忘臭●、決羽謝生、豈三千之可及●、
好名忘実之類●、逞卻克於邯鄲。効尤致禍●。伏膺裴氏、懼両唐之不伝。

［五］故玉徽金銑、反為拙目所嗤。陽春高而不和●、竟不精討錙銖、有異巧心。
巴人下里、更合郢中之聴●。妙声絶而不尋、覈量文質●、終愧妍手●。

是以握瑜懐玉之士、瞻鄭邦而知退、詩既若此、徒以煙墨不言、受其駆染、甚矣哉、文之横流、一至於此。
　　章甫翠履之人、望閩郷而歎息。筆又如之。紙札無情、任其揺襞。

［六］至如近世謝朓沈約之詩、斯実文章之冠冕、張士簡之賦、亦成佳手、難可復遇。
　　任昉陸倕之筆、述作之楷模。周升逸之弁、

文章未墜、必有英絶。領袖之者、非弟而誰。毎欲論之、無可与語。思吾子建、一共商搉。

弁茲清濁、使如涇渭、朱丹既定、使夫懐鼠知慚、譬斯袁紹、畏見子将、相思不見、我労如何。
論茲月旦、類彼汝南。雌黄有別、濫竽自恥。同彼盗牛、遙羞王烈。

（『梁書』より）

【通釈】

［第一段］近況報告

私たちも［おまえたちとどうよう］外をであるくこともなく、もっぱら本をよんでばかりいる。なかでも私は、うまれつき詩文がすきなもんだから、よく短詩をつくっている。あまりよい出来ではないが、やめられない。腕を撫する詩の手《て》練《だ》れには恥ずかしいかぎりで、以前とかわりばえしない［で下手なままだ］よ。

［第二段］京師詩風の批判

ちかごろ京師の詩風をみてみると、いつになく無気力でよわよわしくなっている。浅薄な作風を真似し、弛緩した詩を競作しあっている。冬の夜なが、なぜこんなことになったかをかんがえるに、比興の精神とたがい、風騒の教えにそむいているからだとおもいいたった。そもそも六典や三礼にはふさわしい利用の場があり、吉凶や嘉賓の礼典にも適切な使いみちがあるものだ。自己の思いを叙するのに『礼記』内則の篇を模するとか、筆をとって志をのべるのに『尚書』酒誥の作を真似るとか、のどかな春景色を叙するのに『易』帰蔵を範にするとか、山水をえがくのに『尚書大伝』をモデルにするとか、そんな〔京師の連中たちの〕やりかたはきいたことがない。

**〔第三段〕今古両立せず**

私は詩をつくるのが下手だから、けっして口出ししようとはおもわない。だが、当世の詩風を過去の詩人たち、たとえばふるくは揚雄、司馬相如、曹植、王粲ら、ちかくは潘岳、陸機、顔延之、謝霊運らの詩文とくらべ、その表現のしかたや配慮のしかたを観察したところ、まったく似かよっておらぬ。もし当世の詩をよしとするなら、過去の詩は否定すべきだし、過去の文人をたたえるのなら、当世の詩風は拒否すべきだろう。両者をともによしとすることなど、けっしてゆるされないはずだ。

**〔第四段〕謝裴模倣への批判**

さらに、謝霊運や裴子野の文学を模倣する者がいるが、これもそうとう思いちがいをしている。というのも、霊運は、ことばを発すれば天賦の才は卓抜し、しかもごく自然に口をついてでてくる。ときに奔放すぎるのは、その向こう傷にすぎない。いっぽう、子野のほうは良史の才であって、文学の美しさは皆無である。だから霊運を模倣すると、その精華にはとどかず、ただ冗長さを身につけるだけ。また子野を範にすると、その長所（良史の才）をまなべず、その短所（美の欠如）を身につけるだけ。つまり霊運の詩文は巧緻すぎて、とてもちかづけるはずがないし、また子野の詩文も地味すぎて、手本にするのにふさわしくないのである。されば、〔霊運や子野を真似る〕せっかちな連中や虚名をおう者どもは、いわばどうもうな六駮を仁なる麒麟とくらべ、〔足のわるい〕郤克をみやびな邯鄲の地であるかせ〔るような的《まと》はずれなことをし〕ているにすぎぬ。彼らは、鮑魚の店にはいって臭いに鈍感となり、過ちを真似て禍をまねいているのだ。これでは霊運に弟子入りしても、三千の弟子とおなじく師の孔子におよばぬだろうし、子野をしたっても、立伝されなかった漢の両唐（唐林、唐尊）とおなじ運命になるだけだろう。

［第五段］正邪の顚倒

それゆえ、玉徽や金銑のごとき良篇が、かえって［京師の］節穴どもから嘲笑され、巴人や下里のごとき俗歌が、京師の人びとにもてはやされるようになった。「陽春」のごとき篇は高雅すぎて唱和されず、妙なる歌声は絶妙すぎて見向きもされない。そして、細部の美を検討せず、外観と内容の調和も無視するので、できた作は［傑作をかこうとする］意気ごみにそむき、名手に恥じるような篇ばかりというしまつ。こういうわけで、才能ある人士は［乱世の音がはやった］鄭地のごとき京師の詩風をみては、身をひくしかないとおもい、冠冕をつけた貴人も、［文化はつる］閩地のごとき都の状況をみては、ため息をつくのみである。詩歌はこのとおりだが、文章のほうもおなじ状況だ。ただ墨はものをいわないので、だまって［紙に］染みをつけるだけだし、紙も心がないので、［ひとに］されるがままになっている。ひどいものだ。文学の混迷ぶりが、これほどになるとは。

［第六段］文学の再興

ちかごろの謝朓や沈約の詩、そして任昉や陸倕の文章、これらこそ文学の最高峰であり、著作の規範とすべきものである。張率の賦や周捨の論弁も、名手の手になるものであり、そうお目にかかれない傑作だ。このように文学の道はまだほろびず、世には俊英がひそんでいるはず。そうした連中を領導する者は、弟のおまえ以外にだれがいようか。こうしたことを議論したいのだが、いい機会がない。私はわが子建（＝弟の蕭繹）をおもっては、ともに文学を批評してみたくてならんのだ。そして才能の清濁を涇渭のようにはっきり弁別し、人物の評論をあの汝南の月旦のようにやってみたい。朱色がさだまれば［紫色もはっきりするので］才の優劣もきまる。そうやって［優劣を明確にして］エセ詩人たちにおそれいらせ、ヘボ詩人たちを恥じいらせてやりたい。そうすれば袁紹が許劭にみられるのをおそれ、牛泥棒が王烈に罪をしられるのを恥じるがごとくになるだろう。おまえにあいたいが、なかなか機会がない。どうすればいいだろうか。

【考察】

## 一　「与湘東王書」の執筆

蕭綱《しょうこう》、あざなは世纘（五〇三～五五一。在位五四九～五五一）は、南朝梁の二代目の天子、簡文帝といったほうが、通りがよいかもしれない。彼は、都の建康が北朝生まれの梟雄、侯景（五〇三～五五二）の軍に占拠されたあとに即位し、傀儡の天子として、侯景に頤指《いし》されることを余儀なくされた。そして、やがて邪魔だとみなされるや、さっさと退位、幽閉させられ、なすすべもなく害されてしまったのである。彼の人生を画する天子への即位、統治、そして退位、すべて侯景の意のままにおこなわれたものであって、いわば南朝の洗練が北方の野性に蹂躙されてしまったかの感がある。侯景に翻弄された晩年であった。享年四十九歳。

右のごとき悲惨な晩年をみてみると、蕭綱がもっとも得意だった時期は、即位後でなく、むしろ父の武帝の治下（在位五〇二～五四九）、皇太子としてすごしていたころ（五三一～五四九）だったというべきだろう。兄の蕭統（五〇一～五三一）こと、昭明太子の急逝をうけて太子となった蕭綱は、兄ゆずりの文学好きな資質もあって、東宮におおくの文人をあつめて旺盛な文学活動にはげんだ。その活動ぶりは、文学史上では「宮体詩を確立した」と評されることがおおい。有名な艶詩集『玉台新詠』も、彼が側近の徐陵に命じて編纂させたものとされている。

そうした蕭綱の文学的著作のなかに、異母弟の湘東王こと、蕭繹《しょうえき》（五〇八～五五五。のちに自立して元帝となる）におくった「与湘東王書」という書簡文がある。この書簡文は、わずか百二十一句の短篇にすぎないが、蕭綱の文学観を表明したものとして、文学批評史のうえでは重視されてきている。本章では別稿「蕭綱与湘東王書札記」（「中京大学文学会論叢」第一号　二〇一五）をふまえつつ、この書簡文の文章を吟味して、文学作品としての評価をかんがえてゆこう。

まずは、「与湘東王書」の執筆状況を概観しておこう。すなわち、蕭綱はいつ、どこで、どういう事情で、この書簡文をつづったのだろうか。

この書簡の執筆時期やその状況については、以前から問題にされてきたが、はっきりしなかった。この書簡を引用した『梁書』庾肩吾伝の序文ふう記述や、書簡文それ自体の内容読解によって、ほぼ立太子（五三一）後のいつかの時期だろうと推測できたが、それ以上はわからなかったのである。

ところが、清水凱夫氏が「簡文帝蕭綱与湘東王書考」（「立命館文学　白川静博士古稀記念中国文史論叢」一九八一　以下、「清水」）なるご論考で、この書簡文は『芸文類聚』巻七十七では「答湘東王和受試詩書」と題されていると指摘されてから、執筆状況をめぐる議論がグッと精密になってきた。そして「清水」は、この標題の「受試」は「受戒」の誤りだろうとし、標題を「湘東王（蕭繹）が蕭綱〈受戒詩〉に和してくれたことへの返書」の意ではないか、と推測したのである。そう解すると、この書簡文は、

(1)蕭綱の受戒と関連する
(2)湘東王の「和受戒詩」（蕭綱「受戒詩」に和した詩）と関連する

ということがわかってきたのだった。

この二点に注目したのが、呉光興『蕭綱蕭繹年譜』（社会科学文献出版社　二〇〇六）である。呉氏は、この「清水」「と

張伯偉『禅与詩学』」にヒントをえたのだろう、蕭綱に「蒙華林園戒詩」（華林園に戒《かい》を蒙《こうむ》る詩）という作があり、これが湘東王が和した「蕭綱の」もとの詩だろうと認定した。さらに蕭綱のべつの蕭繹あて書簡「答湘東王書」のなかに、「十八日晩、華林閣外省中に於いて、弟の九月一日の書を得たり」や「吾　菩薩禁戒を受くるを蒙り、大士に簉預《しゅうよ》す」などの字句があることにも注目した。これによってこの「答湘東王書」は、蕭綱が華林園で菩薩戒を受戒したときの執筆であること、さらにその受戒という行事を介して、「与湘東王書」（＝「答湘東王和受戒詩書」）ともふかい関係があること（つまり、同時期にかかれたこと）が、わかってきたのである。

この「答湘東王書」がさらに有益だったことは、書簡中に「十八日晩」や「九月一日の書」のように、詳細な日づけがかかれていたことだ。蕭綱はおのが受戒の次第を、ことこまかく日づけを附して弟に報告していたのである。それによって、華林園で蕭綱が「菩薩戒を」受戒したようすや、蕭兄弟が諸書簡を発送したデートまでが、ほぼ推定できたのだった。かくして、蕭綱が「与湘東王書」を執筆した年月日、およびその書簡を発送した前後の経緯が、いっきにわりだされたのである。この「与湘東王書」の執筆年については、これまで諸説が提出されてきているが(1)、私はこの確実な証拠にもとづいた呉氏の推定を支持したいとおもう。

では以下に、呉氏によって推定された関係事項の日づけを列挙してみよう。すべて中大通三年（五三一）中のできごとである。この年は、四月に皇太子の蕭統（昭明太子）が三十一歳で急逝し、三か月後の七月に蕭綱がその地位をつぐという、[梁室にとっては]重大な事案がつぎつぎと発生した。そうした立太子後のあわただしい状況のなかで、蕭綱はこの「与湘東王書」をつづったのだった。この年、蕭綱は二十九歳、蕭繹は二十四歳。

○4月6日（旧暦。以下おなじ）

皇太子の蕭統（昭明太子）卒す。

○5月27日
父の武帝、晋安王の蕭綱（蕭統の同母弟）をつぎの皇太子にする旨の詔を布告する。
○7月7日
蕭綱、皇太子の位につき、天下に大赦の命令がくだされる。綱、東宮は修繕中につき、かりに東府にうつる（東宮への入居は翌年9月）。
○9月1日
湘東王の蕭繹（蕭綱の異母弟）、江陵より書簡（佚）を建康の太子蕭綱に発送する。
○9月17日
蕭綱、華林園の宝雲殿にはいり、菩薩戒をうける準備をする。
○9月18日
蕭綱、華林園にて9月1日発の蕭繹書簡をうけとる。
○9月19日
蕭綱、華林園の宝雲殿にて菩薩戒をうける。この日か翌日に、蕭綱は「蒙華林園戒詩」（『広弘明集』巻三〇）をつくる。庾肩吾、釈恵令に応和の詩あり（ともに『芸文類聚』巻七六）。
○9月20日
蕭綱、「答湘東王書」（9月1日発の蕭繹書簡への返書。『広弘明集』巻二七）を執筆し、自作「蒙華林園戒詩」を同封する。
○10月～11月

蕭繹、蕭綱への書簡（佚）を発送し、自作の「和受戒詩」（蕭綱9月19日作の「蒙華林園戒詩」に和した詩。佚）を同封する。

○10月～11月

蕭綱、「与湘東王書」（＝「答湘東王和受戒詩書」）を蕭繹に発送する。

これによって、蕭綱「与湘東王書」の執筆状況があきらかになった。すなわち「いつ」執筆されたかについては、中大通三年冬の十月［のたぶん末］から十一月にかけてだろう。同年の九月十九日に華林園で菩薩戒をうけた（受戒）こと、湘東王「和受戒詩」と関連すること、「与湘東王書」第二段に「冬の夜なが、なぜこんなことになったかをかんがえるに」（玄冬脩夜、思所不得）とあることなどから、そう断じてまずまちがいない。

「どこで」については、もちろん建康の東宮（正確には東府）で執筆したのだろう。さらに「どういう事情で」については、九月十九日に華林園で受戒した蕭綱は、同夜か翌日に「蒙華林園戒詩」詩をつくり、［おそらく］二十日に蕭繹あての書簡「答湘東王書」に同封しておくった。これをうけとった蕭繹は、十月中下旬に兄への書簡（佚）をおくり、自作の「和受戒詩」（蕭綱「蒙華林園戒詩」に和した詩。佚）を同封した。これをうけ、［華林園からかえっていた］蕭綱はふたたび弟あての書簡「与湘東王書」を、十月末～十一月に東宮（東府）で執筆した――ということになろう。

こういうふうにみると、七月に皇太子になったばかりの蕭綱は、秋から冬にかけて、華林園での受戒等の多忙な公務をこなしながらも、精力的に詩や書簡文をつづっていたことがわかる。判明しているだけで九月～十月（もしくは十一月）のあいだに、蕭繹と二通の書簡文を交換しあっているし、またそのうちの一通には、両人とも自作の詩を同封していたはずだ。

しかも、それらの執筆もきわめてはやかった。当時の通信事情をかんがえれば、蕭兄弟は相手の書簡をうけとるや、すぐ返書をつづって信使に託していたろうと推測される。もし往書を送達した信使が、そのまま返書をもって復路につくとすれば、返書は短時日につづらねばならない。たとえば9月18日に蕭繹書簡をうけとった蕭綱は、「19日の受戒という用務をこなしながらも」早々に詩一篇と返書「答湘東王書」をかきあげ、翌々日の20日に発送したことだろう（なお呉氏は、建康と江陵間の信書の送達時日は、二十日ぐらいだったろうと推測されている）。すると、本章が問題にしている「与湘東王書」も、たぶん短時日でかきあげたものとおもわれ、慎重に想をねってというより、怱卒《そうそつ》の間の作だったとかんがえてよい。

## 二　姚思廉の誤解

では、そうしてかかれた蕭綱「与湘東王書」の主旨は、いったい那辺にあったのだろうか。この書簡は、京師の文風を批判し、弟の湘東王（蕭繹）に「世にひそむ」俊英たちを領導してほしい、とよびかけたものだ。それゆえ蕭綱が、京師の文風改革に意欲をもやしていたのはわかるが、では具体的にいかなる改革を企図していたのか。私の読解に誤りがあるのをおそれるが、それはおそらく「いま京師ではやっている謝霊運や裴子野への模倣はだめだ。これを廃し、かつての永明文学を模してゆくよう改革すべきだ」ということであり、これが蕭綱書簡の主旨なのだろう。

「与湘東王書」によると、蕭綱は文学の創作にあたっては、「詩文をつくるさいには、適切な模範をえらばねばならぬ」という考えかたをもっていたようだ（岡村繁「文選と玉台新詠」〈『文選の研究』所収〉。以下、『岡村』）。だが、いま京師ではやっている霊運詩や子野詩への模倣はあやまったものであり、適切な模範だとはいいがたい、と蕭綱はいう。

時有効謝康楽裴鴻臚文者、亦頗有惑焉。何者、謝客吐言天抜、出於自然、時有不拘、是其糟粕。裴氏乃是良史之才、了無篇什之美。是為学謝則不届其精華、但得其冗長、師裴則蔑絶其所長、惟得其所短。謝故巧不可階、裴亦質不宜慕。（第四段）

さらに、謝霊運や裴子野の文学を模倣する者がいるが、これもそうとう思いちがいをしている。というのも、霊運は、ことばを発すれば天賦の才は卓抜し、しかもごく自然に口をついてでてくる。ときに奔放すぎるのは、その向こう傷にすぎない。いっぽう、子野のほうは良史の才であって、文学の美しさは皆無である。だから霊運を模倣すると、その精華にはとどかず、ただ冗長さを身につけるだけ。また子野を範にすると、その長所（良史の才）をまなべず、その短所（美の欠如）を身につけるだけ。つまり霊運の詩文は巧緻すぎて、とてもちかづけるはずがないし、また子野の詩文も地味すぎて、手本にするのにふさわしくないのである。

蕭綱によると、謝霊運は天才で奔放すぎるので、とうてい模倣などできっこない（ただし後述するように、霊運の詩自体は、たかく評価している）、また裴子野は文学的美しさが皆無なので範とすべきでない、ということらしい。では、だれを模範とすべきなのかといえば、

至如近世謝朓沈約之詩、任昉陸倕之筆、斯実文章之冠冕、述作之楷模。張士簡之賦、周升逸之弁、亦成佳手、難可復遇。（第六段）

ちかごろの謝朓や沈約の詩、そして任昉や陸倕の文章、これらこそ文学の最高峰であり、著作の規範とすべきものである。張率の賦や周捨の論弁も、名手の手になるものであり、そうはお目にかかれない傑作だ。

という。つまり蕭綱は、謝霊運や裴子野への模倣を否定し、謝朓や沈約、任昉、陸倕ら（永明文学の文人たち）を規範とすべきだと主張しているのである。では、なぜ永明期の文学をたかく評価するのか。それには、蕭綱なりの文学観が関係している。すなわち、蕭綱は正統的な文学の流れを、

但以当世之作、歴方古之才人、遠則揚馬曹王、近則潘陸顔謝、而観其遺辞用心、了不相似。若以今文為是、則古文為非、若昔賢可称、則今体宜棄。倶為盍各、則未之敢許。（第三段）

当世の詩風を過去の詩人たち、たとえばふるくは揚雄、司馬相如、曹植、王粲ら、ちかくは潘岳、陸機、顔延之、謝霊運らの詩文とくらべ、その表現のしかたや配慮のしかたを観察したところ、まったく似かよっておらぬ。もし当世の詩をよしとするなら、過去の詩は否定すべきだし、過去の文人をたたえるのなら、当世の詩風は拒否すべきだろう。両者をともによしとすることなど、けっしてゆるされないはずだ。

と理解していたようだ。ここで批判される「当世の詩風」とは、もちろん京師ではやっている霊運・子野詩を模倣する詩風をさす（「清水」による）。つまり正統的な文学は、揚雄、司馬相如、曹植、王粲、そして潘岳、陸機、顔延之、謝霊運と継承されてきた。それらにつづくのが、永明の謝朓や沈約の詩、そして任昉や陸倕の文章なのである。だから現在の我われも、この正統的な永明文学を模してゆくべきであり、当世の詩風などは排さねばならぬ——ということらしい（蕭綱は、永明文学は霊運詩とちがって模倣可能だ、とかんがえているのだろう）。すでに『岡村』に指摘されるように、こうした蕭綱の文学観は、兄の蕭統『文選』の文学理念とも一致するものであり、当時としてはまっとうな文学観だったといってよい。

このように蕭綱は永明文学に敬意をはらい、それを規範とすべきことを主張しているのだが、問題なのは、この「与湘東王書」を庾肩吾伝に引用した唐初の姚思廉（『梁書』の作者）は、そうは理解していなかった、ということだ。というのは、庾肩吾伝にこの書簡を引用するさい、姚思廉はつぎのような序文ふう記述を冠しているからである。

太宗在藩、雅好文章士、時肩吾与東海徐摛、呉郡陸杲、彭城劉遵、劉孝儀、儀弟孝威、同被賞接。及居東宮、又開文徳省、置学士、肩吾子信、摛子陵、呉郡張長公、北地傅弘、東海鮑至等充其選。斉永明中、文士王融、謝朓、

沈約文章始用四声、以為新変。至是転拘声韻、弥尚麗靡、復踰於往時。時太子与湘東王書論之曰、

蕭綱は藩府にいたころから、文学の士をこのんだ。そのころ庾肩吾は、東海の徐摛、呉郡の陸杲、彭城の劉遵、劉孝儀、儀の弟の劉孝威らとともに、蕭綱から手あつく遇せられていた。蕭綱は太子となるや、文徳省をひらいて学士をおき、肩吾の子の庾信、徐摛の子の徐陵、呉郡の張長公、北地の傅弘、東海の鮑至らがその任についた。

斉の永明（四八三～四九三）年間、文人の王融、謝朓、沈約らは、はじめて詩文に四声の理論を採用し、これを新変と称したのだった。蕭綱が梁の太子になるにおよび、ますます声律にこだわり、華美な表現を重視するようになって、それが永明よりはなはだしくなった。そのころ、太子の蕭綱は弟の湘東王に書簡をおくって、つぎのように論じたのだった。

ここの記述（『南史』庾肩吾伝もほぼおなじ）は、明示はしないものの、おそらく蕭綱らが主導した宮体詩こと艶詩を批判したものだろう。(2)まず姚思廉は前半で、蕭綱は藩府や東宮にいたころから、文学の士をこのんだ云々と、庾肩吾が庾信、徐摛、徐陵らとともに、蕭綱から厚遇されたことをいう。ここの庾・徐の二組の親子は、艶詩の名手たちである。そして原文「斉永明中」以下の後半で斉での永明体流行に言及したうえで、蕭綱立太子当時の詩風について、「ますます声律にこだわり、華美な表現を重視するようになって、それが永明よりはなはだしくなった」（転拘声韻、弥尚麗靡、復踰於往時）と批判的にかたっている（『岡村』は、傍点を附した語はいずれも非難の語気をふくむと指摘する）。こうした言辞は、おそらく宮体詩にむけたものだろう。宮体詩の実態は、永明文学を継承した声律の整備と、女性美を中心とした艶麗な表現とにあるからだ。つまり、ここの「転拘声韻」（声律にこだわる）はその前者をさし、「弥尚麗靡」（華美な表現を重視する）はその後者を暗示したものとかんがえられる。そして「復た往時を踰《こ》ゆ」の語によって、それらへ

の過度の拘泥を諷したのだろう。姚思廉は、かかる批判的言辞を冠したうえで、「与湘東王書」を引用しているわけだから、この書簡文を［不良な］宮体詩を鼓吹したものと、とみなしていたにちがいない。

しかしながら、右にみたように、「与湘東王書」の主旨は謝・裴の模倣を批判し、永明文学を規範とすべしと主張したものであって、［すくなくともこの書簡では］宮体詩を宣揚してはいない。それどころか蕭綱は同書簡中で、

玉徽金銑、反為拙目所嗤、巴人下里、更合郢中之聴。陽春高而不和、妙声絶而不尋。……是以握瑜懐玉之士、瞻鄭邦而知退、章甫翠履之人、望閩郷而歎息。（第五段）

玉徽や金銑のごとき良篇が、かえって［京師の］節穴どもから嘲笑され、「巴人」や「下里」のごとき俗歌が、京師の人びとにもてはやされるようになった。「陽春」のごとき篇は高雅すぎて唱和されず、妙なる歌声は絶妙すぎて見向きもされない。……こういうわけで、才能ある人士は［乱世の音がはやった］鄭地のごとき京師の詩風をみては、身をひくしかないとおもい、冠冕をつけた貴人も、［文化はつる］閩地のごとき都の状況をみては、ため息をつくのみである。

とものべていて、卑俗な詩歌や鄭地のごとき詩風（いずれも艶詩にちかい）を批判的にかたっているほどなのである。かくみてくれば、どうやら姚思廉は蕭綱書簡の主旨をとりちがえ、「宮体詩を鼓吹したもの」と誤解してしまったとみなしてよさそうだ。

では、どうして姚思廉はかかる誤解をしてしまったのか。私見によれば、「与湘東王書」中の「ちかごろの謝朓や沈約の詩、そして任昉や陸倕の文章、これらこそ文学の最高峰であり、著作の規範とすべきものである」という永明文学礼賛の一節を、よみちがえてしまったからだろう。すなわち蕭綱は、永明文学を「正統的文学の継承者なり」の意でたたえていたのに、姚思廉はそう解さず、

蕭綱は永明文学をたたえている　↓　永明文学は声律を重視している　↓　声律は宮体詩でも重視されている
↓　蕭綱は宮体詩を鼓吹している

と連想してしまったのではないか。(3) その結果、艶詩の名手だった庾肩吾の伝のなかに、宮体詩批判を寓した序文ふう言辞を冠したうえで、この「与湘東王書」を蕭綱が宮体詩を鼓吹した証拠として、引用してしまったのだろう。現在からみれば、この措置は書簡主旨をとりちがえたものであり、筋ちがいの引用だというべきである。しかし唐初の姚思廉からみれば、蕭綱と宮体詩とは連想しやすかったろうから、やむをえぬ誤解だったというべきかもしれない。

## 三　艶詩との関係

文学史の常識では、蕭綱は宮体詩を鼓吹した人物とされている。その意味では、姚思廉のように蕭綱と宮体詩をむすびつけるのは、それほどまちがった見かたではない。だが、「蕭綱」という枕詞をつかうと、「宮体詩」がひきだされるというふうに、つねに「蕭綱＝宮体詩」とみなしてよいかというと、かならずしもそうではない。やや中途半端な言いかたになるが、「蕭綱は宮体詩を鼓吹した」という見かたは、半分あたっているが、半分はずれている、というべきだろう。以下、すこし寄りみちになるが、蕭綱と宮体詩との関係をかんがえてみたい。

まず、艶詩に関するエピソードをひとつ紹介しよう。それは『玉台新詠』編纂をかたるとき、きまってもちだされる中唐の劉肅『大唐新語』公直篇中の

太宗謂侍臣曰、「朕戯作艶詩」。虞世南便諫曰、「聖作雖工、体制非雅。上之所好、下必随之。此文一行、恐致風靡。而今而後、請不奉詔」。太宗曰、「卿懇誠如此、朕用嘉之。羣臣皆若世南、天下何憂不理」。乃賜絹五十疋。先是、

梁簡文帝為太子、好作艶詩。境内化之、浸以成俗、謂之宮体。晩年改作、追之不及。乃令徐陵撰玉台集、以大其体。

唐の太宗は侍臣に、「朕はふざけて艶詩をつくってみた」といった。すると虞世南がすぐいさめて、「聖作は巧妙ではありますが、艶詩の体は品がよくないものです。上位の者がこれをこのめば、下位の者はきっと真似します。陛下の艶詩がしられれば、おそらく世間に流行するでしょう。ですから今後は、こうした艶詩の創作は賛成しかねます」といった。すると太宗は、「そなたはねんごろな諌言をしてくれた。朕はしたがうぞ。羣臣がみな世南のように諌言してくれたら、天下がみだれるなどと心配することはあるまい」といって、虞世南に絹五十疋をあたえた。

これよりまえ、梁簡文帝（蕭綱）が太子だったとき、よく艶詩をつくっていた。これに周辺が影響されて、しだいに艶詩が世間にひろまっていき、「宮体」と称するようになった。簡文帝は晩年にこれを改作しようとしたが、うまくいかなかった。そこで徐陵に命じて『玉台新詠』を編纂させ、艶詩の体を権威づけようとしたのだった。(4)

という話である。この話柄、出典が『大唐新語』という小説めいた書物なので、真に信頼してよいか疑問がないではない。だが内容の真偽はともかくとして、当時の艶詩という文学の位置づけをかんがえるには、なかなか有用な資料だといってよい。

この話からすると、艶詩というものは「戯作」、つまりふざけてつくるもので、「品がよくないもの」だった。くわえて、「上位の者がこれをこのめば、下位の者はきっと真似」するので、油断すると「世間に流行」しやすい。だから虞世南はそれをおそれて、「艶詩の創作は賛成しかねます」と太宗をいさめたのである。これは初唐のころの話だが、艶詩の「品がよくない」性格は、百年まえの蕭綱の時代でも、おなじようなものだったにちがいない。だから後半の「これよりまえ」以下で、「太宗の話とは反対の」蕭綱の不首尾なエピソードをあげて、虞世南の切諌ぶりを印象づけようとしたのだろう。

これを要するに、『岡村』のことばをかりれば、艶詩は「あくまでも当時の文壇における裏側の文芸であった。それが、たとえ当時の宮廷詩人たちの間で圧倒的な人気を博していたとしても、かの『文選』に展開された堂々の文学とは全く異なり、人々の面前に晴れがましく公開することが些か躊躇されるような、いわば日蔭の姫妾的文芸であり、うら恥ずかしくも快楽一杯の妖艶な宮廷文芸であった」のである。

蕭綱は、けっしておろかな人物ではない。艶詩は、よむのもかくのもたのしいが、しかし「人々の面前に晴れがましく公開することが些か躊躇されるような」裏側の文芸であることは、よくわかっていただろう。じっさい蕭綱は、自作の艶詩を「戯れに作る」「戯れに麗人に贈る」「筆を執りて戯れに書す」などと題し、「戯」字によって艶詩の「裏側の文芸」ぶりを示唆している。つまり彼にとっても、艶詩はしょせん「戯れ」であり、裏側の文芸にすぎなかったのである。(5)

では、艶詩が「戯れ」にすぎなかったとすれば、蕭綱はいったいどんな文学を［「戯れ」でなく］理想とし、本気でうちこんでいたのか。それは右でみたごとく、伝統的には「ふるくは揚雄、司馬相如、曹植、王粲ら、ちかくは潘岳、陸機、顔延之、謝霊運ら」の詩文であり、近時では「ちかごろの謝朓や沈約の詩、そして任昉や陸倕の文章」であった。つまり蕭綱は、艶詩とは正反対というべき、正統的な文学を理想としていたのである。

そうした正統的な文学観を裏うちするものとして、たとえば蕭綱の「悔賦」という作があげられよう。この作を一読すれば、蕭綱が文人として、そして為政者として、いかに正統的かつ謹直な態度を保持していたかが、よく了解されることだろう。例として冒頭の一節をしめしてみよう。

黙黙不怡、恍若有遺。四壁無寓、三階寡趣。月露澄暁、風柳悲暮。庭鶴双舞、檐烏独赴。岸林宗之巾、憑南郭之几。玄徳之毦聊縈、子安之嘯時起。

静思悔吝、鋪究前史、弔古傷今、驚憂歎杞。成敗之蹤、得失之理、莫不関此、令終由乎謀始。棄夸言於頓丘、蹟夫覆車之戒、豈止一途而已。重前非於蓬子。

なにもたのしいこともなく、ぼうっとしてものわすれをしたかのよう。四壁のみの茅屋でくつろぐこともなく、三つの階段には趣きもない。月下の露は暁天にすみわたり、風にそよぐ柳は夕ぐれにかなしげだ。庭の鶴は二羽で空をまい、軒下の烏が一羽だけやってきた。郭林宗の巾をおしあげ、南郭子綦の几によりかかる。劉備の毦をまとい、成公綏の嘯の声がきこえてくる。

こうしたなか、追悔について沈思し、過去の歴史を渉猟していると、古今の失敗例がいたましく、憂慮や慨嘆がやまない。成否の事由や得失の道理を把握できるかは、この前例の考察にかかっており、有終の美をかざれるかは、当初の計画のよしあしにかかっている。誇大なことばは頓丘にすて、過去の失敗を隠者からまなぼう。覆車の戒めを考究するのは、ただひとつの事蹟だけでは不じゅうぶんなのだ。

露が月光にひかる暁、柳が風にそよぐ夕ぐれ。蕭綱はひとり悔いについて、おもいをめぐらせ、前史に記された事例をふりかえっている。そして「成否の事由や得失の道理を把握できるかは、この前例の考察にかかっており、有終の美をかざれるかは、当初の計画のよしあしにかかっている」と自戒するのだ。こうした真摯な態度や、「覆車の戒め」

をおくの過去の事例からまなぼうとする意欲は、一文人としてのものというより、為政者とくに皇太子としての立場によるものだろう。経世をモットーとした、正統的な儒教文学観の理念そのものである（以上、拙著『六朝の遊戯文学』附論を参照）。その意味で、この「悔賦」にみえる謹直な態度は、艶詩にうつつをぬかす軟派な皇太子像とは、まったく正反対のものだといってよい。このように蕭綱は、けっして宮体詩だけで評されるべき文人ではないのである。(6)

　そうではあるが、蕭綱が艶詩をこのんだというのも、また事実なのだ。かく正統的な文学を志向しながらも、いっぽうで艶詩に夢中になる――こうした矛盾めいた創作のありかたは、現代の我われには奇妙なものにうつる。これを合理的に説明するのは、困難かもしれない。

　だがこうした矛盾めいた創作態度は、じつは六朝にはかぞえきれぬほどあって、けっしてめずらしいものではないのである。もっとも有名なケースが、東晋から宋にかけての陶淵明の場合だろう。周知のように彼は、「菊を采《と》る東籬の下《もと》、悠然として南山を見る」（飲酒二十首其五）などの詩句によって、隠逸詩人としての名をたかめた。ところがその淵明はまた、儒教ふうな死後の名声への願望をもらしたり（擬古詩第二）、女性への大胆なあこがれをかたったりしているのである（閑情賦）。おなじように宋の鮑照も、立身への渇望をかたりながらも、なぜかいっぽうで、隠逸生活へのあこがれをうたった詩句もつづっている。さらに斉の孔稚珪にいたっては、辣腕の政治家として廟堂で精励しながら、自宅にかえると、その生活は「風韻清疏にして、文詠を好み、酒を飲むこと七八斗」であり、「世務を楽しまず」という態度だったという。このように、詩文中での主張が矛盾していたり、昼と夜とで思想がちがったりする「ようにみえる」ケースは、六朝の文人ではそれほどめずらしいものではなかった。この蕭綱の場合も、そうした一例にすぎぬと解すべきだろう。

　こうした矛盾めいた現象について、『岡村』は、当時の詩人には「創作上の硬軟二面性」が存していたとのべていたが、私もかつて六朝文人たちの「作風の使いわけ」という視点から、説明をこころみたことがある。私はその論文で、六朝のころ、ひとの作風や才能は、血肉のごとく作者と一体化したものでなく、作者の外にあって独立したものとかんがえられていた。かく作風や才能が作者の外で独立しておれば、なにかの拍子になくしたり、他からもらったりすることも、ありえるだろう。すると才性すぐれし文人なら、複数の作風を手にいれ、それを状況に応じて適宜つかいわけることもできるはずだ。つまり六朝文人たちにとって、作風や才能はのっぴきならぬ血肉的存在ではなく、取りかえや使いわけが可能な衣服のごとき存在だったのである——と指摘しておいた（以上、拙著『六朝文体論』第三章を参照）。

もちろん、右は理屈のうえのことで、じっさいのところはよくわからない。しかし事実として、六朝期の文人たちは、ひとりの頭脳のなかに複数の作風をたくわえていて、たとえば公式の場ではAの作風を、非公式の場ではBの作風を、というふうにつかいわけている。すくなくとも、そうかんがえざるをえないケースが、すくなくないのである。

こうした作風の使いわけ現象、ふしぎだといえばふしぎだし、矛盾といえば矛盾かもしれない。しかしこの作風使いわけ、現在の日本でも、発表誌に応じて純文学と大衆文学とをかきわけている作家がいることを想起すれば、それほどふしぎがることでもあるまい。要するに六朝文人たちもTPO、つまり時・所・場合に応じて、おのが文学上の作風や主張をつかいわけていたのである。おそらく立太子後の蕭綱は、武帝も臨席する宮中の公的な宴席では、天下安寧をねがった謹直な詩をつくっていたろうが、東宮内でわかい庾信や徐陵らと気らくな文会をひらいたときは、ふざけた艶詩をつくって興じていたのだろう（注10も参照）。こうかんがえれば、蕭綱が「悔賦」のごとき真摯な作風と宮体詩のごとき艶麗な詩風とを両立させていたことも、それほど不審がることもないようにおもう。

ただ、大事なことは、複数の作風をつかいわけていたにせよ、蕭綱の文学の重点は、艶詩でなく［「悔賦」のごとき］

真摯な作風のほうにあったということだ。右の唐太宗のエピソードからみても、美人の昼寝（蕭綱の「詠内人昼眠」詩）や男色の相方《あいかた》（蕭綱の「孌童」詩）をえがいた艶詩が、真摯な「悔賦」より重視されるなどということはありえない。蕭綱にとって艶詩の創作は、たとえてみれば夏目漱石にとっての俳句のごときものであり、「戯れ」程度の文芸にすぎなかった。漱石の文学を俳句だけで評してはならぬように、蕭綱の文学を艶詩だけで判断してはならないのである（注6も参照）。さきに、蕭綱が宮体詩を鼓吹したという見かたは、半分あたっているが、半分はずれているといったのは、こういう意味なのだ。つまり蕭綱は、たしかに宮体詩をつくり、それを流行させた。だが、それはしょせん「戯れ」でやったことにすぎず、本気でとりくんだことではなかったのである。

そうではあるが、残念なことに、蕭綱の周辺には虞世南のごとき諫臣がいなかった。いや、いることはいたかもしれない。しかし蕭綱はそうした人物の諫言に、耳をかたむけることをしなかった。そのため、つい「戯れ」に深いりしすぎてしまい、結果的に「周辺が影響されて、しだいに艶詩が世間にひろまって」しまったのである。右の『大唐新語』の後半に、「簡文帝は晩年にこれを改作しようとしたが、うまくいかなかった」とあった。ここの「晩年」とはいつのことで、「改作」とはどういうことなのか、真の意味がわかりかねるのだが、「戯れ」でつくった艶詩が、予期に反して大流行してしまったので、それへの後悔を意味するものだとすれば、なかなかうがった話柄だというべきだろう。

## 四　不用意な対偶

さて、すこし寄りみちしてしまった。このあたりで「与湘東王書」の文章の考察にかえり、固有の特徴を確認してゆきながら、その評価をかんがえてゆこう。

この書簡の行文、基本は四六駢儷のスタイルだといってよい。じっさい、「与湘東王書」の対偶率を計算してみると、全百二十一句中の七十六句が対偶を構成しており、63％という数字になる。この率は、「文賦」66％、「文選序」62％、「文心雕龍序志」49％、「雕虫論」47％、「宋書謝霊運伝論」43％、「詩品（上）序」42％などとくらべても、たかいほうだといってよい。辞賦や［一書の表看板たる、はれがましき］序文などでない、たんなる一篇の書簡文でありながら、かくたかい対偶率を有するのは、蕭綱のすぐれた美文能力をしめすものとせねばならない。

まずは、この書簡文の美文らしさを確認しておこう。たとえば、蕭綱が京師ではやっている詩風を批判した第二段をあげてみると、

比見京師文体、懦鈍殊常、┌競学浮疎、玄冬脩夜、思所不得、┌既殊比興、
　　　　　　　　　　　　└争為闡緩。　　　　　　　　　　└正背風騒。
若夫┌六典三礼、所施則有地、┌吟詠情性、反擬内則之篇、┌遅遅春日、翻学帰蔵、
　　└吉凶嘉賓、用之則有所。└操筆写志、更模酒誥之作、└湛湛江水、遂同大伝。

ちかごろ京師の詩風をみてみると、いつになく無気力でよわよわしくなっている。浅薄な作風を真似し、弛緩した詩を競作しあっている。冬の夜なが、なぜこんなことになったかをかんがえるに、比興の精神とたがい、風騒の教えにそむいているからだとおもいいたった。そもそも六典や三礼にはふさわしい利用の場があり、吉凶や嘉賓の礼典にも適切な使いみちがあるものだ。自己の思いを叙するのに『礼記』内則の篇を模するとか、筆をとって志をのべるのに『尚書』酒誥の作を真似るとか、のどかな春景色を叙するのに『易』帰蔵を範にするとか、山水をえがくのに『尚書大伝』をモデルにするとか、そんな［京師の連中たちの］やりかたはきいた

ことがない。

というものだ。ここの二十句のうち十六句が対偶を構成しており、句形もほぼ四六句だというのがわかろう。またその内容も、あたりさわりのない存問の類でなく、実質的な議論（京師の詩風批判）をおこなっている。その意味で、この部分に関しては、形式内容ともに充実した行文だといってよかろう。

ところがこの「与湘東王書」の行文、細部を観察してみると、瑕瑾がみつからないではない。整然たる対偶の各所に、不用意な措辞が散見しているのだ。たとえば右の例文中でも、「所施則有地↕用之則有所」二句中で、「則有」二字が重複して使用されている（「所」字も）。これは、同字重複を忌む美文としては、さけるべき措辞だろうが、ついうっかりしたのだろう。

こうした不用意な同字重複は、これだけではない。たとえば第四段の

┌学謝則不届其精華、但得其冗長、
└師裴則蔑絶其所長、惟得其所短。

霊運を模倣すると、その精華にはとどかず、ただ冗長さを身につけるだけ。また子野を範にすると、その長所（良史の才）をまなべず、その短所（美の欠如）を身につけるだけ。

の対偶では、助字（其）だけでなく「則」「得」「所」「長」などの実字も、重複して使用されている（傍点）。そのため美文としては、冗漫でたるんだ行文となってしまった。私見によれば、ここはよけいな字をけずって、

┌学謝華而不届、但取冗長、
└師裴長而蔑絶、惟得所短。

とすれば、四六のひきしまった対偶となったことだろう。

さらに第三段の、

若以今文為是、則古文為非、若昔賢可称、則今体宜棄。

もし当世の詩をよしとするなら、過去の詩は否定すべきだし、過去の文人をたたえるのなら、当世の詩風は拒否すべきだろう。

の四句は、対偶のしそこねではないかとおもわれる。というのは、この四句は対偶ふうにしめせば、

若以今文為是、則古文為非、
若　昔賢可称、則今体宜棄。

というもので、蕭綱としては対偶にそろえたつもりだったろう。ところがうっかりして、三句目の「若」をけずりわすれ、また同字重複（「今」「文」「為」「則」）もおおくなって、四六駢儷のスタイルからはずれてしまった。もし通常の美文書法だったら、この四句は字句を適宜かりとって、

若以　今文為是、古文為非。
　　　昔賢可称、今体宜棄。

という四字句の対偶にすべきだったろう（詳細は拙著『六朝文体論』第六章を参照）。こうしたところも、この書簡が怱卒の作だったことを感じさせる。

また対偶中の典故が、奇妙な使われかたをしたケースもある。たとえば第五段の、

故　玉徽金銑、反為拙目所嗤、陽春高而不和、
　　巴人下里、更合郢中之聴。妙声絶而不尋、

それゆえ、玉徽や金銑のごとき良篇が、かえって［京師の］節穴どもから嘲笑され、巴人や下里のごとき俗歌

が、京師の人びとにもてはやされるようになった。「陽春」のごとき篇は高雅すぎて唱和されず、妙なる歌声は
絶妙すぎて見向きもされない。

がそれだ。この部分は、整斉した対偶となっている。ここで注意すべきなのは、傍点を附した「巴人下里」と「陽春」は、宋玉「対楚王問」に「客有歌於郢中者、其始曰下里巴人、国中属而和者数千人……其為陽春白雪、国中属而和者数十人。……是其曲弥高其和弥寡」（客に［楚の都の］郢でうたう者がいた。はじめ「下里」「巴人」の歌をうたえば、国中で唱和する者は数千人もいた。……つぎに「陽春」「白雪」をうたうと、国中で唱和する者は数十人だった。……これは歌が高尚になるほど、唱和する者がすくなくなるからだ、の意）とあるのを利用していることだ。

この典拠にしたがえば、「下里巴人」（蕭綱は「巴人下里」とする。卑俗な歌曲、の意）と「陽春白雪」（高尚な歌曲、の意）とを、反対《はんつい》ふうに対応させるべきだろう。とすれば、ここの上方の対偶は、

故┌陽春白雪、反為拙目所嗤、
　└下里巴人、更合郢中之聴。

としたほうがよかった。第五句の「陽春」は、「清唱」や「雅楽」などとすればよい。そうしてこそ、典拠をうまく利用したことになるわけだ。それなのに蕭綱は、なぜか「巴人下里」を「玉徽金銑」と対応させ、「陽春」を変なところでつかってしまった。こうした奇妙な典拠の使用法も、やはり不用意な措辞だといってよかろう。

## 五　文壇の現場報告

「与湘東王書」における不用意な措辞は、対偶中だけにみられるのではない。それ以外の方面、具体的には使用語彙

と感情表現においても、周到といいかねる字句が散見している。そのため、ときに用語に違和感が感じられたり、感情が未整理であるような印象が生じたりしている。

まず使用語彙を概観しておこう。おおざっぱにみわたしてみれば、「与湘東王書」中の用語は、他の六朝美文とそれほど違いがあるわけではない。過去の文学作品や経書などからまんべんなく取材しており、また前漢以前に用例をさがしにくい新語も、しばしば使用されている。

前者の用例ある語で特徴的なことは、陸機「文賦」に由来した用語がおおいことだ。たとえば、「遣辞用心」「庸音」「錙銖」「文質」「巧心」「拙目」「下里」「不和」など。これらは執筆時、蕭綱が「文賦」を机辺において採取したのでなく、当初から脳裏にしみこんでいたのだろう。いっぱんに、六朝の文学論をつづる者は、おおく過去の同種の文章をよみこんで、頭のなかに蓄積している。自己の議論を展開するためには、過去の［いわば商売がたきの］文学論を研究しておく必要があるからだ。蕭綱が「与湘東王書」をつづったときも、「文賦」の内容や語句はすでに彼の血肉と化していて、自然にその字句が脳裏にうかんできたのだろう。この「文賦」は、蕭綱にかぎらずおおくの六朝文人（とくに文学批評家）たちから、しばしばその用語が利用されている。それだけ信頼され、必須文献として定着していたのだろう。

いっぽう後者の新語の例としては、「懦鈍」「浮疎」「天抜」「決羽」「妍手」「駆染」など、いくつかあげられる。ただこうした新語の類は、他の美文にもしばしば出現してきており、それほどめずらしいものではない。とくにこの場合は身近な者におくった気らくな書簡文なので、こうした類の語はつかいやすかったのだろう。

「与湘東王書」語彙のだいたいの傾向は右のとおりだが、違和感という点から注目したいのは、美文の文脈のなかに、とつぜん卑俗な口語ふうなことばが混入してくることである。その口語ふうことばをふくむ部分を提示し、あえて卑

俗さを強調して訳すと、

○雖是庸音、不能閣筆。（第一段）

あまりよい出来じゃねえんだが、やめられない。

○而観其遣辞用心、了不相似。（第三段）

その表現のしかたや配慮のしかたを観察したところ、ぜーんぜん似てないね。

○裴氏乃是良史之才、了無篇什之美。（第四段）

子野のほうは良史の才であって、文学の美しさなんざこれっぽっちもないよ。

○思吾子建、一共商搉。（第六段）

私はわが子建（弟の蕭繹をさす）をおもっては、グルになってこきおろしたい気分だよ。

となろうか（これが適訳だというわけではない）。

新語の場合は、それ以前に用例がみあたらないというだけであり、おおきくは文語の範疇のなかにはいるものである。そのため、それが使用されても、それほどの違和感は生じてこない。だが、口語ふうなことばは卑俗さをおびており、文語とは異質な感触をあたえる。ましてそれが美文のなかに使用されると、［右の訳文のように］前後の美的文章とのあいだに違和感が生じてきやすい。当時の人びとはこの「了不」「一共」などの語に、そうした違和感を感じたとおもうのだが、蕭綱はなんともおもわなかったのだろうか。あるいは、遠慮のない身内あて書簡だったので、つい気をゆるしてしまったのかもしれない。

つぎに、［書簡文中における］感情表現についてのべよう。この「与湘東王書」では、しばしば蕭綱のナマの感情がふきだしている。それは、ときに褒辞、ときに貶辞として噴出するが、いずれにしろ、皇太子の書簡にはふさわしからぬ、平静さを欠いた心の動きだといってよい。これは、文辞をつづるまえに、感情の整理がなされていないことを示唆していよう。

まずは例をしめす。たとえば第三段のはじめに、

吾既拙於為文、不敢軽有掎摭。但以当世之作、歴方古之才人、……

私は詩をつくるのが下手だから、けっして口出ししようとはおもわない。だが、当世の詩風を過去の詩人たちとくらべると、……

という四句がある。ここの直前では、「……するとか、そんな［京師の連中たちの］やりかたはきいたことがない」と京師の詩風を手ひどく批判していたが、蕭綱はなぜかここの初二句で、「私は詩をつくるのが下手だから、けっして口出ししようとはおもわない」と謙虚なことをいっている（傍点）。ところが、その舌の根もかわかぬうちに、その直後「だが、当世の詩風を過去の詩人たちとくらべると」云々と、ふたたび批判をつづけているのだ。その意味でこのあたり、矛盾した発言をしているといわざるをえない。

こうした行文に、自分を抑制しようとしながら、それでもおさえきれぬ感情の動きをみてとることができよう（蕭綱はこのあと、おさえきれぬ感情にのっかかって、京師の詩風をはげしく批判してゆく。注7にあげた林田慎之助氏のご指摘も参照）。つまりこの部分では、「批判すべきでない」と「批判したい」という二つの感情がせめぎあっていて、それがそのまま矛盾した文辞として叙されているのである。

こうした整理されざる感情の動きが、他の箇所では、しばしばつよい語気をともなって噴出している。典型的な例があとの「六　好悪の情」でしめす京師批判の箇所だが、ここでは、みおとしやすい例をしめしておこう。たとえば、やはり第三段のつぎのような発言、

倶為盍各、則未之敢許。

両者をともによしとすることなど、けっしてゆるされないはずだ。

では、断定的口調（傍点）が印象的だ。たんに「いけない」というのでなく、「之」や「敢」をつかって「けっして……すべきでない」と不可ぶりを強調している。蕭綱のつよい批判の情がうかがえる措辞である（そういえば、さきに例示した「了不」「了無」も、つよい否定の語気だった）。

そうしたつよい語気は、称賛する場面でもおなじである。たとえば、第六段で永明文学をたたえる場面では、

……亦成佳手、難可復遇。

……も、名手の手になるものであり、そうお目にかかれない傑作だ。

という。たんに直叙ふうにたたえるのでなく、否定のニュアンス（難可）をまじえて強調するなど、なかなかトーンがたかい。このようにこの書簡文では、全体に感情のうねりがおおきくなっているのである。

さらに、末尾ちかくの弟（蕭繹）への呼びかけの場面（第六段）では、

文章未墜、必有英絶。領袖之者、非弟而誰。

このように文学の道はまだほろびず、世にはきっと俊英がひそんでいるはず。そうした連中を領導する者は、弟のおまえ以外にだれがいようか。

という。ここでも、弟の湘東王を扇動するような、たきつけるかのような物言いをしている。あたかも、大仰な演説をきいているような気分だ。

以上、感情的表現についてのべてきた。こうした叙しかたに、京師の詩風への蕭綱のつよい反発がうかがえよう。そしてそれとともに、この文章が冷静な「論」ジャンルでなく、身近な弟への書簡文であることを、あらためて想起

させられるのである。

では、この「与湘東王書」にはなぜ、こうした不用意な対偶や口語ふう語彙、さらに未整理な感情表現がまじるのだろうか。それはこれまで指摘してきたように、蕭綱がこの書簡を執筆したとき、

(1)熟考をかさねたものでなく、短時日にかいたものだった。
(2)遠慮のない身近な弟にあてたものだった。
(3)蕭綱が京師の詩風につよい憤懣を有していた。

という事情があったからだろう。

もっとも、こうした事情は「与湘東王書」執筆にとって、わるいことばかりだったかといえば、そうともいえない。裏がえしていえば、こうした状況があったため、この蕭綱書簡は、訴えがよむ者の胸に直截にとどく率直さをそなえ、またわかわかしく情熱的な行文になったともいえるからだ。もしかりに、この書簡が［身内でない］他人にむけたものので、しかもじっくり時間をかけ、熟考をかさねてつづられていたならば、その行文はたぶん平穏で、瑕瑾のすくないものになったことだろう。だがそうなった場合、この書簡にただよう率直な語りぐちや熱気あふれた口吻は、ずいぶん希薄なものになっていたに相違ない。それはこの書簡から、魅力をそいでしまうのではないか。

私見によれば、唐初の姚思廉がこの蕭綱書簡に注目し、庾肩吾伝に引用したのは、［右にのべたような］行文の率直さや熱気が、魅力的なものにうつったからではないかとおもう。「この整理されていないナマな行文こそ、［宮体詩が勃興しようとする］当時の文壇の状況をあつく、そしてヴィヴィッドにつたえてくれるはずだ」――姚思廉はこうおもったからこそ、おびただしい史料のなかからこの書簡をひろいだし、庾肩吾伝のなかにとりこんだのではないか（ただし前述したごとく、書簡の主旨をとりちがえていたのだが）。その意味で姚思廉からみれば、この蕭綱書簡は、いわば文壇

の現場報告ふう性格をおびていたのだろう。文中の不用意な対偶や整理されざる感情は、そうした性格と表裏一体のものなのである。

ちなみに、右の(1)「短時日にかいた」という件は、どうやら「与湘東王書」執筆のときだけでなく、蕭綱の文学的資質とも関係がありそうだ。というのは、短時日での詩文創作は、この書簡のときだけにかぎられないからである。すなわち、『梁書』巻四の簡文帝本紀をひもとくと、

太宗幼而敏睿、識悟過人。六歳便属文、高祖驚其早就、弗之信也。乃於御前面試、辞采甚美。高祖歎曰、「此子吾家之東阿」。既長、……九流百氏、経目必記。篇章辞賦、操筆立成。

太宗（蕭綱）は幼児から俊敏で、判断力はひとよりすぐれていた。六歳で文をつづったが、高祖（武帝）はその早熟ぶりにおどろき、信じなかった。そこで御前でためしたところ、その辞采はたいそうすぐれていた。高祖は「この子はわが蕭家の東阿（曹植）だなあ」と嘆じたのだった。成人するや……諸子百家の類は、一読すればすぐおぼえたし、詩文や辞賦は筆をとるや、たちどころにかきあげた。

という記事がみえる。このように蕭綱は少年時から、父の武帝もおどろくほど早熟であり、成人してからも「筆を操《と》るや立ちどころに成す」だったという。

この話で父の武帝が「この子はわが蕭家の東阿だなあ」と嘆じたのは、蕭綱が特段の早熟（とくに速筆）ぶりをしめしたからだろう。だがじつは、この話柄には典拠がある。すなわち、このエピソードは魏の曹植の、

陳思王植字子建。年十歳余、……善属文。太祖嘗視其文、謂植曰、「汝倩人邪」。植跪曰、「言出為論、下筆成章。顧当面試、奈何倩人」。時鄴銅爵台新成、太祖悉将諸子登台、使各為賦。植操筆立成、可観。太祖甚異之。

陳思王の曹植、あざなは子建。彼は十歳あまりで、……詩文をつづるのがうまかった。あるとき、父の曹操は

その詩文を一読して、「他人に代作してもらったのか」といった。植はひざまずき、「私は口をひらけば論となり、筆をとれば詩文になります。面前でおためしください。どうして、他人にたのんだりしましょうか」とこたえた。ときあたかも、鄴都の銅雀台が落成したばかりだったので、曹操は息子たちをつれて台にのぼり、各自に賦をつくらせた。植は筆をとるとすぐに完成させたが、りっぱな出来だった。曹操は植を特別な者だとおもった。

という話に依拠したものなのだ（『魏志』曹植伝）。この『魏志』の逸話でも、曹植が少年時から早熟であり、また「操筆立成」だったことに注意しよう。だからこそ梁武帝は、わが子の卓越した才腕ぶりを、魏の曹植にダブらせたのだろう。つまり文人としての蕭綱は、曹植に比擬されるほどの速筆型の天才だったのである。

「与湘東王書」の文章にかえれば、かく短時日につづっても、これだけ対偶多用の美文になっているのは、蕭綱の「操筆立成」の能力を証明するものといってよい。当時の文人たちは、文学サロンでしばしば即興的に詩文を唱和しあっており、速筆それ自体はそうめずらしくなかった。それなのに、わざわざ史書で「操筆立成」を特筆しているのは、蕭綱が当時の文人のなかでも、特段にひかりかがやく才能（とくにはやく、とくにすぐれた詩文をつくる）をしめしたからだろう。

だが、これも逆にかんがえると、蕭綱はふだんから、あまり推敲をしないタイプだったことも、暗示するのではないか。速筆型の文人は概して、念いりな推敲や見なおしなどはしないものだ。「与湘東王書」に不用意な対偶や整理されざる感情がまじってきたのも、おそらくこのあたりに原因があったのだろう。よきにつけあしきにつけ、蕭綱の文雅は即興にすぐれたものであり、熟考を事とするものではなかったのである。

## 六　好悪の情

さて、蕭綱「与湘東王書」の文章を考察してきた。ここまでの考察をまとめれば、基本的には対偶率のたかい美文だが、しばしば不用意な対偶や整理されざる感情がまじってくる。それは、遠慮のない身内の弟にむけて、短時日でつづったからであり、京師の文風へのつよい憤懣とあいまって、「文壇の現場報告」ふうな性格をおびさせることになった——と要約してよかろう。

では最後に、そうした蕭綱書簡を一篇の文学作品とみなしたとき、どのように評されるべきかについて、私見をのべておこう。結論をさきにいえば、この書簡は［たとえば陸機「文賦」のごとく］文学史、あるいは文学批評史に燦然とかがやく名篇とはいえない。文中のあちこちに技術的な瑕疵があって、いかにも怱卒の作らしい措辞が散見しているからだ。さらに内容的にも、よくいえば個性的と評せようが、わるくいえばアクがつよくて、辟易してしまうような発言もないではないようだ。以下、そうした方面の気づきを二つほど言いそえておこう。

蕭綱書簡をよんでまず気づくことは、文中での主張が感情的すぎて、客観性にとぼしいということである。この書簡は、文壇改革へのつよい情熱は感じとれるものの、しかしそれは冷静な文学評論とはいいにくいものだ。蕭綱自身の好悪《こうお》の情が、客観的かつ合理的な判断よりも、前面にでてきているからである。

その好悪の情のうち、「好《こう》」は永明文学へむけられ、「悪《お》」は京師の文風、とくに謝・裴の模倣者のほうにむけられている。永明文学をたたえた「好」の情のほうは「二　姚思廉の誤解」の章で引用したので、ここでは謝・裴の模倣者を批判した「悪」の一節をひいてみよう。

故胸馳臆断之侶、好名忘実之類、方六駿於仁獣、逞郤克於邯鄲。入鮑忘臭、効尤致禍。決羽謝生、豈三千之可及、伏膺裴氏、懼両唐之不伝。

されば、[霊運や子野を真似る] せっかちな連中や虚名をおう者どもは、いわばどうもうな六駿を仁なる麒麟とくらべ、[足のわるい] 郤克をみやびな邯鄲の地であるかせ [るような的《まと》はずれなことをし] ているにすぎぬ。彼らは、鮑魚の店にはいって臭いに鈍感となり、過ちを真似て禍をまねいているのだ。これでは霊運に弟子入りしても、三千の弟子とおなじく師の孔子におよばぬだろうし、子野をしたっても、立伝されなかった漢の両唐（唐林、唐尊）とおなじ運命になるだけだろう。

これは第四段の一節。はじめの「胸馳」の聯は、謝霊運・裴子野の模倣者のことをいう。つづく「方六駿」の聯では、六駿や郤克をひきあいにだして、彼らを的はずれなことをする連中だと非難する。さらに「入鮑」の聯にはいると、彼らは「鮑魚の店にはいって臭いに鈍感となり、過ちを真似て禍をまねいている」のだとおいうちをかける。つづいて「決羽」の聯で、孔子の三千弟子や漢の両唐を例にだして、彼らのように不首尾におわるだろうときめつけている。かく三聯にわたって、執拗なほど謝・裴の模倣者はだめだ、だめだと非難している。こうした物言いは、ときの太子の発言としてはきつすぎよう。ほんらいなら書簡をつづるさい、すさんだ感情を整理して、心をおちつかせるべきだったろうが、それをしないまま筆をとってしまったような感がある。

これだけでも感情的なのだが、蕭綱は書簡の最後の段でもダメをおすように、また批判をくりかえしている。すなわち第六段で、弟（蕭繹）にむかって、「世にはきっと俊英がひそんでいるはずだ。そうした連中を指導する者は、弟のおまえをおいてだれがいようか」とのべたあと、つぎのようにいう。

弁茲清濁、使如涇渭、朱丹既定、
論茲月旦、類彼汝南。雌黄有別、
使夫懐鼠知慚、譬斯袁紹、畏見子将、
濫竽自恥。同彼盗牛、遙羞王烈。（第六段）

そして才能の清濁を涇渭のようにはっきり弁別し、人物の評論をあの汝南の月旦のようにやってみたい。朱色がさだまれば［紫色もはっきりするので］才の優劣もきまる。そうやって［優劣を明確にして］エセ詩人たちにおそれいらせ、へボ詩人たちを恥じいらせてやりたい。そうすれば袁紹が許劭にみられるのをおそれ、牛泥棒が王烈に罪をしられるのを恥じるがごとくになるだろう。

この部分でも蕭綱は、京師でときめいている連中に、おのが無能さをおもいしらせてやりたいと批判している。内容的には初聯「弁茲」云々でじゅうぶんだろう。だが、蕭綱はここでも四聯十二句にわたって、才能のなさを明るみにしてやりたいと息まいているのだ。

さらにこの四聯の典拠をみてみよう。なかでも注目したいのは、第三聯「懐鼠知慚、濫竽自恥」中の典拠である。まず上句の「懐鼠」の語は、『戦国策』秦策にもとづく。鄭人はみがかぬ璞玉《あらたま》を「璞《はく》」と称し、周人は干物にしていない鼠を「璞」といった。周人が鄭人に「璞はいらんか」と声をかけるや、鄭人はかおうといった。ところが周人がとりだしたのは干物にしていない鼠だったので、鄭人はかうのをやめてしまったという話である。おなじく下句の「濫《らん》竽《う》」の語は、『韓非子』内儲説上にもとづく。斉の宣王は笛の演奏をこのみ、三百人で合奏させていた。ところが宣王の死をうけてたった次代の湣王は、笛の独奏がすきだったので、腕に自信のない奏者たちはみなにげさったという話である。つまり「懐鼠」「濫竽」ともに、偽物とか偽物が幅をきかせるとかの意なのだ。するとここの「懐鼠をして慚《は》づるを知り、濫竽をして自ら恥じしむ」とは、ニセ詩人たちに「みずからの無能ぶりを」気づかせ、恥じいらせてやるという意味になろう。いま京師でときめいている連中を、かく「干物にせざる」鼠や下手な笛奏者になぞらえたのは、つよい軽侮の情があったからに相違ない。かくしてこの部分は、「恥じいらせてやるぞ。いまにみておれ」というがごとき、つよい威嚇ふう発言となった。蕭綱からすれば、京師の文風がよほど気にくわなかったのだろうが、それにしてもここの表現は、じつに感情的な批判であり、罵倒だといってもよいくらいのものだ。

こうした行文は、さきにのべた現場報告ふう性格とともに、蕭綱のおさえがたい感情（むしろ激情とか憤怒とか称すべきか）を、ストレートに叙したものといえよう。それは、冷静な議論や論理的な展開などとは正反対のものであり、遠まわしで婉曲な行文がおおい六朝美文のなかでは、例外的なものだ。いい意味でもわるい意味でも、情熱的でわかわかしい書簡文だと称されてよかろう。このとき蕭綱は二十九歳、じっさいわかかったのである(7)。

## 七　きかんぼう

蕭綱書簡をよんで二番目に気づくことは、作者たる蕭綱の「きかんぼう」的な性格が、すかしみえてくる［ように感じられる］ことだ。この書簡はたしかに、情熱的でわかわかしい印象をあたえるが、同時に「われこそは」という尊大な気分も、なかなかつよいものがある。私の主観的な印象かもしれないが、蕭綱はきかん気で自己主張がつよいタイプだったのではあるまいか。

もっとも、この書簡をよんだだけでは、そのあたりの気性まではわかりにくい。そこで、『梁書』本伝で「性格が寛容で包容力にとんでいた」（寛和容衆）と評される、兄の蕭統の書簡文をよんで、両書簡の雰囲気や語りくちを比較してみよう。それによって、二人の気性の違いがうかがえるかもしれない。

つぎにしめすのは、蕭統が蕭綱におくった「荅晋安王書」である（この晋安王というのは、弟の蕭綱をさす）。兪紹初『昭明太子集校注』七五頁の考証によると、この書簡をつづったのは天監十四年（五一五）だったという。すると、このとき蕭統はわずか十五歳、おくられた蕭綱は十三歳。現在ふうにいえば、中三の兄（皇太子として建康の東宮にいる）が、とおくはなれた中一の弟（江州刺史となって赴任したばかり）にむけてつづった手紙ということになろう。

得五月二十八日疏并詩一首。省覧周環、慰同促膝。汝本有天才、加以愛好。無忘所能、日見其善。首尾裁浄、可為佳作。吟玩反覆、欲罷不能。……

炎涼始貿、触興自高。覩物興情、更向篇什。昔梁王好士、淮南礼賢、遠致賓遊、広招英俊。非惟藉甚当時、故亦伝声不朽。必能虚己、自来慕義。含毫属意、差有起予。……

但清風朗月、思我友于。各事藩維、未克棠棣。興言届此、夢寐増労。……

五月二十八日づけの手紙と同封の詩一首をうけとった。なんどもよみかえしていたら、たがいに膝をつきあわせているような気分になったよ。おまえはもともと才能があるうえ、詩がすきなんだな。得意な叙しかたをわすれず、さらに日々進歩している。首尾ともにすっきりしていて、佳作だとおもう。なんどもよみかえし、なかなかストップできないほどだ。……

ようやく炎暑がすぎてすずしくなると、時節に感じて興趣もたかまってくる。風物をまえにすると思いが嵩じてきて、いっそう詩心がかきたてられてくるよ。むかし漢の梁王は士をこのみ、淮南王は賢人を礼遇した。

そしてはるか遠方の客をまねき、ひろく英俊の士をもとめた。おかげで両王の名声は当時はもちろん、後世でも不朽のものとなった。つまり両王は謙虚な態度をとれたので、遠方の客や英俊の士が義をしたってあつまってきたのだ。そして彼らは筆をとって思いを叙した詩文をつづって、主人たる梁王や淮南王を啓発したのだった（自分もそうありたいものだ）。……

清風がふきよせる明月のしたにいると、おまえたちのことがおもわれてならぬ。我われ兄弟はみな、自分の藩国をおさめているので、じゅうぶん親近することもできぬ。かく思いをつづってくれれば、夢寐にもあいたい気もちがつのってくるよ。……

この書簡には、相手（弟の蕭綱）の詩才への称賛と励まし、梁王と淮南王の故事による謙虚な自戒、そして弟たちへの思いやり等がみちている。いかにも蕭統らしい、温雅な書簡文だといえよう。とくに末尾の「但清風朗月」六句は、清風がふきよせる明月のしたで、蕭統がとおい場所にいる弟たちに思いをはせたものだ。このあたり、あたかも恋人をおもうかのような纏綿とした情趣にあふれていて、ポエジーにもとんだ表現になっている。くりかえすが、このとき蕭統はわずか十五歳。いくら「生まれながらにして聡叡なり」（本伝）だったとはいえ、すばらしい早熟ぶりだというべきだろう。

こうした蕭統「荅晋安王書」にくらべると、「与湘東王書」（このとき蕭綱は二十九歳）はどうだったか。たとえば京師の文壇批評をおこなった部分を再出してみれば、

○［第二段］ちかごろ京師の詩風をみてみると、いつになく無気力でよわよわしくなり、浅薄な作風を真似し、弛緩した詩を競作しあっている。冬の夜ながら、なぜこんなことになったかをかんがえるに、比興の精神とたがい、風騒の教えにそむいているからだとおもいいたった。

○［第四段］［霊運や子野を真似る］せっかちな連中や虚名をおう者どもは、いわばどうもうな六駮を仁なる麒麟とくらべ、［足のわるい］郤克をみやびな邯鄲の地であるかせ［るような的《まと》はずれなことをし］ているにすぎぬ。彼らは、鮑魚の店にはいって臭いに鈍感となり、過ちを真似て禍をまねいているのだ。これでは霊運に弟子入りしても、三千の弟子とおなじく師の孔子におよばぬだろうし、子野をしたっても、立伝されなかった漢の両唐（唐林、唐尊）とおなじ運命になるだけだろう。

というものだった。他人を批判しているから、蕭綱はきかんぼうで自己主張がつよい、といいたいわけではない。ただこの部分、その批判のしかたが、いかにも思いこみがつよくて、頭ごなしにきめつけている感じがしないだろうか。とくに第四段の「どうもうな六駮を仁なる麒麟とくらべ、［足のわるい］郤克をみやびな邯鄲の地であるかせている」という比喩（前出）は、そうとう辛辣な言いかただといってよい。

さらに第六段でも、蕭綱は、

才能の清濁を涇渭のようにはっきり弁別し、人物の評論をあの汝南の月旦のようにやってみたい。朱色がさだまれば［紫色もはっきりするので］才の優劣もきまる。［そのように優劣を明確にして］エセ詩人たちにおそれいらせ、ヘボ詩人たちを恥じいらせてやりたいのだ。そうすれば袁紹が許劭にみられるのをおそれ、牛泥棒が王烈に罪をしられるのを恥じるがごとくになるだろう。

といって、京師の文人たちをつよく指弾していた（これも前出）。ここでの口調には、［京師の文人たちへの］軽侮の情はあっても、彼らをいましめ、よき方向にみちびいてゆこうという親切心は感じられない。「エセ詩人たちにおそれいらせ、ヘボ詩人たちを恥じいらせてやりたい」、ただそれだけなのだ。

いっぽう、「自分たちは連中とはちがうんだ」というエリート意識も、また強烈である。それは、右の引用のすぐ直

前、弟の蕭繹によびかけた箇所でとくに濃厚だ。すなわち第六段で、蕭綱は蕭繹によびかけて、

このように文学の道はまだほろびず、世にはきっと俊英がひそんでいるはず。そうした連中を領導する者は、弟のおまえ以外にだれがいようか。こうしたことを議論したいのだが、いい機会がない。私はわが子建（＝弟の曹植）をおもっては、ともに文学を批評してみたくてならんのだ。

といっていた。この部分、いかにも、堕落した文風を再興させるのは、我われ兄弟をおいてない、といいたげである。つよいエリート意識であり、使命感だというべきだろう。

蕭綱はなぜ、こうした使命感をもつにいたったのか。それは、蕭綱がみずからを魏の太子、曹丕に擬していたことと関係があろう。書簡中で「私はわが子建（曹植）をおもっては」というように、蕭綱は、弟の蕭繹を曹植にみたてていた。ということは、自分はとうぜん［曹植の兄の］曹丕ということになる。つまり蕭綱はおのが脳裏で、建安文人を領導したかがやかしき文学の旗手、曹丕のすがたを自分にダブらせていたのである。そして［太子時代の］曹丕が建安文学を盛行させたごとく、自分も、京師のあしき文風を一掃して、理想的な文学を興隆させてゆかねばならぬ、とおもいこんでいたのだろう。(8)

さらにこの部分、蕭綱は「そうした連中を領導する者は、弟のおまえ以外にだれがいようか」とのべ、いっけん弟をもちあげているかのようにみえる。しかし「札記」でものべたが、私はこの言いかたに、とってつけたような印象をうける。この発言はおそらく本心ではなく、蕭綱はじつは「［弟でなく］自分こそが」といいたいのだろう（そもそも蕭繹は地方の江陵に赴任しており、世にひそむ俊英を指導しにくい状況にある）。その意味でこの部分、いままでヤンチャ小僧だった次男坊（蕭綱）が、長兄（蕭統）の急逝によってとつぜん態度がかわり、三弟（蕭繹）にむかって指導者ぶっている、というような感じが否定できないのである。

以上、蕭統と蕭綱の書簡文を比較してみた。これによって、おなじ兄が弟におくった書簡でありながら、雰囲気や語りくちにそうとうの違いがあることがわかったようにおもう。兄の蕭統「荅晋安王書」と比較すると、蕭綱「与湘東王書」は他人批判の発言がおおいうえ、自己主張がつよいものだといってよい。またみずからを［曹丕のごとき］文学の領導者とおもいこんで、他人をみくだし罵倒するなど、［よくいえば使命感がつよいといえなくもないが、わるくいえば］威圧的な発言もすくなくなかった。これを要するに、「与湘東王書」からうかがえる蕭綱の人がらは、［兄の蕭統にくらべると］尊大で、アグレッシブで、負けん気がつよい――といってよい。一言以てこれをおおえば、「きかんぼう」と称してよかろう。[9]

周知のように、この「与湘東王書」をつづったあと、蕭綱は正統的な詩文や学問に従事するいっぽうで、「戯れ」の艶詩づくりもこのむようになった。以前から同種の詩はつくっていただろうが、急に多忙となった［太子としての］公務や学芸活動のあいま、とくに側近との気らくな息抜きをもとめたのだろう。[10]そして［たぶん］それが度をすごすということもあって、「宮体」のよくない噂が父の武帝までとどいてしまった。史書にしるすところによれば、これを耳にした武帝は、立太子早々の不品行にひどく腹をたてた。「せっかく皇太子にたててやったのに……」という思いもあったのだろう、すぐ［蕭綱が傾倒する］徐摛をよびよせ、叱責しようとしたという。

> 摛文体既別、春坊尽学之、「宮体」之号、自斯而起。高祖聞之怒、召摛加譲。及見、応対明敏、辞義可観。高祖意釈、因問五経大義。次問歴代史及百家雑説、末論釈教。摛商較縦横、応答如響。高祖甚加歎異。更被親狎、寵遇日隆。（『梁書』巻三〇徐摛伝）

徐摛の詩のスタイルは格別だったので、東宮の人びとは、みなそれを真似た。「宮体詩」という呼び名はこうしてはじまったのである。武帝はこれをきいていかり、徐摛をよびつけて叱責しようとした。ところが引見してみると、その応対ぶりは俊敏で、発言も立派だった。そこで武帝の怒りはとけ、五経の内容について質問した。ついで歴史や諸子の学問について、さらに仏教についても議論をしかけてみた。すると徐摛は自在に比較でき、さっとこたえることができたのである。武帝はおどろき称賛した。そして武帝からいっそう親近され、寵愛ぶりは日にたかまっていったのだった。

武帝は、いわば息子の家庭教師役だった徐摛（蕭綱とともに宮体詩を主導した。綱より三十歳ほど年長である）をよびつけた。これは蕭綱のかわりに召喚したのだろう。武帝の立場上、息子の皇太子をよびつけて難詰しては、ことがおおきくなるからだ。しかしその結果は、意外なほうにむかった。徐摛のおもいがけぬ博識ぶりに、武帝はすっかりおどろき、かえって徐摛を親近するようになったのである。

この予想外にして珍妙な話柄に対して、『岡村』は、

この挿話は、当時徐摛（四七五―五五一）を先駆として東宮に大流行していた「宮体」詩が、実は武帝の激怒を受けるほどに顰蹙すべき軟派文芸であったことを明瞭に物語っている。だが、それと共に、かかる「宮体」詩人ではあっても、一方で経学をはじめ歴史・百家・仏教等、当時の士人に必須の学問教養を身につけ、その談論も応答響くが如くであったならば、この享楽的な軟派文芸への耽溺も大目に見られていた事実をも示している。つまり、人間さえしっかりしておれば、いくら吉原で遊んでもよかったわけである。

と説明している。たしかに当時の常識では、「人間さえしっかりしておれば、いくら吉原で遊んでもよかった」かもしれない。しょせん艶詩づくりなど、裏側の文芸であって、「戯れ」にすぎないのだから。(11)

しかしそうではあるが、もし蕭綱に亡き兄のごとき誠実さや謙虚さがあったならば、彼は父親の怒りを真摯にうけとめたにちがいない。そして艶詩の創作をおもいとどまり、シリアスな学芸活動や公務に専念したことだろう。だが

蕭綱は、そうはしなかった。むしろ徐摛への宥恕によって、「自分たちの艶詩が、父から公認された」とおもったのかもしれない。かくして蕭綱は、ますます戯れに熱中していったのだった。そうした他人の忠告をきかず、自分の好みにつっぱしってしまった原因のひとつは、この蕭綱のきかんぼう的性質にあったのではないかと、私はおもうのである。

注

（1）蕭綱「与湘東王書」の執筆年について、「清水」は、大同年間（五三五～五四五）の初だったろうと推測していた。最近の論文、劉林魁「梁簡文帝蕭綱与湘東王書繋年考」（「西北大学学報」二〇〇六―二）では、大同六年から八年のあいだ（五四〇～五四二）にかかれたとする。その他、執筆年をめぐっては、これまでも異論がおおかった。

（2）「宮体」は、語義的には「東宮（皇太子＝蕭綱）の詩体」の意である。だが、この語の具体的な内実には、広狭さまざまな議論があって、定義が一様ではない。本章ではそうしたややこしい議論にはふみこまず、おおざっぱに「宮体＝艶詩のなかの一部（蕭綱の東宮で盛行した艶体の詩）」の意で使用する。

（3）『梁書』編者の姚思廉は、『梁書』庾肩吾伝で「斉の永明年間、文人の王融、謝朓、沈約らは、はじめて詩文に四声の理論を採用し、これを新変と称したのだった」とのべ、永明文学を「新変」と称していた。ところが徐摛の伝でも、「[徐摛は]文を属《つづ》るや好んで新変を為し、旧体に拘《かかわ》らず」と叙して、徐摛の詩風も「新変」だと評している。すると姚思廉の脳裏では、「新変」の語をブリッジとして、永明文学と徐摛とがつながっていたのかもしれない。徐摛は艶詩の名手で、蕭綱に宮体詩をふきこんだ人物である（本章第七章も参照）。とすれば、本文中の矢印でつないだ連想は、

　蕭綱は永明文学をたたえている　↓　永明文学は〈新変〉で徐摛とつながる　↓　徐摛は宮体詩の名手であり、蕭綱の家庭教師格の人物だ　↓　蕭綱は宮体詩を鼓吹している

とつなげてゆくこともできよう。いずれにせよ姚思廉の脳中の回路では、「与湘東王書」中の永明文学称賛は、蕭綱の宮体詩

鼓吹につながっていきやすかったようだ。

（4）『大唐新語』公直の文章のうち、末四句「晩年改作、追之不及。乃令徐陵撰玉台集、以大其体」は理解が困難で、これまで多様な解釈がされてきた。そうしたなか近時の有力な解釈として、興膳宏氏のものがある（「玉台新詠成立考」〈『中国の文学理論』所収。論文初出は一九八二年〉）。氏は、『玉台』は中大通六年（五三四）ごろの編纂だろうと推測する。そのさい、蕭綱は［編者の］徐陵に命じて、当代の艶詩を巻七・八にあつめて、まずは『玉台』の中心部分を構成させた。そして、

その上で時間をさかのぼって、艶詩の伝統につながる過去の作品をも選択の対象にのぼせ、全書を統一的に構成したのであろう。『大唐新語』にいう「以大其体」は、鈴木虎雄氏が解されたごとく、「之を前代にまで推し広めて同種の詩篇を集めた」ことにちがいあるまい。

と解釈されたのだった（三三六頁）。この興膳氏の二段階編纂説は、『大唐新語』にくわえて、あらたな資料（蕭繹「法宝聯璧序」の末尾に排列された三十八名のリスト）も斟酌して推定したものである。傅剛「玉台新詠編纂時間再討論」（「北京大学学報」二〇〇二―三）が、この論旨を「学術研究中的神来之筆」とたたえるなど、中国のおおくの研究者もこの説を支持しているようだ。だがこの興膳説、すぐうえの「晩年改作、追之不及」と矛盾してくるのが欠点だ。中大通六年の編纂だとすると、蕭綱は三十二歳。とうてい晩年とはいえないし、またなぜ「改作」しようとしたのか、説明がつかないからである。このようにこの『大唐新語』公直の文章は、それ自体が舌足らずな行文であるうえ、内容的にも疑問がすくなくない。これを矛盾なく解釈するのは、だれであっても困難だろう。

（5）『玉台新詠』所収の詩を検すると、標題に「戯」と題した艶詩として、ほかにも武帝「戯れに作る」、蕭繹「戯れに艶詩を作る」、劉孝綽「淇上の人蕩子の婦に戯る」などがみつかった。かく蕭綱や武帝らの艶詩の題に、「戯」字が使用されているということは、［かりにみずから題したものでなかったにせよ］当時「艶詩は戯れにすぎぬ」という認識が常識だったことを示唆するものだろう。拙著『六朝の遊戯文学』四九一～四九七頁も参照。

（6）蕭綱の文学に関する研究を整理したものとして、牟華林「30年蕭綱研究述論」（「四川師範大学学報」二〇一〇―一）がある。この論文は、近々三十年の研究史をみわたしたものだ。このなかで牟氏は、蕭綱の文学はじゅうらい宮体詩だけが注目されて

きたが、それは蕭綱文学の一面にすぎず、より総合的な見地から研究すべきであると主張されている。蕭綱と永明文学との関係、蕭綱と儒家的文学観との関係、そして経年による作風の変遷など、まだ究明すべき課題はおおい。

（7）　蕭綱は「与湘東王書」中で京師の文風をつよく批判していた。蕭綱のそうした批判や批評精神について、林田慎之助氏は、

……批判のあるところには、つねに時代の文学の方法と動向について自覚し責任をもつ批評精神が介在しなければならぬ。それがなければ、批判は成立せぬであろう。簡文帝は、梁代の文学のありかたについて、同時代の文学的旗手としての自覚と責任において、京師の文体批評をおこなったのである。彼は、「我　文を為るに拙く、敢て軽々しく掎摭すること有らざるも」と云いながら、おさえがたい批評精神につき動かされて、批判の筆をすすめている。その底には、梁代独自の文学表現を確立せねばならぬとする意識が強く脈搏っていることをみのがしてはならぬ。

と説明されている（「蕭綱の与湘東王書をめぐって―森野氏論文〈簡文帝の文章観〉批判―」〈『中国中世文学評論史』三八七頁。論文初出は一九六八年〉）。たしかに蕭綱は、彼なりの「時代の文学の方法と動向について自覚し責任をもつ批評精神」にもとづいて、京師の文風を批判したのだろう。そして「その底には、梁代独自の文学表現を確立せねばならぬとする意識が強く脈搏って」いたのかもしれない。

　だが、その「与湘東王書」中の「批評精神」なるものは、本章でみたように好悪の情に左右されたものであり、冷静かつ客観的な文学批評とはいいにくいものだった。陸機「文賦」や劉勰『文心雕龍』における批評態度とくらべれば、その未熟さや偏向ぶりはあきらかである。林田氏のいわれるような高次元の批評精神を獲得するには、蕭綱はまだわかすぎた（あるいは、資質がちがいすぎた）といわねばならない。

（8）　蕭綱の曹丕比擬は、じつは兄の蕭統を模したものである。蕭統は、おなじく好文の皇太子という相似もあってか、魏の曹丕をいたく尊敬し、またその文学もこのんでいた（拙稿「曹丕の与呉質書について―六朝文学との関連―」〈『中国中世文学研究』第二〇号　一九九一〉を参照）。蕭統の「答湘東王求文集及詩苑英華書」や「与晋安王綱令」などをよむと、彼がいかに自分を曹丕に擬し、その文学をこのんでいたかがよくわかる。

　こうした蕭統の曹丕比擬は、自発的なものというより、むしろ周辺があおりたてた結果だろう。武帝がおさない蕭綱にむ

かって、「この子はわが蕭家の東阿（曹植）だなあ」といったことは、それ以前から兄の蕭統を曹丕になぞらえていたからに相違ない。つまり、蕭兄弟がおさないころから、武帝やその臣下たちは、文才すぐれし二人を曹兄弟になぞらえていたのだろう。おかげで蕭統も、その気になってしまったのだとおもわれる。

ところが、その蕭統が死んだ。すると、その後をついで太子になった蕭綱は、こんどは自分が曹丕になるべきだとおもったのではないか。これは僭越とか不遜とかいうべきでなく、ごく自然な心の動きだったろうとおもわれる。だから「与湘東王書」中でも、つい弟の蕭繹を曹植に擬して、「私はわが子建（曹植）をおもっては、ともに文学を批評してみたくてならんのだ」とつづってしまったのだろう。

ただし、亡き蕭統は本気で曹丕たらんと努力していたのに、この時点での蕭綱はまだ格好だけで、つけやき刃にすぎないようだ。というのは、蕭綱には、曹丕が［そして蕭統も］有していた臣下への連帯感や仲間意識というものが、あまり感じられないからである。本文でのもべたように、蕭綱は他人（とくに霊運詩と子野詩への模倣者）への軽侮の情がつよく、おろかな者でもよき方向へみちびいてやろう、というごとき親切心はもちあわせていない。「理想的な文学を興隆させたい」という意欲を有する点では、蕭綱も曹丕もおなじだったのだが、曹丕が臣下を信頼し、ともに協力しようとしていたのに対し、このときの蕭綱は好き嫌いの情がつよく、狭量でありすぎたのである。

ところが、この「与湘東王書」から三年後の中大通六年（五三四）、蕭綱は大部の書『法宝聯璧』三百巻を完成させたが、このとき当時の人びとは、同書を「以て［魏の］王象・劉邵らの『皇覧』に比」したという（『南史』陸杲伝）。ここでいう『皇覧』とは、曹丕が王象や劉邵に命じて編纂させた類書をさす。蕭綱の『法宝聯璧』がこの『皇覧』に比擬されたということは、兄蕭統の死から三年、蕭綱はようやく［曹丕がかつてそうしたように］臣下を指導して大部な書を完成することができたということを意味する。つまりこのころになって、蕭綱は［すくなくとも学芸の方面では］自他ともに、曹丕に擬されるようになったのだろう。

（9）本書第七章の注9でも、蕭綱「答張纘謝示集書」の一節をとりあげて、その尊大な発言ぶりを指摘しておいた。もっとも、歴史上の人物の人がらや性格などというものは、後世からはなかなか正確に判定しにくいものだ。ほんとうに蕭綱は、尊大で、アグレッシブで、負けん気がつよかったのだろうか。彼の書簡文を一、二篇よんだだけで、すぐそうだと断定するのは、一斑をみて全豹を卜《ぼく》す類だといわれかねない（蕭綱の書簡文には、四季の推移を詠じた風雅なものや、思いやりあふれた懇切なものもある）。こうしたときたよりになるのは、やはり正史の記述である。もちろん、正史の記述だからただしいというわけではないが、それなりの手続きをへてかかれるものなので、書簡文を一、二篇よんだだけで、性格をうらなうよりは、客観性が担保されやすいといってよい。

そこで『梁書』の本伝をめくってみると、蕭綱の人がらがうかがえそうなものとして、

及居監撫、多所弘宥。文案簿領、繊毫不可欺。

［蕭綱は］太子となって政務をみるようになっては、おおく寛容なところがあった。だが文書や帳簿においては、けっしてごまかしをゆるさなかった。

という記述があった。これによると蕭綱は、政務をとるうえでは概して寛容だったようである。しかし「文案簿領」（文書や帳簿、の意）の記載のこととなると、ゆるがせにすることなく、きびしく目をひからせていたようだ。ここの「文案簿領」とは、もちろん政務上の文書類のことをさそう。だが、もしこのなかに詩文の類もふくめたならば、「与湘東王書」中における他（謝・裴模倣の詩風）へのつよい批判も、なんとなく納得ができそうだ。これを要するに、ほかの方面では寛容であっても、こと文書に関する話題となると、［政務上の書類はもちろん、詩文の類であっても］蕭綱はそうとう強情で、妥協することがなかった。つまり「きかんぼう」的性格を発揮しがちだった——ということではあるまいか。

（10）文学史の類をよむと、蕭綱は東宮にはいったあと、宮体詩ばかりつくっていたかのようにおもわれる。だが、けっしてそうではない。たとえば「与湘東王書」執筆から数年後、彼は太子としての公務の余暇、臣下とともに『長春義記』一百巻や『法宝聯璧』三百巻などの大部な書を編纂している。前者は経書の義を論じた論説集、後者は仏学関係の類書らしく、ともにシリアスな学術書である（いまはともに佚。呉氏『年譜』によると、前者は五三一～五三九、後者は五三四の完成）。「戯れ」たる宮体詩は、こうした学芸活動や公務のあいま、息抜きとしてひらかれた私的な文会の場で、わいわいとつくられたのだろう。

（11）注5でもみたように、艶詩は「戯れ」として、たまには武帝などもつくっていた。だが蕭綱の場合は、それが目にあまった

ので、武帝もみてみぬふりができなくなったのだろう。新太子が早々に側近と艶詩づくりに興じるというのは、「「戯れ」だったとしても」やはり良識ある人びとの耳目をあつめ、眉をひそめさせる行為だったのである。

# 第九章　徐陵「玉台新詠序」の文章

【基礎データ】

［総句数］162句　［対をなす句］156句　［単対］26聯　［隔句対］26聯　［対をなさぬ句］6句　［四字句］108句　［六字句］51句　［その他の句］3句　［声律］50聯

［修辞点］36（第1位）　［対偶率］96％（第1位）　［四六率］98％（第1位）　［声律率］96％（第1位）

【過去の評価】

［陳書徐陵伝］自有陳創業、文檄軍書及禅授詔策、皆陵所製、而九錫尤美。為一代文宗、亦不以此矜物、未嘗詆訶作者。其於後進之徒、接引無倦。世祖高宗之世、国家有大手筆、皆陵草之。其文頗変旧体、緝裁巧密、多有新意。毎一文出手、好事者已伝写成誦、遂被之華夷、家蔵其本。

陳王朝が成立して以後、檄文などの軍事的文書や禅譲などの詔策は、すべて徐陵の手でかかれるようになった。なかでも「九錫文」はすばらしい出来ばえだった。彼は当代の文壇の領袖となったが、それでもいばることなく、他人を難詰することなど一度もなかった。後輩たちにもきちんと応対し、あきることがなかった。文帝や宣帝の時代、国家的な重要文書が必要になったときは、いつも徐陵が起草したものだった。その文章は旧体を改革して、簡潔かつ緻密なもので、斬新な趣がいっぱいあった。徐陵の文が公表されるごとに、愛好者たちは書写し、またくちずさんだ。そのため彼の文は南北の両朝にひろまり、家ごとに写本を所蔵するほどだった。

［六朝文絜引許槤評］駢語至徐庾、五色相宣、八音迭奏、可謂六朝之渤澥、唐代之津梁。而是篇尤為声偶兼到之作、煉格煉詞、綺綰繡錯、幾於赤城千里霞矣。

美文は徐陵や庾信にいたると、五色がたがいに輝きを発し、八音が調和するようになった。六朝を集大成し、唐代へ橋渡しした文章だといえよう。この序文はとりわけ声律や対偶が完備している。風格や字句は洗練され、きらびやかに交錯して、赤城山が千里まであかくかすんでいるかのようだ。

**【原文】**

［一］夫　凌雲概日、由余之所未窺○、
　　　千門万戸、張衡之所曾賦●。
　周王璧台之上●、
　漢帝金屋之中○、
　玉樹以珊瑚作枝○、
　珠簾以玳瑁為押●。

其中有麗人焉。其人也　五陵豪族、充選掖庭○、
　　　　　　　　　　　四姓良家、馳名永巷●。
亦有　潁川新市●、
　　　河間観津○。
本号嬌娥○、
曾名巧笑●。
楚王宮裏、無不推其細腰○、
衛国佳人、倶言訝其纖手●。

閲詩敦礼、豈東鄰之自媒○、
婉約風流、異西施之被教●。
弟兄協律、生小学歌○、
少長陽阿、由来能舞●。
琵琶新曲、無待石崇○、
箜篌雑引、非関曹植●。
伝鼓瑟於楊家○、
得吹簫於秦女●。

［二］至若　寵聞長楽、陳后知而不平○、
　　　　　画出天仙、閼氏覧而遙妒●。
至如　東鄰巧笑、来侍寝於更衣○、
　　　西子微顰、得横陳於甲帳●。
陪游馺娑、騁纖腰於結風○、
長楽鴛鴦、奏新声於度曲●。

妝鳴蟬之薄鬢●、
照墮馬之垂鬟○。
反插金鈿○、
横抽宝樹●。
南都石黛、最発双蛾○、
北地燕支、偏開両靨●。
亦有　嶺上仙童、分丸魏帝●、
　　　腰中宝鳳、授暦軒轅○。
金星将婺女争華○、
麝月与嫦娥競爽●。

驚鸞冶袖、時飄韓掾之香○、
飛燕長裾、宜結陳王之佩●。
雖非図画、入甘泉而不分○、
言異神仙、戯陽台而無別●。
真可謂　傾国傾城○、
　　　　無対無双者也○。

〔三〕　加以　天時開朗●、　妙解文章○、　琉璃硯匣、　終日随身○、
逸思雕華○。　尤工詩賦●。　翡翠筆牀、　無時離手●。
清文満篋、　非惟芍薬之花○、　九日登高、　時有縁情之作●、　其佳麗也如彼●、
新製連篇、　寧止蒲萄之樹●。　万年公主、　非無累徳之辞○。　其才情也如此●。
〔四〕　既而　椒宮宛転●、　絳鶴晨厳○、　三星未夕、　不事懐衾○、　優遊少託●、　厭長楽之疏鐘○、
柘観陰岑○、　銅蠡昼静●。　五日猶賖、　誰能理曲○。　寂寞多閑○。　労中宮之緩箭●。
繊腰無力、　怯南陽之擣衣○、　雖復　投壺玉女、　為観尽於百嬌○、
生長深宮、　笑扶風之織錦●。　争博斉姫、　心賞窮於六箸●。
〔五〕　無怡神於暇景●、　庶得　代彼皐蘇○、　但　往世名篇○、　分諸麟閣●、　不藉篇章○、
惟属意於新詩○。　蠲玆愁疾●。　当今巧製●、　散在鴻都○。　無由披覧●。
於是　燃脂暝写●、　選録艶歌、　凡為十巻○。　曾無參於雅頌●、　涇渭之間、　若斯而已○。
弄筆晨書○。　亦靡濫於風人○。
〔六〕　於是　麗以金箱○、　三台妙跡、　龍伸蠖屈之書、　高楼紅粉、　仍定魚魯之文○、　霊飛六甲、　高檀玉函○、
装之宝軸●。　五色華箋、　河北膠東之紙●。　辟悪生香、　聊防羽陵之蠹●。　鴻烈仙方、　長推丹枕●。
至如　青牛帳裏、　余曲既終○、　方当　開茲縹帙●、　永対玩於書幃○、　豈如　鄧学春秋、　儒者之功難習●、
朱鳥窗前、　新妝已竟●、　散此條縄○、　長迴圏於繊手●。　竇専黄老、　金丹之術不成○。
固勝　西蜀豪家、　託情窮於魯殿●、　孌彼諸姫、　聊同棄日●、
東儲甲観、　流詠止於洞簫○。　猗歟彤管、　無或譏焉○。

（許逸民『徐陵集校箋』より）

【通釈】

［第一段］玉台の麗人

玉台（麗人たちがすまうりっぱな宮殿）の大廈たるや、雲をしのぎ太陽もかくすほどで、由余もみたことがなかったほどだし、その門戸が千万とつらなるさまは、張衡が「西京賦」で詠じたのとおなじぐらい豪勢だ。あたかも周の穆王が盛姫にあたえた華美な台上をおもわせ、漢の武帝が阿嬌をすまわせようとした金屋を連想させる。そこの庭の玉樹は珊瑚《さんご》の枝をのばし、白珠の簾は玳瑁《たいまい》を軸にしている。

その各房に麗人がすんでいる。彼女らは、ある者は五陵の豪族の生まれで、えらばれて掖庭宮にはいり、ある者は四姓の良家の出で、美貌ぶりを永巷宮にとどろかせている。また［美人のおおい］潁川や新市、さらに河間や観津などの故郷で、かつて嬌蛾と名のったり、巧笑とよばれていたひともいる。そうした麗人たるや、［細腰をこのんだ］楚王の宮中の人びとでも、その細腰ぶりを推賞せぬ者はいないだろうし、衛国の［織手で有名な］佳人たちでも、その纖手の美しさにみな賛嘆することだろう。また詩をよみ礼にあつい点では、はしたない東隣の娘などと比較にならぬし、おくゆかしく上品なさまは、政略がらみの教養しかもたぬ西施ともちがっている。彼女らは、音楽家が兄弟だったので、幼少のころから歌をまなんできたし、陽阿の家で成長したので、もとから舞だっておどれる。だから琵琶の新曲は、石崇に依頼する必要がないし、箜篌《くご》の雑曲も、曹植につくってもらうこともない。さらに瑟の演奏は楊家のごとき［鼓瑟の］名門で腕をみがき、簫の演奏も秦女のごとき妙手からまなんできている。

［第二段］麗人の美貌

天子の［麗人への］寵愛ぶりが長楽宮にきこえると、陳后は胸さわぎをおぼえるだろうし、また麗人の肖像画が仙女より美麗にえがかれれば、閼氏《えんし》も遠地から嫉妬するにちがいない。東鄰の美女ほど笑顔がかわいければ、天子の更衣室にはべることもあろうし、西施のごとき愁い顔をつくれば、豪華な帳中の寝所によこたわることにもなろう。

麗人らは、馺娑宮《そうさきゅう》の宴遊におともしては、結風の曲をバックに細腰をくねらせ、鴛鴦殿《えんおうでん》の嘉宴にのぞんでは、作曲にあわせて新声を奏する。［頭髪は］蟬羽《せんう》のような鬢髪をよそおい、墮馬《だば》のごとき垂鬢《すいかん》をかがやかし、また金鈿《きんでん》をさかさにさし、宝笄《ほうけい》は横からとびだしている。［顔面は］南都の石黛が、蛾眉《がび》をはっきりうきあがらせ、北地の燕脂《えんじ》が、両頬のえくぼをきわだたせている。その舞姿は、魏文帝に［身がかるくなる］丸薬をあたえたという嶺上の仙童をおもわせ、吹奏ぶりは、黄帝に暦を献上したという、腰に笛筒をさした泠綸《れいりん》が想起される。また［歌舞をなす］麗人の金星（妝飾具）は、婺女星《ぶじょせい》と華麗さをあらそうかのようだし、麝月《じゃげつ》（妝飾具）は嫦娥（月）と美しさをきそうほどだ。驚《きょう》鸞《らん》（おどろいてとびたつ鸞）のようにゆれる華麗な舞装束の袖から、ときに韓寿の香がただよいだしたかとおもわれ、とびかう燕のように軽快にうごく裳裾には、曹植の玉佩をむすぶのがふさわしい。

こうした麗人たち、［漢武帝に寵愛された李夫人のように］肖像画はかかれてないが、甘泉宮にはいればその画とみまがうほど美麗だし、［楚の王とちぎった］仙女とは別人なのだが、陽台でたわむれれば区別できないほどうつくしい。まことに傾国傾城にして、天下無双の美女というべきだろう。

### ［第三段］ 麗人の才華

くわえるに、天稟すぐれ、才能もゆたかなので、文学をきちんと解し、詩賦の創作もたくみである。瑠璃《るり》の硯箱はいつも身辺におき、翡翠《ひすい》の筆おきも手からはなさない。［彼女らがつづった］清冽な諸作が箱にみちているが、それらは芍薬《しゃくやく》の花を詠じた［詠物ふうの］篇ばかりでないし、新作の詩歌が何篇も存するが、それらは葡萄の樹を叙した作だけではない。重陽の節句に登高しては、［陸機のように］感情を叙した詩をつくることもあるし、万年公主のごとき貴人の逝去にあたっては、［左芬のように］婦徳をつらねた誄もかけなくはない。麗人たちの容姿のすばらしさはさきに叙したようであり、才情の豊かさもいまのべたとおりである。

［第四段］　たいくつな日々

ところで椒宮《しょうきゅう》はゆるやかにまがり、柘観《しゃかん》は奥ぶかくたたずんでいる。宮門の鶴形の赤鎖は早朝より厳重におろされ、螺形をした銅製の鋪首は昼間でもしずかだ。麗人たちは、三星がまたたく夕暮にならぬので、夜具をもって寝《しん》に御する必要もないし、五日ごとのお勤めもまだ間があるので、琴曲をおさらいする者もいない。ただのんびりするだけで憂さをはらすものもなく、ものさびしく時間をもてあますだけ。おかげで夜半、長楽宮で間どおくひびく時鐘をきくのもいとわしいし、中宮の水時計の［目盛りをきざんだ］箭《や》をみるのもうっとおしい。くわえて細腰で力もないので、南陽の砧《きぬた》打ちの音にもおびえるし、深宮で成長したので、扶風の錦織りの女功をみてもわらうだけ［で、自分ではようしない］。投壺の妙技をふるう玉女をみても、百回なげて百回かえってきたときチラッとみるだけ、博奕の手《て》練《れん》をふるう斉姫をみても、ただ六箸の技に感心するぐらい。

［第五段］　艶歌の編纂

このように麗人たちは、たいくつなときは憂さをはらすものもないので、もっぱら新体の詩の創作に心をよせる。そしてあの皐蘇の草にかわって、無聊をなぐさめてほしいとねがうのだ。だが［作詩の参考にする］往時の名篇や当今の佳作は、麒麟閣に分散し、また鴻都館に散在している。そこから書物をかりだしてこないかぎり、披覧しようにもその術《すべ》がない。そこで彼女らは、灯をともして夜に書写し、筆を手にして朝もかきつづけた。かくして艶歌を選録して、すべて十巻にまとめたのである。この詩集は、『詩経』の雅頌に接近したものでもないし、また国風の詩人の道［の尊厳さ］をみだすものでもない。にごった涇水ときれいな渭水のごとき明確な相違が、まさに『玉台』『詩経』両者の関係なのである。

[第六段] ひまつぶしの具

そこで黄金の箱をそなえ、宝玉の軸で巻物にしたてた。蔡邕をおもわす妙跡は、龍伸や蠖屈《かくくつ》の書体を駆使し、石虎がつかったという五色の華箋は、河北や膠東の紙でできたもの。高殿の美女をおもわす麗人は、魯魚の誤りに留意して書写してきたし、悪気をはらう芸香は、書庫にいる紙魚をふせいでくれるはず。西王母からさずけられた「霊飛六甲」の書のように、玉函にいれて高所に秘し、劉安がもっていた「鴻宝仙方」のごとく、ずっとあかい枕のなかに蔵しておく。青牛が刺繡された帳のなかで曲を奏しおえたころ、朱鳥の南向きの窓辺で化粧がおわったあと、麗人たちはこの艶詩集の書帙をあけ、その紐をほどく。そして書斎でながいことなでまわし、繊手でいつまでもめくりつづけるのだ。

鄧后は『春秋』をまなんでも、儒者としての功業を完成できなかったし、竇后も黄老をこのんでも、長生の術を修得できなかったが、この『玉台』の書はそれほど難解なものではない。また西蜀の権門でも、せいぜい侍婢に「魯霊光殿の賦」を誦読させるほど「のぜいたく」にすぎなかったし、また東宮の宮殿でも、せいぜい「洞簫賦」を誦させるほど「の気ばらし」にすぎなかったが、それよりはずっとたのしくよめるものだ。うつくしい麗人たちが、これでちょっとひまつぶしをしようとするのだ。あぁ、あの赤筆をもった女史も、これをそしることはなさるまい。

【考察】

## 一　卓抜した修辞

徐陵、あざなは孝穆（五〇七〜五八三）は、六朝の梁と陳の両王朝にまたがって活躍した文人であり、また政治家でもあった人物である。彼は陳の尚書僕射《ぼくや》にものぼっているので、詔策（代作）や表議などの政治向きの文書もたくさんつくった。だが現在では、そうした政治方面での活動はおおくわすれられ、もっぱら文人として記憶されているといってよい。

文人としての徐陵は、わかいころから梁の晋安王（のちに皇太子、簡文帝）に厚遇され、その詩文は庾信とともに一世を風靡した。やがて侯景の乱をへて陳にはいっては、「一代の文宗」とたたえられて、いよいよ文壇で重きをなしたのだった。そうした彼の文学上での業績としては、「徐庾体」と称される艶麗な詩文があげられよう。なかでも著名なのが、詩集『玉台新詠』の編者としての声望だろう。この書は、漢魏から梁にいたる男女の情愛をうたった艶詩（宮体詩ともいう）をあつめたものである。近代以後の文学研究の場では、蕭統を編者とする詩文集『文選』とならんで、六朝を代表する文学アンソロジーだと評されている。

この『玉台新詠』はじゅうらい、梁の中期ごろ、徐陵が皇太子の蕭綱（のちの簡文帝）に命ぜられて、編纂したものとされてきた。ところが近時、徐陵は『玉台』の序文をかいただけであって、じっさいの編纂は、陳の後宮にいた女性によるものだったとする議論もでてきている（本章第五節を参照）。しかしその序文たる「玉台新詠序」に関しては、徐陵の作をうたがう論者はあらわれていない。その意味でこの序文だけは、現在でも安心して徐陵の作と称してよさそうだ。

この「玉台新詠序」は難解な美文でつづられているが、いっぽうで、修辞を駆使した六朝美文の代表作として、おおくの賛辞をささげられてきている。その巧緻な修辞については、別稿「徐陵玉台新詠序の文章について（附札記）」（「中京大学文学部紀要」第五〇—二号　二〇一六）の「札記」でも詳細に分析してきた。本章ではそうした分析をふまえつつ、「玉台序」の文章は、美文は美文であるにしても、どのような特徴をもった美文であり、どのように評価されるべきかについて、より精細な考察をしてゆきたいとおもう。

まず「玉台新詠序」の美文ぶりを、あらためて確認しておきたい。該篇の美文ぶりはなにによって確認できるか。それはもちろん、文中にほどこされた表現技巧、つまり対偶や典故等の修辞を考察することによって、であろう。その修辞ぶりを、まずは数字で確認しておこう。すると「玉台序」は全百六十二句、うち四六句は百五十九句で四六率は98%。対偶（隔句対もふくむ）を構成する句は百五十六句（対偶の数は52聯）で、対偶率は96%。聯中の両末字の平仄諧調は五十聯で、声律率は96%——となる。いずれも九割をこえる、驚異的にたかい率である。たとえば、当時もっとも重視された対偶率について、他の作をしめしてみると、「文賦」66%、「文選序」62%、「文心雕龍序志」49%、「雕虫論」47%、「宋書謝霊運伝論」43%、「詩品（上）序」42%である。もって、「玉台序」の高率ぶりがわかろう（以上、詳細は「結語　六朝文の評価」を参照）。

では、そうした修辞がほどこされた例として、第二段のつぎのような行文をみてみよう。この段は、玉台にすまう麗人たちの美しさを叙したものである。

至若 ┌寵聞長楽、陳后知而不平、
　　 └画出天仙、閼氏覧而遙妒。
至如 ┌東鄰巧笑、来侍寝於更衣、
　　 └西子微顰、得横陳於甲帳。

陪游馺娑、騁纎腰於結風、
長楽鴛鴦、奏新声於度曲。
妝鳴蟬之薄鬢、
照墮馬之垂鬟。
反挿金鈿、
横抽宝樹。
南都石黛、最発双蛾、
北地燕支、偏開両靨。
亦有
嶺上仙童、分丸魏帝、
腰中宝鳳、授暦軒轅。
金星将婺女争華、
麝月与嫦娥競爽。
驚鸞冶袖、時飄韓掾之香、
飛燕長裾、宜結陳王之佩。

天子の［麗人への］寵愛ぶりが長楽宮にきこえると、陳后は胸さわぎをおぼえるだろうし、また麗人の肖像画が仙女より美麗にえがかれれば、閼氏《えんし》も遠地から嫉妬するにちがいない。東鄰の美女ほど笑顔がかわいければ、天子の更衣室にはべることもあろうし、西施のごとき愁い顔をつくれば、豪華な帳中の寝所によこたわることにもなろう。麗人らは、馺娑宮《そうさきゅう》の宴遊におともしては、結風の曲をバックに細腰をくねらせ、鴛鴦殿《えんおうでん》の嘉宴にのぞんでは、作曲にあわせて新声を奏する。［頭髪は］蟬羽《せんう》のような鬢髪をよそおい、墮馬《だば》のごとき垂鬟《すいかん》をかがやかし、また金鈿《きんでん》をさかさにさし、宝笄《ほうけい》は横からとびだしている。［顔面は］南都の石黛が、蛾眉《がび》をはっきりうきあがらせ、北地の燕脂《えんじ》が、両頰のえくぼをきわだたせている。その舞姿は、魏文帝に［身がかるくなる］丸薬をあたえたという嶺上の仙童をおもわせ、吹奏ぶりは、黄帝に暦を献上したという、腰に笛筒をさした泠綸《れいりん》が想起される。また［歌舞をなす］麗人の金星（妝飾具）は、婺女星《ぶじょせい》と華麗さをあらそうかのようだし、麝月《じゃげつ》（妝飾具）は嫦娥（月）と美しさをきそうほどだ。驚鸞《きょうらん》（おどろいてとびたつ鸞）のようにゆれる華麗な舞装束の袖から、ときに韓寿の香がただよいだしたかとおもわれ、とびかう燕のように軽快にうごく裳裾には、曹植の玉佩をむすぶのがふさわしい。

難解な文章だが、この部分を例にしながら、「玉台新詠序」にちりばめられた各種の修辞技巧をみてゆこう。まずは一見してわかりやすい四六、対偶、平仄に注目しよう。はじめに四六。各句の字数をみてみると、全三十句のうち四字句が十八句、六字句が十句、そして七字句が二句である。つまり、四六こと四字句と六字句が、三十句中の二十八句をしめているのだ。つぎに対偶。「至若」「至如」「亦有」などの句端の辞（『文鏡秘府論』北巻を参照）をのぞき、すべての句が対偶を構成している。この部分に関してはパーフェクトな整斉ぶりである。また平仄においては、平をしめす○と仄をしめす●とが、交互に配置されているのがわかろう（「腰」が違反しているが、句中の違反は平仄のルールとしては軽微なもの）。とくに重要とされる聯中の両末字の平仄では、例外なく○と●とが対置されており、徐陵の周到な音声への配慮がうかがえる。

つづいて典故をみてみよう。この典故は四六や対偶とちがって、一見しただけではそれとわかりにくい。そのため、すこし「札記」の記述と重複するが、典故の字句やその意味も確認しながら、典故利用法を吟味してみたい。

まず初二句「寵聞長楽、陳后知而不平」は、漢武帝の皇后だった陳后の話柄（『漢書』外戚伝）をふまえる。少年期の武帝から「もし彼女を妻にしたら金屋にすまわせる」とまでしたわれた陳后だったが、立后後、驕慢さや嫉妬ぶかさのために、后位を廃されてしまった。ここは、そうした［后位を廃されるまえの］陳后を不安がらせるほど、麗人は天子から寵愛されるだろう、という意味である。

対する「画出天仙、閼氏覧而遙妒」二句は、漢の高祖が陳平の詭計によって、匈奴の冒頓単于の包囲からのがれた「平城の恥」の故事（『漢書』高帝紀下応劭注）をふまえている。高祖らは平城で冒頓の軍に包囲された。そのとき陳平は画家に漢の美女の肖像画をえがかせ、こっそり冒頓の閼氏《えんし》（妻）におくった。そして「漢にはこんな美女がいるが、いま高祖はこの美女を冒頓におくって、囲みをといてもらおうとおもっている」といわせた。すると閼氏は、そんな美人をおくられたら、冒頓の［自分への］寵がおとろえると危惧し、冒頓に囲みの一角をとくよう懇願した。これをいれた冒頓は囲みをといたので、高祖はかろうじて脱出することができた——という話である。かく閼氏を嫉妬させた漢の美女、その美女よりも麗人はうつくしいのだ、というのがこの二句の寓意である。

次聯の「東鄰巧笑」句は、宋玉の東隣にすむ美女の話を典拠にしている（宋玉「登徒子好色賦」）。一笑すれば貴人をまどわすこの美女は、宋玉をしたって牆にのぼって窃視すること三年。しかし宋玉はいっさい相手にしない、というユーモラスな話柄である。また「来侍寝於更衣」句のほうは、漢武帝が衣服を着がえたときに衛子夫を寵愛した故事（『史記』外戚世家）を下敷きにしている。この二句に対する「西子微顰」句は、西施の著名な「顰《ひそ》みに倣《なら》う」（『荘子』天運）の故事をふまえ、また「得横陳於甲帳」句は、宋玉「諷賦」の「内怵惕兮徂玉牀、横自陳兮君之旁」（内心びくびくして寝所にゆき、主君のおそばに横たわる、の意）あたりを意識しているのだろう。

さて、ここまで初二聯に使用された典故についてみてきた。この部分は、こうした天子や美女らの話柄を点綴して、豪華にして艶麗な雰囲気をだそうとしている。これ以外の典拠については、「札記」を参照いただくことにして詳述を略すが、徐陵はこうした典拠をつかって、過去の話柄と現在の事象とをオーバーラップさせながら、玉台の麗人の美貌ぶりをひきたてているのである。

こうした典拠をしったうえで、初二聯の対偶を再吟味してみよう。一見して、すぐ「東↔西」（方角）や「笑↔顰」（表情）の対比が目につくが、朱暁海氏の御論「論徐陵玉台新詠序」（「中国詩歌研究」第四輯　二〇〇七）によると、ここでの対偶には、もっと巧緻な技巧がしくまれているという。すなわち「寵聞」の聯は、麗人の美しさが、女性（陳后と閼氏）のあいだにひきおこした反応であるのに対し、「東鄰」の聯は、男性（天子）のあいだにひきおこした反応であるという。おなじく「寵聞」二句は、漢民族の女性の反応であるのに対し、「画出」二句は、塞外民族の女性の反応である。そして「東鄰」の聯中の「更衣↔甲帳」の対応は、きたないもの（「更衣」は洗面所、つまりトイレの意である）ときれいなもの（「甲帳」は高貴なとばりである）とを対置したものである——と。いわれてみれば、たしかに朱氏の指摘はなるほどとおもわれ、おそらく徐陵もそうした意図でもって字句を配したのだろう。わずか二聯のなかに、徐陵はこれほどの意匠をこらしているのである。

さて、考察が初二聯に集中したが、「陪游」以下の修辞技巧もみてゆこう。この部分は、麗人たちが宮中の宴席にはべって、天子たちのまえで歌舞を披露する場面である。ここでは典故をあまり使用せず、歌舞の動きをえがいた叙述がつづく。まず「陪游」の聯は、舞（上句）と歌（下句）とで対偶をなしている。視覚（騁繊腰）と聴覚（奏新声）の対応がなかなか巧妙だ。つづく「妝鳴蟬」「反挿」「南都」の三聯は、麗人の容姿や化粧具を接写したもの。「頭髪 ↓ 頭髪のなかの」かんざし ↓ 眉・えくぼ」と、しだいに焦点を微細な箇所へしぼってゆく叙法に注意しよう。つづく「嶺上」「金星」の二聯では舞踊ぶりや吹奏ぶりをえがき、「鷲鸞」の聯では麗人たちの軽快な動作を叙している。

ここでは、対偶と錬字のくふうに着目してみよう。対偶中で対比されている語、たとえば「鳴蟬↕堕馬」「金鈿↕宝樹」「南都石黛↕北地燕支」「双蛾↕両靨」などは、髪型や化粧に関するいわば女性語というべきことばである。これらのことばは錬字の技法によったものだ。こうした女性専用のことばを、なぜ男の徐陵がしっているのか、疑問におもわれるかもしれない。それはこうした用語が、当時流行していた艶詩の常用の語であったからである。文会などで即興的に艶詩をつくるさい、すぐつややかな詩句がつくれるよう、徐陵らはこの種の語彙を脳裏にたくわえていたのだろう。

さらに注目したいのは、美麗な女性語（名詞）のあいまに挿入された動詞ふう字句である。「騁《は》せる↕奏す」「妝《よそお》う↕照らす」「反《かえ》して挿《さ》す↕横ざまに抽《ぬ》く」「最も発《ひら》く↕偏えに開く」「時に飄す↕宜しく結ぶ」など。これらの動詞ふう字句が、女性語のあいだに挿入されることによって、歌舞をなす麗人たちの動きが、さまざまな視点やアングルからヴィヴィッドに描写されている。しかもその描写は、とおくからも、ちかくからもおこなわれ、また視覚だけでなく聴覚（さらに嗅覚）にもうったえているのだ。

こまかくみてみよう。徐陵はまず、麗人が細腰をくねらせ美声をかなでるようすを、すこし遠方から「騁《は》せる↕奏す」という動詞で対比的にえがく。そして歌や舞をなす彼女らに接近してゆき、「鳴蟬」や「堕馬」などの髪型に焦点をしぼるや、その華麗さを「妝《よそお》う↕照らす」とあざやかに印象づける。こうした耳目、遠近からの多様な描写があればこそ、つぎの聯中で、黒髪中の「金鈿」や「宝樹」を「反《かえ》して揷《さ》す↕横ざまに抽《ぬ》く」ようすが、明確にクローズアップされてくるし、麗人の「双蛾」や「両鬢」が「最も発《ひら》く↕偏えに開く」場面が、いきいきと眼前にせまってくるのである。そのためだろう、この躍動感のある描写をよみおわるや、歌舞をなす麗人たちのあでやかな姿だけでなく、その色香まで、そこはかとなくただよってくるかのようだ。

さて、ここまで第二段の文章を精細にみてきたが、ここの麗人の描きかたは、当時はやった艶詩の人物描写と似ていることに注意しよう。中国の帰青氏は『南朝宮体詩研究』（上海古籍出版社　二〇〇六）において、艶詩の人物描写には三つの特徴があると指摘された。すなわち、

・舗排（上下や左右のように対称的に、そして四句以上にわたって描写する）
・抓特徴、写細節（特徴をとらえ、細部まで描写する）
・細膩委婉的心理描写（こまやかで婉曲な心理を描写する）

の三つである（一六七～一七八頁）。右の文中の「陪游馺娑」以下の行文は、そのうちの「舗排」と「抓特徴、写細節」の特徴をおりまぜたものとみなせようし、また「寵聞長楽」の聯は「不平」「遙妒」の語で、「細膩委婉的心理描写」の特徴をあらわしているといってよかろう。つまり序文中の麗人像の描きかたは、艶詩中のそれによく似ているのだ。このことは記憶されておいてよい（後述）。

以上、「玉台新詠序」中の各様の修辞を検討して、行文の美文ぶりを確認してきた。四六、対偶、声律、典故、錬字などが、たくみに使用されていたことが了解できたことだろう。序文の行文が修辞的に卓越した美文であることは、いまさらいうまでもないことだが、あらためてその巧緻な修辞ぶりがうかがえたようにおもう。

## 二　才色兼備の麗人

こうした「玉台新詠序」を的確に評価するためには、内容も考察せねばならない。ここからは「玉台序」の内容にわけいって検討してゆこう。この序文の内容は、一言でいえば「玉台にすむ麗人が、詩集を編纂した」というものである。こまかくいえば、前半（第一～三段）で「玉台にすむ麗人」のようすをえがき、後半（第四～六段）でその麗人が「詩集を編纂した」ことを叙している。この節では、前半の「玉台にすむ麗人」について、女性としてのイメージを明確にしてゆこう。

序文中の麗人は、第一に、才色を兼備した女性としてえがかれている。まず才色のうちの「色」（美貌）は、この序文のあちこちで、さかんに強調されている。さきにみた「至若寵聞長楽」云々が、まさに「色」の卓越を叙した例だったのだが、右の引用直後にまとめふうに布置されるのが、

┌雖非図画、入甘泉而不分、　真可謂┌傾国傾城、
└言異神仙、戯陽台而無別。　　　　└無対無双者也。

こうした麗人たち、［漢武帝に寵愛された李夫人のように］肖像画はかかれてないが、甘泉宮にはいればその画とみまがうほど美麗だし、［楚の王とちぎった］神女とは別人なのだが、陽台でたわむれれば区別できないほど

うつくしい。まことに傾国傾城にして、天下無双の美女というべきだろう。

の二聯である。すぐまえでは麗人を陳后や閼氏、東鄰の美女、西施などになぞらえていたが、ここでは李夫人と神女に比擬している。そしてそのうえで「傾国傾城」にして、「無対無双」の美しさだという。まさに、たいへんな称賛ぶりである。

玉台の麗人たちは、かく「色」がすばらしいだけでなく、「才」（才能）もそなわっている。どのようにそなわっているのかというと、

○［第一段］
弟兄協律、生小学歌、
少長陽阿、由来能舞。
琵琶新曲、無待石崇、
箜篌雑引、非関曹植。
伝鼓瑟於楊家、
得吹簫於秦女。

彼女らは、音楽家が兄弟だったので、幼少のころから歌をまなんできたし、陽阿の家で成長したので、もとから舞だっておどれる。だから琵琶の新曲は、石崇に依頼する必要がないし、箜篌《くご》の雑曲も、曹植につくってもらうこともない。さらに瑟の演奏は楊家のごとき［鼓瑟の］名門で腕をみがき、簫の演奏も秦女のごとき妙手からまなんできている。

○［第三段］加以
天時開朗、
逸思雕華。
妙解文章、
尤工詩賦。
琉璃硯匣、終日随身、
翡翠筆牀、無時離手。

くわえるに、天稟すぐれ、才能もゆたかなので、文学をきちんと解し、詩賦の創作もたくみである。瑠璃《るり》の硯箱はいつも身辺におき、翡翠《ひすい》の筆おきも手からはなさない。

というふうにだ。第一段の歌舞にひいでているというのは、それほどめずらしくないが、第三段のほうは注目せねばならない。つまり麗人は文学を解し、さらに詩賦の創作もたくみにこなすというのだ。このように玉台の麗人は才色、

つまり美貌と才能（文学の才）を兼備した女性なのである。

第二に、その麗人は生身の女性としての感情や生活感を、ほとんどもちあわせていない。唯一、麗人の悩みとしてえがかれるのが、なんと「たいくつ」なのである。それは第四段に、

　三星未夕、不事懐衾、　優遊少託、　厭長楽之疏鐘、
　五日猶賖、誰能理曲。　寂寞多閑。　労中宮之緩箭。

麗人たちは、三星がまたたく夕暮にならぬので、夜具をもって寝《しん》に御する必要もないし、五日ごとのお勤めもまだ間があるので、琴曲をおさらいする者もいない。ただのんびりするだけで憂さばらしもなく、ものさびしくて時間をもてあます。おかげで夜半、長楽宮で間どおくなる時鐘をきくのもいとわしいし、中宮の水時計の［目盛りをきざんだ］箭をみるのもうっとおしい。

と叙されている。この麗人たち、序文中では貴妃とか婕妤などの身分が明確でないので、玉台中でどんな職務があったのかは不明だが、下ばたらきの侍女のごとき多忙さはなかったのだろう。かなり時間をもてあましているようだ。

ただ、この「たいくつ」というぜいたくな悩み、序文全体からみると、

　たいくつだ　↓　詩でひまつぶししたい　↓　『玉台』を編纂しよう

というふうに推移し、『玉台新詠』編纂の動機となっていることに注意しよう。つまり、この「たいくつ」は真の悩みなのでなく、麗人に『玉台』編纂をうながすための、いわば「つくられた悩み」なのだ。このように序文中の麗人は、深刻な悩み（貧困、病苦、閨怨、望郷など）を感じることなく、ただ時間をもてあましているだけという、不自然な存在なのである。

序文中の麗人で第三に注目したいのは、儒教ふう婦徳に合致していないということだ。すなわち、玉台の麗人たち

は才色兼備ではあるが、逆に君子の好逑《こうきゅう》とか多産とか、あるいは貞順や節義のごとき、儒教ふう徳目を有していない。それどころか彼女らは、とうぜんできてしかるべき女功（砧《きぬた》打ちや機織《はたお》り等の女性の仕事）さえ、できないのである。

織腰無力、怯南陽之擣衣、
生長深宮、笑扶風之織錦。

くわえて細腰で力もないので、南陽の砧打ちの音にもおびえるし、深宮で成長したので、扶風の錦織りの女功をみてもわらうだけ［で、自分ではようしない］。

この砧打ち（擣衣）や機織り（織錦）などは、女性の手仕事の代表的なものだ（第四段）。儒教の教えでは、たとえば『詩経』周南葛覃の毛伝に「后妃は父母の家に在りては、則ち志は女功の事に在り」とあるように、后妃でさえ［形式的にではあっても］こうした仕事をなすべきだとされていた。それなのに麗人たちは、「細腰で力もないので、南陽の砧打ちの音にもおびえるし、深宮で成長したので、扶風の錦織りの女功をみてもわらうだけ」で、自分ではようしないのである。いくら才色兼備だといっても、こんなふうでは具合がわるいのではないか。この『玉台新詠』は宮教、すなわち後宮内の礼教をおしえる書としてつくられたという議論もある（許雲和「解読玉台新詠序」〈烟台師範学院学報二〇〇五―一〉、同「南朝宮教与玉台新詠」〈『文献』一九九七―三〉など）。だが、かく女功もできぬ［と設定されている］ようでは、宮教の書とはなりにくいのではあるまいか。

ついでながら、玉台の麗人は道教ふうな仙女でもない。この序文ではしばしば、麗人を仙女になぞらえている。たとえば、その舞姿を叙しては「嶺上仙童、分丸魏帝」（魏文帝に［身がかるくなる］丸薬をあたえたという嶺上の仙童をおもわせる、の意）と嶺上の仙童にかさね、その美貌を叙しては「言異神仙、戯陽台而無別」（［楚の王とちぎった］仙女とは別人なのだが、陽台でたわむれれば区別できないほどうつくしい、の意）と仙女にみまがう、とかたっている（ともに第二段）。さ

らには完成した『玉台新詠』の書物を、

　　霊飛六甲、高檀玉函、
　　鴻烈仙方、長推丹枕。

西王母からさずけられた「霊飛六甲」の書のように、玉函にいれて高所に秘し、劉安がもっていた「鴻宝仙方」のごとく、ずっとあかい枕のなかに蔵しておく。

と道教の秘書になぞらえて、たいせつに蔵するとのべている（第六段）。それでも徐陵は、けっして「麗人＝仙女」とみなしているわけではない。右でみたように麗人は、［才色兼備ではあるが］無聊にくるしんでいる宮廷の女性にすぎない。仙境の出身でも、不老不死の術を体得しているわけでもないのだ。では、なぜ麗人を仙女になぞらえ、『玉台』を道教の秘書に擬するのかといえば、それは要するに、文章の飾りとしてそうした比喩や用語を使用して、豪華さや神秘的雰囲気をかもしだそうとしているだけなのである。

　ここまで、「玉台序」中の麗人イメージを検討してきた。まとめてみると、序文中の麗人は、才色を兼備した女性だ。美貌（色）はもちろんのこと、歌舞や文学の道（才）にもひいでている。ただ生身の感情や生活感を有しておらず、悩みといえばたいくつなだけ。さらに、儒教で重視される女功の仕事はいっさいできないし、また道教ふうな語彙で装飾されるが、［たとえば不老長生などの］特別な仙術を体得しているわけでもない――ということになろう。

　こうした麗人像は、それ以前に理想視されてきた伝統的（つまり儒教的）な女性とは、そうとうちがっている。そもそも、これ以前に女性をえがく場合、才色兼備はあまり強調されなかった。伝統的な考えかたでは、文学的才能は強調されなかったし、容色の美しさもそれほど重視されなかった。

　それどころか、容色の美にいたっては、淫風のもとだとして、否定されることがおおかった。たとえば、女色へのあこがれを叙した文学として、「定情賦」系の諸作がある。これらの作では、女性のさまざまな魅力や美しさをえがいて、［男性］読者のあこがれや妄想をさそうのだが、一篇の最後では「いやいや、こんな美女にまどわされてはならぬ。正道へかえろう」と反省しておわるのが定式である。たとえば陶淵明「閑情賦」をあげてみれば、やはり美女へのさまざまなあこがれや妄想を叙しているが、その末尾は、

迎清風以祛累、寄弱志于帰波。尤蔓草之為会、誦邵南之余歌。坦万慮以存誠、憩遙情于八遐。

清風にふかれて妄想をふりきり、迷いを川波にすてさろう。密会の詩をしりぞけ正道の歌をうたおう。悩みをうちあけて誠実さをしめし、わが恋心を天空にしずめることにしよう。

と、礼儀ただしく一篇をとじている。

では伝統的な考えでは、どんな女性が理想だとされたのだろうか。たとえば『礼記』昏義では、婦徳（貞順）、婦言（よき言葉づかい）、婦容（よき身なり）、婦功（家事）の四つが、女性の有すべき四つの徳としてあげられている。そうした理想的な女性をかたったものとして、たとえば『晋書』巻九十六列女伝の冒頭をあげてみよう。

夫三才分位、室家之道克隆、二族交歓、貞烈之風斯著。振高情而独秀、魯冊於是飛華、挺峻節而孤標、周篇於焉騰茂。徽烈兼劭、柔順無愆、隔代相望、諒非一緒。然則虞興嬀汭、夏盛塗山。有娀有新、女広隆殷之業、大姙大姒、衍昌姫之化。馬鄧恭倹、漢朝推徳。宣昭懿淑、魏代揚芬。斯皆礼極中闈、義殊月室者矣。

天地人がその役割をわけて実行すれば、夫婦の道がとてもさかんになるし、二つの一族がよしみを通じれば、貞烈の気風があきらかとなるものだ。女性が気だかい心をもち秀逸であれば、魯冊はこれを称賛するし、節操がぬきんで卓出していれば、周篇でたたえられることになる。立派な行いをおおくこなした女性、柔順にして過ちがない女性など、すぐれし女性が各代におおく出現し、まことに一様ではなかった。たとえば舜帝は嬀汭

のおかげで王朝をおこし、夏は塗山氏のおかげでさかんになり、有娀氏と新女は殷の盛時を現出し、大姙と大姒は周の王室をさかんにした。馬后と鄧后がひかえめだったので、後漢の徳望はかえってひろまり、卞后（宣）と甄后（昭）が貞淑だったので、魏代は誉れをあげた。これらは内宮で礼をつくし、閨房で正道をおこなった女性たちである。

ここの議論において、女性の徳目としてあげているのは、「気だかい心をもち秀逸である」（振高情而独秀）、「節操がぬきんで卓出している」（挺峻節而孤標）、「立派な行いをおおくこなす」（徽烈兼劭）、「柔順にして過ちがない」（柔順無愆）、「ひかえめだ」（恭倹）、「貞淑である」（懿淑）——などである。当時の女性たちは、これらの美質によって、「間接的に」夫の経世済民の事業によき影響をおよぼし、内助の功をあげることを、期待されていたのだ。中国では伝統的に、こうした女性が理想だとされていたのであり、容色がすぐれることや文学的才能がすぐれることなどは、必須の資質ではなかった。その意味で玉台の麗人は、儒教的世界ではなく、六朝の艶情文学のなかでのみ珍重される女性像だったとしてよかろう。

## 三　謙虚な姿勢

つづいて、序文中の「玉台にすむ麗人が、詩集を編纂した」のうち、後半（第四～六段）の「詩集を編纂した」ことについて、その特徴をみてゆこう。

第一に、この編纂行為は伝統的な「文学を政教に役だたせる」の発想とはちがった動機で、なされていることを指摘すべきだろう。麗人たちがこの詩集『玉台新詠』を編纂した動機はなにか。それは［序文の記述によれば］、勧善懲悪や経世済民に役だたせるためでなく、［たいくつゆえの］ひまつぶしのためだったという。

無怡神於暇景、庶得 代彼皐蘇、但 往世名篇、 分諸麟閣、 不藉篇章、
惟属意於新詩。 蠲茲愁疾。 当今巧製、 散在鴻都。 無由披覧。

於是 燃脂瞑写、選録艶歌、凡為十巻。
弄筆晨書。

このように麗人たちは、たいくつなときは憂さをはらすものもないので、もっぱら新体の詩の創作に心をよせる。そしてあの皐蘇の草にかわって、無聊をなぐさめてほしいとねがうのだ。だが［作詩の参考にする］往時の名篇や当今の佳作は、麒麟閣に分散し、また鴻都館に散在している。そこから書物をかりだしてこないかぎり、披覧しようにもその術《すべ》がない。そこで彼女らは、灯をともして夜に書写し、筆を手にして朝もかきつづけた。かくして艶歌を選録して、すべて十巻にまとめたのである。

この第五段で徐陵は、はっきりと「たいくつなときは憂さをはらすものもないので、もっぱら新体の詩の創作に心をよせる。そしてあの皐蘇の草にかわって、無聊の苦しみをいやしてほしいとねがう」とのべている。この部分をよむかぎり、麗人たちはひまつぶしのために『玉台』を編纂したと断ぜざるをえないだろう。

じっさい、完成後の『玉台』はそのようなもの、つまりひまつぶしとして利用されたようだ。すなわち第六段には、

至如 青牛帳裏、余曲既終、方当 開茲縹帙、 永対玩於書幃、
朱鳥窗前、新妝已竟、 散此條縄、 長迴圏於繊手。

青牛が刺繡された帳のなかで曲を奏しおえたころ、朱鳥の南向きの窓辺で化粧がおわったあと、麗人たちはこの艶詩集の書帙をあけ、その紐をほどく。そして書斎でながいことなでまわし、繊手でいつまでもめくりつづ

けるのだ。

とある。麗人たちは、演奏や化粧をおえたあとの余暇に、「この艶詩集の書帙をあけ、その紐をほどく。そして書斎でながいことなでまわし、繊手でいつまでもめくりつづけ」ている。この部分、いま現に「このようによまれている」のか、将来的に「このようによまれるはず」なのか、そのあたりは明瞭でないが、いずれにせよ完成した『玉台』は、右のごとくひまつぶしとして利用されている（あるいは、されるはず）のである。

このひまつぶしの詩集というものは、従前の中国文学の伝統ではありえなかったものだ。そもそもおい古代、詩というものは、民衆や無名の詩人たちの口から発せられた、素朴な哀楽の表白だったろう。ところが儒教の考えでは、為政者はその詩でもって民衆を教化し、また民衆はその詩でもって為政者を諷刺する、とされた。つまり間接的ではあるが、詩というものは、教化や諷刺によって広義の政治に役だたせることができ、そうであればこそ、価値あるものとして存立できるものなのであった。

ところがこの「玉台新詠序」では、そうした伝統的な考えかたはしていない。麗人たちが編した詩集は、ひまつぶしにすぎぬものであり、貴人に供奉するいとまに「書斎でながいことなでまわし、繊手でいつまでもめくりつづける」ものなのだ。為政者を諷するとか、政治や教化に役だたせるとか、そんなことには一顧だにしていないのである。

もっとも、こうしたひまつぶしの文学という考えかたは、この『玉台新詠』がはじめてではない。六朝では、「文学は政教に役だつべし」の考えはかなり公式的なものになっており、あそびや娯楽のために詩文をつくることがおおかった。とくに修辞主義文学が盛行し、文会で韻や時間をかぎっての五言詩競作が盛行した六朝後期になると、詩にも娯楽や遊戯ふう性格がもとめられるようになったのだった。

真摯な詩文集として、しばしば『玉台』と対比される『文選』でさえ、そうした遊戯的性格と無縁でない。編者た

る蕭統によれば、文学というものは、

（原文は第七章を参照）

これら［文学］の諸ジャンルは、たとえれば塤と篪はちがう楽器だが、ともに耳にここちよく、また黼《ほ》と黻《ふつ》とはことなった模様だが、ともに目をたのしませることができるようなものだ。作者がかたらんとする趣旨は、これらによって表現できるようになった。

というものであった。蕭統は文学の諸ジャンルを、「ともに耳にここちよく」「ともに目をたのしませることができる」ものだとかたっている。こうした発言は、「文学作品の目的は娯楽に在ることをいった」（小尾郊一「昭明太子の文選序」〈『真実と虚構—六朝文学』所収　汲古書院　一九九四〉）ものとみなしてよかろう。

さらに、蕭統は『文選』の編纂事情について、

（原文は第七章を参照）

私は監国撫軍のあいま、余暇がおおかったので、詩文の苑にわけいり、詞藻の林をめぐった。そして、心は文学の世界にあそび、目は詩文の内容をおもいうかべ、日がかたむいてもあきることがなかった。周や漢よりこのかた、はるかに時がへだたり、王朝は七代もかわり、歳月は千年もすぎた。その間に出現した詩人や才子は、その名前が書物にあふれ、彼らがつくった名篇や佳什は、書帙のなかに充満している。蕪雑な作をとりのぞき、秀逸な作をあつめねば、いくら努力しても、その大要に通じることはむつかしい。

ともかたっている。これによると、格式たかき『文選』であるが、じつは太子が「余暇がおおかった」うえ、「日がかたむいてもあきることがなかった」ほど文学がすきだったという事情によって、つくられたものだったようだ。すると『文選』編纂の動機をつきつめていえば、太子の個人的趣味（文学好き）を満足させるためだったことになろう。

このようにみてくれば、『玉台新詠』の「麗人たちのひまつぶし」という動機とて、『文選』とそれほど違いがあるわけではなかった。この時期には、儒教の羈絆《きはん》からはなれて、「政教に役だつ」や「勧善懲悪」などの公式めいた発言をしなくてもよい風潮が、有力になっていたのだろう。そうした遊戯的な風潮に棹さすようにして、徐陵のひまつぶし発言もでてきたのだろうと推察されるのである（拙著『六朝の遊戯文学』第一四章も参照）。

第二に、詩集の序文にありがちな、シリアスな文学論を展開していないこともあげておこう。たとえば、やはり「文選序」を例にとれば、作者の蕭統は「詩文の娯楽性をかたるいっぽうで」、文学が発生した由来をかたり、また各ジャンルが発展していった経緯を叙している。そして屈原の潔白さを強調したり、『詩経』の風雅の伝統をたたえたりしている。たとえば、風雅の伝統を称賛したくだりを紹介すれば、

詩は志の動きを叙したものだ。ひとの感情が心中でうごき、それをことばに表現するのである。「関雎」「麟趾」の詩には、王道の基礎をただす道すじがしるされ、「桑間」「濮上」の詩には、亡国の音楽が表現されている。かくして詩の風雅の道は、燦然とかがやいたのである。

（原文は第七章を参照）

というものだ。このあたり、なかなか格調たかい議論だといってよい。こうした議論をふまえてから、有名な「事出於沈思、義帰乎翰藻」（内容はふかい思索から出発し、表現は華麗な美文に帰着している、の意）という作品採録の方針をかたってゆくのである。このように『文選』は、編纂の動機は『玉台』とたいしてかわらなかったにしても、その文学への姿勢は伝統的で真剣なものだったのである（拙著『六朝の遊戯文学』第十一章を参照）。

ところが「玉台新詠序」では、そうした文学論ふうの記述はほとんどみつからない。「玉台序」中で文学論といえそうな箇所は、

○［第五段］曾無参於雅頌、涇渭之間、若斯而已。
亦靡濫於風人。

この詩集は、『詩経』の雅頌に接近したものでもないし、また国風の詩人の道［の尊厳さ］をみだすものでもない。にごった涇水ときれいな渭水のごとき明確な相違が、まさに『玉台』『詩経』両者の関係なのである。

○［第六段］豈如鄧学春秋、儒者之功難習、固勝西蜀豪家、託情窮於魯殿、
竇専黄老、金丹之術不成。東儲甲観、流詠止於洞簫。

鄧后は『春秋』をまなんでも、儒者としての功業を完成できなかったし、竇后も黄老をこのんでも、長生の術を修得できなかったが、この『玉台』の書はそれほど難解なものではない。また西蜀の権門でも、せいぜい侍婢に「魯霊光殿の賦」を誦読させるほど［のぜいたく］にすぎなかったし、また東宮の宮殿でも、せいぜい「洞簫賦」を誦させるほど［の気ばらし］にすぎなかったが、それよりはずっとたのしくよめるものだ。

ぐらいにすぎない。前者は『玉台』が『詩経』を害するものでないと弁解したもの、後者は『玉台』の詩歌が平易でたのしいものだとかたったものであり、ともに本格的な文学論とよべるようなものではない。これを「文選序」のさきの議論とくらべたら、そうとう径庭があるというべきだろう。

第三に、序文の語り口が謙虚であり、卑下ふうの姿勢がめだつことも指摘しておこう。右の「この詩集は、『詩経』の雅頌に接近したものでもないし」云々が、そもそも弁解めいた発言である。そのほか、編纂動機が経済や勧懲のためでなく、ひまつぶしだと明言していること、編者が男性の著名文人でなく麗人、つまり後宮の女性だとしていること、そしてあつめられた諸篇が非難をあびやすい艶詩の類であること——などの特徴も、『玉台新詠』が本格的な詩集ではありえず、卑下すべきものであることを示唆している。そしてそうした性格は、徐陵もじゅうぶん自覚していた

ようだ。彼は序文の最後で、つぎのようなことばをもらしている。

孌彼諸姫、聊同棄日。
猗歟彤管、無或譏焉。

うつくしい麗人たちが、これでちょっとひまつぶしをしようとするのだ。あぁ、あの赤筆をもった女史も、これをそしることはなさるまい。

この冗談めかした発言こそ、徐陵［や徐陵に編纂を命じたとされる蕭綱］の本音だったのではないか。「あの赤筆をもった女史も、これをそしることはなさるまい」。このことばは、徐陵が『玉台新詠』を［たとえば『文選』とならぶような］堂々たる詩集だとおもっていなかったことを示唆するものだ。私見によれば、ここの「赤筆をもった女史」（原文「彤管」）とは、梁武帝をはじめとする、当時の［艶詩をこのましくおもわぬ］貴人たちを暗示するのではないかとおもう。つまり徐陵は、武帝たちに「こんな艶詩集をつくりましたが、どうか私をしからないでください」と詫びをいれているのだろう（『玉台新詠』に武帝や有力者たちの篇を採録していることは、一種の懐柔策だったのではないか）。こうした言いわけをつづらねばならぬこと自体、この『玉台新詠』の編纂行為が正統的なものでなく、かるいあそびにすぎぬことを、ものがたっているようにおもわれるのである。

さて、ここまで「玉台新詠序」の修辞と内容を検討してきた。このあたりで、「玉台新詠序」の価値について、なんとか評価をくだすことができそうだ。すなわち、「玉台序」は修辞的に卓越した美文でかかれているが、内容的には「玉台にすむ麗人が、詩集を編纂した」と叙したものにすぎない。しかもその主眼は、麗人の才色兼備ぶりや文学のひまつぶし効用をかたるほうにあって、特段の文学的主張（たとえば艶詩の文学的価値をたかく称揚するなど）をおこなったものではない。その意味で、一篇の作品としてみたとき、「玉台序」は中身（文学的主張）がとぼしくて外面《そとづら》の美しさ（修辞）ばかりがめだつ、あそびふうの文章である――と評してよかろう。

## 四　幸福な一致

そうした「玉台新詠序」の文章であるが、じゅうらい意外なほどたかい評価をうけてきている。過去の主要な評言をあげてみよう。

○［古文奇賞巻一四陳仁錫評］繡口錦心、又香又艶。文士浪称才情、顧此応愧。

［この序文は］錦繡のごとき華麗な字句であり、香りたかく艶麗である。［現今の］文人たちはたがいに才情をたたえあっているが、この作をみればきっとはずかしくなることだろう。

○［徐孝穆集箋注引斉召南評］雲中彩鳳、天上石麟。即此一序、驚才絶艶、妙絶人寰。序言「傾国傾城、無双無対」、可謂自評其文。

［この序文は］雲中の鳳凰か、はたまた天上の麒麟というべきか。この一作だけでも、艶麗さはひとを驚嘆させ、世に妙絶するものだ。文中に「傾国傾城にして、無双無対なり」という一節があるが、これはこの序文を評したものでもあろう。

○［四六叢話巻二〇孫梅評］玉台新詠、其徐集之圧巻乎。美意泉流、佳言玉屑。其爛熳也、若蛟蜃之嘘雲、其鮮新也、如蘭茝之集翠。洵足仰苞前哲、俯範来茲矣。

玉台新詠序は徐陵集のなかの圧巻といえよう。うるわしき内容が泉のごとくわきでて、華麗な字句は玉のようにうつくしい。その爛熳たるさまは、蛟蜃が雲をはきだすようで、その新鮮なさまは、蘭茝が鬱蒼としげったかのよう。過去の文人の成果を吸収し、後代の文人に範をたれるものである。

○［六朝文絜巻八許槤評］駢語至徐庾、五色相宣、八音迭奏、可謂六朝之渤澥、唐代之津梁。而是篇尤為声偶兼到之作、煉格煉詞、綺綰繡錯、幾於赤城千里霞矣。

美文は徐陵や庾信にいたると、五色がたがいに輝きを発し、八音が調和するようになった。六朝を集大成し、唐代へ橋渡しした文章だといえよう。この序文はとりわけ声律や対偶が完備している。風格や字句は洗練され、きらびやかに交錯して、赤城山が千里までかすんでいるかのようだ。

いずれの批評も、文辞の卓越ぶりを盛大にたたえている。なかでも孫梅の「うるわしき内容が泉のごとくわきでて、華麗な字句は玉のようにうつくしい」（美意泉流、佳言玉屑）の評言は、内容と形式の両面から絶賛したものである。いっぽう、ふしぎなのは明の陳仁錫の評言である。この『古文奇賞』は、標題からみると古文の選集だろう（未見）。さらに「繡口錦心」の語は、美文批判を寓した柳宗元「乞巧文」の「駢四驪六、錦心繡口、宮沈羽振、笙簧触手」（四六の句をならべ、錦繡のごとき華麗な字句をつづり、音調もととのい、笙簧を手に奏するかのようだ、の意）をふまえたものだから、「玉台新詠序」を批判してもよさそうなものだ。ところが、なぜか「この作をみればきっとはずかしくなることだろう」と褒辞に終始している。このように過去の文学批評では、艶詩集たる『玉台新詠』本体は批判されることはあっても、序の文章それ自体は好意的に評されてきたとみなしてよさそうだ。

現代的視点からみれば、この「玉台新詠序」は修辞こそ卓越するが、内容的にはとるにたりないと評されてもしかたがあるまい。そうした作が、なぜ「修辞ばかりで内容にとぼしい」とか、「シリアスな文学的主張がない」とかの批判をあびることなく、かく称賛をうけてきたのだろうか。

私見によれば、この徐陵「玉台新詠序」の文章では、文体（美的な四六駢儷文）と内容（麗人の賛美）とが幸福な一致をしめしている。そのため一篇の作品としてみたとき、全体的にバランスがよくて、混乱やちぐはぐさを感じさせぬ、たかい完成度を有していたからだろう。

いったい文体というものは、それぞれもっとも得意とする内容（具体的には題材や分野など）があるものだ。たとえば散体の文は、名君や英傑が活躍する歴史を叙するのに適しているし、小説のスタイルは、怪異なできごとを記述するのにふさわしい。また四言の詩は、儀礼的な宮廷楽府をつづるのにうってつけだし、五言の詩は、文会で軽妙な応酬をするのにぴったりだ。いっぽう、つよい感情的表現を叙したければ、「兮」字をつかった辞賦の体が都合がよいし、壮大な都邑や狩猟を賛美するには、散体大賦が強みを発揮することだろう。

その伝でいえば、華麗な美女をえがいたり、泰平の治世を慶賀するには、美文のスタイルがもっともふさわしい。つまりこの徐陵「玉台新詠序」では、もっとも適した内容が、もっとも適した文体で叙されているのだ。かく文体と内容とが高度なレベルで幸福な一致をしたとき、その作が甘言や浮辞に終始していたとしても、空疎や諂諛などの批判をだまらせるほどの、輝かしさが生じてくるのである。

では、文体と内容が幸福な一致をしているとは、具体的にはどうした行文をいうのか。そして「玉台新詠序」においては、どのような文章をさすのだろうか。すると、「玉台序」のつぎのような一節があげられよう。

○［第一段］夫
凌雲概日、由余之所未窺、
千門万戸、張衡之所曾賦。
周王璧台之上、
漢帝金屋之中、
玉樹以珊瑚作枝、
珠簾以玳瑁為押。

玉台の大厦たるや、雲をしのぎ太陽もかくすほどで、由余もみたことがなかったほどだし、その門戸が千万とつらなるさまは、張衡が「西京賦」で詠じたのとおなじぐらい豪勢だ。あたかも周の穆王が盛姫にあたえた華美な台上をおもわせ、漢の武帝が阿嬌をすまわせようとした金屋を連想させる。そこの庭の玉樹は珊瑚《さんご》の枝をのばし、白珠の簾は玳瑁《たいまい》を軸にしている。

○［第六段］於是麗以金箱、装之宝軸。三台妙跡、龍伸蠖屈之書、五色華箋、河北膠東之紙。高楼紅粉、仍定魚魯之文、辟悪生香、聊防羽陵之蠹。霊飛六甲、高檀玉函、鴻烈仙方、長推丹枕。

そこで黄金の箱をそなえ、宝玉の軸で巻物にしたてた。蔡邕をおもわす妙跡は、龍伸や蠖屈《かくくつ》の書体を駆使し、石虎がつかったという五色の華箋は、河北や膠東の紙でできたもの。高殿の美女をおもわす麗人は、魯魚の誤りに留意して書写してきたし、悪気をはらう芸香は、書庫にいる紙魚をふせいでくれるはず。西王母からさずけられた「霊飛六甲」の書のように、玉函にいれて高所に秘し、劉安がもっていた「鴻宝仙方」のごとく、ずっとあかい枕のなかに蔵しておく。

一例目は、玉台を紹介した部分だが、巨大かつ豪華な建物としてえがかれているのに注目しよう。その巨大さぶりは、『史記』秦本紀の由余の故事をふまえて賛嘆され、また張衡「西京賦」の叙述をひきあいにだして強調されている。そして麗人がすむ各房は、周穆王や漢武帝のロマンスを背景にして、豪華かつ絢爛なものだという。さらにその調度は、『漢武故事』の故事に由来する「玉樹」「珊瑚」「珠簾」「玳瑁」などの麗語を使用して、あたかも仙界のごとくえがかれている。このようにこの部分は、巨大さや豪華さ（内容）が、典故や麗語によってよそおわれつつ、さらに対偶によって整然と叙されているのだ（文体）。つまり文体と内容とが協力して、巨大さや豪華さをもりたてているのである。

つぎの二例目でも、対偶構造のなかで、華麗な語が点綴されている。「金箱」「宝軸」などの高価そうな装飾具、「龍伸蠖屈之書」「河北膠東之紙」などの精良な書体や箋紙、「高楼紅粉」「辟悪生香」などによる周到な校訂ぶりや虫害の予防ぶり。そして「霊飛六甲」「鴻烈仙方」などの神秘性をただよわす書物。これらのきらびやかな語を対比的に布置しつつ、完成した『玉台新詠』を丁重にとりあつかうようすが叙されている。ここでも、華麗な修辞（文体）とあでやかな艶詩集（内容）とが、幸福な一致をしめしているのに注目しよう。こうした行文こそ、もっとも適した内容が、もっとも適した文体で叙されたものといってよい。

もう一例、やはり美文が強みを発揮する、泰平の治世を慶賀した文章として、こんどは「玉台序」以外の例をしめしてみよう。それは鮑照「河清頌」の一節である。南朝宋の元嘉（四二四～四五三）中のこと、黄河と済水の流れがすみわたるという、珍奇な現象が発生した。人びとがこれを「美瑞《びずい》と為」すのをみた鮑照は、これこそ立身の好機なりととらえたのだろう。彼は、この現象を天人合一の理屈にむすびつけ、「河清頌」という一世一代の大作をつづった。そしてそのなかで、宋の世祖こと文帝（在位四二四～四五三）の治世を大仰に称賛したのである。以下に、その序文の一節を紹介しよう。

自我皇宋之承天命也、┌仰符応龍之精、君図帝宝、粲爛瑰英。固以┌業光曩代、
　　　　　　　　　　└俯協河亀之霊、　　　　　　　　　　　　　└事華前徳矣。

聖上天飛践極、迄茲二十有四載。┌道化周流、┌地平天成、含生阜熙、┌曜徳中区、黎庶知譲、
　　　　　　　　　　　　　　　└玄沢汪濊。└文同軌通、表裏釐福。└観英遐外、夷貊懐恵。

┌秩礼卹勤、散露台之金、┌約違迫脅、┌讌無留飲、┌物色異人、┌顕靡失心、
└賑民舒国、傾御邸之粟。└奢去甚泰。└畋不盤楽。└優游鯁直。└幽無怨魄。

わが宋朝が天命をうけてから、天上では応龍の精があらわれ、地上では河亀の霊が出現し、河図洛書のごとき秘宝は、絢爛とかがやいております。これは治績が過去よりもかがやき、経世が前代よりすぐれるからでございます。

さらに、今上陛下が即位されて、いまや二十四年となりました。教化はあまねくとどき、恩徳はきわめてさかんです。天下は安定して、民衆はよろこび、文字や軌道は統一されて、内外とも平穏です。陛下の徳が国中をてらすや、民衆は謙譲をわきまえ、英明さが化外におよぶや、夷狄どもも恵みをほしがります。礼をおさめ勤労をねぎらおうと、節倹したお金をふるまわれ、民にめぐみ国を発展させるために、ご自身の食料を分配しました。倹約しても極端にはしらず、豪華ぶりも適切におさめています。宴会も連日するのでなく、狩りのたのしみもほどほどです。異能の人物をさがしもとめ、硬骨の臣下を優遇しておられます。高位も失意の者はなく、民衆も不平を感じておりません。

ここでも、華麗な修辞（文体）と仰々しい賛仰（内容）とが、みごとな一致ぶりをしめしている。対偶構造のなかで、宋朝をことほぐ瑞祥（「応龍の精」「河亀の霊」）の出現をのべ、文帝の即位を「聖上天飛して極を践《ふ》む」と『易経』乾卦に依拠してたたえる。そして「道化周《あまね》く流れ、玄沢汪濊《おうわい》たり」と治世のすばらしさをたたえ、さらに「礼を秩《ちつ》し勤を卹《じゅつ》し、露台の金を散ず」云々と、その名君ぶりを列挙してゆく（「秩礼」は『左氏伝』文公六年に用例がある。また「露台」は名君の漢文帝が節倹にはげんだ故事による）。そして、ここでは略したが、やがて黄河と済水の清流化に言及し、「これはまさに世にまれな偉観でして、皇室をたたえるできごとです」（斯誠曠世偉観、昭啓皇明者也）とのべて、文帝や宋室の慶事にむすびつけるのである。

鮑照は、［おそらく］ごく一時的な現象にすぎぬだろう河水の清流化を、かくも大仰に奇瑞としてとりあげ、かつそれを文帝や宋室の慶事にむすびつけた。そのもくろみはみごとに図にあたり、「世祖は［鮑］照を以て中書舎人と為《な》したという。こうした「河清頌」の創作は、諂諛以外のなにものでもない。当時の人びともおそらく、そうした意図には気づいていたろう。だがそれでも、これによって鮑照は中書舎人のポストを手にいれ、さらに「其の序は甚だ工《たく》みなり」とたたえられたのだった（『宋書』巻五一）。鮑照のねらいは、世渡りのうえでも創作のうえでも、みごとな成功をおさめたのである。(1)

なぜ、こんな明白な諂諛の作でも、成功をおさめることができたのか。それは、華麗な修辞を駆使した文体と泰平を慶賀した内容とが、一篇中で美事な一致をしめしていたからだろう。かく文体と内容とがみごとに一致していれば、いかに動機がさもしかろうが、内容が諂諛にみちていようが、そんなことはまったく問題にならない。一篇のなかで、かくも幸福な一致をしめしたこの作は、それ自体非のうちどころのない、完璧なものと評するしかあるまい。そうした作品は、文学以外の立場（たとえば倫理的立場）から批判されることはあっても、(2)作品それ自体としては、どこからも瑕疵を指摘されようがないのである。

さて、「玉台新詠序」への批判があまりなかった原因が、もうひとつあげられよう。それは、いままで説明してきたことの裏返しなのだが、この序文が、美的文体と幸福な一致をしない事物には目をつぶって、いっさいふれていないことだ。具体的にいえば、徐陵は美文に適さぬ［華麗でない］題材や話題を、徹底的に排除しているのである。

たとえば「玉台新詠序」には、才色を兼備せぬ女性は登場しないし、また後宮での生活を「籠《かご》のとり」と観じて不幸をうったえる女性もでてこない。第四段にでてきたたいくつさが、不幸といえば不幸だが、それは『玉台』編纂のきっかけになるもので、一種のスパイスとして利用されているにすぎなかった。要するに「玉台序」には、美的文体にふさわしからぬ華麗ならざるもの、たとえば病気、貧困、鈍才、卑陋などの、醜悪だったり不快だったりするものは、いっさい叙されていないのである。

さらに「玉台新詠序」では、シリアスな文学論がつづられていなかったことも想起しよう。このことは第三節でも謙虚な姿勢の一環としてふれたが、どうやらもうひとつ、華麗ならざるものを回避するという意図も存していたようだ。そもそも美文のスタイルであっても、高度の文学論が展開できないわけではない（じっさい、『文心雕龍』では実践している）。だが、清の孫梅が「四六は敷陳に長ずるも、議論に短しとす」（『四六叢話』巻三一）というように、美文では議論ふうの文章はつづりにくかった。文学論を展開するとなると、対偶は駆使できても、華麗な内容や美的な錬字ばかりというわけにはいかないからだ。つまり、「文学はかくあるべし」と力説すること自体が、艶詩集の序にふさわしい話題ではなかったのである。徐陵はそうした事情を、百も承知していたに相違ない。だから彼は序文中で、けっして本格的な文学論をしなかった。

　さらに彼が周到だったのは、文学論をしなかっただけでなく、へたに艶詩やその集を価値づける発言もしていないことだ。彼はただ麗人の才色をほめたたえ、麗人がひまつぶしのために、詩集を編纂しました。だから、どうぞおしかりにならず、みのがしてやってください。こういって世の人びとの許しと寛恕を乞うのみだった。つまり麗人の賛美と謙虚な弁解、このふたつで後ろぐらい［と自覚していたろう］艶詩集の編纂を弥縫しているのである。

　こうした姿勢は、「典論論文」や『文心雕龍』などの［文学の価値を称揚した］議論とくらべると、なんと［堂々さに欠けた］卑屈なことかとおもわれるかもしれない。だが、おかげで「玉台新詠序」は、困難な艶詩擁護の議論［やありえたかもしれない道義的批判の嵐］をさけ、華麗でたのしい内容に終始することができたのだった。そこでは、麗人たちがいかに才色を兼備し、いかに艶詩集を編したかが叙されるだけ。その背景には、巨大な玉台、華麗な居室、玉樹や珠簾《しゅれん》の豪奢な調度がひかえる。そして盛大な宴席に目を転じるや、着かざった麗人の歌舞があでやかに披露され、また投壺の妙技や博奕の手練《てれん》がくりひろげられてゆく……。華麗でない題材や話題をすてたために、序文はこうした夢のようなたのしみごとでいっぱいになった。その意味でこの「玉台序」の文章は、［いいわるいはべつとして］言志や勧懲で支配されていた過去の文学論に対し、〈たのしみとしての文学〉という、ひとつの風穴をあけたといってよいかもしれない。

以上、修辞的には卓越するが、内容にとぼしい「玉台新詠序」の文章が、なぜ批判をあびることなく称賛されてきたのかについて、私見をのべてきた。一言でいえば、美的な文体と美的な内容とが幸福な一致をしめし、美的ならざるものは、いっさい排除されているからだといってよかろう。比喩的にいえば、麗人と艶詩をテーマにした［ディズニーランドのごとき］夢と娯楽の殿堂、それが「玉台序」の文学世界なのである。そうした娯楽の殿堂に対し、「修辞ばかりで内容にとぼしい」「シリアスな文学的主張がない」などの批判をあびせたとて、なんになろう。徐陵はそんなことは承知のうえで、かかる夢の世界を叙したのであり、これはこれで完結した美的な文学だとみとめざるをえない。「玉台序」の文章が、内容のとぼしさを批判されることなく、好意的に評されてきたのは、こうしたところにあったのだとおもわれる。

## 五　麗人編纂説

この『玉台新詠』をめぐっては、近時、注目すべき論争がおこなわれた（まだ決着はついていないようだ）。その論争は、復旦大学の章培恒教授（おしいことに、二〇一一年に逝去された）が二〇〇四年に公表された「玉台新詠為張麗華所〝撰録〟考」（「文学評論」二〇〇四―二　以下、「撰録考」）という論文に端を発する。章培恒氏はこの論文において、「徐陵は『玉台』の序文をかいただけで、じっさいの編纂は陳後主の貴妃だった張麗華がおこなった」という斬新な説を発表されたのだった。

文学史の定説では『玉台新詠』は、徐陵が梁の簡文帝の命をうけて編集したものだとされている。なぜそうした見かたが定説になっていたかといえば、まず信頼できる『隋書』経籍志に「玉台新詠十巻徐陵撰」とあり、『玉台』を徐陵編だと明示しているからである。くわえて、編纂の経緯や目的を説明した資料が二つ存している。これを時代順に紹介しよう。

第一に、唐の李康成という人物の発言である。『郡斎読書志』の巻四下に「玉台新詠十巻」を著録し、「右は陳の徐陵の纂」と明言する。編者の晁公武（南宋のひと）はその根拠として、李康成のつぎのようなことば、

唐李康成云、昔陵在梁世、父子倶事東朝、特見優遇。時承平好文、雅尚宮体。故采西漢以来詞人所著楽府艶詩、以備諷覧。

唐の李康成がいう。むかし徐陵が梁で活躍していたころ、父の徐摛ともども皇太子（のちの簡文帝）におつかえし、とくに優遇されていた。当時は平安だったので文学がこのまれ、とくに宮体詩が珍重されていた。それゆえ徐陵は前漢以後の詩人がつくった楽府や艶詩を編纂して、太子の誦読にそなえたのである。

をひく。ここで『郡斎』がそのことばを引用した李康成とは、唐の天宝（七四二～七五六）から大暦（七六六～七七九）にかけて活躍した文人。ここで康成がいう「前漢以後の詩人がつくった楽府や艶詩を編纂して、太子の誦読にそなえた」の発言は、書名こそださないものの、『玉台新詠』をさすことはまちがいない。つまり八世紀中期の李康成は、徐陵の『玉台新詠』編纂を信じていたのである。

この李康成は『玉台後集』なる詩集を編している。その詩集は現存せず、いまは残欠がのこるのみだが、［やはり『郡斎』によると］梁陳から唐玄宗の天宝までの詩人二百九人の詩六七〇首をあつめた十巻の詩集だったという。『玉台後集』という標題からみて、『玉台新詠』の続編たらんとした詩集だったのだろう。その李康成がかたったことばなので、この『郡斎』の記事はそうとう信憑性がたかいとせねばならない。

第二に、李康成より半世紀おくれる唐の元和（八〇六〜八二〇）に活躍したひと、劉肅の手になる『大唐新語』公直篇のエピソードがある。これは日本の研究者のあいだではとくに有名であり、『玉台』の成立をかたろうとすれば、この資料に言及しない者はいないといってよい（第八章第三節でも引用した）。それは、

梁簡文帝（蕭綱）が太子だったとき、よく艶詩をつくっていた。これに周辺が影響されて、しだいに艶詩が世間にひろまっていき、「宮体」と称するようになった。簡文帝は晩年にこれを改作しようとしたが、うまくいかなかった。そこで徐陵に命じて『玉台新詠』を編纂させ、艶詩の体を権威づけようとしたのだった。

というものである。これによって、徐陵の『玉台』編纂事情が、右の李康成の発言よりも明瞭になってきて、『玉台』研究者にとってはありがたい資料となった（ただしこの資料については、「簡文帝は晩年にこれを改作しようとした」とあるが、その改作しようとした事実が確認できないとか、「艶詩の体を権威づけようとした」とあるが、権威づけるとは具体的にどういうことかわからないとか、疑問もすくなくない(3)）。

如上の資料によって、『玉台』は徐陵が梁の簡文帝の命をうけて、編集したものとされてきた。徐陵の序文に「才色兼備の麗人が編纂した」とかいてあるが、それは韜晦《とうかい》した言いかたにすぎず、じっさいは徐陵の編だろうとかんがえられてきたのである。

ところが、章培恒氏は「撰録考」において従前の説をくつがえし、「序文がいうように、『玉台』は才色兼備の麗人（陳の張麗華）が編纂したものであり、徐陵は序文をつづっただけにすぎない」と主張されたのだった。もしそのとおりだったとすれば、『玉台』編者の変更だけでなく、編纂時期も陳代だったことになり、章氏の主張は文学史の書きかえをせまる、画期的な新説だといわねばならない。「玉台新詠序」について論じてきた本章としては、最近あらわれたこの重要な指摘を無視するわけにゆかない。そこで、以下で章氏の主張の概略を紹介し、あわせて私見ものべること

にしよう。

章培恒氏の主張は右の「撰録考」だけでなく、「他研究者の反論に再反論した」続稿、続々稿でも展開されている（以下、章氏の一連の『玉台』論文を章論と称する）。これらすべてを手みじかにまとめるのは容易でないし、また私の主観でかたよった要約になってもいけない。そこでここでは、談蓓芳氏が章論を要約されたものをしめそう。それは二〇一四年、上海古籍出版社から刊行された『玉台新詠彙校』（二〇一四）の「前言」中の一節（「一、玉台新詠的編者及編纂時間」）である。この文の筆者の談蓓芳氏は、章氏と歩調をあわせて『玉台』研究に従事し、そのよき協力者としてつとめられてきた。そのせいか、この「前言」は章氏の主張をうまく要約されていて、これによって章論の大体はつくされているといってよい。

○劉肅『大唐新語』公直に「梁簡文帝為太子、好作艶詩。境内化之、浸以成俗、謂之宮体。晩年改作、追之不及。乃令徐陵撰玉台集、以大其体」とある。だが唐の元和のひと劉肅は、陳滅亡時から二百年もへだたっており、軽々に信用すべきでない。そもそも『大唐新語』（『新唐書』芸文志雑史類に著録される）は小説に属する書物であり、明代の中後期に『唐世説新語』としてやっと出現するものにすぎぬ。この書は、明人が『太平御覧』等にひく『大唐新語』を参考にしつつ、内容を増益した偽書だろう。こうした不確実な資料によって、徐陵が『玉台新詠』を編纂したという説を信じてはならない。

○正史の著録や諸文献からみると、「徐陵が簡文帝の命によって玉台を編纂した」という見かたにも、問題がおおい。唐宋にできた史書に、『玉台新詠』は徐陵の編にあらずとする著録がみえているからだ。最初に著録した『隋書』経籍志は『玉台』を徐陵編とし、『新唐書』芸文志もそれにおなじい。ところが『旧唐書』経籍志［の最古の版本］では、「徐淩撰」としているのである（中華書局の点校本『旧唐書』では「玉台新詠十巻徐陵撰」とする——福井注）。

この『旧唐書』の「徐淩」は、明代刊行時の錯誤だとおもわれやすいが、そうともいいきれない。
○というのは、第一に、『旧唐書』［の最古の版本］で「徐淩撰」とする総集は、これ以外にも『六代詩集鈔四巻』があるからだ（中華書局点校本では「徐陵撰」とする——福井注）。両方とも錯誤だとしてよいだろうか。またべつに『徐陵集三十巻』も著録されており、『旧唐書』［の最古の版本］は「徐淩」と「徐陵」をきちんと区別して著録しているのである。
○第二に、『新唐書』は文章には意をそそぐが考証は雑な書であり、『玉台新詠』撰者が「徐淩」だったのを「徐陵」にあらためた可能性もないでない。また『新唐書』には徐陵の『六代詩集鈔』以外に、「許淩」が撰した『六代詩集鈔』も著録されていて（中華書局点校本では「許淩」とする——福井注）、同一の書だろうとみなしている。すると、この『六代詩集鈔』の編者の名は、もともと「淩」につくっていたことがわかり、『旧唐書』［の最古の版本］がこの書を「徐淩撰」としていたのも、依拠するところがないではなかったことになる。
○第三に、いまの『隋書』経籍志は宋刻宋逓修本が最古だが、この書の字句は、宋の嘉祐に刊刻された『新唐書』に影響されて、『玉台新詠』の編者を「徐陵」にあらためた可能性がある。
○さらに日本の藤原佐世『日本国見在書目録』（八九一）では、『玉台新詠』を「徐瑗撰」としている（注7を参照）。これからみても、唐代では『玉台新詠』は「徐陵撰」としていなかったようだ。こうした状況がずっと『新唐書』芸文志につづいていったのだろう。
○唐宋の文人たちもじゅうらい、おおく徐陵を『玉台新詠』の序文作者とするだけで、編者とはしていない。たとえば韓偓「香奩集叙」、劉克荘『後村詩話前集』、厳羽『滄浪詩話』詩体、周紫芝「太倉稊米集」巻五十一などの記載などがそうである。彼らは『玉台新詠』の編者をしらなかった可能性がある。

○徐陵が『玉台新詠』の編者でないことを明確に証明するのは、「玉台新詠序」の文章である。ここで徐陵は、はっきり「後宮の寵妃が編纂した」とかたっているからだ。くわえて『玉台』所収詩の作者は、天子や皇太子［と王融］以外は姓名を提示しているが、徐陵の場合だけ、あざなをもちいて「徐孝穆」と題している。これも、徐陵が『玉台新詠』の編者でない証拠になろう。

○『玉台新詠』所収の蕭衍と蕭綱の詩は、それぞれ「梁武帝」「梁簡文」とする。簡文の謚号が確定したときは、梁滅亡の五年後である。だが、そのころは戦乱がつづいていたので、とおく北地をさまよっていた徐陵が、『玉台』の序文をかけたはずがない。こうした事情を総合的に勘案すれば、『玉台新詠』は陳代にできたとせねばなるまい。そして陳の后妃中でこうした才色兼備の女性は、張麗華以外にはありえない。すると『玉台新詠』は、彼女によって編纂されたのだろう。

以上が談蓓芳氏による章論要約（さらに私が適宜、談氏の文の要をつんだ。『旧唐書』版本等のことについては、呉冠文・章培恒「玉台新詠撰人討論的幾个遺留問題」〈注5を参照〉に依拠して補足した）である。これを要するに章論の主張は、「徐陵は『玉台』の序文をかいただけで、じっさいの編纂は陳後主の貴妃の張麗華がおこなった」ということにつきるといってよかろう。私見によれば、章氏がかく主張する論拠は、

①徐陵「玉台新詠序」中の「才色兼備の麗人が玉台を編纂した」の記述は、事実にちがいない。

②『玉台』を編纂できるような陳の麗人は、張麗華以外にはありえない。

の二点に存している。ただし、これもせんじつめれば、①が章論の根底にあるといってよさそうだ（②は①から派生してきたものにすぎない）。つまり「序文に〈麗人が編纂した〉とある以上、『玉台』は麗人が編纂したものにちがいない」ということである。(4)

この麗人編纂説を主張するため、章培恒氏は、後代における『玉台』の著録状況や『玉台』に言及した諸資料を精査して、文献学の方面からも徐陵編纂説への疑問を提起されたのだった。もっとも、そうした文献学的考証は補強程度のものにすぎず、章論をささえる土台は、章氏の真摯な「玉台新詠序」読解にこそあるといってよい。その意味で、章培恒氏の新説は、真摯にテキストをよみこむという作業を基礎としたものであり、いわば学問の王道にたった研究手法だといってよかろう。

二〇〇四年、この斬新かつ画期的な「撰録考」が公表されるや、たちまち学界に賛否両論がうずまいた。そうした賛否の諸論（章氏の再反論もふくむ）のうち、「撰録考」公表後、三年以内（二〇〇七年まで）に出現したものだけ、はやい順にあげれば、

談蓓芳「玉台新詠版本考―兼論此書的編纂時間和編者問題」＊（「復旦学報」二〇〇四―四）
樊栄「玉台新詠撰録真相考弁――兼与章培恒先生商榷」（「中州学刊」二〇〇四―六）
鄔国平「玉台新詠張麗華撰録説献疑―向章培恒先生請教」（「学術月刊」二〇〇四―九）
胡大雷「玉台新詠為梁元帝徐妃所〝撰録〟考」（「文学評論」二〇〇五―二）
呉冠文「再談今本大唐新語的真偽問題」＊（「復旦学報」二〇〇五―四）
談蓓芳「玉台新詠選録標準所体現的女性特色」＊（『中国中世文学論集』二〇〇五）
章培恒「再談玉台新詠的撰録者問題」＊（「上海師範大学学報」二〇〇六―一）
談蓓芳「玉台新詠版本補考」＊（「上海師範大学学報」二〇〇六―一）
牛継清・紀健生「玉台新詠是張麗華所撰録嗎――従文献学角度看玉台新咏為麗華所撰録考」（「淮北煤炭師範学院学報」二〇〇六―四）

李建棟「論玉台新詠之撰録者」（『江淮論壇』二〇〇六—五）
呉冠文「三談今本大唐新語的真偽問題」＊（『復旦学報』二〇〇七—一）
章培恒「玉台新詠的編者与梁陳文学思想的実際」＊（『復旦学報』二〇〇七—二）
朱暁海「論徐陵玉台新詠序」（『中国詩歌研究』第四輯　二〇〇七）

＊をつけた論文は、『玉台新詠新論』（上海古籍出版社　二〇一二。以下、『新論』）に収録されている。

ということになる。[5] これらは、麗人編纂説に賛成するもの（＊を附した論文）、反対するもの（樊論文、鄔論文、牛・紀論文、李論文、朱論文）、基本は賛成だが一部修正するもの（胡論文）[6] 等さまざまだが、短期間にこれだけおおくの関係論文があいついだことは、六朝の文学研究ではめずらしいことといってよい。なかでも注目したいのは、反対意見を表明した樊栄氏と鄔国平氏の論文が、「撰録考」とおなじ二〇〇四年中に発表されていることだ。おそらく「撰録考」をよむやいなや、すぐ反論の筆をとったのだろう。衝撃のおおきさがうかがえるとともに、樊・鄔両氏のすばやい対応能力にもおどろかされる。

これら賛否の論文をよんでみると、内容が①や②だけでなく、多方面の話題に拡散している。というのは、議論を提起した章論が自説を補強するため、周辺の方面にもこまかい議論を展開していったからだ。たとえば、梁陳のころの艶詩をめぐる文学状況はもちろんのこと、史書における『玉台』の著録のしかたやその字句の考証（「徐陵」を「徐湲」とすることの是非など）、また『大唐新語』の話柄の真偽や、後代文献における『玉台』編纂への言及の是非——などである。そのため後出の論文も、麗人編纂説に賛成するにせよしないにせよ、①や②だけでなく周辺の方面にも言及せざるをえなかったのだろう。かくして論点が拡散し、論争は多様な方面にひろがってゆくことになった。[7] とりわけ、章論が力をいれている『隋書』・新旧『唐書』の経籍志や芸文志、さらに『日本国見在書目録』の著録のしかたともなると、版本による字句の相違や後人による臆改の可能性まで俎上にあがってくるので、いっそう議論は複雑なものとなってこざるをえなかったのである。

## 六　仮構の玉台

さて、ここまで章論の要約とそれへの学界の反応を紹介してきた。残念ながら私は、かく多方面に拡散した論争に参入できるほど、幅ひろい識見をもちあわせていない。この論争は、文献学的考証にまでおよんだりするので、そうした方面に素養のない私は、とても口出しできないのである。その意味で、私には麗人編纂説の当否に容喙する資格はないのだが、ただ右の談氏の要約でも推察できるように、章論をささえる根幹の部分は、「玉台新詠序」内容の理解のしかたに存しているようだ。つまり章論の当否は「玉台序」の記述、具体的には「麗人が『玉台』を編纂した」という発言をどう解するか（事実とするか、虚構とするか）にかかっており、これ以外の議論は、副次的なものというべきだろう。

かく「玉台新詠序」の理解のしかたに論点を限定したなら、私もすこしはものがいえそうだ。この論点からみたとき、私は章論に賛成することはできない。つまり私は、序文中の「麗人が『玉台』を編纂した」という記述は虚構にすぎず、『玉台』の編者はやはり徐陵でよかろう、とかんがえるのである。そこで以下では、この「玉台序」の理解のしかたに焦点をしぼりつつ、章論への疑問をのべてゆこう。

第一に、麗人編纂説を主張するために、章論は序文の解釈でそうとう無理をしている。その最大の無理が、序文中の麗人をひとり（張麗華ひとり）だとみなしていることだ。そのため序文の解釈が、妙なふうになってしまった。たとえば序文第二段の麗人を紹介した部分で、章培恒氏はつぎのように解している（『新論』四・一五・四四頁）。なお参考のために、*を附して拙訳も提示しておく。解釈のちがいがよくわかろう。

其人也［五陵豪族、充選掖庭、亦有［潁川新市、［本号嬌娥、［楚王宮裏、無不推其細腰、
　　　［四姓良家、馳名永巷。　　　［河間観津、　［曾名巧笑。　［衛国佳人、倶言訝其纖手。

この麗人（張麗華）は、五陵の豪族の出身で、えらばれて掖庭宮にはいり、しかも［漢文帝の竇后、景帝の王后、武帝の衛后、宣帝の許后のごとく］四姓の平民家庭の出身で、美貌ぶりを永巷宮にとどろかせている。宮廷にはさらに、［美人のおおい］潁川や新市、河間、観津などからきた、嬌蛾とよばれ、笑顔のきれいな美女たちもいるが、彼女らは「麗人（張麗華）は、あたかも楚王の宮廷［中の美女］のような細腰ぶりだ」と称賛せぬものはなく、「麗人（張麗華）は、あたかも衛国の佳人のような纖手をしている」とみな嘆じている。

*彼女ら（麗人たち——福井注）は、ある者は五陵の豪族の生まれで、えらばれて掖庭宮にはいり、ある者は四姓の良家の出で、美貌ぶりを永巷宮にとどろかせている。また［美人のおおい］潁川や新市、さらに河間や観津などの故郷で、かつて嬌蛾と名のったり、巧笑とよばれていたひともいる。そうした麗人たるや、［細腰をこのんだ］楚王の宮中の人びとでも、その細腰ぶりを推賞せぬ者はいないだろうし、衛国の［纖手で有名な］佳人たちでも、その纖手の美しさにみな賛嘆することだろう。

最初の聯は、たとえば曹明綱『六朝文絜訳注』（上海古籍出版社）では、「其人」（＝複数の麗人）たるや、ある者は「五陵豪族」の出であり、べつの者は「四姓良家」の出身だ、と訳している（拙訳もおなじ）。ところが章論では、「其人」は張麗華ひとりをさし、彼女が「五陵豪族」の出であり、また「四姓良家」の出身でもあるとする。さらにつぎの「潁川新市」以下の二聯は、やはり曹明綱同書では、宮廷にはいるまえの、故郷での麗人たち（複数）のようすを叙したもの

と解している。だが章論によると、ここは故郷での麗人たちのことでなく、「宮中には張麗華以外に、嬌娥とよばれる女性たち（複数）もいる」といっているのであり、それらの女性たちが、つぎの「楚王」四句の主語となっているという。

そして章論は、つぎの四句「楚王宮裏、無不推其細腰、衛国佳人、倶言訝其纖手」にも、大胆な解釈を提示する。すなわち、「楚王宮裏」「衛国佳人」は倒置的に前方にでてきただけで、ほんらいは「無不推其楚王宮裏細腰、倶言訝其衛国佳人纖手」の語順だった、と主張するのだ（「其」は張麗華をさす）。つまりこの四句は、「［嬌娥らは］〈其れ（＝麗人＝張麗華）は楚王宮裏の細腰なり〉と推《お》さざる無く、〈其れ（＝麗人＝張麗華）は衛国佳人の纖手なり〉と倶に言い訝《いぶ》かれり」と解すべきだというのである。こうした章論の文脈把握を日本語にうつしかえたのが、右の訳文である。このあたりの章論の解釈、どうおもわれるだろうか。私は、よくいえば大胆で自由自在な解釈だが、わるくいえば恣意的だといえなくもないようにおもう。

おなじく、奇妙な解釈をしているのが、第六段末尾の四句だ。この部分も、はじめに章論（『新論』七・八頁）にもとづく訳文、あとに＊を附して拙訳を、それぞれ提示してみよう。

孌彼諸姫、聊同棄日。
猗歟彤管、無或譏焉。

これら［鄧后、竇后、魯霊光殿賦を誦読した侍女、洞簫賦を誦した宮女］の女性たちは、ただ時間を浪費しただけだった。あぁ、あの赤筆をもった女史たちは、［麗人は鄧后らとちがって『玉台』を編纂し、それを愛読しているのだから］麗人をそしることはなさるまい。

＊うつくしい麗人たちが、これでちょっとひまつぶしをしようとするのだ。あぁ、あの赤筆をもった女史も、

これをそしることはなさるまい。

問題になるのは、一句目の「孌彼諸姫」の訳である。この句は「孌《れん》たる彼の諸姫」と訓読するので、「うつくしい麗人たち」と解するのが自然だろう。だがそう訳すと、麗人が複数になってしまう。「諸姫」とある以上、どうしても複数にならざるをえないからだ。そこで章論は、「諸姫」を麗人とみなさず、直前の四人の女性（後漢和帝の鄧后、前漢景帝の母の竇后、蜀の劉琰の侍女、前漢元帝の宮女）をさすとしたのだった。

章論は、このような無理な解釈（だとおもう）をして、あくまで序文中の麗人を単数（張麗華ひとり）だとしている。いったい章培恒氏はいかなる論拠に依拠して、これほどまで麗人を単数だとみなすのだろうか。私見によれば、章氏がよってたつ論拠は、序文第二段の

真可謂┌傾国傾城、
　　　└無対無双者也。

まことに傾国傾城にして、天下無双の美女というべきだろう。

の二句にあるようだ。この部分は、『漢書』外戚伝の李夫人に関する有名な話柄を典拠にもっている。すなわち、

孝武李夫人、本以倡進。初夫人兄延年性知音、善歌舞。武帝愛之。……侍上起舞、歌曰、「北方有佳人、絶世而独立、一顧傾人城、再顧傾人国。寧不知傾城与傾国、佳人難再得」。上嘆息曰、「善、世豈有此人乎」。

武帝の李夫人はもと倡妓として宮中にはいった。当初その兄の李延年が音楽にひいで、歌舞を得意としていたので、武帝に気にいられた。……延年が帝のそばに侍していたとき、たちあがって舞をまい、歌をうたった。「北方に美人がおります。世とまじわることなく、ひとりですんでいます。彼女が一顧するや城をかたむけ、再顧するや国をかたむけるほどです。どうしてこんな城や国をかたむけるほどの美人をしらなくてよろしいので

すか。こんな美人はふたりとはいないのです」と。武帝は嘆息していった。「いいなあ。この世にそんな美人がいるのか」。

という有名な話である。たしかに、この『漢書』外戚伝の記述をみれば、「絶世」「独立」や「再難得」の字句によって、李夫人が唯一無二の美女であることを強調している。章氏からみれば、典拠がこうである以上、この典拠をつかった「傾国傾城、無対無双者也」も、かならずひとりの女性をさし、麗人が複数いるというようなことはありえない、ということなのだろう（『新論』四〇・四一頁）。私がおもうに、右の「其人也五陵豪族、充選掖庭」云々で麗人をひとりだと主張していたのも、けっきょくこの典拠がその支えとなっているのではないか。その意味で、章培恒氏にとって、この「真可謂」二句とその典拠とは、とても重大な意義をもっていたのだろう。

だが、これに対しては、すでに反論がでてきている。章培恒氏が「撰録考」を発表するや、同年のうちに反論をかいた鄔国平氏は、「無対無双」の語はべつに複数の場合でも使用してよいと主張した（『新論』四〇頁）。さらに三年おくれて、朱暁海氏はより実証的に、

○［魏志巻十注引荀氏家伝］陳羣与孔融論汝潁人物。羣曰、「荀文若、公達、休若、友若、仲豫、当今並無対」。
陳羣は孔融とともに、汝・潁の地の人物評論をした。陳羣はいった。「荀彧、荀攸、荀衍、荀諶、荀悦らは当今においで、まったくならぶ者がいない」。

○［世説新語言語注引伏滔集］何鄭二尚書独歩于魏朝、楽令無対于晋世。
何晏と鄧颺の二尚書は魏朝で突出しており、楽広は晋の世でならぶ者がいなかった。

という用例をしめして、章論への反証を提示したのだった。これからみると、「無対」や「独歩」の語を使用していたとしても、唯一でなく複数のケースもありえるようだ。すると、序文の「真可謂傾国傾城、無対無双者也」の主語も、

「この麗人」でなく、「この麗人たち」であってもよいことになろう。かくみてくれば、序文中の「麗人」も複数いることになり、章論の根幹がくずれてしまうのではないだろうか。

章論への疑問の第二は、内容に関することである。この序文では、豪奢な建物や調度、そして才色兼備の麗人などが叙されているが、全体的に非現実的なほど豪壮かつ華麗な描写になっており、虚構の描写である可能性をうかがわせる。それなのに章論はこれを虚構の描写とはかんがえず、じっさいに存在したものとするのである。

まず、豪奢な建物や調度の描写をあげれば、たとえば麗人がすまう玉台は、

（原文は第四節を参照）

玉台（麗人たちがすまうりっぱな宮殿）の大廈たるや、雲をしのぎ太陽もかくすほどで、由余もみたことがなかったほどだし、その門戸が千万とつらなるさまは、張衡が「西京賦」で詠じたのとおなじぐらい豪勢だ。あたかも周の穆王が盛姫にあたえた華美な台上をおもわせ、漢の武帝が阿嬌をすまわせようとした金屋を連想させる。その庭の玉樹は珊瑚《さんご》の枝をのばし、白珠の簾は玳瑁《たいまい》を軸にしている。

というものだった。第四章でも説明したように、ここの玉台の建物は、おおくの典拠を背後にもちつつ、巨大かつ豪華な建物としてえがかれている。こんな建築物がほんとうに存在し、そこに麗人たちがすんでいたのだろうか。

どうように、この序文には才色兼備の麗人が登場していた。その麗人は、

（原文は第二節を参照）

こうした麗人たち、［漢武帝に寵愛された李夫人のように］肖像画はかかれてないが、甘泉宮にはいればその画とみまがうほど美麗だし、［楚の王とちぎった］仙女とは別人なのだが、陽台でたわむれれば区別できないほどうつくしい。

という女性である。李夫人や仙女と区別できないほどの美女が、この玉台にすんでいるという。しかもその麗人たるや、もう引用は略するが、文才にめぐまれており、たいくつな宮廷の日々をまぎらわせようとして、『玉台新詠』を編纂してしまったのである。もちろん六朝期の後宮には、西晋の左芬のごとき才媛がいたのはまちがいない。また『玉台』のなかにも、女性（范靖婦や劉令嫻、王叔英妻劉氏など）の詩が採録されている。だが、ここで徐陵がいうほど才色を兼備した麗人が、ほんとうに存在していたのだろうか。

こうみてくると、序文中の豪奢な建物や才色兼備の麗人は、美化し、誇張されたものであり、虚構の存在ではないかとうたがわれてこよう。じっさい、『玉台』研究者のおおくは、そういう疑いをもってきた。そして［李康成や劉肅の資料が存していたこともあって］、序文に「麗人が編纂した」とあっても、真の『玉台』編者は麗人でなく、徐陵そのひとだったろうと理解してきたのである。

ところが、なぜか章培恒氏はそういう疑いをもたれない。それどころか、『陳書』巻七の張麗華伝の文章をとりあげて、あちらやこちらが序文の記述と一致すると主張し、「序文中の麗人＝張麗華」を強調されているのだ。いわく、張麗華も［序文中の麗人とおなじく］才色兼備だった、［序文中の麗人とおなじく］陳後主から寵愛されていた、［序文中の麗人とおなじく］四姓の平民家庭の出身だった、［序文中の麗人とおなじく］後宮の女性たちから賛嘆されていた等々（『新論』一四〜一六頁）。

章論への疑問の第三は、序文中の麗人にちかい女性像は、わざわざ時空をへだてた張麗華までもとめなくても、すぐそばに存在しているということだ。それはだれかといえば、実在の女性ではなく、『玉台』に採録された艶詩中の女性である。『玉台』にあつめられた詩には、女性が登場しないものはないといってよいほど、佳麗、娼妓、宮女、怨女らがあふれている。序文中の麗人描写が、こうした艶詩中の女性像に似ていることは、『玉台』を一読すればすぐ了解くに顕著である。

できることだ。その相似は、［ふるい過去の詩歌でなく］梁代の艶詩をあつめた巻七、八中の女性像とのあいだに、とくに顕著である。

たとえば、巻七の蕭綱「和徐録事見内人作臥具」は、大要つぎのような内容である。「冬の日の宮中の奥部屋、夕照のなかにうつくしい女性のすがたがみえる。その宮女はなにをしているかといえば、熱心に寝具をつくっている。膝のうえには龍刀、着物のまえには物差しがおかれ、それらをつかって寝具をぬっているのだ。この女性、夫にすてられることなく幸せそのものだが、夫が軍役にとられることだけが心配だ」。この蕭綱の詩では、宮女が寝具をぬっているのだが、そのようすを［玉台の序文とおなじように］対偶や錬字を多用して美的にえがいている。その寝具造りを詩集編纂におきかえれば、「美女が作業に熱中している」という点で、この詩と序文とはほぼ相似した趣向となろう（末尾の「夫の軍役の不安」はすこしちがうが）。さらにこの詩には、序文と共通する「纖手」「琉璃」などの用語も使用されている。

このほか、序文と共通する要素を『玉台』巻七、八中の艶詩からさがせば、枚挙にいとまがない。たとえば用語に注目すれば、「傾城」「傾国」「西子」「燕脂」「玳瑁」などがすぐみつかる。また、宋玉「登徒子好色賦」中の東隣の美女や「平城の恥」の典拠、さらには美女の化粧道具や歌舞をなす場面の描写なども、巻七、八中の艶詩に散見している。このように、序文中の用語や故事、描写、そして題材などは、おおく『玉台』巻七、八中の艶詩のそれと共通しているのだ。これは、べつに意外なことではない。徐陵自身が艶詩の名手だったのだから、序文中の題材や語彙が当代の艶詩と似てくるのは、むしろとうぜんのことだろう。

さて、章論への疑問を三点ほどあげてきた。このようにみてくれば、『玉台』編者を現実の女性、とくに張麗華ひとりに擬そうとするのは、やはり強引すぎるとせねばなるまい。序文中の麗人は複数だろうし、虚構の女性像にすぎぬであろうし、また実在の張麗華よりも艶詩中の美女のほうに、共通点がおおいとすべきだろう。にもかかわらず、序文中にそうかいてあるからといって、「麗人（張麗華）が玉台を編纂した」と主張するのは、鮑照「河清頌」中にそうあるからといって、「宋文帝の御稜威《みいつ》が黄河の水をきよらにした」といいはるにちかいのではあるまいか。

これを要するに、私はじゅうらいどおり『玉台新詠』は、蕭綱に命じられた徐陵が編纂したものと解してよいとおもう。おそらく徐陵は『玉台新詠』所収の艶詩（とくに巻七、八）をよんで、それらに共通する美女イメージをつくりだしたのだろう。そして、その艶詩ふう美女をおのが序文のなかに登場させて、その美女、つまり麗人が『玉台』をつくったと仮構したのではあるまいか。なぜ［自身の編とせず］麗人の編だと韜晦したのかについては、これまでも文学的、あるいは政治的立場から説明した説がおおく提起されているが、まだ確定的なことはわかっていないようだ。序文の創作時期をいつとするかの問題もからむので、軽々にこうとは断言しにくいのだろう。かくいう私も断言はようしないのだが、徐陵に編集を命じた皇太子（蕭綱）が、艶詩ぎらいの父武帝に遠慮していたので（第八章参照）、徐陵がその意をくんで、［皇太子の側近である自分でなく］麗人がつくったことにしたのではないか、と想像している。

さいきん刊行された劉躍進『玉台新詠史話』（国家図書館出版社　二〇一五）は、その標題どおり『玉台』の成立や流伝状況を概論した書である。ここで同氏は、『玉台』は徐陵が陳代に編したものだろうと推測するが、編者を張麗華や徐妃（梁元帝の妃）に比定する見かたには、懐疑的な立場にたたれている。そして「多少の可能性がある人物を、なんでもかんでも編者ではないかと提起してくるのは、ひとの注目をあびるけれども、けっきょくは推測にしかすぎない」とのべられている（一一頁）。『玉台新詠』の成立を陳代までおくらせる判断には疑問を感じるが、この「多少の可能性」云々のご発言には、私も賛同するものである。

## 注

(1) 鮑照「河清頌」については、井口博文「鮑照の河清頌について」(『中国詩文論叢』第二一号 二〇〇二)、同「鮑照河清頌序訳注稿」(『中国詩文論叢』二〇号 二〇〇一)を参照した。

(2) この鮑照「河清頌」に関しては、じつは倫理的立場からの批判もしにくい。というのは、政治と文学との相関を重視する中国では、名君の治世をたたえるのは不道徳なことではなかったからである。文人が名君の治世をたたえた詩文をつづるのは、伝統的な文学観からみると、批判されるどころか、むしろ文人の義務でもあった。つまり宋文帝の治世が否定されぬかぎり、この「河清頌」の創作は［かりに諂諛のためだったとしても］、倫理的にも批判されることはなかったのだ。それゆえ『宋書』の編者たる沈約が、「河清頌」を「其の序甚だ工《たく》みなり」とたたえたのは、文学的にすぐれるというだけでなく、倫理的にも是認していたからと解すべきだろう。その意味で鮑照「河清頌」は、文学的にも倫理的にも［すくなくとも当時においては］否定されるべき要素はなかったといわねばならない。

(3) 『玉台新詠』の成立については、興膳宏氏による「徐陵が中大通六年(五三四)に編纂した」の説が有力になっている(第八章の注4を参照)。ただ『玉台新詠』の編者や成立事情については、この興膳論文が言及していない事がらもすくなくない。編者や成立事情に関する研究状況をしるには、以下を参照するのが便利だろう。徐玉如「近20年玉台新詠研究」(『淮陰師範学院学報』二〇〇一—二)、熊紅菊・徐明英「玉台新詠研究之一瞥」(『衡水師専学報』二〇〇四—一)、張蕾「玉台新詠研究述要」(『河北師範大学学報』二〇〇四—二)、帰青『南朝宮体詩研究』第九・一〇章(二〇〇六)など。

(4) 『玉台新詠』の編者が張麗華だったとすれば、では「後世、なぜ徐陵の編としてつたわったのか」という疑問がでてくる。それに対し章培恒氏は、陳のころは、『玉台』撰者は張麗華だとみとめられていたろう。ところが、陳滅亡時に張麗華は殺害されてしまった。おかげで、後世は彼女の名を『玉台』編者とすることをはばかり、「徐瑗撰」(『日本国見在書目録』の撰者名による。実存の人物か架空の人物かは不明)ということにしたのだろう——と推測されている(『新論』一二三頁)。つまり章氏によれば、『玉台』編者は「張麗華 ↓ 徐瑗 ↓ 徐陵」と変遷していったとかんがえられているようだ。

(5) 本文では二〇〇七年までの反響をあげた(見落としがあるかもしれない)。これ以後、章培恒氏による関連論文としては、呉冠文氏と連名の「玉台新詠撰人討論的幾个遺留問題」（「復旦学報」二〇一一―三）がある。これら章論やその関連諸論文は、本文にあげた『玉台新詠新論』（上海古籍出版社　二〇一二）のなかにおさめられている。ただし、この書は章論を基本的に支持し、是認する立場の論文ばかりをあつめたものであり、樊栄氏や鄔国平氏らの反論はおさめられていないので注意せねばならない。

（6）胡大雷氏の論文「玉台新詠為梁元帝徐妃所〝撰録〟考」（のちに些少の修正をして、同氏『玉台新詠編纂研究』〈人民文学出版社　二〇一三〉に所収）は、詹鍈氏の論文「玉台新詠三論」の議論をうけて、『玉台新詠』は梁元帝の徐妃が撰録したとする。『玉台』編者を徐陵としない点では章論とおなじだが、編者をべつの女性に想定した点でちがいがある。

（7）近刊の孫猛『日本国見在書目録詳考』（上海古籍出版社　二〇一五）は、藤原佐世『日本国見在書目録』の著録された書物を慎重に検討された、上中下三分冊にわたる労作である。同書の「玉台新詠」の項（二〇六九～二〇七四頁）において、孫猛氏は藤原佐世の著録のしかたは、『隋書』経籍志（『玉台』の撰録者を徐陵とする）の記述にきわめて忠実だったと指摘される。そして章培恒氏の主張（『玉台』は徐陵の撰にあらず）を紹介されたうえで、『目録』が『玉台』を「徐瑗撰」とすることについて、大要、

『文鏡秘府論』南巻「集論」所引の元競「古今詩人秀句序」（六七一年の成書）に、「徐陵の玉台は僻にして雅ならず」（徐陵玉台、僻而不雅）とあり、あきらかに『玉台』編者を徐陵としている。その元競の書『古今詩人秀句』は、空海によって将来されて『日本国見在書目録』総集家に著録されているので、藤原佐世もこの書をみていたはずだ。すると、『日本国見在書目録』の原本は「徐陵」の撰としていたはずで、伝写のあいだにあやまって「徐瑗」の撰としてしまったのだろう。

とのべられている。孫猛氏は章論の主張をしったうえで、こうした結論をだされているわけであり、どうやら章論に反対する立場にたたれているようだ。

# 第十章　李諤「上隋高帝革文華書」の文章

**【基礎データ】**

［総句数］113句　［対をなす句］72句　［単対］30聯　［隔句対］3聯　［対をなさぬ句］41句　［四字句］76句　［六字句］23句　［その他の句］14句　［声律］28聯

［修辞点］29（第3位）［対偶率］64％（第4位）　［四六率］88％（第3位）　［声律率］85％（第3位）

**【過去の評価】**

［隋書李諤伝］諤又以属文之家、体尚軽薄、遞相師効、流宕忘反。於是上書曰、……上以諤前後所奏頒示天下。四海靡然向風、深革其弊。諤在職数年、務存大体、不尚厳猛。由是無剛謇之誉、而潜有匡正多矣。

李諤は、当時の文人たちは軽薄な文章をたっとび、しかもつぎつぎ模倣しあって、とどまるべきところをしっておらぬとおもった。そこで上書を天子にたてまつった。……隋文帝は、李諤がたてまつった一連の上奏文を天下に頒布した。すると四海は風になびくように追従《ついじゅう》し、以前の弊をあらためたのだった。李諤は数年のあいだ御史台に職を奉じたが、おおざっぱに法令をまもらせる程度で、あまり厳格な取りしまりは実施しなかった。そのため剛直の名声はあがらなかったが、いつのまにか匡正の実をあげていることがおおかった。

［歴代名文一千篇第二冊］文章条理清晰、観点明確、視角深透。只是、文学雖与政治有密接関係、受到政治的左右、但文学本身又是独立的、有它自身的発展規律。李諤与隋朝統治者想用厳励的政治手段来扭転文風、出発点雖好、但却

是行不通的。李諤算是最知斉梁以来文章之弊的、而他這篇「請革文華」上書、本身也還算競奇多巧的駢文作品、也就是説、他自己也還未能真正革除「文華」之弊、更何況其余。

李諤「上隋高帝革文華書」の文章は、条理が明晰で観点は明確、そして視角もするどいものがあった。文学は政治と密接に関係し、その影響をうけやすいものであるが、それでもやはり独立したものであって、自立的に発展してゆくものだ。李諤は隋の統治者とともに、厳格な政治手法によって文風を転換させようとした。当初はよかったが、けっきょくはうまくいかなかった。李諤は斉梁以後の文学の病弊を知悉していたが、しかし彼の「上隋高帝革文華書」自体、技巧をこらした［斉梁ふう］美文作品とみなさざるをえないものだった。ということは、彼自身も、真には文飾過多の弊を一掃できなかったわけであり、他の人びとができたはずがなかったのである。

【原文】

［一］臣聞古先哲王之化民也、必変其視聴、防其嗜欲、塞其邪放之心、示以淳和之路。五教六行、為訓人之本、詩書礼易、為道義之門。故能家復孝慈、人知礼譲。正俗調風、莫大於此。其有上書献賦、制誄鐫銘、褒徳序賢、明勲證理。苟非懲勧、義不徒然。

［二］降及後代、風教漸落。魏之三祖、更尚文詞、忽君人之大道、好雕虫之小芸。下之従上、有同影響、競騁文華、遂成風俗。江左斉梁、其弊弥甚、貴賤賢愚、唯務吟詠。遂復遺理存異、尋虚逐微、競一韻之奇、争一字之巧。連篇累牘、不出月露之形、積案盈箱、唯是風雲之状。

世俗以此相高○、
朝廷據茲擢士●。
祿利之路既開○、
愛尚之情愈篤●。

［三］　於是
閭里童昏○、
貴游総丱●、
未窺六甲●、
先製五言○。
至如
羲皇舜禹之典●、
伊傅周孔之説●、
不復関心○、
何嘗入耳●。
以傲誕為清虚○、
以縁情為勲績●、
指儒素為古拙●、
用詞賦為君子●。

故
文筆日繁○、
其政日乱●、
良由
棄大聖之軌模○、
構無用以為用也●。
捐本逐末、流徧華壤、
遞相師祖●、
久而愈扇○。

［四］　及
大隋受命●、
聖道聿興○、
屏黜浮詞○、
遏止華偽●。
自非
懐経抱質●、
志道依仁○、
不得
引預搢紳○、
参厠纓冕●。
開皇四年、普詔天下、公私文翰、並宜実録○。

其年九月、泗州刺史司馬幼之文表華艶、付所司治罪○。自是公卿大臣咸知正路、莫不
鑽仰墳素●、
棄絶華綺●、
択先王之令典●、
行大道於茲世●。

［五］　如聞
外州遠県○、
選吏挙人、
仍踵弊風○、
未遵典則●。
至有
宗党称孝●、
郷曲帰仁○、
学必典謨○、
交不苟合●、
則擯落私門、不加收歯○。

其学不稽古、逐俗随時、作軽薄之篇章、結朋党而求誉、則
選充吏職●、
挙送天朝○。
蓋由県令刺史、未行風教、
猶挾私情○、
不存公道●。

臣既忝憲司、職当糾察。若聞風即劾、恐挂網者多。請勒有司、普加捜訪、有如此者、具状送台。

（『隋書』より）



【通釈】

［第一段］勧善懲悪の文学

臣は「古代の聖天子が民衆を教化するや、耳目の欲をただし、情欲をがまんさせ、そして邪悪な心をとどめ、温和になる方策をしめした」ときいています。［儒家の主張する］五教と六行とは、民を訓導する根本ですし、詩書礼易などの書は、道義をまもる入口です。かくして民衆は、家ごとに孝慈の行いをなし、人ごとに礼譲のふるまいをなすようになるのです。習俗をただし風気をあらためるのに、これ以上のものはありません。［どうように古代では］意見書をたてまつったり賦を献じたり、また誄をつくったり銘文をほったりしましたが、それら［の文学の活動］も、すべて君子の徳望をたたえ、賢人に官位をさずけ、また勲功を明確にし、道理を証明するためでした。このように勧善懲悪のためでなければ、そんなことはしなかったのです。

［第二段］風教の衰微

ところが後代になると、そうした風教の美風がおとろえてきました。魏の三祖（曹操、曹丕、曹叡）が文学をたっとぶあまり、君主の［風教重視の］大道をおろそかにして、雕虫のごとき小芸をこのんだのです。下の者が上の者にしたがうのは、形があれば影が生じ、音があれば響きがおこるのとおなじ。世間の人びとは華美な文飾にはしって、ついに天下の風俗になってしまいました。江左の斉梁のころ、その弊害がいちじるしく、貴賤や賢愚の別なく、みな吟詠にいそしむしまつでした。かくして道理をわすれて奇異なことばかりいいたて、また虚飾をもとめて瑣末な技巧にとらわれ、一韻の奇抜さをきそい、一字の巧みさをあらそったのです。あまたの篇什は、どれも月露の形態をうたい、机や箱にあふれた諸作は、すべて風雲のようすをえがいたものでした。世間はこうした能力をたかく評価し、朝廷もこの詩文の能力で士を抜擢しました。これによって、詩文によって禄をえる路がひらかれ、文学愛好熱はますますたかまっていったのです。

［第三段］捐本逐末の風潮

そこで村里の子どもや貴族の若者たちは、ろくに干支もしらぬうちから、五言詩をつくるようになりました。伏羲や舜、禹らの古典や、伊尹や傅説、周公、孔子らの議論には、まったく関心をもたないし、耳をかたむけようともしません。彼らは傲慢なふるまいを清虚な行為とし、華麗な詩をつくることを特別な功績だとかんがえ、さらに儒者ふう素養をふるくさいとし、詩賦こそ君子にふさわしいとみなしたのです。かくして詩文は日に隆盛しましたが、政道は日に混乱しました。なぜなら、聖人の規範をすてさり、無用の詩文創作が有用だとおもいこんだからです。根本をわすれて末節をおいかける風潮が、中華の地をおおいました。そしてそれをつぎつぎ継承し、ながいことあおりたてたのでした。

**[第四段] 実録の文章**

ところが、わが大隋が天命をさずけられ、儒学が復興するや、天子さま（文帝）は軽薄な文学をしりぞけ、虚飾の詩文を禁じられました。経義にのっとり質素さをおもんじ、道や仁を体得した者でなければ、官人の仲間になれず、朝臣に列せられぬようになったのです。さらに開皇四年（五八四）に、天下に詔をくだし、公私の文書はすべて実録ふうであるべしと命じられました。その年の九月には、泗州刺史の司馬幼之がたてまつった上表の文が華麗すぎたので、役所に附して罪をとわせました。これによって公卿や大臣らは、ただしき文章をしることができました。かくして、経書を賛仰せず、華麗な文藻をやめぬ者はいなくなり、また先王の典籍をよまず、世間にその道をひろめぬ者もいなくなったのです。

**[第五段] 弊風排斥**

ですが耳にするところでは、都以外の州や県では、なお弊風にしたがい、官人の登用では、まだ法令どおりしていないようです。さらに宗族のあいだで孝行ぶりをたたえられ、郷土で仁愛をつくし、さらに聖賢の書をまなび、わるい交際をしない者がいても、権門によって門前払いされ、官界に採用されておりません。いっぽう、古典をまなばず、世俗に追随して、軽薄な詩文をつくり、仲間とかたらって虚名をおうような連中が、役人に登用され朝廷におくりこまれております。こうした事態は、各地の県令や刺史たちが教化をおこなわず、私情をさしはさんで、公正さをたもっていないからです。臣はいま御史の台にのぼり、不正を匡正すべき職務についております。もし同種の風聞を耳にすればすぐ地方官を弾劾いたしますが、法網にかけるべき者はおおいはずです。ついては高位の者を督促して、ひろく調査させ、もしそうしたケースがあれば、くわしく状況を記録して御史台に通報させる「べく、勅令を発してくださる」よう、お願いもうしあげます。

## 【考察】

### 一　美文による官人登用

この章は、隋の功臣、李諤《りがく》あざなは士恢（生没年未詳。六世紀後半に活躍）の「上隋高帝革文華書」（隋の高帝に上《たてまつ》りて文華を革《あらた》めさす書）の文章について、行文のありかたや修辞の巧拙を吟味し、その文学的価値を評しようとするものである。この上書の作、厳可均の『全隋文』では「上書正文体」と称している。しかしこの標題はやや陳腐だし、内容的にも的確さを欠くようだ。そこで本章では、郭紹虞『中国歴代文論選』の呼称にしたがって、「上隋高帝革文華書」と称することにした（「隋高帝」とは隋の文帝をさす）。

文学史上においては、李諤はこの「上隋高帝革文華書」の作者としてしられているにすぎない。『隋書』巻六十六の本伝（李諤や鮑宏ら十二人の合伝）によると、彼は北方の趙郡の出身である。この趙郡李氏の家系は、西晋のとき書侍御史をつとめた李楷という人物に由来している。李楷がつかえた西晋が滅亡し、華北の地が胡族に占領されたあとも、李氏の一族はそのまま趙郡にいついて、北方の王朝につかえたのである（後述）。

やはり本伝によると、李諤の人となりは「好学であり、属文《しょくぶん》を解」し、北斉、北周、隋という三王朝に歴仕したという。最初に出仕した北斉では、その好学ぶりをみとめられたのだろうか、すぐ中書舎人という枢要の官につき、「口弁有りて、毎《つね》に陳の使いに接対」している。この「陳の使いに接対」したというのは、南北朝のあいだでおこなわれた通好使の応対のことをさす。当時の南北通好は、当代の代表的な文化人がたがいに行き来して、国の名誉をかけて、丁々発止のやりとりをおこなうものだった。それゆえ、その応対役はたいへんな名誉であるとともに、凡庸な人物ではつとまらぬ重要な役目でもあった。そうした仕事をつとめたとすれば、李諤は「好学」「口弁」のみならず、シャープな知略も有していたと推測してよかろう。

やがて北斉がほろびるや、李諤は北周につかえた。そして北周の重臣だった楊堅に信頼され、しばしば彼の懐刀として種々の献策をおこなったという。つづいて、楊堅が北周の禅《ゆず》りをうけて隋朝をひらくや、南和伯の爵号をたまわり、治書侍御史のポストについた。晩年には通州刺史となったが、その地で恵政をほどこしたので、民衆はよろこんでその統治に服したという。そして「後三年にして、官に卒《しゅっ》」したのだった。

こうした李諤の生涯について、本伝末尾の「史官曰」は、「大廈は一本の枝ではたてられぬように、帝王の功も、一士の計略だけでは成就しない。さまざまな異能の士が隋文帝をささえていた」とのべ、その異能の士のひとりとしてこの李諤をあげる。そして巻六十六に立伝した李諤ら十二人を、

皆な廊廟の榱桷《すいかく》、亦た北辰の衆星なり。

と評するのだ。前句の「檳榔」とはたるきの意で、転じて重責をになう人物をさす。また後句の「北辰の衆星」は、『論語』為政の「為政以徳、譬如北辰居其所、而衆星共之」（徳でもって政治をなせば、それはあたかも北極星が中心にすわり、周囲の星がこれにしたがうようなものだ、の意）をふまえており、「北辰＝天子、衆星＝功臣」の隠喩だと解してよかろう。つまりこの二句は、李諤ら十二人は廟堂で重きをなした人びとであり、文帝を補佐した功臣だった、とたたえているのである。

これを要するに李諤は、北方三王朝の交替をうまくおよぎきった有能な政治家であり、最後は隋の功臣として名をなした、強運のひとだったと評してよかろう。そうした能臣というべき李諤だが、彼はひょんなことから、文学史にも名をのこすことになった。それが、本章でとりあげる「上隋高帝革文華書」の執筆である。

この上書は、受禅してまもない隋朝の人材登用策を論じたもので、「地方官は文帝の意にそむいて、軽薄な詩文をつくる連中を登用し、朝廷におくりこんでいる。これをやめさせるべきだ」と主張している（上奏した年は、かりに開皇五年〈五八五〉としておく。注6を参照）。かく官人登用を論じた政治的献策であり、李諤本人も文学論をつづったとはおもっていなかったろう。しかし論旨の展開上、風雲月露ばかりの軽薄な美文を排し、経世致用の文章を推奨したので、後代、彼の上書は美文の空疎さを的確についた文学論とみなされ、文学批評史上で注目されるようになったのだった。では、李諤がこの上書をたてまつった背景を、ざっと概観しておこう。彼が上書をたてまつった意図について、『隋書』本伝は、

諤又以属文之家、体尚軽薄、遞相師効、流宕忘反。於是上書曰、……

李諤は、当時の文人たちは軽薄な文章をたっとび、しかもつぎつぎ模倣しあって、とどまるべきところをしっておらぬとおもった。そこで上書を天子にたてまつった。……

と説明している。これによると隋初、文人たちに軽薄な文章が流行したので、それに危機感をいだいたのが理由だったようだ。李諤は「好学であり、属文を解」したとはいえ、文雅にひいでた人物ではなく（詩賦の類は一篇も残存しない）、むしろ知略すぐれし政治家であった。そうした彼がなぜ、軽薄な文章の流行に危機感をいだいたのか。それは、李諤の上書自体が、明快に説明してくれている。

すなわち、李諤の「上隋高帝革文華書」によれば、文学は風教に資するべきものである。ところが南朝の斉梁では、その重要な使命をわすれて軽薄な文学に熱中し、朝廷も詩文の能力で士を抜擢するようになった。わが隋朝が成立するや、賢明な天子さまはそうした軽薄な文学をしりぞけ、虚飾の詩文を禁じられたのである。かくして隋では、経書にのっとり、道や仁を体得した者でなければ、官人になれぬようになった、はずだった。ところが都以外の州や県では、なお地方官がその方針を遵守しておらず、軽薄な詩文をつくる連中を登用し、朝廷におくりこんでいる――とのべている。ここからは直接、上書を引用すると、

臣はいま御史の台にのぼり、不正を匡正すべき職務についております。もし同種の風聞を耳にすればすぐ地方官を弾劾いたしますが、法網にかけるべき者はおおいはずです。ついては高位の者を督促して、ひろく調査させ、もしそうしたケースがあれば、くわしく状況を記録して御史台に通報させる［べく、勅令を発してくださる］よう、お願いもうしあげます。

という。この提言は、いかにも北朝らしい武断的なやりかたである。こうした厳罰主義で一国の文風を矯正できるとかんがえること自体、いかにも北朝人らしい強権体質をしめしていよう。

以上が、上書をたてまつった背景である。つまり李諤上書の趣意は、軽薄な詩文への批判もさることながら、その主眼は、軽薄な［詩文をかく］連中を採用する地方官を、弾劾することのほうにあった。文帝の［軽薄な文章をしり

ぞけ、虚飾の詩文を禁じる」方針に忠実な彼からすれば、経義にのっとり、道や仁を体得した賢才をこそ登用すべきであり、軽薄な詩文をこのむ連中を出仕させるなど、とんでもないことだとおもわれたにちがいない。そうした軽薄な連中を登用する地方官は、どうしてもこらしめてやらねばならぬ――李諤はこうかんがえたのだろう。

では、李諤が上書中で批判する斉梁の官人登用とは、具体的にはどんな事実をさすのか。李諤上書は、斉梁では「世間はこうした能力（美文をつづる能力）をたかく評価し、朝廷もこの詩文の能力で士を抜擢しました」といっている。この発言をうのみにすれば、斉梁では詩文の才のみで官人登用がされていたようにみえる。だが、そんなことはありえない。斉梁をふくめた南朝では九品官人法、実態としては世襲的な門閥制度によって、仕官のルールは確立しており、詩文を得意とするだけで官位が左右されるようなことはなかった。

しかし、たとえばつぎのような例が、史書に記録されている。それは、

○［梁書巻四一王規伝］六年、高祖於文徳殿餞広州刺史元景隆、詔羣臣賦詩。同用五十韻、規援筆立奏、其文又美。高祖嘉焉、即日詔為侍中。

普通六年（五二五）、梁武帝は文徳殿において、広州刺史元景隆のために餞別の宴をひらき、群臣に詩をつくるよう命じた。五十韻でつくらせたところ、王規は筆をとるや、さっとかきあげて奏上し、しかもすばらしい出来ばえだった。武帝はこれをたたえて、即日に侍中とした。

○［同右褚翔伝］中大通五年、高祖宴羣臣楽遊苑、別詔翔与王訓為二十韻詩、限三刻成。翔於坐立奏。高祖異焉、即日転宣城王文学、俄遷為友。時宣城友、文学加它王二等。故以翔超為之、時論美焉。

中大通五年（五三三）、梁武帝は群臣と楽遊苑で雅宴をひらき、とくに褚翔と王訓に二十韻の詩を三刻でつくるよう命じた。すると褚翔はその場でさっとつくり奏上した。武帝はおどろき、即日、宣城王文学に転任させ、

またすぐ宣城王友にした。この宣城王友と宣城王文学は、他の王の属官になるより一等級ほど上位であった。このように武帝は異例の抜擢をしたので、ときの人びとは美談だとほめそやした。

〇［南史巻三四周弘正伝］後為平西邵陵王府諮議参軍、有罪応流徙、勅以賜干陁利国。未去、寄繫尚方。於獄上武帝講武詩、降勅原罪、仍復本位。

周弘正はのちに平西の邵陵王府の諮議参軍となったが、罪にふれて辺地にながされることになり、干陁利国にゆくよう命じられた。出発するまえ、獄中にとらわれていた。弘正は獄中で梁武帝に「講武詩」をたてまつるや、勅をたまわって罪をゆるされ、またもとの地位にかえることができた。

のごとき事例だ（いずれも梁武帝がからむ）。こうしたケースは、当時でも異例のことだったとおもわれ、だからこそ史書に美談だとして記録されたのだろう。ただこれだけをみれば、たしかに詩文の才で昇進や恩赦をきめていたといえなくもない。北朝人士には、この種の人事が南朝で横行しているようにみえ、それがやや誇大に李諤の耳にはいったのかもしれない。

さらに、李諤に南朝の官人登用のでたらめさを信じさせたのが、陳の後主のさまざまな悪行だったろう。陳後主の悪行はひろくしられているが、そのひとつが、忠直な臣下をしりぞけ、文学の士や小才の者に官位を乱発したことだった。そのでたらめさは『陳書』に、

〇［巻三四文学伝］後主嗣業、雅尚文詞、傍求学芸、煥乎俱集。毎臣下表疏及献上賦頌者、躬自省覧、其有辞工、則神筆賞激、加其爵位。是以搢紳之徒、咸知自励矣。

後主は即位するや、文学をたっとび、学問を追求したので、おおくの人材があつまってきた。臣下が表疏や賦頌を奏上するたび、後主はいつも自身でこれを閲読した。そしてたくみな文章をみつけると、神筆だとたたえ

て、その臣下に爵位をおくった。これによって陳の知識人たちは、文学にはげむと立身に有利になると気づいたのだった。

○［巻三〇傅縡伝］縡素剛、因憤恚。乃於獄中上書曰、「……陛下頃来酒色過度、不虔郊廟之神、専媚淫昏之鬼。小人在側、宦豎弄権、悪忠直若仇讎、視生民如草芥。後宮曳綺繍、厩馬余菽粟、百姓流離、殭尸蔽野……」。

傅縡は剛直な気性だったので、［後主の言動に］怒りを感じ、獄中から上書していった。「……陛下はこのごろ酒色の度がすぎ、郊廟の神を拝さず、下劣な鬼神の機嫌をとっておられます。小人が側にひかえ、宦官が権力をふるっていますが、彼らは忠義な臣下を仇のようにきらい、民衆を塵芥《ちりあくた》のようにみなしております。後宮では宮女が美衣を身にまとい、馬小屋の馬がごちそうをたべていますが、民衆はちりぢりに流浪し、死体が野をおおいつくしております。……」

○［巻六後主本紀魏徴曰］後稍安集、復扇淫侈之風。賓礼諸公、唯寄情於文酒、昵近羣小、皆委之以衡軸。謀謨所及、遂無骨鯁之臣、権要所在、莫匪侵漁之吏。政刑日紊、尸素盈朝。

後主は即位後、しだいに易きにながれ、奢侈の風にそまった。佞人どもを礼遇して、もっぱら文学や酒に心をよせ、つまらぬ連中に親炙して、彼らに要職をまかせた。国務を決定しようにも、硬骨の臣下はおらず、権要の地位にいる者といえば、貪欲な役人以外のものはいなかった。かくして政治や刑罰は日々みだれ、給料泥棒が朝廷にみちていた。

などと記録されている。

最初の事例は、後主が文学をこのみ、「たくみな文章」だけで爵位をくわえたので、知識人たちは「文学にはげむと立身に有利になると気づいた」ことを叙している。こうして、恣意的な官人登用がおこなわれるや、二例目の傅縡の上奏文にあるように、小人や宦官ばかりを重用するようになったのだった。その結果、最後の事例にあるごとく、「後代、初唐の」魏徴によって、「佞人どもを礼遇して、もっぱら文学や酒に心をよせ、つまらぬ連中に親炙して、彼らに要職をまかせた」と指弾されるようになってしまった。陳の末期、後主のでたらめな官人登用は、こうした惨状を出現させてしまったのである。

李諤が「上隋高帝革文華書」を草した時期、陳はこの愚昧な後主のもとで、かろうじて余喘をたもつだけの状況におちいっていた。そうした陳の末期症状ぶりについては、李諤はいろんなルートによって、おおくの情報をえていただろう（李諤はかつて「陳の使いに接対」していたので、陳からの情報ルートはおおかったはずだ）。李諤は、そうした陳の状況を耳にするにつけても、軽薄な詩文による官人登用の不可を確信したにちがいない。

## 二　篤実な対偶研究

さて、右のような状況でかかれた李諤「上隋高帝革文華書」の文章について、以下で、行文のありかたや修辞の巧拙を考察してゆくことにしよう。この節では、まず対偶について検討しよう。

李諤は上書中で、雕虫の小芸の不可をいい、虚飾を追求することを批判していた（第二段）。すると対偶に対しても、白眼視していたかというと、けっしてそうではない。そもそも、李諤上書の対偶率は64％（百十三句中の七十二句が対偶を構成する）であり、「文賦」66％、「文選序」62％、『文心雕龍』序志篇49％、「雕虫論」47％、「宋書謝霊運伝論」43％、「詩品（上）序」42％など、南朝文学批評の名篇とくらべても、おさおさ見おとりしない。さらに、実務を叙した最後の第五段をのぞいたならば、この上書の対偶率は75％にまではねあがり、「文賦」をしのぐ対偶率となる。つまりこの上書は、対偶の量に関しては、李諤がきらった斉梁の美文とくらべても、遜色のないパーセンテージだといってよい。かく自身が対偶を多用するからには、上書中で批判する雕虫や虚飾などのうちに、この対偶の技巧はふくまれなかったとかんがえねばなるまい（後述）。

では、じっさいに李諤上書の対偶をみてゆこう。ここでは、とくに対偶率がたかい第三段をあげてみると、

於是┌閭里童昏、┌未窺六甲、至如┌義皇舜禹之典、┌不復関心、┌以傲誕為清虚、┌指儒素為古拙、
　　└貴游総丱、└先製五言。　　└伊傅周孔之説、└何嘗入耳。└以縁情為勲績、└用詞賦為君子。

故┌文筆日繁、良由┌棄大聖之軌模、捐本逐末、流徧華壌、递相師祖、久而愈扇。
　└其政日乱、　　└構無用以為用也。

そこで村里の子どもや貴族の若者たちは、ろくに干支もしらぬうちから、五言詩をつくるようになりました。伏義や舜、禹らの古典や、伊尹や傅説、周公、孔子らの議論には、まったく関心をもたないし、耳をかたむけようともしません。彼らは傲慢なふるまいを清虚な行為とし、華麗な詩をつくることを特別な功績だとかんがえ、さらに儒者ふう素養をふるくさいとし、詩賦こそ君子にふさわしいとみなしたのです。かくして詩文は日に隆盛しましたが、政道は日に混乱しました。なぜなら、聖人の規範をすてさり、無用の詩文創作が有用だとおもいこんだからです。根本をわすれて末節をおいかける風潮が、中華の地をおおいました。そしてそれをつぎつぎ継承し、ながいことあおりたてたのでした。

というものである。この箇所では、じつに二十句中の十六句が対偶をしめている。

これらの対偶、まず形式からみてみよう。すると助字ふうの字をのぞき、同字の重複をさけようとしているのがみてとれる。この対偶中の同字重複は、美文では忌避されるべきものだ。しかし南朝の美文でもときに出現しており、

いわばうっかりミスといってよい。その意味で、同字重複の出現率は、作者のこまかい配慮や注意力をうかがうに、都合のよい指標だといってよい。右の引用部分で、明白な同字重複がないということは（ただし後述のような軽微な重複はある）、作者の李諤が、細心の注意をはらって対偶をつづったということだろう。

ただし李諤の対偶、まったくなんの瑕疵もないのかといえば、そうでもなさそうだ。右の文章のなかから、対偶のあら探しをしたならば、

指儒素為古拙
用詞賦為君子

は「為」が重複していて、ミスだといえなくもない（「以傲誕」の聯もおなじ）。ただし、この句では六字句中に助字がないので、李諤は「為」字を助字のつもりで使用したのだろう。すると、これは許容されなくはない。

それに対し、

文筆日繁
其政日乱

の対偶は、やや問題がありそうだ。まず「文筆↔其政」の対応がすこしみだれている（前者は完全な名詞、後者は「指示語＋名詞」）。あとの句の「其政」を、「政事」や「政道」「経世」などとすればよかった。つぎに「日」字の重複もできればさけて、「日繁↔月乱」などとすればもっとよかったろう。ただしこうした措辞は、他の南朝美文にも散見するものであり、これによって対偶感覚がおとるときめつけるほどの、おおきなミスではない。

つぎに、対偶の内容をみてみよう。例によって、同趣旨の句をならべた正対《せいつい》が過半をしめている。「閭里」云々、「義皇」云々、「不復」云々、「以傲誕」云々などが、それに該当しよう。この正対の多さは、他の六朝美文もおなじ傾向

だった。美文の対偶は、［明確な統計があるわけではないが］正対がほぼ七割ぐらいだろう。

ただすこしつっこんでいえば、李諤上書中の正対は合掌対ふうのものがおおく、内容的に平板でたいくつな印象がないでもないようだ。右の「閭里」云々と「羲皇」云々がそれだが、他の段からも例をあげれば、第一段では

○変其視聴、
　防其嗜欲、

耳目の欲をただし、情欲をがまんさせる。

○五教六行、為訓人之本、
　詩書礼易、為道義之門。

［儒家の主張する］五教と六行とは、民を訓導する根本ですし、詩書礼易などの書は、道義をまもる入口です。

○家復孝慈、
　人知礼譲。

かくして民衆は、家ごとに孝慈の行いをなし、人ごとに礼譲のふるまいをなすようになるのです。

などがそれであり、また第四段からも例をあげれば、

○懐経抱質、
　志道依仁、

経義にのっとり質素さをおもんじ、道や仁を体得した

○不得引預搢紳、
　　参厠纓冕。

官人の仲間になれず、朝臣に列せられぬようになった。

などがあげられよう。これらの対偶は、左右の句が内容的にそろいすぎて、合掌対といわれてもしかたなかろう。それゆえ、おなじことをくりかえしているという印象がつよく、ややもすれば平板な感じをあたえやすい。

こうした李諤上書中の対偶を、他の六朝の美文、たとえば西晋の陸機「文賦」のものとくらべてみよう。すると、たとえば「文賦」第二段中の、

○精騖八極、
　心遊万仞。

その精神は世界の果てまでかけめぐり、その心は万仞のかなたを彷徨する。

○浮天淵以安流、
　濯下泉而潜浸。

天河の流れのなかで構思をたゆたわせ、地下の泉水のなかで発想を洗練させる。

の対偶は、正対とはいえ、平板な印象どころか、広大な空間をとびはね、世界の果てまでめぐるかのような雄大さを感じることだろう。さらに同段の、

観古今於須臾、
撫四海於一瞬。

古今を暫時の間に観望し、天下を一瞬のうちにとらえる。

の対偶では、巨細の対比をおりこみつつ、時間と空間とを並置している。天馬空《てんばくう》をゆくがごとしとは、こうした才腕をいうのだろう。

また陸機「文賦」は、対偶のなかにたくみに比喩もおりこんでいた。たとえば第十八段の、

思風発於胸臆、
言泉流於唇歯。

ひらめきはおのが胸臆から風のようにわきおこり、字句は口中から泉のごとくながれでる。

では、インスピレーションをかたるなかに、自然（風と泉）の比喩をとりこんでいる。おかげで、ややもすれば説明的になりそうな内容にもかかわらず、文学的な表現になりえている。さらに第二十段の、

配霑潤於雲雨、
象変化乎鬼神。

文学はものをうるおす点で、雲や雨にも比せられるし、自在に変化できる点で、鬼神にもなぞらえられる。

にいたっては、文学が有するすばらしき効用を、雲や雨の恵みに比し、さらに鬼神の神出鬼没ぶりになぞらえている。このような斬新な比喩をまじえた対偶（いずれも正対である）は、李諤の文章力では、とうてい不可能な表現だったとおもわれ、あらためて陸機の俊才ぶりにおどろくしかない。

以上、「文賦」の対偶をとりあげ、李諤上書とくらべてみた。右の比較によって、李諤上書中の対偶の平板さが、よく実感されてくるのではあるまいか。陸機の天衣無縫というべき対偶にくらべれば、李諤のそれは、それなりに配慮されたもので、そのたたずまいやお行儀はたいへんよろしい。しかしそのぶん、すこし単調だったりたいくつだったりしないでもない――と評してよかろう。

もっとも、自由に才腕をふるえる賦ジャンルと、謹直であるべき［政治的献策たる］上書ジャンルとでは、対偶の内容がちがってくるのはとうぜんのこととせねばならない。ましてや、六朝屈指の天才たる陸機と比較されれば、さ

しもの知略にとむ李諤といえども、分《ぶ》がわるいにきまっている。そうした点も考慮すれば、李諤上書中の対偶は、同趣旨の二句をバランスよく並置し、同字の重複もほぼまぬがれており、けっして「六朝の詩文のなかで」水準以下の出来ではない。本書でみた、南朝の陸厥「与沈約書」（第三章第七節）や鍾嶸「詩品序」（第六章第二節）の粗雑な対偶にくらべれば、李諤の対偶はずっとすぐれたものだ。これを要するに、李諤上書の対偶は、陸機に比較すれば平板さは否定できないが、しかし篤実なひとが、篤実に努力し、篤実な成果をあげたものといってよかろう。

## 三　硬軟語彙の使いわけ

つぎに、李諤「上隋高帝革文華書」の語彙をみてみよう。まえの節で、対偶の篤実さを指摘したが、そうした印象は、対偶をささえる語彙の面でもいえそうだ。いやむしろ上書中の語彙が篤実だったから、対偶にそうした印象ができた、というべきかもしれない。では上書の語彙は、どこがどのように篤実なのだろうか。

李諤上書の語彙で気づくのは、使用語彙の臨機応変の使いわけである。すなわち、A（時代や思想など）を叙するときはA方面に関する語彙をつかい、Bを叙するときはB方面に関する語彙を使用するなど、内容に応じて適宜、使用語彙をつかいわけている。つまりよく勉強しているのだ。

まず冒頭の第一段からみてみよう。この段は、古代の文学は風教に役だっていたという儒家的文学観を叙したもので、とくに勧善懲悪の文学を強調していた。李諤は、そうした内容にふさわしいよう、儒教の経典に由来する語彙を多用している。

臣聞古先哲王之化民也、必変其視聴、塞其邪放之心、
防其嗜欲、示以淳和之路。
五教六行、為訓人之本、故能家復孝慈、正俗調風、莫大於此。
詩書礼易、為道義之門。人知礼譲。

臣は「古代の聖天子が民衆を教化するや、耳目の欲をただし、情欲をがまんさせ、そして邪悪な心をとどめ、温和になる方策をしめした」ときいています。［儒家の主張する］五教と六行とは、民を訓導する根本ですし、詩書礼易などの書は、道義をまもる入口です。かくして民衆は、家ごとに孝慈の行いをなし、人ごとに礼譲のふるまいをなすようになるのです。習俗をただし風気をあらためるのに、これ以上のものはありません。

この段における語彙の出処（「典故の出典」といってもよい）をしらべてみると、傍点を附した語は儒家関係の書物に由来するものである。典拠の詳細は、別稿「李諤上隋高帝革文華書の文章について（附札記）」（「中京大学文学部紀要」第四八―二号　二〇一四）の「札記」をご覧いただきたいが、たとえば「古先哲王」は、『書経』康誥の「別求聞、由古先哲王、用康保民」（さらに父兄の教えをたずねもとめ、過去の賢王の道にしたがえ。そして、そのよきものを採用して民草をやすんぜよ、の意）に依拠し、「防其嗜欲」は、『孔子家語』五刑解の「夫礼度者、所以禦民之嗜慾」（礼法制度は民の欲を制御するものだ、の意）等の用例を意識していよう。その他、「五教」「六行」「詩書」「礼易」「孝慈」「礼譲」など、いかにも儒家ふうの用語が各所で使用されている(1)。

ところが第二段にすすんでいくと、その使用語彙はまったくちがってくる。この段は、魏の三曹以後に風教の文学が衰微し、斉梁では華美な文飾をほどこした詩文が盛行した、とのべたものである。そうした内容のためか、第一段の儒家関連語彙とはうってかわって、六朝の新語や南朝ふうの華麗な語彙を多用している。具体例でしめすと、第二

段中の

遂復┌遺理存異、┌競一韻之奇、┌連篇累牘、不出月露之形、
　　└尋虚逐微、└争一字之巧。└積案盈箱、唯是風雲之状。

かくして道理をわすれて奇異なことばかりいいたて、また虚飾をもとめて瑣末な技巧にとらわれ、一韻の奇抜さをきそい、一字の巧みさをあらそったのです。あまたの篇什は、どれも月露の形態をうたい、机や箱にあふれた諸作は、すべて風雲のようすをえがいたものでした。

の部分が典型だろう。

ここの語彙をみてみよう。第一聯「遺理存異、尋虚逐微」の「遺理」「存異」「尋虚」「逐微」は、いずれも前漢以前の書物には登場しない語であり、つまり六朝になって創案された新語なのだ。さらに慎重に調査してみると、この四つの新語を集中して使用した用例がみつかった。それは、さきにもあげた陸機「文賦」である。すなわち「文賦」の第十三段に、

┌或遺理以存異
└徒尋虚而逐微

道理を無視して奇異な説をたてると、いたずらに虚飾をもとめて枝葉にとらわれてしまう。

という二句がある。ここの「或」や「以」などの助字をとっぱらってしまえば、そのまま「遺理存異、尋虚逐微」の二句ができてしまう。用語がこれほど偶然に重複するはずはないので、これは李諤が、六朝の代表的な文学論「文賦」をよく勉強し、そこから字句を採取してきたのだろう。

つづく第二聯「競一韻之奇、争一字之巧」も、じつは同種のなりたちをしている。すなわちこの二句は、おそらく

『文心雕龍』明詩篇の、

荘老告退、而山水方滋、┌儷采百字之偶、
　　　　　　　　　　　└争価一句之奇。

老荘思想がおとろえると、山水の美が注目されてきた。それらの詩は、おおくの対偶のなかで文采をくりひろげ、新奇な一句によって価値をあらそっている。

に依拠して、つづったものだろう。つまり「競一韻」の聯も、『雕龍』の行文を基底におきつつ[2]、李諤なりに改変をくわえておりなした表現なのだ。

その改変ぶりにたちいってみると、李諤は『雕龍』の「儷采↕争価」（ともに六朝の新語）を、「競↕争」というシンプルな対応にかえ、おなじく「百字之偶↕一句之奇」という字句を、「一韻之奇↕一字之巧」に改変している。この字句の変更、改良したというべきか、改悪したというべきか、ひとによって判断がわかれるかもしれない。ただ、李諤上書のほうが平易で、意味をとりやすくなっているのは、だれしも同意できることだろう。後世、劉勰の「儷采」云々でなく、この李諤の「競一韻」云々のほうが、よりおおく伝誦されていったのだが、それは、この平易な方向への改変が功を奏したからではないかとおもう。

さて、上書第二段の語彙の考察にかえって、もっとも有名な「連篇累牘、不出月露之形、積案盈箱、唯是風雲之状」を検討してみよう。この隔句対においても、前二聯ほど露骨ではないが、やはり六朝、とくに南朝の用例を下敷きとしている。まず上方の二句「連篇累牘↕積案盈箱」の用例については、「札記」をご覧いただきたいが、南朝でかかれた文章に、「連日累月」や「積篋盈蔵」の連語ふう字句が頻見していた。李諤はそれらを模して、この「連篇累牘」「積案盈箱」という四字句をつづったのだとおもわれる。

つづいて、下方の二句「不出月露之形↕唯是風雲之状」であるが、まず外枠というべき「……之形↕……之状」の構造をもった対偶として、梁の蕭綸「謝令賚馬啓」に

連翩絶景、沃若追風、┌超渥水之形、
　　　　　　　　　　└踰大宛之状。

［お贈りいただいた馬は］とぶように疾駆して姿をかくし、そのしなやかなさまは風をおう駿馬そのもの。渥水生まれの神馬よりも肉づきがよく、大宛産の名馬よりもりっぱな体軀をしております。

という用例がある。「……之形」にしろ「……之状」にしろ、用例がなければおもいつかないほど特別なものではない。ただ、これを対偶内で対比させるということについては、こうした先人の用例からヒントをえたかもしれない。

つぎに、隔句対中の主要な語たる「月露」と「風雲」に注目してみよう（前者は六朝の新語であり、後者は前漢以前から用例がある語である）。この二語は単独でなく、対偶中で対照的に使用されている。六朝の詩文では、この二語を対応させた用例はみつからなかったが、これに類した対応はあちこちにみつかった。たとえば蕭綱「悔賦」に、

┌月露澄暁、
└風柳悲暮。

月下の露は暁天にすみわたり、風にそよぐ柳は夕ぐれにかなしげだ。

とあって、「月露」と「風柳」とが対している。さらに謝朓「高松賦」には、

┌懐風陰而送声。
└当月露而留影

高松は風にそよぐ影をひきうけて、そよそよと音をたて、月下の露をいだいて、ものの影をうつしている。

という用例があり、「風陰」と「月露」とが対応してつかわれている。そのほか、詩ジャンルにはもっと類句がおおく、沈約「詠簷前竹」の「風動露滴瀝、月照影参差」（風がふけば露の滴がしたたり、月がかがやけばふぞろいな影がうつる、の意）など、いくらでもみつけることができる。李諤は、こうした南朝文学の用例を参考にしながら、「不出月露之形↕唯是風雲之状」とつづったのだろう。

それにしても、雅趣ある風物であれば、なんでもよかったろうに、李諤はなぜ「月露」と「風雲」の両語をえらび、それを対置したのだろうか。私なりに推測すれば、この「月露↕風雲」の取りあわせは、たとえば右の「月露↕風柳」や「月露↕風陰」の対応にくらべると、平凡だし単純でもある。しかしそのぶん、簡明で力づよく、相互の対応も明快だ。李諤は、そうした的対《てきつい》（対照が的《あき》らかな対偶。松浦友久「的名対と総不対対」〈著作選Ⅰ〉を参照）ふうの簡明さをこのんで、この「月露」と「風雲」の二語をえらんだのではないか。そしてその前後に、「不出」や「唯是」「之形」「之状」などの補助ふうの字句を配して、「不出月露之形↕唯是風雲之状」という対偶をつくりあげたのだろう。後世、この対偶がとくにこのまれ、「風雲月露」が四字熟語のように多用されたのも、おそらく、そうした的対ふう簡明さが、人びとの心をつかんだからではないかとおもわれる。

以上、第一段の「臣聞古先哲王之化人也」云々と第二段の「遂復遺理存異」云々を例にして、李諤上書の語彙を検討してきた。前者では儒教的文学観を主張するために、儒家関連の語彙を多用し、後者では六朝美文を批判するために、南朝ふうの華麗な語や六朝の新語を使用していたことがわかった[3]。このように李諤は、その論述内容に応じて、使用語彙を臨機につかいわけているのである。

これによって、李諤は「上隋高帝革文華書」をつづるさい、儒家の経典のみならず、南朝の詩文や文学論もしっかり研究していたことが推察されよう。「彼をしり己をしれば、百戦あやうからず」とは、戦国の諸子百家のひとり、孫子の名言であるが、この李諤も、南朝の美文を批判する以上は、それをよく研究しておかねばならぬ、と自覚していたのだろう。すると李諤という人物は、儒学にこりかたまった頑固一徹の男というより、柔軟性にとみ、研究熱心なタイプのひとだったのではあるまいか。こうした姿勢も、篤実なものと評されてよい。

さて、李諤上書の語彙で、これ以外に気づいたことをあげておこう。それは、上記のごとき語彙を使用するさい、おおくの場合、語句を改変することなく、そのままか、あるいはごくわずか改変しただけで使用している、ということだ。上書の第一段から例をしめせば、そのまま使用したのが「道義之門」であり、すこしかえたのが「正俗調風」ということになる。

前者の「道義之門」は、そのままの用例が『易』繋辞上に「成性存存、道義之門」（天成の性が存続してゆく、これが道義の門である、の意）とみえる。過去の語句をそのまま使用した例をほかにもあげれば、第一段中の「古先哲王」は、『書経』康誥にそのまま使用例があったし（前出）、また第二段の「下之従上」句は董仲舒「賢良対策」に、「禄利之路」は『漢書』儒林伝の賛に、また第四段の「聖道聿興」句は沈約「与徐勉書」に、「先王之令典」句は『三国志』巻五や『晋書』巻三十六、三十七、六十四などに、それぞれそのままの用例がみえている。また、右にあげた「遺理存異、尋虚逐微」も、ほぼそのままといってよい字句利用だった。

つづいて後者の「正俗調風」のほうは、経書等に頻用される「移風易俗」の語を、すこし変化させたものだ。同種のものをさがせば、第三段の「捐本逐末」もそうである。これ以前に「棄本逐末」「捨本求末」「背本趨末」など、いろんな言いかたがあった。李諤はそうした語句を模して、「捐本逐末」という字句をつくったのだろう。さらに例を追加すれば、右にあげた「連篇類牘」「積案盈箱」も同種のものといえようし、第二段の「君子之大道」「雕虫之小芸」や第四段の「懐経抱質」「志道依仁」も、やはり既存の語句に少許のひねりをくわえて、造句した字句だといってよかろう（くわしくは「札記」を参照）。

李諤の上書では、このようにできあいの語句をそのまま利用したり、すこしだけ変化させてつづったりすることがおおい。右は、おもに四字句の例をあげたが、二字の語であれば、もうこれはきりがないほどだ。典故技法の立場からいえば、典拠の字句をかく原形にちかい形でつかうのは、くふうがないというべきであり、南朝の詩文ではあまりこのまれない。だがいっぽう、典故利用のうえからみると、安全であり、失敗のすくないやりかただといえよう（原形のままだと典故だと気づきやすいし、意味もとりやすい。そのためか李諤上書の文章は美文ではあるが、難解な文章ではない）。その意味で、李諤上書の典故の使いかたは、いわば安全運転に徹したものといえ、これも対偶とおなじく、「篤実」の評言があてはまるだろう。

## 四 実務的文章の改革

ここまで、李諤「上隋高帝革文華書」の文章について、対偶と語彙（関連して典故にもふれた）を中心に、いささかの考察をしてきた。他にも考察せねばならぬことはあるだろうが、以上によって、ほぼ李諤上書の行文の輪郭はみえてきたようにおもう。

この李諤上書、いわんとする内容はともかくとして、文体はまごうかたなき四六駢儷のスタイルである。対偶はやや平板な印象がしないではないが、それでも［「詩品序」のごとき］初歩的なミスをおかさぬ、着実なつくりかたただった。いっぽう語彙においても、内容に応じて、経書や六朝詩文の用語が適切につかいわけられていた（四六には言及しなかったが、四字句と六字句がおおいことは一目瞭然だろう）。これは、ひろい教養をもち、的確な用語感覚がないと不可能なことだといってよい。以上を要するに、李諤上書の行文は、南朝の美文のなかにおいても見劣りしない水準、いやそれ以上の美的文章だと評してよかろう。(4)

このように李諤の上書が水準以上の美文だとすれば、つぎの段階として、「なぜ李諤は……」という疑問がいろいろ生じてきそうだ。以下では、そうした疑問に回答してゆこう。

第一に、李諤はなぜこれほどの美文をつづれたのか。彼は、文雅とぼしき北朝のひとであり、かつ特段の文学的才能があった［と史書に評されている］わけでもない。そうした実務的政治家にすぎぬ李諤が、なぜこれほどの美文をつづれたのだろうか。

それは、彼の家系とかかわりがありそうだ。すなわち、近時に刊行された王允亮『南北朝文学交流研究』（上海古籍出版社　二〇一〇）の第三章第二節「趙郡李氏家族成員」によると、この李諤は北朝の名門、趙郡の李氏の出身だった。この趙郡李氏の家系は西晋のとき、書侍御史の官をつとめた李楷が、八王の乱をさけて趙郡の平棘に移住してからはじまる（前述）。その後、この一族は、経学や文学の方面で幾多の才能を輩出し、北朝の名門となっていった。なかでも注目すべきなのは、そうした高度の文化的教養をいかして、南北の文化交流において、顕著な功績をあげたということである。たとえば、この一族の李騫（北魏のひと）や李概（北斉のひと）は南朝に派遣されているし、また李安世（北魏のひと）や李緯（北斉のひと）は南朝の使者をむかえて、彼らと応対するという役目をはたしている。

かく南北の文化交流にふかい関係を有したためか、趙郡李氏には、南朝の文化や文学にくわしい人物がすくなくなかった。一例をあげれば、李諤と同時代の李孝貞なる人物は、楽府詩「巫山高」をのこしている（『文苑英華』巻二〇一）。この楽府は、漢代の鼓吹饒歌のひとつであるが、南北朝から唐代にかけて、おおくの詩人が同題で替え歌をつくっている。この楽府で注目すべきなのは、標題に「巫山」の語があることから、宋玉「高唐賦」「神女賦」中の神女（さらには「巫山雲雨」）へ連想がつながりやすかったということだ。そのためその内容も、宮体ふうの艶情にちかづきがちだった。

じっさい、この李孝貞がつくった「巫山高」詩も、宋玉賦からの影響が顕著にうかがえる。その詩をしめせば、

荊門対巫峡　雲夢邇陽台　荊門は巫峡に対し　雲夢は陽台にちかい
燎火如奔電　墜石似驚雷　燎火は稲妻のごとく　墜石は雷鳴のようだ
天寒秋水急　風静夜猿哀　さむくなり秋の河水は流れがはやく、風しずかにして夜猿の悲鳴がきこえる
枕席無由薦　朝雲徒去来　これでは枕席をすすめる方法もなく　朝雲もむなしく去来するだけだ

というものだ。はじめ六句は、巫山周辺の自然を描写したものである。ところが、末二句をみると、「枕席」や「朝雲」などの［宋玉の賦に由来する］艶っぽい語がみえているのに気づく。王允亮氏によれば、この李孝貞の「巫山高」詩は、

詩題は濃厚な南方の色彩をそなえている。この詩は巫山の神女の故事を端緒としながら、恬淡とした雅致を有しており、北方文学特有の質実剛健な気象とはちがって、南朝の艶麗な特色がつよい。「陽台」「枕席」などの語は、男女の交情を暗示して宮体の雰囲気を有しており、南朝文学の影響をはっきり体現している。

というものだという。つまり李孝貞の詩は、「男女の交情を暗示して宮体の雰囲気を有しており、南朝文学の影響をはっきり体現」したものなのだ。彼は北朝では例外的に文化的素養にとみ、南朝の文学にくわしかったので、この種の宮体ふうの五言詩もつくれたのだろう。李孝貞にかぎらず、趙郡李氏の人びとには、こうした南朝ふう文化にしたしんだ人物がおおかったようだ。

さて、王允亮氏のご研究に依拠しながら、李諤の家系について説明してきた。冒頭でものべたが、李諤そのひとも、

「好学であり、属文を解」し、「口弁有りて、毎《つね》に陳の使いに接対」したという経歴を有している。そうだとすれば、とうぜん李諤自身も南朝の文学にくわしかったことが想像され、彼が「競一韻之奇、争一字之巧。連篇累牘、不出月露之形、積案盈箱、唯是風雲之状」のごとき美文をつづれたのも、じゅうぶん納得がゆくわけである。かくかんがえれば、李諤が風雲月露の美文をきらったのも、南朝の文学に精通していたので、かえってその無内容さを知悉していたからかもしれない。

つづいて第二に、この李諤上書、文中で美文を「風教に役だたぬとして」批判しておりながら、その行文のほうは、なぜか整斉した美文でかかれている。これはいったいどういうことだろうか。この李諤上書における言行の不一致は、おおくの研究者がふしぎにおもったようで、これまでにもしばしば疑念が提起されてきている。

だが、これも李諤上書を精細によんでみれば、すぐ了解できることだ。この上書は、よく「美文を批判したもの」と説明されるが、事実はかならずしもそうではない。批判の矛先は、風雲月露の美文それ自体よりも、「軽薄な文人を採用する」隋の地方官のほうにむけられているのだ。すなわち李諤は上書の第四・五段で、

これ（文帝の詔の発布）によって公卿や大臣らは、ただしき文章をしることができました。かくして、経書を賛仰せず、華麗な文藻をやめぬ者はいなくなり、また先王の典籍をよまず、世間にその道をひろめぬ者もいなくなったのです。

ですが耳にするところでは、都以外の州や県では、なお弊風にしたがい、官人の登用では、まだ法令どおりしていないようです。さらに宗族のあいだで孝行ぶりをたたえられ、郷土で仁愛をつくし、さらに聖賢の書をまなび、わるい交際をしない者がいても、権門によって門前払いされ、官界に採用されておりません。いっぽう、古典をまなばず、世俗に追随して、軽薄な詩文をつくり、仲間とかたらって虚名をおうような連中が、役人に登用

され朝廷におくりこまれております。こうした事態は、各地の県令や刺史たちが教化をおこなわず、私情をさしはさんで、公正さをたもっていないからです。

といっている。つまり李諤上書の批判は、儒学をまなんだ篤実な人物をとらず、軽薄な詩文をかく連中ばかりを登用している地方官（たとえば司馬幼之がそうである）のほうにむけられているのだ。李諤は「文学はかくあるべき」といっているのでなく、「官人登用はかくあるべき」と主張しているのである。それなのに、李諤が美文を批判したと解されたのは、上書中の「競一韻之奇、争一字之巧。連篇累牘、不出月露之形、積案盈箱、唯是風雲之状」の一節があまりにも有名になったので、つい誤解されてしまったのだろう。

では、李諤がよしとする文学とは、どんなものだったのか。彼は上書の第一・二段で、

［儒家の主張する］五教と六行とは、民を訓導する根本ですし、詩書礼易などの経書は、道義をまもる入口です。かくして民衆は、家ごとに孝慈の行いをなし、人ごとに礼譲のふるまいをなすようになるのです。習俗をただし風気をあらためるのに、これ以上のものはありません。……このように勧善懲悪のためでなければ、そんなことはしなかったのです。

ところが後代になると、そうした風教の美風がおとろえてきました。……

という。つまり李諤がよしとする文学とは、風教の美風を有した詩文であり、具体的には勧善懲悪、つまり経世に役だつものだった。こうした考えかたは、「詩大序」からつづく儒教の伝統的文学観であり、きわめてまっとうなものである。李諤からすれば、文学を批評する基準は「風教に役だつかどうか」であって、スタイルが美文だろうがそうでなかろうが、そんなことはどうでもよかった。つまり、内容が風雲月露のごとき柔弱なものでなく、経世致用に役だつものであればそれでよいのであって、対偶等の修辞をこらすことは、べつにかまわなかったのである（内容が風雲月

露であることと、文体が四六駢儷であることとは、じつは密接な関係があるのだが、文学者でない李諤はそこまでは気づかなかったのだろう）。だからこそ李諤は、おのが上書でも美的な文章をつづったのだろう。

第三の疑問として、この李諤上書の主張は、当時いかなる意義を有していたのだろうか。風教を重視せよという李諤の主張は、南朝の修辞主義や風雲月露の美文を経過したあとからみると、時計の針を逆もどりさせようとするかの感がある。そうした発言が、当時どれほど通用し、いかなる意義をもったのだろうか。

李諤の主張は、たしかに頑迷で時代錯誤な印象をあたえる。しかし右でもみたように、彼の提言は、でたらめな人事採用をする地方官をとりしまるよう要請するものであり、美文を廃すべしと主張したものではなかった。おそらく李諤からすれば、儒学をまなんだ篤実な人物が採用されればそれでよかった。風雲月露の美文をつづる文人など、無官にしてほうっておけばそのうちきえるだろう、ぐらいにおもっていたのだろう。このあたり、地方官を厳法でとりしまることにくらべると、かなり穏健なものだったといってよい。

これを蘇綽の場合とくらべてみよう。李諤よりすこしまえ、西魏の宇文泰につかえた蘇綽は、「大誥」という詔勅を発布した。これは南朝ふうの浮華な美文を改革せんとして、理想の文章モデルとしてつづったものだった。だが、その文章は『尚書』大誥を模した古怪なもので、とうてい実用にたえられぬ代物であった。そうではあるが、もし李諤が真に［文学上の］浮華の風を一掃しようとするなら、蘇綽のごとく古風な文章を強要して、美文それ自体を禁止すべきだったろう。(5) しかし李諤は、そこまで急進的ではなかった。李諤そのひとは、あくまで実務を重視する政治家であり、文章の改革者ではなかったのである。

もうひとり、李諤とくらべるのに都合のいい人物として、［李諤よりすこしあと］初唐の劉知幾という歴史家がいる。この劉知幾も、自分は美文で『史通』をつづっておりながら、

自茲已降、史道陵夷、作者蕪音累句、雲蒸泉湧。其為文也、大抵編字不隻、捶句皆雙、脩短取均、奇偶相配。故応以一言蔽者、輒足為二言、応以三句成文者、必分為四句。弥漫重沓、不知所裁。

『史記』『漢書』より以後、六朝の史道は衰微した。史家の蕪雑な音律や重複した句が、雲や泉のごとくわきでてきた。かれらの文章は、おおむね一字だけでおさまらず、また対偶にしないではやまない。句は字数の長短をととのえ、対句と散句とをまじえている。一語でいえる内容を、わざと二語にひきのばし、三句でつづるべきところを、わざわざ四句にして叙している。こうした書きかたが蔓延して、整頓しようがないほどだ。

といって、対偶多用の美文を批判していた（『史通』叙事篇）。右の文をみると、どうやら知幾は同内容をくりかえした対偶（正対《せいつい》）を、冗漫でよろしくないとおもっていたようだ（傍点）。しかし李諤は、こうした対偶への違和感も、感じていない。いやそれどころか、「まえにもみたように」内容が経世致用に役だつものであったなら、対偶を多用してもまったくかまわなかったのである。

要するに李諤は、前代の蘇綽のごときラディカルな復古論者でなく、後代の劉知幾のごとき対偶追放論者でもなかった。ただ風雲月露の文による官人登用を、不可だと主張したにすぎなかったのである（ただし官人登用の改革には、きびしい姿勢をつらぬいた）。その意味で李諤の主張は、美文批判としては間接的なものにすぎず、致命的な打撃をあたえたというようなものではなかったといってよかろう。

ちなみに、李諤と同種の主張は、すでに南朝斉梁のひと裴子野《はいしや》が、「雕虫論」という作のなかで提唱し、そして実践していた。伝統的な風教の美風を推奨したこと、浮華な詩文を排斥しながら、みずからは対偶を忌避しなかったこと、篤実な人がらで政治実務にも堪能だったこと、そのため天子（隋文帝）からおもんじられたこと――こうした李諤上書の内容とその実践とは、じつは先行する裴子野の文学的主張でもあり、また政治的実践でもあったのである。じっさい李諤上書のなかには、この「雕虫論」を模したとおもわれる箇所もすくなくない（詳細は、第五章第七節を参照）。「雕虫論」が純粋の文学論でなく、官人登用の点から文学を評するという共通点を有していたので、李諤も模倣しやすかったのだろう。それゆえ李諤は、裴子野「雕虫論」の主張を脳裏にうかべながら、彼の「上隋高帝革文華書」をつづったのではないかと、私は推測しているのである。

## 五　文学と政治の相関

李諤がつかえる隋は、南北朝を統一した王朝である。南北が対峙していた時期、胡族が支配する北朝は、軍事方面では概して優勢であって、劣勢になることはほとんどなかった。それに対し文化方面では、つねに南朝の風下にたつことを余儀なくされてきた。そうした、軍事に比したときの文化の劣勢ぶりは、当時では自明だったようで、北朝の人士でもみとめざるをえなかったようだ。つぎの有名なエピソード、

［杜］弼以文武在位、罕有廉潔、言之於高祖。高祖曰、「……江東復有一呉児老翁蕭衍者、専事衣冠礼楽、中原士大夫望之以為正朔所在。我若急作法網、不相肸饒借、……士子悉奔蕭衍、則人物流散、何以為国」。

杜弼は、北朝の文武の官が清廉でなかったので、高祖（高歓のこと。北斉の基礎をきずき、死後に高祖とよばれた）に［きびしくとりしまるよう］言上した。すると高祖はいった。「……江東に呉の蕭衍という老翁がおって、南方の文化レベルをたかめている。わが北地の士人もこれを遠望して、これこそが文雅の規範だと信じておる。もしわしが臣下をきびしくとりしまって寛容でなくなると、……彼らはみな、この蕭衍のもとに逃散してしまうことだろう。そうすれば有能な人材がうしなわれ、わしの国はなりたってゆかぬのじゃ」。

は、そうした南北朝の文化方面での格差をよくあらわしている（『北斉書』巻二四杜弼伝）。とくに高歓もいうように、梁武帝（蕭衍）の治世は、その寛仁な文治政策によって太平を謳歌し、北地の士人たちも「これこそが文雅の規範だと信じ」ていたほどであった。それゆえ英傑の高歓といえども、この梁武帝の文治政策には、一目おかざるをえなかったのである。

ところが、時代がくだった李諤の当時にあっては、状況はまったくちがっていた。彼の「上隋高帝革文華書」の文章は、隋建国当初の清新な気風を反映して、つよい意気ごみと自信とにあふれている。彼は南朝を「詩文は日に隆盛しましたが、政道は日に混乱しました。なぜなら、聖人の規範をすてさり、また無用の詩文創作が役だつとおもいこんだからです」と非難したあと、おのが隋朝の文化［と官人登用］政策について、

ところが、わが大隋が天命をさずけられ、儒学が復興するや、天子さま（文帝）は軽薄な文章をしりぞけ、虚飾の詩文を禁じられました。経義にのっとり質素さをおもんじ、道や仁を体得した者でなければ、官人の仲間になれず、朝臣に列せられぬようになったのです。

と、ほこらしげにつづっている（第四段）。南朝の華麗な文学を「軽薄な文章」「虚飾の詩文」と断じ、わが北朝は「経義にのっとり質素さをおもんじ」ていると主張する。この発言には、北朝の質実さのほうが、南朝の軽薄さにまさるのだという、ひらきなおったような自負さえ感じられる。このときの李諤には、［北斉の高歓のごとき］南朝の文雅への劣等感など、まったくなかっただろう。懦弱な南方の連中（陳朝）など一呑みにして、南北を統一してやろうという意気ごみが、こうした強気の字句をつづらせたのに相違ない。

くわえて、この李諤の上書は、李諤一己《いっこ》の考えでたてまつったのでなく、どうやら隋文帝とくんだ官人登用策変革の一環だったようだ。というのも、『隋書』巻七十六文学列伝をみると、

高祖初統万機、毎念斲彫為樸、発号施令、咸去浮華。然時俗詞藻、猶多淫麗、故憲台執法、屢飛霜簡。

隋の高祖（文帝）が政権をにぎった当初、帝はいつも文飾を廃して素朴な文にしようとこころがけた。そこで天下に詔令を発して、浮華な文飾をすべてやめさせた。だがそれでも、世俗の文藻はなお装飾しすぎたので、御史台が法を徹底させようと、しばしばそれを弾劾する上奏文を提出したのである。

とあるからである。ここの記載は、李諤上書のつぎのような記述、

開皇四年（五八四）に、天下に詔をくだし、公私の文書はすべて実録ふうであるべしと命じられました。その年の九月には、泗州刺史の司馬幼之がたてまつった上表の文が華麗すぎたので、役所に附して罪をとわせました。

と符合していそうだ（第四段）。すると文学列伝にいう「天下に詔令を発して、浮華な文飾をすべてやめさせた」というのは、おそらく李諤上書の「開皇四年（五八四）に、天下に詔をくだし、公私の文書はすべて実録ふうであるべしと命じられました」に相当するのだろう。さらに文学列伝に「御史台が法を徹底させようと、しばしばそれを弾劾する上奏文を提出した」とあるが、まさにこの「上隋高帝革文華書」が、その「弾劾する上奏文」に該当するのではあるまいか。李諤はこのとき、御史台に職を奉じ、その治御史のポストについていたからである(6)。このようにみてくると、この李諤の上書は、おそらく隋文帝と暗々裏に気脈を通じたうえでの上奏であり、いわば共同作戦だったと推測してよかろう。

南朝文学にくわしい李諤が、斉梁だけでなく、魏の三祖（曹操、曹丕、曹叡）の文学もいっしょくたに批判したのも、ここらあたりに原因があったのではあるまいか。すなわち李諤はいう。「魏の三祖（曹操、曹丕、曹叡）が文学をたっとぶあまり、君主の［風教重視の］大道をおろそかにして、雕虫のごとき小芸をこのんだのです。下の者が上の者にしたがうのは、形があれば影が生じ、音があれば響きがおこるのとおなじ。世間の人びとは華美な文飾にはしって、つ

いに天下の風俗になってしまいました」（第二段）。ここでの魏三祖への批判（建安文学への批判としても可）に対し、現在の研究者たちはしばしば、あやまった事実認識だと非難している。

○李諤上書は、「魏の三祖が文学をたっとぶあまり、君主の［風教重視の］大道をおろそかにして、雕虫のごとき小芸をこのんだのです」と批判しているが、これは事実とはことなっている。曹氏父子は建安文学の代表であり、その作品群は充実した社会性を有していて、後代の斉梁の文学とはまったくことなっているからである。（『中華古文論釈林・魏晋南北朝巻』〈北京大学出版社〉の李諤「上隋高帝革文華書」解説）

○李諤は、浮華の風は曹氏三祖にはじまると批判した。彼の「魏の三祖が文学をたっとぶあまり、君主の［風教重視の］大道をおろそかにして、雕虫のごとき小芸をこのんだのです」の見かたは、事実に即していない。曹氏三祖の創作に対して「雕虫のごとき小芸」とそしるのは、文学自身の価値を否定するものであり、とるにたりない意見である。（馬悦寧「隋代文学観摭談」〈「青海師専学報」二〇〇二―一〉）

しかし私見によれば、こうした李諤非難は、やや表面的な見かたにすぎないようだ。右でみてきたように、李諤が属する趙郡李氏は、北朝では例外的にたかい文化水準を有し、南北の文化交流にもふかくかかわっていた。じっさい、李諤の上書自体、きちんとした美的文章でかかれているし、また南朝の詩文や南朝の主要な文学論をよくよんで、その字句を利用していた。そうした李諤が右のごとく、あやまった事実認識を有していたとは、かんがえにくいのである。

すると、ここで想起されてくるのが、さきの推測、すなわちこの李諤上書は、李諤と文帝とが気脈をつうじあっておこなった官人登用策変革の一環だったのではないか、という推測である。もしそうだったとすれば、［後代の我われには過ちにみえる］李諤の魏三祖［や建安文学］批判は、文雅とぼしき田舎者ゆえの事実誤認だったのでなく、政治的配慮から企図した、確信犯的な批判だったのではあるまいか。

李諤は文学史家ではない。知略すぐれし敏腕の政治家である。そうした彼が「上隋高帝革文華書」をつづったのは、べつに文学史や創作論をかこうとしたわけではない。彼は建国まもない隋朝において、文帝［とそして自分］が理想とする、実務的な政治体制を実現しようとしたのだった。そしてその一環として、風雲月露で採用するリクルートをあらため、儒学の素養をもった篤実な人材を登用しようとしたのである。

そうした［政治家的な］立場からすると、文学というものはなにより、民衆を教化し風俗をただすものでなければならない。ところが李諤からみれば、魏の三祖［や建安文人］は、民間に発する俗悪な楽府をつくったり、五言詩にうつつをぬかしたりしていた。これは、けっして勧善懲悪や風教の美風に忠実なものとはいえず、斉梁の風雲月露の文学と同種のくだらぬものである。そうであれば南朝文人たちが魏三祖を称賛していようとも、毅然としてだめなものはだめだと主張すべきだろう――ということだったのはあるまいか。そもそも文学を評価する基準が、現代の我われとはことなっていたのだ。

この文学と政治の相関は、中国ではふるくてあたらしい問題である。儒教の経典たる「詩大序」が「主文而譎諫。言之者無罪、聞之者足以戒」（詩は音楽にのせて婉曲に為政者をいさめる。だから民草も罪にとわれないし、為政者も戒めとするのだ、の意）とのべ、また班固「両都賦」も「或以抒下情而通諷諭、或以宣上徳而尽忠孝」（［賦によって］下情を叙して天子をお諭しし、天子の徳をひろめて忠孝をつくさせる、の意）というように、旧時の文学は、儒教の現実参与の思想を介して、つねに政治と密接な関係を保持しようとしてきた。

最古の『詩経』以後、屈原の「離騒」、賢人失志の賦、揚馬の漢賦、司馬遷の『史記』、そして建安の文学など、いずれも政治と関係せぬ文学はなかったといってよい。いっけん芸術至上主義ふうな、六朝の陸機「文賦」や劉勰『文心雕龍』の執筆でさえ、自己の仕官や立身、ひいては経世の問題と関わりがあった［らしい］ことについては、第二章の第二節でも指摘したとおりである。李諤「上隋高帝革文華書」が、［おそらく本人も予想しなかったほど］後代の文学史でしばしば話題になり注目されたのは、この上書が、そうした文学の関鍵の部分（政治との相関）に、正面からふれていたからであり、その文学史的な意義も、まさにここにあったというべきだろう。(7)

さらにまた、この李諤上書は文学批評史上、反美文運動の一環だったとされることがおおい。しかし右にみたようにこの上書は、美文による官人登用を批判するのが趣旨であって、美文それ自体の存在をにくみ、その撲滅を主張したものとはいいにくかった（その証拠に、李諤自身もこの上書を美文でつづっていた）。その意味で、李諤上書を反美文運動の一環だったとみなすのは、疑念がないではない。(8)

しかし、よくかんがえてみれば、中唐に発生した韓愈や柳宗元の古文復興運動なるものも、たんに文学上での反美文運動だったのでなく、孔孟の道統をたっとぶ儒教復興の動きと連動したものであった。その点では、李諤上書も儒教ふう文学観（勧善懲悪や風教）を主張しており、儒教復興の動きと軌を一にするものだったとしてよい。それゆえ、李諤上書を反美文運動の一環だとするならば、それは修辞や文体などの文学レベルでなく、文学を介して儒教復興をめざしたという［思想レベルの］点で、おなじ旗幟の下にたっていたとみなしてよいだろう。

注

（1）李諤上書中の語彙の取材先で注目すべきなのは、李諤は、『楚辞』や漢賦に由来する用語を、あまりつかっていないということだ。これは、［李諤が南朝ふうの華麗な語や新語の類を、さけていないことから推測して］意識的に使用しなかったというより、李諤の読書範囲に『楚辞』や漢賦などがはいってなかったということだろう。文雅をたしなむ文人でなく（そもそも、そうした環境にもとぼしく）、実務的な政治家だった李諤の生涯をかんがえれば、そうしたこともありえたとおもわれる。

（2）この第二段で李諤は、「文賦」や『文心雕龍』など南朝の文学論に依拠して文をつづっている。こうした、過去の文学論を吸収したうえで、おのが文学的主張をしてゆくというやりかたは、李諤がはじめてではない。じつは南朝の文学批評家たちも、これとどうよう過去のライバルたちの作をよく研究していた（第八章第五節も参照）。たとえば、劉勰も『文心雕龍』序志篇で、

詳観近代之論文者多矣。至於魏文述典、陳思序書、応瑒文論、陸機文賦、仲治流別、弘範翰林、各照隅隙、鮮観衢路。或臧否当時之才、或銓品前修之文、或汎挙雅俗之旨、或撮題篇章之意。……又君山公幹之徒、吉甫士龍之輩、汎議文意、往往間出、並未能振葉以尋根、観瀾而索源。不述先哲之誥、無益後生之慮。

近代の文学批評の著作をみわたすと、なかなかおおい。魏文帝の「典論」論文、曹植の書簡、応瑒の文学論、陸機の「文賦」、摯虞の「文章流別志論」、李充の「翰林論」などがあるが、これらは文学の一部を論じただけで、全体をみわたしたものではない。当時の文人の才能を批評したり、先人の文学を論じたり、また雅俗の問題をとりあげたり、作品の趣意を解説したりしただけだ。……さらに桓譚や劉楨、また応貞や陸雲らも、ひろく文学を論じて、しばしばよい見解も提起している。だがいずれの論も、葉先から根元に、波頭から源流にと、根本をきわめつくしてはおらぬ。それでは先哲の教えを祖述することもできず、後学の創作に利することもないのである。

とのべて、「批判はするものの、それでも自分が」過去の文学論をまなんでいることを表白している。かくみてくると、李諤は、南朝の文学論から語彙をとってきただけでなく、過去の文学論を吸収して自己の議論を展開するという姿勢自体も、南朝の文学批評家からまなんだのだといってよいかもしれない。こうしたところにも、李諤の篤実にして熱心な研究ぶりをみることができる。

（3）李諤上書が南朝の文学論からまなんだとおぼしき字句を、これ以外にもいくつかあげておこう。〇第三段「以縁情為勲績」句は、陸機「文賦」の「詩縁情而綺靡」（詩は感情にそいつつ華麗に表現すべきであり、の意）からまなんだものである。〇同「於是閭里童昏、貴游総丱」二句は、裴子野「雕虫論」の「自是閭閻少年、貴游総角」（それから以後、巷間の若者や貴族の子弟たちは、の意）に依拠したものである。〇同「逓相師祖」句は、沈約「宋書謝霊運伝論」の「王褒劉向、揚班崔蔡之徒、異軌同

弇、遞相師祖」（王褒や劉向、揚雄、班固、崔駰、蔡邕らは、作風はちがってもおなじ漢代に活躍し、つぎつぎと前代の伝統を継承していった、の意）によったものである。

（4）李諤は上書中で、声律の諧和にも留意していたようだ。たとえば第一段をみてみれば、

臣聞古先哲王之化民也、必
変其視聴、防其嗜欲、
塞其邪放之心、示以淳和之路。
五教六行、為訓人之本、
詩書礼易、為道義之門。
故能
家復孝慈、
人知礼譲。
正俗調風、莫大於此。
其有
上書献賦、
制誄鐫銘、
皆以
褒徳序賢、
明勲證理。
苟非懲勧、義不徒然。

というものであり、すべて声律が諧和している。この部分をみるかぎり、李諤が声律のルールをきちんと理解し、その諧調を意識しつつこの上書をつづっていることは、まちがいないとせねばなるまい。

（5）銭鍾書『管錐編』一五五〇頁は、隋文帝の文章改革は、西魏の宇文泰と蘇綽による文章改革をモデルにしたものだろうと推測している。

（6）李諤上書中では、開皇四年（五八四）に文帝が発布した詔（佚）のことに言及している。すると、李諤上書もこの詔に関連し、たぶん発布のすこしあとに執筆されたのだろう。曹道衡・劉躍進『南北朝文学編年史』（人民文学出版社　二〇〇〇）は、この李諤上書の執筆年を開皇五年（五八五）としている。本章も、やや不安がないではないが、とりあえず李諤上書の執筆を開皇五年とみなしておく。この年は、隋が受禅（五八一）してから五年目であり、陳の併合（五八九）まであと四年にせまっていた。

（7）莫山洪「簡論反駢的歴史嬗変」（『広西師範大学学報』一九九六―一）は、中国旧時の反美文運動について、文質を中心とするもの（漢魏六朝）、社会効用を中心とするもの（隋唐初）、明道を中心とするもの（中唐以後）――という三段階にわかれるとする。そして李諤「上隋高帝革文華書」は、この第二の社会効用の段階に属する、と指摘されている。たしかに李諤「上隋高

帝革文華書」は、社会効用（政治的実用性）の要素が中心になっているが、本章でみてきたように、第一の文質（文飾と実質）と第三の明道（儒学の宣揚）の要素も、ふくまないではない。こうしたはばひろい性格も、李諤上書が反美文運動のなかで重視されやすい理由のひとつだろう。

（8）古川末喜『初唐の文学思想と韻律論』（知泉書館　二〇〇三）の「II—第一章　選挙論からみた隋唐国家形成期の文学思想」は、李諤「上隋高帝革文華書」を古文復興運動の一環とみなすことに反対し、選挙論の系譜に位置づけるべきことを主張されている。卓見だとおもう。

# 附篇一　太安万侶「古事記序」の文章

**【基礎データ】**

［総句数］169句　［対をなす句］104句　［単対］22聯　［隔句対］15聯　［対をなさぬ句］65句　［四字句］94句　［六字句］20句　［その他の句］55句　［声律］17聯

［修辞点］10（第10位）　［対偶率］62％（第7位）　［四六率］67％（第10位）　［声律率］46％（第12位）

**【過去の評価】**

［斎藤拙堂拙堂文話巻一］徴古典雅、文辞爛然、不得以排偶之文貶之。

「古事記序」の文章は、漢籍に典故をもとめて古典的な雅趣にとみ、文辞は燦然とかがやいている。排偶の文だからといって非難してはならぬ。

［岡田正之近江奈良朝の漢文学］安万侶は、能く我が故事を鎔範し、字句を藻絵《そうかい》して、巧に絢爛《けんらん》の文を為《な》せり。之を松之・無忌の文（裴松之「上三国志注表」と長孫無忌「進五経正義表」の文章のこと――福井注）に比するに、夐《はるか》に其の上に出づ。……安万侶の学殖文思の人に過ぐるにあらざれば、如何《いかん》ぞ此の一大美文を得んや。この一篇を観るも、奈良朝に於ける漢文学の非常に進歩したりしを徴すべし。

**【原文】**

［一］臣安万侶言。夫混元既凝○、気象未効●。無名無為、誰知其形。然乾坤初分、参神作造化之首●、陰陽斯開、二霊為群品之祖●。所以出入幽顕、日月彰於洗目●、浮沈海水、神祇呈於滌身○。故太素杳冥、因本教而識孕土産嶋之時○、元始綿邈、頼先聖而察生神立人之世●。寔知懸鏡吐珠、而百王相続●、喫剣切蛇、以万神蕃息与○。議安河而平天下●、論小浜而清国土○。是以番仁岐命、初降于高千嶺●、神倭天皇、経歴于秋津嶋○。化熊出川、天剱獲於高倉、生尾遮径、大烏導於吉野。列儛攘賊●、聞歌伏仇○。即覚夢而敬神祇、所以称賢后●、望烟而撫黎元、於今伝聖帝○。定境開邦、制于近淡海●、正姓撰氏、勒于遠飛鳥○。雖歩驟各異●、文質不同○、莫不稽古以縄風猷於既頽○、照今以補典教於欲絶●。

［二］曁飛鳥清原大宮御大八州天皇御世、潜龍体元○、洊雷応期○。開夢歌而相纂業●、投夜水而知承基○。然天時未臻、蟬蛻於南山○、人事共給、虎歩於東国●。皇輿忽駕、浚度山川、六師雷震●、三軍電逝●。杖矛挙威、猛士烟起、絳旗耀兵、凶徒瓦解。未移浹辰、気沴自清。乃放牛息馬、愷悌帰於華夏●、巻旌戢戈、儛詠停於都邑○。歳次大梁○、月踵俠鐘、清原大宮、昇即天位○。道軼軒后●、徳跨周王○。握乾符而摠六合●、得天統而包八荒○。乗二気之正○、斉五行之序●、設神理以奨俗●、敷英風以弘国○。重加智海浩汗、潭探上古●、心鏡煒煌、明覩先代○。於是天皇詔之、朕聞諸家之所賫帝紀及本辞、

既違正実、●
多加虚偽。●
当今之時、不改其失、未経幾年、其旨欲滅。斯乃
邦家之経緯、●
王化之鴻基焉。

故惟
撰録帝紀、●
討覈旧辞、
削偽定実、欲流後葉。時有舎人。姓稗田、名阿礼、年是廿八。為人聡明、
度目誦口、●
払耳勒心。

即勅語阿礼、令誦習帝皇日継及先代旧辞。然運移世異、未行其事矣。

［三］　伏惟皇帝陛下、
得一光宅、●
通三亭育。●
御紫宸而徳被馬蹄之所極、●
坐玄扈而化照船頭之所逮。●
日浮重暉、
雲散非烟。
連柯并穂之瑞、史不絶書、
列烽重訳之貢、府無空月。●
可謂
名高文命、●
徳冠天乙矣。

於焉
惜旧辞之誤忤、●
正先紀之謬錯、●
以和銅四年九月十八日、詔臣安万侶、撰録稗田阿礼所誦之勅語旧辞、以献上者、

謹随詔旨、子細採摭。然上古之時、言意並朴、敷文構句、於字即難。
已因訓述者、詞不逮心。
全以音連者、事趣更長。●

是以今
或一句之中、交用音訓、●
或一事之内、全以訓録。●
即
辞理叵見、以注明、
意況易解、更非注。●
亦
於姓日下、謂玖沙訶、
於名帯字、謂多羅斯。
如此之類、随本不改。

大抵所記者、自天地開闢始、以訖于小治田御世。故天御中主神以下、日子波限建鵜草葺不合命以前、為上巻、神倭伊波礼毘古天皇以下、品陀御世以前、為中巻、大雀皇帝以下、小治田大宮以前、為下巻、并録三巻、謹以献上。臣安万侶、誠惶誠恐、頓首頓首。和銅五年正月廿八日　正五位上勲五等太朝臣安万侶。

（倉野憲司『古事記全註釈』より）

## 【通釈】

### ［第一段］神代の歴史

臣安万侶がもうしあげます。［この世のはじめ］混沌たる元の気が凝固しましたが、［天地がわかれる］兆候や様態ははっきりしませんでした。名づけようもなく、はたらきもわからず、いったい誰がその形をしりえましょうか。しかしながら天と地がはじめてわかれますと、三神（天之御中主神《あめのみなかぬしのかみ》、高御産巣日神《たかみむすひのかみ》、神産巣日神《かみむすひのかみ》）が造化の最初として出現し、陰と陽が成立すると、二霊（伊耶那岐《いざなぎ》、伊耶那美《いざなみ》）が万物の祖となったのです。そして［伊耶那岐が］黄泉国や現世に出入りし、［禊《みそぎ》で］目をあらったときに日の神と月の神とがうまれ、海水に浮き沈みし、身をあらったときに神々がでてきたのです。太古のことは冥暗のなかですが、伝承によって国をはらみ島をうんだときのことがわかり、元始の時代は悠遠ですが、先聖によって神をうみ人をそだてた世のことがしれるのです。この伝承と先聖によって、かつて鏡をかけ珠をかんで、一系の百王が代々と継承してゆき、また剣をかみ大蛇をきって、やおよろずの神が繁栄したことなどが、はっきりとします。そうして、やおよろずの神は天の安河《やすのかわ》で相談して天下をたいらげ、小浜《おばま》で議論して国土を平定されたのです。

こうして番仁岐命《ほのににぎのみこと》がはじめて高千穂（九州）の峰にくだり、神武天皇は秋津島（大和）までお進みになりました。神武天皇がすすむ途次、神が化した熊が川から出現するや、天剣を高倉から手にいれ、尾のある人が路上にでむかえるや、大烏が吉野までみちびいたのでした。そして舞をまわせて賊をうちはらい、歌を合図に敵をくだしました。［その跡をついだ天皇たちは］夢中でお告げをさとり神祇を崇拝したので、賢君とたたえられ、炊煙のとぼしさを望見して民衆をいたわったので、現今も聖帝とつたえられています。また郡境をきめ地方官をおき、近江宮で政務をおとりになり、姓や氏を制定し、飛鳥宮でお治めになりました。このように歴代の天皇はそれぞれ手法がことなり、はなやかさと質素さの違いはありました。ですがどの御世においても、上古をよくふりかえって、混乱せんとする風教をただし、現今をきちんとみすえて、たえようとする正道を回復しようとしないことはなかったのです。

### [第二段] 撰録のこころみ

飛鳥清原《あすかきよはら》の大宮《おおみや》で天下をお治めになった［天武］天皇の御世ともなると、天皇は［まず大海人皇子として］君主たるべき徳をやしない、［帝位にのぼる］好機によく応じられました。皇子は夢中で歌をきいて王座を継承できるからない、また［壬申の乱において］夜中に横河にゆき、皇位を継承することをしりました。ですが、即位の時期はまだ到来しませんので、南のかた吉野にお隠れになりましたが、やがて人心が掌握できましたので、堂々と東国へ進軍されました。皇子の輿《こし》はさっとお出ましになり、山をこえ川をわたります。皇子の軍が雷のごとく威をふるうや、［御子の］高市皇子の軍は稲妻のようにすすみます。彼らの武器が武威をしめすや、勇士たちは煙のように幕下に殺到し、紅旗が武威をしめすや、匈徒（近江朝の軍）どもは瓦解いたしました。かくして十二日もたたぬうちに、悪気はしずまってしまったのです。そこで皇子は［戦争用の］牛を山野にはなち馬を休息させ、心やすらかに大和にかえり、［戦争用の］旗をおさめ武具をしまい、うたいおどる喜びのなかで飛鳥の都にとどまられました。かくして太歳が昴星にいたった酉年《とり》、そしてその夾鐘の二月に、清原の大宮で帝位につかれました。天武天皇のご政道は黄帝よりもすぐれ、ご徳望は周王よりもまさっておりました。神器を継承して天下を支配し、天皇の血統をついで遠地もお治めになりました。また陰陽の変化にのっとり、五行の運行にしたがい、神の道をととのえて、良俗を民衆に奨励し、すぐれた教化をしきのべ、国全体にひろめられました。くわえて天皇は、叡知は海のように広大で、古代の事跡をよくご観察になり、御心は鏡のようにすみわたり、先代のご業績を明察されました。

ここにおいて天皇は、おっしゃいました。「私がきくに、諸氏族で伝承している帝紀と旧辞は、事実とちがっており、偽りもおおいということだ。いま、その誤りをたださねば、幾年もたたぬうちに、ただしき内容はうしなわれてしまうだろう。帝紀と旧辞とは国家の礎であり、教化の本となるものだ。そこで帝紀を書物に編纂し、旧辞の内容をよく検討して、偽りをけずり事実をあきらかにして、後世に伝えようとおもう」と。このとき、ひとりの舎人がおりました。姓は稗田《ひえだ》、名は阿礼《あれ》、年は二十八歳でした。彼はひととなり賢明で、いちど目でみれば暗誦でき、いちど耳できけばわすれることはありませんでした。そこで天皇は阿礼に勅して、帝皇日継と先代旧辞とを誦習させたのです。ところが〔天皇が崩御して〕御世がかわってしまい、その事業は完成しませんでした。

### 〔第三段〕撰録の完成

つつしんでおもいますに、わが今上陛下（元明天皇）は、道を体得して恵みを天下にひろげ、三才に通じて民草をいつくしんでおられます。皇居におられても、その徳望は馬がかけゆく果てまでおよび、宮室におわしましても、その教化は舟がこぎゆく果てまでとどきます。日がでて月と輝きをかさね、慶雲は空にたなびきます。さらに連理の枝や嘉禾の稲などの瑞祥が出現して、史官は記録の筆をやすめぬほどですし、使節到着をしらせる峰火が連続し、通訳をかさねた遠国からの貢物がとどいて、宮廷の倉が空になる月はないほどです。こういうわけで、名声は夏の禹王よりたかく、徳望は殷の湯王よりすぐれるといってよいほどです。

ここにおいて今上陛下は、旧辞が齟齬したままなのを残念におもい、帝紀に誤謬があるのをただそうとされました。そこで和銅四年九月十八日に、臣の安万侶に「稗田阿礼が誦習した〔天武天皇による〕勅命の旧辞を書物にして、献上せよ」とお命じになられました。そこで臣はつつしんで仰せのままに、仔細に筆録したしだいです。ところが上古においては、ことばも意味もともに素朴でして、文句をつづろうとすると、字の用いかたがむつかしいのです。訓ばかりでかくと、ことばが内容を表現しきれませんし、音ばかりでかくと、文章がながくなります。そこでいま、ときには一句をつづるのに音と訓とをまじえ、ときには一事をつづるのに訓のみ使用いたしました。もし意味がとりにくければ注で明確にし、わかりやすければ注はつけませんでした。また氏は「日下」をクサカと訓じ、名は「帯」をタラシと訓じて、この種のものは従前のままとし、変更しませんでした。おおよそ記述した範囲は、天地開闢からはじめ、小治田《おはりだ》の御世《みよ》（推古天皇）でおわりとしました。そして天御中主神から日子波限建鵜草葺不合命までを上巻とし、神倭伊波礼毘古天皇（神武天皇）から品陀《ほむだ》の御世（応神天皇）までを中巻とし、大雀皇帝（仁徳天皇）から小治田の大宮までを下巻としました。こうして三巻を撰して、つつしんで献上いたすしだいです。臣安万侶、つつしんでもうしあげます。頓首。和銅五年正月二十八日　正五位上勲五等太朝臣安万侶。

## 【考察】

### 一　絢爛の文

「古事記序文」（以下、「記序」）に対しては、これまで各方面からの研究がたくさんつみかさねられている。なかでも、「記序」が『古事記』撰録の過程を解明する有力な資料だったためか、稗田阿礼の「誦習」や「削偽定実」の実際など、『古事記』の成立にかかわる議論がとくにおおいようだ。

いっぽう、「記序」の文章それ自体に対する研究も、けっしてすくなくはない。とくに出典考証においては、先学によって熱心に捜求され、その成果が倉野憲司『古事記全註釈　第一巻』に集大成されている。そのすばらしい成果は、古事記研究史上のひとつのピークをなすであろう。本章もこの倉野同書の業績に、おおくを負っており、「記序」の研究史をふくめて、啓発されることがおおかった。

だが、この「記序」はいうまでもなく美文、つまり四六駢儷体でつづられた文章である。もしこの作を、中国の文《ぶん》言《げん》による美文作品とみなしたならば、その巧拙もふくめた文学的完成度はいかに評されるだろうか。この角度から論じようとすれば、どうしても［「記序」以外の］六朝唐初の美文をたくさんよみ、そのうえで各様の比較をしてゆかねばならない。そのためか、その角度からの研究は、まだあまりなされていないようだ。こうした方面においては、六朝文学を専攻する筆者も、愚者の一得を献じることができるかもしれない。本章は、「記序」を一篇の［中国文言による］美文作品としてみたとき、その修辞技巧や文学的価値はいかに評されるべきかについて、いささか私見をのべてみたいとおもう。

なお、『古事記』本体や「記序」については、以前から偽作の疑いが取りざたされている。ただこの問題については、私ごとき門外漢は容喙できないので、とりあえず太安万侶の撰として論をすすめることにする。また本章で引用する「記序」の本文と書きくだし（本章は例外的に訳文でなく、書きくだしの文をもちいる）は、右の倉野氏の書のものによった。

まずはじめに、「古事記序」の文章への過去の作品評価をふりかえっておこう。著名な評価として、本居宣長『古事記伝』によるものがある。宣長は同書の二之巻で、

さて此序は、本文とはいたく異《コト》にして、すべて漢籍《カラブミ》の趣を以て、其文章をいみじくかざりて書り。いかなれば然るぞといふに、凡て書を著《ツク》りて上に献る序は、然《シカ》文をかざり当代を賛称《ホメ》奉りなどする、漢《カラ》のおしなべての例なるに依れるなり。

とのべ、「記序」の行文の装飾性を指摘している。おなじく江戸時代の漢学者、斎藤拙堂も『拙堂文話』巻一で、

徴古典雅、文辞爛然、不得以排偶之文貶之。

漢籍に典故をもとめて古典的な雅趣にとみ、文辞は燦然とかがやいている。排偶の文だからといって非難してはならぬ。

と、好意的に評している。「徴古典雅」とは典故利用による雅趣をいい、「文辞爛然」とは対偶等による修辞的卓越をさすのだろう。最後の句で「排偶の文だからといって非難してはならぬ」といっているのは、当時は六朝ふうの排偶（対偶）多用の駢文をかろんじる風があったので、そのため、わざわざかく弁護したのだろう。

これらをうけて近代の岡田正之『近江奈良朝の漢文学』一三六頁は、「記序」の文について、

安万侶は、能く我が故事を鎔範し、字句を藻絵《そうかい》して、巧に絢爛《けんらん》の文を為《な》せり。之を松之・無忌の文に比するに、夐《はるか》に其の上に出づ。……安万侶の学殖文思の人に過ぐるにあらざれば、如何《いかん》ぞ此の一大美文を得んや。この一篇を観るも、奈良朝に於ける漢文学の非常に進歩したりしを徴すべし。

と評している。「記序」の「絢爛の文」たるや、裴松之「上三国志注表」や長孫無忌「進五経正義表」よりも、上にでるほどの「一大美文」だというのである。この評言、贔屓《ひいき》のひきたおしではないかとおもわれるほどの、絶賛ぶりだといってよかろう。以後の研究者も、ここまでの褒辞はつらねないが、ほぼこの見解にそって上乗の美文だとみなしているようである。

こうした評言は、「記序」の文へのたかい評価をしめすものだ。では彼らは、「記序」のいかなる行文をいかに評して、こうした褒辞をあたえたのだろうか。そしてそうした評価は、正鵠を射ているのだろうか。以下、「記序」の文を吟味しながら、それらの疑問を検討してゆこう。

美文こと四六駢儷文の特徴として、⑴四六句の多用、⑵対偶の多用、⑶声律の諧和、⑷典故の使用、⑸錬字のくふ

う——の五点があげられる（拙著『六朝美文学序説』による）。そこでこの五点に注目して、「記序」の文を考察していこう。つぎにしめすのは、「記序」の冒頭部分である。

夫　　　　　　　　　　　　　　　　夫れ
混元既凝、　　　　　　　　　　　　混元既に凝《こ》りて、
気象未効。　　　　　　　　　　　　気象未だ効《あらは》れず。
無名無為。　　　　　　　　　　　　名も無く為《わざ》も無し。
誰知其形。　　　　　　　　　　　　誰か其の形を知らむ。
然、　　　　　　　　　　　　　　　然れども、
乾坤初分、参神作造化之首、　　　　乾坤初めて分かれて、参神造化の首《はじめ》と作《な》り、
陰陽斯開、二霊為群品之祖。　　　　陰陽斯《ここ》に開けて、二霊群品の祖《おや》と為りき。
所以　　　　　　　　　　　　　　　所以《このゆゑ》に、
出入幽顕、日月彰於洗目、　　　　　幽顕に出入して、日月目を洗ふに彰《あらは》れ、
浮沈海水、神祇呈於滌身。　　　　　海水に浮沈して、神祇《じんぎ》身を滌《そそ》くに呈《あらは》る。

まず⑴四六句と⑵対偶、そして⑷典故に関しては、ほぼ美文の特徴を充足しているといってよい。たとえば、⑴四六句（四字句と六字句）への整斉ぶりは、この部分をみれば一目瞭然だろう。一篇中で四六句がしめる割合（四六率）をみると、67％となる。この数字は、六朝美文のなかにおいてみれば、それほどたかいものではないが、それでも「文選序」69％や「詩品序」65％とほぼならぶものだ。

また⑷典故の使用については、長孫無忌の「進五経正義表」「進律疏議表」をはじめとする、おおくの典拠が利用さ

れている。ただ、それらは倉野同書に集大成されているので、詳細はそれにゆずる。この倉野同書以後も、仏・道関連書の典拠の可能性が補足的に指摘されており、これからもさまざまな出典論が展開されてゆくことだろう。

ただ、典拠はどの書だったにせよ、当時の日本では、「口承の古伝をのぞき」ほとんど文学的蓄積がなかったわけだから、序文をつづるさい、その字句を中国の文献にたよったのはとうぜんのことである。極論すれば、当時の日本人は助字をふくめた字句のすべてを、中国の文献にたよらざるをえなかったわけであり、典故の使用は大前提だとせねばならない。「芸術は過去の遺産からの引用の織物にすぎない」ということばは、まさに安万侶の「記序」創作にあてはまるだろう。

つぎに、(2)対偶のくふうをみてみよう。この対偶は、安万侶がとくに留意したとおもわれるので、こまかく吟味してゆこう。まず量的な面を確認しておくと、「記序」は全百六十九句だが、そのうち百四句が対偶を構成しており、対偶率は62％におよぶ。これは蕭統「文選序」の62％とならび、「文心雕龍序志」49％や「雕虫論」47％をうわまわるものだ。

また個々の対偶においても、なかなかこったものがおおい。たとえば、隔句対が十五聯（通常の単対が二十二聯）もあって、六朝美文の諸作とくらべても格段におおい（本書でとりあげた十二篇のなかで、これよりおおいのは「玉台新詠序」だけ）。そうした隔句対のなかでも、右にあげた「出入幽顕」云々の対偶は、「上四字、下六字」型のいわゆる軽隔句であり、四六駢儷文では理想とされる型である。

これだけでも苦心の跡がみえるが、この軽隔句の下六字の両句では、さらに中国でいう倒装法（わが国の倒置法）の技法が使用されている。すなわち、通常の書きかただったなら、この四句は

出入幽顕、洗目而日月彰、　幽顕に出入して、目を洗ひて日月彰れ、
浮沈海水、滌身而神祇呈。　海水に浮沈して、身を滌ぎて神祇呈る。

とつづられるべきだったろう。ところが安万侶は、たぶん「日月」と「神祇」とを強調するためだとおもわれるが、語句を倒置して（「於」字が語句倒置を暗示している）、さきのような特殊な措辞を採用したのである。おなじような例として、やはり第一段末尾に、

稽古以縄風猷於既頽、　古《いにしへ》を稽《かむが》へて風猷《ふういう》を既に頽《すた》れたるに縄《ただ》し、
照今以補典教於欲絶。　今に照らして典教《てんけう》を絶えむと欲《す》るに補（ふ）。

という対偶がある。この二句、すこし意味がとりにくいだろう。というのも、この二句はほんらい、

稽古以縄既頽之風猷、　古を稽へて既に頽れる風猷を縄し、
照今以補欲絶之典教。　今に照らして絶えむと欲る典教を補（ふ）。

とつづるべきなのを、字句を倒置して右のような語順にしているのである。

こうした例外的な語順は、たとえば『文選』巻五十二におさめる曹冏「六代論」に、

光武皇帝挺不世之姿、　禽王莽於已成、
紹漢嗣於既絶。

光武帝は不世出の英姿をもって登場し、［漢を］簒奪していた王莽をとらえ、断絶していた漢の王統を継承した。

などとあったのを、まなんだものに相違ない。こうした意図的な倒置に、安万侶の苦心の跡が刻印されており、我われもその努力をみとめるべきだろう。

さらにつぎの対偶は、美文の修辞技法のひとつ、「(5)錬字のくふう」を意図した表現だとおもわれる。すなわち第二

段なかごろの

歳次大梁、　歳《ほし》大梁に次《やど》り、
月踵俠鐘、　月俠鐘《けふしよう》に踵《あた》り、

という語句は、要するに「酉《とり》の年の二月」の意にすぎない。だが安万侶は、そうした平凡になりそうな部分に、太歳紀年法や十二律に依拠した「大梁」「俠鐘」という高尚な雅語、つまり錬字をもちいているのだ。こうしたみなれぬ用語によって、行文になにかしら格調たかいような印象をあたえ、かつそれを対偶に整斉して、美文ふうな雅趣をもたせようとしたのだろう。こうしたよく錬《ね》られた字、つまり錬字の使用は、この前後をみわたしても、「潜龍」「虎歩」「絳辰」「英風」などすくなくない。この種の錬字の利用などは、いかにもペダンチックで作為的な意匠だといってよかろうが、しかしそうであればこそ、なおさらそこに、安万侶の美文志向をみとめるべきだろう。

## 二　非美文ふう表現

では、岡田正之が主張するように、「記序」は「絢爛の文」であり、「一大美文」だといえるのかといえば、それはおおいに疑問がある。というのは、右のような美文を志向した箇所とともに、またあきらかに非美文的な部分もあるからだ。

第一に、「⑶声律の諧和」の不備を指摘せねばならない。この声律は、南朝の斉梁時代に活躍した沈約らによって提唱されたもので、六世紀の梁以後の美文では、この規則がしだいにまもられるようになった（声律の規則についての詳細は、本書の「結語　六朝文の評価」第四節を参照）。陳の徐陵による「玉台新詠序」や、初唐の王勃「滕王閣序」などでは、この声律が遵守されている。また、安万侶がモデルにした長孫無忌の「進五経正義表」「進律疏議表」の両篇も、この声律をまもってつづられているし、さらに日本の某氏による「懐風藻序」においても、この規則がまもられている（後述）。ここでは、「進五経正義表」の冒頭をしめしてみよう。

臣聞
混元○初闢●、三極●之道●分焉○、
醇徳●既醨○、六籍●之文○著矣●。
於是
亀書浮○於温洛●、爰演●九疇○、
龍図出●於栄河○、以彰○八卦●。
故能
範囲○天地●、埏埴●陰陽○、
道済●四溟○、知周○万物●。
所以
七教○八政●、垂烱戒●於百王○、
五始●六虚○、貽徽範●於千古●。
詠歌○明得失之跡●、
雅頌●表廃興之由○。
寔刑政●之紀綱○、
乃人倫○之隠括●。

いかがだろうか。平○と仄●が交互に配置されていることがわかろう。美文の声律でとくに重要な箇所は、対をなす両句の末尾字である。その末尾両字の平仄を逆にすることが大事なのだが、右ではその規則が、きちんと遵守されている。「焉○↕矣●」「疇○↕卦●」「陽○↕物●」「王○↕古●」「跡●↕由○」「綱○↕括●」。さらに「亀書」の聯や「範囲」「寔刑政」の聯では、それ以外の諸規則にもぴたりと合致しており、長孫無忌の美文能力の高さをしめしている（句中の「極」「範」などは軽微な反則）。

それにくらべると、この「記序」では、声律の規則が考慮されていない（本章で引用した「記序」の文に、平仄を附しておいたので、ご参照いただきたい）。どうしてこうなったのか。安万侶は、美文における声律の規則をしらなかったのだろうか。それとも、しってはいたが遵守しなかった、あるいはできなかった。つまり、それだけの作文能力をもちあわせていなかった——ということだろうか。いずれにしても、八世紀初の美文としてみた場合、この声律ルールの無視は、かなりの減点になるとしてよい。

第二に、対偶［ふう表現］のなかに、不備なものがみえている。さきにも考察したように、「記序」中には技巧にこった対偶があるなど、安万侶は対偶表現に力をいれていたようだ。だが、そうした表現のなかに、やや奇妙なものが二例ほどみえるのである。まずひとつは、第一段中にみえるつぎのような例。

化熊出川、天剣獲於高倉、　化熊川《くわいう》を出でて、天剣を高倉《たかくらじ》に獲《え》、
生尾遮径、大烏導於吉野。　生尾径《みち》を遮《さへぎ》りて、大烏《たいう》吉野に導きき。

この四句はいっけん、なんの問題もない隔句対のようにみえるが、よくみると文法上で問題があることに気づく。右の二句目の「天剣獲於高倉」（天剣を高倉から手にいれた、の意）では、「天剣」は「獲」の目的語なので、通常なら「獲天剣於高倉」とつづるべきだろう。それなのに、ここでは目的語「天剣」を動詞「獲」のうえにもってきているが、これは誤用ではなく、文言ではめずらしくない倒装の一種である（現代中国語の文法で、処置式とか把構文とかよばれるものにちかい）。

だが、この二句目で問題なのは、対応する四句目の「大烏導於吉野」（大烏が吉野に導いてくれた、の意）の句と、文の構造がちがっているということだ。「大烏」句は「大烏（主語）＋導（動詞）」（大烏が導いた）の主述構造であり、「天剣」句にならって「大烏を吉野に導いた」とは解釈できない。つまり「天剣獲於高倉」と「大烏導於吉野」とは、文の構造がちがっており、対偶としては不備なものとみなさざるをえないのである。

もうひとつ、第二段中にも奇妙な例がある。それは、

杖矛挙威、猛士烟起、　杖矛威《ぢやうぼういきおひ》を挙げて、猛士烟《けぶり》のごとく起こり、
絳旗耀兵、凶徒瓦解。　絳旗兵《つはもの》を耀《かがや》かして、凶徒瓦《かはら》のごとく解《と》けき。

の四句である。これも一見すると、なんの問題もない隔句対のようにみえるだろう。だが、内容をよく吟味してみると、意味的に不均衡が存在していることに気づく。すなわちこの四句は、宣長が「上三句は御方の軍のさかりなるさま、下一句は淡海の軍の敗れしさまなり」と指摘するように、上三句は大海人（天武）軍の攻勢を叙し、下一句だけが近江軍の敗亡を叙しているのだ。こうした「三句↕一句」の意味的対応は、対偶としてのバランスを欠いている。隔句対では、ふつう形式的にも意味的にも、二句と二句とが対応せねばならない。それなのに、ここでは形式的に「二句↕二句」と対応しながら、意味的には「三句↕一句」の対応となっていて、不均衡になっているのである。こうした対偶は、中国では通常みられないものであり、やはり不備な表現だとみなさざるをえないだろう。

以上、二つの対偶ふう表現について、その不備を指摘してみた。いずれも、うっかりミスだといえば、そのとおりかもしれない。しかしその底には、字句を［見かけ上］対応させただけで対偶ができたとおもいこむような、皮相な理解もあったのではないか。その意味で、こうした措辞は、当時の日本人が、まだじゅうぶんに対偶の本質を理解していなかったことをしめすものだろう。

もっとも右の二例は、対偶とみなしたときに異様にうつるのであって、対偶でない通常の散句だとみなしたならば、なんの問題もないものだ。とはいえ、はじめの「化熊」四句について、宣長が「こは四の事を四句に云て、二句づゝ対にせり」とのべるように、やはり安万侶は対偶のつもりでつづったのだろう。どうように「杖矛」四句も、「杖矛↕絳旗」「挙威↕耀兵」「猛士↕凶徒」「烟起↕瓦解」という、整然たる対応関係をもっており、散句としてつづったとはみなしにくい。さきにもみたように、安万侶は意匠をこらして、巧麗な対偶を志向していた。すると、これらの例は、ととのった隔句対にしたてようとして、おもわぬミスをしでかしてしまったもの、とかんがえざるをえないだろう（この二例は、右の【原文】では対偶としなかった）。

## 三　和習的表現

さて、美文としてみたときの、「記序」中の不備な表現をみてきた。右にあげた声律の無視と対偶の不備、これらは「記序」のなかでは、わりと気づきやすい和習だといってよかろう。だが、「記序」の具合のわるい措辞はこれだけではない。ほかにも、気づきにくい和習がいくつか存している。つぎは視野をひろげて、「美文ではない」通常の文言としてみたときの、和習的表現をさがしてみよう。すると、つぎのような二例が指摘できよう。

ひとつは、第二段や第三段にしばしば登場する、

⑴御世

という語である。この語、安万侶は「天皇の治める世、治世」の意でつかっている。しかし、中国ではふつう「世をおさめる」の意で使用し、敬意をふくんだ「みよ」の意ではつかわない。

ふたつめの和習的表現が、第三段中の

⑵詔臣安萬侶、撰録稗田阿礼所誦之勅語旧辞、以献上者、

臣安萬侶に詔《みことの》りして、稗田阿礼の誦《よ》む所の勅語の旧辞を撰録して献上せしむといへれば、

における「者」の使用法である。この字をふくむ「献上者」について、ほかにも「献上《たてまつ》れとのりたまへば」「献上せよとのりたまへば」「献上しむといへれば」「献上らしむとのらししかば」などの訓じかたがなされており、「者」をひとしく確定条件ふうに解している。だが、それはやはりくるしく、正格の文言では、この「者」字は不要なのである。「者」をとり、「……献上せしめんとす」でよい。

もっとも、中国の文言にもこれと似た用法として、「者」字が「もし……ならば」の意をあらわす場合がある。たとえば、『史記』楚世家の

伍奢有二子。不殺者、為楚国患。

伍奢にはふたりの息子がいる。もしそのふたりをころさなかったら、楚の憂いとなろう。

の例がそれである。だが、中国文言の「者」が仮定条件をあらわすのに対し、「記序」の文は「詔して……献上せよといわれたので」という確定条件の使いかたなので、やはり用法がことなっている。このように、どのようにかんがえても、ここの「者」は正格の文言としては誤用であり、和習だというべきだろう。

以上は明確な和習だが、このほかに、和習だと断言するのは躊躇されるが、しかし正格の文言としてみると、異例な感じをあたえる箇所が、いくつかある。それは、つぎのような三例である。

(3)　日浮重暉、　日浮かびて暉《ひかり》を重ね、
　　雲散非烟。　雲散りて烟《けぶり》に非ず。

この第三段中の二句は、じゅうらいの説によると、元明天皇の聖徳によって、瑞祥が出現したことを叙しているのだという。ここで気になるのは、「日浮」と「雲散」の二語である。まず「日浮」は、宣長の「浮は出るなり」にもとづいて、「日が出る」「日が空にでてうかぶ」の意に解されている。だが、「日」と「浮」とが主述構造をなして、「日が出る」の意をなすのは異例であり、その意なら「日出」とつづるべきだろう。〔中国的発想では〕雲はフワフワと空に「浮」かぶが、日は所定の軌道を運行するものなので、「浮」は適切でないからだ。安万侶は「日出」の常套さをさけようとして、「日浮」とつづったのかもしれないが、かえって奇妙な措辞にしてしまったといえよう。

また、下句の「雲散」は「日浮」と対応する以上、主述構造と解さざるをえない。じっさい、訳書の類はおおく「慶

雲は空にたなびき」（小学館『新編古典文学全集』）などと解しているようだ。しかし、「雲散霧消」の語ですぐ見当がつくように、「雲散」は「雲のごとく散る」（副詞＋動詞）の意でなければならない。くわえて、一歩ゆずって主述構造とみなしたにしても、意味は「雲がちりぢりにな［ってきえ］る」でなければならず、「雲がたなびく」とは解しにくいだろう。

(4) 出入幽顕、日月彰於洗目、　幽顕に出入して、日月目を洗ふに彰《あらは》れ、
浮沈海水、神祇呈於滌身。　海水に浮沈して、神祇身を滌《そそ》くに呈《あらは》る。

これは第一段中にある隔句対であるが（前出）、右の「日浮」のケースとおなじく、不適なくみあわせの主述構造が二例みえる。それは二句目の「日月彰」（日月が出現する、の意）と、四句目の「神祇呈」（神祇が出現する、の意）である。こうした「日月＋彰」「神祇＋呈」のくみあわせも、中国の文言ではあまり例をみないものだろう。

(5) 覚夢而敬神祇、所以称賢后、　夢に覚りて神祇を敬ふ。所以《このゆゑ》に賢后と称《まを》す。
望烟而撫黎元、於今伝聖帝。　烟《けぶり》を望みて黎元を撫づ。今に聖帝と伝ふ。

これも第一段中の隔句対だが、前二句に注目しよう。ここは「［後継の天皇たちは］夢中でお告げをさとり神祇を崇拝した。ゆえに賢君とたたえられた」の意である。すると、ここの「所以」は「Aである。ゆえにBである」のように、上から下へかかっているとかんがえられる（第一段中の「所以出入幽顕、日月彰於洗目」〈所以に幽顕に出入して、日月目を洗ふに彰れ〉もおなじ）。ただ正格の文言での「所以」は、「……する所以」と下からかえるのがふつうであり、「所以に」と下にかかってゆくのは、やや口語ふう用法にかたむいたものといえよう（ただし、これは誤用でも和習でもない）。

(6) 意況易解更非注。　意況《いきょう》の解《さと》り易《やす》きは更に注せず。

この第三段中の句は、「非注」の語に違和感がある。「注」は動詞なので、通常の文言ならば、「不注」（注せず）ない

しは「無注」（注すること無し）とかくべきである。「非○」（○に非ず）とかくなら、○には名詞ふう語句がくるべきだろう。

以上、和習的表現や異例な感じをあたえる箇所を、あわせて六例ほどあげてきた。これらは、以前から指摘されてきたのも、そうでないのもあるが、いずれにしろ正格の文言としては異例で、奇妙な印象をあたえる措辞だといってよい。ただ留意せねばならぬことは、こうした行文は「記序」中にだけみえるのでなく、同時代の『日本書紀』などにも頻見しているということだ（小島憲之『上代日本文学と中国文学』『国風暗黒時代の文学』、森博達『日本書紀の謎を解く』など）。ということは、文言叙法の見地からいえば、「記序」の文章は突出した名文というより、当時の日本漢文一般と通底した叙しかたをしたものといってよかろう。

## 四　和習おおき報告書

さて、「記序」の文章を検討してきたが、ここまでの考察で、本章の目的である、中国文言による一篇の美文作品としてみたとき、この「記序」の文はどのように評価されるのか――という問題に、なんとか回答できるようになったようだ。このあたりで、私見をのべてみよう。

まず、この「記序」の文が、「漢籍《カラグミ》の趣を以て、其文章をいみじくかざりて」（宣長）かこうとしているのはたしかだし、また「能く我が故事を鎔範し、字句を藻絵《そうかい》して、巧に絢爛《けんらん》の文を為《な》せり」（岡田正之）という見かたも、一部ではみとめてよかろう。しかしながら、そうした装飾された行文があるいっぽうで、声律が無視されていたし、対偶にも不備があった。さらに和習的表現が散見していることも、また事実なのである。これは「記序」の文が、十全な美文ではないことをものがたるものだろう。なかでも対偶の不備は、美文の基盤にかかわるものだけに、基礎的能力をうたがわれてもしかたがあるまい。これを要するに、「記序」の文は、いかにも非ネイティブの作らしい欠陥を有するもので、和習のおおい『日本書紀』等の文章と同レベルだと評してよい。それゆえ、岡田正之の「之を松之・無忌の文に比するに、夐《はるか》に其の上に出づ」云々の評言は、過褒だといわざるをえないだろう。

この評価を、「記序」よりすこしのちに出現した、作者未詳の「懐風藻序」の文章とくらべることで、補足してゆこう。私見によれば、「懐風藻序」の文章は「記序」にくらべると、はるかにすぐれた美文である。つぎに「懐風藻序」の冒頭部分をしめそう。

逖聴前修、遐観載籍、襲山降蹕之世、橿原建邦之時、天造草創、人文未作。
至於神后征坎、品帝乗乾、百済入朝、高麗上表、啓龍編於馬廄、図鳥冊於鳥文。

この部分は、「文選序」冒頭部分を下敷きにしたものだ。しかし仔細に考察してみると、この部分は「文選序」に原拠をもちながらも、適宜に字句を改変して、より洗練された表現にしたてなおされているのに気づく。ここでは詳細ははぶくが、そうした洗練の結果、対偶の対応や典故の利用、錬字のくふうなどの面では、範とした「文選序」をうわまわる美的文章になっている。くわえてこの「懐風藻序」では、すこし乱れもあるが、声律もきちんと配慮されている。この声律の技巧は、安万侶「記序」にはみられなかったものであり、形式美を重視する美文の理想に、よりちかづいたものといえよう。

もっとも、「懐風藻序」では、むかしから和習ではないかと指摘されている字句が、一箇所ある。それが、右にあげた「百済」云々の隔句対であり、その第四句「図烏冊於鳥文」は文法的におかしく、「図鳥文於烏冊」（鳥文を烏冊に図《えが》く）の誤りではないか、と指摘されている。しかし私見によれば、これは未熟なための和習ではなく、六朝駢儷文の新穎の技法をとりいれた、高度な修辞的表現だとみなすべきだろう。「懐風藻序」はこれ以外の部分では誤句法がなく、しかも全体的に修辞技巧の水準がたかい。そうした高度な腕をもった「懐風藻序」の作者が、そうした未熟なミスをしでかしたとはかんがえにくいのである（以上の詳細は、附篇二を参照）。

こうした形式面での充実だけではなく、内容においても「懐風藻序」は、すぐれた文学性を有するように感じられる。以下、両篇をよみくらべて感じた主観的な印象をまじえながら、両篇のもつ文学性の問題にふれてゆこう。

「懐風藻序」の内容上の特徴として、率直な感情表出がなされていることがあげられる。たとえば作者の某氏は、近江朝で文学が花ひらいたことを叙したあと、

但　時経乱離、　言念湮滅、
　　悉従煨燼。　輒悼傷懐。

ところが、争乱（壬申の乱）がおこってしまって、すべてがやけてしまった。ここに近江朝の詩文の消滅を無念におもい、その佚亡がかなしまれるのである。

とのべて、壬申の乱によって、それらの詩文がやけたことへの無念をのべている（第二段）。ここの「言《ここ》に湮滅するを念い、輒《すなわ》ち傷懐するを悼む」は、某氏の感情が率直に表現されたものだ。

このあと某氏は、だがさいわいなことに壬申の乱以後も、おおくの風流人士があらわれ、すばらしい詩文をつくってくれたので、薄官にいる私も、それらをたのしむことができた。そして古人がのこした足跡をたどり、その風雅な遊びに想いをいたしてきたのだ、という。かく詩文の復興ぶりを叙したあと、某氏は序文の末尾で、自分が『懐風藻』

を編纂した動機について、

　余撰此文意者、為将不忘先哲遺風。

　私がこの詩集を撰した理由は、先哲の遺風をわすれないようにするためである。

とかたっている。つまり、『懐風藻』の編纂は、だれかの命令によったものではなく、自分が「先哲の遺風をわすれないようにするため」に、主体的におこなった仕業なのだと明確にのべているのである。なかでも、注目したいのは、すこしまえのつぎの一節。

　撫芳題而遙憶、不覚涙之泫然、
　攀縟藻而遐尋、惜風声之空墜。
　遂乃
　収魯壁之余蠹、
　綜秦灰之逸文。

　すぐれた詩文を手にして旧時をおもうと、おもわず涙がながれおちるし、華麗な詞藻をもとめ遠方にでかけては、彼らの声望がうしなわれるのがおしまれる。そこで虫食いの残余たる詩文を収集し、壬申の乱の焼けのこりをあつめたのである。

　ここには、過去のすぐれし詩文に対する、感傷的ともいうべきあこがれや追慕の情が、よく表現されている。六字句と対偶のリズムにのりながら、無念だ、残念だとくりかえす行文は、美文特有の格調たかさをおびつつ、よむ者の心を情緒的にゆさぶってやまない。あまり重視されないようだが、私はこうした情緒的ゆさぶりに、某氏の真率な訴えをきく。その真率な訴えこそ、文学がもたらすもっとも高貴な宝であり、尊重されてしかるべきものだろう。

　それに対し、安万侶の「記序」には、右の諸例のような率直な感情表出は、いっさいみられない。一篇をとおして、形式的な美辞麗句で潤色しつつ（たとえば、天武・元明の両天皇の事績や阿礼の聡明さを称賛した叙述は、おおく中国古典からのひきうつしにすぎない）、『古事記』編纂のいきさつを淡々と叙するだけである。

とりわけ奇妙なのは、「記序」の文には、自分が撰録した『古事記』という書物に対する、安万侶自身の愛着とか自負とかいったものが、あまり感じられないということだ。「記序」のなかで、安万侶の肉声らしきものが感じられるのは、第三段の「上古之時」以下の、自分がおこなった撰録作業への苦心をのべたところだろう。そこで安万侶は、
ところが上古においては、ことばも意味もともに素朴でして、文句をつづろうとすると、字の用いかたがむつかしいのです。訓ばかりでかくと、ことばが内容を表現しきれませんし、音ばかりでかくと、文章がながくなります。そこでいま、ときには一句をつづるのに音と訓とをまじえ、ときには一事をつづるのに訓のみ使用いたしました。もし意味がとりにくければ注で明確にし、わかりやすければ注はつけませんでした。また氏は「日下」をクサカと訓じ、名は「帯」をタラシと訓じて、この種のものは従前のままとし、変更しませんでした。
という。しかしこの部分とて、私には、「こんな困難があったので、こういうふうに対処しました」という報告書にすぎない、という印象しか感じられない。つまり安万侶の「記序」においては、某氏が『懐風藻』を編纂したときのように、あるいは司馬遷が『史記』を完成したときのように、『古事記』撰録の仕事を、おのが天命と感じ、誇りをもって、あるいは執念をもって、ついにやりとげたのだ――というつよい訴えかけがとぼしいのである。
どうしてこうした違いが生じてきたのかといえば、その撰録の事情がかかわっていよう。その事情とは、安万侶は天皇に命じられたから、『古事記』撰録の仕事に従事したにすぎない（しかも実態は、稗田阿礼が誦習した内容を、文字に定着させたにすぎない）、ということだ。すなわち安万侶が、
ここにおいて今上陛下は、旧辞が齟齬したままなのを残念におもい、帝紀に誤謬があるのをただそうとされました。そこで和銅四年九月十八日に、臣の安万侶に「稗田阿礼が誦習した［天武天皇による］勅命の旧辞を書物にして、献上せよ」とお命じになられました。そこで臣はつつしんで仰せのままに、仔細に筆録したしだいです。

ということなのである。

もっとも、天皇の命令をうけた安万侶は、それを名誉と感じ、せいいっぱい努力したに相違ない。そうした努力の美事な成果として、『古事記』一書が我われの眼前にのこされているわけだ。だがそうであるにせよ、やはり安万侶の仕事は天皇の命令という外的な圧力によってなされた、という事実にかわりはない。じっさい、命令されなかったら、安万侶は『古事記』の撰録に従事することはなかったにちがいない。つまり、「臣はつつしんで仰せのままに、仔細に筆録した」にせよ、その仕事は、安万侶の自発的な意志によるものではなかった。そうだとすれば、「記序」の文面に〔「懐風藻序」にくらべると〕淡泊な口吻がでてくるのも、やむをえないとせねばならない。

これを要するに、なまなましい感情の起伏にとむ「懐風藻序」に対し、「記序」は淡々とつづられた報告書（じっさい、「記序」はほんらい上表文としてかかれており、天皇への一種の報告書でもあった）だといってよい。こうした両序文の相違は、両書の性格、すなわち『懐風藻』は個人的立場で詩を収集した文学選集であり、『古事記』は天皇の命によって伝承や古伝をまとめた官製史書であるという違いを、そのまま忠実に反映しているのだろう。

## 五　過剰な擁護

「記序」の文を、和習おおき報告書だとすれば、以前から問題にされてきた解釈上の疑問のいくつかが、解消されてくるのではないかとおもう。じゅうらい、安万侶を漢文学に熟達した人物だという前提で、「記序」中の奇妙な行文が擁護され、過度に深読みされてきているようにおもわれるからだ。

たとえば、これまで聚訟の府となってきた、つぎの箇所（第二段）をみてみよう。

天皇詔之、「……故惟撰録帝紀、討覈旧辞、削偽定実、欲流後葉」。

天皇詔《の》りたまひしく、「……故惟《かれこ》れ帝紀を撰録し、旧辞を討覈《とうかく》して、偽りを削り実《まこと》を定めて、後の葉《よ》に流へむと欲《おも》ふ」。

この部分はいろんな問題をふくむが、とりあえず二点にしぼってかんがえてみよう。第一に、「撰録帝紀、討覈旧辞、削偽定実、欲流後葉」四句について、宣長は「欲字は、撰録の上に在べき文意なり」とのべていたが、現代の研究者は「あれほど漢文学に熟達してゐた安万侶が、漢文の法則を知らぬ筈はなく」（倉野『全釈』一八〇頁）という前提で、これでただしいのだと擁護している（山田孝雄『古事記序文講義』、西宮一民『古事記の研究』らもおなじ）。代表的な説として、西宮一民氏の意見を紹介すれば、氏はこの四句はこのままでよいとし、『日本書紀』の用例を論拠として提示しつつ、

A・B・C・D・欲Eとなり、「撰録・討覈・削・定」といふことをして、その出来た作品を、後世に流伝せしめるといふ目的を果すことを欲望する、といふ解釈が導かれるのである。（同書二七頁）

と主張されている。たしかに、「A・欲B」（Aし、またBしようとする）のごとき文章は中国の文言にもあり、それ自体は誤句法ではない。しかしそうした場合はふつう、Aが既遂でBは未遂でなければならない。たとえば、有名な諸葛亮「出師表」（『文選』巻三七）の一節、

追先帝之遇、欲報之於陛下也。

臣下たちは先帝（劉備）のよき待遇を追念し、その恩義を陛下（後主）にむくいようとおもっています。

を例にとって説明すれば、臣下たちの「追先帝之遇」という行為は既遂であり、「報之於陛下也」という行為は未遂なのである。すると「記序」の文も、天武天皇が詔を発した時点で、「撰録・討覈・削・定」の仕事が完了しているので

あれば（つまり、未遂なのは「流後葉」だけであれば）、西宮氏の解釈もなりたちうるだろうが、しかし現実的にはそうでない以上（「撰録・討竅・削・定」は、これからおこなうべき仕事である）、こうした語順や解釈はなりたちにくい。この点からみると、宣長のいうように、「欲」字を「撰録」のうえにだして、天武天皇が「撰録・討竅・削・定・流後葉」という一連の行為（いずれも未遂）を、なそうとおもう――と理解するほうが、もっと自然な解釈であり、また語順ではないかとおもわれる（「欲」は「……しようとおもう」。「欲望する」はつよすぎる）。したがって私は、この「欲」の位置は、たんなる安万侶のうっかりミスだろうとかんがえる。

第二に、「撰録帝紀、討竅旧辞」の語順に対し、作業の手順をかんがえれば「撰録→討竅」の順序はおかしく、「討竅→撰録」の順であるべきだ。したがって、この二句はほんらい「討竅旧辞、撰録帝紀」とつづるべきだったろう――という説がある。もっともな説であり、したがうべきであろうが、しかしこれに対しても擁護する意見がある。それは、「撰録討竅ハ。帝紀旧辞ニ渉《わた》リテ迭視《てつし》スヘシ」（亀田鶯谷『古事記序解』）に端を発する見かたであり、現代のおおくの研究者もこれを支持しているようだ。亀田鶯谷のいう「迭視」（相互にみる、の意）とは、要するに二句中の語の意味をたがいに交錯させて、「帝紀・旧辞を撰録しかつ討竅する」と解釈しようとするものだろう。

この「迭視」は、中国の文言では互文とよばれる修辞法に相当し、古典修辞学の書では、漢代楽府の

┌戦城南、
└死郭北。

兵士たちは都邑の南方だけでたたかい、城郭の北方で死んだ。

の対偶が、互文の例としてよくとりあげらる。そこで、迭視ないし互文の用法を、この対偶で説明すると、戦いにおいては、兵士たちはなにも都邑の南方だけでたたかい、城郭の北方だけで死んだわけではない。都邑の南方でも死に、

城郭の北方でもたたかったのだ。しかし、簡潔さをたっとぶ文言では、このようにみじかく表現するのである。

ところで、こうした例で注目したいのは、内容的に「迭視」すべき対偶であっても、両句の内容が並行せず、意味上で発展や因果関係がある場合は、論理的な順序にしたがってつづるということである。つまり右の例でいえば、「たたかう↓（その結果として）死ぬ」（戦城南、死郭北）の順に叙して、「死ぬ↓たたかう」（死郭北、戦城南）とはつづらないということだ。それからすると、「記序」の「撰録帝紀、討覈旧辞」は、かりに「迭視」して解するにしても、「撰録↓討覈」の順はやはり奇妙で、誤解されやすい語順だといってよい。安万侶は「記序」中で、おなじく「迭視」して解すべき同種の対偶、「惜旧辞之誤忤、正先紀之謬錯」（第三段）をつづっているが、ここでは論理的な「誤りが惜しまれる↓（その結果として）誤りを正す」の順にしている。こうしたことからすれば、「撰録帝紀、討覈旧辞」の語順に関しては、ほんらい「討覈旧辞、撰録帝紀」とつづるべきだったのを、安万侶がうっかり逆にかいてしまった、とかんがえてよいのではなかろうか。

右の箇所が、じゅうらいもっとも問題になってきているが、「記序」にはこのほかにも、たんなるうっかりミスとみなしたほうがよい行文がある。

たとえば、「記序」中の重要なタームである「帝紀」と「旧辞」は、先後五回もでてくるが、そのたびに名称がことなっている。すなわち、

①諸家之所賷帝紀及本辞　↓　②撰録帝紀、討覈旧辞　↓　③令誦習帝皇日継及先代旧辞　↓　④惜旧辞之誤忤、正先紀之謬錯　↓　⑤稗田阿礼所誦之勅語旧辞

という具合である。おなじのものをさすにもかかわらず、すこしずつ二書の名称がちがっているのは不具合だし（ただし、べつのものをさすという説もある）、また連記される二書の順序も一定していない。さらに最後の⑤では、なぜか「旧

辞」だけしかかかれていないという、奇妙な記述のしかたをしている。

この混乱（だと私はおもう）に対しても、避板や内容の軽重、あるいは省文のためなど、いろいろ擁護する説がでている。避板の説については、たしかに③は意識した説明ふう言いかえであり、誤読の余地もなく、避板の効果があるといってよい。だがいっぽう、①②で「帝紀」としながら、④で「先紀」としたのは、意味のある言いかえとはおもえず、避板のためという説明では弁護しきれないだろう（本辞と旧辞の言いかえもおなじ）。また⑤の「帝紀」の不記載にいたっては、おそらくは省文などではなく、たんなる安万侶のうっかりミスだろう（④までずっと二書の名を連記しながら、ここだけ省略する理由がない）。こうかんがえると、この名称の混乱も、安万侶の不用意な措辞に原因があった、とみなしてよいとおもう。

さらに、編纂ミスとおもわれるものもある。すなわち、「記序」第一段に「化熊出川」句と「列儛攘賊」句の二句があるが、『古事記』本文にはこれに相当する記述がない。これも、『古事記』編纂時に没にしてしまった異伝を、安万侶がうっかり「記序」中でつかってしまったとかんがえれば、あっさり説明できよう。こうした序文と本文の齟齬は、それほどめずらしいことではなく、六朝の詩文集『文選』でも、同種のことがおこっている。すなわち、「文選序」で「戒」や「記」「誓」などの文体《ジャンル》に言及しておりながら、『文選』の本文ではそれに属する作を採録していないというケースが、みうけられるのである（くわしくは本書第七章第六節を参照）。この『文選』の場合も、おそらく手違いでおこったミスだろう。ときの皇太子（編者の蕭統は、梁王朝の好文の太子としてしられる）の名を冠して編纂された『文選』でさえ、こうした手違いが生じている以上、『古事記』にも同種のミスが発生した可能性はじゅうぶんあるだろう。

じゅうらい、『日本書紀』や『懐風藻』における和習や粗雑な表現には、おおくの研究者が歯に衣着せぬ指摘をおこなっている。ところが、「記序」中の奇妙な表現や行文に対しては、なにかしら遠慮がちな姿勢にかたむいているようだ。おそらく「あれほど漢文学に熟達してゐた安万侶が、漢文の法則を知らぬ筈はなく」のような過大な評価が、その脳裏に存していているのだろう。そうした先入観にとらわれず、「記序」は和習やミスがおおい四六駢儷文であり、また声律も諧和できぬレベルの文章だとかんがえれば、いろんな問題がもっと紛糾せずにすむのではないかとおもうのである。

以上、「記序」の文について、私見をのべてきた。考察や評価のしかたが、やや辛辣すぎるかもしれない。だが、安万侶は［「記序」の記述を信じれば］わずか四か月余の短時日で、この『古事記』一書の撰録をおえているのだ。すると、この「記序」なども怱卒の間にかきあげたものとおもわれ、不注意によるミスがあってもふしぎではない。それを、構思十年の労作のようにかんがえて、深読みしすぎる必要はないであろう。いくら漢文学に熟達してはいても、「記序」の文はしょせん、非ネイティブが母語でない不自由な言語によって、怱卒の間につづった作文なのである。「ミスがないほうがおかしい」ぐらいの気持ちで、のぞんだほうがよいだろう。

**附記**

本章は、平成十年度（一九九八）の本学大学院での講義ノートにもとづいている。その翌年度、私は北京で一年間の在外研究をおこなう幸運にめぐまれ、北京大学中文系の褚斌杰教授に、「記序」中の和習的表現について教えを乞うことができた。本章にはその成果もふくまれている。ただ、無念なことに、私が本章を完成させないうちに、褚先生は平成十八年（二〇〇六）の十一月に逝去され、斧正を乞うことはかなわなかった。いまはただ、先生のご冥福をお祈りもうしあげるのみである。

# 附篇二　「懐風藻序」の文章

**【基礎データ】**

［総句数］90句　［対をなす句］66句　［単対］25聯　［隔句対］4聯　［対をなさぬ句］24句　［四字句］50句　［六字句］25句　［その他の句］15句　［声律］25聯

［修辞点］30（第2位）　［対偶率］73％（第2位）　［四六率］83％（第5位）　［声律率］86％（第2位）

**【過去の評価】**

［岡田正之近江奈良朝の漢文学］此篇、上半は文学の来路を叙し、後半は自家の感慨を述べ、俯仰低回の致を極む。文は排儷なれども辞は朴実なるを以て、王朝時代の縟麗浮華なるものとは、大いに其の撰を異にせり。

［杉本行夫懐風藻］よし［文］選序を他山の石としたにしろ、彼の故事成語を縦横に駆使して、我が文学の発生の経路を史実に照らして、宛《あたか》も嚢中に物を探るが如く明快流暢に叙述し来った穏健堅実なる前半の手法は、金玉の上代漢文学史とも称すべく朗誦に値するものであり、壬申の兵燹《へいせん》によって近江朝の詩文の湮滅を慨歎痛惜して措《お》かず、後半に至って帝室の文学優奨と公卿士人に英才の輩出するあり相俟《あいま》って絢爛たる文苑を現出せる前世に限りなき思慕憧憬の情を寄せ感慨転《うた》た切なるものあり、懐旧の涙に咽《むせ》ぶあたり、多情多感なる詩人の面目躍如たるものがある。先哲の彬々たる文藻英華の空しく失墜散佚するを愛惜して、壬申の乱の残存を綜収編勒する並々ならぬ努力も亦この熱情の流露である。

【原文】

［一］逖聴前修○、遐観載籍●、襲山降蹕之世●、橿原建邦之時○、天造草創○、人文未作●。至於神后征坎●、品帝乗乾○、百済入朝、啓龍編於馬廏●、高麗上表、図烏冊於鳥文○。王仁始導蒙於軽島●、辰爾終敷教於訳田○。遂使俗漸洙泗之風○、人趨斉魯之学●。逮乎聖徳太子、設爵分官、肇制礼義○。然而専崇釈教●、未遑篇章○。

［二］及至淡海先帝之受命也、恢開帝業●、弘闡皇猷○、道格乾坤○、功光宇宙●。既而以為、調風化俗、莫尚於文○、潤徳光身、孰先於学●。爰則建庠序●、徴茂才○、定五礼●、興百度●、憲章法則●、規模弘遠●、夐古以来、未之有也○。於是三階平煥●、四海殷昌○、旒纊無為○、巌廊多暇●、旋招文学之士●、時開置醴之遊○。当此之際、宸翰垂文○、賢臣献頌●、雕章麗筆、非唯百篇○。但時経乱離○、悉従煨燼●、言念湮滅●、輙悼傷懐○。

［三］自茲以降、詞人間出、龍潜王子、翔雲鶴於風筆●、鳳翥天皇、泛月舟於霧渚●、神納言之悲白鬢●、藤太政之詠玄造●、騰茂実於前朝○、飛英声於後代●。

［四］余以薄官余間、遊心文囿○。閲古人之遺跡●、想風月之旧遊○。雖音塵眇焉○、而余翰斯在●。撫芳題而遥憶、不覚涙之泫然○、攀縟藻而遐尋、惜風声之空墜●。遂乃収魯壁之余蠹●、綜秦灰之逸文○。遠自淡海●、云暨平都○、凡一百二十篇、勒成一巻○。作者六十四人、具題姓名○、并顕爵里●、冠于篇首○。余撰此文意者、為将不忘先哲遺風○。故以懐風名之云爾○。于時天平勝宝三年、歳在辛卯、冬十一月也○。

（岩波旧大系『懐風藻　文華秀麗集　本朝文粋』より）

【通釈】

［第一段］上代の文学不振

古賢のことばに耳をかたむけ、書籍をひろくよんでみると、瓊瓊杵尊《ににぎのみこと》が高千穂に降臨したころや、神武天皇が橿原に国をたてた時代は、天が万物をおつくりになったばかりで、文明はまだおこってなかった。神功皇后が朝鮮を征伐し、応神天皇が即位するにいたるや、百済の使者が来朝して、書物を廏坂にひらい［て学問を伝授し］たし、高麗の使者が表をたてまつったときは、文字を烏の羽につづっていた。また王仁は軽島の地で無学な者をおしえ、王辰爾は訳田の地で教育をさずけた。こうして世の中に孔子の教えがひろまり、人びとは儒学をまなぶようになったのである。さらに聖徳太子のころになると、爵位をもうけ官位をさだめ、礼や義の制が開始された。だがそれでも仏教が重視され、詩文はかえりみられなかったのである。

［第二段］近江の文学

近江の先帝たる天智天皇が践祚されるや、帝業をひろめ、計画をすすめられた。そのご政道は天地のすみずみまで達し、功績は世界にかがやいた。そこでお思いになったことは、風俗をただし民衆を教化するには、詩文にまさるものはなく、徳をたかめ身をかがやかすには、学問以上のものはない、と。そこで天皇は学校をたて、秀才をあつめ、五礼をさだめ、法度をきめられた。その規律がととのい、規模が広大なことは、上古以来なかったものだった。こうして宮殿は燦然とし、天下はおおいにさかえた。天皇は無為でもおさまり、朝廷は余裕もでてきたのである。そこで文学の士をまねいたり、詩宴の遊びをひらいたりされた。そうしたときは、天皇ご自身が詩文をおつくりになり、賢臣も賛美のことばをたてまつったのだった。こうしてつくられた彫琢した詩文は、百篇どころではなかった。ところが、争乱（壬申の乱）がおこってしまって、すべてがやけてしまった。ここに近江朝の詩文の消滅を無念におもい、その佚亡がかなしまれるのである。

［第三段］文人の輩出

この壬申の乱のあと、文人がしばしばあらわれた。潜龍のごとき大津皇子は、「風のごとき筆づかいで雲中に鶴をとばす」の詩句をつづり、とびたつ鳳のごとき文武天皇は、「霧たつ渚に月のような舟をうかべる」の詩をつくられた。高市麻呂は［詩で］白髪をかなしみ、藤原不比等は天道の政治を詠じた。かくして彼らはりっぱな作を前朝にたかくかかげ、詩人としての名声を後代につたえたのである。

［第四段］選録の意図

私は下官としての余暇を利用して、文学の苑に心をあそばせた。よく古人の遺墨を閲覧し、風月下の清遊をしのんだものだ。古人の消息は茫洋としているが、彼らがのこした詩篇はまだのこっている。すぐれた詩文を手にして旧時をおもうと、おもわず涙がながれおちるし、華麗な詞藻をもとめ遠方にでかけては、彼らの声望がうしなわれるのがおしまれる。そこで虫食いの残余たる詩文を収集し、壬申の乱の焼けのこりをあつめたのである。はるか天智天皇の御代より平城京の時期におよぶまで、すべて百二十篇を整理して一巻とした。作者は六十四人。つぶさに姓名をしるし、またその官爵や出身地も明確にして、それを冒頭においた。私がこの詩集を撰した理由は、先哲の遺風をわすれないようにするためである。だから「懐風」の語を詩集の名とした。ときに天平勝宝三年（七五一）、歳星が辛卯にやどる年の冬十一月。

【考察】

## 一　積極的な対偶意欲

この章は、作者未詳の「懐風藻序」の文章について、一篇の美文作品としてみた場合はいかなる価値があり、いかに評価すべきかを、考察しようとするものである。考察の手順としては、まず「懐風藻序」の修辞や措辞について、こまかく検討し、ついで従来からも指摘される「文選序」との関連を再考する。つづいて、「文選序」以外の『文選』作品との影響関係についても、その可能性をさぐってゆき、最後に「懐風藻序」の文学的価値について、私見をのべてみたいとおもう。

はじめに、右の【基礎データ】によりつつ、「懐風藻序」の概観をみわたしておこう。まずこの作品は全九十句のうち、六十六句が対偶を構成し、対偶率は73％である。この数字は、六朝美文の名篇と比較しても、まったく遜色がない。いや、遜色がないどころか、本書であつかった六朝の「典論論文」以下の十篇とくらべても、この作をうわまわるのは「玉台新詠序」だけだ。あの名篇、陸機「文賦」66％や蕭統「文選序」62％も凌駕するほどの、たかい対偶率を有しているのである。もちろん対偶率だけで、文学的評価が決定するわけではない。しかしそれでも、美文で重視される対偶において、この「懐風藻序」が六朝の名作群をうわまわっているということは、やはり特記されておいてよい。

対偶率以外でも、この「懐風藻序」の修辞的洗練度は、なかなかたかいものがある。たとえば、一篇中で四六句がしめる割合（四六率）は83％であり、そして対偶中の末字の平仄が相対する声律率（じっさいは上尾率）は86％である。これらの率も、六朝美文のなかでは、とくにたかいものだといってよい。そして、それらを総合した修辞点（「結語　六朝文の評価」を参照）でも、本書所収の十二篇のなかでは「玉台新詠序」につぐ、第二位の位置をしめているのである。このように、この「懐風藻序」の文章は、六朝美文の名篇とくらべても、すくなくとも形式面（対偶や平仄などの修辞的洗練度）では、まったく遜色のない美文だといってよい。以下、そのことをふまえながら、この「懐風藻序」の行文を詳細に検討してゆこう。

第一に対偶をみてゆく。ここでは数量の多寡でなく、技巧の巧拙をかんがえてみたい。もっとも対偶の巧拙というものは、その作だけをみてもわかりにくいものだ。そこで、「懐風藻序」のモデルになった蕭統「文選序」と比較してみることにする。ここでは、「文選序」を模倣したあとが明白な冒頭六句をとりあげ、相対評価をこころみてみよう。[1]

| 文選序 | 懐風藻序 |
|---|---|
| 式観元始、 | 逖聴前修、 |
| 眇覿玄風、 | 遐観載籍、 |
| 冬穴夏巣之時、 | 襲山降蹕之世、 |
| 茹毛飲血之世、 | 橿原建邦之時、 |
| 世質民淳、 | 天造草創、 |
| 斯文未作。 | 人文未作。 |

まず「文選序」第一聯をみれば、両句とも類似した内容の正対《せいつい》である。「観」と「覿」は同字の重複はさけているが、ともに「みる」の意で、意味的にはあまり変化がない。それに対し「懐風藻序」の第一聯は、「聴」と「観」を対応させることによって、「先哲にきく」と「古籍をみる」という意をもたせている。これによって、この聯はたんなる正対

というよりも、視聴対とでも称すべき対偶となっている。優劣の軍配は「懐風藻序」のほうにあがりそうだ。

また第二聯においても、「文選序」は「冬穴↕茹毛」「夏巣↕飲血」のごとく、対偶としては対応がずれている。この聯は『礼記』礼運の「昔者先王未有宮室。冬則居営窟、夏則居橧巣。未有火化、食草木之実鳥獣之肉、飲其血、茹其毛」（むかし先王のころは、まだすむべき家屋がなかった。そこで冬は［土でつくった］穴ぐらにすみ、夏は木枝でつくった巣のなかですごした。火を使用する術《すべ》もしらなかったので、草木の実や鳥獣の肉をそのまま食し、鳥獣の血をのみ、さらに［腹がふくれないときは］毛までくらった、の意）にもとづくものだ。ただ、この典拠を対偶にするのなら、「冬↕夏」や「血↕毛」の対応を考慮して字句をいれかえ、「冬穴茹毛之時↕夏巣飲血之世」とつづったほうが、より対比効果がたかかっただろう。それに対し「懐風藻序」のほうは、「襲山↕橿原」「降蹕↕建邦」とピタッと対応した対偶にしたてている（ただし、内容的には「降蹕襲山之世、建邦橿原之時」の語順がふつう）。こうしたところ、「懐風藻序」の対偶のほうが、平凡ではあるが対応のバランスがよいといってよかろう。

つづく第三聯でも、「懐風藻序」のくふうの跡がめだっている。すなわち、「文選序」は散句であっさり表現しているのに対し、「懐風藻序」のほうは、上句を「天造は草創す」という主述構造に改変して、おなじ主述構造の下句「人文は未だ作らず」と対偶にそろえているのだ。これは「懐風藻序」における、対偶表現へのつよい志向をしめすものだろう。やはり軍配は「懐風藻序」のほうにあげてよかろう。

以上は、ほんの一部分を比較したにすぎぬが、それでも「懐風藻序」作者は「文選序」をモデルとしつつも、それをのりこえようとする修辞意欲をもっていることが、これによって推測できる。右にみた「文選序」に対する「懐風藻序」の対偶率の優越も、おそらくこうした旺盛な意欲によっているのだろう。そうした意欲が文学的に功を奏しているかどうかは、ひとによって意見がことなるだろうが、すくなくとも「懐風藻序」作者の積極的な修辞意欲だけは、たかく評価してよかろう。

第二に、対偶と密接にかかわる声律を検討してみよう。声律の規則としては、①一句のなかで、関鍵の字（たとえば、四字句の二字目と四字目）の平仄を逆にする、②対をなす両句のあいだで、関鍵の字の平仄を逆にする、③となりあう聯と聯において、上聯下句と下聯上句の関鍵字の平仄をおなじにする――の三点があげられよう。そうした見地からすれば、たとえば第二段の

恢開○帝業●、道格●乾坤○、
弘闡●皇猷○、功光○宇宙●。

などの部分は、①②③の規則をすべてクリアーしており、理想的な平仄配置だといえよう。ほかにも、〔対偶内で〕きちんとした平仄配置がなされた聯をさがしてみれば、第一段では、

百済●入朝○、啓龍○編於馬廏●、
高麗○上表●、図鳥●冊於鳥文○。

の隔句対で、きちんと平と仄とが交替している。

さらに第二段から、理想的な平仄配置がなされた聯をあげれば、

○　調風○化俗●、莫尚●於文○、
　　潤徳●光身○、孰先○於学●。

○　三階○平煥●、
　　四海●殷昌○、

○ 旒紘●無為○、
巌廊○多暇●、

○ 宸翰●垂文○、
賢臣○献頌●、

などがそうである。さらに第三段では、

○ 騰茂実●於前朝○、
飛英声○於後代●、

がきちんとしているし、また第四段でも、

○ 閲古人○之遺跡●、
想風月●之旧遊○。

○ 撫芳題○而遙憶●、不覚涙●之泫然○、
攀縟藻●而遐尋○、惜風声之空墜●。

などが、平仄がととのった聯として指摘できよう。ふるい日本の四六駢儷文では、平仄は右の②の規則［のうちの、聯中末字の平仄］が重視されて、ほかの規則はあまり考慮されていなかった、という説もあるようだが、こうした例をみると、この「懐風藻序」にかぎっては、その説はあてはまらないようだ。

ここであげた以外の対偶でも、多少の反則はあっても、全体的にまずまずの平仄配置がなされている。じっさい、「懐風藻序」の声律率86％という数字は、本書で論じた十二篇のうち第二位。六朝期の美文とくらべてもけっして遜色はなく、高レベルの平仄配置がなされているといってよかろう。

そうだとすれば、「懐風藻序」の作者の某氏は、漢語の音にくわしかった者とかんがえてよさそうだ。『懐風藻』編者（つまり「懐風藻序」の作者）の名は現在にいたるまで未詳だが、すくなくとも漢語の音に不習熟の者ではありえない。かくかんがえれば、『懐風藻』編者の某氏は、渡唐の経験ある者か、あるいは日本で「たぶん帰化人の」音博士にまなんだ者などにかぎられるとしてよかろう。

## 二　洗練された句法

第三に、四六をふくむ句法をみてゆこう。この「懐風藻序」は六朝期の美文に模している。美文は四六駢儷文とよばれるように、句形としては四字句と六字句とが多用されるのがふつうである。その使用の程度、つまり四六率83％は十二篇のうち第五位であり、対偶どうよう六朝期の美文とくらべても遜色はない。

ただ、「懐風藻序」の特徴として、四六句のなかでも、六字句（しかも、辞賦が多用する□□／助□□の型）の利用がおおいことに気づく。四字句が五十句なのに対し、六字句は半分の二十五句もつかわれているのである。本書でとりあげた十二篇のうち、六字句の使用率がこれよりたかいのは、曹丕「典論論文」と陸機「文賦」の二篇だけにすぎない。まだ美文の時代ではなかった「典論論文」をのぞくと、「懐風藻序」より六字句の使用率がたかいのは、「文賦」だけということになる。

四六句ではいっぱんに、六字句のほうがつくりにくい。四字句□□／□□の句形は、主／述の構造にせよ述／客の構造にせよ、文法的にシンプルであって、初心者にはつづりやすい。それに対し六字句は、四字句□□／□□に二字をくわえた□□／□□／助□のタイプと□□／助□／□□のタイプとがあり、さらに辞賦に由来する□□□／助□□

もあって、なかなか句造りが複雑である。そのぶん六字句のほうが、かきにくかったろうとおもわれる。じっさい「古事記序」も、辞賦ふう六字句「天剱獲於高倉↕大烏導於吉野」で和習をしでかしていた（附篇一第二節を参照）。

そうしたなか、「懐風藻序」では六字句、しかも辞賦ふうの□□□／助□□を多用しているのである（二十五句中の十四句）。当時の日本では、まだ辞賦ジャンルはそれほどポピュラーではなかった。通説では、藤原宇合《うまかい》（六九四～七三七）の手になる「棗賦」が、日本で現存する最古の賦作品だとされている（彼は渡唐の経験がある）。そうした、辞賦やその句法がまだじゅうぶんがひろまっていない時期に、「懐風藻序」作者は、辞賦ふう六字句を多用した美文をつづっているのだ。こうしたところも、美文能力のたかさを示唆するものとしてよかろう。

そうしたことと関連して、とくに注目したい箇所がある。それは、右でも平仄がととのった例としてあげた、

┌百済入朝、啓龍編於馬廏、
└高麗上表、図烏冊於鳥文。

百済の使者が来朝して、書物を廏坂にひらい［て学問を伝授し］たし、高麗の使者が表をたてまつったときは、文字を烏の羽につづっていた。

の隔句対である（第一段）。以前から、ここの四句目「図烏冊於鳥文」は文法的におかしく、「図鳥文於烏冊」（鳥文を烏冊に図《えが》く）とつづるべきだったのを、まちがえてしまったのではないかと指摘されている。これに対し、この句は平仄をあわせるために、故意に「烏冊」と「鳥文」をいれかえたのであり、誤句法とすべきではないという擁護説もある。その他の部分において、これといったあやまった句法がないこともあって、この部分だけ作者が気をゆるした、つまり誤句法をしでかしてしまったとはかんがえにくいからだろう。

この両説、ともに論拠があって甲乙つけがたいが、私としては、［「懐風藻序」作者のたかい文章手腕からみて］擁

護説のほうにくみしたいとおもう。そこで、擁護説に肩いれするために、私なりに傍証を提示してみたい。それは『文選』巻十六所収の江淹「別賦」のなかにある、つぎのような一節である。

使人┌意奪神駭、
　　└心折骨驚。

［別れというものは］ひとの意欲をうばい精神をみだし、また心をくじき骨をおらせるものだ。

下句「心折骨驚」に注目しよう。この句は、ほんらい「心驚骨折」（心驚き骨折る）とつづらねばならなかった。ところが六朝きっての美文家だった江淹は、そんな通常の叙しかたでは満足できなかった。そこで彼は、不都合を承知で「折」と「驚」をいれかえ、右のような「心折骨驚」（心折れ骨驚く）という句をつづったのである。

こうした奇妙な字句入れかえをおこなったのは、江淹だけではない。六朝では同種の例がほかにもみえる。もう二例ほどあげてみよう。すると、やはり『文選』におおくの詩をのせる鮑照の「石帆銘」に、

君子彼想、祗心載惕。

あの［古代の］君子たちをおもえば、彼らは心中つつしみ自戒していたはずだ。

という二句がみえる。これもほんらいは、「想彼君子」（彼の君子を想う）の語順だった。ところが、やはり奇抜さをねらって、「想彼」と「君子」をいれかえ、さらに「想」と「彼」を倒置したのである。おなじく、六朝の掉尾をかざる美文家だった庾信の「梁東宮行雨山銘」という作にも、

┌草緑衫同、
└花紅面似。

彼女の肌着は草の緑色とおなじで、その顔色は花の紅色にそっくりである。

という奇妙な語順の対偶がみえる。これも、ほんらい「衫同草緑、面似花紅」（衫《うすもの》は草の緑に同じく、面《かお》は花の紅に似たり）とかくべきだったろう。これも奇抜さをねらって、故意に字句の順序を転倒させたのである。

こうした例は、誤句法どころか、高度な修辞的表現なのであって、いわば当時における新穎のテクニックなのである。(2)私は、こうした好意的な見かたを、「懐風藻序」の「図烏冊於鳥文」句におよぼしてゆくことは、じゅうぶん可能だとおもう。つまり、この奇妙な語順の句は、「従前いわれているように」平仄をあわせるための窮余の策でもあったかもしれない。だが同時に、六朝美文からまなんだ修辞的表現でもあったのであり、けっして未熟ゆえの誤句法ではない――とかんがえたいのである。

このように日本漢文を読解するさいには、いっけん誤句法のようにみえても、すぐそれを和習だと断定してはならない。いっけん誤句法のようにみえても、じつは中国にも類似の表現法があって、それを模したにすぎないという可能性は、じゅうぶんありうるのだ。私のごとき六朝文学の研究者からみると、日本漢文における句法の誤り、とくに和習の発見はなかなか興味ぶかいテーマであるが、しかし、よほど綿密な調査をせぬかぎり、軽々に和習だと断定することはさけねばならないだろう。和習の指摘は、厳密にいえば至難のことなのである。(3)

ちなみに、同種の事情が、「懐風藻序」中の用語についてもいえそうだ。「懐風藻序」中には、中国に用例をもとめにくい用語が、いくつかでてくる。「神后」「品帝」「王仁」「軽島」「辰爾」「訳田」のような固有名詞はのぞくにしても、たとえば「降蹕」「征坎」「鳥文」「烏冊」などは、中国では用例をさがしにくい語である。

では、これらは「懐風藻序」作者の未熟のための、和習なのかといえば、これも弁護できないではない。というのは、拙著『六朝美文学序説』の第六章でも詳述したが、過去に用例のない新語を創造し、使用することは、当時の中国でもおこなわれていたことだからである。すると、上代日本の漢文の書き手たちの造語も、いわば六朝文人たちの新語づくりを模した結果にすぎない、ともいいえよう。したがって、「懐風藻序」中にみえる造語らしき語も、ただ造語というだけで、未熟ゆえの和習だと非難される筋あいはないといってよい。

もし非難されるとしたら、その造語の出来ぐあいがわるかった場合（生硬すぎるとか、漢語の慣例にそむくとか）だろう。その点、「懐風藻序」中の右のような語は、用例こそさがしにくいものの、ことば自体としては漢語としての語法にしたがっていて、けっしてありえない語ではない。たとえば「征坎」の語などは、「坎《かん》」に『易経』説卦伝をふまえて北方の意をもたせ、「北方［の三韓］を征伐する」の意味で使用しており、これなどはむしろ、典拠をふまえた巧妙な造語法だというべきだろう。(4)

以上、「懐風藻序」の文章表現について検討してきた。対偶、平仄、句法、語彙のいずれについても、本場の中国に伍する技巧がほどこされていることがわかった。その意味で「懐風藻序」作者の文才は、そうとうたかかったとみなしてよかろう。

## 三　純文学志向

では、つぎに「懐風藻序」と『文選』との関連について再考してみよう。「懐風藻序」が『文選』の序文を模倣していることは、吉田幸一氏の「懐風藻と文選」（『国語と国文学』第九巻十二号）以来、定説となっており、構成や字句の類似については、もはやいちいち例示するまでもあるまい。

だが、私がみるところ、「懐風藻序」の「文選序」模倣は、それほど酷似するというほどのものではない。たとえば、字句の踏襲では、最初の「逖聴前修」云々の六句と、終りの「遠自淡海」以下の編纂次第を叙した箇所は、たしかに相似した字句が集中しているが、それ以外の部分では、散発的な字句類似があるにすぎない。構成もだいたいは模しているが、記述内容自体は、むしろかなり相違している。六朝期の文学創作では、この程度の踏襲はめずらしいものではない。

かつて拙著(5)でものべたことがあるが、六朝においては、小は典故の利用から、大は模擬作品の創作にいたるまで、模倣的作風がひろく流行していた。したがって、当時の文人たちにとっては、それまでに確立していた表現や構成の定型をなぞりながら、文辞をつづっていくのは、ごくふつうの創作方法だったのである。

たとえば、『文選』をひもといてみれば、そこには「雑擬」と称しておおくの模擬詩がならんでいるし、また明確に模擬と銘うってなくても、前代の秀作を手本として文辞をつづったケースは、たいへんおおい。『文選』冒頭にならぶ長大な賦作品を例にとれば、巻頭に位置する班固「両都賦」を、まず張衡「二京賦」が模し、またさらに、それら先行作品をみならって、つぎの左思「三都賦」がかかれている。こうした模倣的創作は、過去の文学的伝統を継承してゆく正統的方法だったのであり、けっして価値なき二番煎じではなかったのである。

こうした『文選』所収作品の関連ぐあいや文風をみてゆけば、上代日本の漢文の書き手たちは、「あぁ、中国の文人たちも模倣しているのだな。だとすれば、我われも模擬的作品をつくってもいいわけだ」とおもったに相違ない。その意味では、上代日本の漢文の書き手たちは、いわば、六朝文人たちの模倣的作風自体を模倣した、といってよいであろうか。このようにかんがえてくれば、「懐風藻序」作者が「文選序」を模して序文をつづったのは、むしろ自然なことであって、「文選序」を模倣しているという理由だけで、「懐風藻序」作者の文才をひくくみつもる必要はまったくないのである。(6)

私が、「文選序」との関連で注目したいのは、むしろ両篇の文学観が相似していることだ。すなわち「懐風藻序」に

おいては、文学の範囲をかなりせまくみつもっている。たとえば、

○［第一段］逮乎聖徳太子、設爵分官、肇制礼義。然而┌専崇釈教、
└未遑篇章。

聖徳太子のころになると、爵位をもうけ官位をさだめ、礼や義の制度が開始された。だがそれでも仏教が重視され、詩文はかえりみられなかったのである。

○［第二段］┌旋招文学之士、
└時開置醴之遊。当此之際、┌宸翰垂文、
└賢臣献頌、雕章麗筆、非唯百篇。

文学の士をまねいたり、詩宴の遊びをひらいたりされた。そうしたときは、天皇ご自身が詩文をおつくりになり、賢臣も賛美のことばをたてまつったのだった。こうしてつくられた彫琢した詩文は、百篇どころではなかった。

という。前者では、「釈教」（仏教関連の書）と「篇章」（純粋の文学作品）とを、はっきり区別していたことがうかがわれるし、また後者では、文学の実体を「雕章麗筆」（彫琢した詩文）にもとめようとする姿勢が明確である。いわば純文学志向といってよかろうか。

こうした文学観は、『文選』編者の蕭統が「文選序」において、文学の条件を「沈思翰藻」にもとめたことと軌を一にしている。蕭統は「文選序」において、

若其┌讃論之綜緝辞采、
└序述之錯比文華、┌事出於沈思、
└義帰乎翰藻。故与夫篇什、雑而集之。

史書のなかの讃論は華麗な文辞をあつめ、序述は装飾をまじえており、それらの文章たるや、内容はふかい思

索から出発し、表現は華麗な美文に帰着している。さすれば、文学作品とならべて、これらの文章も採録してよかろう。

とかたっている。彼はこの引用文直前において、経書や諸子や史書の類は文学でないから、自分の『文選』から除外するといっていた（略）。ただし例外があるという。その例外を説明したのがこの部分であり、要するに「讃論と序述だけは、ふかい思索（沈思）から出発し、華麗な美文（翰藻）に帰着しているから文学に属する」というのだ。つまり蕭統も純文学を志向しているといってよく、こうした点で両篇の文学観が一致しているのである(7)。

もっとも、じっさいに『懐風藻』と『文選』の所収作品をくらべてみると、かなりの相違がある。たとえば、詩だけにしぼった『懐風藻』に対し、『文選』は賦や文章作品も採録している。しかも、『文選』所収の文章のなかには、たとえば詔令や上表、策秀才文などの、政治に直接かかわってゆくジャンルもあって、その意味では『文選』の場合は、純文学志向といっても、かならずしも経世ふう作品を除外しているわけではない。

それに対し、『懐風藻』は詩だけにかぎり、経世ふう文章作品はいっさい採録していない。こうした編纂態度は、純文学志向をより徹底させたものといえよう。これは、『懐風藻』編者が意識してそうしたというより、むしろ採録しようとしても、すぐれた経世ふう文章作品が希少だった、というようなことに原因をもとめるべきかもしれない。だがそうだとしても、『懐風藻』が採録を詩だけにしぼり、かつすぐあとの勅撰三集（凌雲集・文華秀麗集・経国集）の序とはちがって、序文でも経世めいた発言をしていないことは、やはり『懐風藻』編者の見識をしめすものだといってよい。こうしたところに、私撰集としての性格をつらぬこうとする、明確な姿勢をうかがうことができるようにおもう（後述）。

# 四　感傷性

「懐風藻序」と「文選序」の関連をかんがえてきたが、それでは『文選』では、序文以外に影響関係を想定できる作品はないのだろうか。すると、「懐風藻序」に影響をあたえた作として、曹丕「与呉質書」（巻四二）と謝霊運「擬魏太子鄴中集詩」（巻三〇）の二篇があげられるようにおもう。この二篇は、「懐風藻序」の全体的雰囲気や編纂動機をのべた部分と、よく似かよった性格を有しているからである。

まず、「懐風藻序」第四段では、この漢詩集を編纂した動機について、

余以薄官余間、遊心文囿。閲古人之遺跡、想風月之旧遊。雖音塵眇焉、而余翰斯在。撫芳題而遙憶、不覚涙之泫然、攀縟藻而遐尋、惜風声之空墜。
遂乃収魯壁之余蠹、綜秦灰之逸文。……余撰此文意者、為将不忘先哲遺風。故以懐風名之云爾。

私は下官としての余暇を利用して、文学の苑に心をあそばせた。よく古人の遺墨を閲覧し、風月下の清遊をしのんだものだ。古人の消息は茫洋としているが、彼らがのこした詩篇はまだのこっている。すぐれた詩文を手にして旧時をおもうと、おもわず涙がながれおちるし、華麗な詞藻をもとめ遠方にでかけては、彼らの声望がうしなわれるのがおしまれる。そこで虫食いの残余たる詩文を収集し、壬申の乱の焼けのこりをあつめたのである。……私がこの詩集を撰した理由は、先哲の遺風をわすれないようにするためである。だから「懐風」の語を詩集の名とした。

とのべている。この部分は、第二段の「争乱（壬申の乱）がおこってしまって、すべてがやけてしまった。ここに近江朝の詩文の消滅を無念におもい、その佚亡がかなしまれる」、つまり近江朝の詩が佚亡したことへの、無念の表明をうけたものだ。「懐風藻序」作者はここで明確に、過去のすぐれし詩人たち（あるいはその作品）への憧憬が編纂の動機だとかたっている。とくに「すぐれた詩文を手にして旧時をおもうと、おもわず涙がながれおちる」の部分は、過去のすぐれし詩に対する、感傷的ともいうべきあこがれの気もちが顕著だし、また「私がこの詩集を撰した理由は、先哲の遺風をわすれないようにするためである」では、先哲の遺風をしのぼうとする作者の意向が、はっきりとのべられている。こうした率直な発言には、作者の切実な想いがよくあらわれていて、よむ者の心をうつといってよい。

ここですこし寄りみちして、中国において「詩文を収集し」文集を編纂する動機をふりかえってみよう。経世済民の理念をかかげる中国においては、いっぱんに文集の編纂にあたって、「該作が経世に資するがために、某々集を編纂する」ということが、標榜されやすい。たとえば任昉「王文憲集序」では、

固以理窮言行、事該軍国。豈直彫章縟采而已哉。

王倹どのの文章たるや、その道理はひとの道をつくし、その内容は軍国の諸事におよんでいる。それらはただ字句の彫琢を事とするだけではない［ので、王倹どのの集をあむことにした］。

といって、王文憲（王倹）集の内容が「軍国の諸事におよんでいる」が称賛されている。だから文集を編纂した、といいたいのだろう。また『隋書』経籍志の総序でも、

夫仁義礼智、所以治国也。方技数術、所以治身也。諸子為経籍之鼓吹、文章乃政化之黼黻、皆為治之具也。

仁義礼智は経国に役だつし、方技数術は修身に有用である。また諸子は経籍を鼓吹するものだし、文章は教化をかざるものであり、いずれも政治に役だつ道具なのである。

といって、文学は教化や政治に役だつことが称揚されている。だからこそ、詩文が宮中の書庫に収集されて目録に著録され、また詩文の集が編纂されてくるわけだ。

　ところが、六朝においては、そうした「文学は経世に役だつ」という大義名分が、しばしば無視されがちだった。当時流行した唯美的文学観のもと、「文学それ自体に価値があるから、この集をつくった」のごとき発言がなされるようになったのである。魏の曹丕「典論」論文の「文章は経国の大業にして、不朽の盛事なり」という宣言は、文集編纂にあたっての発言ではないけれども、「文章」（ここでは学問もふくめた「学芸」ぐらいの意味）の価値を宣揚したものとして、しらぬ人はないであろう(8)。

　「文選序」にもそうした傾向がみえ、たとえば

　　譬 ┌陶匏異器、並為入耳之娯、作者之致、蓋云備矣。<br>
　　　 └黼黻不同、倶為悦目之玩。

［各種の文学ジャンルは］たとえば塤と笙はちがう楽器だが、ともに耳にここちよく、また黼《ほ》と黻《ふつ》とはことなった模様だが、ともに目をたのしませることができるようなものだ。作者がかたらんとする趣旨は、これらによって表現できるようになった。

という一節がある。これをみると、蕭統は文学を「耳にここちよく」や「目をたのしませる」娯楽的存在だ、と理解しているようだ。むろん「文選序」には「経世に役だつ」ととれる発言もないではないが、やはり蕭統においては、「文学それ自体に価値（ひとをよろこばす価値）があるから、この集をつくった」という意識がつよいといってよかろう。「玉台新詠序」にいたっては、「宮中の麗人たちがひまつぶしのためにこの集を編纂した」という韜晦した動機をのべているが、これもこの流れのなかでかんがえるべきだろう。

さて、中国における文集編纂の動機を、以上のように概観してきたが、それでは「懐風藻序」の「先哲の遺風をわすれぬため」という動機は、どのように解すればよいだろうか。

すると、「経世に役だつ」という発言はしていない以上、まずは［「王文憲集序」でなく］「文選序」ふうの娯楽的な考えにちかいと理解してよかろう。だが、まったくおなじかといえば、そうではない。というのは、「懐風藻序」にただよう「おもわず涙がながれおちる」云々のごとき感傷性や、「先哲の遺風をわすれぬため」という動機は、「文選序」にはうかがわれないものであるからだ。

では、そうした「懐風藻序」のごとき動機は、中国、とくに『文選』所収作品に前例がないのかといえば、そうではない。すなわち、さきにすこしふれた曹丕「与呉質書」のなかに、「懐風藻序」とよく似た内容がみえているのだ。この「与呉質書」は、魏の太子の曹丕（ただし、執筆時はまだ漢王朝）が、文学仲間だった徐幹や陳琳などに死なれてしまい、その悲しさを臣下の呉質にうったえた書簡文である。この書簡のなかで、曹丕は仲間との交流を回顧して、つぎのようにかたっている。

昔年疾疫、親故多離其災、徐陳応劉、一時俱逝。痛可言邪。昔日遊処、行則連輿、止則接席。何嘗須臾相失。每至觴酌流行、糸竹並奏、酒闌耳熱、仰而賦詩。……何図数年之間、零落略尽。言之傷心。頃撰其遺文、都為一集。観其姓名、已為鬼録。追思昔遊、猶在心目。而此諸子、化為糞壌。可復道哉。

先年に悪疫が蔓延し、親戚や友人がおおくこの災いにかかりました。徐幹や陳琳、応瑒、劉楨らが、この悪疫で一時に逝去されたのです。この悲しみは、どういえばいいのでしょう。私たちは以前よく行楽にでかけましたが、ゆくときは車をつらね、とまれば席をならべ、片時もはなれませんでした。酒杯をかわし、音楽が奏されるや、酔いで耳はあつくなり、周囲をみわたして詩をつくったものです。……数年のあいだに、そうした仲間が死去してしまうとは、どうして想像できましょうか。このことを口にだせば、かなしくなるばかりです。最近、彼らの遺文を編纂して、一つの集にまとめてみました。その姓名をみれば、みな故人です。過去の行楽を追懐すれば目蓋にうかぶのに、彼らは死して土塊となっているのです。もはやいうことばもありません。

ここには「懐風藻序」に似た、感傷的な雰囲気が濃厚にただよっている。曹丕が「先年に悪疫が蔓延し、親戚や友人がおおくこの災いにかかりました。徐幹や陳琳、応瑒、劉楨らが、この悪疫で一時に逝去されたのです。この悲しみは、どういえばいいのでしょう」といい、「数年のあいだに、そうした仲間が死去してしまうとは、どうして想像できましょうか。このことを口にだせば、かなしくなるばかりです」と悲嘆する姿は、「すぐれた詩文を手にして旧時をおもうと、おもわず涙がながれおちる」という『懐風藻』編者の涙と、そのまま二重うつしになるだろう。

くわえて、書簡中の「最近、彼らの遺文を編纂して、一つの集にまとめてみました」という一節にも注目したい。曹丕は、仲間の急逝をいたみながら、彼らの遺文を編纂しているのだが、これは、先哲の遺風をわすれぬために「虫食いの残余たる詩文を収集し、壬申の乱の焼けのこりもあつめ」て、『懐風藻』を編纂しようとする行為の、いわば先蹤をなすものだといってよいからだ。つまり曹丕「与呉質書」は、「懐風藻序」にただよう感傷性や故人の遺文編纂という行為を、いわば先どりしているのである。

この曹丕「与呉質書」は六朝文人たちの共感をさそったとみえ、六朝では同種の内容をもった作品が、何篇かつづられている。『文選』所収作品のなかから、そうした例をさがしてみれば、曹丕より二百年後に活躍した、宋の謝霊運の連作模擬詩「擬魏太子鄴中集詩」への序文があげられよう。この謝霊運の模擬詩は、題がしめすとおり、曹丕が編纂したとされる『鄴中集』（いまは佚）の詩を模しているのだが、ここで問題にしようとするその模擬詩への序文は、じつは「与呉質書」をモデルとしているのだ。

しかも、なおもしろいことに、謝霊運はこの連作模擬詩では模倣を徹底させていて、その序文も「自分（謝霊運）でなく曹丕がかいた」という前提でつづっているのである。その仮構された序文の概要は、建安の末ごろ余（曹丕）は鄴の宮殿にいて、兄弟や臣僚と文雅の交わりをむすんだが、そのときに詠じあった詩を、このたび「鄴中集」という集にまとめた――というものだが、ここで注目したいのは、その序文中のつぎのような一節である。

建安末、余時在鄴宮、朝遊夕讌、究歓愉之極。天下良辰美景、賞心楽事、四者難并。今昆弟友朋、二三諸彦、共尽之矣。古来此娯、書籍未見。……歳月如流、零落将尽。撰文懐人、感往増愴。

建安の末、私は鄴宮にいた。朝は行楽にでかけ夜は宴会をもようし、たのしみをつくしていた。この世において、よき時節、きれいな風景、心かよう友、たのしいあそび――の四つは、かねそなえにくいものだ。ところが当時は、兄弟、朋友、二三の親友たちと、その四つを享受することができた。むかしから、こうした四つ兼備のたのしみは、書籍でもみたことがない。……歳月はながれるごとくすぎさり、かつての仲間たちが世をさっていく。彼らの詩文を撰しては故人をおもい、過去に感じては悲嘆がいやましてくるのだ。

ここに、「歳月はながれるごとくすぎさり、かつての仲間たちが世をさっていく。彼らの詩文を撰しては故人をおもい、過去に感じては悲嘆がいやましてくる」という発言がみえる。この部分はおそらく、曹丕「与呉質書」の「数年のあいだに、そうした仲間が死去してしまうとは、どうして想像できましょうか。このことを口にだせば、かなしくなるばかりです。最近、彼らの遺文を編纂して、一つの集にまとめてみました」を模したものだろうが、さらには後代の「懐風藻序」の、「先哲の遺風をわすれぬため」という編纂動機や、序文全体にただよう感傷性にも通じるものがあるといってよい。しかもこの「擬魏太子鄴中集詩」の序文は、詩集への序文という点でも「懐風藻序」に相似しているのである。

このようにみてくれば、曹丕「与呉質書」と謝霊運「擬魏太子鄴中集詩」と「懐風藻序」の三篇のあいだに、相関関係を想定することはじゅうぶん可能だろう。すなわち、過去の詩や詩人を追慕していた日本の某氏は、『文選』をひもといて曹丕「与呉質書」や謝霊運「擬魏太子鄴中集詩序」をよんだとき、そこに「仲間の逝去をいたんで詩文集をあむ」という発言をみいだした。それによって彼は、「〈経世に役だつ〉という名分がなくても、漢詩の選集を編してもよい」ということに気づいた。そしてそれが、「先哲の遺風をわすれぬため」という動機にもとづく、『懐風藻』の編纂と「懐風藻序」の執筆につながった——ということになるであろう〈かかれた先後からいえば、「与呉質書」〈三世紀〉が「擬魏太子鄴中集詩序」〈五世紀〉のモデルとなり、そしてこの両者がともに、「懐風藻序」〈八世紀〉に影響をあたえたことになる〉。

文辞のうえでは、この両作品と「懐風藻序」のあいだに、直接の関連はみいだせない。しかし私は、日本の某氏が『懐風藻』編纂をおもいたったきっかけとして、この『文選』中の両作品、とくに曹丕「与呉質書」からの影響を想定したいのである。(9)

## 五　追慕の情

以上、「懐風藻序」の有するいくつかの問題について、かんがえてきた。その結果、中国文言としてみれば典型的な四六駢儷文であって、六朝美文におとらぬ修辞技巧を有していること。「文選序」に模してはいるが、模倣の程度はあまりたかくないこと。模倣的創作は中国でもおこなわれていて、模倣だけの理由で「懐風藻序」を非難すべきでないこと。「懐風藻序」に影響をあたえた『文選』作品として、曹丕「与呉質書」なども想定しうること——などを指摘してきた。最後に、そうした特徴をもつ「懐風藻序」の文学的な価値、およびその評価についてかんがえてみよう。

「懐風藻序」の文学的価値への言及としては、すこしふるいが、岡田正之『近江奈良朝の漢文学』二〇三頁に、

此篇、上半は文学の来路を叙し、後半は自家の感慨を述べ、俯仰低回の致を極む。文は排儷なれども辞は朴実なるを以て、王朝時代の縟麗浮華なるものとは、大いに其の撰を異にせり。

という発言がある。このご指摘は妥当なものとおもわれ、私の見かたもほぼ岡田氏の意見にちかい。それゆえ以下では、同氏のご指摘によりそいつつ、「懐風藻序」への私見をつけくわえてゆくことにしよう。

まず内容については、岡田氏のいわれるとおりで、とりたててつけくわえることもない。ご指摘どおり、「懐風藻序」の前半（第一～三段）は、「文学の来路を叙し」た上代日本文学史であり、また後半（第四段）は「自家の感慨を述べ、俯仰低回の致を極」めたものといえよう。ここで注目すべきは、やはり後半だろう。そこでは、過去のすぐれた詩に対する、作者の感傷的ともいうべき、あこがれの情がめんめんとつづられ、たしかに「俯仰低回の致を極」めている。こうした肩肘をはらぬ率直な叙しかたは、経世ふう発言のおおい勅撰三集の序文とは、おおいにことなるところであって、いかにも私撰集らしいプライベートな内容だといってよい。

つづいて、本書が重視してきた文章技術的な方面に注目してみよう。岡田氏は「文は排儷なれども辞は朴実なるを以て、王朝時代の縟麗浮華なるものとは、大いに其の撰を異にせり」といわれるが、たしかに「懐風藻序」の文章は、対偶こそおおいものの、用語は平明でわかりやすい。くわえて典故もおおすぎず、堆砌《たいせい》の弊からまぬがれて、全体的に暢達の行文になっている。そうした用語の平明さや典故堆砌の弊のなさは、たとえば勅撰三集の序文や『経国集』所収の対策文の文章とくらべてみれば、すぐ了解できよう（とくに後者の対策文は、典故をゴチャゴチャと多用して、きわめて晦渋な文章になっている）。

では、「懐風藻序」はどうして暢達の行文になりえたのだろうか。すると、文学の発展史を叙し、漢詩集編纂の意図

を説明するという具体的な用件があったため、あまり無用の粉飾をこらすことができなかった、などが指摘できるかもしれない。しかし、私はそうしたことよりも、「懐風藻序」作者の姿勢によるところがおおきかったのではないかとかんがえる。

作者は『懐風藻』の序文において、自分の集が［後代の］勅撰三集のごとき「公」的性格をもつことを、意識してさけている。また対策文などとはちがって、はでな文飾をこらして立身の糧にしようというような野心からも、ほどとおい。序文中で自分のことを「薄官」と称し、かつ現在にいたるまで、みずからの正体をあかしていないことも、作者のそうした面での無欲さを傍証するものであろう。さらに『懐風藻』の作品採録、すなわち甲をとり乙をとらぬ方針をめぐって、その政治的立場を云々することは可能かもしれぬが、すくなくとも、この「懐風藻序」の採録のしかたには、［私には］そうした政治がらみの作為は感じられない。すると、序文の発言を額面どおりにうけとって、作者はこの『懐風藻』を、真に「先哲の遺風をわすれぬ」ことだけを念じて編纂した、と理解してもよいのではなかろうか。そうした純粋な心情からすれば、対策文のごとく難解な用語や典故を駆使して、学識をてらい才腕をひけらかすようなことは、まったく無益な意匠ということになろう。

このようにかんがえれば、「懐風藻序」の文章が暢達の行文であって、「王朝時代の綺麗浮華なるものとは、大いに其の撰を異に」しているのは、作者の無欲な心のほうに原因があったのではないか、と推定することも可能だろう。これを要するに、私は、ただ純粋に、過去のすぐれし詩への追慕の情が、政治的野心をもたぬ［さらにいえば政治に音痴だった］作者をかりたてて漢詩集を編纂させ、かつこの「懐風藻序」をかかせた。だから序文の文章も、虚飾のない暢達の行文になりえた――というふうにかんがえたいのであるが、これはあまりにもロマンチックすぎる見かたであろうか。

## 注

（1）「文選序」と「懐風藻序」の冒頭部分がよく似ているのは、すでにおおくの先学によって指摘されている。たとえば波戸岡旭『上代漢詩文と中国文学』（笠間書院）第一章も、「文選序」と「懐風藻序」の冒頭部分を比較している。

（2）『文選』に注した李善は、「別賦」の「心驚骨折　↓　心折骨驚」という作りかえを「互文」と称し、奇抜さを追求するがゆえの修辞だとみなしている。拙著『六朝の遊戯文学』第十四章第六節を参照。

（3）「懐風藻序」第四段の「不覚涙之泫然↕惜風声之空墜」中の「不覚涙」と「惜風声」は、語句の対応がずれている。この種の対応のズレは、六朝美文でもしばしばみえるものであり、和習とはいいにくいものだ。だが対偶としては、出来のよいものではない。おそらく序文作者のうっかりミスだろう。

（4）ただし、『懐風藻』所収の詩のなかには、出来ぐあいのわるい造語は、そうとうふくまれている。

（5）拙著『六朝美文学序説』第九章。

（6）『懐風藻』所収の個々の作品に対しても、その模倣ぶりが、しばしば剽窃とか稚拙とか、否定的に評せられているが、これも、もうすこし寛大にみていいのではないか。従前の作品や類書からの字句によるつぎはぎ的創作は、じつは六朝の詩文でもおこなわれているのだ。それは、鍾嶸『詩品』中序の「大明や泰始のころ、文学はほとんど過去の書物の抜きがきのようになった。……［任昉や王融たち］以後の詩人たちにおいては、典故の利用が世間の流行となり、やがて一句のなかに典故なきはなく、一語のなかに典拠なきはなしとなった。そして典故の利用にこだわり、五言詩に多大な害をおよぼしたのだった」（大明泰始中、文章殆同書抄。爾来作者、寖以成俗。遂句無虚語、語無虚字。拘攣補衲、蠹文已甚）という指摘が、よくものがたっている。その意味で、剽窃とか稚拙とか評すべき作品は、六朝でもけっこうあったのである。

（7）「懐風藻序」のなかには、「風俗をただし民衆を教化するには、詩文にまさるものはなく、徳をたかめ身をかがやかすには、学問以上のものはない」（調風化俗、莫尚於文、潤徳光身、孰先於学）のごとき、儒家的な経世ふう文学観がみえる（第二段）。だがこの部分は、近江朝廷がこうかんがえたということであり、「懐風藻序」作者自身が、こうした文学観をもっていたわけではない。

（8）「典論」論文のこの部分が「経国」の語をふくむため、上代日本では誤解されたようだが、曹丕はけっして経国に役だつからといって、文学を称賛しているのではない。この部分の趣旨は、「文学［創作］それ自体が経国にも匹敵するほど、価値がたかい」ということなのである。末尾掲載の「参考文献」の松浦友久論文を参照。

（9）謝霊運の詩序以外に、曹丕「与呉質書」を意識し、結果的に「懐風藻序」と相似した内容をもったものに、蕭綱「与劉孝儀令悼劉遵」や陳後主「与詹事江総書」などがある（ただし非『文選』作品）。こうしたことについては、拙稿「曹丕の与呉質書について―六朝文学との関連―」（『中国中世文学研究』第二〇号　一九九一）を参照。

**参考文献**（本文で引用したものはのぞく）

○大野保『懐風藻の研究』　○小島憲之『上代日本文学と中国文学』と『国風暗黒時代の文学』の『懐風藻』関係部分　○小尾郊一「昭明太子の文選序」　○中西進「薄官文囿に遊ぶ―懐風藻の意味―」　○松浦友久「上代漢詩文における理念と様式―詩文実作の意味するもの―」「藤原宇合棗賦と素材源としての類書の利用について」　○津田潔「懐風藻に於ける対偶―斉梁体との関連について―」「懐風藻の平仄について」　○入矢義高「小島憲之『懐風藻・文華秀麗集・本朝文粋』書評」

# 結語　六朝文の評価

## 一　文章技術からの評価

中国の古典文学の世界では、ふるくから率直な批評や評価がおこなわれてきた。なかでも私が専攻する六朝期は、文学批評が盛行した時代であり、おおくの文人が書簡のやりとりなどをとおして、率直な批評をおこなっている。六朝でもっとも著名な批評書は劉勰『文心雕龍』だが、この書でも「Aはすぐれ、Bはおとる」ふうの評価を、しばしばくだしている。さらに鍾嶸の『詩品』となると、古今の詩人を上中下の三ランクに分類するという、大胆な評価をおこなっているのだ。そしてそのうえで個々の詩人に、遠慮のない評言をくわえるのである。

くわえて、この鍾嶸はかなりの毒舌家でもあったようで、同時期の文学批評に対して、

嶸観王公縉紳之士、毎博論之余、何嘗不以詩為口実。随其嗜慾、商搉不同。淄澠並泛、朱紫相奪、喧議競起、準的無依。（詩品上品序）

私が貴顕の人びとをみてみると、活発な議論のあとは、詩が話題にならぬことはないほどである。だが、それらは各人のお好みまかせで、評価のしかたもさまざまだ。あれもこれもごたまぜで、正も邪もでたらめ。にぎやかな論駁がきそいあい、まともな評価基準などありっこないという始末である。

と悪口をいっている。鍾嶸からみると、だれもかれも文学批評を口にしているが、その批評のしかたは、「あれもこれ

もごたまぜで、正も邪もでたらめ。にぎやかな論駁がきそいあい、まともな評価基準などありっこない」という状況にうつったのである。

だが逆にかんがえると、こうした発言によって、当時における活発な批評状況が推測されよう。一部の具眼の士だけでなく、才とぼしき連中までがワイワイと文学の評価づけに熱中していたのだ。これだけ批評活動がさかんであれば、文学の創作も活性化したにちがいない。じっさい鍾嶸のいきた梁王朝は、創作や批評をふくめた文学的活動が、六朝でもっとも活発に展開された時代であった。

もっとも、こうした活発な批評は、中国の文人たちの専売特許だったわけではない。我われの先祖たちも、けっこう積極的に批評をおこなってきている。ちかい時代から例にとれば、たとえば江戸の荻生徂徠は古文辞学を主張し、朱子学にもとづいて古典解釈をおこなう一派を批判したし、儒教ふうの「漢意」をきらった本居宣長は、情緒的な「もののあはれ」を絶賛したのだった。いっぽう、文学の方面で先鋭的な批評活動をおこなったのが、近代の正岡子規だろう。万葉調の力強さをこのんだ子規は、当時たかい権威があった紀貫之や古今集を、「貫之は下手な歌よみにて古今集はくだらぬ集に有之候」ときびしく批判したのだった。まことに率直にして明快な批評だというべきだろう。

そうであったならば、現代の我われだけが、変に遠慮して批評の口をとざす必要はないだろう。我われ中国古典の研究者も、六朝文人たちやわが先祖たちをみならって、どしどし中国のふるい文学を批評し、評価してゆこうではないか。そしてそのさいには、「〔旧時の〕著名な詩文集に採録されているから、名作だろう」「〔旧時の〕著名な評論家が批判しているから、評価はひくかったのだろう」のごとき他人任せの批評でなく、主体的に「この作は傑作だ」「この作はあの作よりおとる」などと評するのだ。そうした率直な評価をまじえて古典作品を論じてゆけば、［その評価への賛否もふくめて］文学の研究はぐっとおもしろさをまし、活性化してくるにちがいない。遠慮なく作品の良否を評価してゆくことは、現代の古典文学研究においても、ひじょうに重要なことだとかんがえるのである。

右のような考えかたにもとづき、本書では、ひとつの文学評価の試みを実践しようとした。その実践とは、文章技術的な巧拙を基準にして、当該作の価値を論じ、その評価をかんがえることだった。とりあげた作品は、六朝や日本上代の文章作品の十二篇。具体的には曹丕「典論論文」、陸機「文賦」、沈約「宋書謝霊運伝論」、劉勰「文心雕龍序志」、裴子野「雕虫論」、鍾嶸「詩品序」、蕭統「文選序」、蕭綱「与湘東王書」、徐陵「玉台新詠序」、李諤「上隋高帝革文華書」、太安万侶「古事記序」、無名氏「懐風藻序」の十二篇を俎上にあげ、その文章技術的な価値を論じ、評価をかんがえてゆこうとしたのである（「まえがき」も参照）。

ただ本書は、文章技術を基準にしたものの、やはりそれだけで評価をくだすのは困難であり、けっきょく他の要素（創作時期やジャンル、内容の違いなど）も勘案した評価になってしまった。それゆえ、複眼的な視点からの批評となって、信頼性はたかまった（とおもう）ものの、やや評価の明快さに欠けた憾みがないではない。

そこでこの最後の章では、評価の基準をぐっとしぼってみよう。つまり当初のもくろみどおり、純粋に技術的基準だけに依拠して、個々の作品の良否や相互の優劣をかんがえてゆくのだ。技術的基準だけにしぼれば、良否や優劣を数字でしめすことができるので、作品の評価は明快になることだろう。一基準だけからの評価は、一方的な見かたになってしまって、妥当とはいいがたいものになってしまう恐れがないではない。しかしそうした危険性があったとしても、じゅうぶんやってみる価値はありそうだ。

そこで、まずは右の十二篇について、文章技術的な方面からの評価をおこなってみよう。具体的には、修辞技巧（対偶、四六、声律）の多寡や充足率を計算し、それを数字でしめしてみることにする。すると、その結果はつぎの表Ⅰの修辞率一覧のようになった。

**表Ⅰ　修辞率一覧**

| | 典論 | 文賦 | 謝伝論 | 文心序 | 雕虫論 | 詩品序 | 文選序 | 蕭綱書 | 玉台序 | 李諤書 | 古事序 | 懐風序 |
|---|---|---|---|---|---|---|---|---|---|---|---|---|
| 総句数 | 106 | 288 | 135 | 172 | 64 | 226 | 189 | 121 | 162 | 113 | 169 | 90 |
| 対をなす句 | 42 | 190 | 58 | 84 | 30 | 96 | 118 | 76 | 156 | 72 | 104 | 66 |
| 単対 | 19 | 89 | 25 | 31 | 11 | 37 | 49 | 18 | 26 | 30 | 22 | 25 |
| 隔句対（含長偶対） | 1 | 3 | 2 | 4 | 2 | 5 | 5 | 10 | 26 | 3 | 15 | 4 |
| 対をなさぬ句 | 64 | 98 | 77 | 88 | 34 | 130 | 71 | 45 | 6 | 41 | 65 | 24 |
| 四字句 | 34 | 44 | 84 | 91 | 39 | 115 | 95 | 70 | 108 | 76 | 94 | 50 |
| 六字句 | 36 | 214 | 19 | 38 | 12 | 31 | 35 | 30 | 51 | 23 | 20 | 25 |
| その他の句 | 36 | 30 | 32 | 43 | 13 | 80 | 59 | 21 | 3 | 14 | 55 | 15 |
| 声律 | 11 | 54 | 22 | 20 | 11 | 29 | 39 | 20 | 50 | 28 | 17 | 25 |
| 対偶率 | 40 | 66 | 43 | 49 | 47 | 42 | 62 | 63 | 96 | 64 | 62 | 73 |
| 四六率 | 66 | 90 | 76 | 75 | 80 | 65 | 69 | 83 | 98 | 88 | 67 | 83 |
| 声律率 | 55 | 59 | 81 | 57 | 85 | 69 | 72 | 71 | 96 | 85 | 46 | 86 |

この表Ⅰの見かたを説明しておこう。まず上端には右にむかって作品名を時代順にならべ、左端には下にむかって比較した項目をならべている。横破線より上の数字は数量をあらわすので、106句や42句や19聯などとかぞえる。横破線より下の数字は百分率（対偶率は、対をなす句が全句中でしめる割合である。四六率、声律率もそれに準じる）なので、40％や66％のように解していただきたい。また縦破線は日中の別をしめしている。

つぎに、左端の個々の比較項目についても、いくつか説明しておこう。上からふたつめの「対《つい》をなす句」とは、対偶を構成する句数のことである。基本的に字数がおなじで、意味的、文法的に対になったものを対偶と認定した。ただ、じっさいに文章にあたってみると、対偶と非対偶（対をなさぬ句、つまり散句）の弁別はなかなか微妙であり、線引きになやむことがおおかった。結果的に、「単対」（一句対一句の対偶）「隔句対」（三句以上が対する長偶対もふくむ）とも、ひろく、そしてゆるやかに対偶だと認定した。偏対や意対など不完全なものは、対応のズレが軽微だと判断したもののみ対偶にかぞえ、当句対や鼎足対はかぞえなかった。

この対偶の認定で（また句形の認定にもかかわる）、注意すべきことがある。それはたとえば、

良由┬棄大聖之軌模。○
　　└構無用以為用也。●（李諤「上隋高帝革文華書」）

　それは、聖人の規範をすてさり、無用の詩文をつくるのが有用だとおもいこんだからです。

のような場合である。この二句を「良由棄大聖之軌模、構無用以為用也」とみなしたならば、それぞれ八字句と七字句となり、［字数がちがうので］対偶ではないことになる。こうしたときは「良由」「也」をカウントせず、「棄大聖之軌模↕構無用以為用」の対偶とみなした（句形も六字句が二句とし、平仄も「模」「用」を対象とする）。矛盾を感じないではなかったが、六朝美文では対偶を重視すべきなので、こういう異例な認定のしかたをした。

つぎに「声律」の項目。声律とは、梁の沈約らによって提唱された、音声諧調のための規則をいう。もとは五言詩を対象としていたが、すぐ四六駢儷の美文にも適用された。この声律の諧調ぶりをしるには、沈約らが主張する四分類、つまり四声（平上去入）で調査すべきだろう。だが四声だと、調査のしかたが複雑になってしまう。四声を複雑だと感じるのは、当の六朝文人たちもおなじだったようで、当時からすでに四声から簡便な平仄へ移行しつつあったようだ。そこで本書でも四声でなく、平○と仄●の二分類で調査した。

着目する部位も対偶中の両末字のみとした（右の「李諤書」の例を参照）。平頭や蜂腰《ほうよう》、さらに隣接する聯との関係（近体詩でいう反法や粘法）などはかんがえず、ただ両末字の平と仄の相対《そうたい》（つまり上尾のルール）だけをしらべた。これも調査の簡便化、結果の単純さをもとめたためである。その結果が、右の「声律」（対偶中の両末字の平仄が相対した聯の数）であり、また「声律率」（じっさいは上尾率というべき。上尾ルールをみたした聯が全聯中でしめる割合）の項目である。「典論論文」を例にすれば、20聯のうちの11聯、つまり全対偶の55％が平声と仄声を相対させているわけだ。

ややこしかったのが、破読の字の平仄判定である。破読とは、声調や字音を変化させて字義を弁別する現象をいう。一例をあげれば、「為」字は「なす」の意では平声でよむが、「ために」の意では仄声でよむというのが、それである。ルールとしてはこのとおりなのだが、じっさいのところ六朝や唐代のころは、意味としては「なす」（平声）であっても、声律上で仄声に発音したほうがよいときは、破読ルールを無視して［つまり声律のほうを優先して］仄声でよんでいたようだ。つまり「義は平声に従うも、読みは去声を用う」（『杜詩詳注』の仇兆鰲注にみえる語）のごときやりかたである（以上は、水谷誠『詩声樸学―中国古典詩用韻の研究』〈研文出版　二〇一五〉を参照した）。

とくに南朝では、韻書にとられなかった方言音もおおかったろうし、かなり柔軟な読みかたをしていたと想像される。唐代の「南朝四百八十寺」句の「十」字を、ほんらいの入声（シフ）でなく平声（シム→シン）でよんだ例はよくしられているが（「八十寺」をハッシンジとよむ）、六朝のころでも、この種の融通無礙な読みかたがおこなわれていたのではないか。そこで本書では、厳密に破読ルールにしたがわず、声律の規則にあうよう柔軟に平仄を判定した（「教」「聴」など平・仄いずれも可の字も、規則にあうよう判定した）。［科挙がまだない］六朝のころは破読ルールもゆるやかであり、そちらのほうが当時の実情にあうだろうとかんがえたからである。

以上が、表Ⅰの修辞率一覧の見かたである。対偶認定にせよ平仄判定にせよ、じっさいにやってみると困惑することがおおかった。確定したルールのもと、機械的に認定し判定できればいいのだが、それができないのが現状なのである。それゆえ、原文とてらしあわせたとき、対偶・句形の認定や平仄の判定などで、「どうしてこれが……」と物言いをつけたくなることもあるとおもう。くわえて、慎重におこなったつもりだが、粗忽な私のことすえ、おもわぬ勘ちがいや数えちがいをしたケースもあることだろう。そうした点は、遠慮なくご指摘いただき、よりよい評価基準づくりをめざしてゆきたいと念じている。

## 二　優劣の実際

さて、右の説明をふまえたうえで、あらためて修辞率一覧をご覧いただきたい（これは作品の内容評価はふくまず、あくまで技術的・修辞的な方面からみた数字である）。なるほどとか意外だとか、いろんな思いがわいてくるのではないだろうか。そうした思いは、ひとによってさまざまだろうが、とりあえず、この表からよみとれることを、いくつか指摘してゆこう。

まず、対偶率をたかい順にならべれば、

玉台序＞懐風序＞文賦＞李謌書＞蕭綱書＞文選序＞古事序＞文心序＞雕虫論＞謝伝論＞詩品序＞典論

となる。「玉台新詠序」がトップなのは予想どおりだが、それにしても96％というたかい数字には、おどろいてしまった。また「懐風藻序」や「古事記序」などの日本漢文が、六朝の「文賦」や「文選序」等に伍して善戦しているのは予想外だった。

つぎに、四六率をたかい順にならべれば、

玉台序＞文賦＞李謌書＞蕭綱書＞懐風序＞雕虫論＞謝伝論＞文心序＞文選序＞古事序＞典論＞詩品序

となる。やはり「玉台新詠序」が98％というたかい数字で、首位の座をしめている。この玉台序、対偶ともども、まさに四六騈儷の体を実現したものといってよさそうだ。それにつぐのが「文賦」だが、この作は六字句が圧倒的におおいことにも注意しよう。六字句は賦ジャンルが多用する句形であり、つまり「文賦」は、賦ジャンルの正統的スタイルをきちんと保持した作品なのである。

つぎに、声律率をたかい順にならべれば、

玉台序＞懐風序＞李諤書＞雕虫論＞謝伝論＞文選序＞蕭綱書＞詩品序＞文賦＞文心序＞典論＞古事序

であり、やはり「玉台新詠序」がトップ。「玉台新詠序」もふくめ、沈約（声律の提唱者）よりのちの作が上位をしめているのは予想どおり。沈約「謝霊運伝論」が第五位というのは、妥当なところだろう。提唱者の成績が後世の者よりおとるというのは、古今めずらしいことではない。ただ「懐風藻序」が日本人の作でありながら、第二位と健闘しているのは注目すべきだろう。86％というのはかなりの高レベルだ。作者は未詳の人物だが、ひょっとしたら渡唐の経験があったのかもしれない。

いっぽう、声律に反対していた鍾嶸「詩品序」が69％というのは、意外にたかいとおもわれるかもしれない。ただ、これは声律提唱以前の「典論論文」が55％、「文賦」が59％であることを考慮せねばならない。声律諧調が主張されぬ時代の作であっても、かく55％や59％ぐらいになるのだから、［この調査方法によるかぎりでは］80％をこえなければ、声律率がたかいとはいえないだろう。

そして、以上の三つの率を総合的にかんがえてみよう。この総合的な評価も、印象批評ふうなものでなく、数字で客観的にしめしたほうがよい。そこで右の声律率のうち、第一位の「玉台新詠序」に12点をあたえ、最下位の「古事記序」に1点をあたえよう。対偶率と四六率もおなじやりかたで点数化し、この三つの点を合計する。すると最高は36点、最低は3点となる。この合計した数字を修辞点とよび、その数字を比較してみることにしよう。その数字はいわば、修辞（対偶、四六、声律）レベルの高低をしめすものといってよい。そこで修辞点のたかい順にならべてみると、

玉台序36＞懐風序30＞李諤書29＞文賦25＞蕭綱書23＞雕虫論20＞文選序18＞謝伝論17＞文心序13＞古事序10＞詩品序8＞典論5

表Ⅱ　美文番付

| 東 | | 西 |
|---|---|---|
| 玉台序 | **横　綱** | 懐風序 |
| 李諤書 | **大　関** | 文賦 |
| 蕭綱書 | **関　脇** | 雕虫論 |
| 文選序 | **小　結** | 謝伝論 |
| 文心序 | **前頭一** | 古事序 |
| 詩品序 | **前頭二** | 典論 |
| …… | …… | …… |

という結果になった。これが、右十二篇の技術面からみた総合評価である。「玉台新詠序」から「典論論文」まで、はっきり順位をつけることができた。

ただ、この修辞（対偶、四六、声律）レベルのランキング、上から下へ直線的にならべただけで、あまりくふうがない。この順位を解釈し意味づけるのに、もっとスマートでわかりやすい表示のしかたはないだろうか。『詩品』にならって、上中下にランクづけすることもできなくはないが、たんなる三分類もあまり芸があるとはいえない。かく、あれこれかんがえた結果、大相撲の番付ふうにすることをおもいついた。そこで、右の修辞点の順位を番付ふうに表示すれば、表Ⅱの美文番付のようになった。これなら、「スマートではないかもしれないが」けっこうわかりやすい。以下、この修辞点による美文番付をみながら、気づいたことをあげてみよう。

まず「玉台新詠序」が首位をしめ、修辞点36というこれ以上ない最高得点をあげた。相撲でいえば、十五戦で負けなしの全勝優勝であり、文句なしの東の横綱だ。対偶率、四六率、声律率の三部門ですべて最高だったから、とうぜんといえばとうぜんの結果だろう。

いっぽう、時代的に最古の「典論論文」が最下位で前頭となったが、これはじゅうぶん予想されたことである。「典論論文」の時代は、まだ各種の修辞技巧がじゅうぶん発展していなかった。やはり時代の先後というのは、修辞の発展とふかい関係があるのだろう。ひとくちに六朝といっても、隋もくわえれば四百年もつづいた。そのあいだの修辞の発展は、無視できぬほどおおきかったことを、この番付はしめしている。

その意味で、時代的にはやい「文賦」が第四位で西大関というのは、陸機の才腕をあらためて実感させるものといえよう。この「文賦」、声律こそ提唱以前だったため点がひくいが、対偶や四六のほうは、ともに高得点を獲得している。くわえてこの作のみ、押韻までほどこしているのだ。［有韻の］賦ジャンルで文学論をつづるという破天荒の試みもふくめ、陸機はやはり傑出した才能だったとみとめざるをえない。

逆に、六朝後期にかかれた「詩品序」が下から二番目で前頭というのは、鍾嶸のさえない腕前を端的にしめしたものである。じっさい、本書の第六章でも指摘したが、「詩品序」の文章には、美文としてみると他の作にはない、さまざまな瑕疵が散見していた。こうした番付の位置によって、客観的にも鍾嶸の美文能力は拙劣だったと断じてよさそうだ。文壇の大御所だった沈約が、鍾嶸の推挙要請を拒否したというエピソードがあるが、こうした順位をみれば、なるほどと納得できよう（第六章第七節を参照）。

いっぽう、現代の研究者のあいだで評価がたかい「文心雕龍序志」が、意外に下位に低迷しているのはおもしろい。高度な文学論を展開しようとすれば、修辞的な洗練は二の次になりやすかったのだろうか。ただ私の実感としては、本書第四章でもみたように、『文心雕龍』の文章は過大に評価されすぎているようだ。『文心雕龍』の文章は、美的行文で文学論を展開したところに価値をみとめるべきであり、美文それじたいは、それほど傑出したものではない。その意味で、この位置はけっこう適正ではないかとおもう。

そうした目でみてきたとき、第二位の西横綱が日本の「懐風藻序」、第三位の東大関が北朝の李諤「上隋高帝革文華書」というのは、かなり意外な結果ではあるまいか。漢族（当時は南朝）からみれば東夷や胡族がたてた国の作品が、誇りたかき中華の名篇「文賦」や「文選序」をうわまわっているのである。この夷狄の国でつくられた二篇、ともにやや時代がくだっての作ではあるが、［玉台序をのぞく］畿内の諸篇よりも高度な修辞性を獲得している。この現象は、外国人力士が日本人力士をおさえて、横綱や大関をしめている状況を想起させるものといえよう。

これは、皮肉っぽくいえば、中華による夷狄教化が成功したことを意味するもので、中国からすれば、化外の地への礼楽の浸透を慶賀すべきかもしれない。ただ文学的立場からみれば、これは、美文というスタイルの普遍性をしめすものと解すべきだろう。つまり、詩は経世の志をかたり、文は道を載せるべきだなどの理念的なものは、［夷狄は］なかなか真に了解するのがむつかしい。それに対し、スタイルや修辞（対偶、四六、声律）のような形式かつ具体的なものは、あんがい模倣が簡単であり、初心者や夷狄（ただし李諤は漢人）も学習しやすかったことをしめしている。相撲でも、神事や国技としての理念は理解しがたくても、相手をとってなげる技倆だけは上達しやすいように。

かくして当時、中国（南朝と北朝）と日・韓は、この四六騈儷の美文をもちいて、たがいに政治や文化の交流をおこなうことができたのだった。美文という普遍性をもったスタイルは、いわば東アジアの諸民族をつなぐ共通言語となっていたのである。

それにしても、日本上代の美文作成能力はけっしてあなどれないことが、この番付によってはっきりした。もし「懐風藻序」作者の無名氏が、当時の中国へわたっておれば、唐土の文人と互角にわたりあっていたのではないか。無名氏より半世紀のち、弘法大師こと空海が渡唐して、その卓越した文辞作成能力で本場の中国人たちをおどろかせたのだが、そうした能力はこの時期から潜在していたといってよかろう。

## 三　評価基準の構築

以上、文章技術的な巧拙を基準にしつつ、六朝［や日本上代］の文章の良否や優劣を論じ、修辞点による番付までつくってみた。六朝期は四六駢儷体が盛行し、修辞的洗練を重視していた時代なので、こうした評価のしかたも、それなりの妥当性と意義をもつのではないかとかんがえる。

右の美文番付は、技術評価をわかりやすく表示するための試作モデルにすぎない。それでも、各研究者が自分の関心ある作品の修辞点を計算してみれば、その作の番付上の地位（＝修辞レベルの高低）が推定できることだろう。それはそれで、その作の文学的評価をかんがえるのに参考になるはずだ。そして将来的に、作品（力士）の数がふえ、前頭十四、五枚目、さらに十両あたりまで番付ができれば、かなり有用なものになるのではないかとおもう。

文学作品の価値を適正に評することは、たしかに困難なことではあろう。「Aの文はすぐれる」「Bの文は……の価値がある」のような個別の評価はまだしも、「作品Aは作品Bよりすぐれる／おとる」のごとき優劣の評価となると、主観による恣意をまぬがれにくいし、また我われの通常の研究になじまないものだ。それゆえ優劣の評価に対しては、「それは研究者の好みであって、評価ではない」と批判する研究者もいるかもしれない。

しかし、研究において評価がさけられぬ以上、こうした批判に臆してはなるまい。そもそも現代の我われも、〇〇文学賞や〇〇学会賞の受賞作銓衡において、同種の評価をおこなっているではないか。中国の古典文学に対してだけは、優劣はきめられないし、きめるべきでもないというのは、奇妙な理屈だといわねばならない。

大事なのは、だれもが納得する評価基準をきめることだろう。そして「私はこの基準で優劣をきめた」といえば、そうした批判もおさまってくるに相違ない。その意味で我われは困難ではあっても、適正な評価基準の構築をめざして、試行錯誤をつづけてゆくべきだろう。本書はそうした試みのひとつとして、文章技術的な評価基準を提案してみたのである。

そこで、我われが文章技術的な方面から、作品（ただし六朝の文章作品にかぎる）評価をおこなう場合、どうした基準で作品の良否や優劣を判定してゆけばよいか、私なりに指標を提示してみたいとおもう。もちろん技術的な方面から評価するといっても、その基準は時代によってちがってくるだろうし、古文派より立場と駢文派より立場とによってもことなってこよう。そもそも、当時の文人のあいだでも、文学評価の基準は一致していないのだ（たとえば沈約〈声律を重視する〉と鍾嶸〈声律を重視しない〉、蕭綱〈艶麗さを重視する〉と裴子野〈古風さを重視する〉など）。それゆえ、「不動の基準などありえない」といわれれば、それはそのとおりだろう。しかし、だからといって、基準を構築する努力をはなから放棄するというのも、誠実な態度とはいいにくい。時代により、ひとにより、基準がうごきやすいことはよく承知している。しかしそれでも、当時の「かくつづるべし」という規範がわかれば、おおまかな基準は設定できるのではないだろうか。以下、大局的視点にたって、私なりの評価の指標を提示してみることにしよう。

まずおおざっぱなことからいえば、六朝期の文章作品は「文は美たるべし」という理念にもとづいてかかれている。ここでいう「美」とは、修辞的に洗練されているということだ。具体的には、声律をととのえ、対偶、四六、典故、錬字を多用した文章が、「美」なる文学ということになる（拙著『六朝美文学序説』第七章を参照）。すると修辞的洗練（＝美）の多少が、文学評価の指標となるといってよかろう。

もっとも、こういうとすぐ反論がでてくるかもしれない。いわく、かかる修辞重視に対して、後世の古文派の人びとは反対の論陣をはった。そして「美」よりも「載道」を重視し、技巧を排した簡潔で雄勁な文章をよしとしたではないか、と。またいわく、同種の修辞批判は、六朝の文人からさえ噴出しているではないか。たとえば顔之推は、

……今の作家たちは流行的に、文章の根本たる部分はさておいて、その枝葉でしかないことに狂奔し、誰も彼もが上っ調子な美文ばかり作りたがっている。だから彼らの書く文章は、修辞と論旨とが我れ勝ちに走り出した恰好で、修辞が過剰になり、論旨の方は、どこかに霞んでしまっている。かと思えば、主題と文才とが競り合いを

演ずる結果、主題は多方面化し文采は［それを処理し切れなくて］生彩を失った形となる。かくの如くにして自己制御が利かなくなったものは、文脈が乱れに乱れて結論は見失われてしまうし、主題を無用に掘りかえしたものは、脈絡を求め恰好をつけるのに暇がない次第と相成る。

とのべて、修辞過多の美文を批判している（『顔氏家訓』文章篇。訳文は宇都宮清吉『中国古典文学大系9』のものによる）。之推によると、美文は「修辞が過剰になり、論旨の方は、どこかに霞んでしまっている」悪文なのだ。かく六朝文人自身が美文を批判しているからには、修辞的洗練の多少は評価の指標にならないのではないか、と。

だが、私はこうした議論にはくみさない。本書が問題にするのは六朝当時の指標であって、後世とは関係がないことだ。また六朝期の文人といえども、百人が百人とも修辞主義を重視し、「美」を奉じていたわけでないことは、私もしらないではない。ところが、右のように批判している顔之推の文章をみてみると、その行文じたいが、

……今世相承、趨本棄末、率多浮艶。辞与理競、辞勝而理伏、事与才争、事繁而才損、放逸者流宕而忘帰、穿鑿者補綴而不足。

のごとき、対偶や四六を多用した美文なのである。この之推自身の文章と、彼が批判する「修辞が過剰にな」った美文とのあいだには、どのような違いがあるというのだろうか。

このように、六朝文人たちの文学批評的発言には、どうもこの種の言行不一致がおおいように感じる。その意味で彼らの真の考えをしるには、彼らがいかに主張しているかより、いかに文章をかいているかを調査したほうがよさそうだ。したがって私は、一部にこうした反修辞の発言があるからといって、修辞的洗練の多少が、文学評価の指標になりえるという主張はひっこめない。さきに私がいった「大局的視点にたって」というのは、こういうことなのであって、いちいちこまかな主張や反論にはかかずらないことにする。

そういうわけで、やはり修辞技法をどれだけつかっているかが、評価の指標になるといってよかろう。つまり簡単にいえば、六朝のころは、

修辞的洗練あり＝すぐれた文学

修辞的洗練なし＝おとった文学

という見かたをしていた、ということだ。以下で、主要な修辞技法をとりあげ、具体的な評価のしかたを説明してゆこう。

## 四　評価の指標

第一に対偶。この技法については越多越好、つまりおおければおおいほどよい、と理解してよい。より詳細な基準については、劉勰の「言対はつくりやすく、事対はつくりにくい。反対《はんつい》はすぐれており、正対《せいつい》はおとっている」（麗辞篇）という発言が参考になろう。つまり、典拠をふまえた事対が、ふまえぬ言対より高度であり、対立した内容をならべた反対のほうが、相似した字句をつらねた正対よりすぐれる、とみなしてよさそうだ。

ちなみに、以上は六朝の作を評価する場合の基準であって、唐宋以降の作を評価する場合は、これとちがってくるのはいうまでもない。唐宋の古文復興以後の時代では、この対偶が批判の対象になってしまったことは、贅言を要しないだろう。もっとも後代、対偶を重視する一派も出現するなど、多少のゆりもどしもあって、評価基準をこう断言するのはなかなかむつかしい。

さらに清代以後になると、この対偶使用の争いを調停せんとして、駢散兼行（駢散合一ともいう。駢〈対句〉と散〈散句〉

とを混用する書きかた）を主張する議論も出現してきた。たとえば、清の劉開は「与王子卿太守論駢体書」のなかで、

夫文辞一術、体雖百変、道本同源。経緯錯以成文、元黄合而為采。故駢之与散並派而争流、殊塗而合轍。千枝競秀、乃独木之栄。九子異形、本一龍之産。故駢中無散、則気壅而難疏、散中無駢、則辞孤而易瘠。両者但可相成、不能偏廃。

文辞の叙しかたたるや、スタイルは百変しても、本質はおなじものだ。横糸と縦糸が交錯して彩りをなし、黒と黄が合して模様をうみだす。だから駢体派と散体派とが論争しあっているが、主張はちがっても根底では通じているのである。千枝が美をきそっても、けっきょく一本の樹にすぎぬし、九子が顔つきがちがっても、しょせん一匹の龍がうんだ子にすぎない。そういうわけで駢文中に散句がなかったら、文気がふさがって意義疎通しにくいし、散文中に駢句がなかったら、文辞は孤立してやせほそってしまう。かく駢体と散体とは共存しあうもので、片方を皆無にするわけにはいかぬのだ。

と主張している。劉開によれば、「駢体と散体とは共存しあうもので、片方を皆無にするわけにはいかぬ」ものだという。このように対偶の使用は、駢散の両派、あるいは兼行派のいずれにくみするかによって、その評価がかわってこざるをえないのである。

ただ注意すべきは、この駢散兼行は、現実的な必要（かきやすくし、理解しやすくする）から生じた折衷的叙法にすぎないということだ。美文は、全篇を対偶で貫徹するのが理想であり、散句をまじえるのはやむをえぬ譲歩なのである。劉勰も「迭《たが》いに奇偶を用うべし」という（麗辞篇）。だが、それは全篇対偶の困難さのため、妥協的に「散句をまじえてもいいよ」ということなのだろう。劉勰など六朝文人たちは、対偶を多用した行文を理想としていたのであり、けっして駢散兼行の行文をめざしていたわけではないのである（この駢散兼行をどう評価すべきかについては、鈴木虎雄『駢文史

序説』〈研文出版　二〇〇七　初版は一九六一刊〉の「第四章　駢・散合一説を論ず」が参考になろう）。

以上を要するに、対偶で評価しようとする場合、六朝の文章作品は基本的に越多越好の考えかたでよい。しかしそれ以外、たとえば散体重視の唐宋古文派の文章、駢散兼行を重視する清代文人の文章などを評するときは、その時代の文学風潮を勘案しながら、慎重に評価の基準や手法を模索してゆく必要がある——ということになろう（以下では唐宋以後はかんがえず、六朝期の文章を評価する場合にかぎってのべてゆく）。

第二に四六（四字と六字で句を構成する技法）。「四六」と併称するが、六朝美文では四字句のほうが多用されている。私の見当では、四字句が六字句の二倍強ぐらいの割合か。六朝の作品を評する場合は、この四六についても越多越好、つまり四六句の割合がたかければたかいほどよい、としてよい。

ただ劉勰はやはり、四六句のなかに適宜、他の三字句や五字句をまぜて変化をつけるべし、という主張をしている（章句篇）。たしかに、六朝にはそうした混用もすくなくないが、それは意図的に他の句形をまぜたというより、対偶の場合とどうよう、「やむなくそうした」「そうなってしまった」というケース（四六への整斉能力が不足した、意義を疎通させようとした、匆匆にかいた等）もおおいのではないか。その意味で、やはり越多越好を基本としてよいであろう。

ちなみに賦ジャンルは、伝統的に四字句より六字句のほうを多用する。右の表で「文賦」が、四字句より六字句がおおかったのは、そうした理由からである。それゆえ、もし賦以外のジャンルで六字句を多用しておれば、その作品は賦にちかづいたものと判断してよかろう（逆に賦ジャンルの作に六字句がすくなければ、文章作品にちかづいているといってよい）。

たとえば孔稚珪「北山移文」の冒頭をあげると、

鍾山之英
草堂之霊
馳煙駅路
勒移山庭
夫以
耿介抜俗之標
蕭灑出塵之想
度白雪以方絜
干青雲而直上
吾方知之矣
若其
亭亭物表
皎皎霞外
芥千金而不眄
屣万乗其如脱
聞鳳吹於洛浦
値薪歌於延瀬
固亦有焉

鍾山の英
草堂の霊
煙を駅路に馳《は》せて
移を山庭に勒《きざ》めり
夫《そ》れ以《おも》えば
耿介抜俗の標ありて
蕭灑出塵の想あり
白雪を度《わた》りて以て方に絜《きよ》く
青雲を干《しの》いで直ちに上る
吾方《まさ》に之を知れり
若《も》し其れ
物表に亭亭として
霞外に皎皎たり
千金を芥として眄《かえり》みず
万乗を屣《くつ》として其れ脱するが如し
鳳吹を洛浦に聞き
薪歌を延瀬に値《あ》う
固より亦た有り

のごとき行文である。ここでは十六句中の八句が、六字句をしめている（四字句は七句。「夫以」「若其」はカウントしない）。くわえて、この作は例外的に韻もふんでいるので、実質的には賦ジャンルに所属させてもよいぐらいだ。一般的にいうと、六朝美文でありながら押韻し、六字句を多用し、さらに「兮」字までつかっておれば、その作品は標題がどうであろうと、実質的には賦ジャンルにちかづいた作だとみなしてよかろう（ただし、このことは当該作品の優劣とは関係しない）。

第三に声律。この声律は、沈約が提唱した四声八病説に由来するものである。当初は五言詩における音の諧調を想定していたようだが、やがて美文にも適用されていった。この声律も、規則に合致すればするほど、たかく評価してよい。ただ梁代においては、梁武帝や鍾嶸らが異をとなえるなど、まだ風靡するところまではいかなかったようだ。それが右の声律率にも反映している。

この声律の具体的ルールとしては、

①一句のなかで、関鍵の字（たとえば、四字句の二字目と四字目）の平仄を逆にする。

②対をなす両句のあいだで、関鍵の字の平仄を逆にする。

③となりあう聯と聯において、上聯下句と下聯上句の関鍵字の平仄をおなじにする。

の三つがあげられよう（詩の規則とは小異がある）。問題なのは、この声律は調査のしかたがむつかしいことだ。声律を評価の指標とするには、右の①②③の規則を個別に調査せねばならず、結果的にひとつの数字で諧調率が一目瞭然、というわけにはいかない。そのため、本書では上尾ルールのみをとりあげたが、やりかたが簡略すぎたきらいがある。より合理的な調査法がのぞまれるところである。

第四に典故。この技法に対し、鍾嶸は多用しすぎることへ警鐘をならし、劉勰は正確かつ適切におこなえとアドバイスしていた。ただ六朝期の文章、とくに美文作品として、いっさい使用しないことはありえない。それゆえ使用することは大前提として、どんな出典のものを、どんなふうに、どのくらい使用するのかが、評価の対象になってこよう。

ただこの技法は、評価のしかたがむつかしい。出典の種類（経書とか史書とか）や量などは、数量化できなくはない。じっさい、「文賦」に対しては、すこしおこなってみた（第二章第六節を参照）。しかし内容にかかわる修辞という性格上、典故をいかに巧妙に（あるいは拙劣に）つかい、いかなる文学的効果を醸成させているかについては、主観ぬきの判定や評価はなかなかむつかしい。ただ「経書をつかっているから高レベル、小説をつかっているから低レベル」と断じてよいわけではないのである。したがって現状では、これという評価基準を設定することはできない。

第五に錬字。これは、洗練された字や用語を使用する技法をいう。具体的には、麗語、代字、典故の改変、断語などを使用することがあげられよう。これらは、まさに洗練された用語であり、こった表現だといってよい。だが残念ながら、これらの技法は、ひとによって［錬字だとみなす］認定レベルがちがってくるだろうし、また初学者にはそもそも、「どれが錬字か」とみわけること自体が困難だろう。こうした、ひとによって認定の結果がちがってくるものは、客観的な評価の指標とはしにくい。それゆえ、本書では評価の指標とはしなかった。

ただし、この錬字の技法に関連させて、ひとついいそえておきたいことがある。それは口語ふう語彙のことである。この口語ふう語彙は当時、錬字と対照的なものと意識されていた。具体的には「相〇」「〇自」のように接頭辞や接尾辞をつけたり、「〇来」「〇去」のように補助動詞をつけたりしたことばである。こうした口語ふう語彙は当時、俗っぽいことばと意識されていた。それゆえ、尺牘や志怪小説などには使用してもよいが、修辞的洗練を重視する美文とは、水と油のごとく親和しにくいものであった。したがって、もしこれが六朝の文章のなかに使用されていれば、その作は俗っぽい印象をもたれ、一流の文学作品とはみとめられなかっただろう。

以上、六朝文章作品を評価する指標、およびそれによる評価のしかたについて説明してきた。右のうち、典故と錬字は美文の重要な修辞技法ではあるが、文学的効果の判定や使用の認定のしかたが困難なので、具体的な評価の指標にはなしがたい。それに対し、のこる三つの技法（対偶、四六、声律）は、いずれも明快な評価指標になりうるものである。そしてその評価のしかたとしては、いずれも越多越好、つまり使用頻度（対偶、四六）や充足率（声律）がたかければたかいほど、その文章は高度な美文である、としてよかろう（以上の五技法の詳細については、拙著『六朝美文学序説』第二～六章を参照していただければありがたい）。

そうした評価のしかたからみたとき、理想を百パーセントちかくまで達成したのが、東の正横綱たる徐陵「玉台新詠序」だったといってよい。清の許槤は、おのが美文の選集『六朝文絜』にこの作を採録し、

> 駢語至徐庾、五色相宣、八音迭奏、可謂六朝之渤澥、唐代之津梁。而是篇尤為声偶兼到之作、煉格煉詞、綺綰繍錯、幾於赤城千里霞矣。

> 美文は徐陵や庾信にいたると、五色がたがいに輝きを発し、八音が調和するようになった。六朝を集大成し、唐代へ橋渡しした文章だといえよう。この序文はとりわけ声律や対偶が完備している。風格や字句は洗練され、きらびやかに交錯して、赤城山が千里まであかくかすんでいるかのようだ。

という賛嘆のことばを献じている。二・三句目の「五色相宣、八音迭奏」は、陸機「文賦」の「暨音声之迭代、若五色之相宣」や沈約「宋書謝霊運伝論」の「夫五色相宣、八音協暢」の語句を利用し、平仄がたくみに交替する諧調ぶりをたたえたもの。また末句「赤城千里霞」は、孫綽「游天台山賦」の「赤城霞起而建標」句をふまえ、赤城山に雲霞（中国では「霞」はあかい霧のようなものをいう）がとおくまでたちこめたかのよう、の意。するとたぶんこの句は、修

辞でかざられた文辞がかがやかしいことの喩なのだろう。つまりこの許棟の評は、「玉台新詠序」の修辞的な洗練ぶりを称賛したものであり、本書における修辞点36という［十二篇中の］最高の技術的評価とも、ぴったり一致するものなのである。

これを要するに、この「玉台新詠序」の文章こそが、［六朝文人たちのかんがえる］美文の理想像だったとおもわれ、六朝の文章作品はこの「玉台新詠序」の行文をめざして進化していった、といっても過言ではない。したがって、六朝の文章を技術的立場から評価しようとすれば、「玉台新詠序」の行文との遠近をはかればよい。これにちかければばちかいほど［技術的に］すぐれた行文であり、とおければとおいほどおとった文章だとしてよいであろう。

# あとがき

本書は、文章技術（修辞技巧の多寡や充足率）を主要な基準にして、六朝美文の作品評価をこころみたものである。評価の対象にした作品は、六朝の曹丕「典論論文」以下の十篇と、その影響下にかかれた上代日本の「古事記序」「懐風藻序」二篇の合計十二篇。

本書の目的は、六朝の文章作品の価値や優劣を、正確に測定することにある。そのためには、信頼できる物差しが必要だ。信頼される物差しとなるには、主観に左右されぬ不動の基準がもとめられる。本書ではその基準として、六朝で重視される修辞技巧（対偶、四六、声律）の多寡や充足率を中心とした。これなら［外見的なものではあるが］個々の作品の価値を、客観的な数字で正確にあらわせるからである。

文学作品の評価は、ややもすれば主観にながれやすい。その点、作品の価値を数字で評価し、優劣をつけるという本書のやりかたは、これまでの文学研究ではなかったことであり、［内容の良否までは評価できないまでも］公平で客観的な評価が期待できる。その結果、六朝の文章作品はもとより、その影響をうけた上代の日本漢文も、おなじ物差しで評価できるようになった。これは、いわばグローバルな評価用物差しができたことを意味し、それなりに意義があることだとおもう。

四六駢儷でかかれた美文は、いわば当時の東アジアの共通言語であった。七・八世紀の日中韓はこれによって交流した。そのため上代の日本人は、熱心にこの言語による読み書きをまなんだ。いまにつたわる「懐風藻序」等の文章は、そうした努力がうみだした成果だといってよい。これら諸作の文学的価値については、従前は漠然と「中国の影響を受けた四六駢儷文である」程度の評価しかなされていなかった。本書では、上述の物差しでその修辞技巧の水準を測定し、中国の文章と比較してみた。その結果、とくに「懐風藻序」の修辞は本場の中国の作におとらぬレベルであることを、数字で実証的に証明することができた。当時においても、白村江の戦い等、政治的な紛争は生じていたのだが、それでも熱心にまなびつづけた結果、本場におとらぬほどの水準に達していたのだ。こうした上代日本の熱心な努力ぶりは、政治の動向に左右されがちな現代においてこそ、ふりかえられる価値があるだろう。

私は、研究生活にはいった当初から、文学の評価に関心をもっていた。さらに大学院生のころ、古田敬一先生のもとで孫徳謙『六朝麗指』（六朝美文を技術的立場から分析し、評論した書）をまなんだことで、いっそう作品を評価することへの興味がふかまった。一九九八年刊の前著『六朝美文学序説』に、美文の評価を論じた章（第九・十）があるのは、そうした関心の一端をしめすものである。前著ではさらに修辞技巧も論じているので、本書のいわば前駆のような存在だといってよい。つまり、前著で文学評価の問題に関心をふかめ、本書で本格的にその論を展開した、ということになる。本書をかくときも、つねにこの前著を参照していたので、前著と本書とはいわば基礎篇と応用篇、あるいは序論と本論のような関係だといえるかもしれない。

旧時の文学批評の書物をひもとくと、しばしば「この作は巧麗だ」「形式が蕪雑だ」などと評している。しかしわかいころの私は、当該の作がなぜそう評されるのか、理由がよくわからなかった。たとえば『文心雕龍』で、ある作が「体は実に繁緩なり」（誄碑篇）と貶辞を呈されていても、私には、その作のなにがどう繁緩であるのか、ピンとこなかったのである。当時は、評価する力が未熟だったので、旧時の評言があっても、作品の巧妙さはもちろん、拙劣さも了解できなかったのだ。

その後、ながい試行錯誤をへたすえ、ようやく私はおもいいたった。自分の評価能力をみがきあげるには、まず拙劣な美文をよんだほうがよい。つたなさは初心者でも気づきやすいからだ。もし拙劣さが実感できるようになれば、逆に巧妙さもわかるようになり、自分の評価能力もたかまってくるだろう——と。そしてさらに、拙劣な文章なら、日本でかかれた作品（いわゆる日本漢文）にしくはない。非ネイティブの作ならきっと粗《あら》があるはず、とも。こうかんがえた私は、まず日本上代の代表的な美文「古事記序」をよんでみた。すると、あんがい簡単に拙劣な措辞［だと私がおもうもの］がみつかったのである。

だが、それがほんとうに拙劣な措辞であり、和習だと断じてよいのか、私には確信がもてなかった。じゅうらい「漢文学に熟達してゐた安万侶が、漢文の法則を知らぬ筈はなく」（倉野憲司『古事記全註釈第一巻』一八〇頁）という見かたもあったからだ。自分の判断は真に適切かつ妥当なのかと自問したとき、明快に「しかり」と自答できなかったのである。ここらあたりで文学評価のテーマは一頓挫し、「古事記序」の文章を論じた論文制作もストップしてしまった。これが一九九八年の末ごろである。

ところがその翌年度、たまたま北京大学で一年間、在外研修ができることになった。そこで私は、あたかもよし、ネイティブの研究者にただしてみよう、とおもいいたったのである。北京での生活がおちつくや、私はすぐ受けいれ教授の褚斌杰先生のお宅にむかった。そして「古事記序」の当該箇所（附篇一第二節）を指さしつつ、「ここの措辞は拙劣ではありませんか」とたずねてみた。すると褚先生は即座に、そして明確に「これは毛病《マオビン》です」と断じてくださった。私の判断に、強力なお墨付きをもらった瞬間だった。いまからおもえば、この一言が本書の出発点になったようにおもう。

こうして私は、美文に対する自分の評価に、自信をもつことができた。するとふしぎなことに、旧時の批評もなるほどと納得できるようになった。さらにはじめてよんだ文章でも、なんとなく「この文はうまいな」「これは下手な美文だな」などと、見当がつけられるようになったのである。それは基本的に、内容の良否（たとえば、感動的であるとか印象にのこるとか）よりも、対偶のバランスがいいとか、典故や語彙が美麗である等の、修辞的洗練の高下にもとづくものであった。そして六朝美文では、そうした修辞の洗練度を基準にして評するのが、けっこう巧拙や優劣の判定に有効であり、当時の文学観にも一致するのではないかとかんがえるようになったのである。

北京大学での在外研修から帰国した（二〇〇〇年三月）のち、私はしばらく『六朝の遊戯文学』の原稿執筆に力をそそいだ。そしてそれが完了した二〇〇六年の夏ごろから、私はいよいよ満を持して、六朝美文の評価の問題にとりくんだ。まずは、中断していた「古事記序」論の草稿を筐底からとりだし、自信をもって序文中の毛病を指摘した。ついで、どうせなら著名な作に挑戦しようと、六朝美文の名篇である「文選序」や「文賦」の文章から検討を開始し、最後の「玉台新詠序」まで順調に執筆はすすんでいった。その間、さまざまな校務や『六朝文体論』出版の作業をはさみながらも、なんとか二〇一五年の夏に本書の原稿を完成させることができたのである。

こうして本書『六朝文評価の研究』は、まもなく世にでようとしている。本書で提起したような技術的評価が、主観を排した文学評価の物差し、つまり客観的な評価基準になりうるかどうかは、お読みいただいたかたがたのご批評にまちたい。ただ、文学の研究、とくに作品を評価するにあたって、グローバルな物差しが必要だということだけは、声を大にして強調しておきたい。

たとえば、本書の附篇一の元になった論考は、［右にのべたように］褚斌杰教授にご示教をえたものだった。これからは、この種の外国との学術交流や共同研究の機会もおおくなることだろう。そうした、日中（またそれ以外の諸国）の研究者が一堂に会して研究をすすめるときには、主観を排した客観的な物差しがもとめられてくるに相違ない。個々の研究者も国籍を有した人間なので、ついナショナリズムにおちいりやすいからだ。旧時の東アジアにおいて、四六駢儷のスタイルが国や民族をこえたように、文学評価の物差しもグローバルなものでなければならない。そうした客観的な物差しがあってこそ、文学の研究も国や民族をこえて協同でき、また冷静にして着実な国際交流が実現できるとかんがえるのである。

本書の刊行は、汲古書院の三井久人社長のご好意によるものである。私がはじめて三井氏とお会いしたときは、おたがい、まだわかかった三十代なかばのころだった。親切で気がおけない三井氏と話がはずんで、時間をわすれたのが、ついこのあいだのことのようにおもわれる。今回はその三井氏の快諾をえて、出版していただけることになった。学術出版が困難ななか、本書のような採算のとれぬ書を刊行していただけるのは、じつにありがたいことだとおもう。つきなみなことばであるが、校正等でお世話になった大江英夫氏ともども、あつく御礼もうしあげる。

なお、本書の出版にあたって、平成二十八年度科学研究費補助金（研究成果公開促進費）の交付をうけた。感謝の意を表する。

平成二十八年十月

福　井　佳　夫

# 索　引

凡　例

主要な人名・作品名・事項などを、適宜に取捨しながら五十音順に配列した。人名・作品名では、著書以外は人名を優先し、その下に作品名をならべた。また事項の類では、文芸用語を中心に採取し、各章の節題も積極的にひろいあげた（節題には＊をつけた）。

## ア　行



## カ　行

## サ　行

### タ　行

## マ　行

**著者略歴**

福井　佳夫（ふくい　よしお）

1954年、高知市生まれ。現在、中京大学文学部教授。中国中世文学専攻。著訳書に『中国文章論 六朝麗指』（古田敬一氏とともに）、『六朝美文学序説』、『中国の文章――ジャンルによる文学史』『六朝の遊戯文学』『六朝文体論』（以上、ともに汲古書院より刊）

六朝文評価の研究

平成二十九年一月二十七日　発行

著　者　福　井　佳　夫

発行者　三　井　久　人

整版印刷　中台整版
日本フィニッシュ
モリモト印刷

発行所　汲　古　書　院

〒102-0072 東京都千代田区飯田橋二―五―四
電　話〇三（三二六五）九七六四
ＦＡＸ〇三（三二二二）一八四五

ISBN978-4-7629-6579-1　C3098



KYUKO-SHOIN, CO.,LTD.　TOKYO.